Klaus D. Biedermann

Die Siegel von Tench'alin

Romantrilogie
Band 2

Für Martin
Herzlichst
Klaus Biedermann
13.04.11

Alle Namen in diesem Buch, auch die von Unternehmen, sind rein fiktiv.

Romantrilogie von Klaus D. Biedermann:

Steine brennen nicht
ISBN: 978-3-937883-08-3
Die Siegel von Tench'alin
ISBN: 978-3-937883-38-0
Das Erbe von Tench'alin
ISBN: 978-3-937883-39-7 - lieferbar ab 2012

1. Auflage: März 2011

Lektorat: Angelika Funk
Gesamtherstellung: Diana Schulz
Umschlaggestaltung: HildenDesign, München
www.hildendesign.de
Umschlagmotiv: © Stefan Hilden unter Verwendung eines Motives von Shutterstock.com
Druck: AALEXX Buchproduktion GmbH
Printed in Germany
ISBN: 978-3-937883-38-0

www.echnaton-verlag.de

Klaus D. Biedermann

Die Siegel von Tench'alin

Meinen Großvätern

Wenn es nur eine einzige Wahrheit gäbe,
könnte man nicht hundert Bilder über
dasselbe Thema malen.

Pablo Picasso

Mein Dank geht an Gerold Kiendl, der geduldig, ideenreich und aufmerksam nach Zeichensetzung und Rechtschreibung geschaut hat, an Renate, für ihre fleißigen Vorkorrekturen und Aufmunterungen, dranzubleiben.

Mein Dank geht an Justus Frantz, der auf Gran Canaria einen Platz zur Verfügung stellt, an dem man einfach kreativ sein muss – und dort an Christian und José, die genialsten Köche und liebevollen Verwöhner, sowie an Gaby, die gute Fee der Finca.

Prolog – Was bisher geschah

Als die drastischen Veränderungen der Erde im Jahre 2166 ihr vorläufiges Ende gefunden zu haben schienen, hatten die Überlebenden die Welt kartografisch in zwei Hälften geteilt. Jeder Mensch konnte wählen, in welchem Teil der Welt er leben wollte. Die unterschiedlichen Lebensformen wurden durch einen *Ewigen Vertrag* besiegelt.

Der eine Teil der Menschheit hatte den immer rasanteren Fortschritt moderner technischer Entwicklungen gewählt und lebte fortan in der sogenannten *Neuen Welt*. Die Menschen im anderen Teil der Erde hatten sich auf deren eigene natürliche sowie erneuerbare Ressourcen, alte Werte und Traditionen besonnen und ihr Lebensraum wurde seither *Alte Welt* genannt. Hier vertrauten sie den Kräften der Natur und versuchten, im Einklang mit ihr zu leben. Sie hatten ihren Ländern und Orten, soweit diese noch existiert hatten, deren uralte ursprüngliche Namen zurückgegeben oder hatten sie liebevoll wieder aufgebaut. Jeder Mensch hoffte, im sicheren Teil der Arche zu sein, denn dass es ums nackte Überleben ging, war damals jedem klar.

Durch die Teilung der Welt war die größte Umsiedelungsaktion der Geschichte nötig geworden, da jeder Mensch wählen konnte, wo er leben wollte. Ein Zurück sollte es auch für die nachkommenden Generationen nicht mehr geben. Die Organisation und logistische Umsetzung hatten noch in den Händen der UNO gelegen, die sich im Laufe der Zeit als Weltregierung etabliert, sich hernach aber aufgelöst hatte. Seit dem ersten Januar des Jahres 2167 war jeder Teil für sich selbst und die Einhaltung des *Ewigen Vertrages* verantwortlich. Beobachtet wurde all dies vom *Rat der Welten*, von dem die meisten Menschen allerdings keine Kenntnis hatten.

Im Jahr 2870 hatte BOSST, einer der größten Konzerne der *Neuen Welt*, einen streng geheimen Auftrag zu vergeben. Man hatte Kenntnis von Bauplänen einer Maschine, des sogenannten Myon-Neutrino-Projektes, mit dem nach vorliegenden Informationen Energie aus dem Äther gewonnen werden konnte. Diese Pläne befanden sich allerdings in der *Alten Welt*. Für den Konzern würden sie einen unschätzbaren Wert darstellen.

Nikita Ferrer, eine junge, ehrgeizige und aufstrebende Wissenschaftlerin im Dienste von BOSST, hatte den Auftrag erhalten, diese Pläne zu beschaffen. Aus Abenteuerlust und weil sie gewusst hatte, dass dies eine Chance war, die so leicht nicht wiederkommen würde, hatte sie in dieses gefährliche Unternehmen eingewilligt. Da man sich seitens der Firma sicher war, alle nötigen Vorkehrungen getroffen zu haben, nahm man das Risiko in Kauf, dieser Bruch des *Ewigen Vertrages* könnte entdeckt werden. Nach offizieller Darstellung wurde Nikita Ferrer für ein paar Wochen in die Südstaaten geschickt, um bei einem kritischen Firmenprojekt den dortigen Wissenschaftlern zur Seite zu stehen. Das war es auch, was sie selbst, ganz im Dienste der Wissenschaft und aus Loyalität zu ihrem von ihr sehr geschätzten Vorgesetzten Professor Rhin, ihren Freunden und Eltern erzählt hatte.

Sie hatte zu diesem Zeitpunkt noch nicht gewusst, dass sie eine *Walk In* war, dass sie nämlich zu den Menschen gehörte, die bewusst inkarnieren können und unter gewissen Umständen die Erinnerung aller früheren Leben zur Verfügung haben. Sie selbst hatte die Pläne einst in den Gewölben der Burg Gisor im geheimnisvollen Tal Angkar-Wat versteckt. Nur ein kleiner Kreis von Eingeweihten, darunter der Konzernchef Mal Fisher, selbst ein *Walk In*, wusste das.

Senator Ferrer, Nikitas Vater, hatte seit der Abreise seiner Tochter ein ungutes Gefühl gehabt und die Version eines Forschungsauftrages im Süden angezweifelt. Trotz bester Verbindungen zum Geheimdienst hatte er es nicht verhindern können, dass sie mit einem U-Boot unter dem Kommando eines gewissen Kapitän Franch in der *Alten Welt* an den Küsten Flaalands abgesetzt worden war. Und als er es erfahren hatte, war es zu spät, denn da war sie bereits in der *Alten Welt* angekommen. An Deck der U46 hatte Nikita eine erste mystische Begegnung mit einer völlig anderen Welt gehabt, der noch einige folgen sollten. Ngorien, ein Meergeist und Anführer der Andaros, hatte ihr wichtige Hinweise auf den Fundort der Pläne gegeben.

Ihr Kollege, Dr. Will Manders, der in Nikita verliebt war, hatte seine Nachforschungen über ihren Verbleib inzwischen mit seinem Leben bezahlt. Genauso wie Kapitän Franch und seine Besatzung, die daher niemandem von ihrer letzten Fahrt mit der U46 erzählen konnten.

In Flaaland, am anderen Ende der Welt, war man aber auf das Vorhaben der *Anderen,* wie die Bewohner der *Neuen Welt* nur genannt werden, aufmerksam geworden und nicht untätig geblieben. Die Krulls, die zur Gattung der Gnome gehören und seit alten Zeiten das Buch Balgamon in den Höhlen von Tench´alin pflegen und bewachen, hatten zwei Wesen mit besonderen Fähigkeiten in die *Neue Welt* entsandt, um nähere Informationen über die geplante Operation zu erhalten. Eines davon, ein Emurk namens Vonzel, der fast entdeckt worden wäre, hatte nach einigen brenzligen Zwischenfällen herausgefunden, dass es Nikita war, die die Unternehmung durchführen sollte. Er hatte damit sein Volk, die Wächter von Angkar-Wat aus einer dreihundertjährigen Verbannung gerettet.

Die Krulls hegten aber immer noch die Befürchtung, dass die *Anderen* in Wirklichkeit an dem interessiert waren, was von den *Siegeln von Tench´alin* in dem weitläufigen Höhlensystem der Agillen beschützt wurde. Käme dieser Schatz in den Besitz der *Neuen Welt* und dort in die falschen Hände, würde das Konsequenzen unvorstellbaren Ausmaßes haben. Nach Erkenntnissen der Krulls und ihrer Bundesgenossen verfügte man zwar inzwischen über die technischen Möglichkeiten, mit den Geheimnissen, die von den *Siegeln* verschlossen wurden, zu experimentieren, war aber in der geistigen Entwicklung noch weit davon entfernt, die ganze Tragweite solcher Experimente zu erkennen.

Effel, ein junger Mann der *Alten Welt* aus dem Dorf Seringat, war vom Ältestenrat seines Volkes ausgewählt worden, um den feindlichen Übergriff zu verhindern. Der mächtige Krull Perchafta hatte sich ihm zu erkennen gegeben und war sein Reisebegleiter, weiser Ratgeber und Lehrer geworden.

Als Effel gerade zwölf Jahre alt geworden war, hatte Mindevol ihn unter seine Fittiche genommen und war sein spiritueller Lehrer und Mentor geworden. Wann immer es seine Zeit neben Schule, Ausbildung und anderen Pflichten erlaubt hatte, hatte der Junge den Dorfältesten besucht, der ihn auch manchmal auf eine seiner kurzen Reisen in die Nachbargemeinden mitnahm. Seine Kameraden verbrachten ihre Freizeit derweil auf dem Bolzplatz oder streunten einfach so in der Umgebung herum, die immer ein Abenteuer bereithielt, bei dem sie sich beweisen konnten.

Als Mitglied des Ältestenrates der Kuffer wurde Mindevol oft als Ratgeber oder Schlichter bei Streitigkeiten hinzugezogen und Effel hatte in den Verhandlungen stets aufmerksam zugehört. Im Anschluss hatten sie auf dem Rückweg über das Geschehene gesprochen, vor allem über die Gründe, die Mindevol zu dieser oder jener Entscheidung veranlasst hatten. Immer wieder hatte sich der Alte über die tiefsinnigen Gedankengänge des Jungen gewundert. Dessen kluge Fragen hatten ihn überzeugt, mit Effel die richtige Wahl getroffen zu haben.

»Mira«, hatte er eines Abends zu seiner Frau gesagt, »aus dem Jungen wird mal etwas Besonderes. Er ist eine alte Seele mit einer großen Bereitschaft dazuzulernen.«

»Ich weiß«, hatte sie dann lächelnd zur Antwort gegeben.

Effels Eltern waren nach anfänglichen Bedenken, vor allem weil seine beiden Geschwister so ganz anders waren, stolz auf ihren Sohn gewesen. Die Zeit bei Mindevol und Mira schien ihn nicht von anderen wichtigen Dingen abzulenken, er blieb mit beiden Füßen auf der Erde, wie sein Vater einmal bemerkt hatte, und so hatten sie voller Freude seine weitere Entwicklung beobachtet.

Anfangs waren für Effel viele der Lehren schwer nachzuvollziehen gewesen. Von wirklichem Verstehen konnte lange Zeit keine Rede sein. Erst nach und nach war es einfacher geworden – und einleuchtender. Seine Lehrer hatten ihn immer wieder auf die Zusammenhänge zwischen allen Dingen dieser Welt aufmerksam gemacht und neben vielem anderen gelehrt, dass es so etwas wie Zufall überhaupt nicht gibt. Besonders das Resonanzgesetz hatte es seinem Lehrer Mindevol angetan. Wann immer sich eine Möglichkeit ergab, sprach er darüber.

»Wenn wir ein Ereignis nicht verstehen, sagen wir, es sei Zufall, weil das bequemer ist«, hörte er seinen alten Mentor öfter sagen, »oder weil wir dann glauben, nicht die Verantwortung dafür übernehmen zu müssen. Aber die Dinge hängen nun einmal zusammen – ausnahmslos, Effel. Es ist wichtig, dass du das erkennst. Alles bedingt sich und ist voneinander abhängig. Die Menschen und die Tiere, die Bäume und die Blumen, die Flüsse und die Meere, die Sterne und die Wolken. Zufall ist, wenn der liebe Gott inkognito kommt. Die Dinge gehen in Resonanz zu uns und es ist lohnenswert, sich dies immer wieder bewusst zu machen. Je offener du für diese Erkenntnisse wirst, je bewusster du wirst, desto mehr kannst du daraus lernen. Weisheit kommt nicht durch Erfahrung, sonst wäre ja jeder alte Mensch weise. Wir werden weise, weil wir das Erfahrene reflektieren. Lebendige Erfahrung umfasst auch konsequentes Handeln. Niemand ist weise, nur weil er etwas weiß.«

Dann hatte er sich wieder irgendeiner Tätigkeit zugewandt und seinem Schüler die Gelegenheit gegeben, das Gesagte zu verarbeiten. Effel hatte es damals nicht in seiner ganzen Tragweite verstanden. Auch heute gab es manchmal noch Situationen, die es ihm schwer machten, an dieses universelle

Gesetz zu glauben. Aber damals wie heute war er bemüht, die Lehren des Dorfältesten nicht nur zu akzeptieren, sondern sie auch in sein Denken und vor allem in sein Handeln zu integrieren. Die Begegnung mit Perchafta hatte ihn darin noch bestärkt.

Im entscheidenden Moment war Effel aber auf sich alleine gestellt gewesen, genauso wie Nikita, die von Professor Rhin mithilfe einer von BOSST entwickelten Brille aus der Ferne begleitet worden war. Erst kurz vor dem Ziel waren Nikitas Erinnerungen an ein früheres Leben wie eine Sturzflut über sie gekommen und sie hatte den Eingang zu dem geheimnisvollen Tal Angkar-Wat und auch zu den Höhlen von Tench´alin gefunden.

Professor Rhin war damals mehr als erstaunt gewesen, als sein Chef, Mal Fisher, ihm eröffnet hatte, man habe sein jüngstes Teammitglied, Nikita Ferrer, dazu ausersehen, die Pläne des Myon-Neutrino-Projektes aus der *Alten Welt* zu beschaffen. Vor allem, als er den Grund hierfür erfahren hatte. Seine junge, aufstrebende Mitarbeiterin war eine *Walk In*, die angeblich in einem früheren Leben die Pläne, die für seine Welt so sehr viel bedeuteten, schon in Händen gehabt haben sollte. Woher man das wusste, darüber hatte der Professor noch gar nicht nachgedacht. Viel zu aufregend war die Aussicht gewesen, solche Pläne bald besitzen zu können. Er hatte damit begonnen sich auszumalen, was das für seine wissenschaftliche Reputation bedeuten würde. Sein hohes Ansehen, das er bereits genoss, würde ins Unermessliche steigen. Es wäre die Krönung all dessen, wofür er lebte. Alles, was er seiner Karriere je geopfert hatte, würde einen Sinn bekommen. Jetzt durfte nichts mehr schiefgehen. Er würde Tag und Nacht wach bleiben und seine junge Mitarbeiterin mithilfe der MFB, der von ihm entwickelten Multifunktionsbrille, begleiten. Er hatte gleich geahnt, dass die junge Nikita Ferrer die Richtige war. Als sie ihm beim Einstellungsgespräch gegenüber gesessen hatte, hätte er ihre ausgezeichneten Zeugnisse nicht mehr zu sehen brauchen. Er hatte sogar für einen kurzen Moment geglaubt, ihre Aura sehen zu können. Gemessen hatte er diese schon bei vielen Menschen, die Geräte dazu hatte er selbst bis zur Perfektion weiterentwickelt.

Der Plan Mal Fishers war aufgegangen, Nikita hatte sich wirklich erinnert. Was er nicht hatte einplanen können, war, dass Nikita vielleicht gar keine Lust mehr haben könnte, wieder heimzukehren.

In Effels Heimat waren inzwischen merkwürdige Dinge geschehen. Vincent, der Sohn des reichen Farmers Jared, war nach einem missglückten Mordversuch an der Seherin Brigit in die Berge geflohen und hatte dort ebenfalls zufällig den Zugang zum Tal Angkar-Wat entdeckt. Er war aber von einem der Wächter getötet worden.

Nikita und Effel hatten schließlich eine für sie schicksalhafte Begegnung in dem Tal und waren bald darauf als Paar nach Seringat zurückgekehrt. Über die Pläne und den Vertragsbruch aber sollte vom *Rat der Welten* demnächst entschieden werden. Die Versammlung sollte im Tal Angkar-Wat stattfinden.

* * *

Kapitel 1

Zärtlich berührte er im Halbdunkel ihr Gesicht. Er wollte sich vergewissern, dass diese Frau, die neben ihm lag und schlief, nicht das letzte, für immer unvergesslich bleibende Bild eines soeben verblassten, wunderschönen Traumes war. Erleichtert reckte er sich und atmete tief. Er lächelte, denn damit stand für ihn fest, dass auch die letzten erlebnisreichen Tage Wirklichkeit gewesen waren.

Gott sei Dank, dachte er noch. Nikita war aus Fleisch und Blut und sah überirdisch schön aus. *Wie aus einer anderen Welt kommend, nicht wahr?,* flüsterte es in ihm. Und dann dachte er, dass das ja auch stimmte. Er kannte durchaus intensive, sehr lebendige Träume, aus denen er manchmal schweißgebadet aufwachte und dann quälende Minuten brauchte, um herauszufinden, was von all dem zuvor Durchlebten Realität war.

HEUTE NACHT TRÄUMTE ICH, ICH SEI EIN SCHMETTERLING. UND NUN WEISS ICH NICHT, BIN ICH EIN SCHMETTERLING, DER TRÄUMT, ER SEI CHUANG TSE, ODER BIN ICH CHUANG TSE, DER TRÄUMT, ER SEI EIN SCHMETTERLING.

Dieser, in Großbuchstaben auf goldfarbenem Büttenpapier gedruckte Spruch eines chinesischen Weisen, der angeblich vor mehr als zweitausend Jahren lebte, stand noch in dunklem Holz gerahmt an einer Wand des Schlafzimmers gelehnt. Er würde ihn, so beschloss er in diesem Moment, noch vor allen anderen Bildern, die er in seinem neuen Haus noch aufzuhängen hatte, gleich neben der Tür zum Badezimmer anbringen.

Vom Fußboden neben seiner Seite des Bettes hörte er Sams tiefe gleichmäßigen Atemzüge. Der große Wolfshund durfte seit der Rückkehr auch die Nacht in seiner Nähe verbringen, wie er es auf der abenteuerlichen Reise immer getan hatte.

Vorher war das Schlafzimmer, genauso wie das Bad, seine Tabuzone gewesen. Nun aber war der von Sendo liebevoll geflochtene Weidenschlafkorb mit dem Lammfell, der im Hauseingang gleich hinter der Tür stand und ein sehr komfortables Hundebett abgab, verwaist.

Auf Effels Nachttisch lag die Alraunenwurzel, die ihm Perchafta geschenkt hatte und die ihrer Form nach beinahe etwas Menschliches hatte. Er wusste, dass diese Pflanze äußerst selten war, und selbst wenn man sie gefunden hatte, war man ihrer noch lange nicht habhaft. Ihr wurden magische und heilende Kräfte zugesprochen und es sollten schon merkwürdige Dinge geschehen sein, wenn man bei ihrer Ernte nicht ganz bestimmte Rituale sehr genau eingehalten hatte. Doch von dem Krull hatte er noch mehr erfahren: Irgendwann würde sie ihm einmal von großem Nutzen sein. Seitdem trug er sie tagsüber immer bei sich und auch nachts bewahrte er sie sorgsam in seiner Nähe auf.

Effel schlug die Bettdecke zurück, stand auf, trat mit drei Schritten an das Fenster und öffnete es leise. Sam erwachte, fand alles in Ordnung, legte seinen Kopf wieder auf eine Vorderpfote, tat einen zufrieden klingenden Seufzer und schlief weiter.

Die Nacht, in der es geregnet hatte, wich allmählich dem Tag. Am Horizont ging die Sonne auf. Ganz sanft erfüllte sie den Himmel in feurigen Tönen. Wolken ritten auf dem kühlen Herbstwind und erste Vogelstimmen waren zu hören. Der nahe Wald, jetzt noch in dunklem Grau, aus dem langsam weißer Nebel stieg, bildete einen starken Kontrast zum Rest des Himmels. Es würde nur noch wenig Zeit verstreichen, bis er im vollen Licht der Sonne seine ganze Farbenpracht zeigen würde.

Der frühe Morgen war seine liebste Tageszeit. Er hatte es sich schon vor Jahren zur Gewohnheit gemacht, noch vor dem Frühstück zusammen mit Sam eine halbe Stunde oder länger durch den Wald zu laufen. Heute tat er das nicht, denn er wollte jeden Moment mit Nikita genießen. Gerade erinnerte er sich daran, was Perchafta während ihrer gemeinsamen Reise an einem Abend gesagt hatte: »Wenn etwas zur Gewohnheit wird, egal was es ist, sei es noch so gesund oder meditativ, kann es schädlich sein. Unterbrich ab und zu den Rhythmus, dann bleibst du wach. Gewohnheiten verleiten zum Schlafen ... und auch von gesunden Dingen kann man abhängig werden.« Dabei hatte er wieder sein verschmitztes Schmunzeln gezeigt.

Das war nicht das einzige Mal, dass er Effel dazu gebracht hatte, eine Überzeugung in Frage zu stellen. Die Begegnung mit Perchafta gehörte, und da war er sich vollkommen sicher, zu den wichtigsten seines Lebens. Bis vor Kurzem hatte er zwar hin und wieder von der Existenz dieser seltsamen Wesen gehört, aber noch nie eines von ihnen gesehen. Ihm war schnell klar gewesen, dass Perchafta damals, am ersten Tag seiner Reise, von ihm erkannt werden wollte. Nachdem der weise Gnom dann sein Begleiter geworden war, hatte Effel auch andere Krulls sehen können und deren warmherzige Gastfreundschaft genossen. Er hatte viele ihrer erstaunlichen Fähigkeiten selbst erfahren. Dass das längst noch nicht alle waren, sollte die Zukunft ihm noch zeigen.

Mindevol, der Dorfälteste, hatte nach seiner Rückkehr mit einem wissenden Augenzwinkern zu ihm gesagt: »Na, mein Lieber, die gemeinsame Zeit mit Perchafta hat dich verändert, nicht wahr? Im Außen war deine Reise zwar kurz, im Innen war sie dagegen um einiges länger ... und tiefer gehend. Die Begegnung mit Nikita hat sicherlich dazu beigetragen, aber das ist eine andere Geschichte.« *Die noch längst nicht zu Ende ist und in der du noch eine Menge dazulernen wirst*, sagte er ihm nicht.

»Du hast völlig recht, Mindevol. Perchafta ist ein Geschenk. Er verbindet Lernen mit unmittelbaren Erfahrungen, mit tief gehenden und manchmal auch recht heftigen Erfahrungen. Manchmal hatte ich das Gefühl, als wüsste er immer, was passieren wird ... so als ob er die Situationen erschaffen würde. Ich habe mich immer sicher gefühlt ... auch wenn ich während meiner Innenreisen an weit entfernten Orten und in anderen Zeiten gewesen war, habe ich immer gespürt, dass er bei mir ist. Er zeigt eine große Präsenz bei allem, was er tut oder sagt.

Das größte Geschenk aber ist die Begegnung mit Nikita und ich hoffe sehr, dass dieses Erlebnis noch lange andauert. Dass du mich für diese Mission ausgewählt hast, werde ich dir mein Leben lang danken, egal was noch geschieht.«

»Danke nicht mir, danke dir selbst, Effel. Wenn du dich nicht auf alles eingelassen hättest, wäre nichts geschehen. Ich wusste ja, dass du wissbegierig bist ... und mutig«, fügte er lächelnd hinzu, »immerhin kenne ich dich ja schon eine ganze Weile.«

Und du wirst noch sehr viel mehr Mut brauchen, fügte er noch im Stillen an.

Wie schön es hier ist, ging es Effel gerade durch den Kopf. Er hatte von Mindevol gelernt, auch Altbekanntes immer mal wieder mit neuen Augen zu betrachten. Und nach einer kleinen Pause, in der er seinen Blick über Seringat schweifen ließ, dachte er: *Ich werde alles dafür tun, dass Flaaland so friedlich bleibt, wie es ist ... sofern es in meiner Macht liegt.* Er schaute zu dem breiten Doppelbett hinüber, wo Nikita im Schlaf gerade leise stöhnte, als ihn ein anderer Gedanke anflog. *Würde ich in deiner Welt leben können und ... wollen, wenn es keine andere Möglichkeit gäbe? Würde ich für dich das alles hier aufgeben?* Er schüttelte diese Vorstellung so schnell wieder ab wie ein lästiges Insekt. Wenn es wirklich einmal so weit kommen sollte, könnte er immer noch darüber nachdenken, obwohl er eine leise Ahnung davon hatte, wie er sich entscheiden würde. Aber im Moment zählte nur das Hier und Jetzt.

Unten im Dorf krähte ein Hahn. Zunächst zaghaft und leise, so als wolle er überprüfen, ob seine Stimme noch funktioniert, dann lauter. Unmittelbar darauf antwortete ihm ein zweiter, offenbar noch verschlafen, dann ein dritter. Innerhalb kurzer Zeit war daraus ein Konzert geworden, in das bestimmt jeder

Hahn des Dorfes eingestimmt hatte. Und es schien so, als versuchte dabei jeder, alle anderen an Lautstärke zu übertreffen. Manche Stimmen überschlugen sich im Übereifer, worüber Effel innerlich leise lachen musste.

Fast so, wie manchmal auf unseren Versammlungen, dachte er und erinnerte sich an den letzten April, als beraten worden war, wie man auf die Vertragsverletzung der *Anderen* reagieren sollte. Nach dem überraschenden Besuch von Schtoll, der mitten im Winter nach langer Reise mit eisigem Bart vor Mindevols Haus gestanden hatte, um Verbündete zu suchen, war der Ältestenrat einberufen worden. Bis auf wenige, die krank oder anderweitig verhindert waren, waren alle gekommen und Effel konnte sich noch gut an die stickige Luft im Saal erinnern, den man trotz der winterlichen Kälte gar nicht hätte zu heizen brauchen.

Für Effel hatte damit das größte Abenteuer seines Lebens begonnen und er wurde das Gefühl nicht los, dass es noch lange nicht zu Ende war. Er würde Schtoll gerne bald wiedersehen. Nicht nur, um ihm berichten zu können, was aus seiner Mission geworden war, die er ja ausgelöst hatte. Das würde gleich nach den Beratungen des *Rates der Welten* auf anderem Wege ohnehin sehr viel schneller geschehen. Nein, er wollte mehr wissen. Er wollte mehr über die Lebensweise und die Kultur dieses so weit entfernt lebenden Volkes aus dem Süden erfahren. Schtoll hatte während seines kurzen Besuchs viel zu wenig davon erzählen können und das, was er erzählt hatte, war in mancher Beziehung so völlig anders gewesen als das, was Effel kannte. So wie er den Fürstensohn einschätzte, würde dieser nicht Däumchen drehen und darauf warten, was andere entschieden, ganz egal, wer das war. Leute wie er nahmen die Dinge selbst in die Hand, das hatte er ja schon bewiesen.

In Seringat waren einige Fenster bereits erleuchtet und aus einem flackerte unruhig rötliches Licht. *Soko ist also schon dabei, das Feuer in der Werkstatt anzufachen*, dachte Effel. Der Schmied war ebenfalls Frühaufsteher und Effel sah ihn förmlich vor sich, wie er mit nacktem, muskulösem Oberkörper die beiden mächtigen Blasebälge in seiner Werkstatt bediente. Diese lehnte sich mit ihrem weit ausladenden, riedgedeckten Vordach, das zur Wetterseite hin fast bis zum Erdboden reichte, ziemlich windschief an das Wohnhaus aus Backstein an. Dort wohnte Soko mit seiner alten Mutter Susa, die nach einem Treppensturz seit einiger Zeit pflegebedürftig an ihr Bett gefesselt war und um diese Stunde sicher noch schlief.

Agata, die kinderlose Witwe Berthors, der vor zwei Jahren im Hochgebirge bei der Verfolgung einer verletzten Gämse abgestürzt und ums Leben gekommen war, hatte ihre Pflege übernommen und schaute mehrmals am Tag nach ihr. Sie versorgte die alte Frau liebevoll, aber es gab auch Leute die wissen wollten, dass ihr größeres Interesse Soko galt. Weil sie am anderen Ende des Dorfes wohnte, war es für sie manchmal, wie sie es nannte, ein kleiner Spießrutenlauf, wenn ihr aus einem der Gärten oder einer geöffneten Haustür, an der sie vorübergehen musste, zugegebenermaßen öfter als vielleicht nötig, zugerufen wurde: »Na, Agata wie geht es denn Susa heute, ist Soko auch da?« Oder: »Soko ist aber nicht zu Hause!« Selbst wenn dabei gekichert wurde, war dies durchweg freundlich gemeint, denn jeder im Dorf hätte Agata wieder einen Mann gegönnt ... und Kinder. Und wenn sich die junge Frau dann der Schmiede näherte, kam sie sich wie eine Sechzehnjährige vor, in deren Bauch Schmetterlinge ihre ersten Flugübungen vollführten.

Bestimmt hatte Soko heute in der Frühe schon die kranken oder verletzten Tiere versorgt, die er hinter dem Haus in einem geräumigen Stall, in unzähligen Käfigen und kleinen Gehegen beherbergte, denn das war stets seine erste Arbeit des Tages. Scherzhaft hatte er einmal gesagt, dass er nicht genau wüsste, ob er nun Schmied und im Nebenberuf Tierarzt sei oder umgekehrt. Er war bekannt für seine heilenden Hände. Besonders durch die meist erfolgreiche Behandlung von Pferden hatte er sich einen Namen gemacht.

Bei Effels Ankunft in Seringat war er jedenfalls nicht zu Hause gewesen, da er in einem der Nachbardörfer war, um einem Freund beim Beschlagen der Pferde eines großen Gestüts zu helfen. Er würde wohl an einem der nächsten Tage vorbeikommen, vermutete Effel. Jetzt hatte er sicher viel zu tun, wenn er seine unerledigten Aufträge noch fristgerecht fertigstellen wollte. So groß und stark er auch äußerlich war – viele fanden ihn sogar grobschlächtig – so weich war doch sein Herz. Wer ihn nicht näher kannte, hätte in diesem oft lauten und manchmal auch cholerischen Mann, den man besser nicht reizte, niemals eine sanfte Seite vermutet, es sei denn, man hatte ihn schon bei der Behandlung von kranken Tieren erlebt. Wenn er mit seinen großen Händen behutsam die Wirbelsäulen seiner vierbeinigen Patienten abtastete, verschobene Wirbel wieder einrenkte oder Hüftgelenke begradigte, schien er sich in einen Menschen zu verwandeln. Erst im letzten Jahr hatte er Effels Lieblingspferd, das sich bei einem Ausritt vertreten hatte, mit zwei kurzen Handgriffen kuriert.

An Soko hatte Effel sehr deutlich erkannt, dass jede Medaille zwei Seiten hat. Wenn er den fünfzehn Jahre älteren Schmied in ein Nachbardorf zur Arbeit begleitet hatte, was gelegentlich vorkam, hatte dieser ihm in langen Gesprächen auch diesen Teil seiner Persönlichkeit offenbart. Stets hatte er ein offenes Ohr und Effel konnte mit ihm über alles reden. Soko war ein einfühlsamer Zuhörer und wenn er einen Rat gab, so tat er dies immer so, dass es nicht wie ein Ratschlag aussah. Er hatte die Gabe, es für den anderen so aussehen zu lassen, als sei es dessen eigene Idee gewesen. Mit der Zeit waren sie schließlich Freunde geworden.

In diesem Moment sah und hörte Effel seine Vermutung über die Vorgänge in der Schmiede auch schon bestätigt, denn eine dünne Rauchfahne stieg kräuselnd aus dem Kamin des mit dunkelroten Schindeln bedeckten Hauses und zerteilte den inzwischen rosafarbenen frühmorgendlichen Himmel. Soko musste gerade ein Fenster geöffnet haben, denn das Zischen der

Blasebälge war jetzt auch hier auf dem Hügel deutlich zu vernehmen. Es hörte sich an, als würden zwei hungrige Riesenschlangen durch das Dorf kriechen, die bereit waren, alles zu verschlingen, was ihnen unvorsichtigerweise oder todesmutig begegnen würde.

Von seinem Fenster aus konnte Effel das ganze Dorf überblicken. Er hatte etwas oberhalb von Seringat nicht weit vom Waldrand gebaut. Das Haus stand auf einem Stück Land mit einer kleinen Quelle, die er eher zufällig während einer Jagd entdeckt hatte, und erst kurz vor seiner Abreise war er dort eingezogen.

Jetzt war er mit der Frau zurückgekehrt, mit der er hier leben wollte, und er hoffte, dass dies auch ihr Wunsch war oder bald werden würde. Saskia, seine Jugendliebe und Freundin, hatte während seiner Abwesenheit viel Arbeit in den Garten gesteckt. Das hatte er bei seiner Rückkehr mit einem Blick gesehen und sofort ein schlechtes Gewissen bekommen, das sich seitdem auch hin und wieder zu Wort gemeldet hatte.

Seit seiner Ankunft in Seringat hatte er sie nur einmal kurz aus der Ferne gesehen und seitdem war sie aus seinem Blickfeld verschwunden. Sogar Mira wusste angeblich nicht, wo sie war.

»Ich weiß auch nicht, wo sie sich verkrochen hat«, hatte sie auf sein Fragen geantwortet. »Es ist wohl besser, sie erst einmal in Ruhe zu lassen. Wenn sie Hilfe braucht oder einfach nur reden will, wird sie zu mir kommen ... da bin ich mir ganz sicher. Ich glaube, dass sie etwas geahnt hat, denn nach deiner Abreise hat sie etwas von zwei Tauben erwähnt. Sie sagte mir, die Vögel hätten zunächst beisammen gesessen, seien dann aber in getrennten Richtungen davongeflogen. Für Saskia hatte es wohl eine Bedeutung, denn sie hatte Tränen in den Augen, als sie mir davon erzählte.« Mira ahnte zwar, wo die junge Frau sich aufhielt, wollte es aber für sich behalten.

»Mir ging es genauso, Mira, und ich hatte gehofft, sie hätte es nicht gesehen. Aber das war wohl zu optimistisch gedacht, denn sie hat von euch gelernt und ist es gewohnt, solche Zeichen zu deuten.«

Effel fröstelte ein wenig, wie er jetzt so nackt am Fenster stand, und das kam nicht allein von dem kühlen Morgenwind, der in das Zimmer wehte. *In den Bergen wird bald schon der erste Schnee fallen, wie wohl der Winter wird?,* dachte er. Und dann: *Ob Sas nach Haldergrond geht? Ich werde sie suchen und mit ihr reden. Ich möchte ihr alles erklären, das bin ich ihr schuldig. Ich werde ihre Mutter fragen, wo sie ist, dann Ihna und wenn die beiden es mir nicht sagen, werde ich Brigit bitten, mir zu helfen.*

Brigit war eine Seherin, die weit über die Grenzen von Seringat hinaus bekannt war und etwas außerhalb des Dorfes alleine mit ihren Katzen in einem kleinen Haus mit wunderbar verwildertem Garten lebte. Von überall her kamen die Leute, um sich bei ihr Rat zu holen. Effel hatte inzwischen durch seinen Bruder von dem Überfall auf Brigit erfahren. Auch dass Vincent, der verwöhnte Erbe von Raitjenland, mit dem Mordanschlag in Verbindung gebracht wurde. Seitdem war Vincent verschwunden – und er würde es auch bleiben, was aber hier noch niemand wusste.

Für den Fall, dass sich Perchafta an diesem Morgen nicht melden würde, um von den Beschlüssen des *Rates der Welten* zu berichten, was eher unwahrscheinlich war, wollte Effel nach dem Frühstück aufbrechen, um Brigit aufzusuchen. Er fragte sich, ob Nikita wohl mitkommen wollte und wenn, was sie als Wissenschaftlerin der *Neuen Welt* von einer Frau halten würde, die hellsehen konnte oder aus der Hand las. Er war sehr gespannt.

Die weißen Vorhänge, die Saskia genäht hatte, bauschten sich leicht im Wind. *Sie sehen aus wie die Segel unserer Schiffe, mit denen wir aus Frankreich fliehen mussten ... es war verdammt knapp damals*, dachte er und fast schien es ihm, als würde er wieder den stark salzigen Geschmack der Meeresbrise auf seiner Zunge schmecken, als sie den Hafen von La Rochelle hinter sich gelassen hatten und Fahrt aufnahmen. Er wollte aber den jetzigen Moment genießen und nicht wieder von einer der so überaus lebendig erlebten Zeitreisen in Bann genommen werden, von denen er mit Perchafta und später auch im Tal mit Nikita einige unternommen hatte.

Er blickte sich um. »Die ganze Welt in einem Raum«, flüsterte er »ich liebe dich so sehr, Leila.« Er würde sich daran gewöhnen müssen, dass Leila in diesem Leben Nikita hieß. Er hatte keine Gelegenheit, sich weiteren Gedanken zu überlassen, denn plötzlich fühlte er eine feuchte Hundeschnauze an seinem Oberschenkel. Effel beugte sich zu seinem Hund hinunter, streichelte ihn und sagte ganz leise: »Na Alter, hast du gut geschlafen? Wir haben wohl einiges an Schlaf nachzuholen.« *Obwohl Mindevol jetzt sicher sagen würde, dass man im Leben nie etwas nachholen kann.* Der Hund antwortete mit leisem Grunzen und verhaltenem Schwanzwedeln, gerade so, als wolle auch er Nikita nicht aufwecken.

Nach ihrer Rückkehr aus Angkar-Wat war der Wolfshund der Held des Dorfes gewesen, nachdem Effel von dem Erlebnis mit dem mächtigen Grizzly erzählt hatte. Damals hatte Sam ihm wahrscheinlich das Leben gerettet. Suna hatte daraufhin seinem vierbeinigen Freund zur Belohnung einen mächtigen Knochen aus der Metzgerei ihres Bruders gebracht, mit dem er zwei Tage hingebungsvoll beschäftigt gewesen war, bevor er ihn dann irgendwo im Garten verbuddelt hatte. Dort würde er eines Tages wahrscheinlich von einem Waschbären oder einem anderen hungrigen Waldbewohner gefunden werden.

»Guten Morgen ... bist du schon lange wach?«, fragte Nikita mit belegter Stimme vom Bett her. Sie räusperte sich und stützte ihren Kopf auf einem Arm auf, während sie mit der anderen Hand eine Haarsträhne vor ihren Augen wegwischte. Kleine Schweißperlen standen auf ihrer Stirn. Mit einem mächtigen Satz war Sam auf dem Bett und begrüßte die Frau, die seit einigen Tagen zu seinem Leben gehörte und bereits sein Hundeherz erobert hatte.

»Hey, nicht so stürmisch, Sam«, lachte Nikita, »lass mich erst einmal richtig aufwachen!« Der Hund legte sich sofort nieder, hielt ihr seinen Kopf hin und ließ sich hinter den Ohren kraulen ... und wenn Hunde verliebt schauen können, schaute er verliebt. *Wie macht sie das nur?*, dachte Effel, *bei ihr wird er zum Schoßhündchen ... na, ja, ist ja auch nur ein Mann ... oder aber sie hat ihn mit Schokolade bestochen*, gluckste er in sich hinein.

»Was ist so lustig?«, fragte Nikita, die sein breites Grinsen durchaus bemerkt hatte – dafür hätte sie nicht jahrelang Psychologie studieren müssen.

»Oh, ich dachte nur gerade über Männer und Frauen nach ... genauer gesagt ... über zwei Männer und eine Frau.«

»Und, ... was hast du dabei gedacht, verrätst du es mir?«

»Nein, lieber nicht ... später vielleicht.«

»Da bin ich aber gespannt ... ich werde dich daran erinnern.«

»Da bin ich mir sicher.«

»Effel, es ist wunderschön hier, einfach herrlich.« Nikita räkelte sich. »Die Ruhe und die gute Luft ... ich habe geschlafen wie in Abrahams Schoß. Ich fühle mich so wohl in deinem Haus ... aber diese Nacht hatte ich einen sehr merkwürdigen Traum«, und jetzt erschienen zwei Längsfalten in der Mitte ihrer Stirn, »ich erinnere allerdings nur noch Bruchstücke. Irgendetwas von meinem Vater habe ich geträumt ... er wurde verfolgt ... von einem Mann mit einem merkwürdigen großen Hut ... wo immer mein Vater hinging, er folgte ihm wie ein Schatten ... richtig unheimlich ... mir stellen sich alle Haare auf, wenn ich jetzt davon erzähle ... dann war wieder alles dunkel ... dann tauchte plötzlich Jimmy, der Sohn unserer Haushälterin, auf ... und wieder war alles wie im Nebel ... Als Nächstes sah ich eine dunkelhaarige, wunderschöne Frau, deren Augen hin und wieder rot leuchteten. Sie stand in einer großen Muschel ... und sie hielt eine Rede in einem großen Saal, der mit wunderschönen Bildern bemalt war, und viele merkwürdige Wesen hörten ihr zu. Es waren jedenfalls keine Menschen ...«, Nikita seufzte. »Ich glaube, ich muss das Träumen wieder lernen. Mit unseren Pillen, die wir nehmen, schlafen wir zwar sehr tief, aber sie verhindern Träume. Ich kann mich nicht erinnern, je mehr als vier Stunden am Stück geschlafen zu haben. Aber das ist bei uns ganz normal. Bisher fand ich das vorteilhaft, weil man dadurch Zeit für all die anderen Dinge hat.«

»Ich hoffe, von dem Teil, den du über deinen Vater geträumt hast, wird nichts wahr. Es wäre ja schlimm, wenn ihm etwas geschehen würde ... aber wie du erzählt hast, wird er ja gut beschützt. Der Rest deines Traumes hat bestimmt vom *Rat der Welten* gehandelt ... darauf möchte ich fast wetten ... Sam, komm jetzt runter vom Bett!«, sagte Effel dann so streng, wie ihm dies gerade möglich war, denn innerlich amüsierte er sich immer noch über das Verhalten seines Hundes. Der schien das gespürt zu haben, denn er bequemte sich nur sehr langsam und widerwillig vom Bett herunter, wo es doch gerade so gemütlich war und, wer konnte das schon wissen, vielleicht später noch eine schöne Balgerei hätte geben können. Er warf Effel einen schrägen Blick zu, so als wolle er sagen: *Nie gönnst du mir etwas,* was natürlich nicht stimmte, aber zeigte, dass Hunde wirklich nur im Hier und Jetzt leben.

»Jetzt tu nicht so beleidigt, Alter«, lachte Effel, »wir toben schon noch mit dir ... später, draußen im Garten.« Dann setzte er sich zu Nikita, nahm sie in den Arm und gab ihr einen Kuss.

»Du kennst Abraham?«, grinste er. »Sag bloß, ihr lest die Bibel.« Fast hätte er sie wieder bei ihrem früheren Namen genannt, weil dieser ihm immer noch vertrauter war. »Haben wir dich aufgeweckt?«

»Nein, Fran ..., Effel«, korrigierte sie sich gleich, » ... es ist gar nicht so einfach, sich an die jetzigen Namen zu gewöhnen, nicht wahr? Nein, ihr habt mich nicht aufgeweckt, es waren wohl die Hähne. Und außerdem, mein Lieber, die Bibel habe ich gelesen. In unseren Philosophiekursen an der Uni nehmen wir alle alten Religionen durch«, lächelte sie augenzwinkernd und streichelte sein Gesicht. »Du hast ein wunderschönes Haus. Du bist reich, Effel. In meiner Heimat muss man dafür in einer solchen Lage ein Vermögen bezahlen ... wenn man es überhaupt noch bekommen kann.«

»Wirklich reich fühle ich mich erst jetzt, Nikita, weil wir uns gefunden haben ... nach so langer Zeit. Diesen Platz hier habe ich eigentlich Sam zu verdanken. Ich war auf der Jagd und er hetzte einen waidwunden Eber. Ich folgte den beiden durch ein dichtes Gestrüpp ... und als ich dann wieder im Freien stand, entdeckte ich diesen mächtigen, seltsam geformten Felsen, der nahezu senkrecht aus dem Erdboden ragte ... seltsam deshalb, weil er aussah, als sei er irgendwann einmal bearbeitet worden ... und gleich daneben sprudelte eine Quelle.

Es war viel Arbeit, alles freizulegen. Der Stein ist heute Teil der Wand, an die ich den unteren Kamin gebaut habe, und die Quelle versorgt das Haus mit Wasser ... mit dem Wasser, das dir so gut schmeckt. Fast alles andere, was du hier siehst, ist aus der Werkstatt meines Bruders. Mein Vater und viele Freunde haben beim Hausbau geholfen. Im Garten ist allerdings noch Arbeit, denn jetzt ist Pflanzzeit ... obwohl Saskia schon viel getan hat. Sie hat wirklich einen grünen Daumen. Auch im Keller sollte ich bald für Ordnung sorgen, einige Kisten sind noch immer nicht ausgepackt. Ich werde mich wohl in den nächsten Tagen an die Arbeit machen müssen.«

Während er das sagte, stand er auf und ging wieder zum Fenster.

»Im Garten helfe ich dir gerne«, sagte Nikita hinter ihm, »ich wollte schon immer mal in der Erde wühlen ... ich meine, außerhalb eines Golfplatzes«, kicherte sie. »Ich freue mich jedenfalls darauf.« Sie bemerkte gerade, dass sie ihren Lieblingssport, dem sie zu Hause in jeder freien Minute begeistert nachgegangen war, überhaupt nicht vermisste.

Sie war erleichtert gewesen, dass Saskia hier noch nicht gewohnt hatte, denn sie hätte sich schlecht dabei gefühlt, wenn Effels Freundin wegen ihr hätte ausziehen müssen.

»Was denkst du, wie lange der *Rat der Welten* für seine Entscheidung brauchen wird? Werde ich die Pläne bekommen?« Nikita setzte sich im Bett auf, sie hatte sich inzwischen das Kopfkissen hinter den Rücken gestopft und schaute ernst aus ihren blauen Augen. Ihr war durchaus bewusst, welche Gedanken sie bei Effel mit ihrer Frage anstoßen würde. Sie hatten noch nicht darüber gesprochen, was geschehen würde, wenn sie die Pläne wirklich erhielte. In Angkar-Wat hatten sie vereinbart, immer den jeweiligen Moment zu leben und auszukosten. Beiden war durchaus bewusst, dass die Zukunft Entscheidungen von ihnen verlangen würde.

»Ich weiß es nicht, Perchafta hat sich dazu nicht geäußert. Er hat aber gesagt, wir seien die Ersten, die etwas erfahren werden. Ich bin mir ziemlich sicher, dass sie nicht mehr allzu lange brauchen werden. Sie müssten jetzt gerade zusammen sein. Ich wäre dort nur allzu gerne Mäuschen. Alleine die Vorstellung, dass dort mehr als zweitausend Teilnehmer zusammenkommen ... da wird es für die Krulls eine Menge Arbeit geben.«

»Ich wäre auch gerne dabei«, gab Nikita zur Antwort. »Ich habe dem Professor versprochen, mich heute zu melden. Er ist sicherlich ungeduldig. Wie ich ihn kenne, übernachtet er seit Tagen im Büro.«

»Was wird der Professor sagen, wenn er erfährt, dass du die Pläne gefunden hast?«, fragte Effel.

»Was er sagen wird? Er wird vollkommen aus dem Häuschen sein und alles daransetzen, dass sie möglichst schnell in seine Hände gelangen. Dabei wird er mir jede erdenkliche Hilfe zukommen lassen wollen ... wenn er wüsste, wie es hier ist ... ob er sich das vorstellen kann?«, Nikita lächelte. »Ich glaube nicht, dazu denkt er viel zu rational und wissenschaftlich. Das Myon-Neutrino-Projekt ist für unsere Firma außerordentlich wichtig, deswegen werden sie ihm auch alle Mittel zur Verfügung stellen. Mithilfe der Pläne könnten wir wahrscheinlich Maschinen bauen, mit denen wir die Energieprobleme unserer Welt endgültig lösen würden. BOSST würde damit eine Menge Geld verdienen. Davon ganz abgesehen brächte es dem alten Professor Rhin großen wissenschaftlichen Ruhm ein – na ja, und mir natürlich auch«, fügte sie leiser hinzu und Effel glaubte, so etwas wie Sehnsucht aus ihrer Stimme herauszuhören.

»Haben sie bei euch denn keine Angst vor den Konsequenzen ihres ... Vertragsbruches?«, erwiderte er und war inzwischen zu einem Stuhl gegangen, um sich Hose und Hemd überzuziehen, die er in der letzten Nacht dorthin geworfen hatte; ein Hosenbein war auf links gedreht. »Schließlich handelt es sich nicht um eine Bagatelle.«

»Ich glaube, Mal Fisher, mein oberster Boss, hat vor gar nichts Angst«, meinte Nikita trocken. »Wir werden sehen, was der *Rat der Welten* beschließt, und dann können wir immer noch darüber nachdenken ... Was wohl gerade in unserem Tal geschieht?«

Nikita und Effel hatten in Angkar-Wat die großartige Gastfreundschaft der Krulls genossen. Diese hatten dem Paar ein Zelt aufgebaut, das mit seinen weichen Teppichen ein ideales Liebesnest gewesen war. Sie hatten sich um nichts kümmern müssen, denn auch für ihr leibliches Wohl war bestens gesorgt worden. Wenn sie nicht ineinander verschlungen waren oder sich aus ihrem Leben erzählt hatten, hatten sie die Reste der stark verfallenen Burganlage Gisor erkundet. Hier hatte vor so langer Zeit ihre verschworene Gemeinschaft eine neue Heimat gefunden.

Sam hatte die Gelegenheit zu kleinen Jagdausflügen genutzt und hin und wieder war aus der Ferne sein aufgeregtes Bellen zu hören gewesen, wenn er wieder etwas Interessantes aufgestöbert hatte. Die Krulls hatten auch ihn verwöhnt, denn er schlief nachts zufrieden unter einem kleinen Busch vor dem Zelt, so als hätte er die Liebenden nicht stören wollen.

Während ihrer gemeinsamen Streifzüge durch das Tal waren ihnen immer wieder alte Erinnerungen gekommen. Sie hatten sich dann unter einen Baum gesetzt, die Augen geschlossen und waren gemeinsam in ihre Vergangenheit eingetaucht.

Mal waren vor Effels geistigem Auge Szenen des früheren Lebens entstanden, ein anderes Mal hatte Nikita einfach zu erzählen begonnen. Die Worte waren dann regelrecht aus ihr herausgesprudelt. Oft hatten sie vor der Ruine ihres einstigen gemeinsamen Hauses gestanden und geweint. Ab und zu hatte ihnen Perchafta Gesellschaft geleistet, soweit es ihm seine Zeit erlaubt hatte, denn die Krulls waren mit den Vorbereitungen für das Treffen des *Rates der Welten* beschäftigt gewesen.

Die Gespräche mit ihm waren stets von Weisheit und Humor geprägt. Einmal hatte er sie in die Eingangshalle der Höhlen von Tench´alin mitgenommen, in der er die beiden einige Tage zuvor erwartet hatte, nachdem Nikita die Pläne gefunden hatte.

»Weiter darf ich euch nicht hineinlassen«, hatte er gesagt. »schon dass ihr bis hierher gekommen seid, ist ein besonderes Privileg. Keines Menschen Fuß hat diese Hallen je betreten.«

»Befinden sich die *Siegel* in der Nähe?«, hatte Nikita ganz unschuldig gefragt.

Perchafta hatte sie aus großen Augen überrascht angeschaut: »Woher weißt du von den *Siegeln*, Nikita?«

»Keine Ahnung, ich weiß es nicht, Perchafta, die Frage kam von irgendwo tief aus meinem Inneren – ich musste sie einfach stellen. Ich dachte an euer Buch Balgamon und die geheimen Schriftzeichen, an den Code mit dem man sie entschlüsseln kann und diesen *Rat der Weisen* ... von all dem hast du uns erzählt ... vor ein paar Tagen im Höhleneingang.«

Perchafta hatte sich schnell gefasst und war fast wieder die Ruhe selbst. »Lass uns von etwas anderem reden«, hatte er dann gesagt. »Ihr dürft niemandem, wirklich niemandem den Zugang zu diesem Tal verraten, hört ihr? Ich könnte euch dann nicht mehr schützen. Ich könnte niemanden schützen, der sich Zugang zu den Höhlen verschaffen wollte ... und wenn dadurch die *Siegel* erwachen würden ... da endet meine Macht«, Perchaftas Stimme war jetzt leise, aber umso eindringlicher. »Versprecht mir das!«

»Wir versprechen es«, hatten beide wie aus einem Munde geantwortet und Effel hatte gefragt: »Was sollen wir denn den Leuten sagen? Jeder wird den Weg hierher wissen wollen. Sie werden fragen, wie und wo wir uns getroffen haben. Ich muss dem Ältestenrat Bericht erstatten. Sie haben mich ausgesandt, unseren Feind aufzuhalten«, dabei deutete er lächelnd auf Nikita. »Ich kann und will weder Mindevol noch den Ältestenrat belügen ... Mindevol würde es sowieso gleich bemerken.«

»Niemand«, hatte Perchafta wieder ernst das Wort ergriffen, »niemand darf je erfahren, wo der Eingang zu diesem Tal und den Höhlen ist. Alles andere dürft ihr erzählen.«

Die Art, wie Perchafta das sagte, ließ die beiden nach ihrem Versprechen gleich das Thema wechseln und sie hatten den Eindruck, als wenn der kleine Krull an diesem Tag nicht mehr zu seiner gewohnten Lockerheit zurückfand.

An anderen Abenden hatten sie dann, meist Hand in Hand, vor dem Zelt gesessen, einen schweren, süßen Wein aus großen kristallenen Gläsern genossen und den Zikaden und dem Nachtvogel gelauscht, der klagend seine eintönigen Weisen durch das Tal schickte. Sie waren stets von den Emurks bewacht worden, die auf Bitten der Krulls unsichtbar geblieben waren und nebenbei mit ihrer eigenen Abreise und dem bevorstehenden Fest ihre Arbeit gehabt hatten.

Am dritten Tag ihres Aufenthaltes in Angkar-Wat hatten sie bei einem ihrer kleinen Ausflüge ein Seitental entdeckt, das ihnen bisher nicht aufgefallen war. Sam, der wie immer vorausgelaufen war, war auf einmal verschwunden gewesen und man hörte nur noch sein Bellen, das er immer dann hören ließ, wenn er etwas gefunden hatte. Effel war losgerannt und als Erster bei ihm gewesen. Dort war er wie angewurzelt stehen geblieben. Wenig später hatte Nikita neben ihm gestanden und war nicht weniger über das erstaunt, was sich ihren Blicken bot. Effel hatte nur fassungslos seinen rechten Arm ausgestreckt und auf das große Segelschiff gedeutet.

»Kneif mich, ich glaube, ich träume.« Er hatte sich die Augen gerieben, aber das Bild war geblieben.

Nikita hatte mit großen Augen auf die Brigg geschaut, die mit drei leicht im lauen Wind flatternden, trapezförmigen, strahlend weißen Rahsegeln an beiden Masten und einem zusätzlichen rot-weiß gestreiften Briggsegel am Hauptmast auf mächtigen hölzernen Pfosten stand. So konnte weder Kiel noch Schwert durch die Last beschädigt werden. Sie hatte schnell das Schiff auf gut neunzig Fuß Länge und dreißig Fuß Breite geschätzt.

Über dem Oberbramsegel hatte eine hellblaue Fahne am Ende des sicherlich hundertzwanzig Fuß hohen Großmastes geflattert. Auf ihr waren drei fliegende Albatrosse abgebildet gewesen, ein roter, ein schwarzer und ein grüner. Knapp darunter hatte sich der Bootsmannstuhl leise knarrend träge im Wind gedreht. Der große Anker hatte auf dem Boden gelegen und die eiserne Ankerkette hatte matt in der Sonne geglänzt. Die Schäkel waren vorbildlich poliert gewesen und ihr Anblick hätte sicher dem strengsten Kapitän Freude bereitet. Fender aus Kork hatten über der Reling gehangen und die Fenderleinen waren locker darüber geworfen. Nikita hatte von unten durch die Klüsenöffnungen sogar zwei Poller aus Messing erkennen können.

Das Paar hatte langsam das Schiff umkreist, um es von allen Seiten betrachten zu können, und war sich neben der Brigg ziemlich klein vorgekommen. An beiden Bordseiten, auf denen in goldenen Lettern der Name ›Wandoo Ii‹ zu lesen war, hatten jeweils drei große Rettungsboote gehangen, deren Dollen ebenfalls matt schimmerten. Die Gangway war heruntergelassen, zwei dicke Taue hatten als Handläufe gedient. Aber es war nirgends eine Menschenseele zu sehen gewesen, die an Bord hätte gehen können. Den geschwungenen Steven hatte eine kunstvoll geschnitzte und bemalte Galionsfigur geziert. Sie hatte einen aus dem Wasser springenden Merlin dargestellt, der von einem fremdartigen Wesen harpuniert wurde.

»Schau«, hatte Nikita gesagt und dabei auf die Figur gedeutet, »ein Mensch ist das jedenfalls nicht.«

»Nein, dann müsste sich der Künstler schon sehr viele Freiheiten genommen haben«, hatte Effel geantwortet, »was ich aber nicht glaube, denn der Schwertfisch ist sehr naturgetreu nachgebildet.«

»Was glaubst du, was das ist? Eine Sagengestalt?«

»Ich weiß es nicht. Vielleicht treffen wir ja den Künstler hier irgendwo, dann können wir ihn fragen. Ich bin mir sicher, dass es Perchafta weiß.« Sie waren langsam weitergegangen.

Die gesamte Reling hatte ebenfalls von der Kunst der Holzschnitzer gezeugt, die hier am Werk gewesen sein mussten. Das mächtige eichene Ruderblatt war an seinen Rändern mit Metall beschlagen gewesen. Das ganze Schiff war auf Hochglanz gewienert und hätte an einem geeigneteren Ort sicher sofort in See stechen können. Gerade hatte der Wind ein wenig kräftiger geblasen und sofort hatten sich Brigg- und Rahsegel für einen Moment leicht aufgebläht. Die Fenderleinen waren langsam hin- und hergeschwungen und irgendwo an Deck hatte eine Glocke leise angeschlagen.

»Die Schiffsglocke«, hatte Effel geflüstert.

»Ja, der Wind muss sie bewegt haben«, hatte Nikita zurückgeflüstert, »denn ich sehe niemanden an Bord.«

»Ich glaube nicht, dass wir flüstern müssen«, hatte Effel grinsend gesagt, »denn wenn jemand hier wäre, hätte er uns längst entdeckt.«

Ein lautes, knarrendes Geräusch war plötzlich an ihre Ohren gedrungen, die Segel hatten sich in einem Windstoß gebläht und man hätte fast meinen können, das Schiff wolle sich aus seinem hölzernen Gerüst befreien. Aber es war offensichtlich gut befestigt gewesen.

»Ein Geisterschiff«, hatte Nikita gesagt, es aber nicht wirklich ernst gemeint. Sie hatte Effel zugezwinkert, auf dessen Gesicht sofort ein noch breiteres Grinsen erschienen war.

»Ja, gewiss, und wenn der Wind noch zunimmt, wird es einfach lossegeln«, hatte er ergänzt, »und schau ... gleich daneben ist das Geisterhaus.«

Ein niedriges, sicherlich fünfzig Fuß langes und dreißig Fuß breites Gebäude, halb aus Stein, halb aus Holz, hatte in einer Entfernung von vielleicht siebzig Schritten vor der Felswand gestanden. Zwischen dem Haus und dem Schiff hatte sich eine ebene, gepflegte Rasenfläche befunden, die so gar nicht zum Rest des wilden Tals passen wollte. Es musste viel Arbeit gewesen sein, diese Fläche so perfekt einzuebnen.

Von dem mit Holzschindeln gedeckten Dach des Hauses herab hatte die Fahne mit den Albatrossen geweht. Nur eines der vier mit schweren Holzläden gesicherten Fenster an der Vorderfront des Gebäudes war geöffnet gewesen. Jeder Holzladen war mit einem geschnitzten Anker verziert. Wenn sich jemand im Inneren des Hauses aufgehalten hatte, so war er wohl nicht erpicht darauf gewesen, die Bekanntschaft des Paares zu machen. Es war auch hier niemand zu sehen gewesen. Die einzigen Geräusche waren vom Schiff hergekommen, wenn die Segel sich an der übrigen Takelage rieben.

»Hallo?«, hatte Nikita in Richtung des Hauses gerufen. Das leise Schließen des offenen Fensters – und das war nicht der Wind – war die Antwort gewesen. Der Holzladen war von innen verriegelt worden. Sam hatte leise geknurrt.

»Das war deutlich«, hatte Effel gemeint.

»Vielleicht ist nicht aufgeräumt«, hatte Nikita gescherzt, »aber seltsam, seltsam. Wir scheinen hier nicht erwünscht zu sein.« Dann, mit dem Kopf in Richtung des Schiffes deutend, hatte sie stirnrunzelnd ergänzt: »Meinst du nicht, dass es selbst für ein Trockendock ein wenig weit weg vom Meer ist? Verstehst du den Sinn des Ganzen? Irgendwie ähnelt es dem Schiff, auf dem wir damals fliehen mussten. Unseres hatte aber drei Masten und es war irgendwie ... breiter«, hatte sie nach einer kleinen Pause hinzugefügt.

»Ja«, hatte Effel genickt und Nikitas Hand genommen, »das habe ich auch gesehen, aber findest du das hier nicht einfach alles sehr merkwürdig? Wer mag wohl dort in dem Haus sein?«

»Das ist in der Tat merkwürdig«, war eine vertraute Stimme hinter ihnen zu hören gewesen und sie hätten sich nicht umdrehen müssen, um zu wissen, dass es Perchaftas war. Er hatte neben Effel gestanden und auf das Schiff gedeutet.

»Das haben die Emurks gebaut, bald nach ihrer Ankunft in Angkar-Wat vor mehr als dreihundert Jahren. Und es ist ihr ganzer Stolz. Sie haben immer daran geglaubt, eines Tages wieder in ihre Heimat zurück kehren zu können. Hier in der Schule für Nautik haben sie ihre Nachkommen mit der Seefahrt vertraut gemacht. Hinter der nächsten Biegung haben sie ihre Hütten gebaut, sicherlich tausend Fuß lang an beiden Seiten des Tales. Bitte geht dort nicht hin, sie würden das sicherlich als aufdringlich empfinden und ich glaube, sie würden sich wegen der schäbigen Bauweise schämen. Sie sind ein stolzes Volk und haben das Tal stets nur als vorübergehende Bleibe betrachtet.«

Sowohl Effel als auch Nikita wussten, wer die Emurks waren, wenn sie auch selber noch nie einen zu Gesicht bekommen hatten.

»Nachdem klar war, dass ihre Verbannung ein Ende gefunden hatte – du weißt warum, Nikita«, hatte der Krull gelächelt und die Frau freundschaftlich in die Seite geknufft, »dachte ich eigentlich, sie hätten nichts Besseres zu tun, als ihre Sachen zu packen. Ich wähnte sie schon weit weg, als sie mir berichteten, sie wollten sich gebührend von uns und dem Tal verabschieden. Wie geprügelte Hunde seien sie hier angekommen, meinten sie, und mit Pauken und Trompeten würden sie uns verlassen. Sie werden ein großes Fest feiern und haben alle Krulls eingeladen. Es wird etwas dauern, bis meine große Familie hier eingetroffen ist, und ich glaube, wir werden über die Mengen an Essen staunen. Die Getränke werden wir beisteuern, das haben wir ihnen versprochen. Ihr solltet sehen, was ein Emurk verdrücken kann – über das Wie kann man sich sicherlich streiten«, hatte er amüsiert hinzugefügt.

»Aber wo sind sie?«, hatten die beiden wie aus einem Munde gefragt.

»Ich zog es vor«, hatte Perchafta geantwortet, »sie darum zu bitten, diskret im Hintergrund zu bleiben.«

»Wir können sie uns jetzt ungefähr vorstellen«, hatte Effel gemeint und auf die Galionsfigur geschaut, »nicht wahr Leila, eh, Nikita. Ich werde wohl etwas Zeit brauchen, um mich an deinen neuen Namen zu gewöhnen.« Nikita hatte nur kurz zustimmend nicken können, weil Perchafta wieder das Wort ergriffen hatte.

»Ihr Schulschiff, die Brigg, die ihr hier seht, haben sie in nur drei Monaten gebaut, ihre besten Schiffsbauer hatten sich mächtig ins Zeug gelegt. Sie mussten zunächst das Holz weit unten im Tal schlagen und dann die ganze Strecke bis hier nach oben transportieren. Eine gewaltige Kraftanstrengung, selbst für Emurks. Und was ihr hier seht«, der Krull hatte auf das Gebäude gedeutet, »war ihre Schule für Nautik. Allerdings hat niemand – weder die Lehrer noch die Schüler – je das Meer gesehen, na ja, außer Vonzel vielleicht, als er bei dir in deiner Welt war, Nikita.

Der Kapitän, der das Volk hergeführt hatte, ist bald nach der Ankunft gestorben. Sein Grab befindet sich etwas weiter oberhalb den Berg hinauf, damit sein Geist immer das Schiff sehen kann. Mit der Zeit sind dann auch alle anderen gestorben, die mit ihm zusammen an der Küste Flaalands gelandet waren. Sie hatten unterwegs hohe Verluste gehabt, aber das ist eine andere Geschichte. Ich wünsche ihnen jedenfalls, dass sie genügend über die Seefahrt gelernt haben und wohlbehalten ihre alte Heimat erreichen. Das Meer ist ja doch noch mal etwas anderes als die Trockenübungen hier oben. Wir werden sie jedenfalls nach besten Kräften unterstützen und gegebenenfalls unsere Beziehungen spielen lassen«, hatte der Krull seine Ausführungen mit einem Augenzwinkern beendet.

Dies war ihr letzter Tag in Angkar-Wat gewesen. Früh am nächsten Morgen hatten sie ihre Heimreise angetreten. Allerdings hatten da beide noch nicht gewusst, dass sie sich nicht an den Zugang zu diesem Tal würden erinnern können. Perchafta war auf Nummer sicher gegangen.

Nikita schaute Effel zu, wie er sich anzog, und fuhr fort: »Fisher wird sagen, dass nichts ewig ist. Ich sehe ihn geradezu vor mir mit ... wie komisch ... einem süffisanten Lächeln. In der Regel ist er freundlich, ja verbindlich. Er lebt für die Firma. Von seinem Privatleben ist nichts bekannt, weder ob er verheiratet ist, noch ob er Kinder hat. Manche Kollegen behaupten sogar, er wohnt auch dort unten in seinem unterirdischen Reich. Eigene Interessen und die der Firma scheinen dasselbe zu sein. Jedenfalls schert er sich in diesem Fall nicht um irgendwelche Verträge, da bin ich mir sicher. Mal Fisher ist der geheimnisvollste Mann des gesamten Konzerns, manchmal ist er mir ein wenig unheimlich. Er scheint seine Augen und Ohren überall zu haben, jedenfalls ist er immer bestens informiert. Kannst du dir vorstellen, dass sein Büro zweihundert Fuß tief unter der Erde liegt?«

Was Nikita nicht wissen konnte, war, dass sie genau in diesem Moment und an dem von ihr beschriebenen Ort, Mittelpunkt eines Gesprächs von Mal Fisher war.

»Das fällt mir schwer ... so wie vieles, was du von ... der *Neuen Welt* erzählst liegt außerhalb meiner Vorstellungskraft.« Beinahe wäre ihm ›von deiner Welt‹ herausgerutscht. Er wollte das aber vermeiden, denn sein tiefer Wunsch war es, dass sie bei ihm bliebe und irgendwann seine Welt als die ihre empfinden würde.

»Warum jemand sein Büro oder seine Wohnung unter der Erde haben sollte, ist mir wirklich ein Rätsel. Ist es wirklich so schlimm da drüben?«, meinte Effel mit einer kurzen Kopfbewegung in Richtung Westen. »Du hast mir neulich noch erzählt, wie du in den Ferien mit deinem Vater am See auf die Jagd gegangen bist ... und auch alles andere, was du von der

Neuen Welt erzählst, hört sich nicht so an, als wenn es nur grässlich wäre.« *Wenn man mal von dem ganzen Roboterzeug und euren Hochhäusern absieht ... von diesem Chip einmal ganz zu schweigen,* fügte er im Stillen hinzu. Effel hatte sich inzwischen auf die Bettkante gesetzt und kraulte Sam, der jetzt mit dem Kopf auf seinem Schoß neben ihm saß, den Nacken.

»Ja, bei uns ist es schön«, sie sagte ›uns‹, »und es gibt auch noch Gegenden, die diese Bezeichnung sogar im Vergleich zu dem, was ich hier bis jetzt gesehen habe, verdienen. Sonst ist es wirklich völlig anders ... aber grässlich ist es sicher nicht. Man kann es überhaupt nicht vergleichen. Man sollte nie etwas vergleichen, meinst du nicht auch? Wenn man vergleicht, ist man nicht bei dem, was gerade ist. Nein ...«, sie wurde von Effels Lachen unterbrochen.

»Warum lachst du? Was ist daran so lustig?«

»Weil dein Satz über das Vergleichen von Mindevol stammen könnte, fast genauso hat er ihn zu mir auch gesagt ... und nicht nur einmal. ›Wer vergleicht kann nur verlieren‹, meint er.«

»Ein kluger Mann, dieser Mindevol«, schmunzelte Nikita und fuhr fort: »Aus Angst haben sie wichtige Gebäudeteile in die Tiefe der Erde verlegt, Effel, fast alle Firmen. Sie haben Angst, es könnten wieder Flugzeuge in ihre Hochhäuser stürzen, wie schon einmal, vor langer Zeit. Diese Angst ist wohl immer noch in ihren Köpfen, obwohl solch ein Anschlag heute nicht mehr möglich wäre.«

»Aber wenn sie glauben, unter der Erde wären sie sicher, haben sie sich gewaltig getäuscht. Es soll Wesen geben, die durch nichts und niemanden aufzuhalten sind, Nikita, und ich wünsche uns nicht, solche Geschöpfe zum Feind zu haben. Frag´ Mindevol oder Perchafta, die können dir sicher Genaueres sagen.«

»Ich glaube, das will ich gar nicht wissen. Außerdem habe ich schon zwei kennengelernt, nämlich Perchafta und auf meiner Herfahrt Andaro. – Warum, meinst du, hat Perchafta so

... so seltsam reagiert, als ich ihn nach den *Siegeln* fragte? Ich hab´ mir schon den Kopf zerbrochen, was ich mit meiner Frage da wohl losgetreten haben könnte. Er war ja fast ... erstarrt.«

»Ja, so habe ich ihn noch nicht erlebt, da hast du an etwas gerührt ... mmh, wie soll ich sagen ... na ich weiß nicht, jedenfalls ist dieses Myon-Projekt wohl ein kleiner Fisch dagegen. Er hat mir gegenüber auch nur Andeutungen gemacht. Die *Siegel* sind wohl auch nicht das, um was es wirklich geht, sondern es geht vielmehr um das, was die *Siegel* verschließen ... oder in diesem Fall ›bewachen‹. Das ist das eigentliche Geheimnis. Dazu hat Perchafta sich nie näher geäußert, außer dass es sich bei den *Siegeln* um etwas sehr Mächtiges handelt, an dem man angeblich nicht vorbeikommt und was dich das Leben kostet. Wie bist du überhaupt auf die Frage gekommen?«

»Ich weiß es nicht, sie tauchte ganz plötzlich auf, wie aus ... den Tiefen irgendeiner Erinnerung. Komm, lass uns über etwas anderes reden – oder besser noch irgendwas unternehmen ... vielleicht fällt mir dann noch etwas dazu ein. Zeig´ mir mehr von deiner Heimat, Effel, ich will alles sehen. Mit jedem Stück lerne ich auch dich besser kennen. Sind wir heute Abend nicht bei deinen Eltern eingeladen? Ich bin gespannt, was es zu Essen gibt ... mein Gott, ich bin total verfressen, seit ich hier bin«, kicherte sie. Nikita sprang dann, so wie Gott sie erschaffen hatte, unternehmungslustig aus dem Bett und lief in das nebenan liegende Badezimmer. Während sie dort die Dusche aufdrehte, rief sie durch das Rauschen des Wassers: »Das alles hier müssten meine Eltern sehen, die würden staunen ... ich glaube, es würde ihnen gefallen. In jedem Fall werde ich mich gleich nach dem Duschen mit dem Professor in Verbindung setzen und ihn bitten, mit meinem Vater Kontakt aufzunehmen, damit sie wissen, dass es mir gut geht.«

»Dann werde ich mich inzwischen um unser Frühstück kümmern«, rief Effel, »oder soll ich unter die Dusche kommen?«

»Wenn du dich traust«, lachte sie.

»Nikita wie geht es Ihnen?«, rief ein aufgeregter Professor Rhin einige Zeit später. »Ist alles in Ordnung dort drüben? Sie haben sich lange nicht gemeldet. Warum tragen Sie die Brille nicht ständig? Ich hatte Sie darum ... gebeten ... es ist für unsere Operation wichtig. Ich habe mir schon Sorgen gemacht.«

Nikita hatte sich mit ihrer MFB auf die Fensterbank im Schlafzimmer gesetzt und dann hatte es nicht lange gedauert, bis die Verbindung aufgebaut war und sie ihren Chef hören konnte. Dass er statt ›gebeten‹ eigentlich ›befohlen‹ hatte sagen wollen, war ihr nicht entgangen und sie stellte fest, dass sie sich vor gar nicht langer Zeit noch darüber geärgert hätte. Heute reagierte sie darauf mit einem Lächeln.

»Ja, Herr Professor, bei mir ist alles in Ordnung, es ist so viel passiert, das werde ich Ihnen alles berichten, wenn ich zurück bin ... Sie brauchen sich keine Sorgen zu machen.« *Alles erzähle ich sicher nicht*, dachte sie noch.

»Na, Sie haben Nerven, Nikita. Haben Sie sich zurechtgefunden? Hatten Sie ... ›Kontakt‹? Hatten Sie Schwierigkeiten? Brauchen Sie etwas?« Dann machte er eine kleine Pause. »Wo sind Sie da, Nikita, ist das ein ... Hotelzimmer?« Sein Erstaunen war dem Professor anzuhören.

»Nein, das ist kein Hotelzimmer, Herr Professor, aber das erzähle ich Ihnen auch später«, Nikita musste schmunzeln, ihr Chef überschlug sich ja fast am anderen Ende der Welt. »Obwohl das zu den für Sie eher unwichtigen Details gehören dürfte«, fuhr sie fort, dann: »Herr Professor, stellen Sie sich vor, ich habe gefunden, wonach ich suchen sollte ... aber so leicht ist das nicht gewesen und es ist auch immer noch nicht einfach. Ich weiß allerdings nicht, ob ich mit den Plänen zurückkommen kann. Aber eines kann ich Ihnen versprechen ... Sie werden aus dem Staunen nicht mehr herauskommen, wenn ich Ihnen alles erzählt habe.«

»Was soll das heißen, Nikita? Werden Sie bitte etwas deutlicher ... oder können Sie gerade nicht sprechen?«

»Nein, ich glaube, ich komme hier alleine besser klar. Hilfe von außen würde alles unnötig verkomplizieren. Ich kann die

Brille auch nicht ständig tragen, ich muss wirklich vorsichtig sein, Herr Professor. Ich erkläre es Ihnen, wenn wir uns wiedersehen ... und ich kann sprechen, denn ich bin alleine, wie Sie sehen können.« Nikita drehte ihren Kopf nach allen Seiten.

»Bitte, Nikita, spannen Sie mich nicht auf die Folter! Was soll das heißen, dass Sie nicht wissen, ob Sie mit den Plänen zurückkommen können?«

Nikita konnte sich gut vorstellen, wie der Professor am Schreibtisch saß und vor Ungeduld auf seinem Sessel hin- und herrutschte oder wie ein Zirkuslöwe in einem viel zu engen Käfig, der spürte, dass er gleich in die Manege musste, herumlief. Was sie nicht wissen konnte war, dass ihr Chef nicht alleine war und dieses Gespräch auch nicht von seinem eigenen Büro heraus führte.

»Haben Sie nun die Pläne oder nicht, Nikita?«

»Nein, es wurde mir verwehrt, sie von dem Ort, an dem ich sie gefunden habe, mitzunehmen ... bisher jedenfalls.«

»Verwehrt? Was soll das jetzt wieder heißen? Ich denke, Sie haben sie gefunden? Wer hat es Ihnen verwehrt?«

Nikita verdrehte die Augen und atmete tief durch. Wie sollte sie ihrem Chef erklären, dass ein Wesen, das zuweilen nicht viel größer war als seine Kaffeetasse, im Stande war zu verhindern, dass sie einfach mit den Plänen im Gepäck aus diesem Land herausspazieren konnte.

»Nun, Herr Professor, wie soll ich sagen, dass es hier anders ist als bei uns, das war uns ja klar, aber doch wissen wir nicht alles ... längst nicht alles. Ich melde mich wieder, wenn ich Ihnen sagen kann, wie es weitergeht. Es kann nicht mehr lange dauern, so viel steht fest.«

»Nikita, Sie sprechen in Rätseln, das ist mir alles zu hoch.«

Professor Rhin klang irgendwie merkwürdig förmlich, fand Nikita, fast beleidigt, nicht so verbindlich wie sonst. Eine Alarmglocke tief in ihrem Inneren meldete sich, verstummte aber augenblicklich, als sie ihren Blick nach draußen richtete und das Dorf unter inzwischen blauem Himmel so friedlich dort unten liegen sah. Dort war das morgendliche Leben jetzt in vollem Gang. *Vielleicht tut dieser Blick ihm auch gut.* Dann schenkte sie ihrem Chef wieder ihre Aufmerksamkeit.

»Herr Professor, ist irgendwas? Geht es Ihnen nicht gut? Wir sollten doch froh sein, so weit gekommen zu sein. Es gibt die Pläne! Ich habe das Gefühl, dass wir sie bekommen können, wenn das auch vielleicht mit ... Auflagen verbunden sein wird.«

»Auflagen? Bedingungen? Nikita wer sollte uns Auflagen machen?«

»Genau das werde ich Ihnen später erklären, Herr Professor. Ich habe noch eine Bitte, können Sie meinen Vater kontaktieren und ihm sagen, dass es mir gut geht?«

»Ja, Nikita, ja, das mache ich«, kam die etwas zögerliche Antwort vom Professor.

»Das ist sehr nett von Ihnen, Herr Professor«, antwortete Nikita, der das Zögern in der Stimme ihres Chefs nicht entgangen war. »Ich muss jetzt Schluss machen, ich melde mich bald wieder.«

Nikita setzte die MFB ab und verstaute sie wieder sorgfältig in ihrem kleinen Rucksack. Dann ging sie, nachdem sie einen kurzen Blick in die Küche geworfen hatte, hinaus in den Garten, wo Effel bereits den Tisch gedeckt hatte.

»Es ist ein so schöner Morgen, da dachte ich mir, wir nutzen das aus und frühstücken in der Sonne, mein Schatz ... schau mal diese wundervollen Farben des Waldes.« Er wies mit seinem Kopf in die Richtung.

»Das ist eine gute Idee«, sagte Nikita, »den Wald habe ich mir schon eben vom Schlafzimmerfenster aus angeschaut«, *und ihn auch meinem Chef gezeigt*, »er ist einfach herrlich ... so viele Farben«, und nach einer kurzen Pause, in der Effel ihr Tee einschenkte, fügte sie hinzu: »Er war irgendwie komisch, der Professor.«

»Was meinst du mit komisch?«

»Ich weiß nicht, er war ... reserviert, fast distanziert ... ja, so kann man es nennen. So als wenn er sich nicht hätte freuen dürfen, von mir zu hören. Ach egal, vielleicht hat er auch gedacht, ich serviere ihm die Pläne auf einem Silbertablett, und war einfach nur enttäuscht. Komm, lass uns mit dem Frühstück beginnen, ich habe einen Mordshunger.«

»Hey, dann müssen wir uns ja in Acht nehmen, was meinst du Sam?«, sagte Effel zu seinem Hund, der schon wieder bettelnd neben ihm saß, obwohl er sein Frühstück bereits hatte.

»Keine Angst ihr beiden«, lachte Nikita, »ich nehme erst einmal von dem frischen Brot hier.«

***

Kapitel 2

Senator Paul Ferrer, Nikitas Vater, hatte schon seit einigen Tagen versucht, Dr. Will Manders telefonisch zu erreichen – bisher allerdings ergebnislos. Er wollte ihm mitteilen, dass er inzwischen wusste, wo sich Nikita unglaublicherweise aufhielt, und dem jungen Mann dadurch weitere Nachforschungen ersparen, die er für sehr gefährlich hielt. Er hatte stets über eine abhörsichere Leitung – als solche war sie deklariert – aus seinem Senatsbüro telefoniert. Falls doch irgendjemand Fragen stellen sollte, wollte er erklären, dass es um beantragte Forschungsgelder gehe. In seiner väterlichen Sorge hatte er allerdings übersehen, dass einem zufälligen Zeugen auf der anderen Seite solch ein Gespräch wohl sehr merkwürdig vorgekommen wäre. Nicht Will Manders, sondern Professor Rhin, wahrscheinlich sogar Mal Fisher selbst wären für Gesprächsinhalte dieser Art die formell richtigen Ansprechpartner gewesen.

Die Ereignisse der letzten Tage hatten ihm mehr zugesetzt, als er es sich eingestehen wollte. Am wenigsten seiner Frau gegenüber, obwohl er genau wusste, dass gerade Eva der Mensch war, dem er nichts vormachen konnte. Wenn er abends nach Hause kam, genügte ihr ein Blick und sie schien dann genau zu wissen, was mit ihm los war. Nicht nur, dass sie seine Gemütsverfassung sofort erkannte – das konnte man nach mehr als fünfundzwanzig Ehejahren sicherlich erwarten –, sondern wie eine äußerst treffsichere Hellseherin nannte sie auch das Kind beim Namen.

Er hatte längst aufgegeben herauszufinden, wie sie das anstellte. Ihre einzige Tochter Nikita hatte das, was Frau Ferrer ›weibliche Intuition‹ nannte, ganz offensichtlich von ihrer Mutter geerbt und so war Paul Ferrer zu Hause ein offenes

Buch. Da der Senator kein Mann war, der Geheimnisse vor seiner Frau hatte – außer denen, die ihm sein Amt auferlegten, und da konnte er stoisch sein wie eine Sphinx –, machte es ihm nichts aus, dass Eva die Gründe seiner Launen kannte.

Als er in seinem Büro die Ungewissheit nicht mehr aushalten konnte, fuhr er mit dem Wagen zu dem Haus des jungen Wissenschaftlers, der in seinen jungen Jahren schon akademische Preise gewonnen hatte. Er wohnte in der Vilmerstreet, einem der vornehmeren Stadtteile Bushtowns, der größtenteils von leitenden Angestellten und hohen Beamten bewohnt war. Vance, sein Bodyguard, war gerade in der Mittagspause, und so brauchte er sich keine Ausrede auszudenken, warum er alleine fuhr. Eigentlich waren seit Kurzem alle Senatoren aus Sicherheitsgründen dazu angehalten, nie ohne bewaffnete Begleitung zu fahren, egal wie kurz die Strecke auch sein mochte. Man hatte ihnen allerdings nicht die Gründe für diese Maßnahme mitgeteilt. Senator Ferrer hatte seinen Freund, den Innensenator Hennings, bei einem Arbeitsessen eher beiläufig danach gefragt und von diesem die Antwort bekommen: »Eine Sicherheitsübung, mehr nicht.«

Paul Ferrer konnte sich mit dieser lapidaren Antwort allerdings nicht abfinden.

Jetzt stehle ich mich schon vor meinem Aufpasser davon, das darf ich wirklich niemandem erzählen, dachte er, als er in seiner Rolls Royce-Replik saß. Auf der Fahrt beschlichen ihn wieder böse Ahnungen, die ihm fast schon zur lästigen Gewohnheit geworden waren, und er fragte sich nicht zum ersten Mal, ob er den Beginn einer Paranoia erlebte und schließlich sein Leben in einer Zwangsjacke beenden würde. Er ließ den Wagen zwei Straßenblöcke vor der Vilmerstreet stoppen und schaute sich um, bevor er ausstieg.

Verrückt ... welch ein Blödsinn, schalt er sich gleich darauf, *als wenn mir jemand auf diese Weise folgen würde. Hab wohl zu viele alte Krimis geschaut. Das ist doch heute nicht mehr nötig, wenn man wissen will, wo sich jemand aufhält.*

Nicht nur Regierungsfahrzeuge besaßen obligatorisch ein Ortungssystem. Wie er gelesen hatte, war es damals, vor einigen hundert Jahren, lächerlich einfach gewesen, den Leuten den Einbau aufzuschwatzen. Man musste ihnen nur klarmachen, dass man im Falle eines Diebstahls sein Auto innerhalb von Stunden zurückbekommen könne. So hatten die Leute auch noch für ihre eigene Überwachung bezahlt. *Manchmal sind die Menschen wirklich dumm*, hatte der Senator nicht nur in diesem Zusammenhang gedacht.

Auf seinem kurzen Weg bemerkte er, dass hier alles irgendwie gleich aussah, sogar die Vorgärten schienen sich gegen Abwechslung erfolgreich zur Wehr gesetzt zu haben. Alle zeigten kurz geschnittene Rasenflächen, die von akkuraten Blumenbeeten umrahmt wurden. Lediglich die Höhe der Buchsbaumhecke, die jedes Grundstück umschloss, gab Aufschluss über die Wohndauer der Besitzer.

»Wohl ein und derselbe Bauträger«, murmelte er, »es lebe der Individualismus.«

Als er auf das Haus von Dr. Manders zuging und es mit seinen Blicken abtastete, so als könne er von dem Gebäude einen wichtigen Hinweis über den Verbleib seiner Tochter erhalten, befand er, dass es ein sehr schmuckes Haus für einen jungen alleinstehenden Mann sei, der eher in dem Ruf stand, nur seine Forschungen im Sinn zu haben, und sicherlich die meiste Zeit in seinem Labor verbrachte. *Passt eigentlich nicht zu ihm, zu dem jungen Abteilungsleiter bei BOSST*, dachte er bei sich, während der weiße, feine Kies der Auffahrt leise unter den Ledersohlen seiner vornehmen, maßgefertigten Schuhe knirschte. *Vielleicht hat er es ja geerbt,* dachte der Senator noch, bevor er sich wieder dem Grund seines Kommens widmete. Auf sein zunächst zaghaftes, dann immer heftigeres Klingeln wurde allerdings nicht geöffnet. *Was ist da bloß los?*, fragte er sich, *in der Firma ist er nicht, und hier ist er auch nicht.*

Dr. Will Manders, der Kollege und schüchterne Verehrer seiner Tochter, der sich ebenfalls große Sorgen um Nikita gemacht hatte, hatte sich nach ihrer Abreise häufiger bei Paul Ferrer gemeldet. Er war eines Tages zu ihm ins Büro gekommen und hatte ihm sein Herz ausgeschüttet. Kurz darauf hatten sich die Männer bei einem geheimen Treffen im Clubhaus der Golfanlage weiter austauschen können. Schon nach ihrem ersten Kennenlernen hatte der Senator dem jungen Mann sein Vertrauen geschenkt und mit ihm alle Befürchtungen geteilt. Daher passte es so gar nicht, dass Will Manders auf einmal nichts mehr von sich hören ließ. Das konnte im Grunde nur Schlechtes bedeuten.

Jetzt war dem Senator klar, dass der junge Mann sich zu weit aus dem Fenster gelehnt haben musste. Er hatte wohl mit seinen düstersten Ahnungen recht behalten.

Wenn die gemerkt haben, dass du ihnen nicht traust und eigene Nachforschungen angestellt hast, war dies dein Todesurteil. Besonders dann, wenn du herausgefunden haben solltest, wo Niki wirklich ist.

Eine letzte Möglichkeit, an die sich Paul Ferrer gerade klammerte, bestand darin, dass der junge Mann alleine losgezogen sein könnte. Diesen Gedanken verwarf er aber sofort, denn in dem Fall hätte er sich sicher vorher bei ihm gemeldet. Oder auch wieder nicht, wenn Will Manders befürchtete, dass er ihn von diesem Vorhaben abhalten würde. Der Senator war verwirrt und zunehmend unfähig, einen klaren Gedanken zu fassen, was für ihn äußerst ungewöhnlich war. Im Kongress war er für seinen scharfen Verstand bekannt und wurde von seinen politischen Gegnern gefürchtet, weil er seine Gedankengänge auch rhetorisch sehr gewandt zum Ausdruck bringen konnte. Jetzt ging es um das Wohl seiner Tochter und da waren Logik und Verstandesschärfe seinen väterlichen Emotionen zum Opfer gefallen.

Zu Hause wurde er von seiner Frau Eva, die ihm aus der Küche entgegenkam, erwartet. Sie brauchte keine Fragen zu stellen. Schon an der Art und Weise, wie er sein Jackett über einen Stuhl in der Eingangshalle warf, und natürlich an seinem Gesicht, sah sie ihm an, dass er nichts Neues über die Umstände der Reise ihrer Tochter erfahren hatte. Er war in den letzten Tagen älter geworden, wie ihr schien. Tiefe Sorgenfalten hatten sich um Mund und Nase eingegraben.

»Paul, du musst dich ausruhen ... denk an deine Gesundheit, du machst dich noch ganz fertig ... hast du mal in den Spiegel geschaut?«, ermahnte sie ihren Mann und stand jetzt dicht vor ihm. »Ich mache mir Sorgen um dich. Wenn du krank wirst, hilfst du damit niemandem. Überlasse ab jetzt bitte Frank die Nachforschungen, er verfügt über die richtigen Verbindungen. Wenn jemand etwas erfahren kann, was man eigentlich nicht wissen darf ... dann er.«

»Ich habe ihn selbstverständlich angerufen, Eva, er ist im Urlaub, wie mir seine Sekretärin sagte. Wusstest du das? Nun, er muss uns ja nicht alles erzählen.«

Frank Murner, Pauls Studienfreund und Leiter einer militärischen Sicherheitsabteilung, die der Regierung direkt unterstellt war, war Nikitas Patenonkel. Er selbst hatte Kapitän Franch auf persönliche Order des Präsidenten hin befohlen, mit der U46 auszulaufen. Er wusste allerdings damals noch nicht, dass Nikita an Bord sein würde, und als er es erfahren hatte, war es schon zu spät gewesen. Da war sie längst in Flaaland und hatte das größte Abenteuer ihres Lebens begonnen.

Der Senator ließ, ohne auf die Ermahnungen seiner Frau einzugehen – er wusste, dass sie recht hatte –, einen Kaffee aus der Maschine und setzte sich auf einen der hohen Hocker an der Küchentheke.

»Wie kann ich mich ausruhen, Eva ... in dieser Situation? Will Manders ist bestimmt tot«, sagte er fast tonlos und blickte wie ein meditierender Kaffeesatzleser in seine Tasse, als könne er dort eine Antwort finden. »Ich hatte es zwar geahnt, aber jetzt bin ich mir sicher. Dass diese Leute vor nichts zurückschrecken, ist ja nichts Neues. Ich möchte gerne wissen, was unsere

Tochter da drüben soll, ausgerechnet unsere Tochter. Was kann so wichtig sein, dass wir die *Ewigen Verträge* brechen und alles aufs Spiel setzen, was wir uns aufgebaut haben? Ich weiß jedenfalls nichts von irgendwelchen Projekten, die das auch nur annähernd rechtfertigen würden. Das ist vollkommen absurd.«

Er erwartete keine Antwort, sondern stützte seinen Kopf mit beiden Händen und sah dabei aus wie der Denker von Hamangia.

Leise fuhr er fort: »Ich werde niemanden mehr anrufen, das ist verschwendete Zeit. Die wissen jetzt sowieso, dass ich Will Manders suche. Das Haus wird selbstverständlich überwacht. Dass ich daran nicht gedacht habe ... ich bin bestimmt sehr gut zu erkennen ... ach, was soll´s.« Er lächelte bitter.

»Aber wenn du deine Nachforschungen einstellst«, entgegnete seine Frau besorgt, »wird man wissen, dass du Verdacht geschöpft hast. Wenn du irgendwie an der Sache dranbleiben möchtest, bitte einen Kollegen um eine offizielle Untersuchung. Rudolf zum Beispiel. Geh in die Offensive ... obwohl ich eine Ahnung habe, dass es Nikita gut geht. Ich kann mir nicht helfen, aber mein Bauchgefühl sagt es mir. Eine Mutter spürt so etwas.«

Frau Ferrer hatte sich ebenfalls einen Kaffee geholt und stellte sich jetzt ihrem Mann gegenüber an die Theke.

»Eva«, der Senator blickte seine Frau aus müden Augen an, »deine Ahnungen in allen Ehren, aber unsere Tochter ist einige Tausend Meilen weit weg in einem unbekannten, feindlichen Land, da hätte ich schon gerne mehr Sicherheiten als deine Ahnungen. Ich habe auch ein Bauchgefühl, ein väterliches, und das schlägt Alarm.«

»Wieso feindlich, Paul? Woher willst du wissen, dass die Menschen dort unsere Feinde sind?«

»Sie sind vielleicht noch keine Feinde, Eva, aber wenn sie merken, dass wir die Verträge verletzen, werden sie es ... da bin ich mir sicher. Eine offizielle Untersuchung durch den Senat wäre geradezu töricht. Da würden sich einige Medien freuen wie die Maus in der Backstube. Ich sehe schon die fette Schlagzeile: ›*Durchgebrannt?*‹ Und den Untertitel: ›Senator sucht jetzt offiziell nach dem Verehrer seiner erwachsenen Tochter, die ebenfalls verschwunden ist.‹ Ich sehe schon meine feixenden politischen Gegner vor mir ... nein, den Gefallen werde ich denen sicher nicht tun. Ich kann nur hoffen, dass diejenigen, die für all das verantwortlich sind, nie herausbekommen, dass wir wissen, wo Niki ist. Die Nachricht über den Verlust des U-Boots, mit dem sie gefahren ist, zeigt doch, dass etwas vertuscht werden sollte. Den armen Kapitän und seine Besatzung haben sie auch auf dem Gewissen. Er war so guter Dinge und hatte sich so auf das Wochenende mit seiner Familie gefreut. Frank und ich waren wahrscheinlich diejenigen, die ihn und seine Mannschaft zuletzt lebend gesehen haben.«

»Dann lass los, Paul. Vertraue darauf, dass alles gut geht. Eine Runde Golf würde dir mal wieder guttun«, versuchte Eva ihren Mann aufzuheitern. »Du kannst jetzt sowieso nichts tun, sie ist nun mal weg. Aber wenn sie wieder hier ist, wird sie vielleicht ihren Vater brauchen, was meinst du?«

»Golf, wie kann ich jetzt ans Golf spielen denken, wo unser Kind vielleicht in Gefahr ist! Und wie kommt es, Eva, dass du so gelassen sein kannst, weißt du irgendetwas? Verheimlichst du mir etwas?«

»Habe ich dir jemals etwas verheimlicht, Paul? Nein, wie gesagt, ich habe das Gefühl, dass es unserer Tochter gut geht. Halte mich für verrückt, aber ich weiß es einfach. Nenne es von mir aus ›Mutterinstinkt‹.«

»Eva, bitte! Du weißt es? Na gut ... ich weiß es aber nicht. Morgen werde ich in Nikis Wohnung fahren. Vielleicht entdecke ich doch noch einen Hinweis, irgendeine Botschaft, die sie oder jemand anderes dort gelassen hat und die wir bisher übersehen haben. Ich werde Mike Stunks bitten mitzukommen. Er ist mir noch einen Gefallen schuldig.«

»Was soll Mike denn ausrichten?«, Eva Ferrer runzelte die Augenbrauen. »Bringst du ihn damit nicht in eine ... na ja ... missliche Lage?« Sie dachte an den inzwischen etwas fülliger gewordenen Mike, der Leiter einer Spezialabteilung der NSPO war. Ferrers waren ihm im letzten Jahr bei einem offiziellen Anlass im Festsaal des Ministeriums für Sicherheit begegnet. Nichts schien den wachsamen Augen dieses Mannes zu entgehen, auch nicht an einem Ort, an dem er eigentlich hätte feiern und sich entspannen können. Eva erinnerte sich, dass es sich um eine Jubiläumsfeier gehandelt hatte. Jemand, der vor lauter Orden schon nicht mehr gerade gehen konnte, hatte noch einen dazubekommen. Eva hasste solche Veranstaltungen wie die Pest, war aber ihrem Mann zuliebe und der Etikette wegen mitgegangen.

Als Eva das College besucht hatte, vor hundert Jahren wie ihr manchmal schien, war Mike Stunks einer ihrer Verehrer gewesen und sie hatte sogar einmal zugestimmt, ihn auf einen Ball zu begleiten. Er hatte sich als recht hartnäckig erwiesen und sie hatte, eher um ihre Ruhe zu haben, seinem freundlichen Drängen nachgegeben. Es war dann doch noch ein lustiger Abend geworden, an dem sich Mike als charmanter Unterhalter und passabler Tänzer gezeigt hatte. Danach hatten sie sich aus den Augen verloren, nachdem sie ihm klargemacht hatte – und zwar diesmal unmissverständlich –, dass es bei der einen Verabredung bleiben würde. Er war ein netter Kerl, der obendrein noch das Gespür dafür hatte, wann es eine Frau ernst meinte, aber als potenzieller Ehemann war er für sie von vornherein nicht in Frage gekommen. Sie hatte nämlich damals schon ein Auge auf Paul Ferrer geworfen, der zu dieser Zeit gerade mitten in seinem juristischen Examen stand. Dennoch hatte der sie, und dafür hatte sie gesorgt, in der Mensa schon einige Male bemerkt und ihr sogar ein Lächeln geschenkt, das sie nur noch mehr motiviert hatte.

»Mike ist einer der Besten«, wurde sie von ihrem Mann aus ihren Erinnerungen gerissen, »und gerade deshalb will ich ihn dabeihaben. Auf sein Konto gehen die meisten Aufklärungen von Verbrechen. Erinnerst du dich an den Entführungsfall der Sisko-Kinder? Das hat er praktisch im Alleingang erledigt, auch wenn, wie man munkelt, Freund Zufall zu Hilfe kam. Aber nur dem Fleißigen winkt auch das Glück. Ich möchte einfach nichts unversucht lassen. Wenn du mit ›misslicher Lage‹ meinst, er müsse das seiner Dienststelle melden, nun, ich werde es ihm erklären, warum es erst einmal besser ist, es nicht zu tun.«

Der Senator hatte seinen Kaffee ausgetrunken und stellte die Tasse scheppernd auf den Unterteller. Sein neuer Plan schien seine Lebensgeister geweckt zu haben.

Natürlich erinnerte sich Eva an die Sisko-Kinder, auch wenn es jetzt 15 Jahre her war. Sie erinnerte sich sogar an das Datum, an dem sie zum ersten Mal von der Entführung gehört hatte, weil es am siebzigsten Geburtstag ihrer Mutter gewesen war. Es war der 2.8.2851 gewesen. Mike hatte ihr die ganze Geschichte außerdem an jenem steifsten aller steifen Abende im letzten Jahr ausführlich erzählt, zumindest das, was er für die ganze Geschichte hielt. Sie waren darauf gekommen, weil Kay, der eine der beiden Sisko-Söhne, irgendeine Auszeichnung seiner Universität erhalten hatte, was just an dem Tag in den Medien berichtet wurde.

Die damals achtjährigen Zwillinge des bekannten Industriellenehepaares Sisko waren entführt und drei Monate lang gefangen gehalten worden. Sie waren offensichtlich wie immer mit dem Wagen von der Schule abgeholt worden. Mr. Doutes, der Hausmeister, und zwei Lehrer hatten dies bestätigt. Zu diesem Zeitpunkt war der echte Chauffeur, ein gewisser Claude Robbins, allerdings mit Reifenwechseln beschäftigt gewesen. Als der ehemalige Profiboxer, der damals bereits seit fünf Jahren als Leibwächter und Fahrer bei den Siskos arbeitete, losfahren wollte, um die Kinder abzuholen, hatte er bemerkt, dass beide Hinterreifen der schweren gepanzerten Limousine fehlten. Der Wagen war aufgebockt worden. Ob fehlende Schlussfolgerungen das Ergebnis vieler schwerer Kopftreffer gewesen waren oder einen anderen Grund gehabt hatten, würde für immer im Dunkeln bleiben. Jedenfalls hatte sein Hirn die Überlegungen nicht weitergetrieben als bis zu einem ganz einfachen Reifendiebstahl. Einen Ersatzreifen hatte er vorrätig gehabt, aber für den zweiten hatte er einen Servicewagen aus der Werkstatt kommen lassen müssen. Das hatte ungefähr eine halbe Stunde gedauert, was überhaupt nicht tragisch gewesen war, da es wegen des dichten Verkehrs manchmal hatte vorkommen können, dass er sich verspätete. In einem solchen Fall hatten die Kinder einfach in der Halle der Schule auf ihn gewartet und sich die Zeit mit ihren geliebten Computerspielen vertrieben.

»Es war exakt der gleiche Wagen«, so hatte es der beflissene Hausmeister unterwürfig der Polizei, die mit großem Aufgebot angerückt gewesen war, versichert.

»Durch die getönten Scheiben konnte ich doch nicht sehen, wer da am Steuer saß. Ich ging davon aus, dass alles seine Richtigkeit hat. Die Kinder sind ja auch hinten eingestiegen, so wie immer ... sie haben noch gelacht und rumgealbert. Da dachte ich mir doch nichts Schlimmes. Kann ja keiner mit rechnen. Aber ihr könnt sie doch finden, sie haben doch den Chip«, jammerte er, als wenn es sich um seine eigenen Kinder gehandelt hätte. Der Chip hatte aber in diesem Fall nicht helfen können, obwohl Kindesentführungen das Hauptargument bei seiner Einführung gewesen waren. Jeder hatte die Sinnhaftigkeit leicht nachvollziehen können.

Wie sich in diesem Fall später herausgestellt hatte, war der ICD fachmännisch entfernt und ausgetauscht worden. Die Ironie war, dass die ICDs von der Firma Sisko hergestellt wurden. Hundertschaften der Polizei, die fast das ganze Land auf den Kopf gestellt hatten, hatten unverrichteter Dinge aufgeben müssen. Alle Hinweise aus der Bevölkerung waren ins Leere gelaufen und dann versickert wie Wellen an einem Sandstrand. In der ersten Woche waren über fünfhundert

Zeugenmeldungen eingetroffen. Alle hatten die Kinder irgendwo gesehen und viele hatten sogar ihren Kopf darauf verwetten wollen. In der zweiten Woche waren es nur noch dreißig Meldungen gewesen, obwohl die Medien fast stündlich von dem Fall berichteten und dafür gesorgt hatten, dass jeder im Land wusste, wie die Zwillinge aussehen.

Drei wirklich dummdreiste Trittbrettfahrer, die alle ein hohes Lösegeld gefordert hatten, waren schnell dingfest gemacht worden – zwei von ihnen bei der Lösegeldübergabe, zu der sie pünktlich selbst erschienen waren. Die Dummheit war auch im 29sten Jahrhundert noch nicht ausgestorben. Der Dritte, der auf diese Weise reich werden wollte, hatte seine Gesinnungsbrüder sogar noch übertroffen. Er hatte es irgendwie geschafft, aus dem Gefängnis, in dem er einsaß, anzurufen, um seine Forderungen zu stellen. Das hatte den Gefängnisdirektor seinen Job gekostet und allen Mitgefangenen eine sehr genaue Untersuchung ihrer Zellen eingebracht. Der Anrufer war ja schon gewesen, wo er hingehörte. Von da an noch einmal zehn Jahre länger.

Die Kinder aber waren wie vom Erdboden verschwunden geblieben und auch die Entführer schienen sich in Luft aufgelöst zu haben. Man hatte das Schlimmste befürchtet.

Zwei endlos lange Wochen waren weder Forderungen gestellt noch irgendwelche abgeschnittenen Ohren oder Finger geschickt worden – ein sehr beliebtes Druckmittel in ähnlich gelagerten Fällen – und Psychologen hatten die verzweifelten Eltern auf das Schlimmste vorbereitet. Mrs. Sisko hatte ergänzend dazu von ihrem Hausarzt starke Beruhigungsmittel bekommen, was dazu geführt hatte, dass sich die bedauernswerte Frau schlafwandlerisch und wie ein Schatten ihrer selbst durch das große Haus bewegt hatte, sofern sie einmal ihr Zimmer verließ. Keiner der Dienstboten hatte gewagt, auch nur ein lautes Wort zu sprechen, und alle waren nur mit gesenktem Blick umhergelaufen. Es hatte eine Grabesstimmung geherrscht, gerade so, als seien die Kinder bereits gestorben.

Als die Haushälterin der Siskos, Maria Gonzales, eine äußerst resolute Person und unter normalen Umständen nicht auf den Mund gefallen, in der dritten Woche der Entführung zum Einkaufen in einem nahe gelegenen Supermarkt gewesen war, war sie von jemandem im allgemeinen Gedränge an der Kasse angerempelt worden. Sie hatte dem leichten Rempler außer einem sehr kurzen bösen Blick aus ihren braunen Augen zunächst keine weitere Beachtung geschenkt. Erst als sie später beim Auspacken der Lebensmittel in ihrer Einkaufstasche einen Brief gefunden hatte – sie konnte sich nicht erinnern, jemals überhaupt einen in der Hand gehabt zu haben –, hatte die kleine Rempelei doch noch eine Bedeutung bekommen.

Von diesem Moment an hatte Mike Stunks Stunde geschlagen und bei den geplagten Siskos war neue Hoffnung aufgekeimt. Es war Mikes erster großer Fall bei der NSPO gewesen. Zuvor hatte er sich bereits bei der Kriminalpolizei, die ebenfalls an diesem Fall dran war, einen Namen gemacht und die Siskos wussten das. Er hatte sich in den Fall verbissen gehabt wie ein Terrier, dem man sein Lieblingsspielzeug wegnehmen wollte. Er war in das Gästehaus des Sisko-Anwesens eingezogen. Es war doppelt so groß wie sein eigenes Wohnhaus und es hatte zwei Wochen lang den Anschein gehabt, als würde er keinen Schlaf brauchen.

Als Erstes hatte er Maria Gonzales befragt, die kräftig gebaut und gut einen halben Kopf größer war als er. Jeder Angestellte des Hauses war selbstverständlich auf Herz und Nieren geprüft worden und alle hatten eine Weste, die so blütenweiß war wie frisch gefallener Schnee in den Rockys.

»Mrs. Gonzales, was genau haben Sie im Supermarkt gesehen? Bitte denken Sie genau nach. Jede noch so kleine Einzelheit ist wichtig ... ich hoffe, Sie haben nichts dagegen, wenn ich unser Gespräch aufnehme«, hatte Mike das Verhör ganz ruhig begonnen und dabei auf sein kleines Aufnahmegerät gezeigt, das er vor sich auf den Tisch gelegt hatte. Er hatte die Frau dabei fixiert wie die Schlange das Kaninchen. Er wusste aus jahrelanger Erfahrung, dass jede noch so kleine Körperreaktion eines Zeugen einen Hinweis auf eine unbewusste Beobachtung geben konnte. Aus diesem Grund war er auch in die Küche, in ihr Reich, gekommen. Sie sollte möglichst entspannt sein.

»Mein Gott«, hatte die Haushälterin, mit einer Geste in Richtung des Aufnahmegeräts, die Mike als Zustimmung deutete, erwidert, »was soll ich schon gesehen haben? Ich war damit beschäftigt, die Kassiererin zu kontrollieren. Sie machen andauernd Fehler, komischerweise meist zu ihren Gunsten. Ich verstehe gar nicht, warum es wieder Geschäfte gibt, in denen Menschen an der Kasse sitzen. Aber der Laden ist nicht weit und ich wollte schnell wieder zu Hause sein ... Sie wissen doch ... die arme Mrs. Sisko, die ...« Von Entspanntheit war Mrs. Gonzales meilenweit entfernt gewesen, obwohl sie selbst vielleicht auf Nachfrage das Gegenteil behauptet hätte.

»Mrs. Gonzales«, hatte Mike den beginnenden Redeschwall unterbrochen, »ist Ihnen vielleicht vorher etwas aufgefallen, wurden Sie verfolgt oder hat Sie jemand beobachtet?«

»Hören Sie, Sir, ich war damit beschäftigt, alles was auf meinem Display stand, einzukaufen, da schaue ich nicht nach anderen Leuten. Wissen Sie, wie viele Menschen in Supermärkten rumlaufen? Da hätte ich viel zu tun ... aber sagen Sie doch Maria zu mir, das machen alle hier.« Maria war aufgestanden und hatte begonnen, in der Küche herumzuhantieren, was eher planlos ausgesehen und wohl dem Abbau ihrer Nervosität gedient hatte. Mike hatte sich aber nicht so schnell abschütteln lassen.

»Danke, Frau Gonzales, ... äh, Maria, bitte setzen Sie sich doch«, sein Ton war um eine Nuance schärfer geworden. »Ich weiß, wie viele Leute sich in Geschäften aufhalten ... ich gehe hin und wieder selber einkaufen. Aber manchmal kann man fühlen, dass man beobachtet oder verfolgt wird, kennen Sie das nicht? Es ist wie ein sechster Sinn.«

»Doch, klar kenne ich das«, in Marias Stimme hatte jetzt leichter Trotz gelegen und daran hatte Mike erkannt, dass seine kleine Stresserhöhung funktioniert hatte, »aber neulich war es nicht so ... bestimmt, glauben Sie mir, Sir, Mr. Stunks. Was soll ich sagen, ich hab´ nix gesehen.« Sie hatte sich auf einen Stuhl fallen lassen, ihre Schultern waren herabgesunken und sie hatte ihre Hände in den Schoß gelegt, als ihr linkes Augenlid auf einmal wild zu zucken begonnen hatte, als ob ihr etwas ins Auge geflogen wäre, was Mike nicht entgangen war. Er hatte den Atem angehalten, um einer möglichen Erinnerung Zeit zu geben. Und diese war gekommen, wenn es auch nicht viel gewesen war. Maria hatte für einen Moment die Augen geschlossen. Das Zucken hatte so plötzlich aufgehört, wie es begonnen hatte.

»Jetzt ... ich erinnere mich doch!«, hatte Maria dann gerufen. »Da war ein Mann, der hat sich an allen vorbeigedrängt! Er hatte nichts eingekauft, hatte keinen Korb, keine Tasche ... nichts. Der hat mich angerempelt und so komisch geschaut! Jesus!«, es klang wie ›Jesses‹. »Meinen Sie, das war das Monster, das unsere Engelchen entführt hat? Ich weiß noch ... in diesem Moment hatte ich so ein Gefühl wie ... kennen Sie das? Als wenn die Welt für einen Moment aufgehört hätte sich zu drehen. Mein Gott! Wie konnte ich den Kerl vergessen, Sir? Es ist wohl alles ein bisschen viel für mich, es ist so schrecklich!« Marias Augen waren vor Entsetzen ganz groß geworden und sie hatte sich mit der flachen Hand an die Stirn geschlagen, dass es leise, aber unüberhörbar geklatscht hatte.

»Sehr gut. Können Sie ihn beschreiben, Mrs. Gonzales, äh ... Maria?« Mikes Stimme war ganz ruhig gewesen. »Jede noch so kleine Einzelheit ist wichtig.«

»Nein ... es ging ja schnell ... oder ... warten Sie, es gibt doch etwas, nur eine Einzelheit, an die ich mich erinnere, und die ist nicht klein, ich sehe sie gerade förmlich vor mir. Eine Raubvogelnase, ja, eine ziemlich große, gebogene Nase. Irgendwie passte sie nicht zu dem Typ, das dachte ich noch. Und, ja, Augen wie aus Stahl, er hatte einen Blick wie aus Eis. Aber dann war er auch schon weg und ich musste meine Sachen einpacken, weil von hinten wieder gedrängelt wurde.« Maria hatte laut geseufzt. »Mehr weiß ich nicht, es tut mir so leid, wenn ich geahnt hätte, dass das der Entführer der Kleinen ist, glauben Sie mir, ich hätte ihn nicht einfach gehen lassen«, hatte sie gejammert. »Bringen Sie uns die Kinder zurück, Mr. Stunks, ich flehe Sie an.«

»Nun mal langsam mit den Pferden, Maria, wir wissen weder, ob das der Entführer war, noch ob er den Brief in ihre Tasche getan hat. Es ist eine reine Vermutung, dass es dieser Mann war. Sind Sie sich sicher, dass Sie ansonsten mit niemandem Kontakt hatten? Bitte denken Sie noch einmal genau nach, das mit der Rempelei ist Ihnen ja auch nicht gleich eingefallen.«

Mike hatte innerlich dem Schicksal gedankt, dass Maria im Supermarkt nicht eingegriffen hatte. Nicht weil ihm der Überbringer des Briefes leid getan hätte, sondern weil er sich sicher gewesen war, dass es sich bei den Entführern um mindestens zwei Personen gehandelt hatte. Jemand musste das Auto gefahren haben, mit dem die Kinder abgeholt wurden, ein anderer hatte sicherstellen müssen, dass der richtige Chauffeur, der vielleicht ausgerechnet an diesem Tage früher dran war, lange genug beschäftigt war und eventuell nochmals aufgehalten werden konnte. Mit dieser Vermutung hatte Mike allerdings falsch gelegen.

»Nein«, hatte Maria stirnrunzelnd nach einer weiteren kurzen Pause gemeint, »ich bin nach dem Einkaufen direkt nach Hause gegangen, da war nichts mehr.«

»Na, jedenfalls danke ich Ihnen, Maria, Sie haben uns sehr geholfen.« Das hatte er zwar nicht wirklich so gemeint, hatte sich aber für den Fall, dass Maria eventuell doch noch etwas einfiele, eine Hintertür offen lassen wollen.

Mike Stunks hatte gesehen, dass in dem Moment nicht mehr aus der Frau herauszuholen war, und deshalb hatte er sich als

Nächstes dem Umschlag gewidmet. Es war mit den Siskos ausgemacht worden, dass alles, was an Post eventuell ins Haus kam, zunächst von ihm untersucht werden würde. Mike hatte nicht einen Moment daran geglaubt, dass eventuelle Forderungen auf dem sonst üblichen elektronischen Weg eintreffen würden, dazu waren sie zu leicht zurückzuverfolgen. Die Entführer hatten bereits gezeigt, dass sie nicht auf den Kopf gefallen waren. Man würde ganz sicher auch keinen der staatlich geprüften Kurierdienste beauftragen, die auf schnellstem Weg kleinere Warensendungen oder wichtige Dokumente, die man nicht elektronisch übermitteln konnte, ihrem Empfänger zukommen ließen. Mit dieser Vermutung hatte er recht behalten.

Er hatte sich nach dem Verhör der Haushälterin in seinen Gästebereich zurückgezogen, in dem er ein kleines Labor aufgebaut hatte. Die Untersuchung auf Fingerabdrücke hatte nichts erbracht, worüber er auch nicht sonderlich erstaunt gewesen war.

Wer eine solche Entführung plant und durchführt, der tatscht nicht auf seinem Erpresserbrief herum, war ihm durch den Kopf gegangen. Er hatte das Kuvert dennoch fast so behutsam geöffnet wie ein Chirurg eine Herzkammer, weil er alles vorsichtshalber noch im großen Labor der NSPO hatte untersuchen lassen wollen.

Er hatte seine dünnen weißen Stoffhandschuhe getragen, die er routinemäßig immer dabeihatte. Man konnte letzten Endes nie vollkommen sicher sein. Er hatte in seiner kriminalistischen Laufbahn schon ›Pferde vor der Apotheke kotzen sehen‹, wie er gerade erst vor ein paar Tagen einem jungen Kollegen erklärt hatte, und zwar mehr als nur einmal. Außerdem hatte man ihm an der Hochschule für Kriminalwissenschaften beigebracht, dass die meisten Verbrecher irgendwann, und sei es auch erst nach der Tat, einen Fehler machen – auch diejenigen, oder insbesondere diejenigen, die sich für besonders clever hielten. Dieses Sich-für-besondersclever-Halten war genau ihr Schwachpunkt, ihre Hybris, die sie zu Fall brachte.

Adressiert war der Umschlag gewesen an ›Die Firmenleitung von Sisko ESS, zu Händen Herrn Herb Sisko, streng vertraulich‹. Mike hatte sich, wie ausgemacht, von dem Zusatz ›streng vertraulich‹ nicht beeindrucken lassen und zwei bedruckte DIN A4 Papierbögen aus dem Umschlag herausgezogen. Dann hatte er in einem der schweren, komfortablen Ledersessel Platz genommen – Sessel, die denjenigen, der sich ihnen anvertraute, zu verschlucken schienen. Auch wenn Informatik in der Schule nicht zu seinen Lieblingsfächern gehört hatte und er diese Sprache nicht gut beherrschte, hatte er sofort gesehen, dass es sich bei der Menge an Nullen und Einsen, mit denen eines der Blätter beschrieben war, um ein Computerprogramm handelte.

Das zweite Blatt hatte Folgendes zum Inhalt – und für diese Sprache war er Experte:

»Wenn Ihnen Ihre Kinder am Herzen liegen, und davon gehen wir aus, bitten wir Sie, die nächste Produktion des ICD, die in einem Vierteljahr fertig sein soll, mit beiliegenden Programm zu versehen.«

»›Bitten wir Sie!‹... Sarkasmus gepaart mit Gewalt ist eine gefährliche Kombination ... ›ein Vierteljahr‹, die sind gut informiert«, hatte Mike kopfschüttelnd gemurmelt, bevor er weitergelesen hatte.

»Wir haben den Kleinen inzwischen den Prototyp implantiert. Sollten Sie unseren Forderungen nicht nachkommen – und wir können Ihnen versichern, dass wir die Möglichkeit haben, das zu überprüfen –, werden wir ein kleines Programm unserer Version des ICD im Körper Ihrer Kinder aktivieren. Sie können sich nicht vorstellen, wie unangenehm das sein wird. Der Tod wäre in diesem Falle das kleinere Übel. Kommen Sie unseren Forderungen nach, werden Ihre Kinder ein ganz normales Leben führen, so als ob nichts passiert wäre. Was allerdings geschieht, wenn Sie zu irgendeinem späteren

Zeitpunkt die Baupläne des ICD wieder ändern sollten oder Informationen über den Inhalt dieses Schreibens an die Öffentlichkeit dringen, überlassen wir Ihrer Fantasie. Das Gleiche gilt selbstverständlich für den Fall, dass Sie die ICDs Ihrer Söhne wieder austauschen oder den Versuch unternehmen sollten, sie anderweitig zu manipulieren. Seien Sie versichert, dass wir das bemerken würden. Sie werden verstehen, dass wir diesen Brief nicht unterzeichnen können, was bei Ihnen aber bitte keinen Zweifel an unserer Ernsthaftigkeit aufkommen lassen möge.

P.S.: Wir werden es bei diesem einen Schreiben belassen. Betrachten Sie es bitte als einmalige Chance. Sie haben das Schicksal Ihrer Söhne in der Hand.«

Herb Sisko war eine Stunde später beim Lesen des Briefes noch blasser geworden, als er ohnehin schon gewesen war, und hatte ihn auf den kleinen, mit einem Schachmuster verzierten Tisch neben seinem Sessel gelegt. Mike Stunks hatte zunächst nur still dagesessen, war dann aufgestanden und im Raum hin- und hergegangen, wie er es gerne tat, wenn er nachdenken musste. Dabei war er in Gedanken bei möglichen Motiven und Täterprofilen gewesen. Er hasste es, im Dunkeln zu tappen, aber hier hatte er ein kleines Licht am Horizont gesehen, denn man hatte etwas in der Hand, wenn auch nur aus Papier. Die beiden Männer hatten sich in der Bibliothek des Hauses aufgehalten und Herb Sisko hatte gewiss einen oder zwei Brandys zu viel getrunken – wie an jedem Abend der letzten beiden Wochen. Trotzdem hatte er kaum Schlaf gefunden und nach diesem Brief würde sich sein Zustand sicher nicht verbessern, wie Mike vermutet hatte.

Die Zwillinge Steve und Kay waren die Erfüllung seiner Wünsche gewesen. Die erste Ehe Herb Siskos war, trotz modernster Medizintechnik, kinderlos geblieben und wohl auch deswegen in die Brüche gegangen. Er wäre vor Freude und Stolz fast geplatzt, als seine zweite Frau Lara auf ganz natürlichem Wege, nur zwölf Monate nach der Hochzeit, die Kinder zur Welt gebracht hatte. Mit den Söhnen war die Nachfolge gesichert.

»Wer kann so was?«, hatte Mike Stunks gefragt. »Ich meine, wer hat die technischen Möglichkeiten, einen solchen Chip herzustellen?«

»Ich weiß es nicht«, war die müde Antwort gewesen, »wir haben zwar viele Verrückte in diesem Land, die es behaupten könnten, aber diese Programme sind außerordentlich kompliziert. Ich werde das hier sofort selbst untersuchen. Ich muss unbedingt wissen, wie wir den ICD verändern sollen. Ich habe schon viele Binärcodes gesehen, die meisten habe ich selbst geschrieben, aber diese Halunken haben einen komplementären BCD-Code verwendet ... egal, was es ist, wir werden es machen. Ich will meine Kinder wiederhaben ... Was immer diese Verbrecher auch programmiert haben wollen ... von mir wird niemand etwas erfahren. Meine Söhne sind mir wichtiger als alles andere auf der Welt.«

»Haben Sie Feinde, Mr. Sisko?« Er hatte in diesem Moment nicht darauf eingehen wollen, dass die NSPO es sicher nicht durchgehen lassen würde, dass Herb Sisko solch eine Sache für sich behielt, vor allem, wenn sie, wie man vermuten musste, nicht harmlos war. Mike würde alles sehr genau prüfen.

»Nein, aber das haben mich Ihre Kollegen schon tausendmal gefragt, ich habe keine Feinde, Mr. Stunks.« Herb Sisko hatte Mike aus müden Augen angeblickt und ihn für einen kurzen Moment an Blessie, seinen Cocker Spaniel erinnert, den er als Junge gehabt und über alles in der Welt geliebt hatte.

»Was ist mit Konkurrenten, Mr. Sisko?«

»Nein, die Claims sind abgesteckt, Mr. Stunks«, Sisko hatte abgewinkt. »Was den ICD anbetrifft, hatte unsere Firma damals nur zwei wirklich ernst zu nehmende Mitbewerber, als die Regierung den Auftrag für den Chip vergab. Natürlich wollten wir ihn alle haben. Das ist ein dicker Brocken und sichert einem die Zukunft. BOSST war mit dran und eine kleinere Firma, die es schon lange nicht mehr gibt, Fuertos LCD. Es hatte wohl damals ziemlichen Wirbel gegeben, wie mir mein Großvater erzählt hat. Aber das ist hundert Jahre her ...

Schnee von gestern. Nein, wir haben weder Feinde noch Konkurrenten. Und, um Ihnen Arbeit zu ersparen, Mr. Stunks, Mal Fisher, der Vorstandsvorsitzende von BOSST, ist der Patenonkel von Steve, was ja wohl Beweis genug sein dürfte.«

»Und wie viele Personen wissen davon, dass eine neue Produktionsreihe des ICD in Kürze ausgeliefert wird?«, hatte Mike gefragt ohne sein Gehen zu unterbrechen. Dass Patenonkelsein kein Freifahrtschein war, behielt er für sich. Herb Siskos Maß an Aufregungen war bereits mehr als voll, man musste es nicht noch zum Überlaufen bringen. »Das Datum wird nicht gerade in den Nachrichten gekommen sein, Mr. Sisko.«

»Nein, natürlich nicht. Davon wissen, außer den entsprechenden Regierungsstellen, nur die Geschäftsleitung, also ich ... und meine beiden Vorstandskollegen, Mr. Sahib und Mrs. Labarte, naja ... und natürlich die Leute, die den Chip programmieren. Aber für die lege ich meine Hand ins Feuer, Mr. Stunks.«

»Na, nichts für ungut, Mr. Sisko, aber Sie wären nicht der Erste, der sich dabei verbrennt.«

Von dem echten Erpresserbrief hatte Mike Stunks Eva Ferrer natürlich nichts erzählt. Nur drei Personen bei Sisko ESS und Mike Stunks kannten dessen Inhalt. Für die großen Anteil nehmende Öffentlichkeit, die erleichtert aufgeatmet hatte, als die Zwillinge wohlbehalten drei Tage nach Auslieferung der neuen ICD-Produktion wieder bei ihren überglücklichen Eltern waren, hatte es die Version eines enorm hohen Lösegeldes gegeben. Einen Täter hatte man den Medien auch präsentieren können, wenn auch dieser sich der irdischen Gerichtsbarkeit bereits mithilfe eines starken Stricks entzogen gehabt hatte.

So blieb der Hergang der Entführung weiterhin im Dunkeln, denn auch aus den Kindern, die man allerdings auf Bitten der Siskos nur kurz befragt hatte, war nicht mehr herauszubekommen gewesen, als dass sie mit einem meist schweigsamen Maskenmann, der aber gut kochen konnte, Spiele gespielt hätten und fast immer gewonnen hatten. Wie eine sehr aufgeregte Maria Gonzales im Leichenschauhaus der Gerichtsmedizin festgestellt hatte, hatte es sich bei dem Mann allerdings nicht um denjenigen gehandelt, der sie im Supermarkt angerempelt gehabt hatte, da war sie sich völlig sicher gewesen. »Der hat ja eine Stupsnase, der war das ganz bestimmt nicht«, hatte sie nur gesagt und hatte den unwirtlichen Ort so schnell wieder verlassen, als wäre jede weitere Sekunde Aufenthalt ansteckend. Im Laufe der nächsten Monate war die Familie Sisko weitgehend zu ihrem normalen Leben zurückgekehrt. Die Kinder besuchten wieder die Schule, jetzt mit zwei Leibwächtern und einem neuen Chauffeur.

Eva Ferrer stand auf und stellte das Kaffeegeschirr neben die Spüle.

»Paul«, sagte sie zu ihrem Mann, » ruh´ dich heute mal aus, bleib´ zu Hause, wenn du schon nicht auf den Golfplatz willst. Ich werde Manu bitten, uns etwas Leckeres zu kochen. Um acht gibt es Essen.«

»Hat sie heute nicht ihren freien Tag?«, fragte Paul Ferrer. »Ach nein, der ist ja erst morgen, nicht wahr?«, korrigierte er sich. »Ja, das ist eine gute Idee, essen wir heute zu Hause. Ich habe mir etwas Schriftkram mitgebracht, den ich noch erledigen möchte ... nur wenig, versprochen ... und Mike Stunks werde ich anrufen.«

Um Punkt acht saßen die Ferrers an ihrem wie immer liebevoll gedeckten Tisch. Manu hatte sich wieder einmal selbst übertroffen. Nach zwanzig Jahren als Haushälterin bei den Ferrers kannte sie den Geschmack des Senators, den sie sehr verehrte, in- und auswendig. Heute gab es eines seiner Lieblingsgerichte, Curryhuhn. Dazu tranken die beiden einen leichten Weißwein. Manu hatte sich wieder in ihr hübsches Apartment zurückgezogen, das sich im Anbau des Hauses befand, und schaute sich im Fernsehen eine ihrer Lieblingstalkshows an. Später am Abend würde sie noch einmal hinübergehen und aufräumen, denn in der Nacht vor Vollmond konnte sie sowieso kaum schlafen und wurde höchstens von ihren Erinnerungen gequält.

Am nächsten Morgen wollte sie schon früh in die Stadt fahren, um einige Geschenke für ihren Jimmy zu kaufen, der bald Geburtstag hatte. Dreiundzwanzig Jahre wurde er und er war ihr Ein und Alles. Sie war so stolz gewesen, als er vor Kurzem einen Ausbildungsplatz in einem der besten Hotels der Stadt, direkt am Ufer des Potomac, bekommen hatte. Er hatte zwar mit Leichtigkeit seinen Schulabschluss gemacht, war dann aber orientierungslos gewesen, was seine Berufswahl anbetraf. Zuerst hatte er es in einer Computerfirma versucht, weil Mathematik und Informatik zu seinen Lieblingsfächern gehört hatten. Dort hatte er allerdings sehr schnell erkannt, dass ihm die Materie zu trocken war. Danach hatte er sich mit einigen Gelegenheitsjobs durchgeschlagen und seine Mutter, die sich immer besorgter gezeigt hatte, damit getröstet, dass dies lediglich seiner Berufsfindung diene. Ihm war inzwischen klar geworden, dass er ›irgendwas mit Menschen‹ machen wollte. Auf die Idee, es doch im Hotelfach zu versuchen, hatte ihn dann Eva Ferrer gebracht. Jim liebte seine Mutter, aber ihre ständigen Fragen nach seiner beruflichen Zukunft nervten ihn. Und wenn sie ihn nicht danach fragte, so tischte sie ihm ihr zweites Lieblingsthema auf: Ehefrau und Enkelkinder.

»Mama«, wand er sich dann stets heraus, »du sagst doch selbst immer, dass ein Mann in der Lage sein muss, seiner Frau etwas zu bieten. Also erst der Beruf, dann die Familie. Pass auf, du wirst noch früh genug Großmutter, du bist doch gerade mal knapp über vierzig.«

Dann lachten beide und er hatte bis zum nächsten Mal seine Ruhe. Das waren nicht die einzigen Momente, in denen er sich einen Vater wünschte.

Nach dem Gespräch mit Tante Eva, wie er sie seit seinem vierten Lebensjahr nannte, hatte er sich in mehreren Hotels, von denen es eine Menge gab, beworben und schließlich hatte er einen Ausbildungsplatz im Vision Inn erhalten. Er war sehr froh darüber, denn eigentlich hatte er das Alter eines Auszubildenden schon überschritten. Dass der Chef dieses Luxushotels ein Freund der Ferrers war, wusste er nicht.

Es hatte gleich zu Beginn ganz danach ausgesehen, als könne er es mit seiner freundlichen und verbindlichen Art wirklich zu etwas bringen. Man hatte ihm gesagt, dass er als Praktikant erst einmal alle Stationen des Hotelbetriebs durchlaufen müsse, angefangen von der Küche und der Patisserie über den Zimmerservice, die Bar, die Restaurants bis zur Rezeption des Vision Inn. Auf die Küche hatte er sich besonders gefreut, denn für das Kochen hatte er sich schon als kleiner Junge interessiert. Oft war er seiner Mutter dabei zur Hand gegangen. Die Ausbildung selbst, wenn er sich dann dafür entscheiden sollte, und man ihn auch nähme, würde vier Jahre dauern. Danach war immer noch Zeit, eine Familie zugründen, wie er fand.

Die Personalabteilung des Vision Inn war ihm behilflich gewesen, eine kleine, bescheidene Wohnung in der Nähe seines neuen Arbeitsplatzes zu finden, sodass Manu ihr Apartment jetzt manchmal sehr groß vorkam. Sie hatte nur Jimmy, der seinen Vater nicht kannte. Eigentlich hieß er Jim, aber für sie war und blieb er ihr Jimmy. Manu war sich selbst nicht hundertprozentig sicher, welcher der beiden einzigen Männer, mit denen sie in ihrem Leben zusammen gewesen war, Jims Vater war. Aber wenn sie ganz ehrlich zu sich war, und das fiel ihr in diesem Fall schwer, weil es ihr überhaupt nicht gefiel, erkannte sie ihn in Jimmys Augen. Fast täglich schickte sie ein Stoßgebet zum Himmel, dass der Rest der Gene von ihr stammten.

Ihrem Sohn hatte sie auf dessen Fragen nach seinem Erzeuger, die in den letzten Jahren seltener geworden waren, immer nur erzählt, sein Vater sei kurz nach seiner Geburt gestorben. Und da ihr dabei jedes Mal Tränen in den Augen standen, hatte Jimmy auch nicht weiter nachgebohrt.

Zwei Männer waren in all den Jahren ihres Lebens die einzigen Beziehungen geblieben. Seit dem schrecklichen Ereignis vor fast vierundzwanzig Jahren und dem einige Monate darauf folgenden Selbstmord ihres zweiten Freundes, der den Rest seines Lebens nicht in einem Rollstuhl verbringen wollte, hatte sie sich an keinen Mann mehr gebunden. Manchmal, wenn sie wieder einmal nicht schlafen konnte, hatte sie festgestellt, dass der Schock immer noch tief in ihrer Seele saß.

* * *

Kapitel 3

Nach Vincents Flucht war Scotty Valeren zum Rathaus aufgebrochen, um sich dort möglichst unauffällig umzuhören. Er wollte nicht noch mehr Staub aufwirbeln. Wenn sich auch nur eine seiner Befürchtungen bewahrheitete, lag schon genug in der Luft. Unterwegs pfiffen es die Spatzen bereits von den Dächern, dass der künftige Herr von Raitjenland des Mordversuchs an der Seherin Brigit verdächtigt wurde und sich durch seine überstürzte Flucht selbst schwer belastet hatte. Seine Verfolger, Jobol und Jeroen, die ihm mit ihren Hunden so dicht auf den Fersen gewesen waren, hatten in seinem Zimmer lediglich das noch warme Bett vorgefunden und später einen verdutzten Jared Swensson zurückgelassen, der verzweifelt nach einer Erklärung für das plötzliche Verschwinden seines Sohnes gesucht hatte. Ihm war angst und bange geworden bei dem Gedanken, seiner Frau sagen zu müssen, was man ihrem über alles geliebten Sohn zutraute. Die Nachricht hatte sie dann wohl doch schneller erreicht, als ihm lieb sein konnte, denn plötzlich hatte Elisabeth, noch im Morgenmantel, kreidebleich und um Jahre gealtert in der Tür gestanden. Sie hatte sich mit einer Hand schwer auf die Klinke gestützt, so als wenn sie jeden Moment zusammenbrechen würde, und hatte mit Tränen in den Augen und mit gebrochener Stimme, die Jared augenblicklich einen Schauer über den Rücken jagte, geflüstert: »Wir werden unseren Sohn nie mehr wiedersehen, Jared, nie, nie mehr.«

Das sollten für lange Zeit ihre letzten Worte gewesen sein, die sie überhaupt zu irgendjemandem sprach. Mit einem tiefen Schluchzen hatte sie sich umgedreht und war mit schleppendem Gang in ihrem Schlafzimmer verschwunden. Die Tür hatte sie mit einem lauten Klicken hinter sich abgeschlossen. Dieses

Geräusch war ein einziger Vorwurf gewesen und dieser hatte den Herrn von Raitjenland bis tief ins Mark getroffen. Nachdem Elisabeth die Küche verlassen hatte, hatte Jared sich an den schweren Eichentisch gesetzt, sein Gesicht in die Hände gestützt und hemmungslos geweint. Auch wenn er die Visionen seiner Frau immer als weibliche Spinnereien abgetan hatte, hatte er jetzt instinktiv gespürt, dass sie dieses Mal recht haben könnte. Und er hatte jetzt selbst eine Vorahnung: Die letzten Minuten würden das Leben auf der Farm für immer verändert haben.

Wie oft hatten sie sich wegen der Erziehung ihres einzigen Sohnes gestritten! Jared hatte seiner Frau mehr als einmal vorgeworfen, Vincent zu verhätscheln, wenn sie sich wieder schützend vor ihren Sohn gestellt hatte, und sie dann Gegenvorwürfe an ihn gerichtet, dass er den Jungen zu hart anpacke und viel zu viel von ihm verlange. Ihre Gespräche über Vincent waren immer ähnlich verlaufen.

»Zu hart?«, hatte er dann zum Beispiel erwidert. »Glaubst du, diese Farm kann er einmal führen, wenn er nicht früh genug mit den Realitäten dieses Betriebes vertraut gemacht wird? Ich lasse ihm doch wirklich alle Freiheiten, er kann sich nicht beklagen. Lesen wir ihm nicht jeden Wunsch von den Augen ab? Dafür könnte er sich wirklich hin und wieder erkenntlich zeigen. Sogar seinen Freund Scotty kann man im elterlichen Betrieb öfter antreffen als unseren Sohn hier auf der Farm.«

»Du und deine sogenannten Realitäten, es gibt auch noch anderes im Leben, was er erfahren soll und worauf es eben auch ankommt. Es gibt mehr als immer nur die Arbeit.«

»Ach ja? Aber wir leben doch ganz gut von dieser Arbeit – oder etwa nicht? Man bekommt im Leben nichts geschenkt«, konterte er dann gereizt. Und so gab ein Wort das andere. Innerlich verfluchte er sich jedes Mal dafür, denn er liebte seine Frau sehr. Dass man im Leben nichts geschenkt bekam, wusste sie genauso gut wie er. Elisabeth, er nannte seine Frau zärtlich Liz, war schließlich die Tochter des reichen Getreidefarmers

Wayne Goddard, der mit Jareds Vater die gleiche Leidenschaft teilte, nämlich die Pferdezucht, und mit ihm auch in geschäftlicher Verbindung stand. Auf den Hengstparaden waren sie bei den Versteigerungen manches Mal auch schon Konkurrenten gewesen. Jared hatte seine Frau auf einem Heubodenfest in Onden kennengelernt, als er dreiundzwanzig Jahre alt war, und sich gleich in sie verliebt. Da dies auf Gegenseitigkeit beruhte und auch die Eltern die Verbindung befürwortet hatten, heiratete das junge Paar bereits nach einem halben Jahr. Der ersehnte Nachwuchs war allerdings lange ausgeblieben und erst, als die beiden sich schon schmerzlich damit abgefunden hatten, ohne Erben zu bleiben, war Vincent doch noch geboren und sogar von einem der Großväter als Geschenk Gottes bezeichnet worden.

Die ersten Jahre in Vincents Leben waren problemlos verlaufen und die Großeltern Swensson und Goddard schienen eine Art Wettkampf im Verwöhnen auszutragen, der manchmal merkwürdige Blüten trieb. Im Alter von zwei Jahren besaß Vincent bereits zwei Ponys, ein braun-weiß geschecktes von den Swenssons und ein schwarzes mit einer weißen Blesse auf der Stirn von den Goddards. Immerhin war aus Vincent ein guter Reiter geworden und in den Regalen seines Zimmers standen zahlreiche Pokale, die er auf Turnieren gewonnen hatte. Da Vincent auf Raitjenland aufwuchs, war es selbstverständlich, dass er alle Feiertage und später auch seine Schulferien auf der Goddardschen Farm verbrachte. Jared hatte seinen eigenen Vater nicht wiedererkannt, denn er selbst war von diesem nie verwöhnt worden. So betrachtete er das Ganze eher skeptisch, weil er befürchtete, dass sein Sohn, den er liebte, zu sehr verweichlichen würde.

In der Pubertät dann hatte der Spross von Raitjenland Verhaltensweisen an den Tag gelegt, die erst selten, dann immer öfter zu Beschwerden der Lehrer oder anderer Leute führten, und auch seine Besuche auf der Goddardschen Farm nahmen ab. Vincent hing lieber mit seinen Freunden ab, das war wesentlich lustiger, als bei Großeltern den braven Enkel zu spielen.

Immer hatten sich Elisabeth und Jared nur wegen Vincent gestritten, wobei es beide ja nur gut meinten. Jared wäre seiner Frau am liebsten nachgeeilt, hätte sie in den Arm genommen und mit ihr gemeinsam geweint. Aber sein Trotz oder sein Stolz – er wusste es selber nicht – oder vielleicht beides, hatten ihn am Küchentisch festgehalten.

Zehn Minuten später war er mit einem festen Entschluss aufgestanden, wobei er fast den Stuhl umgeworfen hätte. Dann hatte er die Sachen zusammengepackt, die er sonst für einen längeren Jagdausflug mitnahm, hatte draußen seinen besten Jagdhund zu sich gerufen und die Farm verlassen, ohne sich noch einmal umzudrehen. Der Rest der Hundemeute hatte beleidigt hinter ihnen her geheult.

Auf dem Küchentisch würde seine Frau später einen Zettel vorfinden und lesen: »Ich werde unseren Jungen suchen und zurückbringen. Vorher komme ich nicht zurück. Es tut mir so leid. Ich liebe dich. Jared«

Wie ein Lauffeuer war die Nachricht von Vincents vermeintlicher Tat bis in den letzten Winkel von Winsget gedrungen. Manch einer, dem Scotty begegnete, schaute ihn an, als hätte er selber den Anschlag auf die Seherin verübt. Jeder wusste natürlich, dass Vincent sein bester Freund war, und aus den Augen einiger Mitbürger sprach unverhohlene Schadenfreude. Endlich hatten die reichen Jungs auch mal ein Problem, konnte ja auf die Dauer nicht gut gehen, mochte manch einer von ihnen denken.

Am liebsten hätte er den Leuten zugerufen: Hey, ich bin zwar mit Vincent befreundet, aber deswegen bin ich noch lange nicht für das verantwortlich, was er vielleicht getan hat, oder habt ihr etwa schon Beweise?

Ihn kotzte das Spießertum in seinem Heimatort an und er hatte auch aus diesem Grund schon oft seinem Vater vorgeschlagen, in eine der größeren Städte im Süden zu ziehen, in denen sie ebenfalls Geschäfte hatten. Aber der Vater hatte von einem Ortswechsel nie etwas wissen wollen.

»Hier sind unsere Wurzeln, Scotty, und hier bleiben wir. Winsget ist der Stammsitz unseres Unternehmens. Du wirst eines Tages deiner Reiselust frönen können, wenn du deinen Antrittsbesuch bei unseren Filialen machst, und die Reise wird länger dauern, als dir vielleicht lieb ist. Deine Freunde kannst du nämlich nicht mitnehmen«, hatte er ihm dann mit einem Augenzwinkern geantwortet. Dieses Augenzwinkern und die Art, wie sein Vater ihm das gesagt hatte, hatten ihm gezeigt, dass er ihn liebte und es gut meinte.

Scotty hatte es längst gedämmert, dass an dem Gerücht, das in Winsget die Runde machte, sehr viel dran war. Er hatte Vincent vor dessen sehr hastigem Aufbruch die halbe Speisekammer seines Elternhauses in den Rucksack gestopft und ihm versprochen nachzukommen, wenn der erste Sturm sich gelegt haben würde. Vincent war überhaupt nicht gelassen gewesen. Vielmehr hatte im Blick des Freundes etwas gelegen, was er dort noch nie vorher gesehen hatte und deshalb auch nicht hatte einordnen können. Jetzt konnte er es. Es war Panik gewesen, reine Panik.

Sie hatten sich noch hastig an ihrem alten Platz an den oberen Wasserfällen der Agillen verabredet, bevor sich Vincent dann mit seinem Rucksack durch die Hintergärten davongeschlichen hatte. Seit ihrem vierzehnten Lebensjahr waren sie fast jeden Sommer für ein bis zwei Wochen mit ihren Freunden zum Baden und Jagen in das Gebirge gegangen, das von Gorg, einem majestätischen, aber erloschenen Vulkan, beherrscht wurde. In der wilden Berglandschaft hatten sie sich austoben können. Fernab von der Kontrolle durch Eltern oder Nachbarn. Nicht, dass sie etwas Verbotenes getan hätten, das war dort gar nicht möglich, aber es tat einfach gut, wenigstens einmal im Jahr nur so in den Tag hineinzuleben und in zahlreichen Abenteuern seine erwachende Männlichkeit unter Beweis zu stellen. Außerdem bestand dort nie die Gefahr, von einem der Väter, die in ihrer Jugend das Gleiche getan hatten, zur Arbeit gerufen zu werden. Das galt für ihn ebenso wie für Vincent.

Die Familie Valeren betrieb seit vielen Generationen in Winsget eine Tuchweberei mit einem großen angeschlossenen Verkaufsgeschäft und dieser Betrieb gehörte zu dem Ort wie die Mühle zum Bach. Es gab in jeder Winsgeter Familie mindestens eine Person, die in der Weberei oder dem Geschäft arbeitete. Die Produkte der Firma wurden weit über die Grenzen des Landes hinaus verkauft. Der Ort hatte den Valerens sehr viel zu verdanken. Scotty hatte das Glück gehabt, mit drei älteren Schwestern und vielen Angestellten die Arbeit teilen zu können, wenn man von Arbeitsteilung überhaupt sprechen konnte. Er war der jüngste Spross der Familie und vor allem sein Vater setzte all seine Hoffnungen in ihn. An einem weinseligen Stammtischabend war diesem einmal die Bemerkung herausgerutscht, dass er auch noch öfter geübt hätte, aber es wären nur vier Versuche nötig gewesen. Irgendjemand, vielleicht die Bedienung, hatte Scottys Mutter dies zugetragen und das hatte zu einem mehrwöchigen eisigen Schweigen zwischen seinen Eltern geführt. Unter Zuhilfenahme eines großen Straußes roter Rosen und eines ehrlich gemeinten reumütigen Blickes hatte es schließlich beendet werden können.

Nach dem Willen seines Vaters sollte Scotty einmal das Familienunternehmen leiten, eine tüchtige Frau aus gutem Hause heiraten, Kinder bekommen – möglichst Söhne – und so den Fortbestand der Valerens sichern.

Seine Mutter und seine Schwestern hatten ihn verhätschelt, vor allem weil er zart gebaut war und als Kind oft gekränkelt hatte. Aber inzwischen war aus ihm ein zäher, ausdauernder und ausgesprochen intelligenter junger Mann geworden. Dies machte ihn bei seinen Freunden beliebt, die ihn fast alle um mehr als einen Kopf überragten. Mit seiner pfiffigen Schlagfertigkeit hatte er der Clique aus mancher Patsche geholfen, besonders wenn schlagende Argumente oder die Beziehungen eines Vaters nicht mehr weitergeholfen hatten. Er selber konnte sich des Schutzes seiner stärkeren Freunde sicher sein, vor allem aber der Tatsache, dass er der Sohn von Harie Valeren war. Wenn Scotty allerdings an die Zukunftspläne seines Vaters dachte, wurde ihm jedes Mal flau in der Magengegend.

Der Firmengründer und Scottys Namensgeber Scott Valeren, dessen strenges Konterfei aus einem schwarzem Rahmen, der im Eingang der Weberei hing, auf die Kunden und Mitarbeiter herunterblickte, hatte vor 700 Jahren die Seidenweberei nach Flaaland gebracht und Winsget zu seinem Hauptsitz auserkoren. Warum es ausgerechnet Winsget gewesen war, war sein Geheimnis geblieben. Bald schon hatte er mit der künstlichen Aufzucht der Raupe des Seidenspinners begonnen, was die Firma weitgehend von Importen unabhängig gemacht hatte. Später war man sogar in der Lage gewesen, selber Rohseide zu exportieren.

Neben dem Bild des ehrwürdigen Firmengründers hing eine Tafel, deren kunstvoll gestalteten Inhalt Scotty auswendig herbeten konnte und der von der Geschichte der Seide kündete.

> Als die Gemahlin des Kaisers Huang Di, Lei Zu, an jenem ›glücklichen Tag‹ spazieren ging, sah sie zwischen Maulbeerzweigen hängende, sanft leuchtende Gebilde. Wohl dem Baum entwachsene! Doch nein, eines der Früchtchen dehnte plötzlich seine Eigestalt und ein mehlweißer Schmetterling, bräunlich gestreift, schwirrte hervor. Nicht Obst war es gewesen, vielmehr das abgelegte Kleid des Schwärmers. Lei Zu, mit dem weiblichen Interesse für Mode und Bekleidung, betastete dieses verblüffende Gewand von zauberhafter Weiche. Mit geschickten Fingern gelang es der Kaiserin bald, den Anfang des Fadens zu erfühlen. Leuchtend, glatt und klar ließ er sich vom Kokon herunterspulen. In ihm hatte sie das herrlichste Naturgespinst auf Erden entdeckt.

Jeder in der Familie wusste, dass sie in diesem Teil der Welt die Seide zwei Mönchen zu verdanken hatten, die in ihren hohlen Wanderstöcken sowohl Samen des Maulbeerbaumes als auch Eier des Seidenspinners aus dem damaligen China herausgeschmuggelt und damit das Monopol des damals größten Landes der Erde beendet hatten. Seide war in frühen Zeiten so begehrt und teuer gewesen, dass der römische Kaiser Tiberius seinem überschuldeten Volk das Tragen von Seide verbieten musste. Ein Pfund Seide hatte damals ein Pfund Gold gekostet. Und als Scottys Vorfahren noch in Fellen herumgelaufen waren, hatten sich die chinesischen Edelleute bereits in dem wertvollen Stoff gekleidet.

Die Weberei Valeren hatte fünfzehn Filialen, die über das ganze Land verteilt waren, und bis weit in den Süden reichten. Winsget aber war das Herz der Seide, während die Flachs- und Wollwebereien der Firma Valeren, die alle von Verwandten geführt wurden, in anderen Orten ansässig waren.

Scotty war sich inzwischen überhaupt nicht mehr sicher, ob er einmal das Geschäft übernehmen wollte, wie es die Tradition forderte. Bis zu seinem zwölften Lebensjahr hatte er noch nicht daran gezweifelt, er war ja sozusagen in Seide aufgewachsen und seine Spielplätze waren die Werkstätten und Geschäftsräume der Firma gewesen. Als er gerade drei Jahre alt gewesen war, wäre er fast in einen der kochend heißen Wassertröge gefallen, in denen die Arbeiterinnen die Larven in ihren wertvollen Kokons abtöteten, um dann die kostbaren Fäden zu gewinnen, die eine Länge von bis zu zweitausend Metern haben konnten. Es war nur dem reaktionsschnellen Zupacken einer Arbeiterin zu verdanken gewesen, dass Scotty lebte. Dafür hatte sie von Scottys Vater eine lebenslange Rente und vom Bürgermeister eine Urkunde sowie eine Ehrenmedaille erhalten.

Klara, die älteste seiner Schwestern, eignete sich seiner Meinung nach viel besser für das Webergeschäft. Sie kannte sich nicht nur in den Stoffen und Arten der Gestaltung bestens aus, sondern sie war auch ein Zahlengenie. In der Buchführung machte ihr niemand etwas vor. Während seine anderen Schwestern längst verheiratet waren und Kinder hatten, war Klara mit dem Geschäft verheiratet, wie sogar ihr Vater des Öfteren anmerkte.

Scottys heimliche Liebe, die er mit dreizehn Jahren entdeckt hatte, galt der Biologie und in seinen Träumen sah er sich auf einer Forschungsstation in einem unbekannten Land, und zwar sicher nicht auf einer, die sich mit Schmetterlingen, Faltern oder Raupen beschäftigte. Da Tradition in seiner Familie einen sehr hohen Stellenwert besaß, war ihm durchaus bewusst, dass er einen nicht unerheblichen Kampf würde austragen müssen, wenn er seiner heimlichen Berufung folgen wollte. Das letzte Quäntchen an Mut für diesen Kampf fehlte ihm jedoch noch.

Von dem um ein Jahr älteren Vincent war Scotty fasziniert. Er bewunderte dessen lässige Art, die von anderen oft für Arroganz gehalten wurde. Scotty wusste, dass Vincent sich dadurch nur schützte. In Wirklichkeit war er nämlich sehr verletzlich, was er vor allem seinem Vater Jared nie gezeigt hätte, der seit seinem sechsten Lebensjahr unablässig bemüht war, aus ihm einen ›ganzen Mann‹ zu machen. Vielleicht hatte seine Mutter ihn zu sehr verwöhnt. Vincent würde als einziger Sohn einmal eine Farm übernehmen, die die größte im Umkreis von zweihundert Meilen war. Er konnte verstehen, dass sein Freund diesen Moment nicht gerade herbeisehnte und das Leben noch möglichst unbeschwert genießen wollte. Die Gesundheit Jareds verhieß ihm dabei gute Aussichten. Jeder wusste, was es bedeutete, eine Farm dieser Größenordnung zu leiten.

Vincent war frech und hatte keine Angst vor Autoritäten. Vor allem aber war er ein Lästermaul und es gab kaum jemanden im Ort, der von ihm nicht irgendwann schon einmal durch den Kakao gezogen worden war. Dass er nicht bei Saskia landen konnte, hatte Vincent schwer getroffen, wie schwer, das wusste nur Scotty, der eben auch hinter die lässige Fassade seines

Freundes blicken konnte. Vielleicht hatte diese Mordattacke etwas mit Saskia zu tun, obwohl Scotty jetzt noch keine Verbindung zu der Seherin Brigit herstellen konnte. Er musste Saskia aufsuchen und mit ihr reden, und zwar möglichst bald.

Was die beiden jungen Männer am meisten verband, war ihre Leidenschaft für die Jagd und die Natur. Dabei ergänzten sie sich in einer geradezu perfekten Art und Weise. Scotty war sicher der beste Fährtenleser weit und breit, während Vincent ein hervorragender Schütze war. Diese Fähigkeiten, die sie auf den großen Treibjagden regelmäßig in den Dienst der Gemeinschaft stellten, hatten ihnen die Anerkennung der älteren Männer eingebracht, die im Gegenzug ein Auge zudrückten, wenn sie mit ihrer Clique wieder irgendetwas angestellt hatten.

Er fragte sich auf dem Weg zum Bürgermeisteramt, was wohl Vincent mit Brigit zu tun gehabt haben könnte. War er etwa doch bei ihr gewesen und hatte von ihr etwas Unangenehmes erfahren? Aber welche Mitteilung konnte eine einigermaßen plausible Erklärung für einen Mordversuch sein? Scotty schüttelte diese Gedanken gleich wieder ab – sie würden doch nirgendwohin führen. Sie hatten die Seherin nie wirklich ernst genommen, sondern sie sogar unter sich als ›durchgeknallte Hexe‹ bezeichnet. Oft genug hatten sie sich über sie lustig gemacht, besonders dann, wenn wieder irgendjemand in ihrem Beisein deren seherische Fähigkeiten gelobt hatte.

»Alles Unsinn«, hatten sie dann zum Beispiel gerufen, »ihr glaubt auch jeden Scheiß, den euch jemand aus einer Kristallkugel liest! Reine Verarschung ist das! Unglaublich, womit man alles Geschäfte machen kann. Ist doch klar, dass genau das eintritt, was sie euch voraussagt. Es geschieht, weil ihr es glaubt, nicht weil sie es weiß. Kommt Freunde, lasst uns auf die Dummheit trinken. Immerhin kann jeder mit seiner Kohle machen, was er will, hahaha.« Unter schallendem Gelächter hatten sie dann noch die eine oder andere, in ihren Augen witzige oder geistreiche Bemerkung fallen lassen, bevor sie sich dann wieder ihren Lieblingsthemen, Frauen und Jagd, widmeten, die besonders zu vorgerückter Stunde zu einem einzigen Thema verschmolzen und einem Autor fantastischer Literatur sicher alle Ehre gemacht hätten.

Was weder Scotty noch irgendjemand sonst aus Winsget, Onden oder Seringat zu diesem Zeitpunkt wusste, war, dass sein Freund Vincent nie die Farm seines Vaters übernehmen würde, nie wieder jagen würde und nie mehr irgendwelche Bemerkungen, weder witzige noch geistreiche, über andere Leute machen würde. Nicht, weil er sich über Nacht geändert hätte, sondern weil er tot war. Wären die Umstände seines Todes bekannt geworden, hätte es wohl auch dem Hartgesottensten einen Schauer über den Rücken gejagt.

Nachdem Scotty im Büro des Bürgermeisters auch nicht mehr erfahren hatte, war er mit einem festen Entschluss nach Hause zurückgekehrt. Er war gerade dabei, ein paar Sachen zu packen, als seine Mutter plötzlich im Zimmer stand. Er hatte sie gar nicht kommen gehört.

»Warum packst du, Scotty«, fragte sie ihren Sohn besorgt, »was hast du vor?«

»Ich muss Vincent suchen, Mutter, ich muss mit ihm reden und ihn dazu bringen, sich der Sache hier zu stellen, er macht mit seiner Flucht alles nur noch schlimmer. Ewig kann er sich sowieso nicht verstecken, sie werden ihn früher oder später finden. Ich glaube, er hat einfach den Kopf verloren, er war panisch.«

»Lass dich bitte von ihm nicht wieder in irgendeine seiner Geschichten reinziehen, Scotty, ich habe dir immer gesagt, dass Vincent kein guter Umgang für dich ist, und wie es aussieht, habe ich recht behalten.«

»Du hast ihn also auch schon vorverurteilt, Mutter, so wie alle anderen.« Ohne aufzuschauen, packte Scotty weiter seinen Rucksack.

»Nein, ich habe ihn nicht verurteilt, aber er hatte immer nur Flausen im Kopf, es ging ihm immer nur um sich selbst. Hat er sich auch nur einmal um dich gekümmert, wenn es dir schlecht ging? Ich habe einfach kein gutes Gefühl, wenn du ihn jetzt suchen gehst. Wo willst du ihn überhaupt finden, er kann überall sein.«

»Mach dir mal keine Sorgen, als Freund bin ich es ihm einfach schuldig, ich muss ihn finden, bevor die Suchtrupps kommen.«

»Du musst wissen, was du tust mein Sohn. Du bist schließlich alt genug«, seufzte seine Mutter und verließ resigniert den Raum.

Ein halbe Stunde später war Scotty auf dem Weg in die Agillen. Er hatte sich nicht von seinen Eltern verabschiedet, weil er eine weitere Diskussion vermeiden wollte. Außerdem war er sich sicher, dass er bald zurück sein würde.

* * *

Kapitel 4

Es war punkt neun. Officer Bob Mayer war gerade von seiner ersten frühen Streife durch die Delice Shopping Mall zurückgekehrt, Sergeant Fancy und Officer Ruler waren jetzt unterwegs auf ihrem Rundgang. Bob Mayer hatte an dem Doppelschreibtisch, der den Raum beherrschte, Platz genommen. Er nahm seine dunkelblaue Mütze mit dem großen silbernen Abzeichen über ihrem breiten Schirm ab und hängte sie über die Schreibtischlampe. Dann ließ er sich auf seinem Sessel auf Rollen nieder, schob den Tablet-PC beiseite und wischte mit dem rechten Arm über die jetzt frei gewordene Stelle, was nicht nötig gewesen wäre. Er lockerte den Knoten seiner Krawatte, bückte sich und entnahm einer speckigen braunen Ledertasche, die neben ihm auf dem Fußboden stand, sein in einer schneeweißen Serviette eingeschlagenes Frühstück. Diese Tasche war, was Dinge anbetraf, sein ganzer Stolz und gleichzeitig immer mal wieder Zielscheibe für den Spott seiner Kollegen. Er wusste nicht genau, von welchem seiner Urgroßväter sie stammte, aber sie war alles, was von deren Hab und Gut übrig geblieben war, als dieser Urahn beschlossen hatte, in der *Neuen Welt* zu leben.

Dem Serviettenpäckchen folgte eine weiß etikettierte Flasche Blue Mountain-Mineralwasser mit zum Namen passender Schriftfarbe. Er drehte am Verschluss, der sich sofort leise zischend öffnete, wobei ihm etwas von dem heraussprudelnden Wasser über die Finger rann. Dann wickelte er ein großes, quadratisches Sandwich aus, strich die Serviette mit einer liebevollen, fast pedantischen Geste glatt und platzierte das Weißbrot darauf. Er klappte es vorsichtig auf, schnupperte und schaute sich den Belag an, wie ein Entomologe ein äußerst seltenes Exemplar betrachtet, das er gerade in einem seiner

Schaukästen säuberlich mit einer Nadel aufgespießt hat. Auf einem über den Rand des Brotes ragenden Salatblatt, das noch erstaunlich frisch aussah, lag eine dicke Tranche gelben Käses und darüber zwei große, hauchdünn mit Mayonnaise bestrichene Tomatenscheiben. Sichtlich zufrieden mit dem, was er gesehen hatte, klappte Bob Mayer das Brot wieder zusammen und begann mit einem herzhaften Biss sein zweites Frühstück – eigentlich war es das erste, da er am frühen Morgen lediglich eine Tasse Kaffee getrunken hatte, so wie fast immer.

»Von ihr, dein ›Forschungsobjekt‹?«, kam die Frage des zweiten Mannes in dem kleinen Raum. Officer Richard Pease saß ihm gegenüber und in seinem Blick, der zwischen dem Sandwich und Bob hin- und herging, lag eine Mischung aus Amüsement und Ekel. Er hatte sich für seine Pause allerdings nicht die Mühe gemacht, die Mütze abzunehmen, sondern sie nur lässig in seinen Nacken geschoben, sodass sie eine seiner vollen, tiefschwarzen Locken freigab, die ihm nun keck über der Stirn hing. Wie üblich war er über den Sportteil seiner elektronischen Zeitung gebeugt. In seinem linken Ohr steckte außerdem ein kleiner Knopf, durch den er keine Sportübertragung verpasste, sein Lieblingssport war Baseball.

In einer Hand hielt er einen Pappbecher dampfenden Kaffees, den er sich noch eben aus dem Automaten im Flur geholt hatte. Einem BOSST-Getränkeautomaten, der eine Auswahl von mehr als zwei Dutzend Getränken, heiße wie kalte, zur Auswahl bot, für die jeweils Diensthabenden kostenlos. Mit der anderen Hand tippte er jetzt wieder konzentriert irgendwelche Zahlenreihen einer Sportwette ein. Vor einiger Zeit hatte er einen hübschen, aber viel zu kleinen Betrag gewonnen und er war sich seitdem ganz sicher, ja er spürte es regelrecht, irgendwann, und zwar in gar nicht ferner Zukunft, den ganz großen Coup zu landen. Dann könnten ihn alle mal den Buckel runterrutschen und auf die seiner Meinung nach längst fällige Beförderung zum Sergeant würde er auch dankend verzichten. Selbst wenn ihm einer seiner Kollegen die

Wahrscheinlichkeit eines ganz großen Coups vorrechnete, hielt er an seiner Überzeugung fest wie ein frühchristlicher Märtyrer im alten Rom, weil er es einfach spürte. Und das hatte mit Mathematik nicht das Geringste zu tun.

Im Kollegenkreis wurde er wegen seines an Verrücktheit grenzenden Fanatismus zu dem gleichnamigen Sport, manche gebrauchten auch den umgekehrten Wortlaut, nur ›Base‹ genannt.

»Von ihr«, wiederholte Richard etwas lauter, aber jetzt ohne von seinen Glückszahlen aufzublicken, »oder etwa selbst gemacht?«

Mit ›ihr‹ war Bob Mayers Verlobte, Mia Sandmann, gemeint. Bob hatte Mia, die persönliche Assistentin von Mal Fisher, im letzten Jahr kennengelernt, als sie im Delice zum Einkaufen gewesen war. Sie hatte unterwegs irgendwo eine ihrer Einkaufstaschen stehen gelassen und war ins Sicherheitsbüro gekommen, um nachzufragen, ob sie vielleicht dort abgegeben worden war. Bob hatte gerade Bürodienst gehabt und sich auf den ersten Blick in sie verliebt. Noch nie im Leben hatte er solch wunderschöne Augen gesehen. Zum Glück hatte er den Stoffbeutel mit dem Karton unter dem Tresen hervorzaubern können, denn der war tatsächlich kurz vorher von einem ehrlichen Teenager abgegeben worden.

»Wie kann ich mich erkenntlich zeigen?«, hatte Mia mit einem Lächeln gefragt, das ihm den Rest gegeben hatte. Bob hatten schon den Finder nennen wollen, denn dessen Namen hatte er natürlich notiert. Er hätte später nicht mehr sagen können, was ihn geritten hatte, als er keck geantwortet hatte: »Eine Kugel Eis im neuen Frozen würde durchaus genügen ... Frau Sandmann. Ich habe in zehn Minuten Dienstschluss. Kennen Sie das Frozen? Ich werde dort anrufen und einen besonders schönen Tisch reservieren.«

»Woher wissen Sie meinen Namen?«, hatte Mia erstaunt gefragt und ihn aus ihren großen blauen Augen angeschaut. Bob hatte auf die Einkaufstasche gezeigt.

»Ein Kassenbeleg ... mit Ihrem Namen drauf. Ich musste doch nachschauen, was drin war. Hätte ja alles Mögliche sein können ... es sind im Übrigen ausgesprochen schöne Schuhe, wenn ich mir die Bemerkung erlauben darf.« Seine Brust hatte zu zerspringen gedroht, so schnell hatte sein Herz geschlagen.

»Ich bin keine Terroristin, Officer«, hatte Mia charmant lächelnd geantwortet, »ich verdiene mein Geld mit ehrlicher Arbeit und genieße hier nur einen freien Tag, von denen es leider viel zu wenige gibt. Selbstverständlich kenne ich das Frozen ... und Eis mag ich auch.«

Sie hatten dann bis in den späten Abend hinein geredet und sehr viel gelacht. Obwohl sie inmitten einer weißen Landschaft mit Robben, Pinguinen, treibenden Eisschollen und Eisbären gesessen hatten, die von den Hologrammen perfekt in den Raum projiziert worden waren, war beiden immer wärmer ums Herz geworden. Irgendwann war Bobs Blick auf die Uhr neben dem Eingang gefallen und er hatte lachend festgestellt, dass er noch nie so lange für eine Kugel Eis gebraucht habe.

Ein halbes Jahr später wohnten sie schon zusammen und Bob Mayer fühlte sich immer noch wie im siebten Himmel. Nach zwei gescheiterten Beziehungen, die in einem Desaster geendet hatten, fühlte er sich diesmal angekommen.

»Ja, es ist von ihr«, beantwortete er die Frage seines Kollegen mit vollem Mund und sagte dann kauend: »Olgas Platz ist immer noch leer«, und als keine Reaktion kam, »ich sagte, Olgas Platz ist immer noch leer, Richie, hörst du mir mal zu?«

»Ab einem Pfund wird´s undeutlich, kau erst mal fertig. Ich weiß, dass es keine Pfannkuchen gibt. Als wenn das wichtig wäre ... Junge, Junge, Bob, es gibt in dieser Welt auch noch was anderes als Pfannekuchen«, er sprach das Wort jetzt eher wie ›Pfannnnekuchen‹ aus, »... jetzt mach aber mal ´nen Punkt ... wie ich gehört habe, ist ihr Platz auch schon wieder vermietet ... kein Wunder bei der Lage. Jeder latscht dran vorbei. Irgend so ein Pizzabäcker versucht sich jetzt dort, hab´ ich gehört ... na ja,

Futter geht immer. Wer verteilt hier eigentlich die Lizenzen? Der kann doch nicht mehr alle Latten am Zaun haben! Muss es wieder so ein fettes, altmodisches Zeug sein? Unsere Fooddesigner reißen sich den Arsch auf ... ich kann das gar nicht fassen ... was manche Menschen sich antun ... du eingeschlossen ... übrigens stinkt der Käse entsetzlich. Stammt wohl aus dem letzten Jahrhundert«, erwiderte der Angesprochene mit einer Miene, die wohl Abscheu ausdrücken sollte, und fuhr im gleichen Atemzug begeistert fort: »Hast du die scharfe Braut im Frozen schon gesehen? Bedient seit zwei Tagen da. Rote Haare ... und auch sonst genau meine Kragenweite, wenn du weißt was ich meine«, und übergangslos mit einem Blick auf seinen Bildschirm, auf dem gerade eine neue Schlagzeile erschienen war, »Mann, Wahnsinn, hast du das gelesen? Pete hatte schon wieder zwei Home Runs in einem Spiel, einem Auswärtsspiel wohlgemerkt ... und ich war nicht dabei, Scheißsonntagsdienst, verflucht! Ein richtiger Teufelskerl ist das ... und garantiert die beste Investition der Tiger seit Jahren. Die hundert Mille haben sich mal gelohnt. Der Mann hat einen Schwung, unglaublich, so was hab ich noch nicht gesehen ... und ich kenne sie alle. Ich schwör´s dir ... es geht wieder aufwärts, Bob ... wir werden uns die Meisterschaft zurückholen. Das ist jetzt schon so sicher, wie deine Olga im Knast sitzt.« Der Übergang von Ekel zu Begeisterung war ihm nahtlos gelungen.

»Sag mal, hast du eigentlich auch noch was anderes als Baseball und Weiber in deiner Birne?« Bob biss erneut ein Stück von seinem Sandwich ab. Er erwartete keine Antwort.

»Wozu?«, grinste Richard. »Sind nicht die schlechtesten Themen ... jedenfalls besser als die, über die du dir Gedanken machst. Du tust ja gerade so, als seiest du mit Olga verheiratet. Hast einen richtigen Narren an ihr gefressen ... Mann, Mann, Mann. Wenn das deine Mia erfährt, hahaha ... Mensch, Bob, nun halte aber mal den Ball flach, sie hat Drogen vertickt, die gute Frau! Hat wohl doch nicht nur Mehl verwendet ... hahaha ... clevere Tarnung, das muss man ihr lassen. Na ja, von

Pfannkuchen allein wird man auch keine großen Sprünge machen können ... mit denen deiner Olga allerdings schon«, er lachte über seinen eigenen Witz.

»Ach ja?« Bob Mayer schluckte den Rest des Bissens herunter und lehnte sich auf seinem Schreibtisch nach vorne, wobei er sein Sandwich so heftig umherschwenkte, dass etwas von der Mayonnaise herabtropfte, glücklicherweise auf die Serviette. »Woher willst du das so genau wissen, Richie, hast du welche bei ihr gekauft? Nein Rich, ich sage dir, sie hat damals etwas erlebt ... gesehen oder gespürt ... was sie nicht erleben durfte. Und ich habe es auch gesehen und wenn du etwas schneller gewesen wärst, dann hättest du es auch gesehen und würdest jetzt nicht so ignorant daherreden. Da war etwas, da bin ich mir sicher, hundert pro! Sie ist weder verrückt noch verkauft sie illegales Zeug ... und die Brille hat funktioniert. Es war etwas im Infrarot, da verwette ich sogar meine nächsten drei Eintrittskarten für die Albert Hall ... und nimm mal endlich den verdammten Stöpsel aus dem Ohr! Irgendwann wächst er da fest.«

Bob Mayer hatte dabei mit dem Zeigefinger der anderen Hand auf seinen Kollegen gedeutet.

»Jetzt sperr mal deine Lauscher gut auf, mein Lieber, und hör auf, mit deinem Essen herumzufuchteln, ist ja ekelhaft, schau dir mal die Sauerei an«, er zeigte mit gespieltem Vorwurf, als wenn es sich um die Überreste einer Kannibalenmahlzeit handeln würde, auf den Mayonnaisefleck und fuhr dann fort: »Wir sollten uns da raushalten, meine ich. Erstens ... hast du nicht gesehen, wer diese Dame abgeholt hat? Das waren keine einfachen Bullen, das war die Staatspolizei. Die Fressen erkenne ich besoffen im Dunkeln, die riech ich gegen den Wind ... selbst wenn es Scheiße regnen würde ... und zweitens, höre ich noch genug.« Er tippte sich an das Ohr mit dem Stöpsel. Richard hatte mit zusammengekniffenen Augen das Wort ›Staatspolizei‹ lang gedehnt ausgesprochen, so als hätte er einen Taubstummen vor sich, der nur von den Lippen ablesen kann. Dabei hatte er seinen Pappbecher so heftig auf den Tisch gestellt, dass ein paar Spritzer des inzwischen lauwarmen Gebräus auf seinem Bildschirm gelandet waren. Mit einer schnellen Handbewegung wischte er sie mit dem Ärmel weg. »Mensch, jetzt versaue ich mir wegen dir und deiner Olga auch noch meine Uniform, schau dir das an!« Mir einer theatralischen Geste hob der den Arm und betrachtete den kleinen Fleck mit gespieltem Entsetzen, was Bob Mayer nur dazu veranlasste, müde abzuwinken und ihm einen Vogel zu zeigen.

Bei aller Unterschiedlichkeit mochten sich die beiden und meist nahmen sie ihre Wortgefechte nicht wirklich ernst. Es war fast so, als liebten sie ihre kleinen Kabbeleien, die immerhin eine Abwechslung in ihrem wenig aufregenden Dienstalltag darstellten, wenn man einmal von dem besagten Zwischenfall an dem Pfannkuchenstand absah. Sie wussten beide, dass sie sich aufeinander verlassen konnten, wenn es einmal hart auf hart kommen würde, womit allerdings keiner von ihnen wirklich rechnete. Ihnen war aber auch klar, dass es für Männer in Uniform Unangenehmeres und Anstrengenderes gab, als in einer Shopping Mall Streife zu laufen und dafür zu sorgen, dass die Leute in Ruhe ihre Einkäufe erledigen konnten.

»Nichts zu tun, die Herren, haben die Geschäfte heute geschlossen?« Chief Supervisor Don Wichewski war unbemerkt eingetreten und seine Glatze leuchtete mal wieder wie frisch poliert mit der großen Gürtelschnalle vor seinem Bauch um die Wette. Spötter behaupteten, beides glänze immer dann besonders, wenn er eine neue Flamme hatte. Dass die Geschäfte im Delice immer geöffnet waren, wusste er natürlich so gut wie jeder andere in Bushtown.

»Wir machen Pause, Chief. Fancy und Ruler sind draußen«, Bob lehnte sich in seinem Sessel zurück und schaute demonstrativ auf die Wanduhr. »Wir haben gerade über Olga gesprochen ... Olga Wrenolowa, wissen Sie, die Pfannkuchenfrau.«

Die Kollegen Fancy und Ruler, beides sehr erfahrene Beamte, hatten die Mannschaft des Delice-Wachdienstes verstärkt. Kurz nach dem Zwischenfall am Pfannkuchenstand waren sie in die Shopping Mall abkommandiert worden, sodass jetzt unter dem Befehl des Chief Supervisors Wichewski acht Männer im 24-Stunden-Schichtdienst im Einsatz waren.

»Ich weiß, wer Olga Wrenolowa ist, Mayer. Wollen Sie mich für dumm verkaufen? Finden Sie mir einen in der Stadt, der sie nicht kennt. Sie wurde verhaftet, Sie waren doch selbst dabei. Was gibt es da also noch zu reden? Das ist Schnee von gestern ... im wahrsten Sinn des Wortes, hahaha ... der Pizzamann soll übrigens sehr gut sein ... hat schon eine Filiale drüben in Southend. Ein paar Kumpels von mir waren mal da ... waren ganz begeistert von dem Zeug. Die Abwechslung wird Ihnen guttun, Bob, immer Pfannkuchen kann´s ja wohl auch nicht sein«, lachte er laut über seinen Witz. Dann fuhr er ernster und mit gesenkter Stimme fort: »Ich warte stündlich darauf, dass mir von der NSPO wieder unangenehme Fragen gestellt werden. Irgendwie habe ich das im Urin. Die haben das noch nicht zu den Akten gelegt. Werden noch mal nachbohren, warum es uns entgangen ist, dass im Delice so etwas passieren konnte ... warum wir nicht in der Lage sind, Ordnung zu halten, und so weiter, bla, bla, bla. Obwohl ich denen schon alles gesagt und sogar geschrieben habe, was ich weiß. Na ja, sei´s drum, warten wir´s ab. Ich regel das schon.« Er schaute dabei wie der Wettertyp vom Fernsehen, der es gewohnt war, dass seine Prognosen immer stimmten, was kein Kunststück war. Dann straffte er sich und zog seine Uniform glatt, bevor er wieder seinem Büro zustrebte, so als ob ihn dort Herr oder Frau Wichtig persönlich erwarten würde.

»Gehen Sie wieder pünktlich an Ihre Arbeit meine Herren, das Verbrechen schläft nicht, auch nicht in diesen Zeiten, wie Sie wissen«, rief er noch in wichtigtuerischem Befehlston mit einem Blick auf die Uhr, die gerade auf 9:25 gesprungen war. Kaum an seinem Schreibtisch, griff er zu seinem privaten

Mobiltelefon und Sekunden später säuselte er in einer Stimmlage in den Hörer, die ihm wohl keiner seiner Untergebenen zugetraut hätte.

»Gehen Sie pünktlich an Ihre Arbeit«, äffte Richie seinen Chef nach. »Der hat gut reden. Sitzt den ganzen Tag auf seinem Arsch und hält Maulaffen feil. Seitdem wir zu Acht sind führt er sich auf wie ein Viersternegeneral kurz vor der Verleihung seines fünften. Möchte echt mal wissen, was die an dem findet.« Mit ›die‹ meinte er die aktuelle Freundin des Chiefs. »Steht wahrscheinlich auf schicke Uniformen ... sollte lieber mal schauen, was drinsteckt«, beantwortete er sich selbst die Frage. »Obwohl sie das wahrscheinlich schon getan haben wird, hahaha ... weißt du eigentlich, warum er sich seine Hosen immer so hochzieht?« Er war dabei aufgestanden und zog jetzt eine imaginäre Hose bis unter seine Achseln. Dabei grinste er frech.

»Lass ihn doch, Richie, solange er verknallt ist, haben wir unsere Ruhe, bist ja eh nur neidisch«, meinte Bob gelassen, der sich schon lange nicht mehr über seinen Vorgesetzten aufregte. Er dachte an Olga, der er die angebliche Tat nie und nimmer zutraute. Musicals lieben und gleichzeitig Drogen verkaufen passte in seinem Weltbild einfach nicht zusammen.

»Neidisch?«, prustete Richard Pease. »Ich, auf den? Hast du dir die Tussi mal angesehen? Nie und nimmer. Die könntest du mir nackt auf den Bauch binden. Aber wie wir ihn kennen, wird in zwei Monaten sowieso die Nächste auf der Matte stehen, beziehungsweise liegen, hahaha.«

Fünf Minuten später, die Pause war in diesem Moment zu Ende, erschien der Chief abermals in der Tür und seinem Gesichtsausdruck nach zu urteilen, war es mit der Ruhe erst einmal vorbei.

»Ich hab´s ja gewusst«, knurrte er, »hat allerdings keine Stunde gedauert.« Er zog sich mürrisch einen Stuhl heran und setzte sich. Richard Pease hatte seinen Streifengang bereits begonnen und Bob Mayer hatte gerade die Reste seines

Sandwiches eingepackt und zusammen mit der halb geleerten Flasche Blue Mountain-Mineralwasser in seiner Tasche verstaut. Jetzt blickte er den Chief erwartungsvoll an und fasste sich an den Kragen, der auf einmal eng zu werden schien.

»Ich hatte gerade ein Gespräch mit einem der Chefs der NSPO, ... Mike Stunks, oder so ähnlich«, fuhr er fort. »Sie wollen noch einmal genau wissen, was da neulich hier los war. Mein schriftlicher Bericht hat denen nicht gereicht. Mayer, Sie hatten ja Ihre Kamera eingeschaltet, als Sie dieses ›Dings‹ verfolgten, und jetzt will die NSPO wissen, was bzw. ob Sie selber etwas mit Ihren eigenen Augen gesehen haben. Meine Berichte genügen denen nicht. Jaja, das gute alte menschliche Auge, tztztz. Sie werden also persönlich befragt werden. Ich habe Sie beide in Schutz genommen, hab´ gesagt, dass Sie sich erst noch an die Brillen gewöhnen müssen, worauf ich eins draufbekommen habe, dass ich Sie gefälligst besser schulen soll. Der hat sich aufgeführt wie Graf Koks ... Sie sind mir was schuldig, geben Sie das an Ihren Kollegen Pease weiter. Ich gehe in die Pause, muss mal an die frische Luft.«

»Sie sind mir was schuldig? Das hat er wirklich gesagt? Hat der sie noch alle?«, fragte Richard empört, als sie sich kurze Zeit später in der Mall trafen. »Er und uns in Schutz nehmen, da lachen ja die Hühner, dem geht´s doch nur um seine eigene Haut. Aber warum hast du auch bloß diese Scheißbrille eingeschaltet, Mann? Der olle Wichewski macht das jetzt zur Chefsache.« Richard Pease machte bei dem Wort ›Chefsache‹ mit beiden Händen imaginäre Anführungszeichen in der Luft. »Und wir haben jetzt wieder den Ärger am Hals.«

»Ja, ich, weil ich sie eingeschaltet habe, und du, weil du sie nicht eingeschaltet hast, mein Lieber, und hör damit auf, dauernd auf ihm rumzuhacken, es gibt schlimmere Chefs und lass ihn ›Scheißbrille‹ besser nicht hören«, konterte Bob und fuhr fort: »Also was ist jetzt mit den Drogen? Nix Drogen, hab´ ich gleich gewusst, hier geht es um was Größeres. Oder glaubst du, die NSPO kümmert sich um Drogen?«

»Was weiß denn ich«, war die lakonische und leicht resigniert klingende Antwort seines Kollegen, »mir wär´ nur lieb, wenn du uns da nicht weiter reinreitest mit deiner Pingeligkeit. Pass also auf, was du denen erzählst.« Er machte auf dem Absatz kehrt und strebte dem Frozen zu, um sich die neue Bedienung, genauer anzuschauen.

***

Kapitel 5

Sie hatten schnell gepackt, denn sie besaßen nicht viel. Es war zu einer Art emurkscher Volksphilosophie geworden, keinen Besitz anzuhäufen, da es so leichter fallen würde, eines schönen Tages in ihre Heimat, der Inselwelt der Kögliien, zurückzukehren. Auf diese Weise hatte jeder Emurk gelernt, dass es im Leben nicht nur auf materielle Reichtümer ankam, was vielleicht zu den tiefgreifendsten neuen Überzeugungen ihrer Verbannung gehörte.

Die Agillen hatten immer nur als vorübergehende Bleibe gegolten, seit nun mehr als 300 Jahren. Ihre Behausungen erweckten eher den Eindruck von provisorischen Notunterkünften und unterschieden sich nicht sehr von den Ställen ihrer Hühner, Schafe und Ziegen. Und das, obwohl Emurks gute Baumeister waren und die Krulls ihnen mehr als einmal ihre Hilfe angeboten hatten. Die Ältesten hatten stets höflich, aber bestimmt abgelehnt und ihr Volk immer wieder ermahnt, diese raue Bergwelt nie als Heimat zu akzeptieren. Seit vielen Generationen hatten sie hier unter den einfachsten Umständen gelebt und die Höhlen von Tench´alin mit all ihren Geheimnissen bewacht, für die sie sich selber nicht im Geringsten interessierten. Sie hatten nie verstanden, warum die Krulls ein solches Aufhebens um sie machten.

Wenn auch ihre Wohnstätten einfach gehalten waren, so hatten sie doch einige Besonderheiten errichtet, die Hinweis auf ihr wahres Können gaben. Ihr stolzes Schiff neben der Schule für Nautik sowie einen Schrein, der in einer der kleinen Höhlen untergebracht war, von denen es hier im Tuffstein viele gab. Dieser Schrein stellte sozusagen das nationale Heiligtum der Emurks dar und wurde stets von einem Wächter aus der großen Familie der Urtsukas bewacht. In dem Schrein befand sich ein kunstvoll geschnitzter Kasten aus Zedernholz, einem Baum, der auf den Inseln von Kögliien wuchs. In diesem mit Ornamenten aus Bergkristall verzierten Kasten lag, in Seide eingeschlagen, das Logbuch der Wandoo, des Hauptschiffes der stolzen Flotte, mit der die Emurks vor so langer Zeit an der Küste Flaalands gelandet waren. Es war nur fünf Meilen von der Stelle entfernt gewesen, an der Nikita von Kapitän Franch in dem kleinen Beiboot abgesetzt worden war.

Jeder Emurk konnte den letzten Eintrag des Logbuchs auswendig hersagen.

> Logbucheintrag vom 25. des zweiten Monats des Weltjahres 2560.
> (Dies ist das Jahr 17356 unserer Zeitrechnung, aber ich weiß nicht, was die Zukunft bringt und wer dieses Buch einst lesen wird. Dies ist mein letzter Eintrag als Kapitän.)
> Ich sitze beim Schein einer Kerze in meinem Zelt, es ist kalt. Meine Familie und die meisten anderen sind vor Erschöpfung schnell eingeschlafen. Es ist der Abend unserer Ankunft. Nach achtunddreißig Tagen auf hoher See hatten wir die Küste von Flaaland erreicht, wie es der *Rat der Welten* vorgeschrieben hatte. Weitere neun beschwerliche Tage anstrengenden Fußmarsches hatte es bedurft, bis wir das Gebirge, den Ort unserer Verbannung, erreicht hatten. Ich danke den Geistern unserer Ahnen, die uns bis heute geleitet haben, und bitte sie inständig, uns nie zu verlassen.
> Was mag uns hier erwarten, nach den schrecklichen Ereignissen? Zwei Briggs und einen Schoner mitsamt ihren Mannschaften haben wir verloren. Noch nie war ich so froh, wieder Land unter den Füßen zu haben. Kann es noch Schlimmeres geben? So viele kamen ums Leben! Wie werden uns die geheimnisvollen

Krulls behandeln? Wir haben die Heimat verloren, aber das Leben behalten. Wir Emurks sind stark und werden uns niemals knechten lassen. Unsere Zeit wird wiederkommen. Wir werden uns anpassen und in den Bergen überleben. Es wird nicht auf ewig sein.
Die Freundlichkeit der Krulls hat mich etwas Hoffnung schöpfen lassen. Sie sind viel kleiner als wir, scheinen aber über enorme Fähigkeiten zu verfügen. Wenn es das Schicksal will, werden unsere Nachkommen die Heimat wiedersehen.
Dann möge dieses Buch ihnen eine Hilfe gewesen sein.
Urtsuka, Kapitän der stolzen Wandoo.

Unterschrieben war dieser letzte Eintrag, wie alle anderen auch, mit der etwas krakeligen Handschrift Kapitäns Urtsukas, der zwei Jahre nach ihrer Ankunft in Angkar-Wat gestorben war – an gebrochenem Herzen, wie man sagte.

Da die Alten die Hoffnung nicht hatten aufgeben wollen, eines Tages in die Heimat zurückkehren zu können, war jede Familie dazu verpflichtet worden, männliche Nachkommen auf die Seefahrt vorzubereiten. Aus diesem Grund war unter hohem Aufwand bald nach ihrer Ankunft in Angkar-Wat die ›Schule für Nautik‹ erbaut worden, was etwas seltsam in dieser Gegend anmutete, zumal vor den Toren des Gebäudes innerhalb von nur drei weiteren Monaten auch noch der Nachbau einer zweimastigen Brigg in Originalgröße entstanden war. Die Baumwolle, das Metall und den Sisal für Segel, Taue und die gesamte übrige Takelage hatten die Krulls besorgt, weil sie gemerkt hatten, dass sie damit die anfängliche Trübsal der Emurks vertreiben konnten. *Warum sollten die Emurks nicht etwas von ihrer Heimat aufbauen dürfen, zumal es sie von ihrer eigentlichen Aufgabe nicht abzulenken schien?*, hatten die Gnome gedacht. Ihre hilfreichen Gesten hatten entscheidend dafür gesorgt, dass die Emurks nicht mehr zornig auf die Krulls waren. Zunächst hatten sie verständlicherweise das Urteil des *Rates der Welten* mit den Gnomen in Zusammenhang gebracht, waren ihnen gegenüber sehr reserviert geblieben und hatten sie auch ihren Trotz spüren lassen. Nach und nach aber hatten sie, besonders durch viele Freundlichkeiten des kleinen Volkes, ihre Meinung und ihr Verhalten geändert. Die Krulls waren das eine, ihre Verbannung das andere. Mit fortschreitender Zeit hatte sich bei den meisten Emurks sogar die Überzeugung durchgesetzt, dass es sie durchaus schlimmer hätte treffen können.

So wurde das Leben auch für die Gnome nicht nur erträglicher, sondern in mancher Hinsicht auch erheiternd, denn es kam immer wieder zu wirklich komischen, ja manchmal sogar grotesken Szenen, insbesondere dann, wenn die Emurks die Rettung Schiffbrüchiger mit imaginären Rettungsbooten übten – und das mitten in den Bergen.

Einer der Emurks konnte das Logbuch Kapitän Urtsukas Wort für Wort auswendig herbeten, vorwärts und rückwärts. Urtsuka der Neunte, ein direkter Nachkomme des Kapitäns, hatte, wie sein Vater, Urtsuka der Achte, immer zu sagen gepflegt hatte, ›pures Salzwasser in den Adern‹.

»Er hat es von dem Alten bekommen, weiß der Himmel, warum er«, hatte er nicht ohne Stolz jedem erzählt, der es hören wollte, und wenn er süßen Wein getrunken hatte, auch denen, die es schon nicht mehr hören konnten. In einem kleinen Anbau der Behausung der Urtsukas stand ein ziemlich großer hölzerner Nachbau der Wandoo, jenes stolzen Dreimasters, den der Urahn befehligt hatte. Jedes Jahr zur Gedenkfeier ihrer Landung an den Küsten Flaalands wurde dieses Schiff auf den Schultern von vier Emurks durch das Tal getragen und das Volk stand mit stolz erhobenen Häuptern Spalier und sang Seemannslieder aus der Heimat. Fremde Zuhörer hätten dies allerdings nie und nimmer als Gesang erkannt.

Jetzt hatten die Alten recht behalten, es ging zurück in die Heimat, die niemand von ihnen aus eigenem Erleben kannte und die doch jeder Emurk in seinem Herzen trug.

Vonzel, ihr neuer Held, stand bei seinen Freunden Nornak und Urtsuka dem Neunten und unterhielt sich mit ihnen über die turbulenten Ereignisse der letzten Tage, die für ihr Volk das glückliche Ende der langen Verbannung bedeutet hatten. Nornak, der zum Erfüllungsgehilfen von Vincents Schicksal geworden war, nagte schmatzend an einem Knochen, der vom Festmahl übrig geblieben war. Immer wieder kam das Gespräch auf Nikitas Welt zurück und Vonzel versuchte seinen Freunden die unglaublichen Dinge zu beschreiben, die er dort gesehen und erlebt hatte. Dabei stellte er vielfach fest, dass deren Vorstellungskraft einfach nicht ausreichte, und er sagte sich dann, dass er es ja auch nicht hätte glauben können, wäre er im umgekehrten Fall der Zuhörer gewesen. Im Gegenteil, er hätte jeden, der so etwas erzählte, für einen Aufschneider und verrückten Fantasten gehalten.

Für einen Außenstehenden hätte sich ihr Gespräch wie die gutturalen Laute balzender Häher angehört, es gab aber keine Fremden mehr in dem Tal, denn bis auf einige Krulls waren die Emurks wieder unter sich. Die Gnome würden ihnen Geleit bis zum Meer geben und sie würden nachts gehen, um möglichst wenig Aufsehen zu erregen. Vonzel graute vor der Zeit auf dem Schiff, da er befürchtete, seekrank zu werden, was für jemanden, der in den Bergen aufgewachsen war, sicher keine Besonderheit darstellte. Er würde den ganzen Weg liebend gerne zu Fuß laufen, wenn dies möglich wäre. Nicht um alles in der Welt wäre er in dem Boot mitgefahren, das Nikita hierher gebracht hatte, zumal es, wie er wusste, die meiste Zeit unter Wasser gefahren war. Außerdem wäre die Gefahr einer Entdeckung an Bord viel zu groß gewesen. Da hatte er gerne wieder den viel längeren Landweg in Kauf genommen, den er aber mithilfe der Krulls und deren Beziehungen relativ schnell und bequem überstanden hatte.

Urtsuka der Neunte hingegen fieberte dem bevorstehenden Aufbruch entgegen. Seitdem klar war, dass es in die Heimat gehen würde, war er kaum mehr zu halten gewesen. Das Erste, was er getan hatte, war, zur Höhle des Schreins zu laufen. Dort war er auf die Knie gefallen, wobei er sich aus den Augenwinkeln heraus schnell vergewissert hatte, dass er alleine war. Dann hatte er seinen Tränen freien Lauf gelassen und es war ihm vollkommen egal gewesen, dass das eines Emurks eigentlich nicht würdig war. Schließlich hatte er behutsam das Logbuch herausgenommen, es aufgeschlagen und dann schnell die Stelle gefunden, die ihn stets am meisten fasziniert, aber auch ungemein geängstigt hatte. Manchmal hatte sie ihm so viel Furcht eingeflößt, dass er gehofft hatte, Urtsuka dem Elften oder Urtsuka dem Zwölften möge das Schicksal beschieden sein, ihr Volk heimzuführen.

Logbucheintrag vom fünften Tag des zweiten Monats des Weltjahres 2560.
Mast und Schotbruch!
Dies wird sicherlich der ausführlichste Logbucheintrag meines langen Seefahrerlebens. Aber für meine Nachkommen wird er vielleicht eines Tages wichtig sein.
Hinter uns liegen schlimme Tage. Bei einem Zwischenstopp auf der Insel Leiri, wo wir nach fünfzehn Tagen auf See Proviant und Wasser bunkerten, kam es zu einem Zwischenfall. Forhur, der mit seinem Clan auf der Kloum segelte, kam mit ein paar Männern an den Strand, wo ich die Verladung beaufsichtigt hatte. Ich hatte gleich ein ungutes Gefühl, als ich sie so daherkommen sah. Sie wollten dort bleiben oder umkehren und sich der Verbannung widersetzen, schrien sie. Wenn ich nicht mitmachte, wollten sie es ohne mich tun. Auf keinen Fall würden sie in die Berge nach Flaaland gehen. Sie hatten sich von den Bäumen der Insel dicke Äste abgebrochen und wirkten sehr entschlossen, wie sie so daherkamen. Sie erweckten durchaus den Eindruck, dass sie von diesen Waffen

tatsächlich Gebrauch machen würden. Mit einem schnellen Blick hatte ich erkannt, dass von meinen Leuten keine Hilfe zu erwarten war, denn sie waren entweder in den Booten oder an Deck der Schiffe mit dem Verladen beschäftigt gewesen.
Wir hätten das Urteil des *Hohen Rates* nie und nimmer einfach so hinnehmen dürfen, brüllte Forhur. Wir hätten uns dagegen wehren sollen. Wir würden uns verhalten wie Lämmer auf dem Weg zur Schlachtbank und nicht wie stolze Emurks. Warum wir uns nicht auf unsere Stärke besännen. Sie waren gar nicht zu beruhigen. Sie mussten sich in den letzten Tagen auf See gegenseitig aufgeputscht haben. Ich verstand sie gut und sagte ihnen, dass wir damit nie durchkämen und den Zorn des *Rates der Welten* auf uns ziehen würden. Die Konsequenzen würden sie sich ja denken können, damit hatte der Rat nie hinter dem Berg gehalten. Ich wollte nicht das Leben der Meinen aufs Spiel setzen. Wenn es nur um mich gegangen wäre, hätten sie mich nicht zu überreden brauchen. Meine Worte erreichten sie aber nicht mehr. Sie überwältigten mich schließlich nach kurzem Handgemenge, brachten mich in Fesseln auf mein Schiff, sperrten mich in meine Kajüte ein und postierten zwei Wachen davor. Es half nicht, dass ich immer wieder eindringlich an ihre Einsicht appellierte.
Ich hörte, wie sie kurz darauf die Anker lichteten, und wenig später den Ruf: »Kurs Heimat!« Ich wusste zunächst nicht, wer unser Schiff steuerte, war aber beruhigt, als ich an den vertrauten Stimmen erkannte, dass meine Mannschaft noch an Bord war.
Zwei Tage und drei Nächte, die letzte nur zur Hälfte, verbrachte ich als Gefangener auf meinem eigenen Schiff. Auch das Logbuch hatten sie mir genommen. Meine Gedanken drehten sich um meine Familie und

um die Sicherheit unserer Flotte. Ich zweifelte nicht einen Moment daran, dass unsere Kursänderung bemerkt worden war, wunderte mich nur, dass wir unsere Fahrt einfach so fortsetzen konnten. Am späten Nachmittag des zweiten Tages keimte dann doch so etwas wie Hoffnung in mir auf und ich fand für ein paar Stunden Schlaf. Wie sich später herausstellte, war meine Familie ebenfalls überwältigt und in den Laderaum achtern geworfen worden.
In der dritten Nacht wurde die See plötzlich unruhig und ich konnte genau spüren, dass die Wellen höher schlugen. In dem aufgefrischten Wind machten wir sicher gute Fahrt. An den Kommandos, die von Deck kamen, konnte ich hören, dass Schlutukan am Ruder stand. Ich wusste das Schiff bei ihm in guten Händen. Der Rest der Flotte segelte ja in Sichtweite, sie konnten sich nachts über Signalfeuer und tagsüber mit Flaggen untereinander verständigen. So hatte ich es angeordnet.
»Zehn Knoten«, hörte ich gerade einen lauten Ruf von Deck, »zwölf Knoten, Windstärke acht, schnell zunehmend!« Der Wind heulte durch die Spanten und zerrte an der Takelage. Dann ertönte etwas später der Ruf: »Großsegel einholen!« Der Wind nahm noch weiter an Stärke zu und die Wandoo wurde nun heftig hin und her geworfen.
Kurz danach hörte ich: »Setzt die Sturmsegel!«
Ich konnte mir das kaum erklären, weil um die Jahreszeit die See in diesen Breiten für gewöhnlich ruhig ist. Die Zeit der Stürme kommt erst ein paar Monate später. Ich hatte diesen Gedanken noch nicht zu Ende gedacht, als der Wind so plötzlich abflaute wie er aufgefrischt hatte, ganz so, als hätte jemand dem Windgott einen Leberhaken verpasst. Es war praktisch windstill. Ich weiß noch, wie mir das Wort

›gespenstisch‹ durch den Kopf ging. Von diesem Moment an ging alles sehr schnell. Zunächst hörte ich einige laute Rufe: »Was ist da los? Habt ihr das gesehen?«
Dann hörte ich heftiges Getrampel. Oben liefen alle Mann nach Backbord. Jemand rief ängstlich: »Was ist das, seht ihr, dort, über der Kloum, da jetzt auch bei der Vaher und dort drüben die ...« Mehr konnte ich nicht verstehen, weil jedes Wort im allgemeinen Schreien und Rufen unterging. Eine halbe Stunde später – oben schien das Chaos ausgebrochen zu sein – wurde die Tür zu meiner Kajüte aufgestoßen. Schlutukan, dessen Gesicht weiß war wie das Leichentuch meiner Großmutter, kam herein und löste mit zitternden Fingern meine Fesseln.
»Ich konnte nicht früher kommen, Kapitän«, jammerte er, »sie haben meine Frau drüben an Bord gehabt, als Pfand. Jetzt ist sie tot, wie alle anderen auch. Es ist so schlimm, Kapitän. Es ist so furchtbar.«
Der arme Kerl setzte sich auf einen Tabakballen, von denen ich einige in meiner Kajüte hatte, und vergrub schluchzend den Kopf in seinen großen Händen. In diesem Moment sah er aus wie ein hilfloses Kind. So hatte ich ihn noch nie gesehen, nein, so hatte ich überhaupt noch keinen erwachsenen Emurk gesehen. Ich ließ ihn zurück und eilte über den Niedergang an Deck. Dort war inzwischen alles ruhig. Die Sterne funkelten in ihrer ganzen Schönheit vom Himmel und es war windstill. Der Mond stand als schmale Sichel über dem Achterdeck und die Segel hingen schlaff von den Masten. Niemand stand am Ruder. Die gesamte Mannschaft befand sich schweigend an der Reling und schaute backbords in die Schwärze der Nacht.
»Sie sind weg«, flüsterte ein Maat, der mir am nächsten stand, völlig entgeistert, »sie sind einfach weg.

Zuerst kam der Sturm und dann haben sie alle geholt.«
Ich wollte ihn gerade anraunzen und ihm befehlen, sich klarer auszudrücken, als ich im Licht unseres Positionsfeuers in seinem Gesicht Panik und Schrecken entdeckte.
»Zuerst kam der Sturm und dann kamen sie«, wiederholte sich der vollkommen verstörte Mann und ich bemerkte jetzt, dass er das einfach vor sich hinmurmelte. Er hatte mich gar nicht registriert. Ich fasste ihn an der Schulter, was ihm offensichtlich nochmals einen gehörigen Schrecken einjagte, denn er blickte mich mit einem leisen Aufschrei an und schien mich zunächst gar nicht zu erkennen. Da das Positionsfeuer hinter ihm war, sah ich von ihm nur das Weiße in seinen Augen, das im Licht der Sterne leuchtete. Jetzt erkannte er, wer ich war und nahm reflexartig Haltung an.
»Lassen Sie das«, sagte ich, »erzählen Sie mir, was hier los ist. Wo sind die beiden Briggs und der Schoner?«
Ich hatte inzwischen mit einem schnellen Rundumblick erkannt, dass unsere Flotte nicht mehr vollzählig war. Fünf Positionsfeuer leuchteten über der ruhigen See. Nach meiner überschlägigen Rechnung fehlten also drei Schiffe. Später sollte sich zeigen, dass es sich um die Kloum, die Vaher und die Ploim handelte, die Schiffe der Rebellen.
»Ich weiß es nicht, Kapitän«, stammelte der Mann und fuhr fort: »Ein Sturm kam auf, ziemlich schnell und aus heiterem Himmel, und dann kamen sie ...«
»Wer sind ›sie‹, Mann, drücken Sie sich gefälligst klarer aus, reißen Sie sich zusammen Maat«, ermahnte ich ihn.
»Ich weiß es nicht, Kapitän, es waren U n g e h e u e r.«
Er sprach das Wort immer noch unter dem Einfluss des

Erlebten langgezogen und so leise aus, als wenn er befürchtete, die Auslöser seiner Angst damit zurückrufen zu können. Ich merkte, dass aus dem Mann nicht mehr herauszuholen war. Inzwischen war Schlutukan wieder an Bord gekommen und stand neben mir. Er hatte sich offensichtlich wieder einigermaßen gefasst, obwohl seine Augen immer wieder unruhig die See absuchten. Dann blickte er nach oben und rief:
»Kannst du etwas erkennen?«
»Nein nichts, rein gar nichts, die See liegt ruhig wie ein Brett!«, kam die Antwort von dem Mann im Bootsmannstuhl und dann rief er mir zu:
»Kapitän, es ist gut, Sie wieder an Bord zu haben.«
»Was war hier los? Erzählen Sie es mir«, forderte ich Schlutukan in der Hoffnung auf, von ihm einen detaillierteren Bericht zu erhalten. Aber es sollte bei der Hoffnung bleiben. Viel mehr als ein »Sie haben sie geholt, Kapitän«, und »warum haben sie nicht auf Sie gehört?«, war auch aus ihm nicht herauszubekommen.
Am nächsten Tag, als sich alle wieder einigermaßen beruhigt hatten, kamen sehr unterschiedliche Berichte über die Vorkommnisse der vergangenen Nacht. Ich schob das auf die Trauer der Leute, von denen fast jeder Familie oder Freunde verloren hatte. Einige Männer behaupteten steif und fest, es sei ein Drache mit einem Hahnenkopf gewesen, der sie einfach mit sich in die Lüfte genommen habe, andere meinten, ein Riesenpolyp sei aus den Tiefen der See aufgetaucht und habe die Schiffe mit seinen mindestens zweihundert Ellen langen Fangarmen in die Tiefe gezogen. Wieder andere glaubten, eine dreißig Fuß hohe Monsterwelle gesehen zu haben, die urplötzlich aus dem Nichts aufgetaucht sei und alle verschlungen habe.
Noch in der Nacht gab ich Befehl zum Kurswechsel Richtung Flaaland.
Urtsuka, Kapitän der stolzen Wandoo

Urtsuka der Neunte blätterte noch ein paar Seiten weiter und las einen kurzen Eintrag:

> Logbucheintrag vom sechzehnten Tag des zweiten Monats des Weltjahres 2560.
> Bis zu unserer Ankunft widersetzte sich niemand mehr meinen Anordnungen. Nach weiteren neunzehn Tagen unter gutem Wind und stabilem Wetter haben wir ohne nennenswerte Zwischenfälle das Ziel erreicht. Ich sitze allein in meiner Kajüte auf der stolzen Wandoo – zum letzten Mal. Die anderen sind bereits von Bord, auch alles, was wir mitbringen durften, ist schon an Land gebracht. Was wird uns hier erwarten? Und was geschieht jetzt mit unseren Schiffen? Mir blutet fast das Herz, wenn ich an sie denke. Meine Wandoo, auf der ich so viele Jahre gesegelt bin, die schnelle Farragaut, die Schwarze Betty, die Wellenjägerin, die Brise und die Mirhana.
> Urtsuka – jetzt kein Kapitän mehr ...

Urtsuka der Neunte hatte das Buch seines Urahns zugeklappt und es unter seinem Pullover aus grober Schafswolle wie einen Schatz geborgen. Den Zedernholzkasten hatte er in der Höhle zurückgelassen. »Die Zeit in deinem Sarg ist vorbei«, hatte er gemurmelt, »den brauchst du nicht mehr, jetzt wirst du gebraucht. Sollen die Krulls ihn als Andenken behalten.«

Auf der Brigg hatte er die Kapitänskajüte betreten und das Logbuch auf den Schreibtisch gelegt. Dann hatte er eine neue Seite aufgeschlagen und diese mit einer zärtlichen Geste gestreichelt.

»Es geht weiter, Kapitän Urtsuka«, hatte er geflüstert, »ich werde mein Bestes geben. Bitte lasse deinen Geist über mir wachen ... über uns allen.«

Die Sonne warf die letzten Schatten der hohen Berge in das herbstliche Tal. Bald schon würde oben an den Hängen und natürlich im ganzen Gebirge der erste Schnee fallen – ein Emurk konnte das riechen. Aber das kümmerte niemanden mehr, denn sie würden es sich zu Hause gut gehen lassen. Wie sie aus den Geschichten der Alten erfahren hatten, gab es in ihrer Heimat keinen Schnee. Sie konnten sich die Seen von Kögliien gut vorstellen, denn die Erzählungen davon hatten nie aufgehört. So wurden sie im Bewusstsein aller lebendig gehalten. Vonzel wusste, dass es nicht nur darum ging, diese Reise zu überstehen, sondern dass er sich, wie alle anderen, schnell an die Schifffahrt würde gewöhnen müssen, da seine Heimat aus kleinen Inseln und zu siebzig Prozent aus Wasser bestand. Natürlich würde er auch das Schwimmen erlernen müssen. Klettern konnten sie hier alle wie die Gämsen und dabei machte ihnen niemand etwas vor, aber wenn er an die Unsicherheit dachte, die er mit dem Meer in Zusammenhang brachte, wurde ihm mulmiger, als er zugeben wollte.

Die Seemannsspiele auf der Wandoo II hatte er zwar gemocht, aber nie wirklich ernst genommen. Keiner aus seiner Generation hatte das, mit Ausnahme Urtsukas des Neunten, der wegen seines Kapitänsticks mehr als einmal gehänselt worden war, insbesondere wenn er zur Jahresfeier die stark abgegriffene Mütze seines Urahns wie eine reich verzierte Königskrone trug. Außerdem lag die Brigg ja auf gutem, festem Bergboden. Jetzt wünschte sich Vonzel, dass er manchmal im Unterricht besser aufgepasst hätte.

Am Tag zuvor hatte es zu seinen Ehren und zum Abschied aus dem Tal ein großes Fest gegeben. Die Krulls hatten für köstlichen Wein und andere Getränke gesorgt, die den Emurks bisher unbekannt waren. Die kleinen Kerle sind doch immer noch für Überraschungen gut, hatte Vonzel gedacht, als er zu vorgerückter Stunde zunächst vorsichtig, dann mutiger und schließlich gierig von einem mit weißem Schaum bedeckten Krug, der ihm von einer lächelnden Krullfrau gereicht worden war, trank. Aber dann hatte er sich sogleich gesagt, dass die kleinen Leute schon ganz andere Dinge organisiert hatten und wer wusste, was sie noch alles auf Lager hatten. Aber wenn er ehrlich zu sich war, wollte er das gar nicht wissen. Nicht weil er Angst hatte, das brauchte er weiß Gott nicht, aber er mochte einfach keine komplizierten Sachen mehr. Er wollte jetzt nur in die Heimat und dort mit Vachtna, einer bezaubernden Emurkfrau, auf die er schon lange ein Auge geworfen hatte, viele Kinder machen. Die Auserwählte wusste zwar noch nichts davon, aber er war sich seiner Sache vollkommen sicher, zumal er ja jetzt ein Held war. Frauen hatten ein Faible für Helden und da waren die Emurks keine Ausnahme. Nach dem vierten Krug dieses herrlichen Gebräus, es stammte aus der Brauerei von Haldergrond, war er richtig in Schwung gekommen und wenn ihn seine Freunde nicht zurückgehalten hätten, hätte er sein Vorhaben mit Vachtna schon an diesem Tag in die Tat umgesetzt. Dass sie mitmachen würde, daran hatte er in seinem Zustand, in dem ihm alles möglich schien, nicht eine Sekunde gezweifelt.

Auf dem Rasenplatz vor der Schule für Nautik hatten die Emurks aus dem Holz einiger Hütten, die sie ja nun nicht mehr brauchten, mehrere große Feuer entzündet. Hier hatten riesige Stücke von Schaf- und Ziegenfleisch an mächtigen Spießen gebraten und das Fett war laut zischend in die Glut getropft. Aus dem Schulgebäude waren ständig große Krüge von dem süßen Wein herangeschleppt worden. Überall auf dem Gelände hatten Emurks und Krulls herumgestanden oder gesessen und sich über die bevorstehende Reise unterhalten. Einige Jünglinge waren in der Takelage der Wandoo II herumgeturnt und hatten Steuermann, Pirat oder Kapitän gespielt. Ständig war das Läuten der Schiffsglocke zu hören gewesen. Der aufgekratzten Stimmung hatte sich niemand entziehen können. Einmal hatte ein junger Emurk, der sich von seinen Freunden auf dem Bootsmannstuhl bis ans Ende des Großmastes hatte ziehen lassen, ausgerufen: »Land in Sicht!«, worauf alle in schallendes Gelächter ausgebrochen waren. Nur seine Mutter hatte ihm, keinen Widerspruch duldend, zugerufen, er solle sofort da herunterkommen, was ihm prompt den lauten Spott seiner Kameraden eingebracht hatte.

Shabo, Vonzels Verbindungsmann in der *Neuen Welt*, mit dem er so manchen Strauß ausgefochten hatte, hatte für ihn sogar Pfannkuchen gebacken, die äußerst verführerisch rochen, ähnlich denen, die ihm vor einigen Tage im Delice fast zum Verhängnis geworden waren. Bis dahin hatte alles so gut geklappt gehabt, denn er hatte gar nicht lange gebraucht, um Nikita aufzuspüren. Nur weil sie nichts Vernünftiges zu essen in ihrer merkwürdigen Küche gehabt hatte – er hatte die ganze Wohnung durchsucht –, war er, seinem Hunger und der Versuchung erlegen und auf Nahrungssuche gegangen.

»Vonzel«, hatte Shabo gerufen und ihn aus seiner Erinnerung gerissen, »komm her, es gibt dein Leibgericht, hahaha!« Shabo war sichtlich gut gelaunt gewesen und ein wenig stolz auf sich, weil ihm in seinen jungen Jahren – er war noch keine fünfzig – ein solcher Auftrag zugeteilt worden war. Nicht nur der Emurk, sondern auch er hatte sich bestens bewährt.

Wenn Emurks rot werden könnten, wäre Vonzel sicher errötet, denn an diese Aktion in Bushtown wurde er nicht gerne erinnert, hätte sie doch um ein Haar die ganze Mission zum Scheitern gebracht. Aber er hatte den Humor des Krulls verstanden und sich gerne einen der heißen Kuchen gegriffen. Hier hatte er nicht mit seiner Energie haushalten müssen, denn jeder durfte ihn sehen.

»Danke dir, Shabo, ich wusste gar nicht, dass du kochen kannst ... oder doch ... warte mal ... manchmal hast du sogar ziemlich gekocht, dort drüben in der anderen Welt, nicht wahr?« Vonzel hatte seine kleine Retourkutsche genossen und dabei einen verschmitzten Gesichtsausdruck gemacht, was für einen Emurk eine Leistung war und sicherlich auf einen ahnungslosen Betrachter bedrohlich hätte wirken können.

»Nun, kein Wunder, so wie du uns alle auf Trab gehalten hast«, hatte der Krull schlagfertig und lachend gekontert. »Aber Schwamm drüber, Vonzel, ich freue mich für euch, dass es jetzt nach Hause geht ... obwohl es beruhigend war, euch als Wächter hier zu haben, so aufregend und anstrengend ihr auch als Kundschafter wart.« Shabo hatte dann mit einem großen Holzlöffel cremigen Teig auf die heiße Platte gegossen und ihn dort wie ein professioneller Koch mit einigen eleganten Handbewegungen verteilt und glattgestrichen.

»Darauf, dass es zwischen uns beiden einmal so harmonisch zugehen würde, Shabo, hätte ich vor zwei Wochen nicht gewettet«, hatte Vonzel mit vollen Backen schwer verständlich gesagt. Der Krull hatte sich sofort sehr bildhaft an die Szene im Containerlager des Flugplatzes von Bushtown und an die Situation auf dem Golfplatz erinnert, wo beide in einer Stimmung gewesen waren, in der sie den anderen am liebsten umgebracht hätten – zumindest konnte er das für seinen Teil sagen.

»Ja, du hast recht und ich wünsche mir auch nicht, dass wir jemals in die Lage versetzt werden herauszufinden, wer von uns der Stärkere ist, Vonzel. Aber jetzt vertragen wir uns ja, nicht wahr? Ich hatte eben auch nur meine Aufgabe zu erfüllen und wir waren beide gereizt ... es stand ja auch viel auf dem Spiel.«

»Glaubst du vielleicht, das Ganze ist vorbei, nur weil die beiden Turteltäubchen hier in unserem Tal ihr Schäferstündchen abgehalten haben? Also, ich glaube das nicht, Shabo. Aber es geht uns auch nichts mehr an. Ich bin froh, wenn wir in Kögliien angekommen sind und unsere Ruhe haben. Sollen die Menschen machen, was sie wollen. Die Welt wird auch ohne diese merkwürdigen Wesen weiter existieren und meiner Meinung nach sogar um einiges besser. Oder hat es dir drüben etwa gefallen?«, dabei hatte er eine kurze Kopfbewegung in Richtung der untergehenden Sonne gemacht.

Energisch hatte er dann ein großes Stück von einer Hammelkeule abgebissen und begonnen, es grunzend zu vertilgen.

»Also, ganz so schlimm, wie du es jetzt darstellst, fand ich es gar nicht«, erwiderte der Angesprochene und schaute dabei etwas angeekelt ob der Essgewohnheiten der Emurks, an die er sich wahrscheinlich nie gewöhnen würde, selbst wenn sie noch einmal dreihundert Jahre bleiben würden. Er konnte immer noch nicht wirklich verstehen, wie man überhaupt Fleisch essen konnte, dazu noch in solchen Mengen, aber fast mehr noch befremdete ihn die Art und Weise, wie diese Emurks aßen.

»So? Dann sag mir mal, was so toll dort war«, fragte Vonzel schon wieder mit vollem Mund.

»Nun ... das kann ich dir erklären ...«, gluckste der Krull, »zum Beispiel die Art und Weise, wie sie dort essen.« Alle brüllten vor Lachen und hielten sich die Bäuche. Hätte Shabo sich nicht geistesgegenwärtig geduckt, wäre er sicher durch den freundschaftlichen Klaps Vonzels meterweit durch die Luft geflogen. Das alles hatte sich zwei Stunden vor seinem Rausch abgespielt, denn an alles, was darauf folgte, konnte er sich am nächsten Tag, an dem ihm sein Schädel sehr voluminös vorkam, nicht mehr erinnern.

* * *

Kapitel 6

Der *Rat der Welten* hatte sich in Angkar-Wat versammelt. Die meisten Ratsmitglieder hatten lange und beschwerliche Reisen hinter sich. Der Anlass besaß allerhöchste Priorität, denn die Menschen hatten den *Ewigen Vertrag* gebrochen. Dieser Vertrag hatte sie vor lange Zeit vor den letzten und wohl endgültigen Strafmaßnahmen verschont, die jetzt sicherlich gefordert werden würden. Das war im Vorfeld schon klar geworden. Viele Versuche waren bereits früher vom *Rat der Welten* unternommen worden, der Menschheit einen Weg zu zeigen, der allen Wesenheiten dieses Planeten und seinen Nachbarn ein gutes Leben ermöglichen würde. Mancher Warnschuss war in den Jahren kurz vor und nach Beginn des einundzwanzigsten Jahrhunderts abgegeben worden, aber die Menschen hatten sich weiterhin als unbelehrbar gezeigt. Die wenigen unter ihnen, die verstanden hatten, worum es ging, hatten nie eine Mehrheit gefunden. Als auch sie dann nur noch die Gewalt als Ausweg gesehen hatten, war das Ende vorprogrammiert.

Die geselligen Krulls liebten Zusammenkünfte aller Art, was jetzt den Delegierten und ihren Begleitern zugute kam. Sie waren alle herzlich empfangen und bewirtet worden. Aber selbst für die Krulls war es nicht einfach gewesen, die unterschiedlichen Speisen zu beschaffen, die benötigt wurden, und noch jedem der Gäste ein Dach über dem Kopf zu bieten. Immerhin konnte man die leer stehenden Hütten der Emurks nutzen, die ja unterwegs in ihre Heimat waren, wenn auch die meisten dieser Unterkünfte einem gehobeneren Anspruch sicher nicht genügten. Wenige Ruinen des Dorfes sowie die Überreste der Burg Gisor selbst waren, wenn auch nur bedingt, zu nutzen. Fast alle waren schnell vom Volk der Phukas belegt worden.

Angkar-Wat glich einem Heerlager aus vielen bunt zusammengewürfelten Armeen. Die Adaros, unter Führung von Ngorien, hatten sich auf der Brigg häuslich niedergelassen und die große Delegation der Malmots hatte die Schule für Nautik in Beschlag genommen. Schon am ersten Abend waren laute Musik und Gelächter aus dem Gebäude geschallt, sodass sich einige der anderen Teilnehmer des Treffens bei den Krulls über die nächtliche Ruhestörung beschwert hatten. Schließlich war man nicht zum Feiern hergekommen, sagten sie.

Mehr als dreitausend Wesen hatten Platz gefunden und das Tal in eine Art Bienenkorb verwandelt. Viele der zweitausendvierhundertfünfundsiebzig Ratsmitglieder waren alleine angereist, andere hingegen hatten einen kleinen Hofstaat dabei, was manches Mal belächelt wurde. Niemand rechnete mit einem langen Aufenthalt. Es würde vielleicht ein, zwei Tagesordnungspunkte geben und man würde sicherlich schnell zu einer Entscheidung kommen.

Der Versammlungsraum lag tief im Inneren des Berges und war nur durch einen geheimen Eingang zu erreichen. Deswegen wurden alle bis dorthin mit verbundenen Augen geführt, jedenfalls diejenigen, die Augen benutzten, um ihre Umgebung wahrzunehmen. Sodann gelangten die Ratsmitglieder in einen langen, vollständig mit strahlend weißem Marmor ausgekleideten Gang, der ungefähr dreihundert Fuß weit in das Innere des Berges reichte. Auf breiten Stufen aus schwarzem Granit erreichten die Gäste den Haupteingang der eigentlichen Höhlenwelt. Lichtelfen beleuchteten den langen Weg und sphärische Gesänge waren zu hören, ohne dass deren Quelle sich gezeigt hätte. Im Laufe von vielen tausend Jahren war hier eines der größten baulichen Kunstwerke der Krulls entstanden: die Höhlen von Tench´alin, in denen sich das Buch Balgamon mit all seinen Aufzeichnungen und das für die gesamte Welt noch viel wichtigere Geheimnis befand, das von den *Siegeln* bewacht wurde.

Eine mächtige, achtzig Ellen hohe Kuppelhalle diente den Krulls – und jetzt dem *Rat der Welten* – als Versammlungsraum.

Die Familienclans der Gnome kamen hier im zeitlichen Abstand von fünf Jahren zusammen, um sich vom jeweils zuständigen Balgamon-Clan über die Pflege und Weiterentwicklung der Steintafeln auf den neuesten Stand bringen zu lassen. Niemand der Gäste hatte je diese Halle betreten und es gab kaum jemanden, der nicht tief beeindruckt war.

Die Kuppel hatte einen Durchmesser von mehreren hundert Fuß. Die Decke spannte sich trägerlos über den gesamten Raum und bildete eine perfekte Halbkugel. Sie war äußerst kunstvoll bemalt. Die Elemente des Himmels waren so natürlich dargestellt, dass man den Eindruck haben konnte, im Freien zu stehen. Die Wände waren mit Szenen aus der Tierwelt verziert. Hier konnte man neben den bekannten Land-, Luft- und Meerestieren auch Tierarten sehen, die schon lange ausgestorben waren. Es hätte sicherlich Tage, wenn nicht Wochen gedauert, hätte man sich all das genau betrachten wollen.

Als alle ihre Plätze eingenommen hatten, ertönte eine Glocke. Damit eröffnete Perchafta die Versammlung. Er thronte an einem langen Tisch, der etwas erhöht über dem Auditorium stand. An diesem Tisch saßen *Die Zwölf*. Der Gnom trug eine golddurchwirkte blaue Weste, unter der man ein weißes Hemd mit weiten Ärmeln erkennen konnte.

Am Tag zuvor hatte man sich auf das Gremium *der Zwölf* geeinigt. Dieses würde sich nach der Hauptversammlung zurückziehen, um die endgültige Entscheidung zu treffen. Perchafta hatte als Gastgeber den Vorsitz und saß in der Mitte. Damit ihn alle, auch diejenigen, die in den hinteren Reihen Platz genommen hatten, sehen konnten, hatte er sich erhoben. Mit ihm am Tisch, der aus einem kunstvoll bearbeiteten, sicherlich dreißig Ellen langen weißen Marmorblock bestand, saß Vermoldohout, der mächtige König des Eisvolks. Ganz außen, neben Vermoldohout, wurden die Dogais von Draogan im Gremium *der Zwölf* vertreten. Die Dogais besaßen, wie die meisten im Saal, große Kräfte, mit denen sie verheerende Sturmfluten verursachen konnten.

Zur Rechten Perschaftas saß die schöne Sankiria vom Volk der Högfeen. Wiederum rechts von ihr folgte Vremtor vom Drachenvolk, dann kam Brnefals, ein Bruder von Ngorieren, als Vertreter der Meergeister. Für das große Volk der Elfen saß Vaahile im Gremium *der Zwölf*. Sie hatte sich weit an das andere Ende des Tisches setzen müssen, weil Vermoldohout äußerst allergisch auf den Duft von Blumen reagierte.

Ganz außen hatte Charuma aus dem Volk der Caonteachs Platz genommen. Als nahe Verwandte saß sie auch für die Banshees am Tisch und zeigte als perfekte Gestaltwandlerin heute ihre sanfte und zarte Seite. Sie war vollständig in blasses Rosa gekleidet. Die Kobolde hatten sich zunächst nicht einigen können, wen sie in das Gremium schicken sollten, aber Samosan, ein Yokai aus dem Volk der Hengeyōkai, hatte sich letztlich durchsetzen können. Damit vertrat er auch alle Formbauer des Erdelements, zu denen die Zwerge, die Wichtel, die Trolle, die Riesen und die Erdelfen gehören. Er hatte neben Vaahile Platz genommen und schaute sehr würdevoll drein. Im Moment zeigte er sich als zweibeiniger großer Fuchs, was ihm für diesen Anlass passend erschienen war.

Man merkte dem neben ihm sitzenden Gesandten der Hohlwelt mit Namen Wassben an, dass er diesen Vertreter der Verwandlungskünstler nicht so ganz ernst nahm. Wassben sah fast wie ein Mensch aus. Er war ein Albino mit langen weißen Haaren und hatte durchdringend rote Augen. Im Gegensatz zu Vermoldohout fühlte er sich im Inneren des Berges wie zu Hause. Aus Rücksicht ihm gegenüber hatte das Lichtwesen Lauri neben Vermoldohout Platz genommen, dem Helligkeit nichts ausmachte. Daneben saß Aumakul, dessen große Sippe als Nachtwanderer bekannt war, die die Seelen in die Totenwelt begleiten. Er trug einen schlichten Umhang aus dunkelbraunem, grob gewebtem Stoff. Die Aumakua legten auf Äußerlichkeiten keinen Wert. Zwischen ihm und Perchafta hatte Vlandoor vom Volk der Jötunn seinen Sitz eingenommen, was etwas grotesk aussah, da der Größenunterschied zwischen den beiden sehr beachtlich war. Perchafta hatte Vlandoor diesen Platz angeboten, weil es seiner Meinung nach richtig war, dass jemandem, dessen Volk seit Entstehung der Welt existierte, genau diese Ehre zuteil wurde.

Mit dem Klang der Glocke hörte fast augenblicklich das Gemurmel im Saal auf und jeder schenkte dem Krull seine Aufmerksamkeit. Es war so still, dass man eine Stecknadel hätte fallen hören können. Perchafta räusperte sich kurz, bevor er die Anwesenden begrüßte. Die Akustik dieser Halle war enorm. Bis in die letzten Reihen waren seine Worte klar und deutlich zu verstehen.

»Verehrte Mitglieder dieses Rates. Im Namen meines Volkes und des Gremiums, das ihr gewählt habt, heiße ich euch in Angkar-Wat herzlich willkommen. Ich hoffe, ihr habt alles so vorgefunden, wie ihr es braucht. Wenn nicht, so scheut euch bitte nicht, eure Gastgeber anzusprechen. Wir sind bemüht, euch euren Aufenthalt so angenehm wie nur irgend möglich zu gestalten. Wir hätten gerne mehr Zeit gehabt ...« Darauf war freundliches Gemurmel zu vernehmen. Irgendwer klatschte in die Hände.

»Angkar-Wat, Angkar-Wat«, flüsterte jemand im Zuhörerraum seinem Nachbarn zu, »gab es nicht einmal eine Tempelanlage mit diesem Namen?«

»Ja, sie hieß so ähnlich«, antwortete dieser knurrend im Flüsterton, »Angkor Wat hieß eine Anlage im ehemaligen Kambodscha, ist aber auch alles zerstört worden damals, kein Stein mehr auf dem anderen. Sie haben es nach ihr benannt.«

»Ich weiß«, setzte Perchafta in diesem Moment seine Begrüßung fort, »dass es für viele von euch eine beschwerliche Reise war und dass wir euch hier nicht den Komfort bieten können, den ihr gewohnt seid. Deshalb hoffe ich, dass wir mit unseren Beratungen zu einem baldigen Ergebnis kommen, das uns alle zufriedenstellt. Mir ist auch bekannt, dass es für einige von euch lebenswichtig ist, die Heimreise anzutreten, noch bevor hier der erste Schnee fällt.« Er blickte an die Stelle im

Saal, von der er wusste, dass dort die Abordnung der Slucks saß. Sie schauten ihn dankbar aus ihren großen Augen an, die fast ihr gesamtes Gesicht beherrschten. Dann fuhr er fort: »Zur Vorgehensweise brauche ich nicht viel zu sagen, denn die kennt ihr. Es gibt aus Zeitgründen nur eine kleine Änderung, die wir noch gestern beschlossen haben. Ich danke Sankiria für diesen Vorschlag.« Perchafta schaute kurz nach rechts und Sankiria nickte ihm freundlich zu.

»Wenn alle Redner zu Wort gekommen sind, wird es eine Pause von zwei Stunden geben, in der die einzelnen Delegationen unter sich nochmals beraten können. Dann wird es hier, sofern nötig, nochmals eine kurze Aussprache geben. Im Anschluss daran ziehen wir zwölf uns zur Beratung zurück. Wie sonst auch, entscheidet die einfache Mehrheit. Unmittelbar darauf verkünden wir euch unseren Beschluss.«

Perchafta ließ seinen Blick durch den Kuppelsaal schweifen, bevor er weitersprach.

»Es gibt drei Tagesordnungspunkte, die ich euch vorlesen möchte.«

Er nahm eine Schriftrolle und breitete sie vor sich aus.

»Punkt eins: Wie reagieren wir auf den Vertragsbruch der Menschen?

Punkt zwei: Was soll mit den Plänen geschehen, die Nikita Ferrer hier gefunden hat und die sie in ihre Welt bringen soll?

Punkt drei: Wer wird in Zukunft dieses Tal bewachen, nachdem die Emurks in ihre Heimat zurückgekehrt sind?«

Stimmen wurden laut und Perchafta wartete, bis es wieder ruhig wurde.

»Wir können, wenn wir uns schnell einigen ... und was ich in Anbetracht der Umstände für wichtig erachte, noch heute oder morgen fertig werden. Ich eröffne hiermit die Versammlung und erteile meinem geschätzten Freund Vermoldohout das Wort.« Perchafta blickte mit einer kleinen angedeuteten Verbeugung nach rechts.

Vermoldohout stand langsam auf und ging mit schweren Schritten nach vorne an das Rednerpult, das die Form einer aufgeklappten Kaurimuschel besaß. Obwohl die Muschel sicher mehr als sieben Ellen maß, passte er kaum hinein. Ihn umgab ein schwach leuchtendes, leicht fluoreszierendes Licht, das mit jedem seiner Atemzüge unruhig flackerte. Und dann ertönte seine tiefe Stimme, die das Rund der Kuppel ausfüllte und jeden Zuhörer sofort in ihren Bann zog.

»Lieber Freund Perchafta«, begann er, »nimm du bitte stellvertretend für das Volk der Krulls meinen Dank entgegen. Ihr habt es mit einem ungeheuerlichen Kraftaufwand ermöglicht, dass wir uns so kurzfristig hier treffen konnten. Ich weiß, wie viel Arbeit und Anstrengungen das erfordert hat und immer noch erfordert. Ich bin sehr beeindruckt von dem, was ihr hier in eurer Höhlenwelt erschaffen habt, und bedaure außerordentlich, dass es mir nicht möglich sein wird, all die wunderbaren Kunstwerke zu betrachten. Du weißt, dass ich schnell zurück bei meinem Volk sein muss.« Er räusperte sich mit einem laut Ährrrem und machte eine kleine Pause, bevor er sich an die Zuhörer im Saal wandte:

»Ihr kennt mich alle«, begann er ohne Umschweife mit einem Blick aus seinen leuchtend blauen Augen, »und daher wisst ihr, dass ich niemand bin, der um den heißen Brei herumredet. Deshalb hört meine Meinung ... Das Eisvolk hat die Nase voll von den Menschen, die sich seit mehr als tausend Jahren ihrer Zeitrechnung aufspielen, als gehöre ihnen die Welt. Sie nehmen, ohne zu geben. Sie haben die Atmosphäre vergast, sie haben die Gene von Pflanzen und Tieren manipuliert, ja, und hört, hört, jetzt züchten sie sich sogar schon selbst, ährrrem, als wenn das erstrebenswert wäre«, fügte er mit verächtlichem Schnauben aus seinen breiten Nüstern hinzu. Niemand im Saal rührte sich. Dann nahm er einen großen Schluck Wasser aus dem bereitgestellten Krug, in dem die Eiswürfel klirrten, bevor er schwer atmend fortfuhr.

»Sie haben die Wälder abgeholzt oder einfach verbrannt, ohne Rücksicht auf die Wesen, die dort ihre Heimat hatten. Sie haben Flüsse umgeleitet und ganze Gebiete trockengelegt. Sie haben die Meere nahezu leergefischt, ihren Müll hineingeschüttet, die Küsten mit Öl verschmiert und die meisten Tierarten dieser wunderbaren Welt ausgerottet. Wie viele Seevögel, wie viele Fische, wie viele Walarten, wie viele Korallen sind gestorben? Fragt die Adaros!« Er deutete auf die Stelle im Saal, wo Ngorien mit seiner Delegation saß und ihm ernst zunickte.

»Und was besonders für mein Volk das Schlimmste ist, ährrrem, sie haben durch ihren rücksichtslosen Raubbau die Eiskappen der Pole nahezu vollständig zum Schmelzen gebracht. Ihr wisst das alles.«

Er hustete jetzt heftig und trank abermals einen großen Schluck Eiswasser. Das Klima in diesem Raum schien ihm nicht zu bekommen. Aber er setzte seine Rede mit unverminderter Kraft fort.

»Als wir ihnen damals den Warnschuss verpassten, ach was, einen? Viele Warnungen bekamen sie ... in jeder erdenklichen Form ... und sie daraufhin ihren *Ewigen Vertrag* schlossen ... dass ich nicht lache ... nahm selbst ich für einen kurzen Moment an, sie könnten zur Vernunft kommen. Immerhin hatten sie immense Verluste an Leben und Gütern erlitten. Die Zeit, die wir damals als Übergang angesehen hatten, hätte milder ausfallen können, wenn die Menschen sich geändert hätten. Sie hatten Führer, denen sie vertrauten und die ihnen Erklärungen hätten geben können. Allen voran ihr Papst, ährrrem, aber während Jesus, auf den dieser sich berufen hatte, Liebe und Bedürfnislosigkeit verkündet hatte und selbst als armer Wanderprediger durchs Land gezogen war, schritten seine angeblichen Stellvertreter auf Erden in den Prachtgewändern der altrömischen Kaiser einher, aufgebläht wie Pfauen, und ließen sich verehren wie Popstars. Die katholische Kirche zählte damals zu den reichsten Institutionen dieser Erde, ganz im Widerspruch zu Jesu Botschaft. Ihre Führer schwelgten im Luxus, während Milliarden Menschen hungerten.

Im Laufe der Jahrhunderte hatten zwar auch Menschen immer wieder auf diesen Skandal aufmerksam gemacht ... das gebe ich zu. Franz von Assisi ließ man gewähren, weil er lediglich die Nachfolge Jesu ernst nahm und sich nicht weiter einmischte, andere hingegen verbrannte man auf dem Scheiterhaufen oder sperrte sie ein. Ährrrem, die Führer der Christen versündigten sich deshalb so stark, weil die Menschen ihnen vertrauten, sie aber immer noch Falsches verkündeten und damit die Gläubigen in die Irre führten. Sie versperrten sich aus Bequemlichkeit, Sturheit und Arroganz. Sie waren blind gegenüber der Entwicklung der Erde. Jesus hat über die Pharisäer gesagt: ›Wenn der Blinde den Blinden führt, fallen sie beide in die Grube.‹ Das konnte man zu allen Zeiten über die Kirchenführer sagen.

Gut, Freunde, man könnte jetzt einwenden, dass die Menschen doch gelernt haben, weil sie sich im Laufe der Zeit vieler ihrer Führer entledigt habe. Aber wer es glaubt, wird selig, ährrrem. An die Stelle der alten sind nur neue getreten, die eher im Verborgenen wirken und dadurch sogar noch gefährlicher sind, zumal sie heute über ganz andere technische Möglichkeiten verfügen ... aber das wisst ihr ja.

Sie waren und sie bleiben unbelehrbar. Verluste haben sie noch nie erschreckt, sie scheinen sie geradezu anzustacheln. Was haben sie denn getan, als wir das, was sie HAARP nannten, zerstört hatten? Haben sie Lehren daraus gezogen? Nein! Ich sage euch was sie getan haben. Sie haben die Anlage einfach unter die Erde verlegt und im Laufe der Jahre ausgebaut, ährrrem ... sie haben sie weiterentwickelt und verfeinert. Wisst ihr, was sie heute damit anstellen könnten? Ach was, könnten, ich bin mir sicher, sie tun es bereits. Und gar nicht auszudenken wäre es, wenn sie in diesem Zusammenhang in den Besitz dessen kämen, was die *Siegel* bewachen. Ich sage euch, Freunde, daran sind sie in Wahrheit interessiert. Die Pläne, die diese Frau hier stehlen soll, sind bloß ein Vorwand. Dadurch wollen sie nur herausfinden, ob die *Siegel* wirklich hier sind und wie sie ihrer habhaft werden können.«

»Nicht alle sind unbelehrbar«, rief jemand aus dem Saal, »was ist mit der *Alten Welt*? Sie machen sich doch gut, sie lernen! Und die *Anderen*? Lasst sie doch kommen! An dem ersten *Siegel* werden sie schon kläglich scheitern! Ihr wisst, was geschieht, wenn es geweckt wird. Also, ich sage es noch einmal, lasst sie herkommen! Sie werden es kein zweites Mal versuchen.«

Lautes, teilweise brüllendes Gelächter kam aus dem Saal. Vermoldohout trank den Krug leer, das Eis knirschte, als er es zwischen seinen mächtigen Kiefern zermalmte. Ein Krull brachte neues Wasser.

»Die *Alte Welt*? Das Böse ist auch in der hier nicht ausgerottet. Wer das glaubt, ist einfach naiv«, gab er nach neuerlichem Räuspern, das tief aus seiner Brust kam, zur Antwort und dann hob er beide Hände. »Es wird nicht mehr lange dauern, dann werden mehr kommen ... oder sind schon da. Wie können wir sicher sein, dass die Frau ihre einzige Kundschafterin ist?

Ich, liebe Freunde, will nicht mehr abwarten. Lasst uns kurzen Prozess machen ... jetzt und auf der Stelle. Lasst uns das tun, was wir schon damals hätten tun sollen, ährrrem ... und wir haben ein für alle Mal Ruhe vor ihnen. Damit erübrigen sich auch die Punkte zwei und drei der Tagesordnung. Ich habe keine Lust, in wenigen Jahren ... oder wann auch immer ...«, er hustete, »wegen dieser Spezies abermals die Beschwerlichkeiten einer weiten Reise auf mich zu nehmen.« Er sog die Luft tief durch seine breiten Nüstern ein und blies sie geräuschvoll wieder aus. Er leerte den Krug.

»Wir können ja das nächste Mal zu euch kommen«, rief die Stimme von eben und allgemeines Gelächter kommentierte diesen Beitrag.

»Gerne, Hadheril«, jetzt hatte Vermoldohout den Rufer in der fünften Reihe ausgemacht und erkannt, »wenn du es, ährrrem ... ein paar hundert Fuß unter dem Eis aushältst«, war seine trockene Antwort und hatte damit die Lacher wieder auf seiner Seite.

»Was ich allerdings bei deiner ... nun ... Hautbeschaffenheit stark bezweifeln möchte«, fügte er noch spöttisch an. Zur

Versöhnung winkte ihm Hadheril mit der rechten Hand zu. »War nur Spaß!«, rief er lachend, »nichts für ungut, Vermoldohout. Meine Zustimmung hast du. Wir hätten ihnen damals schon den Garaus machen sollen, hast ja recht.«

»Diese Malmots machen sich auch über alles lustig«, flüsterte Sankiria neben Perchafta.

»Ja wirklich, das tun sie und deshalb unterschätzt man sie gerne«, antwortete der Krull lächelnd. Er wusste, dass Sankiria eine der wenigen war, die sich schon früher für eine Mitgliedschaft der Menschen im *Rat der Welten* eingesetzt hatte und dafür immer noch warb.

»Lasst mich fortfahren, ich bin auch gleich mit meiner Rede fertig«, fuhr Vermoldohout in der Muschel gerade fort, nachdem er einen Moment gewartet hatte, damit ein Krull den Krug wieder auffüllen konnte. »Danke dir«, sagte er und hüstelte erneut, bevor er weitersprach.

»Ja, sie haben sogar Kriege geführt um das, was die Erde uns gibt. Eigentlich kämpften sie um alles. Sagt, Freunde, wie viele von ihnen sind dabei gestorben? Man kann sie nicht zählen, glaubt es mir. Sie haben immer Krieg geführt. Zuletzt sogar um Wasser, ja Freunde, ihr wisst es alle, um Wasser!« Er hielt den großen Krug hoch, sodass jeder ihn sehen konnte, und machte eine dramaturgische Pause. Etwas von dem Wasser war herausgeschwappt.

»Sie können keinen Frieden halten, sie vertragen ihn nämlich gar nicht. Sie weideten große Teile dieses Planeten aus und wenn ihr Werk vollendet war, ließen sie zerstörte Landschaften zurück. Ihre Verwüstungen beschränkten sich nicht auf die Erde, nein! Wisst ihr, wie viel Schrott sie im Weltenall zurückließen? Mehr als zwei Millionen Tonnen davon kreisen um die Erde.« Zur Demonstration dieser Zahl hatte Vermoldohout zwei seiner drei Finger der rechten Hand in die Höhe gestreckt, was wie ein Victoryzeichen aussah.

»Da kann er ja froh sein, dass es nicht sieben Millionen sind«, kicherte ein Malmot seinem Nachbarn zu, allerdings so leise, dass der Redner diese Bemerkung nicht hören konnte, was für den Witzbold sicher ein Glück war.

»Die Menschen führten sich auf wie die Vandalen«, fuhr der König des Eisvolks in der Muschel fort, »ganz so, als hätten sie noch eine zweite Erde in Reserve. Sie stritten um Land, das ihnen gar nicht gehörte, und zogen Grenzen auf Papier. Manche mauerten sich sogar selber ein. Sie töteten im Namen ihrer Religionen, die doch Frieden und Liebe predigen. Also ... wenn das nicht schizophren ist, liebe Freunde.

Sie nennen sich intelligent, aber kann man das alles wirklich intelligent nennen? Ich meine nicht! Wahre Intelligenz ... vereint sie nicht Bauch, Herz und Verstand? Ihre sogenannte Intelligenz ist sehr einseitig entwickelt. Sicherlich wird man ihnen eine gewisse Form der Schläue nicht absprechen können, immerhin kommen sie mit vielen sehr unterschiedlichen Bedingungen ganz gut zurecht ... und sie sind berechnend. Allerdings schauen sie dabei nicht über den eigenen Tellerrand hinaus. Noch nicht einmal an die nachfolgenden Generationen ihrer eigenen Art haben sie verantwortungsbewusst gedacht.«

Vermoldohout griff wieder nach dem Krug und trank. Dabei hätte er sich fast verschluckt, weil er gleichzeitig husten musste. Irgendjemand kicherte, verstummte aber sogleich, als er von seinem Nachbarn in die Seite geknufft wurde.

»In der Entwicklung ihrer Waffen«, fuhr der Eiskönig fort, »waren sie immer sehr erfinderisch und, Freunde, sie sind es noch! Sicher erinnert sich jeder von euch, wie wir einst reagieren mussten, weil sie es übertrieben – wie Kinder, die mit Feuer spielen und sich an dessen zerstörerischer Kraft erfreuen. Stürme, Überschwemmungen und Feuersbrünste, die wir ihnen schickten, genügten ja nicht. Wer glaubt, dass sie Ruhe geben, nur weil es seit einiger Zeit so aussieht, soll weiter träumen.« Bittere Verachtung sprach jetzt aus seinen Worten und wieder ertönte ein lautes, tiefes bellendes Husten aus seiner mächtigen Brust, diesmal länger anhaltend, bevor er weitersprach. Das Sprechen bereitete ihm offensichtlich jetzt immer mehr Mühe.

»Entschuldigt meinen Husten, Freunde, es ist so trocken hier ...«, er zuckte mit den Schultern, trank den Krug aus, bekam sofort einen neuen gebracht und setzte seine Rede fort. »Man kann sich fragen, warum wir alle so lange diesem Drama zugeschaut haben, und vielleicht werden uns unsere Kinder einst genau diese Frage stellen. Deshalb sage ich euch hier und jetzt: Entledigen wir uns dieser lästigen Spezies ..., sofort und ein für alle Mal! Stimmt dem zu! Kein Hahn wird nach den Menschen krähen, die sich, und das ist der Gipfel der Anmaßung, selbst sich für die Krone der Schöpfung halten. Sollte ein König nicht gütig sein? Sollte er nicht Sorge tragen für sein Volk und alles, was in seinem Land lebt? Sollte eine Krone nicht Symbol sein für Nächstenliebe und höchste geistige Klarheit? Wusstet ihr, dass sich die Aussterberate anderer Lebewesen seit dem Erscheinen der Menschen um das Zehntausendfache erhöht hat?

Lasst es uns jetzt beenden. Ihr Gastspiel hat eben nicht lange gedauert. Sie hatten ihre Bewährungszeit und haben sie verspielt. Sie haben ihren eigenen Vertrag gebrochen. Das Recht ist auf unserer Seite! Ich danke euch für eure Aufmerksamkeit.«

Tosender Applaus ertönte und viele zustimmende Rufe erfüllten das weite Rund der mächtigen Kuppel, während Vermoldohout schwer atmend am Tisch *der Zwölf* seinen Platz einnahm. Er hustete abermals anhaltend und griff gierig nach dem Krug, den ihm ein dienstbarer Krull reichte. Mit einem einzigen Schluck stürzte er dessen Inhalt samt Eiswürfeln hinunter. Dann wischte er sich mit einem großen Tuch, das er aus den Tiefen seines Mantels hervorzog, über das Gesicht, wo bereits seit geraumer Zeit aus mehreren Stellen eine bläulich glitzernde Flüssigkeit austrat. Dennoch schaute Vermoldohout zufrieden in das weite Rund unter ihm, wo sich viele von ihren Sitzen erhoben hatten und minutenlang applaudierten. Es gab in diesem Moment wohl nur wenige, die auch nur einen Pfifferling für den Fortbestand der Menschheit gegeben hätten.

Kapitel 7

Perfekt manikürte Finger trommelten im Takt einer Musik, die nur ihr Besitzer hören konnte, auf der blank polierten Tischplatte aus Mahagoni. Dieses Trommeln war kein Ausdruck von Nervosität, das hätte zu Mal Fisher nicht gepasst, sondern Zeichen höchster Zufriedenheit. Die Dinge liefen genau nach seinen Vorstellungen. In der anderen Hand hielt er ein kleines Schaltpult, das er gleich bedienen würde. Seine ›Hand Gottes‹, wie er es einmal scherzhaft im engsten Kreis genannt hatte. An der ihm gegenüberliegenden Wand befand sich ein überdimensionaler 3D-Bildschirm, auf dem, das wusste er, in wenigen Momenten die vertrauten sieben anderen Gesichter eben dieses engsten Kreises erscheinen würden. Die Hologramme an den Fenstern seines unterirdischen Reiches zeigten gestochen scharfe Bilder von der Küste Flaalands und der dahinterliegenden Landschaft. Mal Fisher konnte sie sich gar nicht oft genug anschauen. Immer wieder betrachtete er auch die Filmaufnahmen der Drohnen.

Die Satellitenbilder, die man bis vor Kurzem ausschließlich zur Verfügung gehabt hatte, waren gut, diese Aufnahmen der U46 waren besser. An ihnen konnte er sich gar nicht satt sehen, waren sie doch ein Beweis dafür, dass man dem großen Ziel näher kam. Gewiss, es war noch lange nicht erreicht, Mal Fisher war kein Fantast und dumm war er schon gar nicht, aber der Anfang war gemacht. Wie überaus wichtig gute Anfänge waren, wusste er nicht erst seit gestern. Schließlich war er ein *Walk In*, der sich erinnern konnte. Alles war jetzt zum Greifen nah. Er würde genau das in Händen halten, für das er immer gelebt hatte ... seitdem Moses vom Berg herabgestiegen war. Die Gebote, die für Ruhe sorgen sollten und es für lange Zeit ja auch taten, waren das eine. Das viel Größere hatte er ihnen, seinem Volk, damals nicht offenbart. Er hatte davon nur zwei anderen Menschen erzählt, seiner Frau und seinem Sohn. Aber davon hatte Mal Fisher erst viel später erfahren ... und da hieß er nicht Mal Fisher. Es geschah eher zufällig, denn kein Geschichtsschreiber, Mal nannte sie alle inzwischen ›Geschichtenschreiber‹, hatte von diesen beiden Menschen, die Moses so nahegestanden hatten, je berichtet. Lange war das Große verborgen, oft war danach gesucht worden. Sie hatten es versteckt und alle Nachkommen der Familie hatten immer neue Orte gefunden, an denen sie es verbergen konnten. Dabei hatte dieser Juwel, dieses Geschenk des Himmels, mehrfach die Welt umrundet und war mal für kurze Zeit, mal für länger in allen Erdteilen gewesen.

Jetzt hatte die Suche ein Ende gefunden. Dass man diesen Schatz jetzt auch heben konnte, daran zweifelte Mal Fisher nicht einen Augenblick. Er hatte sich schon mehr als einmal beim Schicksal für Nikita Ferrer bedankt. Er hatte mit seiner Vermutung recht behalten, denn sie hatte sich erinnert und das gefunden wonach er so lange gesucht hatte. Diese Myon-Pläne waren ein nettes und sicher auch lukratives Zusatzgeschenk. Es würde BOSST auf lange Zeit unschlagbar machen, wahrscheinlich auf ewige Zeit.

Der Bildschirm belebte sich und die vertrauten Gesichter erschienen. Alle Augen waren erwartungsvoll auf ihn gerichtet.

»Ich möchte euch zunächst die neuesten Aufnahmen zeigen«, begann Mal ohne Begrüßung und drehte sich in Richtung der Fenster um. Da man immer miteinander verbunden war, auch ohne sich zu sehen oder zu hören, waren Floskeln wie Begrüßung oder Abschied überflüssig. Alle schauten sich still die Bilder von Flaaland an.

»Unglaublich«, ließ sich Nr. 5 als Erste vernehmen – sie war die einzige Frau in diesem Kreis –, »so als wenn man selber dort wäre.« Die Aufnahmen, die die Drohne von Effels Haus, seinem Heimatdorf und der Umgebung gemacht hatte, waren ebenfalls von bester Qualität.

»So habe ich auch einmal gelebt«, ergänzte Nr. 5 und Mal Fisher glaubte, so etwas wie Wehmut in ihrer Stimme zu hören.

In dieser Gemeinschaft sprach man sich stets nur mit der Zahl an, die seit vielen Inkarnationen zu einem gehörte. Alle Anwesenden waren *Walk Ins*. Die Namen änderten sich, ihre Zahl aber blieb.

»Wird sie die Pläne bekommen?« Die Frage stammte von Nr. 2, der dafür bekannt war, dass er immer gleich auf den Punkt kam. Er hielt nichts von sentimentalen Erinnerungen.

»Sie wird sie bekommen, Zwei«, antwortete Mal, die Nr. 1, »jedenfalls hat man mir versichert, dass man alles daransetzen wird.« Wer ›man‹ war, war sein Geheimnis, auch in diesem Kreis. Jeder respektierte das.

»Und du bist dir sicher, dass das, wonach wir suchen, wirklich in diesen Höhlen zu finden ist?«, fragte jetzt Nr. 4.

»Vollkommen sicher«, war Mals knappe Antwort.

»Es soll versiegelt sein«, wusste Nr. 6. Er war der Älteste in dieser Runde.

»Sogar mehrfach«, sagte Mal, »es sind drei.«

»Nicht sieben? Ich dachte immer, es seien sieben«, bemerkte Nr. 5, »in den meisten Schriften steht, dass es sieben sind.«

»Sind sie zu knacken?« Es war Nr. 4, der die Frage stellte.

»Jedes Siegel kann man brechen, wenn man das richtige Werkzeug hat.«

»Und ... haben wir es?«

»Er ist bereits unterwegs. Er ist gut vorbereitet und wird landen, wenn die Pläne des Myon-Projektes in unseren Händen sind.«

»Was ist mit dem Senator? Er ist Nikita Ferrers Vater. Er stellt unangenehme Fragen, zieht viele Leute mit hinein. Kann er dem Auftrag schaden?«, fragte Nr. 3.

»Wir kümmern uns darum. Er kann Fragen stellen, so viel er will ... solange er keine Antworten bekommt ... er tappt im Dunkeln, keine Sorge.«

»Wir müssen gerade jetzt alles verhindern, was Unruhe stiften könnte, Nr. 1.«

»Ich sagte, dass wir uns um ihn kümmern. Er wird bald Ruhe geben, da könnt ihr alle sicher sein.« Mal Fisher spielte an seinem kleinen Schaltpult herum.

»Weiß man inzwischen, was oder wer da in unser Land kam? Sie haben offensichtlich Spione geschickt. Haben wir die andere Seite unterschätzt? Wie konnten die sich hier unbemerkt bewegen? Wenn das an die Öffentlichkeit kommt, wird es das Vertrauen in die Regierung enorm schwächen.«

»Nr. 4, mach dir keine Sorgen, wir sollten unsere Energie auf unser Ziel richten, jetzt, wo wir so kurz davor sind. Ich werde euch auf dem Laufenden halten. Lasst uns unsere Diskussion beenden, ich bin zum Essen verabredet ... wir sehen uns sehr bald wieder.«

Der große Bildschirm erlosch.

***

Kapitel 8

Die späte Nachmittagssonne schickte goldene Strahlen durch das Küchenfenster und zeichnete ein dunkles Kreuz an die gegenüberliegende Wand. Es erschien genau zwischen den beiden Frauen, die sich an dem blau gestrichenen Holztisch, dessen Farbe an einigen Stellen bereits abzusplittern begann, einander gegenübersaßen.

»Kann ich irgendetwas für dich tun?«, fragte Brigit besorgt über den Rand ihrer Brille schauend. Saskia, die gerade mit einem Daumennagel ein blaues Farbteilchen vom Tisch kratzte und mit hängenden Schultern und tief ins Gesicht fallenden Haaren einen ziemlich gedankenverlorenen Eindruck machte, blickte auf. Obwohl Brigit des Öfteren mit Menschen zu tun hatte, die irgendwie neben der Spur waren, wie sie sich manchmal auszudrücken pflegte, ging es ihr in diesem Falle besonders nahe. Saskia war es nämlich gewesen, die sie nach dem brutalen Überfall gefunden und geistesgegenwärtig und gekonnt Erste Hilfe geleistet hatte. Später hatte dann Mira, die kundige Heilerin und Saskias Lehrerin, die weitere Wundversorgung übernommen. Die Narbe am Kopf war kaum noch zu sehen – erstaunlich dafür, dass es erst einige Tage her war, was einmal mehr für Miras Können sprach. Sie betastete die Stelle an ihrer Stirn. Bald würde man überhaupt nichts mehr von der Verletzung sehen können, wie Mira ihr versichert hatte. *Weiß der Himmel, was sie da wieder für ein Kraut genommen hat.* Aber Brigit war nicht eitel.

Mindevol war damals gleich mit den vier jungen Leuten aus Seringat und den Hunden aufgebrochen, um die Verfolgung des Einbrechers aufzunehmen, solange die Spuren noch frisch waren. Dass es sich um einen einzelnen Mann gehandelt haben musste, war sofort an den Fußspuren, die sich im vom Regen aufgeweichten Boden hinter Brigits Haus abgezeichnet hatten, deutlich zu sehen gewesen. Die Hunde, die von den Männern kaum zu halten gewesen waren, hatten wild geifernd die Witterung aufgenommen und waren losgestürmt, als wenn es hinter dem Teufel herginge. Aber alle hatten sie nach ein paar Stunden unverrichteter Dinge nach Hause zurückkehren müssen. Bis nach Raitjenland waren sie gekommen, wo ihr Verdacht um Vincents Täterschaft neue Nahrung bekommen hatte. Jared zuliebe und auch, weil sie die weitere Verfolgung der Gerichtsbarkeit von Winsget überlassen wollten, waren sie heimgekehrt. In Seringat hatte sich die Geschichte bereits wie ein Lauffeuer verbreitet.

Effels Bruder hatte schon am übernächsten Tag die Spuren des Einbruchs an Brigits Haus beseitigt, sodass äußerlich nichts mehr an den Überfall erinnerte. Die Scheiben waren schnell zu ersetzen gewesen, aber die Energie stimmte noch nicht, wie Brigit feststellte. Hier war noch einiges zu tun, bevor sie wieder ihre Arbeit würde aufnehmen können. Es war jemand in ihr kleines Reich eingedrungen und hatte sie verletzt, ja, sie sogar umbringen wollen. Das war ein schlimmer, zerstörerischer Akt gewesen, den man nicht einfach durch ein paar kleine Reparaturen ungeschehen machen konnte, um anschließend wieder zur Tagesordnung überzugehen. Hier würden eine Menge Weihrauch und Kerzen sowie starke Rituale nötig sein, bis wieder die gewohnte Atmosphäre hergestellt war, die die Seherin zum Arbeiten und Leben brauchte.

Aber jetzt war erst einmal Saskia wichtiger, die, mit einer kleinen Reisetasche in der Hand, vor drei Tagen mitten in einem ihrer Reinigungsrituale bei ihr angeklopft hatte. Brigit, noch mit der qualmenden Weihrauchschale in der Hand, hatte sofort den Grund gewusst, denn auch ihr war Effels Rückkehr nicht verborgen geblieben, und sie hatte der jungen Frau, ohne viele Worte zu machen, ihre Gastfreundschaft geschenkt. Das Bett im Gästezimmer war schnell hergerichtet gewesen. Saskia hatte Kissen und Decken zwar selber beziehen wollen, aber Brigit hatte sich das nicht nehmen lassen.

»Ich denke, die gelbe Bettwäsche wird dir guttun, die Farbe der Sonne«, hatte sie in ihrer trockenen Art gesagt, ohne beim Bettenmachen aufzublicken. Nachdem sie ihrem Gast wenig später auch noch einen kleinen Strauß bunter Herbstblumen aus dem Garten und eine Kanne duftenden Tees auf den Tisch gestellt hatte, hatte Saskia sie an sich gedrückt. Das war eine Geste, mit der Brigit gar nicht gut umgehen konnte, und sie war fast dankbar gewesen, als Saskia sie wieder losgelassen hatte. »Ich danke dir so sehr«, hatte Saskia gesagt, der Brigits plötzliche Steifheit nicht entgangen war, »ich bin einfach nur müde, bitte sei mir nicht böse, wenn ich gleich zu Bett gehen möchte.«

»Kein Problem, Sas, ich freue mich doch, dass ich mich so schnell revanchieren kann, bleib nur, solange du magst.«

Während der nächsten zwei Tage hatte Brigit die junge Frau, die einen schweren innerlichen Kampf mit sich auszutragen hatte, den die Seherin nur allzu gut nachvollziehen konnte, in Ruhe gelassen. Saskia hatte nur wenig gegessen, meist nur etwas Suppe, von der immer etwas auf dem Herd stand, und dazu trockenes Brot. Sie hatte sich tagsüber viel im Garten aufgehalten, vorzugsweise auf einer kleinen roten Bank unter einem mächtigen Haselnussstrauch, wo ihr die beiden schwarzen Katzen ihrer Gastgeberin oft stille Gesellschaft geleistet hatten und wie auf Absprache immer nur abwechselnd auf Beutezug gegangen waren.

»Danke, mir geht es besser, Brigit, du hast das Richtige getan. Das war genau das, was ich gebraucht habe. Ich bin dir so dankbar, dass ich hier sein kann«, dabei strich sich Saskia eine Haarsträhne aus dem Gesicht.

Das Schattenkreuz war ein Stück an der Wand entlang weitergewandert. Saskia blickte aus dem Fenster und beobachtete einige bunte Schmetterlinge, die wie trunken um einen verblühenden Sommerflieder tanzten und offensichtlich immer noch nicht genug von dem köstlichen Nektar bekommen konnten. Dann sprach sie weiter und zerbröselte dabei das blaue Farbteilchen zwischen ihren Fingern:

»Ich wusste ja, dass so etwas kommen würde, ... oder besser gesagt, ich ahnte es, ... obwohl ich es lange nicht wahrhaben wollte. Als bei unserem Abschied ... damals am Waldrand zwei Tauben in verschiedene Richtungen davongeflogen waren, hatte ich es kommen sehen. Für mich war das ein deutliches Zeichen gewesen. Meinst du, sie bleibt? Ich gönne es ihm von ganzem Herzen, er sah so glücklich aus.«

Der Teekessel auf dem Herd summte leise und es roch nach Minze, Melisse und Lavendel. Brigit stand auf, nahm den Kessel beiseite und legte zwei Holzscheite nach. Dann schob sie die runde Eisenplatte schnell über den neu auflodernden Flammen an ihren Platz zurück. Sie schüttete die Hälfte des aromatischen Gebräus in eine bereitgestellte dickbäuchige Kanne und setzte diese auf dem Tisch ab, auf dem bereits ein frisch gebackener Apfelkuchen stand. Danach wählte sie aus einem Regal, in dem mehrere Trinkgefässe standen, zwei rote Keramikbecher und aus einem ebenfalls blauen Küchenschrank zwei Teller.

»Hier, Saskia, Rot gibt Energie ... nein, sie wird nicht bleiben«, meinte sie und setzte den Becher vor Saskia etwas lauter auf als ihren eigenen. Dabei schlug sie mit der Hand nach einer Fliege, die sich auf dem Kuchen niederlassen wollte.

Das erzielte die erwünschte Wirkung, denn Saskias Blick wurde wieder fokussiert, als sie aus ihrer kurzen Trance zurückkehrte. Ein kleiner Ruck ging durch ihren Körper, als sie der Seherin direkt in die Augen blickte. Diese schnitt währenddessen den Kuchen an und legte ein großes Stück auf Saskias Teller. »Hier, probier mal, die Äpfel sind aus meinem Garten, Boskop, er wird dir schmecken ... das Rezept ist noch von meiner Urgroßmutter ... mit Rosinen. Dummerweise habe ich vergessen, Sahne zu besorgen.«

Natürlich hatte sie gewusst, wen Saskia mit ›sie‹ gemeint hatte. Brigit hatte sich sogar selber ein Bild von Nikita gemacht und dabei festgestellt, dass ihr die fremde Frau, die Effel mitgebracht hatte, gleich sympathisch gewesen war. Sie strahlte großes Selbstbewusstsein aus und war überaus freundlich gewesen. Brigit hatte sich gewundert, wie Nikita es schaffte, in der für sie fremden Welt ganz natürlich zu wirken.

Saskia schien auf ihre Frage keine Antwort erwartet zu haben. »Es tut mir leid, Brigit, ich war die letzten Tage nicht besonders gesellig, aber die Stille deines Gartens und die Gesellschaft deiner Katzen hat mir gutgetan. Ich fühle mich schon besser ... es schmeckt sehr gut ... auch ohne Sahne«, sagte Saskia lächelnd mit einem Stück warmen Kuchen im Mund und fuhr dann nach einer kleinen Pause fort. »Das wäre daheim gar nicht möglich gewesen. Meine Mutter hätte mich alle fünf Minuten gefragt, wie es mir geht, und Ihna, na ja, du kennst sie ja. Als ich Mira sagte, ich wolle am liebsten irgendwohin, wo ich mit mir und meinen Gedanken allein sein könne, tauchtest du plötzlich vor meinem geistigen Auge auf. Da brauchte ich nicht mehr lange zu überlegen und Mindevol meinte noch in seiner verschmitzten Art, dass dies hier wohl genau die richtige Adresse für solche Angelegenheiten sei«, dabei flog wieder ein kleines Lächeln über Saskias hübsches Gesicht.

»Ich hatte genau die Ruhe, die ich brauchte, um eine Entscheidung zu treffen«, fügte sie dann bestimmt hinzu. »Ich werde mich in Haldergrond bewerben ... ich möchte unbedingt dahin und wenn Mira mich dabei unterstützt, wird es klappen. Ich wollte es schon immer, seit ich ein kleines Mädchen war. Das ist mir in deinem Garten noch einmal bewusst geworden. Wegen Effel gab ich meinen alten Traum auf. Nun kann ich ihn wieder träumen und ... wer weiß ... vielleicht sogar wahr werden lassen. Ich werde es auch nicht davon abhängig machen, ob Nikita bleibt oder nicht. Alles ist für etwas gut, nicht wahr Brigit? Sagst du das nicht auch immer?«

Dann kam ihr ein neuer Gedanke. »Und Petrov ... der gute alte Petrov, er wollte immer, dass ich bei ihm Musik studiere. Seit meinem fünften Lebensjahr habe ich bei ihm Unterricht, ich nenne ihn sogar Onkel Petrov. Er wird sicherlich maßlos enttäuscht sein. Bei jedem Besuch in Seringat spricht er mit meiner Mutter über meine musikalische Zukunft ... die beiden verstehen sich in dieser Hinsicht blendend.« Saskia lächelte wieder und machte jetzt einen sehr klaren Eindruck auf Brigit, die bei sich dachte: *Jetzt ist sie wieder die Alte. Gott sei Dank. Kein Mann ist es wert, dass eine Frau ihre Träume verrät.* Aber ein wenig wollte sie ihr noch auf den Zahn fühlen, den Advokatus Diaboli spielen, eine ihrer Lieblingsrollen.

»Dass es drei Jahre sind, weißt du? Und es soll auch kein Zuckerschlecken sein. Sie sind sehr, sehr streng dort. Die Äbtissin ist hart, heißt es«, und dann beugte sich die Seherin nach vorne und raunte, indem sie ihre Brille abnahm:

»Es wird erzählt, dass Adegunde, die Äbtissin, über ein unvorstellbares Wissen verfügen soll. Manche behaupten, man müsse unsterblich sein oder viele Leben forschen, um sich das alles aneignen zu können.«

Dann fuhr sie, sich wieder aufrichtend, fort: »Du wirst in einer sehr kargen Zelle leben müssen und darfst nur einmal im Jahr nach Hause, für eine Woche, glaube ich ... und muss man nicht ...«

»Ich weiß, Brigit«, unterbrach Saskia sie lächelnd, »man muss noch Jungfrau sein – und stell dir vor, Brigit, diese Voraussetzung erfülle ich. Ich wollte bis zur Nacht des Eherituals warten, da waren wir uns einig, Effel und ich. Mira hat mir häufig von Haldergrond erzählt, jedenfalls das, was sie wusste. Sie wäre so gerne selbst dort gewesen, hatte sich aber damals für ein Leben mit Mindevol entschieden. Wie sie sagt, die beste Entscheidung ihres Lebens.« Beide Frauen lächelten und in dem der jüngeren Frau lag ein bisschen Wehmut.

»Es gibt sogar eine Redewendung, die besagt, dass die Welt sich ändert, aber Haldergrond so bleibt, wie es ist. Es gibt keinen Ort, an dem man so viel lernen kann. Sei es über Pflanzen und natürliche Heilkunst, sei es über alte Sprachen, Musik, geistiges Heilen ... und noch viel mehr. In der Zelle schläft man doch nur, das ist nicht schlimm. Man ist den ganzen Tag draußen, na ja, ausgenommen in der kalten Jahreszeit. Im Winter studiert man alte Schriften, sortiert getrocknete Kräuter und experimentiert mit Heiltränken. Außerdem wird man in allen möglichen Behandlungsmethoden unterwiesen ... sagt Mira ... und ich freue mich auf die Konzerte. Sicher haben sie einen Flügel, auf dem ich üben kann.« Jetzt schwang Begeisterung in ihrer Stimme mit, worüber die Seherin sich freute.

»Einen Flügel? Machst du Witze?«, lachte Brigit laut. »Ich glaube, nicht nur einen. Haldergrond ist ja auch wegen seiner Konzerte bekannt. Wenn es nicht so weit wäre, würde ich jeden Monat hinfahren. Du wirst also auf deine Kosten kommen. Selbst du kannst dort auch in dieser Hinsicht noch viel lernen, da bin ich mir sehr sicher, meine Liebe. Ich kenne zwar weit und breit niemanden, der so schön spielt wie du, aber, ach was, lass dich einfach überraschen. Ich bin mir auch nicht so sicher, ob der gute Petrov dir noch viel beibringen kann. Aber in seinem Orchester hätte er dich bestimmt gerne gesehen.

Liebe Saskia, du scheinst es ja wirklich ernst zu meinen. Ich gratuliere dir zu deinem Entschluss und bin mir sicher, dass du in Haldergrond genommen wirst. Dafür lege ich keine Karten. Ich freue mich so für dich ... und jetzt habe ich einen doppelten Grund, doch mal ein Konzert zu besuchen, vielleicht spielst du dann ja sogar mit. Das Bier, das sie dort brauen, ist ja auch nicht zu verachten.« Brigit zwinkerte ihrem Gast zu und fuhr sich genießerisch mit der Zunge über die Lippen. »Dein Aufenthalt hier war für uns beide das Richtige, ich fühlte mich auch noch sehr unwohl, so kurz nach dem Überfall alleine in dem Haus zu sein. Obwohl ich mir inzwischen sicher bin«, sie machte eine kurze Pause, »dass mir von dieser Seite keine Gefahr mehr droht. Halte mich für verrückt, Saskia, aber meine Intuition sagt mir, dass der Täter nicht mehr zurückkommt. Da klopfe ich auf Holz.« Sie schlug leicht mit den Knöcheln ihrer rechten Hand auf die Tischplatte.

In diesem Moment hatte das Schattenkreuz eine der Wandlampen erreicht und die V-Form des Lampenschirms befand sich genau in der Mitte des Kreuzes. Ein großes, weißes V. Stumm und den Atem anhaltend zeigte Saskia auf das Kreuz und Brigit folgte der Geste. Auch sie erkannte die Bedeutung sofort.

»Vincent.« Nur dieses Wort sprach sie leise aus und die beiden Frauen starrten sich stumm an. Nach einer ganzen Weile des Schweigens, in der nur das Summen der Fliegen und das leise Knistern des Feuers aus dem Herd zu hören waren, nahm Saskia das Gespräch wieder auf:

»Was ihn wohl bewogen hat, so etwas zu tun? Nie hätte ich ihm das zugetraut. ›Große Klappe, nichts dahinter‹ haben wir Mädels immer gesagt.«

»Vielleicht wollte er verhindern, dass ich dir aus den Karten lese und dir dann rate, dich auf keinen Fall auf ihn einzulassen.«

»Das würde aber bedeuten«, überlegte Saskia laut, »dass er doch etwas von deiner Arbeit hielt. Dann war das ganze sarkastische Gerede um dich und die Leute, die zu dir kommen, reine Ablenkung!« Dass sie bereits in der Vergangenheitsform von Vincent sprach, war ihr gar nicht bewusst.

»So muss es wohl gewesen sein«, erwiderte Brigit und stand auf, um Tee nachzuschenken. »Magst du noch ein Stück von dem Kuchen?« Als Saskia verneinend den Kopf schüttelte, fuhr sie fort: »Ja, ich bin mir jetzt sogar sicher, dass es Ablenkung war. Ich erinnere mich an die alte Kinderfrau, die er als kleiner Junge hatte und die er wohl sehr geliebt hat. Vrena, so war ihr Name, hatte das zweite Gesicht. Sie legte auch Karten und las aus dem Kaffeesatz. Wir haben uns einige Male getroffen ... ich war noch sehr jung«, Brigit lächelte. Dann setzte sie sich wieder auf ihren Stuhl, stülpte eine Haube aus Fliegengitter über den Apfelkuchen und schaute in Gedanken dem Dampf des Tees nach, der aus der Tasse stieg, bevor sie weitersprach: »Ich war damals ganz am Anfang meiner Ausbildungen und konnte einiges von ihr lernen ... sie hat es nur so nebenher gemacht, nicht wie ich als Beruf. Jared durfte es nicht wissen.

Aber sie war gut in diesen Dingen, sehr gut sogar. Jared wollte sie entlassen, als Vincent ungefähr sechs Jahre alt war, weil er befürchtete, sie könne seinen Sohn verweichlichen ... als wenn das die Großeltern nicht schon gründlich besorgt hätten. Ein Knecht, der wohl einen Streit zwischen ihr und Jared mitbekommen hatte, hatte das im Ort herumerzählt. Du kennst Jared Swensson ja, die Farm, ... alles wird der Farm untergeordnet. Es war damals ein ziemlicher Eklat, jeder in Winsget sprach davon. Sie war doch schon Jareds Kinderfrau gewesen und keiner hatte verstehen können, warum man seine eigene Amme so behandelt ... aber es hatte auch niemand den Mumm, ihm das ins Gesicht zu sagen. Immerhin durfte sie bleiben, musste ihm allerdings versprechen, Vincent nie wieder Geistergeschichten zu erzählen. Wer weiß, ob sie sich daran gehalten hat – wenn du mich fragst, glaube ich das nicht so ganz.«

»Und um vor seinen Freunden und seinem Vater das Gesicht zu wahren, hat Vincent immer ein großes Theater gemacht, wenn es um die Themen ging, mit denen du dich beschäftigst«, meinte Saskia kopfschüttelnd.

»Ja, so wird er vor allem vor seinem Vater seine Ruhe gehabt haben, der sicherlich durchgedreht wäre, wenn sein Sohn, der Erbe von Raitjenland, anderes im Kopf gehabt hätte als die Angelegenheiten einer Farm oder der Jagd. Über die jugendlichen Eskapaden mit seinen Freunden hat er ja immer großzügig hinweggesehen. Ich habe ihn einmal sagen hören, dass er es besser findet, wenn Vincent sich jetzt seine Hörner abstoße als später, wenn er Verantwortung tragen müsse.« Brigit träufelte sich mit einem Löffel etwas Honig in ihren Tee und rührte ihn langsam um. Der Honig färbte den Tee ein wenig dunkler. »Und«, fuhr sie fort, »Jared ist im besten Alter, es wird mindestens dreißig Jahre dauern, bis er den Hof übergibt, und dann ist Vincent über fünfzig. Eine lange Zeit, sich die Hörner abzustoßen, wie ich finde.«

»Außerdem«, ergänzte sie, »wird Jared immer die Kontrolle gehabt haben, das kannst du glauben. Er hat überall seine Beziehungen, sitzt ja sogar als Beisitzer bei Gericht, und jedes schlechte Benehmen seines Sohnes ist ihm sofort berichtet worden ... das ist mal so sicher wie das Amen in der Kirche. Er hat ihn lediglich an der langen Leine geführt, sie aber nie losgelassen.«

»Und dennoch hat er offensichtlich doch nicht alles mitbekommen, Brigit, denn Jared war, wie Jobol sagte, völlig überrascht gewesen, als die beiden Männer mit den Hunden auf seinen Hof kamen und nach Vincent fragten. Er vermutete seinen Sohn im Bett.«

»Das hat er ja wohl auch im Alleingang gemacht, wen sollte er da mitnehmen? Es konnte also niemanden geben, der seinem Vater Meldung machte. Da macht er mal was alleine und schon geht es daneben.« Brigit lächelte schief. Sie hatte ihren schwarzen Humor wiedergefunden. »Ich dachte ja immer, dieser Scotty Valeren hätte einen guten Einfluss auf ihn ... scheint doch ein ganz vernünftiger junger Mann zu sein ... kommt aus einem guten Stall. Man kann allerdings befürchten, dass es umgekehrt ist.«

***

Kapitel 9

Wenige Tage nach Effels Rückkehr hatte sich der Ältestenrat der Kuffer im Hause von Mindevol und Mira im engsten Kreis zusammengefunden. Nach dem Abendessen, das Mira für die Gäste zubereitet hatte und bei dem sich Professor Petrov aus Onden nebenbei gar nicht genug über die köstliche Nudelsoße auslassen konnte – er hatte zweimal um Nachschlag gebeten, was Herzel mit einem »Bekommst wohl daheim nichts zum Essen?«, und Mira mit einem »Wenn's ihm doch schmeckt«, kommentiert hatten –, waren alle in den gemütlichen Wohnraum umgezogen. Mindevol hatte schon vor dem Abendessen das Feuer im Kamin angezündet, weil die Abende doch jetzt schon merklich kühler wurden.

Für gewöhnlich waren die Versammlungen des Ältestenrats ein Ereignis, das im Dorfhaus von Seringat oder einem der anderen umliegenden Orte, in denen die Kuffer lebten, und immer unter reger Beteiligung vieler interessierter Zuschauer stattfand. Bei der letzten Ratssitzung im April, in dem noch außergewöhnlich viel Schnee gelegen hatte, war der Saal im Dorfhaus fast aus den Nähten geplatzt. Bei dieser Zusammenkunft hatten sich viel mehr Leute aus dem Publikum und auch wesentlich emotionaler als sonst zu Wort gemeldet, woran man schon ermessen konnte, wie wichtig der Anlass gewesen war.

Dieses Treffen im Haus des Dorfältesten und seiner Frau aber war lediglich als erster Gedankenaustausch unter den acht Mitgliedern gedacht. Noch vor dem Abendessen hatte man sich von Effel auf den Stand der Dinge bringen lassen und jeder hatte interessiert zugehört, mancher ungläubig staunend, besonders als er von der Brigg in den Bergen erzählt hatte oder dem Buch Balgamon in den Höhlen von Tench'alin. Dieser Teil des Abends war, sah man von einigen ungläubigen Zwischenfragen der Zuhörer ab, ruhig verlaufen. Man bekam sich dann später doch noch in die Haare. Nicht, dass es sonst immer harmonisch zuging, das erwartete niemand von Ratsversammlungen, aber dieses inoffizielle Treffen hatte es, wie Freya später ihrem Mann berichten würde, in sich.

Effel hatte seine Reise in allen Details beschrieben, zumindest nannte er die, die seiner Meinung nach im Zusammenhang mit seinem Auftrag relevant waren. Das andere, und das hatte er schon mitbekommen, hatte sich sowieso schon weitgehend herumgesprochen und war hier und da weiter ausgeschmückt, interpretiert und teilweise ausschweifender als nötig kommentiert worden. Effel wollte gar nicht darüber nachdenken, was Ihna, Saskias beste Freundin, aus den Nachrichten gemacht hatte oder noch machen würde. Nach der Berichterstattung vor dem Ältestenrat war er in sein Haus auf dem Hügel zurückgekehrt, wo Nikita ihn in einem neuen Kleid, das sie bei Valerens erstanden hatte, erwartete.

Selbstverständlich hatte er dem Ältestenrat der Kuffer vom *Rat der Welten* erzählt, und dass dieser in Angkar-Wat, sogar ziemlich zeitgleich, zu seinen Beratungen zusammengekommen war.

Jelena, die Vorsitzende, hatte mit einer Wolldecke über den Knien in dem gemütlichen, mit schwerem, dunkelrotem Stoff bezogenen Ohrensessel des Dorfältesten Platz genommen. Ihre Füße ruhten auf einem dazu passenden Fußschemel. Neben ihr befand sich ein Beistelltisch, auf dem eine Kanne Tee stand. Sie streichelte die Hauskatze Minka, die es sich schnurrend und mit halb geschlossenen Augen, denen nichts entging, in ihrem Schoß bequem gemacht hatte. Man sah der alten Frau, die heute ihr langes weißes Haar zu einem Zopf geflochten hatte, der ihr über die rechte Schulter fiel, die Anstrengung der weiten Reise kaum an.

»Nun, was sagt ihr dazu?«, fragte sie die anderen Ratsmitglieder, die mit ihr an einem großen runden Tisch saßen, auf dem Getränke und Gebäck standen. Dieser Tisch, ein mit Intarsien versehenes Schmuckstück mit einem Durchmesser von fünf Ellen, stammte noch aus der Schreinerei von Effels Großvater, der für solche Arbeiten berühmt gewesen war. Die Mitte des Tisches zierte ein Bild, das eine weinende Sonne und einen lachenden Mond darstellte. Mindevol hatte das einmal mit ›Man kann kaum besser darstellen, dass das Universum aus Gegensätzen besteht‹, kommentiert.

»Ich finde, wir können im Großen und Ganzen zufrieden sein. Es war goldrichtig, Effel den Auftrag zu erteilen. Mindevol, du hattest recht ... du hast diesen jungen Mann gut ausgesucht. Er hat sich übrigens sehr verändert in der kurzen Zeit, findet ihr nicht auch?« Fast alle nickten und zwei oder drei fügten noch ein ›Ja, ja‹ oder ›Das stimmt‹ hinzu. »Er ist ... noch reifer geworden in diesen sechs Monaten, in denen ich ihn nicht gesehen habe.«

Der Dorfälteste schenkte der alten Frau ein warmes, zustimmendes Lächeln. »Ja, er hat sich verändert ... ich war selber überrascht, wie sehr er sich in dieser kurzen Zeit entwickelt hat. Danke Jelena, dass du gekommen bist. Ich weiß, dass du nicht mehr gerne reist, umso mehr schätze ich es. Kann ich noch irgendetwas für dich tun?«

»Nein, danke mein Lieber, ich bin bestens versorgt«, und in Richtung Mira, »ich habe lange nicht mehr so köstlich gegessen. Der Tee genügt mir jetzt. Ihr werdet es kaum glauben, aber ich habe diese Fahrt sehr genossen. Jussup hat ja auch diesmal seinen Vierspänner genommen, ihr habt es ja gesehen. Stellt euch vor, er wollte sogar sechs Pferde anspannen, aber das wäre mir dann doch zu flott gewesen, damit hätte er fünfzig Jahre früher kommen müssen.« Die alte Frau lächelte verschmitzt. »Die letzte Fahrt zu euch mit dem Schlitten war bei Weitem nicht so angenehm und dauerte natürlich auch viel länger, von der Eiseskälte einmal ganz abgesehen. Gorken liegt eben nicht um die Ecke ... und ich konnte meinen Bruder in Angwat besuchen, wir sehen uns selten, seitdem er nicht mehr so gut zu

Fuß ist. Ach, und ich liebe den Herbst mit seinen bunten Farben ... alleine die vielen unterschiedlichen Rottöne ... wer weiß, vielleicht ist es mein letzter, immerhin werde ich bald dreiundneunzig.«

»Na, bei deiner Konstitution werden wir uns noch sehr lange an deiner Gesellschaft erfreuen können, liebe Jelena«, sagte Mira und ergriff die Hand der alten Frau, »wurde deine Mutter nicht weit über hundert Jahre alt?«

»Ja, das wurde sie«, lächelte Jelena und drückte dankbar Miras Hand. In ihrem gebräunten Gesicht hatten Lachfalten die Oberhand und ihre blauen Augen strahlten mit einer Jugendlichkeit, die ihr wahres Alter Lügen strafte. »Um genau zu sein«, fuhr sie fort, »meine Mutter wurde hundertundzwölf ... sie ging zwei Monate vor ihrem Hundertunddreizehnten von uns ... vielleicht auch dank meiner Ausbildung in Haldergrond, obwohl sie ihr ganzes Leben lang nie ernsthaft krank war. Aber dreiundneunzig ist dreiundneunzig, da beißt die Maus keinen Faden ab und da muss ich für jeden Tag, der mir geschenkt ist ...«

»Ich möchte langsam mal zu unserem eigentlichen Thema kommen, wenn ihr erlaubt«, warf Herzel ein und unterbrach damit die Vorsitzende. Er hatte sich von seinem Platz erhoben und stützte sich mit beiden Armen auf dem Tisch auf.

»Soweit ich mich erinnere, und helft mir bitte, wenn ich daneben liege, hatten wir Effel den Auftrag erteilt, denjenigen, der es gewagt hatte, in unsere Welt einzudringen, ausfindig und dingfest zu machen.« Unüberhörbare Ironie klang in seiner Stimme, auch als er fortfuhr. »Und sollte er nicht gerade das verhindern, was jetzt ganz offensichtlich geschehen ist?« Obwohl es wie eine Frage klang, war es von ihm nicht als solche gedacht. »Wie es nämlich aussieht, wurde er dingfest gemacht! Er bringt diese Frau auch noch mit ... in unser Dorf! Wissen wir, was sie sonst noch vorhat? Sie wohnt bei ihm ... in seinem neuen Haus oben am Wald!«, dabei zeigte er mit einem Arm in die Richtung, wo Effel wohnte. »Mitten unter uns lebt sie ... und was soll das Gerede von den Plänen, wegen denen sie angeblich gekommen ist? Vertragsbruch ist Vertragsbruch, das ist Fakt. Sollten wir diese Person nicht unserer Gerichtsbarkeit zuführen ... und zwar möglichst schnell?« Herzel hatte das Wort ›Person‹ verächtlich ausgesprochen und blickte nun herausfordernd in die Runde.

Er fühlte seinen Blutdruck weiter ansteigen. Er konnte die offensichtliche Gelassenheit, die er den übrigen Anwesenden deutlich ansah, nicht nachvollziehen. Immerhin ging es heute nicht um die Entscheidung, was im nächsten Jahr auf den Feldern ausgebracht werden sollte. Aber er würde den anderen den Ernst der Lage schon noch beibringen, auch wenn er hier allem Anschein nach allein auf weiter Flur war.

»Wir wussten doch nicht genau, was passieren wird und was die *Anderen* vorhatten«, ergriff Freya das Wort, blieb dabei aber sitzen. »Wir waren überwiegend auf Vermutungen angewiesen. Immerhin wissen wir es jetzt und wie es aussieht, ist es harmlos ... jedenfalls für uns. Ich finde nicht, dass jetzt Panik angebracht ist, Herzel. Du hast doch gehört, dass es sich um irgendwelche Baupläne einer uralten Maschine handelt, mit der man Energie gewinnen kann. Wir sollten jedenfalls abwarten, was dieser *Rat der Welten* beschließt, von dem Effel berichtet hat. Ich glaube, er hat mehr Möglichkeiten als wir ... wenn Sanktionen überhaupt nötig sein sollten. Und noch etwas, mein Lieber ... bei all deiner Aufregung ist das immer noch kein Grund, seine guten Manieren zu vergessen.« Freya schaute hinüber zu Jelena, die mit einer Geste ein Schon-vergessen andeutete.

»Entschuldige bitte, Jelena, dass ich dich unterbrochen habe, aber im Eifer des Gefechts ...«, wandte sich Herzel an die alte Frau, die ihm milde zulächelte, was er als Erlaubnis weiterzureden deutete.

»Harmlos? Wer sagt das?«, fuhr er deswegen fort und seine Erregung war ihm jetzt deutlich anzusehen, denn sein Gesicht bekam immer mehr rote Flecken. »Können wir das wirklich beurteilen? Jelena, hast du nicht selbst damals gesagt, dass du nicht glaubst, sie seien an irgendwelchen verstaubten Plänen interessiert, sondern an etwas ganz anderem?« Und an den Dorfältesten gewandt: »Waren deine Krullfreunde nicht der gleichen Meinung? Mindevol ... so sag doch auch mal was ... sollen ja jetzt ebenfalls mit dieser Nikita ganz dicke Freunde sein, die Krulls ... was ist mit dem ungeheuerlichen Vertragsbruch der *Anderen*? ... Und überhaupt ... dieser *Rat der Welten*, ist da jemand von uns drin? Ist irgendein Mensch Mitglied dieses Hohen Hauses?«, fragte Herzel jetzt schnippisch und zog dabei die Augenbrauen hoch.

»Kannst dich ja bewerben«, lachte Reijssa, »sie nehmen dich bestimmt mit Kusshand auf und dann kannst du alle Armeen Richtung Westen schicken ... hey, nichts für ungut Herzel«, beschwichtigte sie ihren Nachbarn gleich, beide Hände zu einer gespielten Abwehr hochhaltend, als sie seinen Gesichtsausdruck bemerkte, der besagte, dass er für diesen Witz überhaupt kein Verständnis hatte. »War doch nur Spaß. Ich denke, wir sollten Ruhe bewahren und abwarten, sie macht doch einen netten Eindruck, diese Nikita. Sie ist ehrlich, sage ich euch. Ich habe ihr in die Augen geschaut. Bis jetzt hat mich meine Menschenkenntnis noch nie getäuscht. Vielleicht sollte man generell einmal über diese *Ewigen Verträge* nachdenken. Mindevol sagst du nicht auch immer: ›Nichts ist ewig‹?«

Es war eine rhetorische Frage, deswegen fuhr sie fort:

»Wann wurde der *Ewige Vertrag* geschlossen? Vor mehr als 700 Jahren! Damals war das sicher notwendig, im wahrsten Sinn des Wortes, aber heute? Vieles hat sich verändert und sicher nicht nur bei uns. Vielleicht muss dieser Zwischenfall ja gar kein Konflikt sein, sondern gibt Anlass, friedvoll miteinander umzugehen. Lasst es uns doch einmal von dieser Seite aus betrachten. Sind Krisen nicht auch Chancen? Möglicherweise ist das die Gelegenheit umzudenken. Würde es uns nicht gut stehen, wenn wir diejenigen wären, die damit anfangen?«

»Also, ich weiß nicht, wie man so naiv sein kann«, polterte Herzel weiter, von ihren versöhnlichen und sicherlich auch klugen Worten wenig beeindruckt. »Da wird dieser Hohe Rat, wie nennt er sich doch gleich? ... *Rat der Welten*? ... extra einberufen, was ja angeblich etwas bedeutet, ... und ihr tut hier so, als würde es sich um eine Lappalie handeln! Vor allem du, Reijssa, mit deinem Friedensgerede. Was ist bloß in dich gefahren? Hat diese Nikita dich auch schon umgekrempelt? Woher wollt ihr eigentlich wissen, dass sie die Einzige ist, die hier herumspaziert, hä? Vielleicht war sie nur die Vorhut, die herausbekommen soll, wie blöd wir sind. Na, da wird sie einiges zu vermelden haben. War sie nicht auch schon hier in deinem Haus, Mindevol? Sag, was hältst du von dieser Frau?«

»Du hast im Grunde ja recht, Herzel«, sagte Mindevol und strich sich dabei bedächtig über seinen weißen Bart, »wir wissen vieles nicht. Weder, ob sie alleine gekommen ist, noch, ob andere schon da sind oder noch kommen werden. Noch nicht einmal sie selbst würde es wissen, da bin ich mir ziemlich sicher. Sie hat sich ebenfalls verändert, seit sie aus ihrer Heimat fort ist. Das hat sie selbst gesagt ... und ich glaube ihr das. Sie sieht inzwischen manches mit anderen Augen ... was ja verständlich ist.« Dass Nikita eine *Walk In* war hatte der Dorfälteste gleich erkannt, wollte es aber hier nicht erwähnen.

»Dass dies alles keine Lappalien sind, wie du es ausdrückst, Herzel«, fuhr er fort, »ist uns allen klar. Ich vertraue aber dem *Rat der Welten*, er wird eine weise Entscheidung treffen. Ich erhalte durch meinen Freund Perchafta alle Informationen und werde sie direkt an euch weitergeben. Ich denke, dass wir in jedem Fall auf die Hilfe dieser Instanz angewiesen sind, gerade dann, wenn wir uns im schlimmsten Fall, wovor uns Gott bewahren möge, zur Wehr setzen müssen. Nach allem, was mir Nikita von der *Neuen Welt* erzählt hat, hat man dort nämlich Möglichkeiten, von denen wir keine Ahnung haben. Also wenn man auf einen offenen Konflikt aus wäre ...«

»Offener Konflikt, entschuldige bitte, Mindevol«, unterbrach Herzel den Dorfältesten, »so blöd sind die auch nicht. Die kennen die Konsequenzen eines Vertragsbruchs genauso gut wie wir. Du tust ja gerade so, als seien wir wehrlose Kaninchen, die der Schlange dankbar sein müssen, dass sie heute noch keinen Hunger hat.«

Herzel nahm wieder Platz, ergriff sein Glas und trank es in einem Zug aus.

»Warum«, schaltete sich jetzt Petrov, die kleine Pause nutzend, in das Gespräch ein, »musst du bloß den Teufel wieder an die Wand malen, Herzel? Bei unserer letzten Versammlung waren es die Emurks, vor denen du uns gewarnt hast. Sie würden nicht unsichtbar bleiben und dort drüben ihren Schabernack treiben, hast du gemeint. Und was ist passiert? Hervorragend haben sie das gemacht. Sie haben die Mission erfüllt.«

»Also, dass du wieder alles verharmlost, war ja klar«, konterte der Angesprochene, »das musste ja kommen. Es ist aber nicht alles Musik in dieser Welt. Nicht jeder Mensch ist so nett und treuherzig wie deine fiedelnden und klimpernden Studenten in Onden ... dass du überhaupt etwas sagst, wundert mich. Soweit ich mich erinnere, warte mal ...«, er kratzte sich am Kopf und tat so, als müsse er sich für diese Erinnerung besonders anstrengen, »habe ich bei unserer letzten Versammlung kein Wort von dir gehört.«

»Ich wäre wohl kaum Mitglied im Ältestenrat, wenn ich das nicht wüsste«, konterte der Angesprochene mit ruhiger und wohlklingender Stimme, »fahr mal langsam runter, Herzel ... bekommst sonst noch einen Herzinfarkt. Dass ich kein Freund vieler Worte bin, müsstest du inzwischen auch bemerkt haben ... ich gebe ja zu, dass ich beim letzten Mal stiller als sonst war, aber es wurde ohnehin so viel geredet ... vor allem von dir ... dass ich es nicht ... für nötig hielt. Außerdem hatte ich ein anstrengendes Konzert am Vorabend und war einfach todmüde.« Petrov hasste solche Streitereien wie die Pest.

Er war oft in Seringat, weil er hier einige Musikschüler hatte, von denen Saskia sicher die Begabteste war. Gerne hätte er es gesehen, wenn diese so überaus talentierte junge Frau bei ihm an der Hochschule von Onden weiterstudiert hätte. Er würde auch diesen Besuch dazu nutzen, am nächsten Tag bei ihr zu Hause noch einmal nach dem Stand der Dinge zu forschen. Er wusste, dass sich vor allem Saskias Mutter für ihre Tochter eine musikalische Laufbahn wünschte. Ihrem Vater sei das ziemlich egal, sagte man, er wolle lediglich dass seine Tochter glücklich werde.

Dass er den Professor für ein ausgemachtes Weichei hielt, behielt Herzel diesmal für sich, er wollte nicht vom Thema abkommen.

»Und die Emurks«, nahm er deshalb seinen Faden wieder auf, »die haben uns doch einen Bärendienst erwiesen. Für die wäre es doch ein Leichtes gewesen zu verhindern, dass überhaupt jemand seinen Fuß in unsere Heimat setzt. Warum haben sie das nicht gemacht? Was glaubt ihr? Weil sie so zartfühlend sind? Ha, dass ich nicht lache! Sie haben wieder einmal nur an sich gedacht. Hat man sie nicht damals in die Berge verbannt, damit sie sich ... sozialisieren?« Er hatte dieses Wort regelrecht ausgespuckt. »Ist ja prima gelungen, muss man schon sagen, Respekt. Zur Belohnung dürfen sie ja jetzt auch wieder in ihre Heimat, wie man hört. Bin gespannt, wann sie wieder von sich reden machen. Wetten, dass das gar nicht lange dauern wird?«

»Nun reg dich mal ab, Herzel ... bekommst ja immer mehr rote Flecken im Gesicht ... soviel wir wissen, hatten sie lediglich den Auftrag herauszufinden, ob jemand kommt und wer das ist, mehr nicht. Die Krulls wussten schon, was sie tun«, schaltete sich jetzt Freya wieder ein, »außerdem sind mehr als dreihundert Jahre auch genug Strafe, wie ich finde ... Petrov, sei so gut und reiche mir mal die Teekanne rüber.«

»Warte, ich mache neuen, der muss ja schon kalt sein«, meinte Mira und stand auf, wurde aber von Freya zurückgehalten:

»Lass mal, Mira, ich mag kalten Tee, du hast schon genug für uns getan.«

»Also, wir haben jetzt genug gestritten«, meldete sich Jelena zu Wort. Sie sprach so leise, dass ihr alle sofort ihre Aufmerksamkeit schenkten, auch Herzel. »Ich habe nichts gegen Meinungsverschiedenheiten, das wisst ihr alle, aber in dem Fall, bei so vielen Ungereimtheiten ... wir können nur abwarten, was uns Perchafta berichtet. Das kann ja nicht mehr lange dauern ... danke, dass ich bei euch wohnen kann, Mira, dann können wir immer noch unsere Vorgehensweise abstimmen und das sollten wir dann auch wieder öffentlich tun, wie ich meine.«

»Dem kann ich nur zustimmen«, bemerkte Mindevol, »und wisst ihr was? Ich werde jetzt aus dem Keller eine gute Flasche Wein holen.« Und an Petrov gerichtet, indem er auf das Klavier, das Mira mit in den Haushalt gebracht hatte, deutete: »Lieber Petrov, tu dir keinen Zwang an, wenn du spielen möchtest ... nach all den Diskussionen dürfte das ein passender Ausklang sein.«

* * *

Kapitel 10

Jared konnte sich denken, wohin sein Sohn geflohen war, und es würde nicht lange dauern, bis sich die ersten Suchtrupps auf den Weg machen würden.

Der Farmer, der ein erfahrener Jäger war und sich in dem Gebirge auskannte wie kaum ein anderer, nahm nur seinen Lieblingshund Jesper mit. Dazu seine besten Waffen. Eine leichte Armbrust mit einem gefüllten Köcher, sein Jagdmesser mit der gezackten Klinge sowie ein kleines, dunkelbraunes Zelt und eine Schlafdecke aus Wolfsfellen. In den Rucksack packte er noch etwas Verpflegung und eine Feldflasche. In eine der Außentaschen steckte er eine kleine mechanische Handlampe ein. Er trug seine hirschlederne Jagdkleidung, die aus einer Hose und einer Jacke mit passender Weste bestand, darunter ein braun-weiß kariertes Hemd und feste Stiefel. Ganz oben auf den Rucksack band er, schon im Fortgehen begriffen, einen dicken Wollpullover, der im Flur auf einem Stuhl lag.

Er wollte und musste seinen Sohn finden, bevor dieser in seiner Panik weitere Dummheiten anstellen konnte. Vincent sollte ihm selbst berichten, was geschehen war und ob er wirklich diese Tat begangen hatte. Er sollte es ihm ins Gesicht sagen, wenn dem so war. Damit würde er umgehen können, nicht aber mit dieser quälenden Ungewissheit.

Jared war ein Mensch der Tat und außerdem wich er, wenn er sich jetzt gleich aufmachte, einer möglichen Auseinandersetzung mit seiner Frau aus. Oder, was für ihn noch viel schlimmer war, einer weiterhin verschlossenen Zimmertür, verbunden mit tagelangem, eisigem Schweigen und ganz sicher gut gemeinten, aber beim derzeitigen Stand der Dinge überflüssigen Fragen aus Winsget. Das fehlte ihm noch. Er war ein angesehener Mann in dieser Gegend, saß als Beisitzer bei

Gericht und war Mitglied des Gemeinderats seiner Heimatstadt ... und jetzt waren sie ausgerechnet hinter seinem Sohn her.

Aber da war noch etwas: Er wollte mit seiner Angst alleine sein, schon Liz zuliebe, die es gewohnt war, einen furchtlosen Mann an ihrer Seite zu haben, der stets wusste, was zu tun war und bisher immer Herr der Lage gewesen war. Es war ein unbehagliches, mulmiges Gefühl, das er nicht kannte und das seit dem Auftauchen der beiden Männer mit ihren Hunden, die seinen Sohn suchten, mehr und mehr Besitz von ihm ergriffen hatte.

Jared benutzte nur schmale Waldwege oder ging querfeldein, um möglichst niemandem zu begegnen. Außer ein paar Pilzsammler, die meist mit gesenktem Kopf durch den Wald liefen und teilweise schon gut gefüllte Körbe trugen, traf er zum Glück niemanden. In der ersten Nacht fand er in seinem kleinen Zelt nur ein paar Stunden Schlaf, in denen er seltsame Träume hatte, die er schnell wieder vergaß. Er schritt zügig aus und ließ die Bergstadt Angwat links liegen. Für gewöhnlich besuchte er hier Verwandte oder eine Pferdeauktion. Nach beidem stand ihm nicht der Sinn und so erreichte er schon gegen Abend des zweiten Tages die Ausläufer des mächtigen Gebirges. Der alles überragende Gipfel des Gorg war, wie meist, von einem Wolkenkranz umgeben.

Jared war als junger Mann mit seinen Freunden oft hier gewesen und kannte beinahe jeden Felsen, jeden Stein und jede Schlucht. Jedes Jahr, ungefähr um diese Zeit, verbrachte er für gewöhnlich mit seinen Jagdgenossen ein paar Tage in dieser Gegend, um Gämsen und Steinböcke zu schießen oder Lachse zu fangen. Er hoffte inständig, bald wieder mit seinen Gefährten der geliebten Passion nachgehen zu können, nachdem die ganze Sache mit Vincent ein gutes Ende gefunden haben würde. So war er zwischen Sorge und Hoffnung hin- und hergerissen.

Der Indrock, der so fischreich durch die Landschaften seiner Heimat und dabei glücklicherweise auch durch seine

Farm floss, hatte hier im Gebirge seinen Ursprung. Jared brauchte auf seinem Grund und Boden keinen einzigen Brunnen zu bohren, denn der Fluss führte das ganze Jahr über genügend Wasser, um Mensch und Vieh zu versorgen, und auch für die Bewässerung der weiten Felder war immer genug vorhanden. So bildete der Indrock eine wichtige Grundlage seines Reichtums, was Jared durchaus bewusst war, zumal sein Nachbar, der nur einige Meilen weiter südlich eine Pferderanch betrieb, die Brunnen jedes Jahr tiefer bohren musste, was mit einem hohen Aufwand an Zeit und Kosten verbunden war.

Aber in den Agillen war der Fluss noch ein wilder, reißender Gebirgsbach, der einerseits gichtschäumend über zahlreiche Stromschnellen sprang, andererseits mit seinen tiefen Gumpen in Ufernähe ideale Badeplätze bot. In den Wäldern und auf den saftigen Bergwiesen gediehen zahlreiche Beeren, Pilze und andere essbare Pflanzen, die als Ergänzung zum Wildreichtum stets für einen abwechslungsreich gedeckten Tisch sorgten.

Das Erste, was Jared tat, war, seine Schuhe und Strümpfe auszuziehen, die Hosenbeine hochzukrempeln und sich in den Bach zu stellen. Dann schöpfte er mit beiden Händen das klarste Wasser, das er sich denken konnte. Es war weich und gleichzeitig schwer. Er nahm einen kräftigen Schluck und es kam ihm vor, als ob er etwas essen würde, während er es hinunterschluckte. Es war rein und kühl.

Jared stieg nachdenklich immer höher ins Gebirge. Gerade hatte er den Hohen Kardinalsberg, der mit 4300 Fuß über dem Meeresboden aufragte, zu seiner Linken. Jesper war immer mal wieder für eine Zeit lang verschwunden, um eine der zahlreichen Wildspuren zu verfolgen.

Vielleicht hatte er seinen Sohn doch manchmal zu hart angefasst. Aber er kannte es nicht anders, er war selbst nicht in Watte gepackt worden und hatte von seinem Vater früh gelernt, was es hieß, eine Farm dieser Größenordnung zu führen. Heute war er seinem alten Herrn dankbar dafür. Schier ausgerastet war Jared, als er mitbekommen hatte, dass sein altes Kindermädchen Vrena seinem Sohn die gleichen Schauermärchen über Geister und Hexen erzählt hatte wie ihm, als er ein Kind gewesen war. Er hatte sie immer ausgelacht, aber bei seinem Sohn fielen diese Geschichten offenbar auf fruchtbaren Boden. Nicht nur einmal war Vincent nachts in das Ehebett gekrochen, am ganzen Leibe zitternd, weil die Alte wieder irgendetwas von einem schwarzen Einhorn gefaselt hatte, dessen Anblick Mensch und Tier sogleich in Stein verwandeln würde.

Weil er es nicht hatte glauben wollen, dass Vrena immer noch den gleichen Unsinn erzählte wie früher, hatte er sich eines Abends vor die Tür des Kinderzimmers geschlichen, die einen Spalt weit offen stand, um zu lauschen. Vrena hatte seinen Sohn, der damals fünf oder sechs Jahre alt war, eben zu Bett gebracht. Gerade als Jared seine Lauschposition bezogen hatte, hatte er gehört, wie die alte Kinderfrau sagte:

»Und weißt du, Vincent, dass die Gnome große Macht besitzen? Sie sind die Hüter der Erde und können zwischen den Welten wandern. So sind sie manchmal mitten unter uns und ein anderes Mal in einer Welt, die für die Menschen unsichtbar ist. Sie haben Kräfte, von denen wir nichts ahnen. Sie können sich sogar unsichtbar machen und sie beherrschen Wesen ... merkwürdige Kreaturen, die an Körperkraft viel stärker sind als sie. Diese müssen ihnen zu Diensten sein. Sie haben sogar den Galleytrot gezähmt, den Geisterhund, der nun ihre Schätze bewacht. Der Mensch, der ihn erblickt, ist des Todes, Vincent.«

Jared, der es nicht hatte fassen können, was die Alte da erzählte, hatte den Spuk schon beenden wollen, als er Vrena sagen hörte: »Und diese Wesen bewachen ein sagenhaftes Tal oben im Gebirge ...« Dies war der Satz, der den Farmer veranlasst hatte, noch einen Moment zu warten und weiterhin die Ohren zu spitzen. Er hatte den Atem angehalten, denn er hatte sich anstrengen müssen, etwas zu hören. »Dort liegt der größte Schatz der mächtigen Gnome«, hatte Vrena in ihrer hypnotischen Stimme geflüstert, »dort sind sie zu Hause. Niemand hat je den Eingang in ihre Höhlenwelt gefunden und wer ihn findet, erleidet sicher einen furchtbaren Tod. Eine riesige Burg steht am Eingang zu ihren Höhlen. Die grausamen Wächter lassen niemanden in die Nähe, ... denn sie stehen im Dienste der Gnome. In dem Tal ist immer Sommer, auch wenn ringsherum längst schon Schnee gefallen ist. Sie beherrschen die Natur, Vincent.«

Durch den Spalt der Tür hatte Jared im Kerzenlicht den Schatten der Alten sehen können. *Kein Wunder*, hatte er gedacht, *dass der Junge vor Angst zitternd nachts zu uns ins Bett kriecht*. Das hatte gereicht, er hatte genug gehört. Laut polternd hatte er das Zimmer betreten, was seinen Sohn dazu veranlasst hatte, sich die Decke vollends über den Kopf zu ziehen, und die Alte wäre vor Schreck fast vom Stuhl gefallen.

»Vrena, was fällt dir eigentlich ein?«, hatte er die Kinderfrau zornsprühend angefahren. Vergessen waren in diesem Moment all die liebevollen Momente, die er selber als Kind mit ihr erlebt hatte. Das hier war eindeutig zu viel.

Er hatte sich zu seinem Sohn auf das Bett gesetzt und liebevoll dessen Kopf gestreichelt, der inzwischen wieder zum Vorschein gekommen war.

»Bleib!«, hatte er die Alte angeherrscht, die sich aus dem Zimmer hatte schleichen wollen. »Es gibt kein geheimnisvolles Tal im Agillengebirge«, hatte er gesagt, »hör nicht auf solch einen Quatsch, Vincent. Ich müsste es längst entdeckt haben. Niemand kennt das Gebirge so gut wie dein Vater. Bald darfst du mitkommen, wenn wir zur Jagd gehen ... und dann wirst du sehen, dass es dieses Tal nicht gibt.« Das Wort ›Tal‹ hatte er verächtlich ausgesprochen. Und weiter zu Vrena gewandt hatte er hinzugefügt: »Hör endlich auf, unserem Sohn solche Schauermärchen zu erzählen, verdammt noch mal!«

»Aber«, hatte sich die Alte weinerlich verteidigt, »ich habe sie dir auch erzählt und sie haben dir nicht geschadet, Jared. Und das Tal muss es dort irgendwo geben, meine Urgroßmutter erzählte mir schon davon und sie hatte es von ihrer Urgroßmutter gehört ...«

»Ja, ja«, hatte Jared sie immer noch wütend unterbrochen, wobei er einen beißenden Sarkasmus nicht unterdrücken konnte, »und die hatte es von ihrer Urgroßmutter und die von ihrer, ich weiß, Vrena, Urgroßmütter lügen nicht. Aber hier hat es jetzt ein Ende, es wird auch keine Fortsetzung geben, hörst du. Es ist mir sehr ernst damit. Vincent fürchtet sich zu Tode, merkst du das nicht?«

»Du hast dich auch gefürchtet damals, das ist doch ganz normal, Jared, Kinder lieben Gruselgeschichten.« Vrena hatte sich wieder etwas gefasst und hatte im gleichen Atemzug hinzugefügt, »weil sie gleichzeitig oder wenig später merken, dass sie beschützt sind. Oder warum, glaubst du, kommt er dann zu euch ins Bett? Ja, schau nicht so, natürlich habe ich bemerkt, dass er manchmal bei euch schläft. Ich bin alt, aber weder blind noch taub. Das hast du übrigens auch getan ... bei deinen Eltern. Auch wenn du das heute nicht mehr wahrhaben willst. Es schadet auch gar nichts, wenn er weiß, dass es noch andere Dinge zwischen Himmel und Erde gibt als Rinder und Weizen.«

»Wir leben davon, Vrena«, hatte sich Jared empört, »auch du! Was ist so schlecht an Rindern und Weizen?« Jared hatte gespürt, wie sein Blutdruck immer weiter anstieg.

»Das sage ich ja gar nicht«, hatte die Alte ihn zu besänftigen versucht, »ich finde Rinder und Weizen und alles andere auf deiner Farm wunderbar, Jared. Aber es ist eben nicht das Einzige, das soll Vincent wissen. Es gibt mehrere Welten.«

»Er kommt bald in die Schule, da wird er noch genug andere Welten kennenlernen, und wenn er will, kann er später einmal studieren. Ich glaube allerdings nicht, dass es so etwas wie ein Diplom in Geisterkunde gibt, wohl aber eines in Agrarwissenschaften«, hatte er verächtlich geschnaubt. »Schluss jetzt, Vrena! Ein für alle Mal! Du kennst mich ... ich bin sehr geduldig ... aber wenn es reicht, dann reichts.«

»Aber in den Schulen lernt er diese Dinge auch nicht, die doch ...« Vrena hatte im Satz abgebrochen, denn sie hatte sehr wohl bemerkt, dass es keinen Zweck haben würde, mit dem aufgebrachten Jared weiterzudiskutieren. Schließlich kannte sie ihn von Geburt an.

Er hatte sie aus Loyalität seinem Vater gegenüber und weil sie ja im Grunde eine liebevolle Kinderfrau war, nicht gleich vom Hof gejagt, ihr aber das Versprechen abverlangt, ja, sie musste schwören, mit diesen Spinnereien aufzuhören.

»Erzähle ihm Sinnvolles, Vrena, meinetwegen auch Märchen, richtige Märchen meine ich, es gibt doch genügend davon, und hebe dir die Geistergeschichten für deine Kaffeekränzchen auf.«

Das fehlte ihm noch, ein Nachfolger, der an Geister glaubte. Ihm war klar, dass er aus Angst davor so manches Mal seinen Jungen zu hart angepackt hatte und dass er später fast erleichtert war, als er immer wieder von irgendwelchen vollkommen weltlichen Eskapaden seines heranwachsenden Sohnes gehört hatte. Da wiederum war er wahrscheinlich manches Mal zu nachsichtig gewesen, wie ihm jetzt bewusst wurde. Wie oft hatte er für Vincent die Kastanien aus dem Feuer geholt. Selten hatte er ihn wirklich mit Nachdruck zur Rede gestellt oder gar Konsequenzen folgen lassen. Er hatte das Verhalten seines Sohnes als jugendliche und normale pubertäre Verhaltensweisen entschuldigt.

Warum nur hatte er sich den Jungen nicht öfter einmal vorgeknöpft, so wie es sein eigener Vater getan hatte, er war ja auch kein Kind von Traurigkeit gewesen, aber vor seinem Vater hatte er einen gehörigen Respekt gehabt. Klar, es war immer verdammt viel Arbeit auf der Farm und sein Sohn schlief in der Regel morgens lange. Da war er selbst schon auf den Feldern oder auf einer der Viehauktionen irgendwo im Lande. Außerdem war seine Frau ja auch noch da.

Wie oft hatten sie sich gestritten – und fast immer wegen ihrer unterschiedlichen Auffassungen über die Erziehung von Vincent. Irgendwann war ihm sein Sohn entglitten. Das war ihm zwar schon länger bewusst, aber hier in der Stille der Berge traf ihn diese Erkenntnis doch unangenehm. Der goldene Mittelweg wäre richtig gewesen, gestand er sich jetzt ein.

Aber wer zeigt einem den? Alles muss man selber herausfinden, vor allem in der Kindererziehung, dachte er bei sich. *War ich ein Versager, was die Erziehung unseres Sohnes anbetraf? Nein*, sagte er sich, *das war ich nicht, denn Vincent hat ja auch seine guten Seiten. Wenn er will, kann er zupacken, er ist ein passabler Jäger*, und was Jared so mitbekam, war er beliebt ... er hatte Freunde. Wenn er sich seine Hörner abgestoßen hatte, würde etwas aus ihm werden, dann konnte das Gute zum Vorschein kommen. War es nicht immer so?

Jared legte eine Pause ein. Er suchte sich einen flachen Felsen am Ufer des Indrock, auf den er ein kariertes Leinentuch legte. Hierauf breitete er seine Vesper aus. Brot, Wurst, Schinken und einen harten Käse. Alles war auf seiner Farm produziert worden. Dazu trank er Wasser aus dem Fluss. Jesper forderte winselnd seinen Anteil. In einer Seitentasche hatte Jared ein getragenes Hemd seines Sohnes mitgebracht, das er später seinem Hund unter die Nase halten wollte. Wenn Vincent in den letzten Tagen hier gewesen war, würde Jesper seine Spur finden.

An kleinen Wasserfällen versuchten Lachse den Oberlauf des Indrock zu erreichen, wo sie einst zur Welt gekommen waren. Einige sprangen mehr als einen Meter aus dem Wasser. *Bewundernswert*, wie Jared fand, *nach einer solch langen Reise*. Manche der Tiere hatten eine Strecke von mehr als achthundert Meilen zurückgelegt und hatten aufgrund der Strapazen nur noch ihr halbes Gewicht, wobei zehn bis fünfzehn Kilo Fisch immer noch eine üppige Mahlzeit waren. Er blickte sich nach allen Seiten um. Es war nicht selten, dass man an solchen Plätzen eine gefährliche Begegnung mit einem der großen braunen oder grauen Bären der Berge haben konnte, die hinter den Leckerbissen her waren und mitunter sehr unfreundlich reagierten, wenn sie auf Nahrungskonkurrenten stießen.

Weiter unterhalb hatte er eine Grizzlybärin mit ihren beiden Jungen gesehen und einen respektvollen Bogen um sie gemacht. Aus sicherer Entfernung, den Hund dicht neben sich, hatte Jared die drei eine Zeit lang beobachtet. Tollpatschig waren die Kleinen im flachen Ufer herumgeplanscht, während die Alte ihnen ab und zu einen Fisch hingeworfen hatte, mit dem sie erst einmal eine Weile herumspielten, bis sie erkannten, dass man das Spielzeug auch fressen konnte.

Jared wusste aus vielen Beobachtungen, dass manche Bären so erfahren und geschickt waren, dass sie sich nur in eine der Stromschnellen stellen und mit geöffnetem Maul im richtigen Moment zupacken mussten, um einen der Leckerbissen zu erhaschen.

Jesper verschlang gierig seine Wurst. Für Jared war dies ein Zeichen, dass im Moment keine Gefahr drohte.

Plötzlich hörte er über sich ein mehrfaches »Kjau kjau«, das sich wie ein tiefes Bellen anhörte, und er brauchte nicht nach oben zu schauen, um zu wissen, dass es der Ruf des mächtigen Kaiseradlers war, der in den Gebirgswäldern beheimatet war und als König der Lüfte galt. Dann glitten auch schon Schatten über eine gegenüberliegende Felswand. Jared legte seinen Kopf in den Nacken und erblickte zwei Vögel, die über ihm ihre Kreise zogen. Ein Paar, wie er erkannte, weil einer der beiden deutlich größer war als der andere. Er schätzte ihre Flügelspannweite auf über sieben Fuß. Deutlich sah er das weiße Schulterfeld und die graugeränderten Schwingen der beiden Altvögel. Er konnte sogar die feinen Querbinden auf ihrem kurzen, silbergrauen Schwanz erkennen.

»Ihr seid noch hier?«, murmelte er. »Müsstet ihr nicht schon in eurem Winterquartier sein?« Der Sommer war sehr heiß gewesen und auch der Herbst war noch warm. Er stand auf, legte die Hände trichterförmig um den Mund und ahmte das »Kjau kjau« täuschend echt nach. Jared konnte fast alle Tierstimmen imitieren, was ihm auf der Jagd einen großen Vorteil einbrachte. Aber in diesem Fall hatte es eine besondere

Bewandtnis. Sofort antwortete das Weibchen mit einem leiseren »Grog grog« und kam tiefer. Es kreiste jetzt vielleicht siebzig Fuß über ihm.

Er lachte und breitete seine Arme aus, denn er hatte es längst erkannt. Das Adlerweibchen drehte sich im Flug auf den Rücken und er konnte den silbernen Streifen auf seiner linken Flügeldecke sehen, der sein besonderes Merkmal war. Bei keinem anderen Adler war das seines Wissens nach je beobachtet worden.

Er hatte dem Adlerweibchen damals den Namen Akira gegeben und von seinem Vater eine gehörige Tracht Prügel bezogen, als er den Jungvogel mit nach Hause gebracht hatte.

»Akira«, rief er jetzt, »Akira!« Sie antwortete mit einem »Grog grog, Grog grog« und zog immer engere Kreise. Das Männchen rief aufgeregt in schrillen auf- und absteigenden Trillern nach ihr.

Jared war fünfzehn oder sechzehn Jahre alt gewesen, so genau erinnerte er sich nicht mehr daran. An alles andere dafür umso besser. Schließlich wurde er jeden Morgen beim Blick in den Spiegel an dieses Abenteuer erinnert. Eine gut drei Fingerbreit und sieben Fingerbreit lange Narbe zog sich quer über seine halbe Stirn.

Er war im Frühjahr mit seinen Freunden hier gewesen, gar nicht weit weg von der Stelle, an der er sich jetzt gerade befand. Sie hatten die ersten warmen Tage des Jahres in ihren neuen Zelten verbracht, um Forellen zu fischen. Sie wollten abends am Lagerfeuer sitzen, ihre Beute verspeisen und den neuen Anführer für das kommende Jahr wählen. Zufällig hatte einer von ihnen einen Adlerhorst auf dem Wipfel einer sicherlich 60 Fuß hohen Kiefer erspäht. Sie hatten sofort eine Wette abgeschlossen. Wer es schaffen würde, dort hinaufzuklettern, durfte der neue Anführer sein. Alle hatten sie ihr Glück versucht. Aber nur Jared war es gelungen, bis ganz nach oben zum Horst zu steigen. Dieser war zu seinem Erstaunen mit drei Jungtieren besetzt gewesen, die ihm sofort hungrig schreiend ihre Schnäbel entgegengestreckt hatten.

Vor Schreck wäre er fast vom Baum gefallen, aber er war mit einem Seil gut gesichert gewesen. Das war sein Glück gewesen. Gerade, als er das kleinste der Jungtiere in seinen Rucksack gesteckt hatte, war einer der Altvögel mit einem furchterregend lauten »Go gock« und schrecklichen Zischlauten, die ihm durch Mark und Bein gingen, auf ihn herabgestürzt und hatte ihn gerade noch mit einer seiner messerscharfen Krallen an der Stirn erwischt. Sein instinktiv zur Abwehr erhobener Unterarm hatte ihn wahrscheinlich vor Schlimmerem bewahrt. Sofort war ihm warmes Blut ins linke Auge und dann über das Gesicht geflossen. Er hatte laut aufgeschrien und sich geistesgegenwärtig auf einen zehn Fuß tieferen starken Ast herabgelassen.

Von hier ab war es so schnell nach unten gegangen, dass er sich später noch gewundert hatte, wie ihm das gelungen war. Durch das dichte Gehölz waren die Adler, die weitere Attacken flogen, behindert gewesen. Inzwischen war nämlich der zweite Vogel da und ihre Schreie waren ohrenbetäubend gewesen. Unter lautem Rufen seiner Kameraden, die damit die Adler ablenken wollten, hatte er schließlich wieder sicheren Boden erreicht. Weil sie ihre Hunde dabei hatten, die sich wie die Berserker aufführten, hatten die großen Vögel von ihm abgelassen.

Die Freunde hatten seine Stirn verbunden. Die Kratzer an Armen und Beinen, die er sich bei seinem schnellen Rückzug zugezogen hatte, waren weiter nicht der Rede wert, wie er ihnen tapfer versichert hatte. Er hatte darauf bestanden, alleine heimzukehren. Da er jetzt der neue Anführer war, hatten sie ihm gehorchen müssen.

Neben einer Tracht Prügel hatte er von seinem Vater eine Woche Hausarrest bekommen ... trotz der Stirnwunde. Gut, dass seine Kameraden erst danach zurückgekehrt waren, es hätte seiner neuen Anführerrolle sicher einen Kratzer gegeben, der ihn noch mehr geschmerzt hätte als der auf seiner Stirn. Es hatte ihm auch nicht geholfen, seinem Vater zu erklären, dass er das schwächste der jungen Adler geholt habe, das ja doch von seinen stärkeren Geschwistern früher oder später aus dem Nest gestoßen worden wäre.

»Und wer gibt dir das Recht, in die Natur einzugreifen?«, hatte dieser ihn wütend gefragt. Den Adler, der sich später als Weibchen herausstellte, hatte er aber behalten dürfen und er hatte es mit gehacktem Schweinefleisch und später mit lebenden Küken und Kaninchen großgezogen, die er extra für diesen Zweck gezüchtet hatte.

Einen Tag nach seiner Rückkehr war sein Vater in sein Zimmer gekommen und hatte ein großes Buch auf den Tisch geknallt. Dann hatte er eine Seite darin aufgeschlagen.

»Hier, lies das«, hatte er mit strenger Stimme befohlen. »Diese Seite wirst du auswendig lernen und du wirst nicht eher dein Zimmer verlassen, bis du sie im Schlaf herbeten kannst. Vielleicht wird dir das eine Lehre sein.« Die Tür war hinter ihm laut ins Schloss gefallen. Das war das erste und das letzte Mal, dass er seinen Vater so aufgebracht erlebt hatte.

Das Buch mit dem Titel ›Die Geschichte der Greifvögel‹, aus dem dieser Text stammte, befand sich heute noch in der großen Bibliothek von Raitjenland an einem besonderen Platz.

Als Akira ein Jahr alt war und sich zu einem prächtigen Adler entwickelt hatte, brachte er sie wieder ins Gebirge. Es war ein schwerer Abschied gewesen, den er gerne noch hinausgezögert hätte, aber sein Vater hatte darauf bestanden.

»Ihre Heimat sind die Berge und die Wälder«, hatte er erklärt, »da gehört sie hin. Sie wird einen Partner finden und Junge bekommen, ganz so, wie es die Natur vorgesehen hat. Du hast das prima gemacht, mein Sohn. Du hast gelernt, was es heißt, Verantwortung für ein Geschöpf zu übernehmen. Du wirst ein guter Farmer werden und ich werde dir das alles hier eines Tages mit gutem Gewissen übergeben können. Ich bin sehr stolz auf dich.« Seine Mutter hatte damals in der Tür gestanden und über das ganze Gesicht gestrahlt.

Jared war alleine losgegangen und hatte Akira, die immerhin schon gute drei Kilo wog, die ganze Zeit getragen. Er war mit ihr ziemlich hoch in das Agillengebirge gestiegen, an einen Platz von dem aus man einen weiten Blick in das Tal hatte, durch das sich der Indrock in breiten Schleifen wand. Erst dort oben hatte er sie auf einem Felsen abgesetzt und die lederne Haube abgenommen. Die letzten Stunden war sie immer unruhiger geworden, ganz so, als hätte sie gespürt, was ihr bevorstand. Die Frühlingssonne hatte ihr wunderschönes Gefieder zum Glänzen gebracht und der Wind war durch ihren goldgelben Nackenkranz gestrichen, wobei sich die Federn aufgestellt hatten, was ihr ein würdevolles Aussehen verliehen hatte.

»Akira, flieg«, hatte er zärtlich geflüstert und liebevoll ihr Gefieder gestreichelt, »du bist frei.«

Der Vogel hatte seinen Kopf schief gelegt und sich nicht gerührt. Akira hatte ihn nur aus ihren gelbbraunen Augen ruhig angeschaut.

»Akira, du bist frei, hörst du? Flieg!«

Nichts. Nur dieser Blick, der zu sagen schien: *Es ist ja ganz schön hier, aber können wir jetzt bitte, bitte wieder heimgehen?*

»Schau, Akira«, Jared hatte eine ausladende Bewegung mit einem Arm vollführt. Diese Geste hatte alles mit eingeschlossen, was man sehen konnte. Die dunklen Wälder, die weiten Täler und tiefen Schluchten, die Berge und den weiten Himmel.

»Das gehört dir, das ist jetzt deine Heimat. Flieg endlich, Akira, flieg los!«

Der Vogel hatte sich immer noch nicht bewegt, sondern ihn nur weiterhin interessiert und geduldig angeschaut, so als wenn er abschätzen wollte, was mit ihm auf einmal los war. *Nun, wenn sie nicht will, nehme ich sie wieder mit nach Hause*, hatte Jared gerade gedacht, als ein mehrstimmiges »Grog grog, Grog grog« ertönt war. Durch Akiras Körper war ein sanftes Zittern gegangen und sie hatte ihren Kopf wieder schief gelegt, aber dieses Mal, um nach oben in Richtung der Rufe schauen zu können. Jared war ihrem Blick gefolgt.

Drei Adler hatten im wolkenlosen Himmel ihre Kreise gezogen und nach Akira gerufen. Mit einem leisen Krächzen war diese plötzlich an den Felsvorsprung gehüpft, hatte kurz nach unten geschaut und sich dann mit einem riesigen Satz wie ein Stein ins Tal hinabfallen lassen. Jared war aufgesprungen und hatte ihr entsetzt hinterher geschaut.

Sie war noch nie hier gewesen. *Konnte sie das alles richtig einschätzen*, hatte er sich besorgt gefragt, *oder würde sie gleich unten, mehrere hundert Meter tiefer auf den Felsen aufschlagen?* Sie war seinen Blicken entschwunden. Aber nur, um im nächsten Moment mit einem markerschütternden Schrei, den er nie vergessen würde, und weit ausgebreiteten Schwingen so dicht an ihm vorbei und dann nach oben zu schweben, dass sie ihn mit ihren Flügelspitzen fast berührt hatte. Sie hatte sich von der Thermik tragen lassen, als hätte sie nie etwas anderes getan, um sich mit lauten Rufen ihren Artgenossen anzuschließen. Noch einmal war sie wenig später mit angelegten Flügeln zu ihm heruntergestoßen, hatte geschickt ihren Sturzflug abgebremst und ihn ein paar Mal umkreist. Dann war sie mit ihren neuen Freunden davongeflogen.

Jared hatte gleichzeitig geweint und gelacht. Er war noch lange auf seinem Felsen sitzen geblieben und hatte seinen Tränen freien Lauf gelassen, bevor er sich wieder auf den einsamen Heimweg gemacht hatte. Seine Narbe trug er stolz wie eine Auszeichnung und längst wusste jeder, wie er zu ihr gekommen war.

Zwei Jahre hatte er ›seine‹ Akira nun nicht mehr gesehen. Er hatte schon befürchtet, sie sei tot. Jetzt kreiste sie noch einige Male dicht über ihm und folgte dann wieder dem Männchen, das nicht aufgehört hatte, nach seiner Gefährtin zu rufen.

Jared packte die Reste des Essens in den Rucksack, rief nach Jesper und setzte seine Wanderung fort. Er wollte noch ein gutes Stück vorankommen. Anstelle seines Sohnes wäre er jedenfalls ziemlich tief in die Agillen hineingeflohen.

Drei Stunden später schickte die Sonne sich an, hinter einem Bergrücken zu verschwinden, und die Dämmerung senkte sich allmählich auf die Berghänge. Die letzte Wärme des Tages war zu den Gipfeln hinaufgeströmt und hatte der herbstlichen Kühle Platz gemacht. Der Luftstrom, der folgte, trug die klagenden Schreie eines Waldkauzes hinauf. Es wurde jetzt schnell dunkel, was das Fortsetzen der Suche sinnlos machte.

Vincent würde nicht so töricht sein, ein offenes Feuer zu machen. Jared fand einen geeigneten Platz unweit des Ufers und hatte sein kleines Zelt schnell aufgeschlagen. Danach ging er zum Wasser, wusch sich Gesicht und Hände und füllte seine Feldflasche auf. Normalerweise schlief er beim Rauschen des Wildbaches schnell ein, aber diesmal dauerte es lange, bis er, tief in seine wärmenden Pelze gehüllt, vom Schlaf übermannt wurde. Jesper hatte sich eng an ihn geschmiegt.

* * *

Kapitel 11

In einem heruntergekommenen Vorort von Jounstown, 300 Meilen östlich von Bushtown, verließ an einem kalten und nebligen Herbstmorgen ein Mann mit einer kleinen Reisetasche ein unscheinbares Haus in der Melstreet. Die ehemalige Industriestadt hatte schon wesentlich bessere Zeiten erlebt und zählte inzwischen, wie manch andere der ehemals blühenden Städte, wohl zu den trostlosesten Gegenden des Landes. Die meisten Bewohner waren im Laufe der letzten Jahrzehnte fortgezogen, dorthin wo es Arbeit gab und wo sie teilhaben konnten am pulsierenden Leben des Landes. Viele Häuser waren bereits zu Ruinen verkommen, andere erst vor kürzerer Zeit dem Verfall preisgegeben worden.

Ehemals schmucke Gärten waren verwildert. Die Natur holte sich zurück, was ihr einst genommen worden war. An diesem trüben Morgen verstärkte sich die Tristesse durch zähen Nebel. Es war, als sei ein Leichentuch gerade noch einmal ein wenig angehoben worden.

Der Mann, der sich durch diese äußeren Umstände nicht beirren ließ, nannte sich Carl Weyman. Das war der Name, den er sich für dieses Projekt zugelegt hatte. Er war mittelgroß, ungefähr 1,75 Meter, und von schlanker Statur. Er trug gepflegte Kleidung und blank geputzte Schuhe und man sah ihm, wie er jetzt so mit federnden Schritten die Straße hinablief, eine Kraft an, die nur darauf zu warten schien, entfesselt zu werden. Irgendwie passte er so gar nicht in diese schäbige Gegend, und doch hatte er sie sich ganz bewusst ausgewählt.

Sein Gesicht, das von einem breitkrempigen Hut fast vollständig verdeckt wurde, hätte einem entfernteren Beobachter das Gefühl vermittelt, einen freundlichen, aufgeschlossenen und zuvorkommenden Mann vor sich zu haben. Seine Nase passte nicht ganz in das Bild, denn sie hatte etwas Raubvogelartiges, das nur darauf zu warten schien, endlich zustoßen zu können. Wer ihm näher gekommen wäre, hätte eine gewisse Kälte in seinen stahlblauen Augen spüren können. Er strahlte in diesem Moment eine Zuversicht aus, die man hat, wenn man sich seiner Sache sicher ist und das Ziel nicht mehr allzu weit entfernt vor einem liegt. Sein Aussehen war Teil seines Kapitals, denn er wurde fast immer völlig falsch eingeschätzt, vor allem von seinen Opfern.

Aber es gab keinen aufmerksamen Beobachter in dieser Straße. Nur ein paar Fahrzeuge älterer Bauart schwebten wie verirrte Rieseninsekten geräuschlos an Carl vorüber und deren Insassen wussten, dass es hier nichts Interessantes zu sehen gab. Es war eine gottverlassene Gegend, aber gerade deshalb eine hervorragende Bleibe für Leute von Carls Kaliber.

Carl hatte sich hier nach der vorzeitigen Beendigung seines Militärdienstes vor einigen Jahren niedergelassen. Die ausschlaggebenden Kriterien für die Wahl seines Wohnortes waren dessen Morbidität gewesen sowie das Fehlen von Nachbarn. Nichts hasste er mehr als einen Smalltalk unter Leuten, die zufällig Tür an Tür wohnten, zumal er ja über seinen Beruf, der für ihn Berufung war, nicht reden konnte. Die Leute, die hier noch ansässig waren, hatten alle ihre Gründe und Geschwätzigkeit gehörte am allerwenigsten dazu.

Wenn Carl einmal Tapetenwechsel brauchte, was ziemlich selten vorkam, reiste er in einen der mondänen Küstenorte, wo sich die Schönen und Reichen die Zeit mit ihren protzigen Partys vertrieben. Doch meist hatte er von so viel Dekadenz schnell die Nase voll und zog sich wieder nach Jounstown zurück.

Er konnte sehr gut mit sich alleine sein. Das hatte er seit seinem sechsten Lebensjahr gelernt, als er durch einen Autounfall Vollwaise geworden war und noch Donald Fuertos hieß. Damals war er in eine innere Verbannung gegangen. Obwohl seine Pflegeeltern, die Verhoovens, sich alle erdenkliche Mühe gegeben hatten, war der kleine Carl verschlossen geblieben wie ein Buch mit sieben Siegeln.

Nur einmal hatten die braven Leute einen Wutausbruch bei ihm erlebt, nämlich als sein Pflegevater ihm für eine Woche Hausarrest verordnet hatte, weil er die fette Katze von nebenan, die ständig und nervtötend nach Futter schrie, getötet und auf dem Küchentisch seziert hatte. Seine Pflegemutter hatte damals einen hysterischen Schreianfall erlitten – gerade als er das blutige Katzenherz in seiner Hand interessiert betrachtet hatte. Sie war mit weit aufgerissenen Augen und einer Hand vor dem Mund entsetzt aus der Küche geflohen. Vierzehn Tage lang hatte sie keinen Fuß mehr dort hineingesetzt und sein Vater – Carl hasste es, ihn Vater nennen zu müssen – hatte ihn täglich von der Schule abgeholt und zum Essen in die Kantine seiner Firma mitgenommen.

Damals war Carl gerade zwölf Jahre alt geworden. Sein heftiger Wutausbruch, in dessen Verlauf er eine kostbare Vase an die Wand geworfen hatte, und ein langer, kalter Blick hatten ausgereicht, die Ersatzeltern davon zu überzeugen, dass er fortan keine Erziehung mehr benötigte. Von diesem Tag an hatten sie ihn in Ruhe gelassen und er hatte das honoriert, indem er seine Aktivitäten außer Haus verlegt und bei den Verhoovens und deren Freunden den braven Sohn gespielt hatte.

Auch im College, das er als Jahrgangsbester abgeschlossen hatte, war es niemandem gelungen, wirklich zu ihm durchzudringen. Er hatte dort bald als verschrobener Sonderling gegolten, den man besser in Ruhe ließ. Seine Neigungen teilte er mit niemandem und ihm war schnell klar geworden, dass er mit seinen Fähigkeiten am besten beim Militär aufgehoben war, wo er sicher noch eine Menge dazulernen würde. Mit neunzehn Jahren hatte er sich bei einer Spezialeinheit der Armee beworben und war mit Kusshand genommen worden, denn er war nicht nur intelligent, sondern auch körperlich durchtrainiert.

Wieder hatte er bald zu den Besten gehört und wieder war er bei seinen Kameraden unbeliebt gewesen. Er würde über Leichen gehen, hatte ihm einmal jemand gesagt und er hatte daraufhin nur lakonisch geantwortet:

»Na, dann bin ich hier ja richtig.«

Kurze Zeit später hatte er seine Kaltblütigkeit bei der Niederschlagung eines kleineren Aufstandes in einem Gebiet der Südstaaten unter Beweis stellen können. Man hatte ihm danach bunte Orden an die Brust geheftet, weil er in einem halsbrecherischen Alleingang ein Rebellennest in nur zwei Stunden ausgehoben hatte. Die Orden waren für ihn ein weiterer Beweis für die Richtigkeit seines Tuns gewesen. Sie waren seine Legitimation von ganz oben.

Vor ungefähr einer Stunde hatte er einen kleinen schwarzen, versiegelten Umschlag erhalten. Dieser war ihm von einem verwegen dreinblickenden, pockennarbigen Burschen mit hellrot gefärbtem Haarschopf an der Wohnungstür überreicht worden und dieser hatte ihm auch gleich seine schmutzige Hand in Erwartung eines Trinkgeldes entgegengestreckt. Carl hatte gewusst, dass er schon entlohnt worden war. Das war die Regel. Er hatte einen plötzlich aufsteigenden, wütenden Impuls nur mühsam unterdrückt. Stattdessen hatte er den Jungen nur drei Sekunden lang angeschaut. Die hatten ausgereicht, dem Rotzbengel einen kalten Schauer über den Rücken zu jagen. Die nächste Sekunde hatte er dazu genutzt, wie ein geölter Blitz von der Bildfläche zu verschwinden, und sich dabei fest vorgenommen, dieses Haus in seinem Leben nicht mehr zu betreten, und zwar für keinen Lohn der Welt.

Der Inhalt des Umschlages hatte Carl besänftigt und ihm ein Lächeln entlockt. Er hatte ihn den Jungen sofort vergessen lassen. Es hatte nur ein Name dort gestanden, so wie fast immer, wenn er Post von diesem Absender bekam: Senator Paul Ferrer.

Der Name war mit einem Silberstift in einer schnörkellosen Handschrift auf schwarzem Papier geschrieben.

Wer Senator Paul Ferrer war, brauchte man in diesem Land

niemandem zu sagen. Als haushaltspolitischen Sprecher der Regierung konnte man ihn alle paar Tage auf fast jedem Fernsehkanal sehen. Carl hatte mehrere Bildschirme in seiner Wohnung verteilt, sogar einen im Bad, und immer liefen sie gleichzeitig, sodass er in jedem seiner vier Zimmer stets auf dem Laufenden gehalten wurde. Das vermittelte ihm außerdem das Gefühl einer Gesellschaft, mit der er sich nicht auseinandersetzen musste. Die Wohnung war auch sonst mit allen erdenklichen Annehmlichkeiten ausgestattet, man konnte sie durchaus als luxuriös bezeichnen.

Über die Motive seines Auftraggebers machte Carl sich nie großartige Gedanken, da war die Militärzeit eine gute Schule gewesen. Deswegen konnte er seinen Opfern die Frage nach dem Warum auch nie beantworten, sofern diese überhaupt noch in der Lage waren, eine Frage zu stellen. Er hatte das stets als grotesk empfunden. Tot war schließlich tot, da spielte das Warum doch keine Rolle.

Die Bezahlung stimmte und das war für Carl das Einzige, was wirklich zählte in diesem Leben. Was er außerdem an diesem Job schätzte, war die Tatsache, dass er ihn dazu veranlasste, ja geradezu zwang, seinen eingefleischten Perfektionismus immer weiter zu verfeinern. Er war noch nie erwischt worden und hatte auch nicht vor, das zu ändern. Nur damals, vor fünfzehn Jahren, als er sich auf diese Entführungsgeschichte eingelassen hatte, wäre er beinahe geschnappt worden. Gerade noch rechtzeitig hatte er einen Dummen gefunden, für dessen Selbstmord gesorgt und ein Bekennerschreiben hinterlassen. Danach hatte er sich geschworen, nie mehr solche Aufträge anzunehmen, die sich über Wochen hinziehen konnten. Nur noch saubere, schnelle Sachen hatte er sich selbst versprochen. Hin ... und wieder weg, ... ohne große Diskussionen.

Seit Langem arbeitete er bereits exklusiv für seinen Auftraggeber, den er noch nie zu Gesicht bekommen hatte. Er hatte ihn nur einmal getroffen, und das war jetzt mehr als zwanzig Jahre her.

Carl war in die große, silberfarbene Limousine gestiegen, die ihn zum vereinbarten Zeitpunkt an dem Obelisken auf dem Freedom Square abgeholt hatte. Sie waren durch eine dunkle Scheibe getrennt gewesen, sodass er seinen Gesprächspartner nicht genau hatte erkennen können, so sehr er sich auch bemüht hatte. Die Vertragsdetails waren über eine Gegensprechanlage geregelt worden und das hatte exakt sieben Minuten gedauert. Carl hatte auf die Uhr geschaut. Als man ihn an der Ecke Learstreet-Moxenroad mit einem Bündel Geld in der Tasche als Vertrauensvorschuss, wie der Mann im Wagen gesagt hatte, wieder abgesetzt hatte, war er in eine kleine, schummrige Bar gegangen. Dort hatte er den neuen Vertrag in Gesellschaft einiger Animierdamen mit ein paar Drinks begossen und war zum ersten und letzten Mal in seinem Leben beschwipst gewesen.

Der Mann auf dem Beifahrersitz der silbernen Limousine musste gute Verbindungen gehabt haben, denn er hatte ihn mit seinem richtigen Vornamen angesprochen und den Grund für seine unehrenhafte Entlassung aus der Armee gekannt.

Carl fand, dass sein Kamerad, dieser Mistkerl Jim Decker, die Strafe verdient gehabt hatte, die rückblickend und mit Abstand betrachtet noch viel zu milde ausgefallen war. Denn er hatte ihm sein Mädchen ausgespannt, den einzigen Menschen, der ihm je etwas bedeutet hatte. Von den anderen Frauen, die später in sein Leben gekommen waren, kannte er meist nur die Vornamen, die er sogar noch in bestimmten Momenten verwechselte, was meist zum sofortigen Ende der Liaison führte.

In der Regel ließ ihn das Ende einer Beziehung kalt, meist erleichterte es ihn sogar. Seiner Erfahrung nach wurden Frauen nach kurzer Zeit schon richtig anstrengend. Aber Emanuela Mendes, mit der er damals schon seit vier Monaten zusammen gewesen war und deren Namen er sein Leben lang im Gedächtnis behalten würde, hatte ihn an etwas erinnert, das er vor langer Zeit einmal erlebt und seitdem unter Verschluss gehalten hatte. Nicht dass er genau gewusst hätte, warum oder wodurch sie das erreicht hatte. Ob es die Art und Weise gewesen war, in der sie ihn aus ihren melancholischen Augen anschaute oder wie sie mit ihm mit ihrer unglaublich sanften Stimme sprach? Er hätte es nicht sagen können. Sie hatte jedenfalls etwas tief in seinem Inneren angerührt, das ihm ein Gefühl von Geborgenheit gegeben hatte, eine Art Heimat.

Carl war eine Zeit lang sehr böse auf seine Vorgesetzten gewesen, die die ganze Sache dermaßen hochgespielt hatten, dass es fast schon lächerlich gewesen war. In ungezählten Fantasien hatte er sie seinen Ärger in immer neuen Variationen spüren lassen. Zählten denn seine anderen Leistungen gar nichts? In Carls Augen war dies ein typisches Beispiel für die Doppelmoral der Armee.

Dann kam die Zeit, in der er seinem Schicksal dankbar war, denn er musste niemandem über seine Methoden oder Arbeitsabläufe Rechenschaft ablegen. Er konnte seiner Fantasie freien Lauf lassen. Und seitdem er nicht mehr durch irgendwelche Dienstvorschriften eingeengt war, entdeckte er mehr und mehr, wie kreativ er wirklich war. Seit der eher, aus heutiger Sicht zumindest, stümperhaften Katzenobduktion hatte er einiges dazugelernt. Die Erinnerung daran entlockte ihm immer noch ein Grinsen. Er war sich aber nicht sicher, was ihn mehr amüsierte, die Tat selbst oder das entsetzte Getue seiner Möchtegern-Mom.

Um sein heutiges Einkommen hätten ihn sogar die höchsten Offiziere seiner ehemaligen Einheit beneidet. Das Honorar – der mysteriöse Auftraggeber hatte wirklich Honorar gesagt – war mehr als gut und es waren im Jahr höchstens ein, zwei Sachen zu erledigen, manchmal auch keine, wie ihm versichert worden war. Das Angebot auszuschlagen, wäre töricht gewesen. Gezahlt wurde immer pünktlich. Die eine Hälfte vor, die andere nach Erledigung eines Auftrages.

Nur in diesem Jahr hatte es mehr zu tun gegeben. Erst kürzlich waren ein hoch dekorierter Kapitän und die vierköpfige Besatzung seines U-Bootes Carls Perfektionismus zum Opfer gefallen ... und dann noch dieser andere Mann. Bei dem war es einfach gewesen, wohl weil er sich in seinem unterirdischen Labor sehr sicher gefühlt hatte.

Die momentane Auftragslage war Carl nur recht, denn dadurch konnte er sich einiges auf die hohe Kante legen. Ihm war durchaus bewusst, dass ihm seine Arbeit irgendwann nicht mehr so leicht von der Hand gehen würde. Da er nicht verschwenderisch war, genügte das Geld, das er bekam, um sich ein wirklich gutes Leben zu leisten. Auch achtete er darauf, nicht zu verweichlichen. Um in Form zu bleiben, hatte er sich ein kleines Fitness-Studio in seiner Wohnung eingerichtet. Hier trainierte er täglich bis zu drei Stunden.

Sein heutiges Ziel war die Central Station von Jounstown, wo längst nicht mehr so viele Züge hielten wie früher, in dem aber immer noch so viel Betrieb herrschte, dass ein einzelner Mann mit einer Tasche nicht sonderlich auffiel. An einem der Automaten in der Bahnhofshalle löste er eine Fahrkarte nach Bushtown. Von Onlinebuchungen hielt er nichts. Er hinterließ nicht gerne Spuren. Da er noch Zeit bis zur Abfahrt des Zuges hatte, kaufte er sich in einem kleinen Laden, in dem ihn ein mürrischer älterer Mann mit fettigem Haar bediente, die Tageszeitung von Jounstown und eine Rolle von den Schokodrops, die er so mochte.

»Wo bleibt die Freundlichkeit heutzutage?«, sagte Carl grinsend beim Verlassen des kleinen, nach Druckerfarbe, Tabak und Pfefferminzbonbons riechenden Ladens gerade noch so laut, dass der Mann hinter dem Verkaufstresen es hören musste. Als dieser so etwas wie: *Machen Sie das mal und stellen sich den ganzen verdammten Tag hier rein*, hinterherrufen wollte, stellte er fest, dass sein Kunde schon längst wieder draußen war.

»Kay Sisko bald Senator?« stand als Schlagzeile in fetten schwarzen Lettern auf der Titelseite der Zeitung, wie er im Gehen kurz feststellen konnte. Er hielt inne und setzte die Tasche ab, damit er das Blatt mit beiden Händen halten konnte.

Neben dem Text war das Foto eines sympathisch lächelnden, dynamisch wirkenden jungen Mannes abgebildet und in kleineren Buchstaben stand darunter: »Der dreiundzwanzigjährige Kay Sisko beim Verlassen eines Nachtclubs. An seiner Seite die reizende, zehn Jahre ältere Schauspielerin Kareena Sen.«

Carl verzog sein Gesicht. *Schau an, schau an, der Kleine hat sich gemausert. Wer hätte das gedacht? Treibt sich in Clubs herum. Die gleichen Augen, der gleiche Blick. Hat aber einen guten Geschmack*, sagte er zu sich und mit einem breiter werdenden Grinsen fügte er im Stillen hinzu, *nur, wer nicht will, dass der Junge in den Senat kommt, zeigt ihn vor einem Nachtclub mit dieser Frau im Arm*. Die Zeitung würde er später lesen.

Auf dem Weg zum Bahnsteig sang er leise und gut gelaunt den Refrain eines Countrysongs vor sich hin. Dieser war lange sein Lieblingslied gewesen:

»I love to stay in Melwin City, speaking with my busy gun,
I'll never leave it, because the sheriff is always drunk.«

Countrymusik hatte zwanzig Jahre zuvor eine Auferstehung gefeiert, nachdem in den Hitlisten der Kinos ein alter Film wieder aufgetaucht war und sich über längere Zeit auch dort gehalten hatte. Natürlich erinnerte sich Carl an den Titel dieses Films, in dessen Fahrwasser einige andere Streifen dieses Genres, die er ebenfalls alle gesehen hatte, zu erneutem Ruhm gekommen waren. Schließlich hatte er sich ›Spiel mir das Lied vom Tod‹ mindestens noch zwanzigmal auf seinem heimischen Videoscreen angeschaut und konnte fast alle Dialoge auswendig mitsprechen.

Der hatte doch auch auf einem Bahnhof begonnen, ging es Carl durch den Kopf. Der Hut, den er trug, war seine Reminiszenz an diesen großartigen Film und gerne trug er ihn so wie der Mundharmonika spielende Hauptdarsteller in der Eingangsszene.

Schade, dass die Band, die mit ›Melwin City‹ zehn Wochen lang in den Charts war, sich nach nur drei erfolgreichen Jahren aufgelöst hatte.

Durch die Erinnerungen beschwingt bestieg Carl Weyman den Zug nach Bushtown.

Das Wiegenlied vom Totschlag, ja genau, er tippte sich an die Stirn, *so hieß der andere Film*. Es war ihm eingefallen, kaum dass er in einem leeren Abteil am Fenster Platz genommen hatte.

Dass ich mich ausgerechnet jetzt daran erinnere, lächelte er und schob sich einen Schokodrop in den Mund. *Da soll doch noch mal einer von Zufällen sprechen*. Fünf Minuten später sang er leise einen anderen Song vor sich hin, den er ebenfalls sehr mochte, auch weil er von Johnny Cash war.

»Desperado, why don't you come to your senses?
You been out ridin' fences for so long now.
Oh, you're a hard one,
But I know that you got your reasons.
These things that are pleasin' you,
Can hurt you somehow.«

Da er alleine im Abteil saß, sang er bald lauter. Carl Weyman war wirklich gut gelaunt und er nahm sich vor, während der Fahrt ein kleines Spiel zu spielen. Er war gespannt, an wie viele Westernfilme er sich erinnern würde. Das würde ihm die Zeit verkürzen und seinen grauen Zellen konnte es auch nicht schaden.

»I wear my crown of thorns
on my liar's chair full of broken thoughts
I cannot repair
beneath the stain of time
the feelings disappear
you are someone else
I am still right here
what have I become
my sweetest friend

everyone I know goes away
in the end
and you could have it all
my empire of dirt ...«, sang er weiter.

Unaufhaltsam schwebte die Magnetbahn der Hauptstadt entgegen, die sie in noch nicht einmal einer Stunde erreicht haben würde.

* * *

Kapitel 12

Die Äbtissin Adegunde eröffnete nach ihrem üblichen kurzen Begrüßungsritual, bei dem sie die Hände vor der Brust zusammengelegt hatte und ihren Schülerinnen mit einer leichten Verneigung zulächelte, ihre morgendliche Vorlesung.

»Ich beginne heute mit einer der umfassendsten Vorlesungsreihen eures Studiums in Haldergrond ... zunächst mit einem Überblick. Es geht um Pflanzen und ihre Wirkungen. Ich werde das Thema zunächst kurz von verschiedenen Seiten beleuchten und im Laufe eurer Ausbildung werdet ihr dann zu allen Themen eingehend Experimente anstellen können. Ihr werdet diese Schule mit dem umfangreichsten Wissen über Pflanzen verlassen, das es zurzeit gibt.

Ich werde zunächst etwas zur frühen Geschichte der naturwissenschaftlichen Pflanzenforschung und ihren Ergebnissen und Erkenntnissen sagen. Später werdet ihr selbstverständlich viel über die Heilkraft der Pflanzen erfahren und noch etwas später werden wir uns dann mit deren Verbindung zur geistigen Welt auseinandersetzen. Ausführlich wird jedes Thema von einer meiner Schwestern gelehrt, die dafür Spezialistin ist. Und wie gesagt, werdet ihr zu allen Bereichen umfangreiche Versuche anstellen können. Was ihr dafür benötigt, steht euch hier zur Verfügung ... wie ihr ja schon wisst.« Sie trat hinter ihr Stehpult.

»Die Bedeutung der Pflanzen für uns Menschen kann man gar nicht genug hervorheben. Als Nahrungslieferant und Sauerstoffproduzent sind Pflanzen die Grundlage aller irdischen Existenz, ohne sie gäbe es sicherlich kein Leben auf diesem Planeten. Und auch in Religion und Kultur haben sie ihre Spuren hinterlassen. Im christlichen Glauben symbolisiert das unscheinbare, aber robuste Gänseblümchen zum Beispiel die Tränen der Jungfrau Maria. In rituellen Zeremonien ebneten zu allen Zeiten bewusstseinserweiternde Kräuter den Kontakt zu den Göttern und als natürliche Apotheke lindern Pflanzen zahlreiche Krankheiten, wie ihr ja wisst. Aber darüber werdet ihr im Laufe der Zeit noch viel mehr erfahren.

Viele allopathische Medikamente basierten auf Pflanzen, denn auch die Pharmaindustrie war sich immer ihrer enormen Wirkungen bewusst. Sie haben es bloß nicht an die große Glocke gehängt, weil sie verhindern wollten, dass die Menschen zu den Naturärzten laufen. In den Regenwäldern Afrikas und Südamerikas hatten sie sogar immense Summen für die Erforschung der dort vorkommenden Pflanzenwelt ausgegeben.

Pflanzen mussten nicht besonders schlau sein, um zu überleben, so dachten unsere Vorfahren. Pflanzen galten als dummes Chlorophyll. Erst viel später legten wissenschaftliche Erkenntnisse eine Abkehr von diesem Denken nahe. Heute wissen wir es längst – und damals begann man es zu erforschen, dass es Pflanzen gibt, die vorausplanen, jagen, miteinander kommunizieren und sich sogar an Vergangenes erinnern. Dass sich da so etwas wie Intelligenz findet, macht sie uns und den Tieren ein bisschen ähnlich.

Ebenso wie Tiere reagieren Pflanzen auf ihre Umgebung durch komplexe Wechselwirkungen zwischen äußeren Reizen und inneren Signalen. So verfügen auch Pflanzen über eine angeborene Immunabwehr. Sie erkennen das Protein, das in den Antriebshärchen von Bakterien vorkommt und bei Kontakt eine Welle von Reaktionen auslöst. Dann werden Abwehrgifte produziert und rund um die erkrankte Zelle opfern sich die Nachbarzellen, um eine weitere Ausbreitung zu verhindern. Sogar die Wurzeln beteiligen sich an der Erregerabwehr. Erreicht sie das Alarmsignal der Blätter, scheiden sie Säure aus und locken dadurch freundlich gesinnte Bakterien an. Diese unterstützen das körpereigene Immunsystem im Kampf gegen die Keime.

Aber auch in ihrem normalen Alltag zeigen Pflanzen ungeahnte Fähigkeiten. Trotz ewiger Dunkelheit merkt ein Baum, ob es seine eigenen Wurzeln sind, denen er in der Erde begegnet, oder ob ihm ein Konkurrent den Platz streitig macht. Er kann also zwischen Selbst und Nicht-Selbst unterscheiden.

Aber nicht nur unter der Erde legen Pflanzen keinen Wert auf Nachbarn. Da sie vom Sonnenlicht abhängig sind, erkennen Pflanzen schon frühzeitig, ob eine zukünftige Beschattung durch einen Konkurrenten sie ihrer Energiequelle berauben könnte. Wird das Licht von einem benachbarten Gewächs reflektiert, hat dieses indirekte Licht eine andere Wellenlänge als die direkt auftreffende Strahlung. Aufgrund dieser Information ändert die Pflanze dann einfach ihre Wuchsrichtung.

Aus rein biologischer Sicht gibt es somit keine Höherentwicklung von Tieren, denn mit ihrer großen Verformbarkeit kompensieren Pflanzen ihre fehlende Mobilität. Die Grenzen zwischen Tier und Pflanze verschwimmen noch mehr, wenn man sich die Venusfliegenfalle betrachtet. Sie geht auf die Jagd, ohne sich von der Stelle zu rühren. Lässt sich eine nichts ahnende Fliege auf ihr nieder und berührt dabei versehentlich die feinen Härchen im Inneren ihres Fangkorbes, geht alles sehr schnell. In nur null Komma drei Sekunden schnappt die tödliche Falle zu. Interessanterweise aber erst, wenn in einem kurzen Zeitabstand das Insekt einen zweiten Reiz auslöst, schließlich könnte es sich ja sonst lediglich um ein heruntergefallenes Blatt handeln. Dabei funktioniert die elektrische Reizweiterleitung in der Pflanze ähnlich wie die in tierischen Nervenbahnen, hier geht es dann aber mit bis zu hundert Metern in der Sekunde noch etwas schneller. Dennoch stellte sich für die Forscher auch schon damals noch die Frage: Sind Pflanzen vielleicht doch mehr, als wir in ihnen sehen?

Heute kennen wir die Antwort darauf: Sie lautet Ja.

Denn sie können auch etwas, was bis dahin nur Menschen und einigen Tieren zugeschrieben worden war: Sie kommunizieren. Ihre Sprache basiert auf Duftstoffen, sogenannten

Volatile Organic Compounds, kurz VOCS.« Adegunde schrieb den Begriff und seine Abkürzung auf die Tafel.

»Das sind flüchtige organische Verbindungen, die sich über die Luft verbreiten. Wird eine Pflanze verletzt, etwa durch ein an ihr fressendes Tier, stößt sie VOCS aus. Benachbarte Pflanzen bemerken diese Duftstoffe, werden dadurch vor einer Bedrohung gewarnt und können vorbeugend Abwehrgifte produzieren.

Meine Lieben, wir machen gleich eine Pause«, beendete Adegunde, die Äbtissin von Haldergrond, an diesem Tag den ersten Teil ihrer Vorlesung, »Aber lasst mich vorher noch etwas anderes sagen. Ich weiß, dass die meisten von euch hier sind, um spirituelle Heilerin zu werden«, fügte sie mit einem Augenzwinkern hinzu, »und deswegen seid ihr vielleicht über die wissenschaftlichen Inhalte in meinen Vorlesungen verwundert. Spiritualität und Wissenschaften müssen sich keineswegs ausschließen, sie dürfen es auch nicht. Das war einer der großen Fehler früherer Zeiten, den wir nicht wiederholen werden.

Nehmt zum Beispiel die Wissenschaft der Medizin. Irgendwann mussten sich die praktischen Ärzte, deren Ursprung ja die Hebammen und die Bader waren, entscheiden, ob sie sich zu den Geistes- oder den Naturwissenschaften zählten. Sie wählten die Naturwissenschaften und wären aus ihren Fakultäten verstoßen worden, wenn sie sich dem weiten Feld der Geisteswissenschaften geöffnet hätten oder auch Erkenntnisse akzeptiert hätten, die nicht mit ihren rein naturwissenschaftlichen Methoden nachzuweisen waren. Ich bin davon überzeugt, dass man Naturwissenschaften und Geisteswissenschaften nie hätte trennen dürfen. Die Aufhebung dieser Trennung wäre eine große Chance sowohl für die Wissenschaften als auch die Religionen gewesen. So manchen Krieg hätte es nicht gegeben. Mehr dazu ein anderes Mal, meine Lieben ... jetzt ist Pause.«

Da es ein wunderschöner milder Herbsttag war, liefen die jungen Frauen in den Innenhof des Klosters und setzten sich in die Sonne, um sich zu wärmen. Saskia ging zu dem Brunnen, der in der Mitte des dort angelegten kleinen Gartens stand, setzte sich auf dessen Rand und trank von dem köstlichen Wasser. Astrid kam hinzu und meinte:

»Kann sie Gedanken lesen? Gerade hatte ich gedacht, was der ganze wissenschaftliche Kram sollte, als sie das mit der Spiritualität sagte. Ich fragte mich nämlich die ganze Zeit, was das an einer spirituellen Schule zu suchen hat, aber jetzt verstehe ich es besser, zumindest beginne ich es zu verstehen.«

»Ich bin gespannt, was noch alles kommt«, antwortete Saskia, »ich finde das alles sehr komplex und ich komme mit dem Schreiben gar nicht hinterher.« Sie deutete auf ihren Schreibblock.

»Oh, du schreibst mit? Darf ich es später lesen? Wenn ich schreibe, kann ich gar nicht mehr zuhören. Aber behalten tue ich heute nur die Hälfte, wenn überhaupt. Da war der Unterricht zu Hause wesentlich einfacher. Na ja, man wusste ja ungefähr, worauf man sich einlässt, wenn man hierherkommt, nicht wahr?«

»Ich kenne nur eine Frau, die hier war. Jelena, aus einem unserer Nachbardörfer, aber sie hat nie von ihrer Zeit hier erzählt. Sie meinte einmal, jeder, der es schafft hierherzukommen, sollte sich sein eigenes Bild und seine eigenen Erfahrungen machen. Mira, meine Lehrerin, hatte zwar vorgehabt, nach Haldergrond zu kommen, sich dann aber für ihren Mann Mindevol entschieden, unseren Dorfältesten. Sie hat mir zugeredet, hier meine Ausbildungen fortzusetzen. Haldergrond hat wirklich einen sehr guten Ruf. Und das liegt sicherlich zum Großteil an Adegunde«, sagte Saskia.

»Machen wir weiter mit unserem kleinen Ausflug in die Geschichte der Medizin, man sollte ja seine Wurzeln kennen«, schloss Adegunde fast nahtlos an ihre letzten Worte an. Alle Schülerinnen hatten wieder im Hörsaal Platz genommen.

»Seit es Menschen gibt, gibt es auch gesundheitliche Störungen, früher in erster Linie Verletzungen durch Unfälle oder wilde Tiere. Und es gab immer Menschen, die sich besonders gut auf die Wiederherstellung eines Verletzten verstanden, zum Beispiel Leute, die gebrochene Knochen wieder einrichten konnten. Meistens waren dies Männer. Ihr Wissen und ihre Fähigkeiten hatten sie in der Regel von ihren Vätern bekommen. Zugrunde lag in erster Linie die praktische Erfahrung. Frauen waren eher auf Heilkräuter spezialisiert, vor allem für Frauenleiden, oder sie fungierten als Hebammen und wurden wegen ihres Wissens ›weise Frauen‹ oder auch ›Kräuterfrauen‹ genannt.

Vor mehr als 51000 Jahren wurden die frühesten Operationen in der Geschichte der Menschheit schon zur Zeit der sogenannten späten Neandertaler vorgenommen. Dabei handelte es sich um die Amputation eines Armes bei einem Mann, dessen Skelettreste in Shanidar im Irak entdeckt wurden.« Adegunde schritt quer durch den Raum zu einer Wandseite, an der Weltkarten aller Epochen hingen. Sie zeigte jeweils mit einem kleinen Stab auf das Gebiet, über das sie gerade sprach.

»Um 5500 bis 4900 vor Christus nahm man bereits Schädeloperationen vor. Aus der gleichen Zeit kennt man auch die früheste Einrichtung und Ruhigstellung gebrochener Arme. Die von Medizinmännern vorgenommenen Schädeloperationen sind, nach den Funden mit verheilten Wundrändern zu schließen, etwa zu 90 Prozent gelungen.

Aber man hat nicht nur operiert oder geschient, sondern auch schon Medizin verabreicht. Als die ältesten Medizinfläschchen gelten aus Ton modellierte Kragenflaschen. Ein solches kleines kugeliges Gefäß mit engem Hals hatte Schwefel enthalten, der im Altertum als Medizin gegen mancherlei Krankheiten diente. Um 2100 bis 2000 vor Christus wurden die ersten Rezepte in sumerische Tontäfelchen eingeritzt.

Der erste Mann, der sich theoretisch mit dem Thema Gesundheit und Krankheit auseinandersetzte, war Hippokrates. Unter seinem Namen gibt es eine Reihe von Schriften und seine Medizin bildete bis ins 19. Jahrhundert die Grundlage der europäischen Medizin. Nun, ich denke, ihr wisst, wo ihr diese Schriften findet.« Adegunde lächelte und nahm einen Schluck Wasser.

»Was sollen wir eigentlich noch alles lesen?«, flüsterte Astrid.

»Wir sind doch drei Jahre hier«, gab Saskia zur Antwort.

»Du glaubst doch wohl nicht, dass die reichen ... hey, aufgepasst, es geht weiter.«

»Seit Hippokrates gibt es den Unterschied zwischen dem medizinischen Praktiker und dem Arzt, der etwas gelernt hat. Erst im Hochmittelalter gab es die Möglichkeit, Medizin zu studieren, allerdings nicht in einem geordneten Studiengang. Schon im frühen Mittelalter nannten sich die gelernten Ärzte ›archiatri‹, ... das heißt? Nun Astrid, das weißt du bestimmt.«

»Oberheiler!«, kam die Antwort der Angesprochenen wie aus der Pistole geschossen.

»Genau, und daraus entstand das Wort Arzt. Die ersten Stadtärzte waren, ob ihr es glaubt oder nicht, häufig ehemalige Folterknechte, die durch ihre Arbeit am meisten vom Körper eines Menschen verstanden. Diese gelernten Ärzte glaubten, etwas Besseres zu sein als die alten Praktiker und sie beschimpften diese als Quacksalber oder Scharlatane und Kurpfuscher, obwohl die alten Heiler oft bessere Erfolge hatten. Besonders in den weisen Frauen sahen sie eine gefährliche Konkurrenz und die Verfolgung angeblicher Hexen in der frühen Neuzeit geht zum großen Teil auf die Hetze dieser modernen Ärzte zurück.

Arbeiten von Hippokrates oder Galen und vielen anderen findet ihr in der Bibliothek. Auf Hildegard von Bingen, die Schwestern Agatha und Elsgard aus Haldergrond, denen wir viele unserer heutigen Erkenntnisse zu verdanken haben, komme ich noch gesondert zu sprechen.« Ein leises Stöhnen war aus den Reihen der Schülerinnen zu vernehmen, was Adegunde aber überhörte – zumindest tat sie so.

»Doch zurück zu den Badern. Nach dem Dreißigjährigen Krieg wurden viele Badstuben durch Verordnung der Landesherren oder Städte geschlossen. Durch die im 18. Jahrhundert stärker einsetzende Errichtung von Krankenhäusern, auch für Arme, ging die Bedeutung der Bader für den Bereich der Heilkunde zurück. Die wissenschaftlich ausgebildeten Universitätsärzte übernahmen einen immer größeren Teil dessen, was früher überwiegend Badern vorbehalten war.

Man hätte sich zum Wohle vieler Patienten die Frage stellen müssen: Was können Bader und Universitätsärzte voneinander lernen oder wo ergänzen sie sich sogar?

Eines solltet ihr euch merken, meine Lieben, ein Allheilmittel gibt es nicht. Jeder Mensch reagiert verschieden auf dasselbe Mittel. Was dem einen nützt, kann dem anderen schaden und wieder bei einem anderen völlig wirkungslos sein. Das war ja das Dilemma der Pharmaindustrie, die Mittel für Krankheiten hergestellt hat, aber nicht für Kranke. Es muss jeder Mensch für sich das Passende finden. Entscheidend ist und bleibt ... und gebt das auch an eure Patienten weiter: Man sollte selbstverantwortlich leben und seine Gesundheit niemandem anvertrauen. Wir können nur Beraterinnen sein. Heilen können eure Patienten sich nur selbst.

Ich möchte euch jetzt noch einige Grundsätze aufschreiben, dann machen wir eine Pause.« Adegunde ging zur Tafel und schrieb, während sie gleichzeitig laut mitlas:

»Jede Krankheit hat ein Bündel von Ursachen.

Es gibt keine unheilbaren Krankheiten.

Krankheit und Heilung kommen aus uns selbst.

Jede Krankheit sollte zu Veränderungen unserer Lebensweise führen.

Jede richtig durchlebte und geheilte Krankheit ist ein Gewinn.

Tiefe Lebensfreude ist die wahre Grundlage der Gesundheit.

So, meine Lieben, wir gehen zum Mittagessen und in einer Stunde geht es wieder weiter. Dann sind wir früh fertig und ihr habt noch etwas von diesem schönen Tag.«

Die Äbtissin verließ mit einem leichten Kopfnicken nach allen Seiten den Hörsaal.

Saskia war tief beeindruckt, sie konnte über das umfangreiche Wissen der Äbtissin nur staunen. Natürlich hatte sie bereits viel von Mira gelernt und oft die Weisheit Mindevols bewundert, sie hatte aber sehr bald erkannt, dass sie hier bei Adegunde eine neue Dimension des Wissens betrat. Sie beglückwünschte sich innerlich zu ihrem Entschluss, hierhergekommen zu sein, wenn auch die Umstände, die dazu geführt hatten, weniger erfreulich gewesen waren. Inzwischen gelang es ihr aber, das aus einem anderen Blickwinkel zu betrachten. Wieder fand sie die Weisheit bestätigt, dass allem Schlechten auch etwas Gutes innewohnt. Ihr Wissensdurst war noch lange nicht gestillt.

Saskia war aufgenommen worden, nachdem die Äbtissin sich in einem einstündigen Gespräch einen Eindruck von der jungen Frau gemacht hatte. Miras Empfehlungsschreiben, das einige Zeit vor Saskia ohne deren Wissen in Haldergrond eingetroffen war, wäre nicht erforderlich gewesen. Saskia hatte den richtigen Zeitpunkt erwischt, denn es hatte gerade ein neues Studienjahr begonnen. Zurzeit lebten sechsundzwanzig Schülerinnen aus allen Teilen der *Alten Welt* in Haldergrond, mehr als zwanzig pro Jahr wurden nicht aufgenommen. Manche von ihnen hatten weite Reisen von mehreren Wochen hinter sich gebracht, um hier an dieser besonderen Schule Aufnahme zu finden. Saskia war den ganzen Weg zu Fuß gegangen, obwohl Brigit ihr angeboten hatte, sie in ihrem Einspänner zu fahren.

»Das Pferd braucht mal wieder Bewegung«, hatte sie gesagt.

»Nein, vielen Dank für das Angebot, aber ich habe erstens deine Gastfreundschaft schon viel zu lange strapaziert und zweitens muss ich diesen Weg alleine gehen, ich werde laufen«, hatte Saskia geantwortet. »Ich schaffe das in sechs Tagen, vielleicht brauche ich fünf, aber das ist genau das Richtige. Ich werde mich jetzt zu Hause von allen verabschieden und dann geht's auch schon los. Ihna wird mir zwar eine Szene machen, aber auch das werde ich überleben ... und meine Mutter wird ihren Traum von meiner Musikkarriere erst einmal hintanstellen müssen.« Beim Gedanken an ihre impulsive Freundin Ihna hatte sie lächeln müssen.

»Von Gastfreundschaft strapazieren kann hier überhaupt keine Rede sein. Wenn du nicht gewesen wärest, wäre ich vielleicht gar nicht mehr am Leben. Aber ich verstehe dich und ich kann meine Neugierde ja auch bei einem Besuch befriedigen. Beim Packen darf ich dir doch helfen?«, hatte die Seherin lächelnd geantwortet.

Die Unterkünfte der Mädchen in Haldergrond waren so karg wie Brigit sie beschrieben hatte. Die Kammern waren ausgestattet mit einem Bett, einem Schrank, einem Tisch und einem Stuhl. Sie passten so gar nicht zum Rest der weitläufigen Anlage, was aber beabsichtigt war.

Am Rande der Agillen, dort wo das Gebirge in sanften Wellen auslief und in einer weiten, fruchtbaren Ebene mündete, war Haldergrond auf einem der letzten bewaldeten Hügel erbaut worden. Von dort aus hatte man einen ungehinderten Blick in die Landschaft, die von mehreren kleineren und größeren Wasserläufen durchzogen wurde. An den Ufern dehnten sich Felder aus, die ebenfalls zu dem einst mittelalterlichen Kloster gehörten. Dieses war im Laufe der Religionskriege des auslaufenden zweiundzwanzigsten Jahrhunderts fast vollkommen zerstört und nach der Teilung der Welt mit viel Fleiß und Liebe zum Detail wiederaufgebaut worden.

Am Fuße des Hügels befand sich die Farm, die Haldergrond mit allem versorgte, was die Bewohner und ihre Gäste zum

Leben benötigten. Zur Farm gehörten Äcker für eintausend-einhundert Malter Aussaat, Wiesen für hundert Fuder Heu und zählte man den Wald mit, so kam man insgesamt sicherlich auf mehr als viertausend Morgen Land.

Das ehemalige Kloster erreichte man durch ein großes Tor, das nach Osten zeigte. Über dem Tor stand in großen, weithin sichtbaren Schriftzeichen folgender Spruch:

HIER BEKOMMST DU NICHT, WAS DU WILLST, SONDERN DAS, WAS DU BRAUCHST!

Aus der Zeit der Kriege besaß Haldergrond eine Zugbrücke, die allerdings nicht mehr hochgezogen wurde, wie es früher zumindest nachts üblich gewesen war. Haldergrond war wie eine kleine Stadt, denn alles, was Leib und Seele an Nahrung verlangten, konnte es bieten. Hoch ragte der Turm der einstigen Kirche empor und zeigte dem Wanderer schon von Weitem, wo er sein müdes Haupt betten konnte und auch eine Mahlzeit bekam. Weit über die Grenzen hinaus war bekannt, dass Haldergrond nicht nur die berühmteste Schule für Heilkünste und Musik war, sondern dass man dort auch in vielen anderen Angelegenheiten kompetente Hilfe erhielt.

Neben dem einstigen Gotteshaus lag ein langgestreckter Bau, das frühere Kapitel, der unter anderem die Bibliothek beherbergte, aber auch die Räume, in denen die Äbtissin mit den Schwestern und anderen Mitarbeitern tagtäglich die Angelegenheiten der Schule beriet. Angrenzende Gebäude enthielten Laboratorien, Musikzimmer und Schreibstuben. Die innere Schule, mit den Schlaf- und Vorratsräumen der Schwestern, die sogenannte Klausur, war in einer Gruppe besonders umfriedeter und für Besucher unzugänglicher Gebäude untergebracht. Diese alle umschlossen den ehemaligen Klosterhof, einen durch kunstreiche Säulen und Bögen, reich verzierte Wände, Brunnen, Blumen und Bäume geschmückten Raum. Hier fanden die Bewohnerinnen in der Glut des Tages schattige Kühlung oder nach getaner Arbeit die verdiente Erholung. Innerhalb der für Besucher verbotenen

Räume erhob sich die Wohnung Adegundes, ein stattlicher, fast schon palastähnlicher Bau

Weiter außerhalb folgte eine lange Reihe von Gebäuden aller Art: die Außenschule, in der die Kinder der umliegenden Dörfer unterrichtet wurden, die Gasthäuser für Reisende, das Krankenhaus, ihnen benachbart die Apotheke und die Wohnungen der hier wirkenden Heilerinnen. Dann waren da die Werkstätten der Schneider, Sattler, Zimmerer, Schlosser und Schreiner sowie eine Reihe kleinerer Häuser, die Raum für andere Arbeiten boten. Schließlich kamen die Gebäude für Landwirtschaft und die Verarbeitung ihrer Produkte: Viehställe, Hühnerhöfe, Scheunen, Speicher, eine Brauerei, eine Mühle, eine große Bäckerei und daneben für die zahlreichen, hier beschäftigten Arbeiter niedrige, lang gestreckte Wohnhäuser. Zwischen fast allen Gebäuden lagen Gärten, in denen man Blumen, Arzneikräuter, Gemüse und Obstbäume finden konnte.

Dies alles sah in der Tat so aus, als wenn es sich um ein Kloster handeln würde. Sogar die früheren Titulierungen für die Bewohner hatte man übernommen, aus respektvoller Erinnerung an diese längst vergangenen Zeiten. Adegunde hatte aus diesem Ort eine Begegnungsstätte gemacht, die frei von Religion jedem Besucher offenstand. Vor allem aber war sie für Menschen gedacht, die lernen wollten, und für solche, die Heilung suchten. Für die einmal im Monat stattfindenden Konzerte war Haldergrond ebenfalls berühmt.

Dass aus diesem Ort das alles geworden war, war wohl einzig und allein der Äbtissin zu verdanken, die seit ihrer Ankunft, von der niemand wusste, wann das genau gewesen war, sich hier unermüdlich für den Auf- und Ausbau eingesetzt hatte. Sie war die Triebfeder des Ganzen und hatte genau jene Menschen angezogen, die ihr mit viel Fleiß und Kraft geholfen hatten, aus diesem Ort das zu machen, was er war.

Viele Mythen rankten sich um die Äbtissin, die angeblich noch nie einen Fuß vor die Mauern von Haldergrond gesetzt hatte. Sie war fast immer Mittelpunkt der Gespräche auf den Marktplätzen der umliegenden Dörfer. Ihr Alter war sehr schwer zu schätzen. Einige Bauern behaupteten, sie sei gar kein Mensch, sondern eine Fee und daher unsterblich. Andere hingegen schworen, dass sie regelmäßig einen Pflanzentrank zu sich nehme, der den Alterungsprozess einfach aufhielt.

Haldergrond hatte zwei Zentren. Das eine war die Bibliothek, ein quadratischer Raum von zweiundsiebzig Ellen Seitenlänge. Bis zu der zwanzig Fuß hohen Decke reichten die mit Büchern vollgestopften Regale. Besonders in den kalten Wintermonaten hielten sich die Schülerinnen viele Stunden hier auf. Man konnte sich in kleine Nischen zurückziehen und in Ruhe lernen. Es herrschte absolutes Sprechverbot, wie auch im zweiten Herzstück der Anlage, einem kreisrunden Meditationsraum mit gewölbter Decke, dessen Durchmesser exakt achtundvierzig Ellen maß. Außer Kissen und Decken gab es hier keinerlei Einrichtung. Jeweils am Morgen, noch vor den ersten Vorlesungen, wurden die Schülerinnen von einer der Schwestern Adegundes in unterschiedlichsten Meditationstechniken unterrichtet, von denen Saskia einige schon kannte.

In Seringat war es Mindevol gewesen, der in seinem Haus regelmäßige Meditationsabende abhielt. Diese waren sehr beliebt, auch weil er im Anschluss daran Vorträge über alle möglichen Themen des täglichen Lebens hielt. Aber auch philosophische Fragen wurden von ihm mit viel Humor und Weisheit beantwortet.

Die Hörsäle für die zahlreichen Vorlesungen befanden sich ein Stück weiter den Gang hinunter. Über der Tür des größten Hörsaales stand der Spruch: ›Es ist keine Schande, nichts zu wissen, wohl aber, nichts lernen zu wollen.‹

Dem Hörsaal gegenüber befand sich das große Musikzimmer. Jede Schülerin lernte während ihres Studiums in Haldergrond ein Musikinstrument oder wurde auf dem, das sie bereits spielte, weiter ausgebildet. Drei Schwestern – jeweils Meisterinnen auf mehreren Instrumenten – standen als

Musiklehrerinnen zur Verfügung. Gerade spielte jemand auf dem Cello die Jagdkantate von Bach, wahrscheinlich eine Schülerin aus einem höheren Jahrgang.

Der Gong rief die jungen Frauen wieder in den Hörsaal zurück. Zu Mittag hatte es eine einfache Gemüsesuppe gegeben, dazu frisches Brot, Tee und Wasser. Hier legte man Wert auf leichte Kost, denn mit einem schweren Magen studiere es sich schwer, hatte Adegunde gesagt. Saskia blieb vor dem Musikzimmer stehen und lauschte.

»Hört ihr?«, sagte sie zu ihren beiden neuen Freundinnen, der blonden, lustigen Astrid und der eher nachdenklichen Paula. »Sie spielt Bach, die Jagdkantate, ich glaube, diese war die älteste bekannte weltliche Kantate Bachs. Wie wunderschön. Am liebsten würde ich hier stehen bleiben und weiter zuhören.«

»Na, dein Beethoven war aber auch nicht von schlechten Eltern gestern Abend«, meinte Astrid.

»Das Klavierkonzert Nummer eins in C-Dur ist eines meiner Lieblingsstücke von Beethoven«, strahlte Saskia, die sich über das Lob ihrer Freundin freute.

»Kommt schon«, drängelte Paula und zupfte sie am Ärmel, »wenn wir nicht pünktlich in der Vorlesung sind, wird sie ärgerlich.« Die Freundinnen liefen in Richtung ihres Hörsaals.

»Lasst uns bei den Pflanzen weitermachen, denn über sie kommen wir dann auch zu unserer heutigen Medizin. Schon im einundzwanzigsten Jahrhundert hatten Wissenschaftler über tausend verschiedene Duftvokabeln entdeckt«, fuhr Adegunde in ihrer Vorlesung fort, »und heute wissen wir, dass es weit mehr sind.«

Adegunde griff in das Regal, das hinter ihr stand, und stellte ein kleines Gefäß auf den Tisch. Saskia erkannte sofort, dass es sich um eine Bohne handelte. Sie war gespannt.

»Ein Sprachtalent unter den Pflanzen ist die Limabohne«, führte Adegunde weiter aus. »Diese Nutzpflanze, auch Mondbohne genannt, erkennt an den Bissspuren und am Speichel das an ihr nagende Insekt und lockt daraufhin gezielt dessen Fressfeinde an. Je nach chemischer Zusammensetzung und Menge der VOCs ruft sie unterschiedliche Helfer. Raubmilben bei Spinnmilbenbefall und Schlupfwespen bei Raupenangriffen. Für einen Organismus ohne Verstand ist das eine erstaunlich differenzierte Handlungsweise, findet ihr nicht?

Aber das ist noch nicht alles. Studien haben bewiesen, dass Pflanzen auch ein Erinnerungsvermögen besitzen. Junge Triebe, deren Wurzeln einer erhöhten Salzkonzentration ausgesetzt waren, haben in späteren Jahren bessere Chancen, Konzentrationen zu überleben, die ansonsten tödlich sind. Und Bäume können sich ihre Bewässerungszeiten merken und ihre Entwicklungsphasen daran anpassen. Ja, man hat sogar ein generationenübergreifendes Gedächtnis bei Pflanzen entdeckt.

Übertragen auf uns Menschen wäre dies in etwa so, als hätte der Großvater gelernt, ein Flugzeug zu fliegen, und über dieses Können würden auch seine Enkel verfügen, ohne je einen Flugschein gemacht zu haben!

Adegunde griff hinter das Pult, stellte einen kleinen Topf mit einer jungen Maispflanze auf den Tisch und sagte weiter: »Pflanzen kommunizieren elektrisch. Lange Zeit herrschte unter Botanikern Einigkeit, dass Pflanzenzellen ausschließlich mittels chemischer Signale kommunizieren. Inzwischen wissen wir es besser. Wissenschaftler konnten schon früher in der Wurzelspitze von Mais spontan auftretende elektrische Signale nachweisen, die von Zelle zu Zelle weitergeleitet wurden. Daran haben wir weitergearbeitet.

In vielerlei Hinsicht ähneln diese Aktionen denen niederer Tiere. Die Wurzel nimmt Informationen über ihre Umgebung wahr und gibt sie weiter. Diese Impulse können an anderer Stelle in Wachstumssignale umgesetzt werden. Die Wurzelspitze nimmt so, etwa auf der Suche nach Wasser und Nährstoffen, sensorische Informationen wahr. Schnell kann sie dabei auf giftige Substanzen im Boden, die es leider auch heute noch hie und da gibt, reagieren, indem sie in eine andere Richtung wächst.

Der Mais, den man früher genetisch manipuliert hatte, verlor diese Fähigkeiten allerdings schon in der ersten Generation. Sicher wusste man es damals nicht anders und um die rasch wachsende Bevölkerung ernähren zu können, musste man ja auch andere Prioritäten setzen, wie zum Beispiel die Widerstandskraft der Pflanzen zu stärken oder sie anzuregen, größere Fruchtstände zu produzieren, damit man reichere Ernten einfahren konnte.

So, meine Lieben«, Adegunde schaute auf ihre Uhr, »wir machen nochmals eine kleine Pause, denn ich habe eine Verabredung, die keinen Aufschub duldet. Es wird nicht lange dauern. Ich bin gleich wieder bei euch, lauft nicht zu weit fort.« Lächelnd verließ sie schnellen Schrittes den Hörsaal.

Saskia kam das sehr gelegen, denn ihr rauchte der Kopf und jetzt konnte sie erst einmal in Ruhe ihre Mitschriften ordnen. Wenn das in diesem Tempo weiterging, würde sie heute todmüde ins Bett fallen, wie fast an jedem Abend, und daher war es gleichgültig, wie ihr Zimmer ausgestattet war. Täglich prasselten neue Eindrücke auf sie ein, einmal ganz abgesehen von dem umfangreichen Lernstoff, der hier vermittelt wurde. Es gab so viel zu bestaunen. Sie hatte noch nicht einmal die Hälfte der Klosteranlage besichtigen können, die weitaus größer war, als sie sich jemals hätte vorstellen können. Jede Beschreibung, die sie gehört hatte, reichte bei Weitem nicht an die Realität heran. Ihr Heimatdorf Seringat würde hier mehrfach hineinpassen.

Immerhin dauerte es doch etwas mehr als eine halbe Stunde, bis die Äbtissin zurück war, um ihre Vorlesung zu Ende zu bringen. Sie legte ihre Unterlagen auf den Tisch und wandte sich erneut der Maispflanze zu.

»Irgendetwas ist passiert in der Zwischenzeit«, raunte Astrid Saskia ins Ohr, »sie wirkt so ... anders, sie war noch nie zu spät, findest du nicht auch?«

»Wie meinst du das?«, flüsterte diese zurück, sie hatte keine Veränderung bemerkt.

»Ich weiß es auch nicht genau, ist eher ein Gefühl, eine Intuition, findest du nicht, dass sie etwas fahrig wirkt? Sie hätte eben fast den Mais vom Tisch gestoßen.« Astrid runzelte die Augenbrauen und ihre Sommersprossen strebten der Mitte ihrer Stirn zu, was sehr lustig aussah, wie Saskia fand. Sie hatte Astrid, die sie ein wenig an Ihna erinnerte, bereits fest in ihr Herz geschlossen.

Sie musste lächeln: »Du und deine Intuitionen ... das man etwas umstößt, kann doch jedem mal passieren ... aber pass auf, es geht weiter.«

»Nach der Entdeckung von Pflanzenhormonen konzentrierten sich die Botaniker jedoch mehr auf die chemischen Signalwege. Heute wissen wir, dass Pflanzen tatsächlich zu elektrischer Kommunikation fähig sind. In dieser Hinsicht scheinen sie sehr viel mehr den niederen Tieren zu ähneln als bislang angenommen.

Es ist inzwischen nachgewiesen, dass in der Wurzelspitze von Mais immer wieder spontane elektrische Entladungen stattfinden. Diese Signale werden von Zelle zu Zelle weitergeleitet, und zwar mit einer ähnlichen Geschwindigkeit wie bei Quallen oder manchen Würmern. Außerdem wurde beobachtet, dass die Zellen ihre elektrische Aktivität synchronisieren. Es gab Phasen, in denen an verschiedenen Stellen der Wurzelspitze gleichzeitig Aktionen entstanden. Danach folgte eine mehrere Sekunden dauernde wurzelweite Funkstille. Es liegt nahe, dass die Zellen auf diese Weise ihr Verhalten koordinieren.

Diese Art der Kommunikation läuft viel schneller als die mittels Hormonen. Wir wissen heute längst, dass die Wurzelspitze kontinuierlich rund zwanzig Bodeneigenschaften untersucht. Wenn sie dabei auf Giftstoffe stößt, ändert die Wurzel blitzschnell ihre Wuchsrichtung.

Eine biologische Revolution war es, als Forscher entdeckten, dass Pflanzen zu erstaunlichen Intelligenzleistungen fähig sind. Verantwortlich dafür ist ihr Wurzelgehirn, ein riesiges, unterirdisches Kommunikationsnetz. Wir können also sagen, dass Pflanzen ein Bewusstsein besitzen. Pflanzen können erkennen, was mit ihnen geschieht. In Südafrika verendeten einmal in einem relativ kurzen Zeitraum über dreitausend Antilopen. Schuld daran waren Akazienbäume – und wisst ihr, warum?

Sie halten Fressfeinde fern, indem sie bei Gefahr die Konzentration des giftigen Bitterstoffs Tannin in ihren Blättern bis zu einer tödlichen Dosis steigern. Gleichzeitig setzen sie das farblose, süßlich riechende Gas Ethylen frei, das der Wind zu den anderen Bäumen trägt, die auf dieses Alarmsignal hin ebenfalls ihre Giftstoffproduktion erhöhen.

Antilopen kennen aber die Gefahr. Normalerweise fressen sie niemals länger als zehn Minuten von den Blättern ein- und desselben Akazienbaums. Dann wechseln sie zu einem anderen Baum und laufen dabei immer gegen die Windrichtung. Nur dort finden sie noch nicht gewarnte Akazien. Dass es dennoch zu dem Massensterben in Südafrika kam, hatte folgenden Grund: Als die Preise für Antilopenfleisch stiegen, wurden die Tiere in Gehegen gezüchtet. Und da die Zäune sie am Weiterziehen hinderten, fraßen sie sehr viel länger von den Akazien als in freier Wildbahn. Das war ihr Tod.

Diese Abwehrstrategie der Akazie ist das Ergebnis ihres Bewusstseins! Denn ein Lebewesen, das sich gegen seinen Tod wehren kann, muss sich bewusst darüber sein, dass es lebt. Und wer ein Bewusstsein für sein eigenes Leben hat, muss doch auch eines für andere Lebewesen haben, meint ihr nicht auch?

Ihr habt vielleicht etwas anderes erwartet, als ihr euch hier angemeldet habt, aber dieser Exkurs war wichtig, damit ihr das, was noch kommt – und ihr befindet euch ja erst am Anfang eurer Ausbildung – verstehen könnt. Hätten die Menschen gelernt, mit den Pflanzen zu kommunizieren, hätten sie sich viel Leid ersparen und viele Leben hätten gerettet werden können.

So, meine Lieben, lasst uns für heute Schluss machen, es war genug. Ihr habt ein wenig frische Luft und Sonne verdient. Denkt aber daran, heute Abend noch eure Aufgaben zu erledigen, aber wem sag ich das«, lächelte Adegunde und verließ schnell den Hörsaal.

»Puh, das war viel, was meinst du, hast du Lust auf einen Spaziergang? Lass uns zum Fluss, ich war noch gar nicht dort unten.«

»Hey, worauf wartest du ... wer zuerst da ist!« rief Astrid schon im Hinauslaufen fröhlich und von ihrem Hinken war nichts zu sehen. Unten am Fluss ließen sie ihre Beine ins Wasser baumeln und beobachteten die Forellen.

»Du hast überhaupt nicht gehinkt«, bemerkte Saskia.

»Es tut ja auch nicht immer weh. Jeden Wetterumschwung merke ich allerdings schmerzlich, na ja, wenn ich viel gelaufen bin, spüre ich es auch.«

»Bist du je wieder geritten?«, fragte Saskia.

»Dafür hat schon mein Vater gesorgt«, lächelte die Freundin. »Er sagte, wenn ich mich nach diesem Unfall nicht sofort wieder aufs Pferd setze, würde ich es nie wieder tun ... ich glaube er hatte recht. Obwohl ... die alte Vertrautheit ist noch nicht wieder da.« Dann wurde Astrid traurig. »Den armen Robin mussten wir einschläfern, da seine rechte Vorderhand gebrochen war ... bei mir war es die Hüfte.«

»Da hast du aber Glück gehabt«, meinte Saskia trocken und beide Mädchen lachten laut los.

***

Kapitel 13

»Schön, dass ihr da seid«, rief Effels Mutter freudig aus, als Nikita und ihr Sohn das Haus betraten. Sie hatte die beiden schon vom Fenster aus kommen gesehen und noch hastig ihre Schürze über einen Küchenstuhl geworfen. In Seringat schloss kein Mensch die Haustüre ab. Es wurde angeklopft und wenn man nicht gestört werden wollte, sagte man es einfach. Niemand fühlte sich dadurch vor den Kopf gestoßen.

»Wir können im Garten essen, es ist noch warm genug. So einen wunderbaren Herbst hatten wir lange nicht mehr. Nikita, du siehst so gut aus! Ist das Kleid von Valerens?«, rief Tonja. Sie selbst trug ein schlichtes blaues Kleid mit dazu passenden Schuhen und eine Halskette aus großen weißen Perlen. Sie umarmte ihren Sohn und gab Nikita einen Kuss auf die Wange.

Die Frauen hatten sich gleich gemocht, als Effel seine neue Freundin am ersten Tag ihrer Rückkehr vorgestellt hatte. Als Tonja von Nikitas Existenz erfahren hatte, hatte sie sofort an Saskia denken müssen und sie konnte sich sehr gut vorstellen, wie sich die junge Frau fühlen musste. Tonja wusste aber, dass es für Saskia auch eine Chance sein konnte, auch wenn sie das selbst vielleicht erst im Nachhinein erkennen würde. Sie war überzeugt, dass Saskia in Mira und Mindevol die richtigen Gesprächspartner hatte. Die beiden würden in dieser persönlichen Krise der jungen Frau, die sie sehr mochte, schon die richtigen Worte finden.

Sam hatte inzwischen den Weg um das Haus herum genommen und war laut bellend in den Garten gestürmt.

»Danke für die Einladung«, erwiderte Nikita die herzliche Begrüßung, »wir haben einen Bärenhunger mitgebracht, nicht wahr, mein Schatz?«

»Das kann man wohl sagen, wir waren den ganzen Tag unterwegs und außer dem Frühstück haben wir nichts zu uns genommen«, erklärte er seiner Mutter, während sie durch den großen offenen Wohnbereich des Hauses, der von einem riesigen Kamin und einem angrenzenden blauen Kachelofen beherrscht wurde, hinaus in den Garten gingen.

»Ihr müsst uns gleich alles in Ruhe erzählen, hört ihr, aber lasst uns erst mit dem Essen beginnen, bevor es kalt wird«, sagte Tonja. »Habt ihr euren Hund gesehen, wie schnell der in den Garten gerannt ist? Ich hoffe nicht, dass er sich daran erinnert, wo er seinen letzten Knochen verbuddelt hat. Das würde nämlich für mich mindestens eine Stunde mehr Arbeit bedeuten.«

Sie kamen auf der Terrasse an, wo Naron, Effels Vater, gerade dabei war, eine Flasche Wein zu öffnen und Sam schon unter jedem Busch herumschnüffelte. Mit einem leisen Plopp verließ der Korken die Flasche. Naron stellte sie ab und lächelte die beiden Gäste an. Er trug einen hellen Leinenanzug, der hervorragend zu seinem gebräunten Gesicht passte.

»Das verliebte Paar«, rief er ihnen zu. »Schön, dass ihr da seid! Kommt an den Tisch, Mutter hat schon Angst um ihr Essen gehabt. Aber jetzt ist der Abend ja gerettet, nicht wahr, Tonja? Komm Nikita, lass dich umarmen, magst du Wein?« Er breitete seine Arme aus und fügte hinzu: »Ist allerdings kein eigener.« Dabei zeigte er auf die mächtige Weinrebe, die sich über die gesamte Terrasse spannte und in ihrer herbstlichen Färbung besonders schön anzuschauen war. Nikita konnte zwischen den grünen, roten und, wie ihr schien, goldenen Blättern jetzt auch vereinzelte Trauben erkennen, die von einigen Insekten summend umschwärmt wurden.

»Ein paar Trauben lassen wir immer für die Insekten und die Vögel hängen«, meinte Naron, der Nikitas Blicken gefolgt war. »Sozusagen als kleinen Ausgleich für das, was sie uns geben. Eine perfekte Klimaanlage übrigens ... der Wein am Haus. Im Sommer hast du Schatten und im Winter, wenn die Blätter weg sind, lässt er das Licht hindurch. Weißt du woher dieser edle Tropfen kommt?«, die Frage war an Effel gerichtet. »Du errätst es nicht ... deswegen verrate ich es dir. Schtolls Vater hat zehn Flaschen geschickt ... aus fürstlichem Anbau«, fügte Naron hinzu und strich mit einer Hand über das gold verzierte Etikett.

»Er hat einen Brief von seinem Sohn dazugelegt, ich gebe ihn dir später mit, erinnere mich daran ... aber so setzt euch doch, Kinder. Ich hoffe, ihr habt viel Zeit mitgebracht, denn ich will alles ganz genau wissen, vor allem alles über diese Krulls, den *Rat der Welten* und das geheimnisvolle Tal, das ihr entdeckt haben wollt. Was gibt es da, ein Schiff? Ich kann einfach nicht glauben, dass ihr die ersten sein sollt, die es gefunden haben. Seit Generationen gehen die Kuffer in die Agillen zum Jagen und ...«

»Glaub mir«, unterbrach Effel seinen Vater, »es ist unbekannt. Wir hätten davon gehört. Warum sollte einer von uns das vor den anderen geheim halten? Es ist so weit oben, dass man gar nicht denkt, dass es so etwas dort noch geben könnte. Selbst vom Kraterrand des Grog aus kann man es nicht sehen, es wäre jemandem aufgefallen.«

»Nun, einen Grund kann ich dir sofort nennen, mein Sohn, zum Beispiel ... besonderer Wildreichtum, den jemand ganz für sich haben möchte. Aber sei´s drum. Jetzt kennt ihr es ja und ich freue mich schon darauf, es selber eines Tages in Augenschein nehmen zu können. Vielleicht stimmen ja auch die Geschichten über diese geheime Stadt im Berg. Ich erinnere mich, dass die alte Vrena einmal davon erzählt hat. Am liebsten würde ich ja morgen schon aufbrechen, aber dort oben wird bald der erste Schnee fallen und auf Schneeschuhe habe ich noch keine Lust. Wenn das alles stimmt, was ihr erzählt habt, dann kann dieses Tal auch noch ein halbes Jahr lang warten ... so, Tonja was hast du Leckeres gekocht?«

»Dein Lieblingssoufflé, wie du es dir gewünscht hast«, sagte seine Frau mit einem Seitenblick auf ihren Sohn und zwinkerte ihm zu.

»Was? Es gibt das Soufflé? Na dann ist es wirklich ein besonderer Tag, Kinder ... darauf könnt ihr euch etwas einbilden. Aber es ist nicht nur mein Leibgericht, nicht wahr?«, gab er zur Antwort.

Effel konterte trocken: »Muss ich wohl geerbt haben. Der Apfel fällt eben nicht weit vom Stamm. Ich sterbe für Kalbfleisch mit Ziegenkäse.«

»Na, na, nicht so leichtsinnig mit deinem Leben, junger Mann, für Ziegenkäse haben wir es dir nicht geschenkt«, neckte sein Vater ihn mit erhobenem Zeigefinger. Alle lachten herzlich und Naron schenkte die Gläser voll.

»Ich hoffe nur«, meinte Tonja an Nikita gewandt, »dass es dir auch schmeckt. Ich hätte dich nach deinem Lieblingsessen fragen sollen, du bist der Gast ... ach, das nächste Mal«, meinte sie und prostete ihr zu. »Zuerst habe ich eine Kürbissuppe für euch. Wir haben in diesem Jahr riesige Kürbisse geerntet, ich weiß gar nicht, wohin damit. Was es zum Nachtisch gibt, verrate ich allerdings noch nicht.« Mit diesen Worten ging sie in die Küche, um die Suppe zu holen.

Wenig später saßen die vier an dem großen runden Gartentisch und löffelten genießerisch die dunkelgelbe Creme, die mit einem Klecks Sahne und frischen Kräutern verziert war. In der Trauerweide an dem kleinen Weiher sang eine Nachtigall. Nikita kam vor Staunen kaum zum Essen. Sie hatte nie zuvor solche Gärten gesehen, wie es sie in Seringat anscheinend an jedem Haus gab. Geradezu spektakulär hatte sie den Garten des Korbmachers Sendo empfunden, den ihr Effel am Tag zuvor gezeigt hatte. Noch nie hatte sie solch eine herbstliche Blumenpracht gesehen. Buschrosen, Chrysanthemen, Astern, Herbstzeitlose, gelbe und rosarote Rosen und Alpenveilchen waren ihr aufgefallen und Sendo hatte ihr noch den Knopfbusch gezeigt, den sie noch nicht kannte und der an diesem milden Nachmittag von Schmetterlingen umschwärmt worden war. Auf seine Sieben-Söhne-des-Himmels-Blume war Sendo besonders stolz.

»Schau mal, Nikita«, hatte der Korbmacher sie zu dem Strauch geführt. Er war sehr angetan von der Fremden, weil sie sich so offensichtlich für seine Blumen interessierte. »Der seltsame Name Sieben-Söhne-des-Himmels-Blume geht auf diese kleinen, rahmweißen Blüten zurück, die jeweils zu siebt beieinander stehen. Aus den Blüten entwickeln sich rote Früchte, die allerdings nur in sehr milden Jahren ausreifen können. Ich habe diese Pflanze von einem Freund aus dem Süden. Hin und wieder tauschen wir Blumenzwiebeln oder unsere neuesten Rosenzüchtungen aus. Der Strauch ist eine regelrechte Bienenweide, dort hinten stehen meine Bienenstöcke. Komm mit, ich zeige dir unsere Bienenvölker.«

Auf dem Weg zu einem entlegeneren Teil des Gartens summte Sendo eine fremdartige Melodie. Als sie bei den Bienen angekommen waren, sagte der Korbmacher: »Früher trugen die meisten Imker Netze über dem Kopf und bliesen aus Kannen Rauch in die Stöcke, weil sie Angst hatten, gestochen zu werden. Wenn sie diese Hilfsmittel einmal vergaßen, taten die Bienen ihnen den Gefallen ... sie stachen. Bienen haben ein feines Gespür für die Schwingungen von Menschen, immerhin leben sie schon sehr lange mit uns zusammen. Wenn du mit den Bienen in ihrer Sprache sprichst, sind sie vollkommen ruhig, sieh her.« Sendo summte weiter das Lied und öffnete den Deckel eines Bienenstocks.

»Schau, sie lassen sich nicht irritieren. Wer will auch schon gerne bei der Arbeit gestört werden, das geht uns doch ganz genauso, nicht wahr? Und weißt du, was ich noch beobachtet habe, Nikita?« Er machte eine Pause und schaute Nikita an, wie um zu überprüfen, ob sie seine Erkenntnis auch würdigen könnte. »Die Bienen sprechen mit den Pflanzen und umgekehrt, ja, ich glaube, sie unterhalten sich regelrecht. Ich habe beobachtet, dass sich die Blüten einiger Pflanzen nur öffnen, wenn eine Biene im Anflug ist, bei anderen Insekten bleiben sie einfach geschlossen. Was sagst du dazu, Nikita?«

Nikita blickte in das Gewimmel des Bienenstocks. »Weißt du, Sendo, so langsam glaube ich fast an alles und wenn du es beobachtet hast, wird es stimmen. Dass sich die Bienen bei dir wohlfühlen, kann ich mir gut vorstellen. Bei diesem reichhaltigen Angebot und deiner liebevollen Behandlung«, sagte sie und ließ ihren Blick über den großen Garten mit den teilweise mehr als zehn Fuß hohen Pflanzen schweifen. Das strahlend weiße Haus mit den roten Ziegeln, in dem Balda und Sendo lebten, nahm sich darin eher wie eine Puppenstube aus.

»Du hast recht, Nikita, es ist ein Geben und Nehmen. Wenn Geben und Nehmen im Ausgleich sind, entsteht Harmonie. Erinnere mich daran, dass ich euch später ein Glas Honig mitgebe.«

Nikita war nicht erst bei Sendo aufgefallen, dass hier niemand sein Grundstück einzäunte, wie es in ihrer Heimat üblich war.

»Mmhh, wirklich lecker diese Suppe ... und ... was habt ihr heute angestellt?«, fragte Naron und holte sie damit aus der Erinnerung zurück.

»Am Vormittag waren wir draußen bei Brigit«, antwortete Effel.

»Geht es ihr wieder besser?« fragte Tonja.

»Ja, die Wunde ist sehr gut verheilt. Sie hat uns alles erzählt – von dem Überfall, meine ich, und dass es ihrer Meinung nach Vincent war. Der ist, wie sie sagt, seitdem verschwunden ... zufällig«, meinte Effel und blickte seinen Vater an. »Glaubst du, dass er es war?«

»Ich weiß es nicht«, meinte der, »ich will mich da auch nicht zu irgendwelchen Vermutungen hinreißen lassen, du weißt, wie sehr ich Jared schätze. Er ist übrigens ebenfalls seit ein paar Tagen weg ... wahrscheinlich sucht er ihn. Jedenfalls würde ich das tun. Jared ist kein Mann, der tatenlos zu Hause herumhockt und abwartet, dass man ihm seinen Jungen bringt. Für ihn ist es sicher schlimm, ach was, eine Katastrophe ist das für ihn, dass

Vincent solch einer Tat verdächtigt wird. Ein Mordversuch! Hier bei uns! Schrecklich. Ich möchte mir gar nicht vorstellen, was passiert, wenn er es wirklich war. Das werden seine Eltern nicht verkraften. Ich kann mich gar nicht erinnern, ob hier jemals ein Mord passiert ist, muss jedenfalls sehr lange her sein.« Naron nahm etwas von seiner Suppe.

»Und, was sagst du zu Brigit, Nikita, hat sie dir die Karten gelegt?«, wechselte Naron das Thema. »Was hältst du als strenge Wissenschaftlerin von ihr und ihrer Kunst?«

»Seit ein paar Tagen ist diese Wissenschaftlerin gar nicht mehr so streng«, lächelte Nikita, »und sie glaubt schon länger, dass es viel mehr Wahrheiten gibt, als die, die ihr auf der Universität beigebracht wurden ... da fällt mir gerade ein Zitat des Malers Pablo Picasso ein, der meinte, wenn es nur eine Wahrheit geben würde, könnte man nicht hundert Bilder über das gleiche Thema malen.«

»Wie wahr«, lautete Effels Kommentar und mit einem Blick auf den Platz neben Nikita fuhr er fort, »also jetzt schaut euch mal diesen Hund an. Unglaublich.«

Sam hatte sich neben Nikita gesetzt, seinen großen Kopf auf ihren Schoß gelegt und sie aus seinen braunen Augen unverwandt angeblickt.

»Pass auf Schatz, er wird dich jetzt hypnotisieren, damit du ihm später von deiner Portion abgibst. Er hat natürlich längst gerochen, was es gibt. Gleich kommt seine Weil-ich-meinen-Kopf-auf-deinen-Schoß-lege-bin-ich-dein-bester-Freund-Nummer. Aber sei bitte standhaft. Ich möchte ihm das Betteln am Tisch wieder abgewöhnen. Die Krulls haben ihn total verwöhnt.« Nikita streichelte den Hund, beugte sich zu ihm hinunter und flüsterte: »Du bekommst später etwas Leckeres von mir, mein Guter, Herrchen hat´s verboten ... nicht am Tisch, hörst du?« Sam blieb allerdings unbeirrt und ließ seinen Kopf da, wo er war, und es fiel Nikita schwer, standhaft zu bleiben.

»War ... Saskia noch bei Brigit?« Tonja hielt den Atem an und schaute fragend zu ihrem Sohn.

»Mutter, Nikita weiß von Saskia«, sagte Effel, »du kannst über alles reden. Woher weißt du eigentlich, dass sie bei Brigit war?«

Tonja wurde ein wenig verlegen. »Ihre Mutter hat es mir erzählt, als ich sie gestern auf dem Marktplatz traf. Mindevol muss ihr wohl geraten haben, zu Brigit zu gehen.«

»Nein«, fuhr Effel ernst fort, »sie war nicht mehr dort. Es geht ihr aber gut, wie Brigit uns versichert hat. Es stimmt, sie war ein paar Tage bei ihr. Sie sei wieder in ihrer Mitte, wie sie sich ausdrückte ... ihr kennt sie ja.«

Und nach einer kurzen Pause fügte er hinzu: »Stellt euch vor, sie möchte tatsächlich nach Haldergrond gehen, wahrscheinlich ist sie sogar schon dort.«

»Nach Haldergrond?«, fragte Tonja erstaunt und blickte ihren Mann an. »Für die vollen drei Jahre? Dann hat sie es also doch getan! Ihre Mutter hatte so etwas angedeutet. Sie darf in dieser Zeit kaum nach Hause ... ich hoffe, sie hat sich das gut überlegt. Was ist mit Onden? Wollte sie nicht immer Musik studieren? Da wird Petrov aber sehr enttäuscht sein.«

»Mira hat sich persönlich für sie eingesetzt, dass sie dort aufgenommen wird, wie sie uns vor zwei Stunden selbst erzählte. Immerhin ist Saskia ihre Musterschülerin. Und Petrov wird es überleben, da bin ich mir sicher. Er hätte ihr sowieso nicht mehr viel beibringen können.«

»Nicht jeder darf nach Haldergrond«, sagte Naron, »nur die Besten. Aus unserer Gegend war meines Wissens Mira bisher die Einzige, die je dort aufgenommen worden wäre ... sie hat sich dann ja zum Glück für Mindevol entschieden und ist auch so eine hervorragende Heilerin geworden.«

»Vergiss Jelena nicht«, meinte Tonja, »sie war in Haldergrond, wenn das auch schon sehr lange her ist. Außerdem waren Miras Mutter und Großmutter dort, natürlich vor der Ehe, und sie haben Mira alles beigebracht. All ihr Wissen hat sie von ihren weiblichen Vorfahren. Wie war es denn bei ihr, Nikita? Du warst doch sicherlich mit Effel bei Mira?«

»Ja, ich musste unbedingt Mindevol kennenlernen«, meinte Nikita, die mit der Suppe fertig war und ihre Serviette neben den leeren Teller gelegt hatte. Sie fühlte sich etwas unwohl, Saskia zum Thema zu haben, und war dankbar, dass das Gespräch eine Wendung genommen hatte.

»Effel hat mir so viel von ihm erzählt und da er ja vor dem Ältestenrat berichten sollte, bin ich mitgegangen und habe die beiden kennengelernt. Mindevol ist ein sehr interessanter Mann und Mira ist eine wundervolle Frau«, fuhr sie fort, »und wisst ihr, wem er ähnlich sieht? ... Meinem guten alten Professor Snyder.« Nikita lachte, als sie sich ihren ehemaligen Lehrer vorstellte, mit dem sie gleich vom ersten Semester an mehr als nur eine Meinungsverschiedenheit gehabt hatte.

»Aber wirklich nur äußerlich«, setzte sie hinzu, »innerlich trennen sie Welten ... im wahrsten Sinne des Wortes.«

Tonja und Naron tauschten einen schnellen Blick aus. Heute nichts mehr von Saskia, versprachen sie sich in stillem Einvernehmen.

»So«, versuchte Effel die leichte Spannung aus der Luft zu nehmen, »und wann gibt es das Soufflé?«

»Sofort«, rief Tonja, und stand auf.

Nikita half Tonja, das Geschirr hinauszutragen, und dachte auf dem Weg in die Küche: *Das alles müsste CC sehen, sie würde es nicht glauben.*

»Du musst mir unbedingt das Rezept für die Suppe geben, Tonja, ich möchte sie in den nächsten Tagen einmal kochen.« Nikita schaute sich in der großen Küche um, die so ganz anders eingerichtet war, als ihre eigene in Bushtown.

»Oh, mein Liebes«, sagte Tonja, die am Herd stand, um nach dem Soufflé zu schauen, »das ist ganz einfach. Du brauchst einen Kürbis, ein kleiner reicht, du kannst dir nachher einen mitnehmen. Die Möhren und Zwiebeln auch, die hole ich dir frisch vom Beet. Kartoffeln müsste Effel noch im Keller haben. Das alles schneidest du in Würfel. Dann in Butter andünsten, salzen und pfeffern, Brühe oder Wasser hinzufügen und würzen. Das Ganze setzt du dann auf den Herd und lässt es bei mäßiger Hitze kochen, bis das Gemüse weich ist. Dann alles passieren oder pürieren, abschmecken und Rahm dazugeben.

Lecker schmeckt das Ganze, wenn du Brotwürfel in den Teller gibst, dann die Suppe einfüllst und mit etwas Rahm und frischen gehackten Kräutern garnierst. Die Kräuter kannst du dir auch von hier mitnehmen. Effels Garten ist noch nicht so weit. Das Rezept für das Soufflé gebe ich dir nachher, ... das schreibst du am besten auf. Damit kannst du meinen Sohn bestechen ... falls es einmal nötig sein sollte.

Komm, lass uns das Essen hinausbringen, du kannst jetzt erleben, was die beiden Männer verdrücken können. Für Sam habe ich einen leckeren Knochen mit viel Fleisch dran. Ich muss nur achtgeben, dass er später nicht wieder ein Loch buddelt. Neulich erst hat er mir das halbe Kräuterbeet umgegraben.«

»Das war seit Langem das beste Soufflé, das ich gegessen habe, Nikita, du musst uns öfter besuchen kommen«, sagte Naron einige Zeit später zufrieden und strich sich über den Bauch. Die Schüssel mit dem Soufflé war restlos geleert.

»Dann warten wir mit dem Nachtisch noch ein wenig, schlage ich vor«, meinte Tonja, »damit sich alles gut setzen kann. Mein Sohn, sei so gut und stelle ein paar Fackeln auf, es ist doch schon recht dunkel geworden ... und bringe auch Kerzen mit, damit wir uns sehen können.« Sie strahlte über das ganze Gesicht. Sie mochte es, wenn ihre Kochkunst gewürdigt wurde.

Effel kam kurz darauf zurück und verteilte die brennenden Fackeln im Garten.

»Das kommt mir sehr gelegen.« Naron war ebenfalls aufgestanden und gleich darauf mit einer Pfeife aus hellem Meerschaum im Mund zurückgekommen. Er hatte ein Zündholz entfacht und sog genießerisch den ersten Rauch ein. Ein Hauch von Vanille erfüllte die Luft.

»Du rauchst ... Vanille?« Nikita schaute ungläubig und schnupperte.

»Nein«, lachte Naron, »es ist richtiger Tabak, allerdings mit einem leichten Vanillearoma. Ich liebe diesen Duft.«

»Er darf aber nur draußen rauchen, im Haus mag ich den Qualm nicht, auch wenn es nach Vanille riecht«, meinte Tonja.

»Bei uns darf man überhaupt nicht rauchen ... schon lange nicht mehr«, erklärte Nikita und fuhr fort. »Man wollte mit dem Nichtrauchergesetz diejenigen schützen, die nicht rauchten. Das war aber eine Alibierklärung. Der wirkliche Grund war, dass es das Gesundheitssystem zu stark belastet hatte. Der Nikotinmissbrauch mit seinen Folgen hat die Behandlungskosten explodieren lassen. Früher hat es sogar Krankenkassen gegeben, die sind aber alle in Konkurs gegangen.

Mit der Ernährung verhielt es sich genauso. Falsche Essgewohnheiten und falsche Nahrung waren ebenfalls Ursache für viele Krankheiten, man nannte sie Zivilisationskrankheiten. Heute berechnen Computer und Essensroboter sehr individuell die richtigen Nährstoffe und auch die Essenszeiten, die ja individuell sehr unterschiedlich sein können. Jetzt muss jeder für seine Heilbehandlungen selber zahlen. Die Menschen sind heute durchweg gesünder ... so wie bei euch ... na ja, bis auf wenige Ausnahmen«, fügte sie spitzbübisch lächelnd und mit einem Zwinkern in Narons Richtung hinzu.

»Da gönnt man sich einmal alle paar Wochen ein Pfeifchen und schon wird man an den Pranger gestellt!«, rief Naron und spielte den Entrüsteten.

»Und was geschieht, wenn bei euch doch jemand raucht ... oder etwas ›Falsches‹ isst?«, fragte Tonja. Das Letztere wollte ihr so gar nicht über die Lippen, es war einfach absurd.

»Das kann nicht geschehen, der ICD würde es, bei einer starken Überschreitung gewisser wichtiger Werte, sofort der Gesundheitsbehörde melden, na ja ... und die würden es den Sicherheitsbehörden melden und so weiter und so weiter«, dozierte Nikita ernst.

»Der ICD?«, fragten Tonja und Naron wie aus einem Munde.

»Ja, ein winziger Chip, der jedem Menschen direkt nach seiner Geburt eingesetzt wird. Eine äußerst hilfreiche Sache und völlig unkompliziert ... außerdem schmerzfrei«, betonte Nikita, die bemerkt hatte, wie Tonja immer ungläubiger staunte.

»Es fragt sich nur, für wen dieser Chip hilfreich ist«, schaltete Effel sich in das Gespräch ein, »wenn man so hört, was dieses Wunderding alles kann. Stellt euch vor, man bezahlt sogar damit.«

»Was sehr praktisch ist«, warf Nikita ein.

»Ja, sicher ist das praktisch. Ich wünschte mir manchmal auch, dass ich nicht meine Geldbörse herumschleppen muss, besonders wenn ich dann doch nicht genügend dabei habe. Mir ist es aber dennoch lieber, wenn nicht jeder wissen kann, was ich wo eingekauft habe.«

»Außerdem ist man über diesen Chip immer mit einem Computer seiner Klinik verbunden, der sofort Alarm schlägt, wenn etwas nicht in Ordnung ist«, ergänzte Nikita.

»Wofür soll das denn gut sein?«, warf Naron ein.

»Die Verantwortung für deinen Körper wird dir damit genommen«, antwortete Effel an Nikitas Stelle. »Perchafta hat uns doch erzählt, wie alles gekommen ist ... damals ... nach dem Zusammenbruch der Banken hat man den Chip, den es ja schon für andere Funktionen gab, in großem Stil eingeführt. Er wurde unter die Haut platziert und so hatte man sein Konto immer dabei. Aber auf diese Chips konnten dann auch alle persönlichen Daten, einschließlich Versicherungsnummern, gespeichert werden. Sie werden diese Chips im Laufe der Zeit weiterentwickelt haben.«

»Kinder, Kinder, jetzt streitet euch doch nicht wegen eines dummen Chips!«, rief Tonja aus und klatschte in die Hände, während sie sich erhob. »Es gibt Nachtisch ... nein, Nikita, bleib sitzen, dabei kann mein Sohn mir helfen. Komm, mein Lieber, sei nicht so faul, du kannst den Kaffee kochen.« Sie lächelte und zwinkerte Effel zu, der den Wink verstand und seiner Mutter in die Küche folgte.

»Es ist wirklich alles sehr befremdlich, was du uns erzählst, Nikita, das muss ich schon sagen«, brach Naron das kurze Schweigen am Tisch, »aber es ist doch nicht wert, dass ihr euch streitet.«

»Wir streiten uns doch gar nicht, Naron. Jeder von uns verteidigt nur seine Welt und seine Art zu leben. Das ist doch natürlich. Sicher habe ich inzwischen durch meine neuen Erkenntnisse einen ... gewissen Abstand bekommen ... oder sagen wir lieber, eine andere Sicht auf so manches ... aber es ist eben der Ort, an dem meine Eltern, meine Freunde, alles was ich bisher war ... leben. Effel und ich ... wir lieben uns. Seid ihr beide denn immer einer Meinung, ich meine Tonja und du?«

»Oh, nein«, lachte Naron, »durchaus nicht. Besonders als es damals darum ging, dass Effel so viel Zeit bei Mindevol verbrachte. Ich hatte die Befürchtung, dass er sich innerlich von uns entfernen könnte, aber das Gegenteil ist eingetreten. Damals hatte Tonja mit ihrer weiblichen Intuition recht behalten.«

»Na, zumindest darin ähneln sich unsere Welten«, erwiderte Nikita herzlich Narons Lachen, »ich kenne kaum eine bessere Ehe als die meiner Eltern, aber auch die sind sich nicht immer einig.«

»Warte mal einen Moment«, hielt Naron plötzlich inne, »ich muss etwas nachschlagen, das, was ihr eben über diesen Chip gesagt habt, da erinnere ich mich jetzt.« Naron stand auf und verschwand im Haus.

Nikita war alleine und genoss diesen Augenblick. Sie lauschte dem Quaken der Frösche vom Gartenteich her und dem Gesang des Sumpfrohrsängers. Dabei spürte sie, wie der leichte Wind durch ihr Haar strich und ihr eine angenehme Kühlung verschaffte. Sie nahm die unterschiedlichsten Gerüche wahr. Den leicht süßlichen Duft der Rosen aus einem nahen Beet, Rauch von einem Holzfeuer und den Geruch von gegrilltem Fleisch, das offensichtlich ganz in der Nähe zubereitet wurde. In einigen benachbarten Gärten brannten ebenfalls

Fackeln. Aus dem Dorf hörte sie das entfernte Klappern von Hufen und die Stimmen von Menschen. In diesem Moment tauchte das Bild ihrer Eltern vor ihr auf und ihr Herz krampfte sich zusammen. *Wenn sie das sehen könnten*, dachte sie, *ich hoffe es geht ihnen gut und Paps macht nicht irgendwelche Dummheiten. Er hat mir das mit den Südstaaten nie und nimmer abgenommen. Ich konnte ihn noch nie belügen. Wie gut wäre es, wenn wir alle friedlich miteinander leben könnten.*

»So schön ist es hier, ich kann es gar nicht oft genug sagen«, meinte sie, als Naron einige Minuten später mit einem dicken Buch zurückkehrte. Es war sehr groß und sah schwer aus. Es hatte einen Ledereinband und war deutlich abgegriffen.

»Hin und wieder lese ich darin und eben habe ich mich an etwas erinnert«, sagte er. »Das Buch gehört irgendwie zur Familie, es wurde durch alle Generationen weitergegeben. Ich weiß gar nicht, wie oft es in dieser Zeit restauriert worden ist.« Er setzte sich wieder und hielt das Buch aufgeschlagen auf seinem Schoß.

»Möchtest du hören, was ich gefunden habe? ... Was ist los Nikita, geht es dir nicht gut?« Naron hatte bemerkt, dass etwas in Nikita vorgegangen war.

»Es ist alles in Ordnung, Naron, danke. Ich musste nur eben an meine Eltern denken und wie schön es wäre, wenn sie das hier alles sehen könnten. Was ist das für ein Buch? Ich glaube nicht, jemals ein solch dickes Buch gesehen zu haben.«

»Nun, bei diesem hier handelt es sich um eine Sammlung von Schriften unterschiedlichster Religionen, aber es enthält auch überlieferte Aufzeichnungen alter Völker. Weissagungen, Prophezeiungen, Weisheiten, all so etwas ... Schriften von Philosophen aller Zeiten ... es ist wirklich sehr schwer ... nicht nur zum Lesen, aber auch ungemein spannend. Es ist nur eines von insgesamt zwölf Bänden, deswegen hat es etwas gedauert«, lächelte Naron, »also willst du hören, was ich hier habe?«

Nikita bemerkte Narons Aufregung und war schon aus diesem Grunde gespannt. »Natürlich will ich das hören, Naron, lies vor.«

»Und es brachte alle, die Großen und die Kleinen, die Wohlhabenden und die Bettler, die Freien und die Sklaven dazu, sich auf der rechten Hand oder der Stirn eine Einritzung machen zu lassen, sodass niemand mehr einkaufen oder verkaufen kann, der nicht die Einritzung, nämlich den Namen des Tieres oder die Zahl seines Namens hat ... Wer Verstand hat, berechne die Zahl des Tieres, denn es ist die Zahl des Menschen. Und seine Zahl ist sechshundertsechsundsechzig«, las er.

»Wo hast du diesen Text gefunden?«, fragte Nikita, der man die Betroffenheit ansehen konnte.

»Dieser hier steht in der Bibel, um genau zu sein ... in der Apokalypse ... Kapitel dreizehn, Vers sechzehn bis achtzehn ... und dann habe ich noch das gefunden ...« Naron schlug eine neue Seite auf:

»Hier, eine Weissagung der Hopis, eines Indianervolkes, hier steht: ›Wenn die Tatze des Bären an des Menschen Haut, wie an der Rinde des Baumes zu sehen ist, so ist das Ende der Freiheit gekommen.‹« Naron legte das Buch aufgeschlagen auf den Tisch, sodass Nikita hineinschauen konnte.

»Vieles von dem, was hier steht, ist ja auch eingetroffen, damals, bevor die Welt sich teilte ...«, sinnierte Naron weiter. »Und ich bin mir sicher, wir würden Ähnliches finden, wenn wir weiter in diesem Buch suchen würden.«

»Ja, aber haben nicht alle Religionen ihre Version von einer Apokalypse gehabt?«, gab Nikita zu bedenken. »Und dienten solche Voraussagen nicht eher dazu, das eigene Weltbild zu legitimieren und das der anderen zu verteufeln? War das nicht eher ein Politikum? Sogar manchmal ein Aufruf zum Widerstand gegen die jeweiligen herrschenden Systeme? Gehörte es nicht einfach zu den vielen Methoden der sogenannten Religionen, den Menschen Angst zu machen, um sie weiter an sich zu binden, sie in Abhängigkeit zu halten?«

»Sicher hast du recht, Nikita, aus heutiger Sicht sogar bestimmt. Es fiel mir nur ein, als ihr vorhin von eurem Chip gesprochen habt, und ich wusste, dass ich mal etwas gelesen hatte ... was ich doch immer noch verblüffend finde. Mindevol spricht bei seinen ›Lebendigen Zusammenkünften‹, wie er diese monatlichen Treffen in seinem Haus nennt, oft über Religionen und deren Auslegungen in früheren Zeiten. Erst beim letzten Mal ... ich gehe fast immer hin ... hat er zum wiederholten Male gemeint, dass wir vollkommen sind, wir bräuchten uns lediglich daran zu erinnern. Zu allen Zeiten, sagte er, seien viele Lehrer und auch Meister gekommen und hätten uns das immer wieder vor Augen geführt.

An jenem Abend sprach er von Jeschua und dass dieser mit einer voll entwickelten Meisterschaft schon vor zwei Jahrtausenden in Palästina als Jude erschienen war. Die Christen haben ihn dann später Jesus, mit dem Beinamen Christus, genannt. Jesus hat uns ebenfalls diese Meisterschaft gelehrt. Doch die Juden haben ihn abgelehnt und durch die römische Besatzungsmacht töten lassen. Das später entstandene Christentum habe seine Lehre dann genau umgekehrt, meinte Mindevol. Es habe den Menschen nichts von ihrer Meisterschaft gesagt, sondern sie zu Sündern gemacht, sie herabgewürdigt und erniedrigt. Ja, und das taten wohl alle Kirchen und Sekten ... zu allen Zeiten. Die vielen Mystiker, die über die Jahrhunderte darauf hingewiesen haben, dass die Menschen selbst Götter sind, wurden verfolgt und umgebracht.«

»Warum, glaubst du, spricht Mindevol so oft davon? Will er warnen? Befürchtet er sogar, dass sich das alles wiederholen kann? Hier bei euch?«

»Manchmal glaube ich es fast ...«, antwortete Naron.

»Das scheint mir aber sehr unwahrscheinlich, Naron. Je länger ich hier bin, desto mehr staune ich über alles«, meinte Nikita.

»Wieso?«

»Na ja, so auf den ersten Blick betrachtet lebt ihr ... wie ...«

»Im tiefsten Mittelalter, du kannst es ruhig aussprechen, Nikita, es ist nichts Schlimmes dabei.«

»Nein, ich sehe schon auch sehr weit entwickelte Dinge, man muss die Augen nur dazu benutzen, wofür sie da sind ... Ihr lebt zum Beispiel sehr im Einklang mit der Natur, ihr schätzt das, was sie euch gibt, so wie du das zum Beispiel vorhin mit den Weintrauben erklärt hast ... in meiner Welt hingegen beherrschen wir die Natur ... zumindest wird es versucht.«

»Unsere Vorfahren haben sich damals, du weißt schon ... für einen anderen Weg entschieden. Und das war gut so. Es geht bei uns sehr normal zu, Nikita, obwohl wir großen Wert auf Spiritualität und die geistige und musische Entwicklung legen ... gibt es auch solche Dinge wie Eifersucht, Neid ... na ja, alles Menschliche eben ... und so wie es scheint, auch Mord und Totschlag. Du weißt, was ich meine, nicht wahr? Wir gehen jagen, wir feiern Feste, haben unsere Reiterspiele, wir tanzen und machen Musik. Sicher, wir arbeiten bestimmt härter und mehr als ihr, aber wir haben Freude daran ... meistens jedenfalls. Es gibt natürlich auch bei uns Faulenzer und Tunichtgute.«

»Bei uns ist es ... bequem ... ja, es ist bequem, fast alles wird einem abgenommen. Wir haben alle erdenklichen Annehmlichkeiten, noch nicht einmal um unser Essen müssten wir uns kümmern ... alles ist ... geregelt, wir müssten keinen Meter laufen ... na ja, fast. Apropos laufen, ich habe bemerkt, dass du leicht hinkst, Naron, was ist passiert?«

»Oh das, das war ein Reitunfall im letzten Jahr. Das Pferd scheute und hat mich abgeworfen ... im hohen Bogen ... und meine Hüfte war lädiert. Ich konnte einige Zeit überhaupt nicht mehr laufen, aber dank Mira geht es mir heute wieder gut. Ich bin sogar wieder geritten ... als ich mich um Effels Pferde gekümmert habe. Mira meinte, in ein bis zwei Monaten könne ich wieder ins Gebirge rennen.« Naron lachte.

»Glaubst du, dass sie hier bleibt?«, fragte Tonja ihren Sohn, kaum dass sie das Geschirr abgestellt hatte. »Muss das für sie hier nicht alles sehr merkwürdig sein? Ich meine, so wie wir hier leben ... so wie du lebst. Sie hat doch bestimmt das Gefühl, in die Steinzeit zurückgeworfen zu sein.«

»Witzig, dass du das mit der Steinzeit sagst, Mutter, genau das hat Nikita nämlich erst gestern gemeint ... allerdings über ihre Welt. Ich weiß es nicht, ob sie bleibt, ich hoffe es. Ich werde alles dafür tun, werde sie aber auch nicht aufhalten können, wenn sie gehen möchte. Sie wird in einen Konflikt kommen, wenn sie die Pläne erhält. Es ist sehr wichtig für sie, dass diese Maschinen gebaut werden können. Außerdem sind ihre Eltern dort, ihre Freunde und alles andere, das sie liebt ... auch ihre Arbeit. Und ja, sicher ist auch vieles hier merkwürdig für sie, aber es gefällt ihr, sie sieht, worum es uns im Leben geht ... und so neu ist es ja auch nicht für sie ... sie erinnert sich, weißt du.«

Tonja glaubte einen leichten Anflug von Traurigkeit in den Augen ihres Sohnes entdeckt zu haben, als dieser fortfuhr.

»Ich werde jeden Augenblick genießen und nicht an morgen denken. Wie sagt Mindevol immer? ›Das Morgen kommt von selbst.‹« Dann nahm er die Kaffeemühle vom Regal, füllte die aromatischen Bohnen hinein, setzte sich auf einen Hocker und begann die Kurbel zu drehen, während er die Mühle, die er zwischen seine Knie geklemmt hatte, mit der anderen Hand festhielt.

»Du hast recht, mein Sohn. Bis zur Entscheidung des *Rates der Welten* sind euch die Hände sowieso gebunden. Mein Gott, Junge, was du alles erlebt hast in der kurzen Zeit.« Und dann, nach einem Gedankensprung: »Meinst du, Saskia wird durchhalten in Haldergrond? Sie sollen sehr streng sein dort. Ich wollte dich das nicht vor Nikita fragen, aber ich mache mir Sorgen um das Mädel.«

»Also, wegen Saskia brauchst du nun wirklich keine Bedenken zu haben, sie steht das schon durch. Es war ein Traum von ihr, glaube es mir. Sie hat mehr als einmal davon gesprochen. Wenn sie nicht mit mir zusammen gewesen wäre, wäre sie schon früher dorthin. Das hat sie mir erst vor ein paar Wochen wieder selber gesagt.« Und nach einer kleinen Pause meinte er:

»Dann war es ja gut, dass wir entschieden haben, unser erstes Mal für das Eheritual aufzuheben.«

Effel nahm die Teller für den Nachtisch und setzte zuversichtlich hinzu: »Saskia wird eine großartige Heilerin, Mutter. Was Mira ihr beibringen konnte, hat sie ihr beigebracht. Jetzt ist Haldergrond genau das Richtige. Komm, lass uns zu den beiden in den Garten gehen und den Abend genießen.«

»Du hast ja recht«, bestätigte Tonja, nahm das Tablett mit dem Nachtisch und folgte ihrem Sohn. Im Gehen sagte sie noch: »Es hat deinem Vater übrigens sehr gutgetan, während deiner Abwesenheit die Pferde zu bewegen. Er hat wieder Freude am Reiten bekommen. Ich dachte schon, er würde sich nach seinem Sturz im letzten Jahr nie wieder auf ein Pferd setzen, sondern nur noch Kutsche fahren.«

»Tonja!«, rief Nikita begeistert und strahlte, als die Platte mit den dunklen Kuchenstücken auf dem Tisch stand und ein leicht alkoholischer Orangenduft sich mit dem Tabakgeruch aus Narons Pfeife vermischte.

»Wenn das nicht das Gleiche ist, was Manu mir immer backt! Lecker! Es sieht genauso aus. Darf ich?« Sie wartete keine Antwort ab, sondern griff sich eines der kleinen Kuchenstücke. Genießerisch ließ sie es im Mund hin- und herwandern. »Es ist das Gleiche«, bestätigte sie etwas undeutlich, während sie die süße Nascherei auf der Zunge zergehen ließ.

»Abkürzung zum Himmel, so nennen wir es«, erklärte Tonja, die sich darüber freute, wie begeistert Nikita war.

»Bingo!«, rief Nikita. »Wieder etwas, was unsere Welten gemeinsam haben. Bei uns heißt es auch Abkürzung zum Himmel, das gibt es doch nicht!«

»Dann lasst uns auf die Gemeinsamkeiten anstoßen«, Naron erhob lachend sein Glas und sie stießen miteinander an.

»Ich habe Manu so lange gelöchert, bis sie mir das Rezept gab, sie verrät ihre Rezepte gewöhnlich nicht. Aber um dieses kam sie nicht herum.« Nikita schob sich ein zweites Stück in den Mund. »Das ist aber auch das Einzige, was ich backen kann, ohne in einem Kochbuch nachzulesen.«

Nikita begann mit erhobenem Zeigefinger zu dozieren:

»Den Ofen muss man auf 140 °C vorheizen. Ja, meine Mutter hat noch einen ganz altmodischen Ofen in ihrer Küche. Dann muss man Butter und Schokolade im Wasserbad schmelzen und Cointreau, Brandy, Vanille und Orangenschale dazugeben. Das lässt man etwas abkühlen. Die Eier werden mit dem Zucker und Salz schaumig geschlagen und dann hebt man die Schokoladenmasse und die Haselnüsse nur kurz unter.« Nikita hatte die Augen geschlossen. »Diese Masse streicht man auf ein mit Backpapier belegtes Blech und backt das Ganze zirka fünfzig Minuten. Wenn es abgekühlt ist, schneidet man alles in Würfel oder solch niedliche Dreiecke, wie du es gemacht hast, Tonja. Manu gibt ebenfalls Schokoladenguss darüber.«

»Stimmt«, bestätigte Tonja, »das ist das Rezept. Genau so geht es.«

»Hey, lass uns auch noch etwas übrig«, neckte Effel und hielt seine Hände wie ein Schutzschild über die Kuchenplatte. Sam, der mit seinem Knochen fertig war und die Stimmung am Tisch gespürt hatte, kam herbei, um mitzuspielen.

»Nein, Sam, noch nicht«, rief Naron, »komm her zu mir.« Der Hund setzte sich neben seinen Stuhl und Naron kraulte ihm den Nacken.

»Was meint ihr, lasst uns unseren Kaffee noch trinken und dann reingehen, es wird langsam kühl hier draußen«, meinte Naron, »ich mache den Kamin an. Wie war es übrigens beim Ältestenrat, mein Sohn? Warst du nicht eingeladen, von deiner Reise zu berichten?«

»Ja, das war ich, ich habe alles erzählt und bin dann gegangen. Sie wollten unter sich beraten, was zu tun ist. Ich glaube aber, dass sie abwarten, was der *Rat der Welten* beschließt. Herzel war ganz aufgeregt, ich glaube, dass es mit ihm noch sehr hitzige Diskussionen gegeben hat ... wir kennen ihn doch.

Nur gut, dass sich Professor Petrov und Mindevol und wahrscheinlich auch sonst niemand von ihm anstecken lässt.«

»Ich helfe erst Tonja noch beim Abwasch«, sagte Nikita, »schließlich muss ich doch lernen, was zu den Arbeiten einer Hausfrau gehört.« Sie lachte und zwinkerte Effel zu.

Die beiden Frauen plauderten angeregt in der Küche, während die Männer sich um den Kamin kümmerten.

Nikita hatte gerade irgendeine witzige Bemerkung gemacht und Tonja hatte darüber herzhaft gelacht, als sie abrupt innehielt und die junge Frau aus großen Augen anschaute.

»Du wirst nicht hierbleiben, nicht wahr, Nikita? Ich fühle es, du möchtest zurück in deine Welt. Ich kann dich verstehen.«

Nikita stockte für einen Moment der Atem. Ihr war längst klar, dass sie Tonja nichts vormachen konnte, und sie wollte es auch nicht, denn dafür hatte sie die Frau schon zu sehr in ihr Herz geschlossen und bemerkt, dass es umgekehrt genauso war.

»Ich weiß es nicht, Tonja, ehrlich«, entgegnete sie leise und hielt beim Einräumen der Teller inne. Sie erwiderte Tonjas Blick.

»Es ist so schön hier und ich liebe deinen Sohn von ganzem Herzen. Eure Art zu leben, finde ich gut und richtig ... ich weiß aber nicht, was ich tun werde, wenn der *Rat der Welten* mir die Pläne gibt. Wir sollten es bald von Perchafta erfahren. Sie sind einfach zu wertvoll für uns. Sie verdienen es, unter den heutigen Erkenntnissen noch einmal genauer unter die Lupe genommen zu werden. So viel hängt davon ab. Außerdem leben meine Eltern dort. Die vermisse ich sehr ... und meine Freunde ... ach, Tonja«, seufzte sie, »ich werde aber sicher wiederkommen können.«

»Glaubst du das wirklich, Nikita?« Bei sich dachte sie: *Wie kann eine so intelligente Person so naiv sein?*

Nikita schloss Tonja in die Arme. So standen sie eine kleine Weile und Nikita kämpfte gegen ihre Tränen an.

»Kommt ihr heute noch?«, rief Naron aus dem Wohnzimmer. »Das Feuer brennt und es gibt noch etwas von dem guten Wein.«

Als sie ein paar Stunden später wieder zu Hause waren, fand Nikita einen Zettel in ihrer Jackentasche.

»Wann hat sie das denn geschrieben?«, fragte sie, ging ins Wohnzimmer, setzte sich in einen der bequemen Korbsessel und las die in einer ebenmäßigen Schrift verfassten Zeilen.

Meine liebe Nikita, hier kommt das Soufflérezept. (Wo auch immer du es zubereiten wirst.)
Du benötigst folgende Zutaten: 2 Eier, 6 Esslöffel Ziegenfrischkäse, cremig, Salz und Pfeffer und natürlich das Fleisch. (Das du aber gesondert zubereitest.)
Bei den Eiern trennst du das Eigelb vom Eiweiß. Das Eigelb bitte schlagen und dann den frischen Ziegenkäse daruntergeben. Diese Masse dann mit Salz und frisch gemahlenem Pfeffer würzen. Eiweiß steif schlagen und unterziehen. Die gebratenen Schnitzel oder Filetscheiben in eine Gratinform geben. Darauf die Käsemasse verteilen. Im vorgeheizten Backofen bei etwa 160 Grad garen, bis die Masse hochgegangen und gebräunt ist. Das dauert, je nach Ofen, etwa 15-20 Minuten. Für den Ofen in Effels Küche gilt das jedenfalls. Sonst fragst du vielleicht deine Manu.
In Liebe, Tonja.

Nikita drückte den kleinen Brief für einen Moment an ihr Herz. Sie war über diese Geste gerührt, nicht nur, dass Tonja an das Rezept gedacht hatte, nein, auch von der Art, in der sie es geschrieben hatte.

»Deine Mutter ist großartig, schau mal, sie hat mir das Rezept für das Soufflé gegeben.« Nikita winkte mit dem Stück Papier. Effel, der gerade mit einem kleinen Stapel Holzscheite unter dem Arm von draußen hereingekommen war, blieb stehen.

»Ich weiß, Liebling. Ich habe auch einen Brief. Mein Vater gab ihn mir beim Abschied. Er ist von Schtoll und scheint ziemlich umfangreich zu sein.«

Er zog ein dickes Kuvert aus seiner Jacke.

»Bin ja mal gespannt, was er schreibt. Ich mache nur eben den Kamin an und dann lesen wir ihn, ja?«

»Aber es ist ein Brief an dich. Weißt du was, ich setze mich an den Schreibtisch und schreibe deiner Mama ein paar Zeilen. Ich möchte mich bei ihr für den schönen Abend bedanken, für das leckere Essen und ...«, Nikita schmunzelte, »für diesen Sohn.«

* * *

Kapitel 14

An einem klaren Morgen erreichten die Emurks die Küste Flaalands. Der Horizont schien sich mit der Wasserlinie zu vereinen und ein goldenes Band zu bilden, das wie eine großartig lockende Verheißung zu ihnen herüberleuchtete. Sie hatten einen langen und teilweise auch beschwerlichen Weg hinter sich und schauten nun staunend auf die schier endlose Wasserfläche, die sich kräuselnd und schimmernd vor ihren Augen ins Unendliche erstreckte. Einige der Verbannten waren ehrfürchtig auf die Knie gesunken, andere hielten sich einfach an den Händen und weinten leise. Niemand schämte sich deswegen und niemand sprach ein Wort. Das hielt mehrere Minuten an.

Dann, plötzlich, als habe jemand einen lautlosen Befehl dazu gegeben, brachen alle wie auf ein Kommando in einen ohrenbetäubenden Jubel aus. Sie tanzten und hüpften auf dem Sandstrand herum, liefen ins Wasser, bespritzten sich gegenseitig – erst vorsichtig, da ihnen dieses Element ja nur vom Hörensagen bekannt war, dann immer wilder –, umarmten sich und hoben ihre Kinder in die Luft, die vor Begeisterung johlten. Einige der jungen Emurks stürzten sich wagemutig in die Fluten, allerdings doch nur so weit, wie sie Boden unter ihren Füßen spüren konnten. Urtsuka der Neunte hatte für einen Moment seine Kopfbedeckung abgenommen und hielt sie feierlich vor seinem Herzen. Er schickte einen stummen Gruß in Richtung Heimat.

»Das ist die Freiheit, genauso fühlt sie sich an. Wir kommen«, flüsterte er in die sanfte Brandung hinein. Dann setzte er die Mütze wieder auf und tippte mit den Fingerspitzen der rechten Hand an den Schirm zum Gruß an den, den nur er sehen konnte.

Sie hatten es geschafft. Dabei waren sie oft in tiefster Dunkelheit, manches Mal durch Seile gesichert, unter der kundigen Führung einiger Krulls marschiert und hatten letztlich auch die steilsten Abhänge gemeistert. Die schmalen Bergpfade hatten sie gemieden, da man nie wissen konnte, ob man dort vielleicht doch jemandem begegnen würde. Obwohl die Gnome ihnen versichert hatten, dass sie nichts mitzunehmen brauchten, hatte doch jeder von ihnen irgendeine Habseligkeit oder einen für ihn unverzichtbaren Gegenstand dabei, und sei es nur, um in der Heimat eine Erinnerung an den Ort zu haben, der so lange Zeit ihre Bleibe gewesen war.

Schmerzlich für manchen Emurk war es gewesen, dass sie ihre Hühner, Ziegen und Schafe hatten zurücklassen müssen. Die Tiere hätten sie nur unnötig aufgehalten und die Krulls hatten ja versichert, dass genug Proviant für die Heimreise vorhanden sein würde.

Sie alle waren hervorragende Kletterer, wie Vonzel in Bushtown schließlich schon unter Beweis gestellt hatte – da war er ja auf seiner Flucht aus dem Delice mühelos an der Außenfassade eines Wolkenkratzers bis in dessen dritte Etage geklettert.

Wenn die Wolken den Himmel freigegeben hatten, hatte ein goldgelber, fast voller Mond ihren Weg zum Meer beleuchtet.

Ganz vorne an der Spitze des Zuges waren Urtsuka der Neunte, Vonzel und Nornak gegangen. Wenn sie sprachen, hatten sie sich nur leise unterhalten, so wie es ihnen geraten worden war. Aber meist waren sie so damit beschäftigt gewesen, nicht abzustürzen, dass sie wenig Lust zu ausführlicher Unterhaltung verspürt hatten.

Oft waren die drei Freunde an steilen Engpässen stehen geblieben, um besonders Älteren und Kindern eine helfende Hand zu reichen. Einmal wäre ein Kind beinahe abgestürzt, aber Nornak war geistesgegenwärtig zur Stelle gewesen und hatte den Kleinen gerade noch am Kragen gepackt. Damit hatte er ihm wohl das Leben gerettet. Dessen Mutter war in Tränen ausgebrochen und vor Nornak auf die Knie gefallen. Nie im Leben würde sie das vergessen, hatte sie ihm geschworen. Hoch und heilig. Sie benutzte wirklich diese Worte. Nornak war das sichtlich unangenehm gewesen und er hatte nur so etwas wie »War doch selbstverständlich«, in seinen nicht vorhandenen Bart gemurmelt, bevor er seinen Weg fortgesetzt hatte. Von da an jedenfalls ließ der Junge die Hand seines Vaters nicht mehr los, von der er sich vorher befreit hatte, um zu zeigen, wie gut er schon alleine klettern konnte. Und der Vater hielt die Hand seines Sohnes von da an fester. Selbst wenn dieser es versucht hätte, was allerdings höchst unwahrscheinlich war, ein Losreißen war nicht mehr möglich gewesen.

Nach drei anstrengenden Kletternächten hatten sie das Gebirge hinter sich gelassen. Tagsüber hatten sie sich in den zahlreichen Höhlen versteckt, in denen sie allerdings kaum Schlaf gefunden hatten. Die Stimmung der Emurks hatte sich sofort verbessert, denn sie wussten, dass die größten Strapazen nun hinter ihnen lagen. Zumindest was den Landweg anging.

In einem kleinen Wald, der hauptsächlich aus Korkeichen bestand, hatten sie ihr Lager aufgeschlagen und Wachen aufgestellt. Da sie wegen der Gefahr einer Entdeckung kein Feuer machen konnten, hatte es auch jetzt nur kaltes Essen gegeben, mit dem sie die Krulls in ausreichender Menge versorgt hatten. In der Stille des Lagers hatten sich die leisen Gespräche derjenigen, die keinen Schlaf finden konnten, fast ausschließlich um die bevorstehende Seefahrt gedreht.

Immer wieder waren Leute zum Zelt Urtsukas des Neunten gekommen, der die alte Kapitänsmütze seines Urahns seit dem Fest auch nicht für einen Moment abgesetzt hatte, um sich seine Meinungen und Prognosen anzuhören. Der hatte sich auf einen umgestürzten Baum gesetzt und, ohne einen Hauch von Müdigkeit zu verspüren, geduldig den Fragen seiner Gefährten gestellt. Seine Zuversicht hatte auch auf die Ängstlichsten eine beruhigende Wirkung.

Nach drei weiteren Nachtmärschen über zunächst hügeliges und später weitgehend flaches Land hatten sie dann endlich die Küste erreicht. Es hatte nur einen kleineren Zwischenfall gegeben, als einige von ihnen beim Wasserholen von einem Flussfischer entdeckt worden waren. Die Fischer waren gerade dabei gewesen, im Licht ihrer Fackeln die Netze einzuholen. Einer von ihnen hatte einen lauten, hysterischen Schrei ausgestoßen, worauf die anderen von ihrer Arbeit abgelassen und in die Richtung geblickt hatten, die der ausgestreckte Arm ihres Kameraden ihnen wies. Glücklicherweise hatte sich just in diesem Moment eine Wolke vor den Mond geschoben und auch die Emurks in Dunkelheit gehüllt, die die Kunst des Unsichtbarmachens noch nicht beherrschten. Sie hatten sogar noch Zeit, die Wasserfässer in das dichte Schilf mitzuziehen.

»Habt ihr das gesehen?«, hatte der Mann den anderen zugerufen, nachdem er sich von seinem ersten Schreck erholt zu haben schien.

»Was sollen wir denn schon wieder gesehen haben, Lorenzo«, hatte es fröhlich neckend aus einem der anderen Boote geschallt, »zeig mal her, ist deine Flasche schon leer?«

»Na, diese ... diese merkwürdigen Gestalten am Ufer, habt ihr die nicht gesehen? Richtig unheimlich waren die!«

»Lorenzo sieht mal wieder Gespenster«, war es aus einem dritten Boot mit allgemeinem Lachen quittiert worden.

»Hast du deine Armbrust dabei? Pass bloß auf, dass du nicht allzu große Löcher in die Luft schießt, hahaha«, hatte ein Anderer gerufen.

»Ihr seid ja mal wieder sehr witzig!«, rief er hinüber und murmelte: »Ich weiß, dass da was war, ich bin nicht blind und getrunken habe ich heute auch noch nichts.« Ihm war jetzt nicht nach Albernheiten zumute. Stattdessen suchte er weiter angestrengt mit zusammengekniffenen Augen das Ufer ab, konnte aber weder Ungewöhnliches noch Besorgniserregendes mehr erkennen. Schließlich atmete er tief durch und widmete sich kopfschüttelnd wieder seinen Netzen.

Die fünf Emurks hatten sich sofort auf den Boden geworfen und sich langsam rückwärts kriechend in den schützenden Bereich des dichteren Uferbuschwerks zurückgezogen. Erst als die Boote der Fischer, von der Strömung getragen, außer Sichtweite gewesen waren, hatten sie zu den Ihren zurückkehren können.

Nachdem sich bei den Emurks der erste Sturm der Begeisterung und Freude am Strand gelegt hatte und alle wieder mehr oder weniger staunend die Weite des Meeres zu begreifen versuchten, flüsterte Vonzel, dessen Sinn für Pragmatik sich meldete, seinem besten Freund Nornak zu:

»Und was ist jetzt? Sollen wir etwa nach Hause schwimmen?« Er trat dabei von einem Bein auf das andere.

»Es wird Monate dauern, die Schiffe zu bauen, die wir brauchen, selbst wenn die kleinen Kerle uns dabei helfen«, erwiderte dieser ebenso leise, »jedenfalls wird das eine ordentliche Schufterei.«

Dann stieß er Vonzel in die Seite: »Schau mal, unser Käpt´n, was hat er denn? Er wird doch hoffentlich keine Maulsperre bekommen?«, raunte er. »Irgendetwas sieht er doch da draußen oder spielt ihm seine blühende Fantasie wieder einen Streich?«

Vonzel schaute zu Seite, wo Urtsuka einige Fuß von ihnen entfernt, angestrengt die Hand über die Augen als Schutz gegen die tief stehende Sonne haltend, in der Tat mit weit geöffnetem Mund seinen Blick auf etwas geheftet hatte. Inzwischen waren mehrere der umstehenden Emurks ebenfalls aufmerksam geworden und schauten in die Richtung, in die Urtsuka so offensichtlich nun mit angehaltenem Atem starrte. Kaum eine halbe Minute später schon erblickten alle ein kleines Boot, das sich zügig dem Strand näherte. Es mussten kräftige Ruderer am Werk sein, wovon eine für die Größe dieses Bootes recht hohe Bugwelle Zeugnis gab.

Die Emurks, die noch im Wasser herumplantschten, beeilten sich, zurück an Land zu kommen.

Kapitel 15

Mike Stunks und Senator Paul Ferrer fuhren gemeinsam in das Stadtzentrum von Bushtown. Ihr Ziel war Nikitas Wohnung im achtzigsten Stockwerk des mehr als neunhundert Yard hohen Donald Crusst-Tower. Sie bewohnte dort ein Apartment, das aus zwei Zimmern, einer Küche und einem Bad bestand und mit allem ausgestattet war, was die neueste Technik aufzubieten hatte. Nikita liebte es.

»Paps«, hatte sie gesagt, als sie ihren Eltern kurz nach dem Einzug stolz die Wohnung gezeigt und ihr Vater sich über den ganzen Firlefanz lustig gemacht hatte – besonders nach der Demonstration ihres neuen Essensroboters –, »du kannst dir gar nicht vorstellen, was du an Zeit einsparst, die du viel sinnvoller nutzen kannst.«

»Weißt du«, hatte er ihr geantwortet, »deine Mutter und ich machen uns das Frühstück lieber noch selbst, auch wenn das altmodisch ist. Wenn du mehr Zeit auf dem Golfplatz oder mit deinen Freunden verbringen würdest, anstatt in dem dunklen Labor zu arbeiten, wäre die Zeitersparnis durch deine ganze Technik ja noch sinnvoll.«

»Und wann hast du dir das letzte Mal das Frühstück selber gemacht, Paps? Entweder macht es MM für dich ... oder Mutsch«, hatte sie nur gelacht und ihn zärtlich in den Arm geknufft, »außerdem ist unser Labor gar nicht dunkel, du würdest dich wundern. Schade, dass ich es euch nicht zeigen darf.«

Irgendwie schien sie auch darauf ein wenig stolz zu sein. Den Clou ihrer Wohnung hatte sie sich bis zum Schluss der kurzen Besichtigungstour aufgehoben.

»Jetzt werdet ihr wirklich staunen und ich glaube, das gefällt sogar dir, Herr Senator«, sagte sie schelmisch mit einem

Augenzwinkern, als sie ihre Eltern in den Gang vor ihr Apartment geführt hatte. Sie hatte einen kleinen Knopf gedrückt, der fast unsichtbar in die Wand eingelassen war. Erst einmal war überhaupt nichts geschehen. Dann, nach vielleicht dreißig Sekunden, hatte sich die Tür zu einem dahinterliegenden Raum geöffnet und mit einem leisen Zischen war Nikitas Auto in der Parkbox erschienen. Dahinter konnte man eine der vielen Hochstraßen sehen, die die Stadt wie das Netz einer Riesenspinne durchzogen.

»Direkte Verkehrsanbindung, ich brauche nur Platz zu nehmen«, hatte Nikita strahlend kundgetan, »da staunt ihr, was?«

Das Hochhaus, in dem Nikita wohnte und das nach dem ersten Präsidenten der neuen Weltregierung benannt war, gehörte BOSST. Im obersten, sieben Stockwerke umfassenden Wohnteil des Gebäudes hatten nur Mitarbeiter der Firma ihr Domizil. Die untersten zwanzig Stockwerke, die sich über eine halbe Quadratmeile erstreckten, boten alle Einkaufsmöglichkeiten, Praxen, Wellness-Center, Restaurants, Cafés und vieles mehr. Nikita war begeistert gewesen, als man ihr, nach nur einem Monat ihrer Anstellung, ein Apartment in der achtzigsten Etage angeboten hatte, auch wenn sie von dort oben sehr oft nur einen Blick auf eine Wolkendecke hatte. Immerhin war es ruhig, denn die Geräusche der Stadt drangen nicht oder nur sehr leise bis in ihre Wohnung.

Mike Stunks hatte einen kleinen Koffer mitgebracht, in dem sich sein Reiselabor befand, es war noch das gleiche, das er im Fall Sisko benutzt hatte. Er hatte keine Zeit zum Überlegen benötigt, als der Senator ihn angerufen hatte. Dass dieser mit der Frau verheiratet war, für die er sich als Student einmal interessiert hatte, war aber nicht ausschlaggebend für seine Zusage gewesen. Ausschlaggebend war auch nicht, dass Senator Ferrer im letzten Jahr als Mitglied des Haushaltsausschusses maßgeblich dafür gesorgt hatte, dass der Abteilung der NSPO eine nicht unerhebliche Aufstockung ihres Etats bewilligt worden war. Nein, für Mike Stunks ging es um die nationale Sicherheit und damit um seinen guten Ruf und den der gesamten NSPO, was für ihn ein und dasselbe war.

Er hatte es sich nicht nehmen lassen, Olga Wrenolowa zu verhören, die in der ganzen Stadt nur als die ›Pfannkuchenfrau‹ bekannt war. Jedes Mal, wenn er mit seiner Familie im Delice gewesen war, hatte er seiner Tochter einen Pfannkuchen kaufen müssen, und zwar immer den mit Apfelmus und Zimt, und manchmal hatte er auch einen gegessen, obwohl es seiner Figur überhaupt nicht bekam. Nur seine Frau hielt jeder Versuchung stand, sie machte ständig irgendeine Diät. Trotz immenser Fortschritte auf dem Gebiet der Medizin war es immer noch nicht gelungen, ein Mittel gegen Fettleibigkeit zu finden. Es galt immer noch die uralte Regel: Wer mehr isst, als er verbraucht, nimmt zu.

Nie hätte er gedacht, dass er dieser rundbackigen, stets freundlichen Frau einmal in einem der Verhörräume seiner Behörde gegenübersitzen würde. Die Befragungen der beiden Nachtwächter des Delice, wie die beiden Officer Bob Mayer und Richard Pease respektlos von seinen Kollegen genannt wurden, hatten nicht viel eingebracht. Mayer hatte das Gleiche gesagt, was er wohl auch schon seinem Vorgesetzten gemeldet hatte. Er habe durch das Infrarot seiner MFB etwas gesehen, von dem er glaubte, es sei nicht menschlich gewesen. Dieses Was-auch-immer sei dicht vor ihm durch das Delice geflohen, im Gewimmel der Leute habe er es aber letztendlich verloren.

»Ich hatte nicht das Gefühl«, hatte Mayer in seinem Verhör noch erwähnt, »dass es aus Angst geflohen ist, es wollte ... bloß nicht entdeckt werden.« Für ihn schien das einen Unterschied zu machen, für den Mann der ihn verhört hatte, war es dasselbe gewesen. Weggelaufen war weggelaufen.

Mayers Chef, Don Wiechnewski, ein ausgemachter Wichtigtuer, und sein Kollege, dieser betont lässige Pease, der sogar noch an der Verfolgung teilgenommen hatte, ohne allerdings selbst etwas gesehen zu haben, hätten sich nach seiner Schilderung nur an die Stirn getippt. Für sie sei damit der Fall erledigt gewesen, zumal ja auch vom Hersteller der Brille recht bald eine Entwarnung gekommen war. BOSST hatte Konstruktionsfehler eingeräumt. Obwohl Bob Mayer sich am Ende dann doch, wohl auf Druck seines Vorgesetzten, der Meinung seiner Kollegen angeschlossen hatte, hatte Mike Stunks ihm angemerkt, dass er nicht an einen Fehler der MFB geglaubt hatte, sondern seiner eigenen Wahrnehmung vertraute.

Du willst hier nur schnell wieder raus, hatte Mike gedacht, nachdem Mayer seine Mütze aufgesetzt und den Raum mit einem kurzen Gruß verlassen hatte.

»Muss wohl noch mal in die Entwicklungsabteilung, das gute Stück«, hatte Pease beim Hinausgehen nur frech gemeint und dabei auf die MFB gedeutet.

Die Erfolgsaussichten würden in diesem Fall minimal sein, das hatte er recht schnell gespürt. In der Regel war ihm diese Art der Polizeiarbeit nie unangenehm gewesen. Einige seiner Kollegen hassten es, mühselig immer und immer wieder dieselben Fragen zu stellen, um irgendwo im Heuhaufen die berühmte Nadel zu finden, statt einfach voranzupreschen. Er dagegen unterschätzte nicht, wie sehr er seinen Erfolg genau dieser Hartnäckigkeit verdankte. Es machte ihm nicht das Geringste aus, eine Frage nach der anderen zu stellen, und wenn es nötig war, auch die gleiche mehrmals.

Für die NSPO war die Sache keineswegs erledigt gewesen. Man hatte Mayer zu allerstrengstem Stillschweigen verdonnert. Nach Auswertung der Kameraaufzeichnungen, die in der Tat merkwürdig waren, war man nicht wirklich weitergekommen. An einen Konstruktionsfehler hatte auch bei der NSPO niemand geglaubt. BOSST brachte keine fehlerhaften Produkte auf den Markt. Es bestand kein Zweifel, dass da etwas im Delice unterwegs gewesen war, das dort nicht hingehörte, und nicht nur dorthin. Das allein war schon ein Debakel für die NSPO. Überhaupt nicht vorstellen wollte sich Mike Stunks, dass es davon vielleicht mehr geben konnte, ganz davon abgesehen, was dieses eine Ding alles anstellen konnte, wenn es solche Fähigkeiten besaß, wie man vermuten musste ... wenn man den Fall ernst nahm, was Mike tat.

»Mrs. Wrenolowa«, hatte Mike das Verhör mit der Pfannkuchenfrau begonnen, »wissen Sie warum Sie hier sind?«

»Weil ich etwas ... gesehen habe?«, hatte Olga unsicher gefragt.

Sie befand sich seit vier Stunden gegen ihren Willen hier, was ihrer Meinung nach eine Ungeheuerlichkeit war. Aber niemand hatte sie bisher nach ihrer Meinung gefragt oder ihr den Grund für die Festnahme mitgeteilt. Sie hatte in ihrem ganzen Leben noch nie etwas mit der Polizei oder irgendeiner Aufsichtsbehörde zu tun gehabt. Lediglich einmal vor Jahren, als sie die Genehmigung für ihren Verkaufsstand beantragt hatte. Da waren einige Untersuchungen bei der Gesundheitsbehörde notwendig gewesen, die eine junge, sehr blasse und untergewichtige Ärztin durchgeführt hatte, der sie am liebsten ein Butterbrot geschmiert hätte. Natürlich war Olga gesund, das war sie Zeit ihres Lebens. Sie konnte sich jedenfalls an keine ernsthafte Krankheit erinnern. Zwei Wochen später hatte sie ihre Genehmigung in der Tasche.

Die Idee mit den Pfannkuchen war noch nicht einmal ihre eigene gewesen. Ihre Tochter war mit dem Sohn eines Geschäftsmannes namens Derryl Twight, der im Delice einige Läden besaß, in dieselbe Klasse gegangen. Auf einem Schulfest hatte Olga für die Kinder Pfannkuchen gebacken, wie sie sie einst von ihrer Großmutter an fast jedem Wochenende bekommen hatte. Obwohl es nur zwei Sorten waren, hatten sie reißenden Absatz gefunden – nicht nur bei den Kindern. Gegen Ende der Schulfeier hatte Mr. Twight sie angesprochen, ob sie nicht Lust habe, ihre Pfannkuchen vor seinem Geschäft in einer der Ladenstraßen des Delice anzubieten. Er versprach sich davon eine enorme Magnetwirkung, von der sicherlich nicht nur seine Geschäfte profitieren würden. So hatte er vorgeschlagen, es zunächst einmal für einen Monat zu versuchen, und, falls es einschlüge – er hatte wirklich dieses Wort benutzt – könne man ja weitersehen. Das war zum Zeitpunkt des Verhöres mehr als zehn Jahre her gewesen und es hatte sogar so gut eingeschlagen, dass Olga im Laufe der Zeit zu einer Institution im Delice geworden war.

Nicht dass es Olga Wrenolowa nötig gehabt hätte, Pfannkuchen zu verkaufen. Sie konnte ganz gut von der Hinterlassenschaft ihres verstorbenen Mannes leben, wenn sie keine großen Sprünge machte. Der gute Vladimir, mit dem sie mehr als fünfundzwanzig Jahre verheiratet gewesen war, hatte ein knappes Jahr zuvor einen Herzinfarkt erlitten. Alles war so schnell gegangen, dass die Notärzte, die nur zehn Minuten später vor Ort waren, nur noch seinen Tod feststellen konnten.

Als ihre Tochter von Mr. Twights Angebot erfahren hatte, war sie begeistert gewesen:

»Prima, Mama, dann kommst du mal wieder unter Leute. Und wenn du Hilfe brauchst, helfe ich dir.«

Olga hatte schnell entdeckt, dass ihr sowohl das Zubereiten der Kuchen als auch der Kontakt mit den Kunden einfach Spaß machte, und dies war sicherlich das größte Geheimnis ihres Erfolges. Es gab die Pfannkuchen in vielen Variationen. Süße mit Himbeeren, Pflaumen, Apfelmus, bestreut mit Zimt und Zucker oder deftige mit den unterschiedlichsten Sorten Käse oder Schinken belegt, gerne auch mit beidem. Besonders beliebt waren die mit Vanille- oder Schokoladeneis. Die Erwachsenen bekamen manchmal einen Schuss Likör darüber. Gerne gab sie auch Rezepte an interessierte Mütter weiter, die immer wieder von ihren Kleinen an den Stand gezerrt wurden. Inzwischen gab es sogar ein Buch mit dem, wie sie fand, etwas hochtrabenden Titel ›Olgas Pfannkuchen aus der Seele Russlands‹, das ihr ein Stammkunde eines Tages lächelnd auf den Tisch gelegt hatte. Sie hatte zwar gewusst, dass er Verleger war, hätte sich aber nie träumen lassen, eines Tages sozusagen ein eigenes Buch in Händen zu halten. Olga Wrenolowa war allseits beliebt. Sogar das Regionalfernsehen hatte schon einmal über sie berichtet.

Sie war mit einem Officer befreundet, der sie auf seinem Streifengang durch das Delice täglich an ihrem Stand besuchte und ganz verrückt nach ihren Kuchen war. Außerdem teilte er ihre Liebe zu Musicals und sie schwärmten gemeinsam, wenn einer von ihnen wieder in einer Aufführung gewesen war. Einmal hatte er ihr sogar eine Eintrittskarte für ein stets ausverkauftes Stück in der Albert Hall geschenkt, die ihm seine Verlobte besorgt hatte. Diese musste unglaublich gute Beziehungen haben.

Olga hatte sich wie eine Schneekönigin gefreut. Die Albert Hall mit ihren horrenden Eintrittspreisen lag normalerweise für Leute ihres Standes sozusagen auf einem anderen Planeten. Ihre Tochter hatte an diesem Abend den Verkaufsstand betreut und sie war in ihrem besten Kleid in eine andere Welt eingetaucht. Es war einer der schönsten Abende ihres Lebens gewesen. Die Musik von Peter Pan, wie das Musical hieß, war der reinste Ohrenschmaus und genau nach Olgas Geschmack gewesen. Das Bühnenbild, die Kostüme und die Darstellungskunst der Schauspieler hatten sie in eine Welt der Kinder mit Elfen und Feen, Hexen und Zauberern entführt. Obwohl sie ein Abendkleid getragen hatte, war sie in diesen drei Stunden nicht älter als fünf Jahre gewesen.

Ihr Freund, der Officer, hatte Dienst schieben müssen, weil einer seiner Kollegen krank geworden war. Am nächsten Vormittag hatte sie ihn strahlend und immer noch ganz erfüllt von dem Erlebnis schon von Weitem begrüßt. An ihrem Stand hatte sich seine finstere Miene ein wenig aufgehellt, als er das Glück in ihren Augen bemerkt hatte.

»Was ist los, Bob?«, Hatte sie ihn gefragt, denn ihr war sein Gesichtsausdruck nicht verborgen geblieben. So kannte sie ihn nicht. »Es war traumhaft, Bob, vielen, vielen Dank, das war das schönste Erlebnis seit Langem, dafür haben Sie eine Menge Pfannkuchen gut, mein Lieber.«

»Das ist schön für Sie, Olga. Bedanken Sie sich bei Pease. Der war nämlich gar nicht krank. Er musste unbedingt zu einem Baseballspiel«, hatte ihr Freund säuerlich lächelnd gemeint, »wahrscheinlich hätten sie ohne ihn das Match verloren«, und dann hatte er, als er sah, wie glücklich sie war, schon versöhnlicher hinzugefügt: »Aber ich sehe, dass es die Richtige getroffen hat. Olga, ich gönne es Ihnen von Herzen ... erzählen Sie.« Dann hatte er sich auf einen der Hocker gesetzt und sie hatte Bob Mayer einen besonders leckeren Pfannkuchen gebacken. Während er aß, hatte sie ihm mit leuchtenden Augen von ihrem Abend berichtet.

»Da brauche ich ja gar nicht mehr hinzugehen«, hatte er zwischendurch undeutlich mit vollen Backen gemeint, »so anschaulich und lebendig wie Sie davon erzählen, Olga. Wahrscheinlich hätte ich auch gar nichts Passendes zum Anziehen gehabt.«

»Bob Mayer«, hatte sie dann augenzwinkernd geantwortet, »das glaube ich Ihnen jetzt aber nicht.«

Olga war immer noch der Ansicht gewesen, auf einem normalen Polizeirevier zu sein. Wer sollte jetzt die Pfannkuchen backen? Was würden die Leute sagen, wenn sie nicht, wie immer, an ihrem gewohnten Platz stand? Ihre Tochter hatte sie in dem ganzen Durcheinander und der Aufregung auch nicht mehr anrufen können.

»Nein, Mrs. Wrenolowa«, hatte Mike Stunks das Verhör fortgesetzt, »man fand Drogen bei Ihnen, genauer gesagt Kokain. Es muss vor ein paar Tagen etwas davon auf den Pfannkuchen eines kleinen Jungen gekommen sein. Da ist Ihnen wohl ein Päckchen aufgerissen. Die besorgte Mutter ließ es untersuchen und zeigte Sie an. Daraufhin haben wir uns alle Aufzeichnungen der Kameras im Delice vorgenommen und, schauen Sie hier, ... Eine sehr gelungene Aufnahme, wie ich finde.«

Ein rechteckiger Bildschirm war aus der Tischplatte gefahren und hatte ein klares Bild ihres Pfannkuchenstandes gezeigt. Olga hatte nach ihrer Brille gekramt, die, wie ihre Pfannkuchen, ein Relikt aus einer alten Zeit war. Normalerweise brauchte kein Mensch mehr eine Brille. Sie hatte sich aber nicht lasern lassen, als ihre Augen begannen, schwächer zu werden.

Sie hatte auf dem Schirm klar erkennen können, wie sie gerade Teig auf eine der heißen Platten goss und mit einer Kundin sprach. Sonst war niemand an ihrem Stand. Es musste entweder ziemlich früh am Morgen sein oder sehr spät am Abend, ihre toten Zeiten, wie sie es nannte. Die ihr allerdings auch so etwas wie eine Verschnaufpause brachten. Lukas, ihr junger Gehilfe, war auch nirgendwo zu sehen. Wahrscheinlich hatte er gerade Nachschub aus einem der Kühlräume in der Nähe beschafft, wo sie ihre Vorräte lagerte.

Jetzt war der Pfannkuchen fertig und sie sah, wie sie ihn zusammenrollte, in Seidenpapier einschlug und der Kundin reichte. Dabei bückte sie sich und entnahm etwas aus der Schublade, in der sie das Wechselgeld aufbewahrte. Die Kamera zoomte heran, sodass lediglich ihre Hand, oder besser gesagt ihr rechter Daumen und zwei Finger der Hand zu sehen waren, die etwas festhielten. Und was Olga jetzt erblickte, war kein Geld, sondern ein kleines, durchsichtiges Päckchen. In diesem Moment zoomte die Kamera noch näher heran, und sie erkannte deutlich den Inhalt: ein weißes Pulver.

Olga war zusammengezuckt.

»Was zum Teufel ist ...«, hatte sie Mike gefragt. »Das ist ...«, hatte sie hervorgestoßen, »unmöglich ... das ist nie geschehen! Was soll das sein?« Die Brille war ihr auf die Nasenspitze gerutscht und über deren Rand hatte sie den Mann forschend angeblickt.

»Was sagen Sie dazu?«, hatte Mike gesagt, ohne auf Olgas Frage einzugehen. »Sie wissen, was auf den Handel mit Drogen steht, Mrs. Wrenolowa? Und diese Aufnahmen sehen verdammt danach aus, wie ich finde. Muss ein netter Nebenverdienst sein. Wie lange geht das schon so?«

Das war ein beliebter Trick von Mike, bereits das Vergehen zu implizieren. Im weiteren Verlauf des Verhörs handelte es sich dann lediglich noch um den Umfang oder die Dauer des jeweiligen Deliktes. In diesem Fall hatte er mit der Verwirrung der Frau gerechnet, die bei klarem Verstand sofort seine Frage ad absurdum hätte führen können. Wenn schon alles per Video überwacht wurde, warum wurde dann erst jetzt ihr Drogenhandel bekannt? Er hätte sich eine spontane, aus der Verwirrung heraus resultierende Reaktion gewünscht. So etwas wie: ›Weiß ich nicht‹, oder ›Ein Jahr vielleicht‹, oder etwas Ähnliches. Das hätte er dann auf dem Videoband dieses absurden Verhörs gehabt und damit sein Gewissen vielleicht ein wenig erleichtern können. Im nächsten Moment schon hatte er sich innerlich für diesen lächerlichen Gedanken gescholten.

Olga hatte er, wie er schon vermutet hatte, mit seiner Frage keineswegs beeindrucken können.

»Was ich dazu sage, wollen Sie wissen? Alles Unsinn, Mr. ... Stunks«, sie hatte sich etwas nach vorne gebeugt. »Ich backe Pfannkuchen und nichts anderes. Das wissen Sie doch. Kommen Sie nicht selbst mit Ihrer Tochter Nathalie manchmal zu mir? Apfelmus mit Zimt? Ich kenne Sie, Mr. Stunks. Ich habe ein gutes Gedächtnis für Namen ... und mit Brille auch gute Augen, ich kann mir fast jedes Gesicht merken«, hatte sie hinzugefügt.

Mike hatte sich unberührt gezeigt, ein durchsichtiges Päckchen aus der Schublade genommen und es auf den Tisch geworfen. Schlitternd war es vor Olga liegen geblieben. Es hatte ein weißes Pulver enthalten und dem Päckchen von der Videoaufnahme zum Verwechseln ähnlich gesehen.

»Was ich privat mache, tut hier nichts zur Sache«, hatte sich Mike um einen schärferen Ton bemüht, »ich finde nicht, dass das hier Unsinn ist.« Dabei hatte er auf das Päckchen gedeutet und sich äußerst unwohl in seiner Haut gefühlt. Das Kokain stammte aus der Asservatenkammer der Kripo und keineswegs vom Pfannkuchenstand dieser armen Frau, die sichtlich um Fassung rang. Aber er musste das hier durchziehen. Solange diese unselige Angelegenheit nicht aufgeklärt war, durfte Olga Wrenolowa auf keinen Fall nach Hause gehen. Auch ihre Tochter Stena, die man in ihrer Wohnung aus dem Bett geholt hatte, musste man hierbehalten. Die beiden Frauen hätten draußen zu viel Staub aufwirbeln können. Seiner Information nach gab es keine weiteren Verwandten oder engere Freunde, die unangenehme Fragen hätten stellen können.

Olga hatte inzwischen bemerkt, dass hier etwas oberfaul war, ein Instinkt sagte ihr aber, dass es vorerst besser war, den Mund zu halten. Als die Kamera auf die Hand gerichtet war, war ihr sofort der Fehler aufgefallen, hier handelte es sich so offensichtlich um eine Fälschung, dass es zum Himmel schrie. Olga Wrenolowa hatte seit ihrer Kindheit eine unangenehme Angewohnheit. Sie kaute Nägel. Im Laufe ihres Lebens war es ihr aber gelungen, sich damit auf ihren rechten Daumen zu beschränken, dessen Nagel nie länger als einen Millimeter war. Der Daumen auf dem Film aber besaß einen schön gepflegten Nagel. So sehr wie Olga sich einen solchen Daumennagel gewünscht hätte – der auf dieser Aufnahme war nicht ihrer.

Nun saßen Mike Stunks und Senator Paul Ferrer in einem für Regierungsmitglieder abgetrennten Sonderabteil der Untergrundbahn, die um diese frühe Abendstunde wie immer hoffnungslos überfüllt war. Die meisten Fahrgäste waren Pendler, die mit stoischen Gesichtern in den Sitzreihen hockten. Viele hatten Kopfhörer auf, andere telefonierten oder tippten irgendwelche Nachrichten auf kleine Displays. Niemand hier achtete besonders auf seine Mitmenschen. Die Zeiten, in denen man aufpassen musste, nicht beklaut oder belästigt zu werden, waren lange vorbei. Den allgegenwärtigen elektronischen Augen entging nichts und bei einem unliebsamen Zwischenfall wurden sofort die Türen automatisch verriegelt, bis die Sicherheitskräfte die Situation geklärt hatten.

Der Vorschlag, mit der U-Bahn zu fahren, war von Senator Ferrer gekommen, der sich nicht schon wieder eine Ausrede einfallen lassen wollte, warum er lieber mit seinem Wagen alleine fuhr. Außerdem hasste er die Straßen der Innenstadt, die auf mehreren Ebenen die einzelnen Stadtteile mit ihren gigantischen Hochhäusern miteinander verbanden. Obwohl diese Art der Verkehrsführung seit mehr als zweihundert Jahren gut funktionierte, konnte er sich nicht damit anfreunden. Er hatte sich auch noch nicht für eines der Modelle entscheiden können, wie seine Tochter es schon lange fuhr. Ein Auto, das seinen Namen wirklich verdiente. Man musste nur das Ziel angeben und konnte es sich dann gemütlich machen oder während der Fahrt seine Büroarbeiten erledigen.

»Und Sie glauben in der Tat, Ihre Tochter sei entführt worden?«, fragte Mike Stunks den Senator, gerade als der Zug lautlos aus einer der vielen Stationen glitt.

»Ich weiß es nicht, Mike, aber wissen Sie, ich möchte keine Möglichkeit außer Acht lassen. Ich sprach neulich mit meiner Frau über Sie und Ihre Erfolge, unter anderem im Fall Sisko, und da kam mir die Idee, Sie um Hilfe zu bitten.«

»Der Fall Sisko«, Mike Stunks verzog das Gesicht, »ich weiß nicht, ob ich den wirklich zu meinen Erfolgen zählen kann, Paul. Es war mein erster Fall bei der NSPO, die Kripo hatte ebenfalls ermittelt, aber da es um die Siskos ging, ging es auch um die nationale Sicherheit. Die Kinder waren zwar nach drei Monaten wieder zu Hause, aber ich bezweifle, ob wir den richtigen Entführer erwischt haben. Der Mann war zwar ein bekannter Straftäter, aber hier hatte er sich offensichtlich an eine für ihn zu große Nummer gewagt. Leider war er, als wir ihn fanden schon zu tot, um noch etwas zur Aufklärung beitragen zu können. Sein Bekennerschreiben war allerdings sehr detailliert. Er muss Hintermänner gehabt haben, anders kann ich mir das ausgeklügelte Vorgehen nicht erklären.

Die beiden Siskos sind inzwischen erwachsen und auch wir sind älter geworden. Jetzt wo wir darüber sprechen, habe ich das Gefühl, es sei alles erst gestern gewesen. Haben Sie gelesen, dass der eine von ihnen, Kay, sich bereits für einen Sitz im Senat bewirbt? Die Presse macht ihn sogar schon zum künftigen Präsidenten. Von dem anderen hört man hingegen gar nichts. Einen Moment bitte«, aus seiner Jackentasche war ein Piepen zu hören. Mike griff zu seinem Telefon und hörte einen Moment zu.

»Es war meine Frau«, wandte er sich wieder dem Senator zu, »sie bat mich, später unsere Tochter von der Musikschule im Crusst-Tower abzuholen. Keine Sorge, in der Dienststelle weiß man nicht, warum ich unterwegs bin. Die Zeiten, in denen ich über jeden meiner Schritte Rechenschaft ablegen musste, sind ja Gott sei Dank vorbei.« Er lächelte.

»Das ist wohl nicht zu übersehen«, meinte Paul, an ihr Gesprächsthema anknüpfend, »in letzter Zeit kommt doch ständig etwas über Kay Sisko in den Medien. Dass er sich für einen Sitz im Senat bewerben möchte, weiß ich schon länger. Ich kenne seinen Onkel gut, der ihn sehr fördert, Rudolph Hennings. Kay hat sein Wirtschafts- und Jurastudium als jüngster Diplomand summa cum laude abgeschlossen. Man sagt, er habe bei den Wahlen sogar gute Chancen. Ich für meinen Teil denke jedoch, dass er zu jung dafür ist. Soll er doch erst mal draußen in der rauen Wirtschaftswelt Erfahrungen sammeln. Er wird vor allem viele gute Beziehungen brauchen, da genügt ein Onkel auf Dauer nicht und auch keine Lobhudeleien in der Presse.«

»Jaja, die Medien mit ihren Prophezeiungen ... sie machen Könige und sie stürzen sie auch wieder«, sinnierte Mike.

Eine halbe Stunde später betraten die beiden Männer Nikitas Apartment. Es war ordentlich aufgeräumt und alles war an seinem Platz, wie der Senator schnell feststellte. Es waren auch keine Anzeichen von Gewalt oder einem überstürzten Aufbruch zu erkennen.

»Alles scheint in Ordnung zu sein«, sagte er erleichtert und betrat die Küche.

»Fassen Sie bitte zunächst nichts an, Paul, ich möchte alles genau untersuchen«, Mike war ihm gefolgt. »Gerade eine penibel aufgeräumte Wohnung kann ein Hinweis auf ein Verbrechen sein.«

Der Senator betrat den Wohnraum und nahm auf einem Sessel Platz. »Gut, dann lass ich Sie mal ihre Arbeit machen, Mike», sagte er. Sein Blick fiel auf ein gerahmtes Foto, das seine Tochter zwischen Eva und ihm selbst zeigte. Nikita hielt einen Pokal in den Händen. Alle lachten und schienen sehr glücklich zu sein. Senator Ferrers Herz krampfte sich zusammen.

* * *

Kapitel 16

»Ja, sie haben den *Ewigen Vertrag* gebrochen«, begann Sankiria nach einer kurzen Begrüßung, in der sie zunächst den Krulls gegenüber ihren Dank und ihre Wertschätzung zum Ausdruck gebracht hatte, »... aber Freunde, Freunde, war es wirklich ihr Vertrag? Haben sie ihn etwa freiwillig geschlossen? Seien wir ehrlich. Sie haben ihn schließen müssen, weil wir ihnen keine Wahl gelassen hatten, was damals auch das einzig Richtige war. Was sollten sie angesichts solcher Drohungen auch machen? Wenn ihr euch erinnert, so waren wir Feen es, die als eine der Ersten auf die besondere Lage aufmerksam gemacht hatten.«

Sankiria war die dritte Rednerin des Tages. Nach der eindringlichen und emotionalen Eröffnungsrede Vermoldohouts hatte es eine kleine Pause gegeben, in der sich manch einer mit seinem Nachbarn angeregt ausgetauscht oder sich in den weitläufigen Gängen rund um den Kuppelsaal die Beine vertreten hatte. Viele hatten sich Erfrischungen genehmigt, die von den Krulls gereicht worden waren. Im zweiten Beitrag des Tages hatte Rielömen vom Volk der Inhuks manches von dem, was sein Vorredner bereits gesagt hatte, bekräftigt und mit Beispielen aus seiner Erfahrungswelt angereichert. Er hatte nur kurz gesprochen und dabei in wesentlichen Teilen in Vermoldohouts Horn geblasen. Da er nicht dem Gremium der Zwölf angehörte, würde er auch nicht abstimmen, was Sankiria einigermaßen erleichterte.

»Und mein lieber Vermoldohout, ... verehrter Rielömen«, fuhr sie fort, »auch mit allem anderen habt ihr recht. Ich weiß durchaus, dass die Menschen für all die Dinge verantwortlich sind, die ihr in euren Reden so eindringlich und bildhaft dargestellt habt. Mir ist auch durchaus bewusst, wie sehr gerade eure Völker unter dem Verhalten der Menschen leiden mussten. Wie ihr alle wisst«, setzte sie jetzt an die Zuhörer im Saal gerichtet fort, »sind wir Högfeen den Menschen immer nah gewesen ... ja wir leben unter ihnen, wenn auch meist unbemerkt. Wir haben ihre anderen Seiten kennengelernt, wie kaum ein anderer in diesem Saal.«

»Hört, hört!«, rief eine Stimme aus dem Saal. »Jetzt wird es spannend!«

Sie machte eine kleine Pause, um zu trinken und ihren letzten Worten Gewicht zu verleihen, wobei sie den Rufer ignorierte. Da sie weiße Kleidung trug, war von Weitem nur ihr schmales, von tiefschwarzem Haar umrahmtes Gesicht zu sehen, aus dem ihre grünen Augen geheimnisvoll leuchteten. Der Rest von ihr verschwamm sozusagen mit dem Perlmutt der Muschel, was ihr einen noch sphärenhafteren Ausdruck verlieh. Sie strich sich mit einer Hand anmutig durch das dichte Haar. Dann fuhr sie fort:

»Würden wir mit einer umfassenden Strafaktion, so wie sie vielen von euch vorschwebt, nicht alle Menschen treffen? Auch diejenigen, die uns Tag für Tag beweisen, dass sie im Einklang mit der Natur leben und ihre Lektionen gelernt haben? Gerade die Völker in diesem Teil der Welt? Diese Spezies hat nicht nur Schlimmes hervorgebracht, sie haben nicht nur getötet und zerstört. Das zu behaupten wäre ungerecht. Bedenkt bitte auch, wie viel Schönes sie geschaffen haben! Ihr wisst es alle. Da ist die Musik von Mozart oder Beethoven, die auch eure Herzen erfüllen kann, und wer ist nicht entzückt von den begnadeten Worten eines Homer oder Shakespeare! Wen lassen Michelangelos Werke unberührt oder die Statuen des Donatello? Wen lassen die Gemälde eines Van Gogh, eines Picasso oder eines Goya kalt? Pflegen die Krulls, unsere freundlichen Gastgeber, die Erinnerung an all das, weil es nichts wert ist?« Sie zeigte dabei auf Perchafta, der ihr freundlich zunickte.

»Was ist mit Stalin ... oder Hitler?«, wurde sie von zwei lauten Stimmen unterbrochen. »Was mit Nero, was mit Idi

Amin?«, von einer dritten, die aus der gleichen Richtung kam.

»Was mit den zahlreichen Verbrechen, die sie im Namen ihrer Religionen verübt haben?«, rief jemand tief aus dem weiten Rund des gewaltigen Kuppelsaals.

»Ich weiß, ich weiß«, entgegnete Sankiria ruhig und mit einem besänftigenden Lächeln. Sie hob die Hände, so als wollte sie sich ergeben. »Ich könnte selbst diese Liste um viele Namen und Untaten erweitern. Aber gehören Diktatoren, Kriegstreiber, Verbrecher und Verführer nicht ebenfalls zum Lernprozess eines jeden Volkes? Haben wir etwa nicht experimentiert, bis wir wurden, was wir sind? Wir haben doch auch aus unseren Fehlern gelernt und aus der Asche der Zerstörung ist Gutes und Schönes entstanden. Sogar die Emurks, die zu den grausamsten Völkern dieses Planeten gehörten, haben sich in den mehr als dreihundert Jahren ihrer Verbannung zu dem entwickelt, was sie sein können. Wie mir berichtet wurde, haben sie hier in den Bergen zu ihrer wirklichen Größe zurückgefunden.«

Zustimmendes Gemurmel war zu vernehmen, während Sankiria einen Schluck Wasser trank und dabei mit ihren Augen über den Rand des Glases schnell den Raum abtastete. Dann fuhr sie mit hypnotischer Stimme fort:

»Aber lasst mich noch einmal auf die Menschen zurückkommen. Hat dieses Geschlecht nicht auch Persönlichkeiten wie Buddha, Jesus, Mohammed, Mahatma Ghandi, Martin Luther King oder Albert Schweitzer hervorgebracht? Menschen, die die Liebe und den Glauben an das Gute in ihren Herzen trugen und die hinausgingen, ihre Schwestern und Brüder zur Umkehr zu bewegen, und sogar bereit waren, sich für ihre Ideen selbstlos zu opfern?

Viele wunderbare Ideen haben große Denker im Laufe der Zeiten beigesteuert. Ihr kennt die Schriften des Platon, des Aristoteles, die Werke Goethes oder ihr liebt die Lehren des Sokrates. Auch Männer wie Descartes, Konfuzius, Schopenhauer, Hegel oder Thomas von Aquin haben unsere eigenen

Philosophien bereichert. Nennt mir ein Volk, das in der kurzen Zeit seines Daseins den Schritt von der Steinaxt bis zum Flugzeug in solch einem rasanten Tempo bewältigt hat?«

»Mit der Axt fing das Unheil an!«, war eine Stimme aus dem Saal zu vernehmen, aber die Fee fuhr unbeirrt fort, ohne den Rufer auch nur eines Blickes zu würdigen:

»Ich weiß selbst, dass bei den meisten Menschen ihr Inneres auf der Strecke geblieben ist, aber geben wir ihnen Zeit, auch das zu entdecken. Warum die Hoffnung aufgeben? Wie viel Lebensmut und Kraft haben die Menschen durch die Jahrtausende bewiesen? Findet ihr auf dieser Erde auch nur ein Lebewesen, das so hoch entwickelt ist, sich den feindlichsten Lebensbedingungen anzupassen? Sie leben im ewigen Eis und in den trockensten Wüsten.«

»Auf Kosten anderer!«, rief wieder jemand aus dem Saal und diesmal warf sie dem Zwischenrufer einen Blick zu, der diesen augenblicklich dazu veranlasste, seinen Kopf tief in die Schultern zu ziehen.

»Überleben geht immer auf Kosten anderer«, gab Sankiria ihm scharf zur Antwort und für einen sehr kurzen, kaum merklichen Augenblick, leuchteten ihre Augen rot auf.

»Ist es nicht ein Gesetz der Natur, dass nur der Stärkste überlebt? Habt ihr nicht auch Kriege geführt vor hunderttausend Jahren? Ja, gerade ihr, Jusciiel«, dabei zeigte sie mit ihrer rechten Hand in Richtung des Wesens, das sich nun auch tiefer in seinen Sitz drückte. Ihre Augen hatten inzwischen wieder das sanfte Grün angenommen.

»Leg dich bloß nicht mit ihr an«, wurde der Angesprochene von seinem Nachbarn ermahnt, »man hört Dinge ...«

Sankiria hatte sich wieder an das Auditorium gewandt.

»Ich möchte euch inständig um eines bitten, Freunde ... Weggefährten! Lasst Umsicht walten! Erinnert euch an die vielen weisen Entscheidungen, die wir im Laufe von Äonen getroffen haben. Ich bin durchaus dafür, all denen, die das Gesetz gebrochen haben, einen kräftigen Denkzettel zu verpassen. Ja, sie müssen es spüren. Lasst sie uns ausfindig machen und ihrer gerechten Strafe zuführen, aber verschonen wir die Unschuldigen. Wir haben uns einst für Mitgefühl und Liebe entschieden. Hat das irgendjemand von euch je bereut? Warum laden wir die Menschen nicht ein, dem *Rat der Welten* beizutreten, damit sie von uns lernen können und das Wissen in ihre Welt hinaustragen?«

»Das hatten wir schon einmal, erinnerst du dich nicht, Sankiria?«, rief wieder jemand aus dem Saal. »Einige der von dir Erwähnten waren eingeladen, sie waren bei uns und trugen das Wissen in die Welt der Menschen. Und, was hat es genutzt? Man hat die meisten von ihnen umgebracht ... so gefragt war unser Wissen, Sankiria.« Spott war aus diesen Worten zu hören.

»Auch das ist mir bekannt«, entgegnete Sankiria ganz ruhig, »aber warum die Hoffnung aufgeben? Sagt man nicht, dass sie zuletzt stirbt? Bitte überdenkt es, gebt ihnen noch eine Chance. Damit würden wir wahre Größe zeigen. Wir brauchen keine Angst zu haben! Und wenn wirklich alle Stricke reißen ... was ich persönlich nicht glaube, haben wir immer noch genügend Trümpfe in der Hand.

Denkt zum Beispiel bloß an die *Siegel*, die diesen Ort bewachen. Alleine ihre entfesselte Kraft hätte für die Menschen Auswirkungen unvorstellbaren Ausmaßes ... allerdings für alle Menschen.« Ein Raunen ging durch den Saal. Dann ließ sich wieder die gleiche Stimme von vorher vernehmen, und diesmal suchte Sankiria den Sprecher. Sie konnte ihn ausmachen, fast in der Mitte des Raumes – er saß mitten unter der Abordnung der Adaros.

Sankiria erkannte sofort, dass er kein Adaro war.

»Wenn die Menschen Mitglied des *Rates* werden und von dem erfahren, was die *Siegel* bewachen, werden sie nicht mehr zu halten sein, die Verlockung wäre zu groß für sie. Und die einmal entfesselte Kraft von auch nur einem der *Siegel* in den falschen Händen hätte wohl sehr unliebsame Auswirkungen auf uns alle, meine verehrte Sankiria, nicht nur für die Menschen.«

Wieder dieser leichte Spott, den Sankiria nicht überhörte.

»Glaubst du wirklich, sie wissen nicht, was hier verborgen liegt? Sie wissen es. Gerade aus diesem Grund bin ich ja auch für eine sehr sorgfältige Auswahl, denn ich bin mir der Verantwortung durchaus bewusst.« Sie legte abermals eine kleine Pause ein, bevor sie zum Ende ihrer Rede kam.

»Integrieren wir die Menschen und ich bin mir sicher, dass sie als Teil des Weltenbundes über sich hinauswachsen werden, zum Wohle aller Wesen und zum Wohle des gesamten Planeten, der unser aller Heimstatt ist. Es gibt unter ihnen Persönlichkeiten, die würdig sind, in dieser Versammlung zu sitzen. Ich danke euch für eure Aufmerksamkeit.«

Sankiria machte eine lange und tiefe Verbeugung, bevor sie leichtfüßig die Rednermuschel verließ und wieder ihren Platz neben Perchafta einnahm. Sie nickte Vermoldohout zu und schenkte ihm ihr liebreizendstes Lächeln, worauf der einen Hustenanfall bekam und schnell zu seinem Wasserglas griff. Aus dem Saal kam zunächst nur verhaltener Beifall, der aber dann doch stärker wurde. Kurz darauf erfüllte ein hundertfaches Gemurmel das weite Rund der Kuppel. Sankirias Rede hatte für reichlich Gesprächsstoff gesorgt. Perchafta läutete mit einer kleinen Glocke, die einen feinen, hohen Ton von sich gab, und dann, als Ruhe eingekehrt war, erhob er sich.

»Hoher Rat, liebe Freunde. Ich danke den Rednern für ihre engagierten Beiträge. Wir haben jetzt vieles zu bedenken. Ich schlage deshalb eine längere Pause vor, auch mit Rücksicht auf diejenigen unter uns, denen es schwerfällt, hier unter der Erde länger zu verweilen. So kann jeder zu den Seinen gehen, sich ausruhen oder beraten. Bitte scheut euch nicht, uns zu fragen, wenn ihr irgendetwas benötigt. Wir treffen uns hier wieder in vier Stunden.«

»Halt, lasst mich noch ein paar Worte sagen, bevor wir in die Pause gehen, entschuldige bitte, Perchafta«, ließ sich nun Aumakul vernehmen, der im Halbdunkel des langen Tisches gesessen hatte. Die Krulls hatten mit Rücksicht auf ihn darauf verzichtet, dieses Ende des Tisches auszuleuchten. »Bitte habt Verständnis dafür, dass ich hier sitzen bleibe. Die Muschel ist mir zu hell ... es dauert auch nicht lange.« Zustimmendes Gemurmel kam aus dem Saal und Perchafta nickte ihm freundlich zu.

»Sankiria«, fuhr er fort, »ich achte deine Ambitionen und ich respektiere deinen Einsatz für die Menschen. Man kann sicherlich darüber debattieren, ob es sich lohnt, Vertreter dieser Spezies in unserem Gremium aufzunehmen. Immerhin nennen wir uns ja *Rat der Welten*. Bitte bedenkt, dass es schon bei der Auswahl derer, die wir hier aufnehmen würden, Schwierigkeiten, wenn nicht sogar neue Konflikte geben könnte. Wen und wie wollen wir denn wählen? Müssen wir dann nicht auch an den anderen Teil der Menschheit denken? An jene, die den Vertragsbruch begangen haben? Woher wissen wir das eigentlich so genau? Wir müssten das prüfen und dafür wären umfangreiche Untersuchungen erforderlich. Haben wir die Zeit? Haben wir die Geduld? Haben wir das überhaupt nötig?

Wenn ihr meine Meinung hören wollt, wir haben keine Zeit, denn meiner Einschätzung nach spitzt sich die Lage mit dem Besuch dieser Frau, die die Pläne beschaffen soll, zu. Lasst es euch gesagt sein. Auch ich bin davon überzeugt, dass sie längst von dem wissen, was die *Siegel* hier verschließen. Wenn das so ist, haben sie mit der Frau lediglich einen Test unternommen. Wir haben vereinbart, dass diese Versammlung nur ein bis zwei Tage dauern soll. Also, lasst uns zu einem Entschluss kommen ... heute oder aber spätestens morgen. Eine Mitgliedschaft der Menschen steht doch dieses Mal auch gar nicht zur Debatte. Ich danke euch.« Hätte er zur Seite geschaut, hätte er ein neuerliches Aufblitzen in Sankirias Augen sehen können.

»Ich danke dir, Aumakul«, ergriff Perchafta wieder das Wort. »Lasst uns nun aber in unsere verdiente Pause gehen, Freunde. Wie ich die Meinen kenne, haben sie alles trefflich vorbereitet.«

Nach einem kurzen Applaus löste sich die Versammlung auf und die meisten Teilnehmer strebten dem Ausgang zu. Diejenigen, die blieben, nutzten die Zeit, sich die kunstvollen Wandmosaike zu betrachten oder sich mit ihren Nachbarn leise zu unterhalten.

Was meinte er bloß mit ›die Lage spitzt sich zu‹?, grübelte Sankiria, als sie zu dem Haus ging, in dem die Högfeen untergebracht waren. Dort angekommen sagte sie zu ihren Schwestern: »Die Aumakuas haben irgendwelche Informationen, ihr habt ja gehört, was Aumakul gesagt hat. Was meinte er bloß damit, dass sich die Lage zuspitzt?«

»Ich glaube, er hat das nur gesagt, um den *Rat* unter Druck zu setzen«, antwortete eine der Schwestern, »die Aumakuas sind Meister im Bluffen, das wissen wir doch alle.«

»Das mag ja sein«, meinte Sankiria nachdenklich, »dennoch sollten wir versuchen herauszufinden, ob doch etwas anderes in dieser Bemerkung steckt. Kennst du einen Aumakua, den wir fragen könnten?«

»Warum fragen wir Aumakul nicht selbst, er wohnt ein paar Hütten weiter«, entgegnete die gleiche Schwester.

»Glaubst du wirklich, wir bekämen von diesem Geheimniskrämer eine Antwort? Wenn er gewollt hätte, dass wir wissen, was er meint, hätte er es direkt gesagt. Kennt jemand von euch den Zwischenrufer, der bei den Adaros saß? Ich kenne ihn jedenfalls nicht.«

Aber ihre Schwestern verneinten.

»Wir sollten auf beide ein Auge haben«, meinte Sankiria.

***

Kapitel 17

»Wir sind in einer beneidenswerten Lage, weil wir alle Schöpferinnen sind ... jede von uns erschafft ihre Wirklichkeit und gestaltet durch die Kraft ihrer Gedanken ihr Leben«, begann Adegunde ihre Abendvorlesung. »Die Kraft der Gedanken würde aber verpuffen, wenn wir nicht auch fühlen könnten, was wir da denken ... wenn wir nicht begeistert wären von unseren Visionen. Wir beeinflussen damit nicht nur unser eigenes Leben, sondern auch das der Menschen, denen wir begegnen.«

Diese Lehrstunden, die weit nach Sonnenuntergang stattfanden, liebte Saskia sehr. Sie wurde dadurch an Mindevol und die Zusammenkünfte in Seringat erinnert, wo sie vieles schon in ganz ähnlicher Weise gehört hatte. Mit Effel hatte sie sich an langen Abenden oder auf ihren unzähligen Spaziergängen über die vermittelten Lebensweisheiten unterhalten können. Das waren unter anderem die Dinge, die die beiden auf eine besondere Weise miteinander verbanden.

Mit Ihna, ihrer besten Freundin konnte sie kaum über solche Themen sprechen. Ihna interessierte sich mehr für die praktischen Dinge des Alltags, außerdem tratschte sie gerne über andere Leute. Sie kannte immer alle Neuigkeiten und mehr als einmal hatte Saskia sich gefragt, woher sie die hatte. Ihna war aber auch humorvoll und herzerfrischend schlagfertig. Langweilig wurde es mit ihr nie. Sie hatte meist eine große Klappe, wie sie sogar selber sagte, und bekam dadurch fast alles, was sie wollte. Sie hatte dicke Tränen geweint, als sie sich von ihrer besten Freundin hatte verabschieden müssen, und genau das hatte Saskia vorausgeahnt.

»Hast du dir das alles gut überlegt?«, hatte sie schluchzend gefragt, als sie an ihrem letzten gemeinsamen Abend, kurz nach

Saskias Besuch bei Brigit, in Ihnas Haus beisammensaßen. Jeroen war mit Effels Bruder auf der Jagd.

»Bist du dir ganz sicher, dass du für drei Jahre hinter dicke Klostermauern gehen und dort verschimmeln willst ... und alles wegen eines Mannes?« Sie wischte sich mit einer theatralischen Geste die Tränen weg. »Lass ihn doch, Sas, andere Mütter haben auch schöne Söhne. Wer nicht will, der hat schon. Du hast doch haufenweise Chancen, alle laufen dir hinterher, sogar Vincent von Raitjenland. Stell dir nur vor, du könntest Herrin von Raitjenland werden!«

Insgeheim hatte Ihna natürlich gewusst, dass solche Argumente bei Saskia völlig fehl am Platz waren, aber sie hatte sich damals an jeden noch so kleinen Strohhalm geklammert. Aus den Augenwinkeln hatte sie ihre Freundin beobachtet und gleich gemerkt, dass sie sich ihre Worte hätte sparen können.

»Ihna ... jetzt spinn´ aber nicht rum ... ich und Herrin von Raitjenland, das ist doch wohl nicht dein Ernst? ... Haldergrond! Das ist es, wo ich hin will ... wir haben mehr als einmal darüber gesprochen. Es sind auch keine dicken Klostermauern ...«, hatte Saskia sie dann mit fester Stimme beschwichtigt und dabei ihre Hand genommen. »Zugegeben, ich wäre nicht gegangen, wenn ich mit Effel zusammengeblieben wäre, du weißt schon, mit Heirat und so. Das Positive daran ist, dass ich jetzt genau das machen kann, wovon ich schon als Mädchen geträumt habe. Haldergrond ist kein Kloster, in dem man Schimmel ansetzt, Ihna, die Zeiten der dunklen Klöster sind längst vorbei. Das weißt du doch auch. Mira sagt sogar, dass es so etwas wie eine Universität ist, weißt du, eine spirituelle Universität, wo ich all das lernen kann, was mich so interessiert, und bestimmt noch vieles mehr.«

»Aber in Onden gibt es auch eine Universität und die sperren dich nicht ein ... du wolltest doch Musik studieren, wenn du mit deiner Ausbildung bei Mira fertig bist. Es wäre doch eine Schande, wenn du aus deinem musikalischen Talent nichts machen würdest. Deine Mutter und Petrov sehen das übrigens auch so. Sas, ... bleib einfach in Seringat ... Was soll ich denn ohne dich hier machen? Es wird ja total langweilig.« Ihna zog eine Schnute; sie sah ihre Felle wegschwimmen.

»Also lass das mal bloß deinen Mann nicht hören«, lachte Saskia, »der wird dir was erzählen. Musik kann ich in Haldergrond ebenfalls studieren, Ihna, und einsperren ... kann man mich einsperren, wo ich freiwillig hingehe? Ganz sicher nicht! Wer nach Haldergrond geht, geht freiwillig. Wir bleiben in Kontakt, versprochen. Wir können uns schreiben oder du besuchst mich ... dann kommst du auch mal raus aus Seringat ... und jedes Jahr komme ich in den Ferien nach Hause und dann werden wir uns eine Menge zu erzählen haben.«

»Jeroen kann das ruhig hören, er versteht, was ich damit meine. Ich kann eben mit ihm über gewisse Dinge nicht so reden wie mit dir, ... er ist ein Mann, Saskia.«

Saskia lachte laut und Ihna stimmte ein. »Nein, wirklich«, fuhr Ihna fort, »wenn du fortgehst, wird mir etwas fehlen und dir auch ... wenn du ehrlich bist. Denk doch nur, was wir immer für einen Spaß hatten. Und Effel? Glaubst du wirklich seine Neue, diese Nikita, bleibt hier? Sie ist anderes gewohnt. Du hättest Bauklötze gestaunt, wenn du gehört hättest, was sie alles von ihrer Welt und ihrem Leben dort erzählt hat. Mich hat sie damit jedenfalls sehr neugierig gemacht. Sie findet das hier bestimmt ganz nett und Effel ist ja auch ein toller Mann, aber auf die Dauer, nee. Ich sage dir, die ist schneller wieder weg, als du in deinem Haldergrond bis drei zählen kannst.« Es schwang leichte Verachtung in Ihnas Stimme mit und Saskia spürte, dass sie damit ihre Solidarität zu ihr ausdrücken wollte.

»Ihna, du brauchst sie nicht schlechtzumachen, wirklich nicht, ich komme klar damit. Ich war ein paar Tage bei Brigit und mir geht es sehr gut, glaub mir. Außerdem habe ich gehört, dass Nikita sehr, sehr nett sein soll ... und hübsch und intelligent. Nun mach nicht so einen Schmollmund, sondern freue dich mit mir, dass ich unter den Lebenden bin und einen Traum verwirklichen kann. Ist ja auch noch gar nicht sicher, ob ich dort überhaupt angenommen werde.«

»Du und nicht angenommen?«, rief Ihna empört. »Machst du Witze? Gibt ein Ochse Milch? Also, wenn sie dich nicht aufnehmen, komme ich selber dahin und mache denen Beine.« Die Freundinnen hatten herzlich gelacht und sich zum Abschied lange in den Armen gelegen.

Saskia hatte ihren Entschluss noch keine Sekunde bereut. Aufmerksam hörte sie der Äbtissin weiter zu. In diesen Vorlesungen hingen alle Mädchen an Adegundes Lippen.

»Wir können die Umstände unseres Lebens frei bestimmen und doch leben viele Menschen wie Opfer der Gegebenheiten, die sie sich selbst erschaffen haben. Auch in unserer Welt orientieren sich die Menschen noch allzu häufig an sogenannten Tatsachen und dabei sind das doch nur Dinge, die einmal so, aber jederzeit anders getan werden können. Als die Welt sich teilte, waren wir hier, wie wahrscheinlich auch die *Anderen* dort drüben, nach all diesen immensen Umwälzungen in einer goldenen Aufbruchstimmung ... hoffnungsvoll, mit dem festen Willen, alles besser zu machen. Im Grunde hatten die Menschen das Wissen auch früher schon, denn zu allen Zeiten bemühten sich weise Lehrer, sie auf den richtigen Weg zu führen.

Es wird Zeit, dass ihr euch an dieses Wissen erinnert ... ich werde nicht aufhören, davon zu sprechen. Lernt, damit ihr später weitergebt, wie man die Realität nach den eigenen Wünschen formt und gestaltet. Dabei ist es auch völlig gleichgültig, in welch schwieriger oder gar aussichtsloser Lage man sich befindet, da man diese ja jederzeit ändern kann. Werdet euch bewusst, dass ihr euer Leben in allen Einzelheiten, und ich meine wirklich alle, selber erschafft.

Die meisten Menschen planen ihr Haus sorgfältiger als ihr Leben. Leben ist nicht etwas, was einfach geschieht, während man anderweitig beschäftigt ist. Es ist wichtig, das Richtige zu tun, das Notwendige nicht zu unterlassen und das Falsche zu erkennen. Lernt auf dem Weg der Erkenntnis und nicht mehr auf dem üblichen leidvollen Weg der Erfahrung. Und wenn ihr Leid erfahrt, reflektiert es, nutzt die Chance, die im Leid liegt und erkennt, dass ihr auch das selbst erschaffen habt. Eurem Schicksal könnt ihr nicht entfliehen und eure Zukunft könnt ihr nicht vermeiden, aber ihr könnt sie frei bestimmen und dafür sorgen, dass euer Leben so wird, dass ihr am Ende sagen könnt: Ich habe wirklich gelebt. Und merkt euch: Ihr solltet das Leben verlassen wie ein gelungenes Fest, weder durstig noch betrunken.

Die Menschen kennen ihre Umgebung, aber sich selbst kennen sie nicht. Die Menschheit war immer vom Forschergeist getrieben. Ja, bis ins Weltall sind wir vorgedrungen, als es hier nichts mehr zu entdecken gab. Die größte Entdeckung, die ein Mensch aber machen kann, ist das eigene Selbst. Die Forschungsreise in die Grenzenlosigkeit des Seins ist die lohnendste Reise. Dann erkennt man, dass man die Schöpfung mitgestaltet.

Viele wissen zwar von den unbegrenzten Möglichkeiten des menschlichen Geistes und den Kräften und Fähigkeiten, die in ihnen schlummern, nutzen sie aber nicht. Jesus hat einmal gesagt: ›Ihr seid schlafende Götter.‹ Wäre es da nicht an der Zeit aufzuwachen und zu leben als die, die ihr in Wirklichkeit seid? Ihr könnt euch reich, gesund oder mächtig träumen, vollkommen oder erleuchtet, es bleibt immer ein Traum. Wenn ihr wirklich etwas bewegen wollt, müsst ihr aufwachen. Erst wenn ihr zu reinem Bewusstsein gekommen seid, könnt ihr die Realität frei bestimmen. Jesus hat nämlich auch gesagt: ›Ihr werdet Gleiches tun wie ich und Größeres.‹ Euer geistiges Erbe wartet darauf, dass ihr aufwacht und es antretet.

Aber verwechselt nicht eure Wirklichkeit mit der Realität, die gibt es nämlich nicht. So wie es keine objektive Wahrheit gibt, gibt es auch keine Realität. Die Frage von Realismus und Idealismus haben Philosophen seit Jahrtausenden zu beantworten versucht und vielleicht werden sie nie aufhören, ihr nachzugehen. Merkt euch Folgendes ...«Adegunde schrieb die nächsten Sätze an die große Tafel, während sie dabei laut mitsprach:

»1. Wenn es um Erklärungen menschlichen Verhaltens geht, dann gibt es nicht so etwas wie Wahrheit oder Wirklichkeit.

2. Immer wenn Menschen miteinander kommunizieren, beeinflussen sie automatisch andere, vorsätzlich oder nicht, die Dinge so zu betrachten, wie sie es selbst tun.«

Sie hörte mit dem Schreiben auf, wandte sich um und lächelte die Mädchen an:. »Genauso, wie ich es hier mache. Deswegen fordere ich euch auf, mir nichts zu glauben. Nehmt es, geht hinaus und überprüft, ob es eurer eigenen Wahrheit entspricht ... jede für sich ... und jede auf ihre ganz eigene Art und Weise. Erfahrung ist der Anfang aller Kunst und jedes Wissens.« Dann schrieb und sprach sie weiter.

»3. Wenn ihr etwas beobachtet, zum Beispiel eure Patienten, seid ihr immer an den Ergebnissen eurer Beobachtungen beteiligt, ihr werdet automatisch Teil davon.«

Sie legte die Kreide hin und kehrte wieder zur Mitte des kleinen Podiums zurück.

»Setzt fort, was ihr begonnen habt, nämlich von euren Gaben Gebrauch zu machen und die Chancen zu nutzen, die euch das Leben so reichlich bietet. Keine von euch ist zufällig hier, selbst wenn ihr von jemandem geschickt worden seid, so ist es doch eure Bestimmung, diejenige zu werden, die ihr sein könnt. Wir alle hier, auch diejenigen, die im Verborgenen wirken, werden euch mit allen uns zur Verfügung stehenden Mitteln unterstützen. Lernt ... lernt und experimentiert, findet heraus, was zu euch gehört. Hört dabei auf eure innere Stimme und folgt ihr. Nur ihr selbst könnt den Weg finden, der eurer ist. Werdet glücklich und geht hinaus in die Welt, damit sie durch eure Anwesenheit und euer Wirken erleuchteter wird.

Wirklich glücklich werden könnt ihr, wenn ihr eurer Berufung folgt. Einige von euch sind gerade dabei, das zu entdecken.«

Adegunde schaute genau in diesem Moment Saskia direkt in die Augen. Es war nur ein kleiner Moment, aber Saskia spürte diesen Blick direkt in ihrem Herzen ankommen.

»Niemand anderer kann euch glücklich machen, wenn ihr es nicht schon seid. Äußeres Glück ist wie eine Katze. Es kommt, wenn es sich eingeladen fühlt, und wenn man es festhalten will, geht es wieder. Wenn ihr nach innen lauscht, findet ihr eure Lebensabsicht. Wenn das nicht gleich gelingt, geht den Weg der Freude. Macht euch bewusst, was euch die größte Freude bereitet ... was ihr am liebsten den ganzen Tag tun möchtet. Hier habt ihr viele Möglichkeiten, das herauszufinden. Die Musik, die Kräuterkunde, die Gartenarbeit, die Heilkünste oder das Kochen. Denn wahre Berufung ist immer mit Freude verbunden.

Nutzt die täglichen Meditationen. Werdet still und lauscht eurer inneren Stimme, denn nur dort findet ihr die Antwort. Folgt dann eurem Herzen, so könnt ihr das Glück, das wahre Glück, das von innen kommt, nicht mehr verfehlen.

Ihr tragt das Potenzial zu einer ständigen, stillen inneren Freude in euch und diese Freude gibt eurem Sein Tiefe. Wartet nicht auf irgendwelche Anlässe, die euch einen Grund zur Freude geben, sondern erlaubt euch, euch einfach an euch selbst zu erfreuen und an dem, was ihr tut. Wer sich Freude nur erlaubt, wenn das Wetter schön ist oder die Ferien kommen, wird verlernen, sich ohne Anlass zu freuen, und wird abhängig von äußeren Gegebenheiten. Wenn ihr einen Grund zur Freude braucht, schaut in den Spiegel und seid Zeuge eures Handelns. Freut euch zu leben, das ist Glück. Alles was sonst noch geschieht, ist ein zusätzliches Geschenk.

Lasst die Freude zu einem natürlichen Teil eurer Persönlichkeit werden, eure ständige Begleiterin, die euch alles noch intensiver erleben lässt. Geht den Weg der Freude, denn ein Leben ohne Freude ist wie eine Reise ohne Gasthaus!«

Gleich nach dieser Vorlesung, die sie so tief berührt hatte, ging Saskia alleine in den Meditationssaal, nahm sich eines der hohen Kissen aus einem Regal und setzte sich mit geschlossenen Augen in die Mitte des Raumes. Es war vollkommen still. Kein Geräusch drang von außen hinein, der Bereich war absolut schalldicht. Was Adegunde eben gesagt hatte, hatte sie von Mindevol auch schon gehört, oft sogar, und in vielen Büchern gelesen. Dennoch wurde sie jedes Mal in eine tiefere Schicht ihres Bewusstseins geführt, wie ihr schien. *Ich bin wie eine Zwiebel, die geschält wird, Schicht für Schicht, Schale um Schale*, ging ihr durch den Kopf.

Sie konzentrierte sich, wie sie es gelernt hatte, nur auf ihren Atem, der allmählich ruhig wurde. Wenn noch ein Rest von dem, was sie in Seringat beschäftigt hatte, in ihr gewesen war, so fiel auch der jetzt von ihr ab. Später würde sie ihren Freundinnen sagen, dass sie an diesem Abend in Haldergrond ›angekommen‹ war.

Gleichmäßig strömte nun ihr Atem ein und aus. So saß sie eine halbe Stunde lang da, in sich versunken. Sie bemerkte auch nicht, wie sich leise die Tür öffnete, Astrid ihren Kopf auf der Suche nach ihr hineinsteckte und dann die Tür leise wieder schloss. Draußen drehte die Freundin noch das Schild mit der Aufschrift ›Bitte nicht stören‹ um, was Saskia vergessen hatte, und sagte leise zu Ruth: »Du hattest recht, sie ist hier drin und ich glaube, wir sollten sie jetzt in Ruhe lassen.«

Tiefer innerer Frieden erfüllte sie. Sie blieb in der Erinnerung an das eben Gehörte versunken, bis nur noch genau die Gedankenleere da war, die, wie sie wusste, das Ziel jeder Meditation ist.

Und dann, plötzlich, aus dieser Leere heraus ... entstand ein wunderbarer Ton im Raum oder in ihrem Körper, sie hätte es später nicht mehr sagen können. Und zu diesem einen Ton kam ein anderer ... dann noch einer und nach einer Weile entstand daraus eine seltsame, fremd klingende Melodie, die ihren ganzen Körper erfasste. Die Melodie schwang in ihr und sie hatte das Gefühl, dass jeder Muskel, jede Faser ihres Körpers, ja jede Zelle von dieser Musik ergriffen wurde. Ein nie gekanntes Glück, ein vollkommen unkörperliches, nicht von dieser Welt, wie sie sogleich wusste, durchströmte ihr ganzes Sein und zusammen mit einem Lächeln erschienen Tränen der Rührung und der Dankbarkeit auf ihrem Gesicht.

Niemand war da, der ihr hätte sagen können, wie schön sie in diesem Moment war. Diese Melodie wurde ihr geschickt, das war für sie in diesem Moment vollkommen klar, und sie würde dieses Lied, ohne es üben zu müssen oder Noten zu haben, auf dem Klavier spielen oder singen können, obwohl es nicht die geringste Ähnlichkeit mit einem ihr bekannten Musikstück hatte.

So saß sie noch lange, sie hätte nicht sagen können wie lange, mit geschlossenen Augen da, beseelt von den Klängen ... ihr Körper schien die Musik zu trinken und gar nicht satt werden zu wollen. Raum und Zeit waren aufgehoben. *Wie wunderbar*, dachte es in ihr, aber es war eher ein Gebet als ein Gedanke ... und dann erschienen vor ihrem inneren Auge Großbuchstaben, aus denen sich drei Worte bildeten: LIEBE ... MUSIK ... HEILUNG. Die einzelnen Buchstaben bestanden aus weißem Licht, einem Licht, das sie in solch einer Reinheit noch nie gesehen hatte. Sie öffnete ihre Augen ... und die Worte waren immer noch da ... sie schienen im Raum zu schweben, nein, es war keine Täuschung, sie schwebten im Raum.

Saskia drehte ihren Kopf nach rechts ... und die Worte wanderten mit. Nach links das Gleiche. Und dann, als sie das Verstehenwollen losließ, zeigte es sich. Das waren nicht einfach Buchstaben, sondern Wesen ... von denen sie natürlich schon gehört hatte. Lichtwesen, keines größer als ein Fingerhut, bildeten die Worte ... brachten ihr die Botschaft. Nein, es war nicht nur eine Botschaft, es war ein Aufruf, eine Aufgabe ... eine dringende Bitte.

»Ich nehme an«, flüsterte Saskia von Glück überwältigt, »ja, ich nehme an.«

Später, irgendwann in der schon zu Ende gehenden Nacht, legte sie sich an Ort und Stelle nieder, deckte sich mit einer leichten Wolldecke zu und schlief ein. Am nächsten Tag wurde sie von den ersten Mädchen, die lachend und plappernd zur Morgenmeditation gekommen waren, geweckt. Als Saskia ihnen die Tür öffnete, staunten sie, weil sie gleich merkten, dass sie die ganze Nacht im Meditationsraum verbracht hatte.

»Ich glaube, so gut habe ich noch nie geschlafen«, meinte sie fröhlich, »ich laufe schnell hinunter zum Fluss. Die Meditation schwänze ich heute morgen ... zum Frühstück bin ich wieder da.« Von ihrem nächtlichen Erlebnis erwähnte sie kein Wort.

* * *

Kapitel 18

»Was haben Sie zur Verteidigung ihres Sohnes zu sagen?« Die Stimme dröhnte durch den Raum und verstärkte Jareds Angst, die inzwischen dabei war, vollends von ihm Besitz zu ergreifen. Er hätte nicht genau sagen können, wie lange er schon so dasaß. Es war allerdings auch niemand da, den das interessiert hätte. Ihm kam es wie eine Ewigkeit vor. Er hockte in einem engen, einem sehr engen Stuhl und konnte sich kaum rühren, denn er wurde zusätzlich mit der Kraft einer Schraubzwinge festgehalten. Irgendetwas oder irgendjemand drückte mit Macht auf seine Schultern. Es war ihm unmöglich, seine Arme von den Lehnen zu heben, allerdings konnte er nicht erkennen, wer ihn hielt, denn seine Augen waren verbunden. Auch konnte er sein rechtes Bein nicht bewegen, ja, er hatte überhaupt kein Gefühl dort, wo es sein musste ... und jetzt spürte er, dass er gefesselt war. Aber nur das rechte Bein, das linke Bein war frei, was ihm allerdings herzlich wenig nutzte. *Wie festgeschweißt*, fuhr es ihm durch den Kopf.

»Nehmt ihm die Binde ab, damit er sehen kann!«, befahl plötzlich jemand. Jared hörte Häme aus dem Tonfall und er hätte nicht sagen können, ob es sich bei dem Eigentümer der Stimme um eine Frau oder einen Mann handelte. Ein neuerlicher Schauer lief ihm über den Rücken und er spürte, wie sich seine feinen Nackenhaare aufstellten.

Raue, eiskalte und, wie er zu fühlen glaubte, feuchte Hände lösten die Augenbinde. Gleich darauf wurde es heller um ihn, wenn auch nicht wirklich hell. Die schummrige Beleuchtung reichte aber immerhin aus, um zu erkennen, dass er sich in einer Art Gerichtssaal befand, ähnlich dem von Winsget, in dem er schon häufig als Beisitzer tätig gewesen war. Aber irgendetwas stimmte hier nicht, so sahen in der Regel keine Gerichtssäle aus. Vor ihm befand sich zwar eine Art Empore, er musste seinen Kopf jedoch sehr weit nach hinten beugen, um überhaupt etwas erkennen zu können.

Bestimmt zwanzig Ellen über sich erblickte er undeutlich eine Gestalt, die der Besitzer oder die Besitzerin dieser Stimme sein musste. Dahinter war ein riesengroßer Wandteppich aufgehängt, der eine Jagdszene darstellte. Nur ... hier wurden Menschen gejagt. Ganz genau konnte er das in diesem Zwielicht nicht erkennen. Im Moment aber gab es Wichtigeres für ihn als Bilderrätsel zu entschlüsseln. Er hatte wahrhaftig andere Sorgen, große Sorgen.

Das ist kein ordentliches Gericht, fuhr es ihm durch den Kopf, *wo sind die Beisitzer, wo ist der Protokollführer?*

»Ich brauche keine Beisitzer«, fauchte die Stimme, die seine Gedanken gelesen haben musste. »Beisitzer brauchen nur Leute, die nicht den Mut haben, eigene Entscheidungen zu treffen und sie auch in die Tat umzusetzen. Beantworten Sie gefälligst meine Frage, Herr Verteidiger«, fuhr die Stimme jetzt erheblich schärfer und mit noch mehr triefender Häme fort.

Ach ja, und wer sagt Ihnen, dass Ihre Entscheidungen richtig sind?, wollte er gerade sagen, aber irgendetwas tief aus seinem Inneren hielt ihn fast mit Gewalt davor zurück. Seine Augen gewöhnten sich allmählich an das Halbdunkel. Er wollte Zeit gewinnen, sich erst einmal mit den Gegebenheiten vertraut machen, bevor er hier weiterhin irgendwelche Fragen beantwortete. Er musste unbedingt seinen Sohn sprechen. Wenn er der Verteidiger war ... warum war er dann gefesselt?

»Wo ist der Angeklagte? Ich sehe ihn nicht in diesem Saal«, fragte Jared jetzt, um Höflichkeit bemüht. Ein Raunen kam aus dem Bereich, der unmittelbar hinter ihm liegen musste. Verdammt, er konnte seinen Kopf nicht drehen, auch der war eingeklemmt. Er konnte ihn lediglich auf und ab bewegen.

»Und wo ist der Vertreter der Anklage?«, schloss Jared seine nächste Frage an. »Worum geht es hier eigentlich?«

»Der Angeklagte ist verhindert, wir verhandeln in seiner Abwesenheit. Und der Ankläger? Sie wollen wirklich wissen, wer der Vertreter der Anklage ist? Wollen Sie dieses Gericht beleidigen?« Das Raunen im Saal wurde lauter und jetzt glaubte er, das Scharren von Füßen zu hören ... von vielen Füßen, direkt hinter ihm.

Jared grübelte einen kurzen Moment lang darüber nach, was an seinen Fragen beleidigend gewesen sein könnte, fand aber, dass es ihn nicht wirklich weiterbringen würde, wenn er es herausbekam. Nicht vor diesem Gericht. Es war einfach nur grotesk.

»Aber das, das ist ...«, startete er noch einen Versuch, der aber sofort unterbrochen wurde.

»Das ist was?«

Ein dröhnendes Klopfen erfüllte den Saal. Der Richter oder die Richterin dort oben musste einen riesigen Vorschlaghammer benutzen.

»Versuchen Sie nicht, Zeit zu schinden, Herr Verteidiger«, die Stimme wurde seltsam schnarrend. »Das wird Ihnen nichts, aber auch gar nichts einbringen ... und Ihrem Sohn erst recht nicht.«

Wieder wurden die Worte ›Herr Verteidiger‹ gedehnt ausgesprochen. Der Sarkasmus war unüberhörbar. »Machen Sie hier keine Spielchen, sonst werden Sie die Härte dieses Gerichtes am eigenen Leibe zu spüren bekommen. Wir haben Möglichkeiten, von denen Sie nicht einmal träumen. Können Sie träumen, Herr Verteidiger?« Vielstimmiges Kichern kam jetzt von allen Seiten.

Was sollte diese ironische Frage, was tat die zur Sache? Er fand es bereits hart genug in diesem Gerichtssaal. Wo war sein Sohn? Wo war Vincent? Er musste die Ruhe bewahren. Panik würde ihm jetzt am wenigsten helfen.

Reiß dich zusammen, sagte er zu sich, *reiß dich zusammen und konzentrier dich, verdammt, es geht um deinen Sohn.*

Er spürte instinktiv, dass er Vincent diesmal nicht mit einer Spende oder irgendwelchen Versprechungen oder einfach aufgrund seines guten Rufes und Ansehens herauspauken können würde ... hier nicht.

»Hohes Gericht«, versuchte er es jetzt wieder mit Höflichkeit, »wenn ich meinen Sohn verteidigen soll, muss ich wissen, was ihm zur Last gelegt wird. Überall auf der Welt hat ein Verteidiger das Recht, mit dem Angeklagten zu sprechen.«

Lachen dröhnte aus dem Saal und es schien abermals von überall her zu kommen, sogar von oben. Von oben, von unten, von allen Seiten. Dann wieder diese gewaltigen Hammerschläge, die ihn bis ins tiefste Mark trafen.

»Ruhe bitte! Ich habe eine Botschaft für Sie, Jared von Raitjenland. Sie sind hier nicht ›überall auf der Welt‹, haben Sie das noch nicht bemerkt? Schauen Sie sich um ... ach so, das geht ja nicht«, lachte die Gestalt ihn aus, die er immer noch nicht erkennen konnte.

»Wo bin ich hier?«, rief er und jeder im Saal konnte jetzt bestimmt fühlen, dass er Angst hatte. Aber das war ihm gleichgültig. Er verlor langsam den Boden unter den Füßen, aber er fiel nicht. Die Panik kroch ihm jetzt den Nacken empor, als wenn sich Hunderte in Eis gebadete Nacktschnecken auf den Weg gemacht hätten. Er klammerte sich so fest an die Armlehnen, dass die Knöchel seiner Hände weiß hervortraten, und merkte dabei, dass sein ganzer Körper sich anspannte wie die Sehne seiner Armbrust kurz vor dem Schuss – und er war absolut machtlos dagegen. Dann gesellte sich auch noch eine schier unerträgliche Hitze dazu, so als stünde der Raum plötzlich in Flammen. Seine Kehle fühlte sich auf einmal an wie grobes Sandpapier und das Schlucken schmerzte.

Der Herr von Raitjenland verliert den Boden unter seinen Füßen, ließ sich eine Stimme aus seinem Inneren vernehmen. Sie machte sich offensichtlich lustig über ihn.

Nein, niemals, antwortete eine zweite, ebenfalls irgendwo in ihm und sie war dabei sehr bestimmt, fast autoritär.

Aber er ist machtlos, seht doch, wandte eine dritte Stimme ein.

Er schüttelte sich, soweit es seine Bewegungsfreiheit zuließ. In dieser Situation konnte und wollte er es sich nicht leisten, inneren Stimmen zu lauschen, egal wie viele es noch werden sollten. Er musste sich auf die Vorgänge in diesem Raum konzentrieren, verdammt noch mal. Und er wollte endlich Antworten. Inzwischen war er bereit für jede Antwort, mochte sie noch so bitter oder schlimm sein.

»Hört, hört, er will wissen, wo er hier ist!«, rief es wieder von oben herab. »Er hat es immer noch nicht begriffen.«

Die Situation wurde immer verrückter. Jetzt klatschten die Leute oder wer oder was auch immer hinter ihm saß. Wenn er gekonnt hätte, hätte er sich in den Arm gekniffen, um sich zu überzeugen, dass das hier Realität war. Wieder das Dröhnen des Hammers, drei, vier Mal. Es wurde augenblicklich so still im Saal, dass man eine Stecknadel hätte fallen hören können. Die Gestalt dort oben beugte sich nach vorne und ein schwacher Lichtschein fiel auf sie. Da glaubte er sie für einen Moment lang zu erkennen, aber das war eigentlich unmöglich.

»Vrena?«, hauchte er ungläubig, »Sie können nicht Vrena sein, Vrena ist tot.« Sein Herz schlug wild in seiner Brust.

»Was soll das hier, was spielen Sie für ein Spiel? Wissen Sie nicht, wer ich bin?», bekam er gerade noch heraus und jetzt klang er trotzig. Er schnappte nach Luft und hatte das Gefühl, als wolle sein gesamtes Blut auf einmal in seinen Kopf strömen, um ihn wie eine reife Melone zum Zerplatzen zu bringen. Sofort verschwand die Gestalt wieder im Halbdunkel der Empore ... unerreichbar für seine suchenden Blicke.

»Wer ich bin, tut hier nichts zur Sache, Herr Verteidiger«, ließ sie sich wieder vernehmen, »ich glaube, Sie haben immer noch nicht begriffen, worum es hier geht. Erfüllen Sie gefälligst Ihre Aufgabe vor diesem Gericht. Wo bleibt Ihr Plädoyer? Hätten Sie früher Ihre Pflicht erfüllt, als noch Zeit dafür war, dann müssten wir heute nicht unsere Zeit vertun. Ich bin das

Gericht, das muss Ihnen reichen. Ich vertrete alle ...« Jared konnte das Wort oder die Worte nicht verstehen und wollte gerade nachfragen, als die Stimme weitersprach: »Und wer Sie sind, Jared von Raitjenland, wissen wir sehr genau. Sie sind der Vater eines ... Mörders!«

Den letzten Satz hatte die Gestalt mit Gift und Galle herausgespuckt und Jared sank in seinem Stuhl zusammen. Jetzt war es heraus. Seine schlimmsten Befürchtungen hatten Gestalt angenommen. Vincent, sein Sohn Vincent, war des Mordes angeklagt und er sollte ihn verteidigen. *Lächerlich*, dachte er, *nie und nimmer*.

Sein Blut drängte zurück und er spürte förmlich, wie er blass wurde. Die nächsten Minuten dieser Verhandlung erlebte Jared wie in einer Art zähflüssigem Nebel, durch den kaum etwas zu ihm durchdrang. Ein lautes Rauschen war in seinen Ohren, er konnte nur noch bruchstückhaft etwas verstehen. Wahrscheinlich litt sein Trommelfell unter den lauten Hammerschlägen. Dann bekamen die Wortfetzen wieder einen Zusammenhang.

» ... und ich bin noch nicht fertig«, ließ sich die Stimme plötzlich wieder deutlicher vernehmen, »der Apfel fällt nicht weit vom Stamm. Nicht wahr? Ich habe mein Urteil gefällt.«

Das Klopfen des schweren Hammers brachte das lauter werdende Raunen erneut zum Schweigen und an die gewandt, die ihn immer noch festhielten, sagte die Gestalt: »Packt den Herrn von Raitjenland und werft ihn den Wölfen vor, aber erst nach seinem Sohn. Er soll zuschauen wie sie ihn zerfleischen! Meine Geduld ist am Ende.« Ein letzter einziger Hammerschlag ertönte, ein Stuhl wurde gerückt, Schritte ertönten und eine Tür fiel laut ins Schloss. Schlagartig wurde es dunkel im Gerichtssaal. Dann spürte er nur noch etwas, was ihn mit eiserner Kraft packte, um ihn von seinem Stuhl zu zerren, und er hätte nicht sagen können, ob es Hände oder Krallen waren. Es war ein einziger höllischer Schmerz.

»Nein«, hörte er sich rufen, »bitte nicht! Ich möchte noch etwas sagen ... es ist wichtig, bitte!« Er musste Zeit gewinnen.

Er wollte sich mit einem verzweifelten Ruck unter Aufbietung all seiner Kräfte befreien, um dann vielleicht im Stehen die richtigen Worte zu finden, er hatte jetzt nichts mehr zu verlieren. Dabei stieß er hart mit dem Kopf an ein Hindernis. Seinen Schädel durchfuhr ein gewaltiger Schmerz ... dann erwachte er.

Sein rechtes Bein war eingeschlafen, irgendwie hatte es grotesk abgewinkelt dagelegen. Er spürte, wie Jesper ihm mit seiner rauen Zunge über Augen und Gesicht schleckte.

»Blitz und Donnerschlag«, brummte er und wehrte den Hund mit einer Handbewegung ab. »Jesper, aus! Lass mich erst mal zu mir kommen.«

Er fasste sich an die Stirn und fühlte, dass sich dort, oberhalb seiner Narbe, eine kleine Beule gebildet hatte. Wo war er? Er schaute sich um, dann wurde es ihm bewusst. Er griff neben sich und wischte sich mit einem Tuch das Gesicht trocken.

»Ich habe das alles nur geträumt«, sagte er laut. »Was für ein Albtraum.« Langsam fand er die Orientierung in seinem kleinen Zelt wieder. Irgendwie musste er es geschafft haben, seinen Kopf zwischen zwei Felsbrocken einzuklemmen. Es war offensichtlich eine sehr unruhige Nacht gewesen. Die Wolfsfelldecke lag zerknüllt da und kaum etwas von seinen übrigen Sachen befand sich an dem Platz, an dem er es am Abend zuvor sorgfältig hingelegt hatte. Selten war er so froh über das Ende einer Nacht gewesen.

Er öffnete das Zelt und sog die frische Morgenluft ein, als könne er an den Traumerinnerungen ersticken, die noch bruchstückhaft durch sein Bewusstsein waberten. Nur wenige Meter weiter rauschte der Indrock vorbei und er sah die weißen Schaumkronen, die um die Felsen spielten. Dann wurde ihm bewusst, dass die Sonne bereits aufgegangen war.

Kurze Zeit später saß er am Fluss, hielt sich ein kaltes Tuch an die Stirn, das er immer wieder eintauchte, und fühlte, wie seine Lebensgeister langsam wieder erwachten. Dann zog er sich aus und stieg in das eiskalte Wasser. Nach mehrmaligem

Untertauchen stieg er prustend wieder ans Ufer und rubbelte sich mit einem groben Handtuch ab, bis die Haut gerötet war. Danach erst fühlte er sich wach. Während des Ankleidens hielten seine Hände beim Knöpfen seiner Weste auf einmal inne.

Das Gefühl von Selbstbetrug überwältigte ihn wie ein heftiger Schlag. Er schloss die Augen und öffnete sie wieder, als könne er auf diese Weise den qualvollen Gedanken von sich weisen. Laut sagte er:

»Was immer Vincent auch sein mag ... und es gibt immer noch keinen Beweis, keinen handfesten Beweis, egal was irgendjemand behauptet, er ist immer noch mein Sohn und das sollte doch wohl auch etwas zählen. Ein Mörder ist er nicht.« Die Worte trösteten ihn für einen Moment, doch der nächste unabweisbare Gedanke kam gleich hinterher. Kannte er seinen Sohn wirklich gut genug? Wurde Vincent nicht ziemlich schnell wütend, wenn er etwas nicht sofort bekam? Und konnte er nicht äußerst ungehalten sein, wenn ihm etwas nicht auf Anhieb gelang?

Als Vincent fünf Jahre alt war, hatte er in einem kindlichen Wutanfall verlangt, dass eines seiner Ponys, das ihn abgeworfen hatte, zum Metzger müsse. Alle hatten sich köstlich darüber amüsiert, besonders die beiden Großmütter, die das auch noch süß und goldig fanden, wie ihr kleiner Enkel sich aufregen konnte und dabei mit dem Fuß aufstampfte. Nur durch Versprechungen, die ihm ein neues Geschenk in Aussicht gestellt hatten, war der kleine Vincent zu beruhigen gewesen. Und dann erinnerte sich Jared auch, wie schlimm es für seinen Sohn war, wenn er von jemandem abgewiesen wurde, was allerdings nicht häufig vorkam. *Kam es nur nicht vor, weil er mein Sohn ist?* Jared schüttelte sich, als könne er auf diese Weise seine Gedanken loswerden, die sich wie ein Schwarm Fliegen auf einem Honigtopf niedergelassen hatten.

»Es wird Zeit aufzubrechen«, sagte er laut zu seinem Hund, »dann komme ich vielleicht auf andere Gedanken.«

Jared packte seine sieben Sachen, schulterte Armbrust, Köcher und Rucksack und lief mit raumgreifenden Schritten weiter den Berg hinauf. Das Frühstück wollte er an einem anderen Ort einnehmen, *an einem Platz, der ihm freundlicher gesonnen war*, wie er zu sich sagte. Jesper sprang neben ihm her und freute sich offensichtlich, dass es weiterging.

***

Kapitel 19

The Quick and the Dead, Unforgiven, High Noon, Eldorado, The Magnificent Seven, American Outlaws, Butch Cassidy and Sundance Kid, Wyatt Earp, The Last of the Mohicans, Ride with the Devil, Forty Guns, Dances with Wolves, Last Man Standing, The Outlaw Josey Wales, Last Train from Gun Hill, Rio Bravo.

Carl Weyman gratulierte sich, denn es waren ihm während seiner Reise doch eine Menge Filmtitel eingefallen. Er würde den Schwierigkeitsgrad seines kleinen Spiels erheblich steigern können, wenn er zunächst jetzt die Hauptdarsteller, die fast immer die Guten waren, suchen, sich dann auf die Schurken und später auf die Frauen konzentrieren würde. Meist ging es in diesen Filmen um irgendeine Frau, die natürlich am Schluss der Held abbekam. Western waren so einfach gestrickt. *Aber im Grunde ist es ja auch so einfach*, dachte Carl. Dann fiel ihm ein Lied ein.

I was born under a wandrin' star,
I was born under a wandrin' star.
Wheels are made for rollin', mules are made to pack.
I've never seen a sight that didn't look better looking back.
I was born under a wandrin' star.
Mud can make you prisoner, and the plains can bake you dry.
Snow can burn your eyes, but only people make you cry.
Home is made for comin' from, for dreams of goin' to,
which with any luck will never come true.

»Verdammt, wie geht das Lied noch mal weiter, wie ist die zweite Strophe?«, fragte er sich laut. Er hatte sie gerade nicht auf seinem inneren Schirm, obwohl ihm der Text auf der Zunge lag. So etwas konnte ihn maßlos fuchsen. Das war überhaupt nicht perfekt. Vielleicht lag es aber auch an der zunehmenden

Unruhe, denn das Abteil hatte sich inzwischen gefüllt. Je näher der Zug der Hauptstadt gekommen war, desto mehr Menschen waren an den Zwischenstationen zugestiegen.

Na, immerhin, ›Paint your Wagon‹ mit Lee Marvin, tröstete er sich, *Schwamm drüber, bin eh schon da*, stellte er mit einem Blick aus dem Fenster fest. Das Spiel mit den Darstellern würde er sich für die Nacht aufheben, wenn sein Auftrag erledigt war. Als Entspannung sozusagen. Er würde sowieso wieder nicht schlafen können. Das lag nicht etwa an dem Einsatz, der vor ihm lag, sondern das war einfach immer so in einem fremden Bett. Er lag stundenlang wach und wenn er dann endlich, müde vom ständigen Umherwälzen, in den frühen Morgenstunden eingeschlafen war, kamen meist unruhige Träume. Er hätte natürlich eine dieser Pillen nehmen können, die ihm einen tiefen Schlaf bescheren würden, Carl war aber gegen jegliche Einnahme von Kunstprodukten.

Er nahm seine Tasche, steckte die Zeitung ungelesen in die Innentasche seines Mantels, setzte den Hut auf und verließ mit allen anderen den Zug, der hier seine Endstation erreicht hatte. Kurz darauf war Carl Weyman in dem Gewimmel der Central Station von Bushtown untergetaucht. Da er genügend Zeit hatte, wollte er den Rest des Weges zu Fuß zurücklegen. Er wusste, dass er an einer Pferderennbahn vorbeikommen würde, und wenn dort gerade ein Rennen sein sollte, wollte er es sich anschauen.

An der Rezeption des Vision Inn, einem der besten Hotels der Stadt, in dem er bereits während seines letzten Auftrags gewohnt hatte, überreichte ihm der jovial dreinblickende, grau melierte Empfangschef, Mr. Haite, einen kleinen, schwarzen Umschlag. Es war 17 Uhr.

»Schön, Sie so bald wieder bei uns begrüßen zu dürfen, Mr. Weyman. Das hier ist für Sie abgegeben worden, Sir, und ein kleiner schwarzer Koffer ist bereits in Ihrer Suite Nr. 4545. Ich wünsche Ihnen im Namen der Hotelleitung einen angenehmen Aufenthalt in unserem Hause. Sind Sie wieder geschäftlich in unserer schönen Stadt, wenn ich fragen darf?«

»Ja, ja, geschäftlich, sehr geschäftlich«, murmelte Carl, der sich eines kleinen Grinsens nicht erwehren konnte, und dachte im Weggehen: *Das geht dich einen Scheißdreck an, warum ich hier bin, und wirklich interessieren tut es dich sowieso nicht. Was bringen die denen eigentlich auf ihren Schulungen bei? Echt war das nicht. Dann soll er doch lieber seine Klappe halten. Hätte bestimmt gerne gewusst, was in dem Koffer ist. Er sollte für seine Neugierde eins übergezogen bekommen.*

Kaum war der Gast außer Sichtweite, versandte der Empfangschef eine E-Mail. Mit der NSPO wollte er sich keine Schwierigkeiten einhandeln. Der gute Ruf eines Hotels war schnell ruiniert und er wollte seinen Arbeitsplatz behalten.

Im Aufzug sagte Carl zu sich: *Donnerwetter, eine Suite diesmal. Lassen sich die Sache ja mächtig was kosten. Na ja, es geht ja auch nicht um irgendjemanden. Was die Schönheit dieser Stadt anbelangt, so liegt das ja wohl im Auge des Betrachters.* Im letzten Jahr hatte er etwas Zeit gehabt, sich ein Bild von den Veränderungen in Bushtown zu machen. Die sieben Jahre davor hatte er die Hauptstadt gemieden.

In der Suite im fünfundvierzigsten Stockwerk hängte er seinen Mantel an die Garderobe, warf den Hut mit einer lässigen Bewegung auf einen der Sessel und legte sich auf das riesige Bett. So lag er ungefähr eine halbe Stunde auf dem Rücken ausgestreckt und starrte an die Decke. In Gedanken ging er sein Vorhaben für den Abend in allen Einzelheiten durch. Dann trat er ans Fenster und zog die Vorhänge zurück. Er blickte über den Potomac, der träge dahinfloss. Zahlreiche schwere Lastkähne beförderten ihre Frachten durch die silbern schimmernden Fluten des breiten Flusses. Dahinter konnte er durch leichte Dunstschleier die Skyline der am gegenüberliegenden Ufer befindlichen Stadtviertel erkennen. Wie dunkle, gespenstische Stalagmiten erhoben sich dort die zahlreichen Wohn- und Büroburgen, die von den pulsierenden Verkehrsadern miteinander verbunden wurden, und er dachte: *Der Patient hängt am Tropf. Nie und nimmer möchte ich hier leben, alles viel zu hektisch. Ich habe genug gesehen. Ich werde meine Arbeit tun und dann machen, dass ich wieder wegkomme ... in mein kleines Reich.*

Er schaltete den Fernseher ein, zappte einige Male herum, bis er einen Westernkanal fand, und griff sich dann den schwarzen Koffer, der in der Diele abgestellt worden war. Er stellte ihn auf den Schreibtisch, entnahm dem Kuvert einen silbernen Schlüssel an einer ebenfalls silbernen Kette und öffnete die beiden Schlösser, die mit einem leisen Klicken aufsprangen. *Wie altmodisch*, dachte Carl, *mit silbernem Schlüssel an einer Kette*. Die MFB, die er schon bei seinem letzten Einsatz getragen hatte, lag obenauf. Er nahm sie heraus, testete sie kurz, klappte sie dann wieder zusammen und legte sie auf die Schreibunterlage. Er grinste, als er die Nachricht las, die er dann fand: *Derselbe graue Wagen wie beim letzten Mal. Er parkt gleich um die Ecke und ist auf Sie programmiert. Benutzen Sie ihn nur für den Auftrag. Stellen Sie ihn später wieder an gleicher Stelle ab.*

Nachdem er sehr zufrieden den restlichen Inhalt des Koffers überprüft und diesen dann wieder sorgfältig verschlossen hatte, verspürte er Hunger. Den Schlüssel hängte er sich um den Hals.

Erst mal ein wenig frisch machen, sagte er sich.

Er betrat das luxuriöse Badezimmer. Auch hier war ein großer Bildschirm so angebracht, dass man aus einem riesigen Whirlpool das Programm verfolgen konnte. Diesen Luxus wollte er sich aber für später aufheben. Er nahm nur eine schnelle, heiße Dusche.

Um achtzehn Uhr verließ Carl Weyman guter Dinge das Vision Inn, ohne den Portier, der ihn unterwürfig grüßte, auch nur eines Blickes zu würdigen. Seinen Hut hatte er im Zimmer gelassen. Er wollte nicht auffallen. Unter seinem leichten Mantel trug er einen eng anliegenden hellgrauen Anzug, den er bei seinem letzten Besuch in Bushtown gekauft hatte.

Der Empfangschef hatte ihm eines der unglaublich teuren Restaurants in der City empfohlen und ihm gleich einen Tisch dort reservieren lassen. Da Carl unbegrenzt Spesen machen konnte, wollte er es sich nicht nehmen lassen, dies auch auszukosten. Er hasste die weit verbreiteten Automatenlokale mit ihren computergesteuerten Essensrobotern. Zugegeben, sie waren schnell und man bekam das für seinen Körper in diesem Moment richtige Essen, aber Carl wollte zu sich nehmen, was ihm schmeckte. Das war eben nicht immer dasselbe. Er fand, dass dieses ganze Getue um die Ernährung viel zu hoch aufgehängt wurde. Wenn man aß, was einem schmeckte und auch nur wenn man Hunger hatte, konnte das seiner Meinung nach nicht schlecht für einen sein.

Eine Luftkissenfähre – die Anlegestelle war gleich beim Hotel – brachte ihn in wenigen Minuten in eines der belebten Viertel Bushtowns, das ihn sofort an einen Ameisenhaufen erinnerte. Hier standen riesige, gläserne Bürokomplexe, deren breite Eingänge auf Carl wie die hungrigen Mäuler von Riesen wirkten, die pausenlos Menschen einsaugten und wieder ausspuckten. Auf dem Boot waren kaum Leute, denn um diese Zeit benutzte man eher den umgekehrten Weg aus der Stadt hinaus. Die wenigen Passagiere waren meist elegant gekleidet und unterhielten sich fröhlich über den bevorstehenden Theaterbesuch oder irgendeine angesagte Party. Niemand schenkte dem Mann mit der Raubvogelnase besondere Aufmerksamkeit.

Im Acadiana auf der Old York Avenue 3003 bekam er einen Platz an einem Fenstertisch zugewiesen, von dem aus er die Straße im Auge behalten konnte, was ihm stets wichtig war. Draußen hatte es gerade heftig zu regnen begonnen und die wenigen Menschen, die jetzt noch keinen Unterstand oder einen anderen trockenen Platz gefunden hatten, liefen mit eingezogenen Köpfen und schnellen Schritten an ihm vorüber.

Laut Aussage des Empfangschefs war das Restaurant nicht nur bekannt für seine Meeresfrüchte, sondern es sollte auch eine gelungene Reminiszenz an New Orleans sein, aus dem die Familie des Inhabers stammte. Das sah Carl schon beim Hereinkommen bestätigt, als ihm die unzähligen gerahmten Fotos, Landkarten und Zeitungsberichte an der Wand gleich neben dem Eingang ins Auge fielen. Wie er wenig später feststellte, lag auf jedem Tisch eine gedruckte Broschüre über die Geschichte Louisianas und insbesondere von New Orleans.

Die größte Stadt des damaligen Bundesstaates Louisiana am Golf von Mexiko war, wie Carl wusste, irgendwann von einem Erdbeben vollkommen zerstört worden und damit von der Bildfläche verschwunden. Damit hatte die Vernichtung der gesamten Golfküste, die zu Beginn des einundzwanzigsten Jahrhunderts mit einem gewaltigen Hurrikan namens Katrina begonnen und kurze Zeit später mit einer Ölpest unvorstellbaren Ausmaßes fortgesetzt worden war, ihr Ende genommen.

Innerhalb weniger Jahre hatte dort kaum noch jemand gelebt, weil nicht nur Fischer und Hoteliers ihre Existenzen verloren hatten. Die gesamte Flora und Fauna war dem Untergang unwiederbringlich preisgegeben worden. Und das nur aus Profitgier der Ölkonzerne und wegen des unverantwortlichen Leichtsinns der zuständigen Behörden, die die geforderten Überprüfungen der Sicherheitsvorkehrungen aus Geldgier vernachlässigt hatten. Berichten zufolge waren erhebliche Bestechungsgelder an die zuständigen Beamten gezahlt worden. In nur wenigen Tagen waren schon 160 Meilen Küste verseucht – und das war nur der Anfang gewesen. Der damalige erste afroamerikanische Präsident der Vereinigten Staaten, Barack Obama, hatte zwar nach anfänglichem Zögern die größte Rettungsaktion aller Zeiten in Gang gebracht, die Bemühungen waren aber vergeblich gewesen. Zum einen, weil zu diesem Zeitpunkt nach der Explosion einer Bohrinsel bereits seit mehreren Wochen täglich weit über 100.000 Barrel Rohöl ins Meer geströmt waren, zum anderen hatte man noch nicht über die technischen Möglichkeiten verfügt, ein Bohrloch dieses Ausmaßes und in dieser Tiefe abzudichten.

Ironischerweise hatte die Ölfirma dem Rettungsverfahren den Namen ›Top Kill‹ gegeben. Sprach die Ölfirma anfänglich von 700 Barrel Rohöl, die täglich aus dem Leck flössen, so waren es in Wahrheit mehr als 4.000, wie unabhängige Forscher herausfanden. Der Zynismus gipfelte in der Aussage des damaligen Chefs der Ölfirma, der in einem Interview sagte, verglichen mit der Größe des Ozeans sei dieser Ölteppich doch klein.

Außer den Anstrengungen, das Bohrloch abzudichten, hatte man chemische Zersetzungsstoffe eingesetzt, um der Ölschwaden, die dem Meer den Sauerstoff entzogen, Herr zu werden. Dies aber war dem Versuch gleichgekommen, den Teufel mit dem Beelzebub austreiben zu wollen.

Täglich waren Hunderte verendete Schildkröten, Delfine, Pelikane und andere seltene Seevögel an den Stränden bis weit hinauf an die Küste Floridas von verzweifelten Anwohnern aufgesammelt worden und Stürme hatten das Öl bis weit in die unter Naturschutz stehenden Marschlandschaften hineingetrieben und auch diese zerstört. In den Ferienorten, die sonst von Touristen überfüllt waren, trieben sich lediglich ein paar Dutzend Journalisten und Fernsehteams herum, die aber auch bald verschwunden waren, nachdem die Weltöffentlichkeit sich wieder anderen Themen zugewandt hatte.

Barack Obama, der mit viel Zustimmung und Begeisterung ein Jahr zuvor sein Amt angetreten hatte, war inzwischen unter erheblichen politischen Druck geraten und seine Umfragewerte waren dramatisch gesunken. Daraufhin hatte er alle Bohrinseln auf See stilllegen und auch keine neuen Lizenzen mehr erteilen lassen, wodurch er wiederum die mächtigen Bosse der Konzerne gegen sich aufgebracht hatte. Der amerikanische Staat hatte zwar die immensen Summen, die für Ausgleichszahlungen und Säuberungsaktionen ausgegeben worden waren, dem Konzern in Rechnung gestellt, aber wer nur einen Blick auf die am Strand verendeten Tiere hatte werfen können, dem war in aller Deutlichkeit klar geworden, dass man verlorenes Leben nicht zurückkaufen konnte. Im Grunde war der damals mächtigste Mann der Welt ebenso hilflos wie der Krabbenfischer.

Man sah sich durch diese und ähnliche Katastrophen der darauffolgenden Jahrzehnte – und weil man natürlich wusste, dass die Öl- und Gasvorkommen irgendwann einmal erschöpft sein würden – noch dringender dazu veranlasst, weiterhin nach umweltfreundlicheren und kostengünstigen Alternativen zu suchen.

In Abu Dhabi war mit dem Projekt Masdar City im Jahre 2020 die erste Öko-Stadt der Welt entstanden. Das Projektvolumen hatte 22 Milliarden Dollar umfasst. Der Projektauftrag, an dem sich mehrere der großen Industrienationen finanziell beteiligt hatten, hatte gelautet: Weder Abfall, noch Autos oder Treibhausgase sollen Luft und Umwelt verschmutzen. In der Musterstadt hatten zunächst ungefähr 50.000 Menschen gelebt. Im Jahre 2040 lebten dort bereits mehr als drei Millionen Menschen und die Stadt hatte sich in rasendem Tempo immer weiter ausgedehnt.

Neunzig Prozent des Energiebedarfs war von Solarstromanlagen gedeckt worden, die auf 30 Millionen Quadratmeilen Dach- und umliegender Wüstenfläche installiert worden waren. Das Trinkwasser hatte aus Entsalzungsanlagen gestammt, die ebenfalls mit Sonnenenergie betrieben worden waren. Alle Automobile waren elektrisch und damit abgasfrei angetrieben. Masdar City war auch Standort einer neuen Art von Universität gewesen.

Das Masdar Institute of Science and Technology war die erste Hochschule der Welt gewesen, die sich ausschließlich dem Komplex der ökologischen Nachhaltigkeit auf Basis erneuerbarer Energien gewidmet hatte. Dieser Universität entstammten die Brüder Felix und Robert Muller, die im Jahre 2240 durch ihre Erfindungen den entscheidenden Grundstein für die Lebensweise der Jetztzeit gelegt hatten.

Das Lokal war eine zeitgenössische Interpretation eines alten Louisiana Fish House und es waren noch nicht alle Tische besetzt. Offensichtlich ging man hier für gewöhnlich später zum Essen. Das war Carl allerdings recht, denn er hasste überfüllte Örtlichkeiten, schon die letzten Stationen im Zug waren ihm höchst unangenehm gewesen. Die Gegebenheiten hier erleichterten es ihm, alles im Blick zu behalten.

In Sekundenschnelle hatte er sich, während der Oberkellner ihn zu seinem Tisch gebracht hatte, einen Überblick verschafft und dabei festgestellt, dass die anderen Gäste alle mit sich selber beschäftigt waren oder sich mehr oder weniger angeregt mit ihren Tischnachbarn unterhielten. Keiner schien sich für ihn zu interessieren. Die Frage des Oberkellners nach einem Aperitif beantwortete er mit einem Kopfschütteln, ohne von der Menükarte aufzuschauen, in die er sich schon vertieft hatte. Die Karte des Acadiana spiegelte die Fülle des Big Easy mit den feinsten Fischgerichten wider.

Als Vorspeise wurden ihm wenig später gegrillte grüne Tomaten mit Atlantikmuscheln serviert. Die hübsche Kellnerin, die laut einem kleinen Schild an ihrer Bluse Kathrin hieß, lächelte ihn aus ihren großen braunen Augen an, als sie den Teller hinstellte und ihm von dem trockenen Wein einschenkte, den sie ihm gleich zu Beginn empfohlen hatte. »Ich wünsche Ihnen einen guten Appetit«, sagte sie freundlich. Er erwiderte ihren offenen Blick mit einem unbeholfen wirkenden Lächeln. »Danke«, murmelte er.

Das Essen ist hoffentlich genauso gut, dachte er, als er ihr nachblickte, wie sie mit einem gekonnten Hüftschwung zwischen den anderen Tischen hindurch zurück in Richtung Küche lief. Dabei bemerkte er, dass er nicht der Einzige war, dem die Kellnerin gefiel.

Die Flasche Wein würde er wohl nicht leeren, ein Glas musste an diesem Abend reichen, an dem er noch viel vorhatte. Es folgte das Hauptgericht, das den Namen ›Tante Boo's Langusten Étouffée‹ trug und ihm ebenfalls vorzüglich schmeckte. Laut Speisekarte handelte es sich hierbei um ein authentisches Louisiana Rezept.

Da bin ich aber mal gespannt, ob Tante Boo es mit Sahne oder Tomaten macht, dachte Carl und als der Teller mit dem Gericht vor ihm stand, stellte er lächelnd fest: *Die haben nicht zu viel versprochen, es sind Tomaten. Tante Boo versteht ganz offensichtlich etwas von ihrem Handwerk.*

Die auf der Grundlage einer dunklen Mehlschwitze mit würzigen Tomaten, frischem Knoblauch, Paprika, Sellerie und Zwiebeln vermischten Langusten und Garnelen, die über gedämpftem Reis serviert wurden, und mit Maiscrackern, die um den Teller herum dekoriert waren, bestätigten ihm sein Urteil. Auf die Nachspeise verzichtete er.

Nachdem er gegessen hatte, nahm er die Zeitung, die er im Bahnhofsladen von Jounstown gekauft hatte, aus der Innentasche seines Mantels hervor, legte sie auf den Tisch und schlug sie auf. Im Zug war er so sehr mit seinem kleinen Ratespiel beschäftigt gewesen, dass er noch gar nicht dazu gekommen war, den Artikel über den Sisko-Jungen zu lesen.

Unglaublich, dachte er, *wie die Zeit vergeht. Ist das wirklich schon fünfzehn Jahre her? Wie hieß doch gleich der andere? Ach ja, Steve. Was der wohl macht?* Er las, dass Kay Sisko zu den Besten seines Jahrgangs an der Universität gehört hatte und nach den Prüfungen vor der Entscheidung gestanden hatte, Profisportler zu werden. Er war ein hervorragender Baseballspieler und hatte mit seinem Team mehrere Universitätsmeisterschaften gewonnen. Sein Vater, der angesehene Herb Sisko, hatte wohl einige gewichtige Machtworte sprechen müssen, wie es zwischen den Zeilen zu lesen war, sodass Kay sich doch dazu entschlossen hatte, eine Karriere als Wirtschaftsanwalt einzuschlagen. Diese hatte sich schon bald, wohl auch dank guter Beziehungen seines Vaters, als sehr vielversprechend gestaltet. Und nun war er dabei, in die Politik zu gehen, denn er hatte sich für einen Sitz im Senat beworben.

Keine Kunst, mit dem Geld des Alten im Rücken, dachte Carl. Auch an die Entführung wurde in dem Artikel erinnert und weiter war davon die Rede, wie gut der junge Mann die Folgen der mehrwöchigen Gefangenschaft als damals achtjähriger Knabe doch verkraftet habe. Kay wurde als ehrgeizig und äußerst charismatisch dargestellt und als ein Mann, der erreichte, was er sich einmal vorgenommen hatte.

Von dem anderen Jungen steht kein Wort in der Zeitung, dachte Carl und las den Artikel zu Ende, der sich in der Hauptsache noch damit beschäftigte, dass Kay Sisko wohl durchaus Chancen hatte, einen Sitz im Senat zu bekommen. Der Schreiber traute ihm auch das Präsidentenamt zu, zumal der junge Mann innerhalb des Senats einen starken Förderer hatte, nämlich seinen Onkel, den Innensenator Rudolf Hennings.

Aber warum zeigen sie ihn dann beim Verlassen eines Nachtclubs und dazu noch mit einer Frau, die schon einige Skandale hinter sich hat?, fragte sich Carl. *Irgendwie passt da was nicht zusammen. Einerseits loben sie ihn über den grünen Klee, andererseits ... vielleicht wollen sie doch nicht, dass er es schafft. Na was soll's, das muss nicht meine Sorge sein ... jedenfalls noch nicht, man kann ja nie wissen.*

Der Artikel hatte in Carl Erinnerungen geweckt. Während er für einen Beobachter anscheinend weiterlas, hatte er die Bilder lebhaft vor Augen. Alles hatte bei dem ersten Einsatz für seinen damals neuen Kunden geklappt wie am Schnürchen. Mehr als drei Monate hatte diese Arbeit gedauert und sehr ungewöhnlich geendet, denn am Schluss lebten seine Opfer noch. Dieser Auftrag hatte ihm so manchen Nerv geraubt, denn das Zusammenleben mit den Kindern in der unterirdischen Anlage eines alten Industriebaus war für ihn überaus anstrengend gewesen. Carl, der für das Leben der Kleinen verantwortlich gewesen war, denn nur so hatten sie für seinen Kunden offensichtlich einen Wert, hatte fast alles alleine machen müssen. Sein Auftraggeber hatte darauf bestanden.

Die Entführung selbst war lächerlich glatt gelaufen, weil sie perfekt vorbereitet gewesen war. Der Auftraggeber hatte offensichtlich gründlich recherchiert und kannte die Tagesabläufe der Siskos genau. Carl hatte in dieser komischen, braun gestreiften Chauffeursuniform, die er freiwillig nie angezogen hätte, die Zwillinge einfach von der Schule abgeholt und sie waren lachend in sein Auto gestiegen. Als sie bemerkt hatten, dass sie nicht wie üblich von Claude abgeholt worden waren, denn der trug nie solch eine komische Maske, war es bereits zu spät gewesen. Sie hatten zwar sofort laut und nervtötend geschrien und an die Scheiben getrommelt, als sie ihren Irrtum bemerkt hatten, das Betäubungsgas hatte allerdings schnell gewirkt, sodass die weitere Fahrt ruhig und ohne weitere Zwischenfälle verlaufen war.

Bevor er die Jungen für die nächsten Monate in ihre unterirdische Unterkunft gebracht hatte, hatte er noch einen Zwischenstopp einlegen müssen. Er hatte sie in das Gebäude getragen, weil sie tief geschlafen hatten, und dabei festgestellt, dass sie doch schwerer waren, als er angenommen hatte. Er hatte ungefähr eine Stunde in einem kleinen, fensterlosen Raum gewartet, als die Kinder, die inzwischen wieder auf eigenen Füßen gehen konnten, zu ihm gebracht worden waren. Beide lächelten und zeigten keine Spur von Angst oder Panik, wie kurze Zeit vorher noch. Sie hatten auf einer kahl rasierten Stelle ein kleines Pflaster über dem linken Ohr. Er hatte nicht nach dem Grund fragen müssen, selbst wenn ihn der interessiert hätte, denn das konnte er sich selber zusammenreimen. Dies war nämlich genau die Stelle, an der bei allen Menschen der ICD saß.

Im Grunde hatten die Jungen doch ziemlich schnell begriffen, in welch auswegloser Lage sie sich befanden, und sich in den nächsten Tagen auf ihre kindliche Art und Weise sogar sehr kooperativ gezeigt. Carl hatte das Verhalten der Kinder, gemessen an der Situation, als recht befremdlich empfunden. Er selbst hätte sich nicht einfach so in sein Schicksal ergeben.

Er hätte sich gewehrt und in jedem Fall versucht, seinem Entführer das Leben zur Hölle zu machen. Diese beiden Jungen hier aber hatten sich so benommen, als sei es das Normalste auf der Welt, dass sie jetzt für unbestimmte Zeit in einer unterirdischen Behausung leben mussten, die sicher nicht ihren verwöhnten Ansprüchen entsprach.

Weil er dazu angehalten worden war, die Kleinen bei Laune zu halten, hatte er mehrere Male gute Miene gemacht, wenn sie ihn zu irgendeinem ihrer Spiele herausgefordert hatten, von denen eine Menge vorhanden waren und die sie fast ausnahmslos zu beherrschen schienen. Sie freuten sich diebisch, wenn sie ihn wieder einmal besiegt hatten, dabei hatte er sie noch nicht einmal gewinnen lassen, sie waren wirklich besser in diesem Computerzeug. An die alberne Maske, unter der er manchmal heftig schwitzte, schienen sie sich gewöhnt zu haben.

Die Verpflegung der Achtjährigen hatte sich als ziemlich umständlich und kompliziert erwiesen, weil er auf bestimmte Allergien der Kleinen Rücksicht hatte nehmen müssen. Das war für ihn der Beweis, dass man vorhatte, die Kinder am Leben zu lassen, was sich ja dann später auch als richtig herausgestellt hatte. Die drei Monate hatten sich gezogen wie Kaugummi und er war sich oft überflüssig vorgekommen, weil die Kinder nicht ein einziges Mal aufmüpfig geworden waren. Wenn die beiden auch eingesperrt waren, so waren sie in dieser Zeit unbeaufsichtigt und man konnte ja nie wissen. Ihm selbst wäre sicherlich etwas eingefallen. Aber immer schauten sie sich bei seiner Rückkehr gerade einen der unzähligen Filme an, mit denen sie ebenfalls versorgt worden waren, oder sie schliefen friedlich, eng aneinandergeschmiegt in dem breiten Bett, das in einer Ecke des Raumes stand.

Er hatte mit zunehmender Dauer seines Einsatzes immer weitere Strecken zum Einkaufen zurücklegen müssen, da er niemals im gleichen Geschäft einkaufte. Die Langeweile hatte er damit ausgefüllt, dass er sich dem Kochen widmete. Wenn dies auch nicht zu einer Leidenschaft geworden war, so war er doch ein ganz passabler Hobbykoch geworden. Die zwei Wochen, die er damals als Zwölfjähriger in der Firmenkantine seines Pflegevaters gelitten hatte, hatten ausgereicht, ihn zu motivieren, auch das in Zukunft selbst in die Hand zu nehmen.

Im Großen und Ganzen konnte er heute recht zufrieden auf die Entführung zurückblicken. Fast alles war perfekt gelaufen. Nur einmal, als er den Brief in der Einkaufstasche der Haushälterin der Siskos in einem Supermarkt platziert hatte, hatte er diese aus Versehen angerempelt. Sie hatte ihn daraufhin verärgert, ja fast böse, angeschaut und er war sich sicher gewesen, dass sie ihn bei einer eventuellen Gegenüberstellung wiedererkannt hätte.

Aber der Abschluss der ganzen Operation war immerhin noch ein Erfolg gewesen und ganz nach seinem Geschmack. Er war seine gelungene Schlusskadenz, die ihn mit dem ansonsten eher langweiligen Auftrag noch einigermaßen versöhnt hatte. Der Trottel, der von Carls Auftraggeber als Täter ausgesucht worden war, hatte sich lächerlich einfach überrumpeln lassen und sich nur schwach gewehrt, als er ihm das Bekennerschreiben diktiert hatte. *Mit einer 44er am Schädel kann man auch nicht viel machen,* dachte Carl gerade, im Rückblick den Mann entschuldigend.

Danach hatte der Typ auf Knien um sein erbärmliches Leben gebettelt, das er sowieso die meiste Zeit im Knast verbracht hatte. Er hatte sogar ein Stoßgebet gesprochen, so als wenn Carl Gott persönlich gewesen wäre. Nun, wenn ein Gott über Leben und Tod bestimmen konnte, so war er das in gewisser Weise auch, nur dass das Beten dem Kerl überhaupt nichts genutzt hatte, selbst wenn er den Teufel angefleht hätte. Im Gegenteil, es hatte Carl sogar ein bisschen wütend gemacht. Er hasste Bestechungsversuche und das war ganz offensichtlich einer gewesen. Gerne hätte er noch das Katzending mit ihm gemacht, aber da es wie ein Selbstmord aussehen musste, war das schlecht möglich gewesen.

An diese Situation konnte er sich erinnern, als wenn es eben erst gewesen wäre. *Schwamm drüber*, dachte er jetzt, *ist ja alles gut gegangen. Manchmal braucht es eben auch ein wenig Glück. Und dass ich heute hier sitze, habe ich ja wohl diesem Umstand zu verdanken. War wohl meine Feuerprobe gewesen damals ... mein Debüt sozusagen.* Carl lächelte in sich hinein und winkte der Kellnerin, die aufmerksam den ganzen Raum im Blick hatte. Als diese ihm den bestellten Espresso brachte, bemerkte sie mit einem schwärmerischen Blick auf die Zeitung:

»Ein toller Mann, dieser Kay Sisko, er wird sicher einmal ein guter Präsident, von dem anderen, seinem Bruder ... wie hieß er noch ... Steve, hört man überhaupt nichts. Na ja, Publicity ist ja auch nicht jedermanns Sache«, und dann fragte sie freundlich: »Sind Sie geschäftlich in der Stadt, Sir? Entschuldigen Sie meine Neugier, aber meine Kollegin«, und dabei deutete sie mit dem Kopf in Richtung der Bar, hinter der eine junge Frau mit hellrotem Haarschopf neugierige Blicke herüberschickte, »und ich ... wir wetten immer bei neuen Gästen.«

»Wie kommen Sie darauf, dass ich als Besucher in Bushtown bin ... Kathrin?«, fragte Carl mit einem schiefen Grinsen und einem Blick auf das Namensschild. »War denn jeder Einheimische schon Gast in Ihrem Lokal?«

»Nein, sicher nicht, aber mit der Zeit bekommt man ein Gefühl dafür, Sir.«

»Ein Gefühl?« Carl zog die rechte Augenbraue skeptisch hoch.

»Ja, die Menschen, die hier leben, bewegen sich irgendwie anders ... vielleicht mit mehr Selbstverständlichkeit. Ach, ich kann es Ihnen auch nicht genauer erklären.«

»Sie studieren Psychologie, stimmt´s?«, bemerkte Carl trocken, was der Kellnerin sichtlich unangenehm war.

»Und, worauf haben Sie gewettet?«, fragte Carl leise. Wie er sich in ihren Augen hier bewegte, war ihm egal.

»Ich hab gesagt, dass Sie ein Geschäftsmann sind«, erwiderte sie selbstbewusst.

»Und ihre Kollegin, was sagt die?« Dabei schaute Carl zur Bar hinüber, wo die Rothaarige sich schnell eines der Gläser griff und damit begann, es zu polieren.

»Dass Sie ein Tourist sind«, gab sie zur Antwort.

»Und um was haben Sie gewettet?«

»Wir wetten immer um einen Drink nach Feierabend. Wir sind Studentinnen, wie Sie ja schon richtig geraten haben, und haben nicht viel Geld«, lächelte sie ihn an.

»Dann lassen Sie ihn sich schmecken, Sie haben die Wette gewonnen.«

Sie schaute mit einem triumphierenden Blick in Richtung ihrer Kollegin und tippte sich dabei mit dem Finger auf die Brust. Sie wollte noch irgendetwas Nettes zu Carl sagen, doch der zeigte ihr mit einem Blick in seine Zeitung, dass er kein Interesse an einer weiteren Konversation hatte. Sie brachte das leere Geschirr zurück an den Tresen.

»Sieht ein bisschen unheimlich aus, dein Gast, findest du nicht auch?«, meinte die Verliererin der Wette. »Ich möchte gar nicht wissen, was er für Geschäfte treibt.«

»Unheimlich? Finde ich eigentlich nicht. Soll ich ihn fragen?«, gab Kathrin zur Antwort.

»Bloß nicht, so wichtig ist mir das auch wieder nicht. Er macht auch nicht gerade einen gesprächigen Eindruck auf mich, aber eine gute Menschenkenntnis hat er.«

»Da hast du allerdings recht. Ich würde es schon gerne wissen, irgendwie ist er geheimnisvoll. Oh, ich glaube er will zahlen, reich mir mal den Scanner rüber.«

Nachdem Carl seine Rechnung beglichen und noch ein ordentliches Trinkgeld draufgelegt hatte, verließ er um 19:30 Uhr grußlos das Acadiana und schlenderte bald darauf die 93te entlang in Richtung des Stadtzentrums. Der Regen hatte aufgehört und die Straßen hatten sich wieder mit Leben gefüllt.

Er hatte noch etwas Zeit, bevor er im Hotel den Inhalt des kleinen schwarzen Koffers einer noch gewissenhafteren Kontrolle unterziehen wollte, um dann das zu tun, weswegen er gekommen war. Er war guter Dinge, denn er hatte hervorragend zu Abend gegessen und im Strom der Menschen fiel er nicht weiter auf. Außerdem würde er schon sehr bald den Rest seines Honorars in Empfang nehmen können – diesmal eine wirklich erkleckliche Summe, die ihm eine längere sorgenfreie Zeit bescheren würde. Er gratulierte sich innerlich, diesen Weg einst eingeschlagen zu haben, und wenn er früher auch manchmal mit seinem Schicksal gehadert hatte, so fand er wieder einmal bestätigt, dass im Schlechten auch immer etwas Gutes liegt.

»Wie altmodisch«, sagte Kathrin zu ihrer Kollegin, »er hat bar bezahlt, schau mal das Trinkgeld. Was mach´ ich jetzt damit? Den Scanner hat er angesehen, als wenn der jeden Moment beißen würde. So was hab' ich ja noch nie erlebt. Du etwa?«

»Nee, aber dann hat er was zu verbergen. Ich habe gleich so ein komisches Gefühl gehabt und sein Geheimnis möchte ich gar nicht wissen.«

Die Rothaarige nickte kurz und widmete sich wieder dem Zapfhahn. Für sie war damit der Fall erledigt.

* * *

Kapitel 20

Jeder Tag, den Saskia in Haldergrond verbrachte, war mit Eindrücken angefüllt. Manchmal dachte sie, sie würde mehrere Leben brauchen, um all das zu verarbeiten, was ihr hier geschenkt wurde. Ihre so besondere Nacht im Meditationsraum war jetzt einige Tage her und sie hatte noch mit niemandem darüber gesprochen. Die Melodie war ihre ständige Begleitmusik. Lediglich ihrer neuen Freundin Astrid war eine Veränderung ihres Wesens aufgefallen.

»Irgendetwas ist mit dir passiert«, hatte sie beim Mittagessen am nächsten Tag gesagt und Saskia lange gemustert. »Du siehst so erleuchtet aus«, grinste sie, »also raus damit, was ist geschehen? Ich will das auch.«

»Du hast recht, es ist etwas geschehen. Ich brauche aber noch Zeit, alles zu verdauen«, hatte Saskia geantwortet und der Freundin eine Hand auf den Arm gelegt, »aber ich verspreche dir, dass du die Erste bist, mit er ich es teilen werde.«

»Spann mich ja nicht zu lange auf die Folter«, hatte Astrid gesagt und ihr einen Kuss auf die Wange gedrückt.

Am gestrigen Abend hatte es das monatliche Musikereignis gegeben und sie hatte am Flügel gesessen und das Konzert mit vier Mazurken von Chopin bereichert, wie die Äbtissin ihr später anerkennend bestätigte. Der Saal war wie immer bis auf den letzten Platz gefüllt gewesen. Aus der ganzen Gegend waren die Leute gekommen, hatten vorher im Innenhof der Klosteranlage die neuesten Nachrichten ausgetauscht und waren spät am Abend nach einem gemeinsamen Umtrunk fröhlich und beschenkt heimgekehrt.

Nach der dritten Mazurka, einem besonders beschwingten und schwer zu spielenden Stück, hatte Saskia kurz die Augen geschlossen, einen tiefen Atemzug genommen und festgestellt, dass auch die letzten Reste ihres Schmerzes verflogen waren. Sie war seit dem Erlebnis in der Meditation angekommen, hier wollte sie sein. Sie war glücklich. Waren ihr vor Kurzem die drei Jahre ihrer Ausbildung noch sehr lange erschienen, so war sie jetzt froh, zumindest für diese Zeit hierbleiben zu dürfen.

»Unser Planet pulsiert acht Mal in der Sekunde. Acht Hertz, also acht Schwingungen pro Sekunde, beträgt auch die sogenannte Schumann-Resonanz, von der ihr in einer anderen Vorlesung schon gehört habt. Es ist auch der Rhythmus der Alphawellen, auf den unsere beiden Gehirnhälften synchronisiert werden, um gleichmäßig zu schwingen. Eine Multiplikation von acht ergibt unter anderem die Zahl 432, eine wichtige Zahl.«

Während Adegunde die Zahlen an die Tafel schrieb, bemerkte sie: »Ich weiß, dass sieben Uhr am Morgen recht früh ist, vor allem nach einem solchen Abend wie dem gestrigen. Dennoch kann ich es euch nicht ersparen, drei Jahre sind eine kurze Zeit. Schlafen könnt ihr noch, wenn ihr tot seid.« Sie lachte über ihren Scherz und die meisten jungen Frauen stimmten ein.

»Die Zahl 432 galt bei der Mehrheit der bedeutendsten Tempelkomplexe dieses Planeten als heilig«, fuhr sie nun wieder ernsthaft fort. »Bei der Meru-Pyramide von Borobudur auf Java fanden sich 72 Denkmäler von Buddha sowie 432 Buddha-Statuen. Schade dass man sie nicht mehr besuchen kann.«

»Das wird ja immer komplizierter hier«, raunte Astrid Saskia zu, die eifrig mitschrieb und nur kurz aufblickte, um der Freundin zuzublinzeln. »Du warst toll gestern Abend«, flüsterte Astrid weiter, »ich habe Chopin noch nie so gehört, wie du ihn interpretiert hast.«

»Danke dir«, flüsterte Saskia, »aber lass uns jetzt besser aufpassen, sonst verhauen wir morgen noch die Klausur.«

Genau das hatte sie sich immer gewünscht. Weiter zu lernen ... immer weiter zu lernen. Ihre Wissbegier war unerschöpflich und sie erkannte immer deutlicher, dass sie hier am richtigen Ort war ... und seit ›ihrer Nacht‹ war das überhaupt keine Frage mehr. Irgendwie war sie Effel dankbar, denn ohne den Ausgang seines Abenteuers wäre sie nicht hier.

»432 ist die Zahl, der die Frequenz unserer Biologie folgt und auf der sie basiert«, wurde Saskia in ihrem kleinen Gedankenausflug von der Äbtissin unterbrochen. »72 mal 6 ergibt 432. Wenn das menschliche Herz 72 Mal pro Minute schlägt, hat es die geringste Mühe, Blut in die endokrinen Drüsen zu pumpen ... wobei pumpen nicht das richtige Wort ist.

In dem Buch ›Physiologia Nova‹ eines gewissen Giovanni Mancini wird genau beschrieben, dass das Blut in unseren Adern nicht fließt wie das Wasser in einer Wasserleitung, sondern oszilliert wie die Elektronen im Wechselstrom, und dass das Herz lediglich als Regler, nicht aber als Pumpe fungiert. Dementsprechend sind auch die frühen klinischen Herztherapien fast alle falsch gewesen und logischerweise lebten Herzkranke ohne klinische Behandlung damals länger.

Um auf die Zahlen zurückzukommen ... es pochen buchstäblich die Hologramme des Planeten und des Universums in unseren Herzen. 72 Schläge pro Minute ist der grundlegende Pulsschlag mitfühlender Liebe.«

»Ich wusste gar nicht, dass man Liebe auch mathematisch ausdrücken kann«, flüsterte Astrid mit einem schiefen Lächeln. Saskia wollte gerade antworten, als die Äbtissin auch schon fortfuhr. Sie sprach schnell und wie immer ohne Manuskript, aber darüber staunten die Schülerinnen schon längst nicht mehr.

»Delfine können unsere Gedanken hören, da ihr Sonar in den Infra- und Ultraschallbereich hineinreicht. Für sie sind unsere Alpha-Hirnströme reine Musik. Für den Menschen sind acht Hertz unter normalen Bedingungen nicht hörbar. Wohl aber, wenn man sich in einen sehr tiefen Trancezustand begibt.

Aber man kann die Harmonien dieser Schwingung hörbar machen. Wir selbst sind Klang. Jede unserer Zellen ist ein Klangmandala, eine einzigartige Klangsignatur des Urmandalas.«

Saskia hielt für einen Moment den Atem an. Die Äbtissin sprach ganz offensichtlich gerade von ›ihrer Nacht‹, ihrem ganz besonderen Musikgeschenk. Sie hatte allerdings keine Zeit, weiter darüber nachzudenken, denn sie wollte nichts von dem verpassen, was Adegunde dazu zu sagen hatte.

»Wir sind eine Klangmodulation. Deswegen löst Musik unmittelbar Resonanzen in Körper, Geist und Seele aus. Musik ist die Sprache der Schöpfung. Ein weltweites musikalisches Konzert auf der Basis der 432 Harmonik könnte alle Kulturen, alle Technologien innerer und natürlicher Art, alle Kommunikationsnetze, alle Musikkulturen, alle Bereiche der Kunst und die gesamte Menschheit zusammenbringen. Werden Musikinstrumente auf 432 Hertz gestimmt, so kann die Musik so heftig sein, wie sie will, es entsteht eine Harmonik.

Zusammenhängende Schwingungen verstärken die Harmoniken der DNS und diese Musik ist für den Körper gesund, weil sie ihn so stimmt, dass er mit der Klangmatrix des Lebens selbst schwingt. Die DNS erinnert sich an ihre dem goldenen Schnitt entsprechende Gestalt und regeneriert sich wieder. Klang erzeugt Veränderungen im Bewegungs-, Drüsen-, Verdauungs- und Immunsystem. Jede Drüse, jedes Organ nimmt Klang auf und gibt ihn weiter. Die Schwingung der Liebe beträgt acht Hertz oder ein Vielfaches davon.

Ich möchte euch noch einen Hinweis geben. Man kann einen beständigen Acht-Hertz-Puls an den Händen von Heilern messen. Die Intensität dieses Signals ist sogar ein Indikator für die Heilkraft des Heilers.«

Nun kenne ich also auch Miras Schwingung, dachte Saskia, *ob sie das selber weiß? Aber ihr wird das egal sein. Hauptsache es hilft, würde sie sagen. Sie ist so selbstlos, ich kenne niemanden, der so ist wie sie.* Saskia lächelte still vor sich hin und hatte ihre Lehrerin deutlich vor Augen. Sie erinnerte sich an einen Moment im letzten Jahr, in dem Mira ihr ihre Ansichten über ihr Tun und Wirken mitgeteilt hatte. Sie waren gerade auf dem Rückweg von einer Krankenbehandlung. Meist liefen sie, denn Mira benutzte selten die Kutsche, weil sie so besser ihre Gedanken formulieren konnte. Außerdem sei es viel gesünder, sagte sie immer.

»Wirken heißt handeln aus dem Sein heraus, im Einklang mit der Schöpfung das zu tun, was zu tun ist, Saskia. Ohne auf das Ergebnis zu achten oder auf einen Lohn zu warten. Ist das Lächeln der kranken Frau eben nicht Dank genug gewesen?«

Sie hatten sich auf einer Bank niedergelassen, um eine kurze Pause einzulegen. Von hier aus hatte man einen herrlichen Ausblick auf Onden, die nächstgrößere Stadt, und den Wald von Elaine, der sich bis weit zu den Berghängen der Agillen hin erstreckte und in dem Effel zum ersten Mal Perchafta begegnet war.

»Wir müssen es nur durch uns hindurchfließen lassen, mein Kind. Einfach geschehen lassen, um sich selbst und den Augenblick zu erfüllen. Wer auf diese Weise wirkt, ist angeschlossen an die eine Kraft. Wirken ist vollkommen mühelos, denn wirken heißt, diese Kraft durch sich geschehen zu lassen. Nicht ich wirke, sondern diese Kraft wirkt durch mich. Diese Kraft, die nicht ich bin, manifestiert sich lediglich durch mich im Außen.« Mira hatte bedächtig ein Stück Apfel gegessen, bevor sie fortfuhr:

»Wenn ich wirke, muss ich kein Ergebnis erzielen, das tue ich sowieso nicht, das tut der Kranke immer selbst. Ich brauche auch weder Beifall noch Anerkennung und meinen Lohn bestimme nicht ich, sondern die, denen ich helfe, wieder gesund zu werden. Mein Wirken erfüllt sich in sich selbst und ist sich selbst Lohn genug, Saskia. Wirken kannst du in jedem Beruf und an jedem Platz. Sieh dir Soko an, wenn er in seiner Schmiede steht, da ist er ganz er selbst. Nichts und niemand kann ihn ablenken, nichts kann ihn aus seiner Mitte bringen ...

na ja, außer Agatha vielleicht«, lächelte sie. »Oder beobachte ihn, wenn er sich um die Tiere kümmert. Glaubst du, er erwartet einen Lohn von ihnen?

Nimm dir Malu, den Gaukler, als Beispiel. Hast du ihn einmal wirklich beobachtet, wie er das tut, was er tut? Wenn du genau hinschaust, siehst du, dass es durch ihn spielt und singt. Er lässt es einfach geschehen und genau das erzielt diese starke Wirkung bei seinen Zuschauern, genau dadurch ist er glaubhaft. Nur der kann nämlich echte Freude an seiner Arbeit haben, der Wirkung ist, weil er er selbst ist. Es ist also nicht die Frage, was du tust, sondern wie du es tust und als wer du es tust, mein Kind.

Wirken heißt aber auch, Liebe durch sich geschehen zu lassen, denn ohne die Liebe wäre alles Wirken wertlos. Ohne die Liebe wäre das Wirken wie ein Fluss ohne Wasser, das Meer ohne Salz oder der Himmel ohne Sterne. Das Gesetz der Liebe, der kosmischen Liebe, ist eigentlich das wichtigste aller geistigen Gesetze. Liebe ist eines der am häufigsten gebrauchten Wörter und eines der am meisten missverstandenen. Normalerweise wird Liebe mit Begehren und Leidenschaft verwechselt. ›Ich habe dich zum Fressen gern‹, kann ein Mann zu seiner Geliebten genauso gut sagen wie die Katze zur Maus. Und deshalb kann heftigste Verliebtheit rasch in Hass umschlagen ... was gar nicht so selten vorkommt.

Ich habe in meinem Leben viele Beispiele dafür erlebt. Echte Liebe ist eben nicht Begehren, Gier, Haben-Wollen, Besitzen-Wollen ... ist nicht wie die Lust auf Essen oder auf Menschen, die mir Lust verschaffen, sondern etwas völlig anderes. Die kosmische Liebe ist im Grunde genommen kein Gefühl, sondern ein Wissen, ein Ausdruck erweiterten Bewusstseins. Es ist das Bewusstsein, dass alles eins ist und jedes Ding, jede Pflanze, jedes Tier und auch jeder Mensch ein unverzichtbarer Mosaikstein im gewaltigen Gemälde des Kosmos. Es ist das Wissen, dass ohne das kleinste Teil im Kosmos der ganze Kosmos in sich zusammenbrechen würde.

Diese Erkenntnis fand sich zu allen Zeiten bei vielen Mystikern, ganz gleich welcher Religion. Dass sich die Mystiker damit der Verfolgung derer aussetzten, die die Verbreitung dieses Wissens verhindern wollten, ist nur selbstverständlich. Und doch lag und liegt in dieser Liebe die Lösung aller Probleme. Denn nicht Krieg, nicht Waffen, nicht Verhandlungen bringen Frieden in der Welt, sondern allein dieses Wissen und diese Liebe, wenn sie in die Praxis umgesetzt wird.«

Astrids kleiner Rempler mit dem Ellenbogen holte Saskia aus ihren Tagträumen zurück.

»Alle Heiler weisen während ihrer Heilarbeit das gleiche Gehirnwellenmuster von acht Hertz auf, unabhängig von ihrer Methode«, hörte sie Adegunde in ihrer Vorlesung fortfahren und wurde damit vollends in die Realität von Haldergrond zurückgebracht.

»War er schön, dein Traum?«, kicherte Astrid leise, »Warst ja ganz weit weg eben.«

»Erzähl ich dir später ... ich war nicht weit weg, sondern ganz da«, flüsterte Saskia zurück.

»Hättest ja recht abzutauchen, die Zahlen hier kann sich sowieso kein Mensch merken. Wozu soll das gut sein? Wenn das in den Prüfungen vorkommt, kann ich es gleich drangeben.«

»Das kann man alles lernen«, antwortete Saskia leise, »ich helfe dir dabei ... aufgeben gilt jedenfalls nicht. Ich glaube aber nicht, dass in den Prüfungen Zahlen abgefragt werden, darum geht es hier doch gar nicht.«

»Ein liebendes Herz, ein entspannter Geist und das elektromagnetische Schwingungssystem der Erde liegen auf einer Wellenlänge von acht Hertz. Ohne großen Aufwand ist es möglich, jedes Musikinstrument darauf einzustimmen und damit jede Form von Musik auf der Basis von acht Hertz zu spielen. Findet heraus, welche unserer Instrumente auf diese Art gestimmt sind und welche nicht. Viel Freude beim Experimentieren!«

Adegunde nickte ihren Schülerinnen zu und verließ schnellen Schrittes den Hörsaal.

»Und am Nachmittag noch Kräuterkunde, das ist eher mein Gebiet«, rief Astrid ihrer Freundin zu, während sie über den Innenhof zurück in Richtung der Essensräume liefen.

»Das ist doch eine gute Abwechslung«, erwiderte Saskia, »ist nicht so trocken wie der Stoff eben, obwohl ich ihn sehr interessant und aufschlussreich fand. Er hat übrigens etwas mit meinem Erlebnis zu tun, soviel verrate ich dir schon. Komm jetzt, ich habe einen Bärenhunger, diese Frühvorlesungen sind schwierig für mich, denn ich brauche etwas im Magen, bevor ich den Kopf füttere. Was nach dem Frühstück kommt, kann ich besser aufnehmen. Ich werde am Vormittag Schwester Irmgard bei ihren Krankenbesuchen begleiten. Sie hat erfahren, dass ich das bei Mira auch schon gemacht habe, und mich gefragt, ob ich Lust dazu habe. Ich bin mir sicher, dass dies ein guter Tag wird.«

»Also deinen Optimismus hätte ich gerne«, lachte Astrid, »aber vielleicht ist er ja ansteckend.«

»Sicher ist er das, wirst schon sehen, und dagegen ist auch kein Kraut gewachsen.«

»Hildegard von Bingen muss Erwähnung finden, wenn man über die Heilkraft der Kräuter spricht. Sie ist sicherlich eine der wichtigsten Vorläuferinnen unserer modernen Kräuterkunde. Sie lebte von 1098 bis 1179. Sie schrieb aber nicht nur eine Menge über Kräuter nieder, sondern ihre Werke befassten sich mit Religion, Medizin, Musik, Ethik und sogar Kosmologie. An ihrem Alter, das für damalige Verhältnisse sehr hoch war, mögt ihr erkennen, dass sie etwas von ihrem Handwerk verstand.

Hildegard von Bingen verband das Wissen über die Wirkungsweise mediterraner Heilpflanzen, wie sie in den Klostergärten wuchsen, mit Erkenntnissen über die Kräuter vor der Haustür, die sie durch eigene Erfahrung und durch die

Menschen des Volkes erlangte«, setzte Adegunde ihre Ausführungen fort. Es war später Vormittag und diese Vorlesung würde noch bis mittags andauern. Danach würde es Essen geben und die Studentinnen hätten eine Stunde Pause, die Saskia meist damit ausfüllte, den Stoff vom Vormittag kurz zu überarbeiten und zu sortieren.

»Hildegard war ihrer Zeit weit voraus und würde sie heute hier leben, wäre sie sicherlich eine der geachtetsten Frauen. Sie hat sehr viel für die Medizin der Gegenwart geleistet und man mag sich kaum vorstellen, was sie mit den heutigen Möglichkeiten, zum Beispiel hier an diesem Ort, noch alles bewirken könnte. In ihren medizinischen Werken, von denen zum Glück noch viele erhalten sind, beschreibt Hildegard von Bingen über hundert Heilpflanzen und gibt Rezepte für ihre Anwendung als Kräuterwein, Pulver, Tee, Auflage, Salbe oder Tinktur. Man kann nur staunen, mit welcher Weitsicht und Weisheit diese Frau ausgestattet war. Hier zeige ich euch jetzt einige der von Hildegard besonders geschätzten Kräuter.«

Adegunde holte einen Korb unter ihrem Tisch hervor und stellte ihn vor sich hin. Sie griff hinein.

»Dies ist Bertram und kommt bei Hildegard, ebenso wie Galgant und Quendel, auch als Gewürz in der Küche fast täglich auf den Tisch, weil sie seine Heilwirkung so hoch einschätzte. Seine Gestalt ähnelt, wie ihr sehen könnt, der Kamille, er ist jedoch eine scharf schmeckende Pflanze. Die Stängel wachsen teilweise am Boden entlang, bevor sie sich in die Senkrechte erheben. Jeder Stängel trägt eine Blüte mit einem gelben Körbchen und weißen Zungenblüten. Die luftigen Blätter sind fiederartig. Bertram lag Hildegard von Bingen wegen seiner verdauungsfördernden und säftereinigenden Wirkung am Herzen. Außerdem empfahl sie ihn gegen Lungenleiden, Herzleiden und Magenprobleme. Der Bertram ist eine mysteriöse Heilpflanze, die nur im Mittelmeerraum heimisch war.

Wenn ihr in unsere äußeren Kräutergärten unten am Fluss geht, werdet ihr sie dort finden. In der Pflanzenheilkunde spielte sie früher kaum eine Rolle, auch in den meisten Kräuterbüchern der damaligen Zeit fehlte sie. Wenn Hildegard den Bertram nicht für die tägliche Ernährung und als Heilkraut empfohlen hätte, wäre er vielleicht inzwischen völlig in Vergessenheit geraten. Weil der echte Bertram wohl nicht immer verfügbar war, haben mehrere andere Heilpflanzen den Beinamen Bertram erhalten. Sie sind jedoch kein echter Bertram. Da gibt es beispielsweise die Sumpf-Schafgarbe, die dem echten Bertram ähnlich sieht. Auch der Baldrian wird manchmal fälschlicherweise Bertram genannt und ebenso der Estragon.

Hildegards Rezept gegen Lungenleiden diktiere ich euch jetzt, sodass ihr mitschreiben könnt: Man kocht einen Teil Wacholderbeeren, zwei Teile Wollblume und vier Teile Bertram in gutem, reinem Wein und gibt rohen, in Stücke zerschnittenen Alant hinzu; das Ganze filtriert man und nimmt das Getränk zwei oder drei Wochen lang nüchtern und auch nach der Mahlzeit, bis man gesund ist.«

Besonders bei diesen Themen bemerkte Saskia, wie viel sie bei Mira gelernt hatte und wie groß Miras Wissen über Kräuter und deren Wirkung war. Der Unterricht war zwar eine willkommene Wiederholung, barg aber auch neues Wissen. Langweilig war es hier noch keine Minute für sie.

»Galgant stammt ursprünglich aus Arabien und wurde in Klostergärten angebaut«, hörte sie Adegundes Stimme wieder, die eine Wurzel aus ihrem Korb geholt hatte und hochhielt, sodass alle sie sehen konnten. »Am Galgant schätzte Hildegard die durchblutungsfördernde Wirkung und seine Kraft bei Herzproblemen. Außerdem soll er laut Hildegard gegen Fieber, Kreislaufschwäche, Lungenprobleme, Verrücktheit, Magenleiden, Verstopfung und festsitzenden Husten wirken. Die meisten dieser Erkenntnisse konnten wir hier bestätigen. Wir haben mit dem Galgant auch noch gute Erfahrungen bei

Rückenleiden, insbesondere bei Bandscheibenvorfällen, gemacht. Hildegard hielt Galgant für das Gewürz des Lebens. Sie empfahl ihn nicht nur bei Herzleiden, sondern auch bei Magen- und Darmerkrankungen. Sie schrieb einmal: ›*Und wer Herzweh hat und wer im Herzen schwach ist, der esse bald genügend Galgant und es wird ihm besser gehen.*‹

Galgant wurde früher in den Steppen von Südchina und in den tropischen Regionen Asiens gefunden. Die Vermehrung der Galgantwurzel erfolgt im Frühjahr durch das Teilen und Umpflanzen des Wurzelstocks an eine schattige Stelle mit luftiger Erde. Wenn der Galgant ein Alter von vier bis sechs Jahren erreicht hat, wird die Wurzel geerntet. Sie wird sowohl frisch als auch getrocknet als Gewürz und Heilmittel eingesetzt. Man kann aus ihr einen köstlichen Tee zubereiten. Probiert es aus. Galgant ist sowohl im Geruch als auch im Geschmack dem Ingwer sehr ähnlich. Wenn ihr Schwangere behandelt, dürft ihr keinen Galgant geben, er wirkt nämlich regeltreibend und kann eine frühzeitige Menstruation oder Fehlgeburt auslösen.«

Adegunde nahm eine neue Pflanze aus ihrem Korb.

»Quendel ist die Wildform des Thymians und kann auch ähnlich eingesetzt werden. Hildegard schätzte ihn gegen Kopfschmerzen. Auch für die Durchblutung der Haut und bei allerlei Hauterkrankungen ist er hilfreich, nicht zu vergessen seine Wirkung gegen Husten. Der Thymian ist zum einen eine interessante Gewürzpflanze, zum anderen aber auch eine wichtige Heilpflanze im Bereich Husten und Desinfektion. Die ausdauernde Pflanze wächst Jahr für Jahr tapfer im Kräutergarten und duftet würzig vor sich hin. Ihr habt sie sicher schon gesehen und wenn nicht, bestimmt gerochen. Im Sommer lässt er kleine zartrosa Blüten sprießen. Bis in den Winter hinein kann man frische Blätter ernten. Die kleinen Blätter lassen sich ziemlich leicht vom holzigen Stängel rebeln und als Küchengewürz oder Tee verwenden. Viele Kochrezepte kann man sich ohne Thymian kaum vorstellen.

Als Heilpflanze ist der Thymian der reinste Tausendsassa. Es gibt kaum ein Einsatzgebiet, wo der Thymian nicht helfen könnte. Seine größte Stärke liegt jedoch in seiner heilsamen Wirkung auf die Atmungsorgane. Als äußerliche Anwendung kann man bei Hautproblemen in Thymian-Aufgüssen baden, Kompressen auflegen oder das ätherische Öl verdünnt oder unverdünnt einsetzen. Thymian hilft gegen schlecht heilende und entzündete Wunden und Ekzeme. Auch bei frischen Wunden und Schnittverletzungen kann man den Thymian einsetzen. Außerdem hilft er gegen unreine Haut, Pickel und Furunkel. Thymian-Tee oder -Tinktur kann man auch zum Spülen gegen Entzündungen im Mundraum verwenden.

So, meine Lieben, für heute ist Schluss mit der Theorie. Morgen werde ich euch über die anderen Seiten und Wirkungsweisen der Pflanzen erzählen. Seid bitte in einer halben Stunde in der Küche und geht dort etwas zur Hand. Schwester Isolde wird mit euch etwas Leckeres für das Abendessen zubereiten. Praktische Kräuterkunde sozusagen, denn was man lernen muss, um es zu tun, das lernt man, indem man es tut. Isolde wird euch sicherlich nebenbei abfragen. Wir treffen uns morgen früh zur gewohnten Stunde wieder hier. Schlaft gut. Wir sehen uns morgen wieder.«

Adegunde packte ihre Sachen zusammen und verließ lächelnd den Hörsaal.

»Endlich wieder etwas Praxis«, meinte Rita, eine Mitschülerin, die sich den beiden Freundinnen auf dem Weg zur Küche angeschlossen hatte.

»Also, dass du dich auf das Kochen freust, kann ich mir vorstellen«, meinte Astrid, »keine kocht so wie du, damit wirst du einmal jeden Mann rumkriegen.« Sie lachte laut.

»Also damit habe ich noch jede Menge Zeit«, erwiderte Rita, »warte mal ... genau genommen noch etwas mehr als neunhundert Tage.«

Die drei Mädchen hakten sich unter und liefen lachend in Richtung Küche.

Kapitel 21

»Ich habe doch etwas gefunden, Senator. Sie hatten recht, da war jemand in der Wohnung, ich meine ... außer Ihrer Tochter«, rief Mike Stunks, der nach Spuren im Wohnraum, dann im Schlafzimmer und im Bad und zuletzt in der kleinen Küche gesucht hatte. Dazu hatte er sich seine MFB aufgesetzt und sich mit der Betrachtung des kleinen Apartments sehr viel Mühe gegeben. »Sie können sich übrigens wieder frei bewegen, Paul, ich bin fertig ... hier jedenfalls.«

Mike kam mit einem Glas aus der Küche und hielt es Paul Ferrer entgegen.

»Das muss einen ja sicher nicht wundern, dass Ihre Tochter Besuch hatte, aber ... ach was, sehen Sie selbst.«

Mike nahm die Brille ab und hielt sie dem Senator hin, der sie sich etwas unbeholfen aufsetzte.

»Sie müssen hier an dieser Stelle den Bügel berühren, dann justiert sie sich auf Ihre Sehschärfe ein.«

»Ich sehe ... ein paar sehr feine Haare«, murmelte der Senator nach einer kleinen Weile, »was soll das Besondere daran sein?« Er blickte Mike fragend an.

»Dass es keine menschlichen Haare sind«, meinte Mike trocken, »und wenn es sich dabei um Fell handeln sollte, dann ist es von einer uns nicht bekannten Spezies. Genau das ist das Besondere daran, Paul. Es ist weder von einem Hund noch von einer Katze oder einem anderen uns bekannten Lebewesen. Sicher hat Ihre Tochter hier kein Tier gehalten. Soviel ich weiß, ist das im Crusst-Tower auch verboten. Ich fand noch mehr solche Spuren in der Küche an fast allen Schranktüren ... sogar in den Schränken, so als wenn nach etwas Essbarem gesucht worden wäre, ach ja ... und im Bad. Im Schlafzimmer war nichts. Dort in dem Sessel und auf dem Fenstersims muss es auch gesessen haben«, wies Mike in die Richtung des großen Fensters. »Jedenfalls muss es sich hier völlig ungezwungen bewegt haben, als wenn es hier zu Hause wäre. Wahrscheinlich hat es von dort die Aussicht auf unsere wunderbare Stadt genossen.«

Mike lächelte gequält, denn er hätte dem Senator gerne Erfreulicheres berichtet und nicht etwas, das Anlass für diesen traurigen Ausdruck auf dessen Gesicht war.

»Ich begreife das alles nicht. Dann muss dieses Was-immer-es-war sich hier sogar längere Zeit aufgehalten haben? Nein«, fügte der Senator kopfschüttelnd an, »sie hat kein Tier, sie hätte auch gar keine Zeit für so etwas.«

»Die Frage, die sich uns jetzt also stellt, ist: Wer oder was war hier und hat das etwas mit dem Verschwinden Ihrer Tochter zu tun? Denn das ist ja nicht gesagt. Immerhin mag es Sie beruhigen, Paul, dass keinerlei Anzeichen von Gewalt zu entdecken sind, keine Kampfspuren oder Ähnliches. Es kann ja auch sein, dass dieses Etwas erst nach dem Verschwinden Ihrer Tochter hier in dieser Wohnung gewesen ist, rein zufällig, weil es wirklich nur etwas zum Essen gesucht hat.« Er selbst glaubte das nicht und schalt sich sofort innerlich für diesen kläglichen Versuch. Da gab es in den unteren Passagen des Towers weitaus mehr Möglichkeiten, seinen Hunger zu stillen, ohne lange suchen zu müssen.

Was Mike Stunks mit ›Ähnliches‹ meinte, wollte der Senator gar nicht wissen, und von Beruhigtsein war er meilenweit entfernt.

Mike ging ein paar Schritte im Zimmer auf und ab und kratzte sich dabei am Kinn. Das tat er immer, wenn er angestrengt nachdachte.

Das würde passen, dachte er bei sich, *dass das gleiche Wesen auch hier in dieser Wohnung war ... das Delice ist immerhin nicht weit entfernt, nur ein paar Stockwerke weiter unten. Dieser Bob Mayer ist sich seiner Sache so vollkommen sicher gewesen. Er hat felsenfest behauptet, etwas Fremd-*

artiges gesehen zu haben. Irgendein Wesen, das vor ihm geflüchtet ist. Der Mann ist kein Spinner. Verdammt, wenn das stimmt, stecken wir in ernsthaften Schwierigkeiten. Wer hat Interesse an einer unserer besten Wissenschaftlerinnen? Und wie konnte es unbemerkt ins Land kommen? Wo ist die Lücke?

Mike hasste ungelöste Probleme.

»Was machen wir jetzt?«, wurde er von Senator Ferrer, der in einem Sessel ebenfalls in Gedanken versunken gewesen war, aus seinen Überlegungen gerissen.

»Ich fürchte, da können wir erst mal gar nichts tun.« Mike unterbrach seinen kleinen Spaziergang. »Wir haben zwar kleine Spuren, aber keine wirklichen Anhaltspunkte. Ich befürchte, dass Sie mit Ihrer Vermutung, was die Freiwilligkeit der ... Reise Ihrer Tochter betrifft, richtig liegen könnten. Es tut mir leid, das ist kein schöner Gedanke, Herr Senator, äh, Paul.«

Er hatte längst bemerkt, dass der Senator den fremden Besuch in dieser Wohnung mit dem Verschwinden seiner Tochter in Verbindung gebracht hatte. So komisch es klingen mochte, die Spuren waren ein Strohhalm, an den man sich klammern konnte. Wenn der Eindringling erst einmal identifiziert war, würde man ihn auch finden können.

»Nein, Mike, das ist es wirklich nicht, aber ich habe den Verdacht ja schon länger, was ihn allerdings nicht ein bisschen abmildert. Was wird Eva sagen, wenn sie das hier erfährt? Sie ist so voller Hoffnung, dass es Niki gut geht.«

»Muss sie es denn erfahren?« Mike hatte in einem der tiefen Sessel Platz genommen, der ihn trotz seiner Körperfülle zu verschlucken schien. Vom Telefon, das in der Lehne untergebracht war, wählte er eine Nummer, während er weitersprach: »Ich würde es ihr nicht sagen, warum sie auch noch mehr beunruhigen?« Dann wendete er sich einem gut aussehenden Mann zu, dessen Gesicht auf dem kleinen Bildschirm erschienen war.

»Guten Tag, Sir«, begrüßte dieser ihn und es schien dem Senator, der Mike über die Schulter blickte, als nehme der Mann am anderen Ende der Leitung Haltung an.

»Sven, ich brauche alle Gespräche, die von diesem Telefon geführt wurden«, begann Mike ohne Umschweife.

»Sie sind im Crusst-Tower, Sir, in der Wohnung von Nikita Ferrer.« Es klang zwar wie eine Frage, war aber eine Feststellung.

»Ja, das sehen Sie ja«, war die leicht genervte Antwort. »Ich brauche die Kontakte der ... warten Sie ... letzten vier Wochen. Das müsste reichen.« Er schaute den Senator an, der nickte und flüsterte: »Ja, sie ist jetzt seit genau vierzehn Tagen weg.«

»Wird erledigt Sir, sonst noch was?«

»Ja, schicken Sie ein paar Leute her ... mit großem Besteck. Vielleicht findet ihr noch etwas, was ich übersehen habe. Beeilen Sie sich.« Mike Stunks glaubte nicht wirklich daran, dass hier noch etwas zu entdecken war, er hoffte es sogar. Wenn man es mit einem Gegner zu tun hatte, der unbemerkt in das Land kommen und sich hier frei bewegen konnte, dann waren alle Spuren, die man im Nachhinein fand, nur noch weitere Beweise der eigenen Unzulänglichkeit.

»Wird alles erledigt, Sir«, bestätigte gerade sein Mitarbeiter. Dann erlosch der Bildschirm und fuhr geräuschlos in die Lehne zurück.

»So, Paul, hier gibt es nichts mehr zu tun für mich«, Mike erhob sich aus dem Sessel und nahm seinen Mantel. »Ich informiere Sie selbstverständlich sofort, wenn wir noch etwas herausfinden. Ich muss los, meine Tochter wartet. Wir bleiben dran, Paul, versprochen.«

»Bitte warten Sie noch einen Moment, bitte, setzen wir uns noch einmal«, sagte der Senator und wies auf die Sessel.

»Darf ich Ihnen noch eine Frage stellen, Mike, und ich bitte Sie um eine ehrliche Antwort. Das bleibt selbstverständlich unter uns. Sie würden doch diesen ganzen Aufwand nicht selbst betreiben, wenn es sich nicht um eine ganz große Sache handeln würde?« Es trat einen Moment lang betretenes Schweigen ein und der Senator erkannte sofort, dass er ins Schwarze getroffen hatte. Der Mann, der ihm gegenüber wieder Platz genommen hatte, focht gerade einen inneren Kampf aus.

»Na gut«, sagte Mike schließlich und gab den Kampf damit verloren, »ich kann Ihnen offensichtlich nichts vormachen. Wenn allerdings irgendetwas von dem, was ich Ihnen jetzt sage, nach außen dringt, kann ich für nichts garantieren.«

»Nur zu, Mike, ich kann dichthalten wie ein Vakuum oder was glauben Sie, warum ich schon so viele Jahre Mitglied des Senats bin.«

»Wir haben eine Leiche gefunden«, sagte Mike Stunks, »was ja erst einmal nichts Besonderes ist, aber jetzt kommen die Besonderheiten. Bei dem Toten handelt es sich um einen gewissen Dr. Will Manders ... und er wurde ... na ja, er wurde ganz offensichtlich ermordet. Und wie es scheint, sollte er gefunden werden, es sah eher aus wie eine Warnung ... nur an wen, wissen wir noch nicht.«

»Was?!« Paul hatte es sich ja bereits gedacht, dass mit Will Manders etwas passiert sein musste, es aber bestätigt zu bekommen, war noch einmal etwas anderes. Sein Magen schien sich zusammenzuschnüren und für einen Moment war jede Farbe aus seinem Gesicht gewichen.

»Ja, und nach unseren Erkenntnissen hat er mit Ihrer Tochter zusammengearbeitet, in der gleichen Abteilung. Kennen Sie ihn?«

Paul wollte vorsichtig sein, er hatte sich wieder unter Kontrolle. »Kennen ist übertrieben, Mike. Nikita sprach ein paarmal von ihm. Ich glaube, er war hinter ihr her, er verehrte sie wohl, aber sie wollte nichts von ihm.«

»Das wissen wir bereits, Paul. Bei unseren Nachforschungen stießen wir auf einen seiner Freunde, der uns erzählt hat, dass er wohl ganz vernarrt in Ihre Tochter gewesen sei. Es liegt also nahe, dass Will Manders ebenfalls Nachforschungen über Nikitas Verbleib angestellt hatte, genau wie Sie, Paul. Er scheint dabei auf etwas gestoßen zu sein.«

Paul verstand den Hinweis sofort und aufgrund dieser Warnung verbot er sich, über seine Treffen mit Will Manders zu berichten.

»Es gibt da noch etwas ...«, fuhr Mike Stunks fort, »etwas, das mich fast noch mehr beunruhigt als die Tatsache selber ... der Mord ... na ja, es sah wie eine Hinrichtung aus.«

»Wie eine ... Hinrichtung? Wie kommen Sie denn darauf, das wird ja immer verrückter.«

»Er wurde mit einem Revolver getötet, einer 44er Magnum, mit nur einem Schuss in den Hinterkopf ... und der Schütze muss ziemlich nah an ihn herangekommen sein ... hat ein ziemlich großes Loch gerissen ... ach, und unsere Spezialisten haben herausgefunden, dass ein Schalldämpfer benutzt wurde.«

»Mit einem ... Revolver?« Der Senator kam aus dem Staunen nicht mehr heraus. »Sie meinen mit so einem ... Ding, wie man sie in diesen uralten Kriminalfilmen sehen kann?«

»Ja, mit so einem Ding, Paul.«

»Die sind verboten, Mike ... seit ... warten Sie mal ... schon seit 2330!«

»Ja, ich weiß, dass diese Waffen verboten sind, Paul, und man hat diese Art von Waffen auch eher in Western gesehen, nicht in Kriminalfilmen, obwohl sie dort ebenfalls manchmal benutzt wurden ... auch mit Schalldämpfern. Aber das tut ja hier wohl nichts zur Sache.«

Die Männer schüttelten sich die Hand und Mike verließ die Wohnung. Aufgegeben hatte er aber noch lange nicht. Er würde sich die Proben aus Nikitas Apartment im großen Labor noch einmal genauestens vornehmen und er würde sofort veranlassen, dass alle Sicherheitsvorkehrungen in und um Bushtown herum verschärft würden. Jeder Fremde würde nun noch genauer unter die Lupe genommen werden. Es war etwas Unbekanntes in Mike Stunks' Welt eingedrungen – und wenn es etwas gab, was er überhaupt nicht leiden konnte, dann war es genau das. Er ahnte bereits, dass wieder einige schlaflose Nächte auf ihn zukommen würden.

Der Senator saß in einem Autotaxi und seine Gedanken schlugen Purzelbäume, ohne dass er zu einem Ergebnis kam. Dass etwas nicht mit rechten Dingen zugegangen war, war ihm schon lange klar gewesen. Jetzt war Mord im Spiel ... eine Hinrichtung! Nach dem, was er wusste, war seine Tochter durchaus freiwillig in das U-Boot gestiegen, aber das hatte er Mike nicht sagen wollen, man konnte ja nie wissen. So eng waren sie auch wieder nicht befreundet und Mike Stunks war Chef der NSPO. Hatte Will Manders etwas herausgefunden und deshalb sterben müssen? Wenn er das doch bloß wüsste.

»Und, gab es etwas Neues?«, wurde er von seiner Frau Eva empfangen. Paul Ferrer hatte nach dem Besuch in Nikitas Wohnung noch einen Abstecher in sein Büro gemacht und versucht, über die sichere Leitung Kontakt zu seinem Freund Frank Murner, dem Patenonkel Nikitas, aufzunehmen. Er hatte ihn aber nicht erreicht und erinnerte sich schließlich, dass dieser sich ja im Urlaub befand.

»Nein, nichts, rein gar nichts«, flunkerte er seine Frau an und ging zum Kühlschrank, um sich eine Flasche Bier zu holen. Mit einem Zischen öffnete er sie, schenkte sich ein Glas voll ein und trank es in einem Zug aus.

»Macht durstig, die Stadtluft, was bin ich froh, dass wir uns damals entschieden haben, nach hier draußen zu ziehen.«

»Dabei wolltest du zunächst gar nicht, weil es so weit weg von deinem Büro war, und auch Nikita hatte dadurch einen langen Schulweg. Sag mal, bist du sicher, dass nichts war? Wieso lenkst du ab? Macht flunkern so durstig?«, lächelte sie ihren Mann an. »Warst du nicht mit Mike in Nikis Wohnung?«

»Also eigentlich müsste ich es ja wissen«, sagte der Senator, »dass ich dir nichts vormachen kann.« Dann seufzte er.

»Doch, es war etwas. Mike hat in Nikis Wohnung Haare gefunden. Und noch andere Spuren ... so als wenn jemand nach Essen gesucht hätte, wie er meinte. Aber er weiß nicht, von was oder wem sie stammen, er war verständlicherweise ziemlich beunruhigt. Ich bin mir sicher, dass er jetzt seinen gesamten Sicherheitsapparat anlaufen lässt. Wahrscheinlich denkt er, dass unsere Tochter entführt wurde.« Die Informationen über Will Manders behielt Paul Ferrer für sich.

»Ich sage dir, Paul, unserer Tochter geht es gut, Haare hin oder her. Die können doch eine ganz normale Ursache haben. Hat ihre Freundin nicht einen dieser kleinen Hunde, die man andauernd in dem neuen Werbespot für Tierfutter sieht? Die wird sie besucht haben und daher stammen die Haare.

Ihr müsst immer alles gleich wahnsinnig verkomplizieren. Ich wiederhole mich, Paul, deine Sorgen sind unbegründet. Soviel wir wissen, ist sie freiwillig gegangen, und ... Paul ... du kennst unsere Tochter. Hat sie schon jemals etwas Unüberlegtes getan? All diese Untersuchungen und Nachforschungen bringen rein gar nichts. Du machst nur die Pferde scheu oder weckst schlafende Hunde. Komm, schenk mir auch einen Schluck ein, bevor ich noch Kopfschmerzen von all dem bekomme.« Sie hielt ihrem Mann ein Glas hin.

»Manu kocht heute für uns etwas Leckeres und dann sollten wir mal früh zu Bett gehen.«

***

Kapitel 22

Vermoldohout und die übrigen elf Mitglieder des Gremiums hatten sich zu ihren Beratungen zurückgezogen. Perchafta hatte dafür einen Raum vorbereiten lassen, der noch tiefer im Inneren des weitläufigen Höhlensystems lag. Hier war man absolut ungestört. Im Tal und auch im Kuppelsaal und dessen unmittelbarer Umgebung ging es immer noch zu wie in einem Bienenstock. Da die Hauptversammlung vorüber war, hatten einige Delegationen damit begonnen, Feste zu feiern, die alles andere als ruhig verliefen. Es kam nicht so oft vor, dass man sich in dieser Zusammensetzung traf, und für viele war es ein Anlass zur Freude. Man konnte sich im Allgemeinen sicher sein, dass *Die Zwölf* eine weise Entscheidung fällen würden. Es war alles gesagt worden.

Draogan von den Dogais machte ein grimmiges Gesicht, was nichts Gutes verhieß.

»Lasst uns schnell zu einer Entscheidung kommen«, bat er, »meine Geduld mit den Menschen ist jedenfalls am Ende, das gleich vorweg. Jeder hier weiß, was passiert, wenn sie auch noch in den Besitz dessen kommen, was die *Siegel* bewachen. Lasst uns Feuer und Wasser schicken, das beherrschen sie noch nicht.«

»Ich stimme dir zu, mein Freund«, pflichtete Vermoldohout heftig bei.

»Sind wir schon bei der Abstimmung«, fragte Sankiria spitz, »oder tauschen wir uns aus?« Die Fee hatte sich nicht hingesetzt, sondern war langsam auf und ab gegangen, jeden der anderen genau betrachtend.

»Ausgetauscht haben wir uns genug, verehrte Sankiria«, meinte Vremtor vom Drachenvolk, »wir sollten wirklich zum Ende kommen, es wurde schon viel zu viel Aufhebens gemacht um diese Rasse, die wohl unbelehrbar ist. Die Menschheit scheint offenbar diesen wunderschönen Planeten Erde immer noch nicht zu verdienen. Obwohl es seit Jahrtausenden endlose Kriege gibt, die immer verheerender werden und nur einigen wenigen Gewinne bringen, lernen sie offenbar nicht daraus, sondern führen weiter Kriege. Dabei wäre es ihre Aufgabe, in Frieden das Leben auf der Erde zu genießen und die Materie immer mehr zu vergeistigen.«

»Mein lieber Vremtor, was du sagst, haben wir eben schon gehört. Wir müssen sie nicht vernichten«, schaltete sich Vaahile vom Elfenvolk ein, »einmal davon abgesehen, dass wir Elfen das auch gar nicht könnten ... es gibt doch ermutigende Signale, wie wir vorhin gehört haben ...«, dabei lächelte Vaahile Sankiria zu. »Und wir Elfen können das bestätigen.«

»Ja, weil ihr euch in diesen Teil der Welt zurückgezogen habt«, warf Yokai ein, » ... die meisten von euch jedenfalls. Wir aber leben in beiden Welten, weil wir die Teilung von Beginn an für Unsinn gehalten haben und schauen wollten, wie sie sich entwickeln. Daher kann ich nur sagen, dass sie auf gar keinen Fall noch einmal den Weg hierher finden dürfen, um ... ihr wisst schon. Sie haben in ihrer *Neuen Welt* inzwischen das Wissen, um mit dem, was hier so gut bewacht wird, Unglaubliches anstellen zu können. Wir würden es alle zu spüren bekommen ... na ja, fast alle. Es hätte ungeahnte Auswirkungen auf das kosmische Gleichgewicht. Ich bin daher der Meinung, eine ähnliche Strafaktion durchzuführen wie beim letzten Mal, wir müssen sie nicht ausrotten. Was meinst du, Brnefals? Ihr Meergeister habt noch gar nichts dazu gesagt.«

»Wir haben genug geredet«, antwortete der Angesprochene mit tiefer Stimme, »damals, als es noch Sinn machte, über diese Spezies zu reden. Sie haben den *Vertrag* gebrochen und sie sollten die Konsequenzen kennen.«

Samosan, der inzwischen die Gestalt einer großen Eule angenommen hatte, meldete sich zu Wort.

»Wir sollten hier ebenso diszipliniert reden wie in der

Kuppel, nicht alle durcheinander, da wird einem ja ganz schwindelig. Perchafta, bitte nimm du das mal in die Hand.«

»Also als Fuchs hast du mir besser gefallen«, kicherte Charuma, »was kommt als Nächstes?«

»Zum Herumalbern ist mir meine Zeit wirklich zu schade«, dröhnte jetzt Vermoldohout durch den Raum. »Wir sollten uns kurz fassen ... und Perchafta ... du hast schon genug getan, wir sollten das hier wirklich auch so schaffen.«

»Da stimme ich dir zu, mein Freund«, sagte Wassben und seine roten Augen leuchteten. »Ich möchte dich, sehr geehrter Vlandoor, der du seit Anbeginn der Zeiten hier wandelst, für alle in dieser Runde bitten, uns genau zu schildern, was es mit den *Siegeln* auf sich hat, denn ich kann mich des Eindrucks nicht erwehren, dass es nicht einmal jedem von uns hier in diesem Raum vollkommen klar ist, oder Perchafta, erkläre du uns das, schließlich befinden sich die *Siegel* in eurer Obhut.«

»Nun, Wassben, Obhut ist nicht ganz richtig. Die *Siegel* bedürfen unseres Schutzes nicht, man war nur der Ansicht, dass sie hier nie und nimmer gefunden werden könnten.«

»Die Frau aus der *Neuen Welt*, diese Nikita ... ihr hättet sie nicht gehen lassen dürfen«, ergriff Samosan erneut das Wort.

»Du meinst, sie hätte dieses Tal nicht lebend verlassen dürfen?«, fragte Perchafta.

»Ja, das meine ich, ihr hättet es verhindern müssen ... oder diese Emurks.«

»Das hätte überhaupt nichts gebracht«, meinte der Krull. »Wenn es der Plan gewesen wäre, hätte Effel sie getötet. So ist aber ziemlich das Gegenteil geschehen. Abgesehen davon ist durch diese Brille, die sie bei sich trägt, alles gesendet worden ... und zwar ständig. Aber bitte, Vlandoor ...«, Perchafta hatte bemerkt, dass Vlandoor gerade angehoben hatte zu sprechen.

Dessen Stimme füllte den Raum in einer so unglaublichen Weise, dass den meisten der Anwesenden fast schwindelig wurde. Bisher hatte Vlandoor sich noch nicht zu Wort gemeldet.

»Seit Jahrmillionen gibt es die Menschen auf der Erde. Als ... wie sie sich nennen ... Homo sapiens, ... eine unfassbare Lächerlichkeit ist diese Bezeichnung, wie du schon ganz richtig gesagt hast, Vermoldohout ..., sind sie dann vor mehr als hunderttausend Jahren entstanden. Es gab aber bereits vor dieser Zeit einige Hochkulturen auf der Erde, die sehr viel weiter entwickelt waren, wie die Meisten von uns wissen. Als diese sich über die Schöpfung erhoben hatten, mussten auch sie durch Katastrophen untergehen. Ganz ähnlich wie beim letzten Mal war ihr Machtstreben immer größer geworden, die Kriege immer brutaler. Es gab Kämpfe innerhalb der führenden Eliten. Und besonders auf dem Gebiet der Genmanipulation wurden alle moralischen Bedenken fallen gelassen. Man kreuzte Tierarten, ja sogar Menschen mit Tieren. Man versuchte, Tieren eine menschliche Seele einzupflanzen. Ihr kennt diese Beispiele wie Kentauren, Minotauren und andere ungeheuerliche Mischformen.

Die Menschen versuchten schon oft, Gott zu spielen. Auch jetzt sind sie wieder tief in die Zelle allen Lebens eingedrungen. Die Zelle ist die fantastischste Entwicklung der Schöpfung. Sie bildet die Grundlage allen Lebens in unserem Universum. Sie ist ein selbständiges Lebewesen mit eigenem Stoffwechsel, das auch außerhalb des menschlichen Körpers überleben kann. Es geht jetzt um das Riesenmolekül DNA. Die Einzelteile dieses Moleküls liegen verstreut in der Zelle. Bevor sich aber eine Zelle teilt, ordnen sich die Teile dieses Moleküls in Form einer gewundenen Strickleiter an, die bei der Teilung in der Mitte aufreißt wie ein Reißverschluss, sodass die neue Zelle genau dieselbe Erbinformation hat wie die Mutterzelle. Die Menschen nennen es Doppelhelix.

Was sie bisher wissen ist, dass die Doppelhelix bestimmt, in welcher Reihenfolge die rund 20 Aminosäuren, aus denen die Eiweiße gebildet werden, zusammengesetzt werden. Die Doppelhelix enthält aber 64 verschiedene Befehle. Bisher waren die Menschen der Meinung – und das hat sich wohl geändert, wenn sie wirklich deswegen gekommen sind –, dass ein Drittel davon genügen würde, weil es eben nur 20 Aminosäuren sind. Zwei Drittel wurden bisher als überflüssig betrachtet und deshalb als Schrott bezeichnet. Daran kann man die Beschränktheit der Menschen erkennen, denn sie sollten wissen, dass die Natur nichts Überflüssiges schafft. Was die Menschen nicht wissen, ist, dass ihre DNA zu unser aller Schutz reduziert wurde. Man befürchtete, sie würden ihre kriegerischen Aktivitäten in das Weltall ausdehnen. Als Folge dieser DNA-Reduktion wurden viele andere Fähigkeiten, die für uns normal sind, wie Hellsichtigkeit oder ihre Fähigkeit, Verbindung mit der geistigen Welt aufzunehmen, stark begrenzt. Das menschliche Gehirn wurde auf ein Zehntel dessen reduziert, wozu es fähig ist. Ihr Bewusstsein wurde getrübt. Der vollständige Bauplan des Menschen, also der Bauplan mit all ihren Möglichkeiten, liegt hier unter uns, bewacht von den *Siegeln*.«

»Aber es gibt Menschen, die diese Fähigkeiten haben, die du eben als abhanden gekommen schilderst«, sagte Lauri. »Ich kenne einige ... in beiden Welten übrigens, hier mehr als dort ... die immer wieder Kontakt zur geistigen Welt aufnehmen und die auch sonst weit entwickelt sind.«

»Nun«, antwortete Vlandoor ruhig, »das sind die, die es sich in vielen Leben verdient und erarbeitet haben. Sie haben sich immer weiterentwickelt ... aus sich selbst heraus. Von solchen Menschen wird nie eine Gefahr ausgehen, weil sie das Wissen haben. Aber wenn die Pläne in die falschen Hände kämen, könnte man ein solches Bewusstsein mit allen Fähigkeiten ›produzieren‹. Habt ihr eine Vorstellung davon, was man damit anrichten kann, wenn man die nötige Reife nicht hat? In den Händen machtbesessener Menschen wäre dies eine Waffe, gegen die all ihre anderen Waffen harmloses Spielzeug sind.«

»Ich danke dir, Vlandoor«, sagte Sankiria, »ich glaube, wir haben alle verstanden, worum es hier geht. Ich denke aber, dass wir beruhigt sein können, da die *Siegel* sehr stark sind. Ihr wisst, dass ich dafür bin, den Menschen die Hand zu reichen. Lasst uns damit beginnen, indem wir ihnen die Pläne geben, aber lasst uns ihnen auch einen Vertrag vorlegen, der deren Nutzung regelt. Diesmal werden sie freiwillig unterzeichnen ... da bin ich mir sicher.«

***

Kapitel 23

Ganz vorne im Bug des Ruderbootes stand Shabo, wie Vonzel schnell erkannte, und hielt die Fahne mit den drei Albatrossen hoch in den Fahrtwind. Jeder konnte das laute Flattern hören und es sah aus, als würden die majestätischen Vögel jeden Moment losfliegen wollen. Mit der anderen Hand winkte er den verblüfften Emurks zu und dabei strahlte er über das ganze Gesicht. Ein letzter kräftiger Ruderschlag und das Boot ritt auf einer auslaufenden Welle der Dünung auf den Strand zu, wo es gleich darauf leise knirschend sanft aufsetzte.

Einige Emurks rannten hinzu, um es festzuhalten und dem kleinen Krull beim Aussteigen behilflich zu sein. Der aber war bereits mit einem eleganten Sprung im weichen Sand gelandet, wie auch der Rest der Besatzung. Als erstes rammte Shabo die Fahne in den Sand, dann strich er seine Weste glatt und ergriff eine Schriftrolle, die ihm von einem der Ruderer gereicht wurde. Inzwischen hatten die Emurks einen großen Halbkreis um ihn gebildet und blickten ihn erwartungsvoll an. Ein paar Kinder hatten sich laut plappernd nach vorne gedrängelt und aus der Menge konnte man Rufe nach Ruhe hören, die auch schnell eintrat.

Shabo musternd dachte Vonzel bei sich: *Das ist mal ein großer Auftritt, mein kleiner Freund. Wo hat er bloß diese alberne Marineuniform her?*

Shabo verbeugte sich feierlich: »Ich bringe euch hier die Botschaft des *Rates der Welten*, der im Tal Angkar-Wat zusammenkam. Hört, was er euch mitzuteilen hat.« Und dann begann er zu lesen.

»Dies ist das Ende eurer Verbannung, Volk der Emurks! Wir wissen alle, wie schwierig es war, euch in einer fremden Welt Bedingungen anzupassen, die ihr nicht gewohnt wart. Wir erachteten diese Strafe aber als angemessen in Anbetracht der Tatsache, dass ihr anderen Völkern großes Leid zugefügt hattet. Heute zollen wir euch unseren Respekt, verbunden mit unseren besten Wünschen für eine gute Heimreise. Wir sind uns sicher, dass es nie wieder zu solch einer drastischen Maßnahme kommen muss. Ihr habt in den Bergen nicht nur bewiesen, dass ihr starke und hervorragende Wächter seid, sondern ihr habt durch Mut, Geduld und Kühnheit das Ende eurer Verbannung herbeigeführt. Euer Glaube an eine Rückkehr in die Heimat war immer zu spüren.«

Vonzel spürte, wie die Augen aller auf ihn gerichtet waren, und er wurde ein wenig verlegen.

»Wir haben nicht lange überlegen müssen, welches Abschiedsgeschenk euren Leistungen angemessen sein könnte. Wir haben damals schon beschlossen, in der Voraussicht des glücklichen Endes der Verbannung, euch eure Rückreise ein wenig zu erleichtern.«

Shabo machte eine Pause und genoss sichtlich seinen Auftritt ebenso wie die gespannte Erwartung der Emurks. Diese schauten sich fragend an. Was konnte das sein, wovon Shabo da sprach? Die Krulls waren wirklich immer für eine Überraschung gut.

»Da bin ich aber gespannt«, flüsterte Nornak seinen Freunden zu. »Er macht es sehr spannend, dein kleiner Freund«, wandte er sich an Vonzel.

»Er hat einen ausgesprochenen Sinn für Theatralik«, raunte Vonzel zurück, »du hättest ihn drüben erleben sollen.« Dabei zeigte er mit seinem Kopf gen Westen. »Wir hatten uns regelmäßig in den Haaren.«

Nornak stieß ihn in die Seite. »Ruhig jetzt, er liest weiter, jetzt kommt´s, ich sag´s dir.«

»Mit einer Flotte von neun Schiffen sind eure Vorfahren von der Heimat losgesegelt ... damals vor dreihundert Jahren. Die Kloum, die Vaher und die Ploim haben sie verloren. Sie landeten mit der Wandoo, der Farragout, der Schwarzen Betty, der

Wellenjägerin, der Brise und der Mirhana an dieser Küste. Alles stolze Schiffe, gebaut von den besten Schiffsbauern eures Volkes.«

Wieder machte Shabo eine kleine Pause und schaute über seine Schulter in Richtung einer kleinen Landzunge, die sicherlich mehrere hundert Fuß in das Meer hineinragte. Er hatte dies seit seiner Landung immer mal wieder getan.

»Wieso sagt er das? Wir wissen alle, wie die Schiffe hießen. Jedes Kind kann die Namen herbeten. Kann mir mal jemand erklären, warum er andauernd aufs Wasser glotzt?« Nornak trat ungeduldig von einem Bein aufs andere und Vonzel blickte ebenfalls auf das Meer. Nur Urtsuka blieb in angespannter Aufmerksamkeit ruhig, zumindest äußerlich. Einige Kinder waren ebenfalls ungeduldig geworden und begannen zu quengeln. Sie wollten lieber wieder ins Wasser springen oder im Sand spielen, wurden aber von ihren Eltern zur Ruhe ermahnt und festgehalten. Die Sonne stand jetzt genau über der Landzunge und Urtsuka war der Erste, der bemerkte, was dort draußen vor sich ging. In diesem Moment ergriff Shabo wieder das Wort und er sprach jetzt lauter, er jubelte fast.

»Und aus diesem Grunde fiel es uns nicht schwer, das angemessene Geschenk zu finden. Seht her ... dort ist es!«, rief er aus und zeigte mit weit ausladender Geste in Richtung der Landzunge. Seine weiteren Worte gingen im lauter werdenden Freudengeschrei der Emurks unter. Inzwischen hatten alle die sechs Schiffe gesehen, die unter vollen Segeln um die Landzunge kamen. Die Sonne tauchte sie in ein fast überirdisch schönes Licht. Die Segel waren strahlend weiß und die Schiffe schienen in bestem Zustand zu sein, soweit Urtsuka dies aus der Ferne feststellen konnte. Er war auf einen Felsen geklettert, um besser sehen zu können. Shabo war ihm nachgestiegen.

»Das sind sie, nicht wahr, Shabo?« Urtsukas Stimme zitterte, während er wie hypnotisiert auf die Schiffe starrte, die jetzt auf gut fünf Steinwürfe herangekommen waren. Wer immer dort an Bord war schien jetzt die Anker zu werfen. Das

Geräusch der Ketten war durch den auflandigen Wind hindurch deutlich zu vernehmen.

»Ja, das sind sie ... und zwar die Originale«, fügte er lachend hinzu.

»Ihr habt sie ...«, Urtsuka versagte die Stimme.

»Ja, wir haben sie für diesen Moment, von dem wir wussten dass er kommt, instand gehalten. Hatte ich erwähnt, dass es einen Clan der Krulls gibt, der sich hervorragend auf Schiffsbau versteht?«

Inzwischen näherten sich fünfzehn Ruderboote, wie Urtsuka schnell gezählt hatte. Sie wurden mit großem Hallo empfangen und schnell halfen die Emurks, sie an den Strand zu ziehen. Die Ruderer waren in schwarze Kniebundhosen, grüne Strümpfe und rote Westen gekleidet und jedes Boot zierte ein kleiner Wimpel in den gleichen Farben.

Vonzel deutete auf die Fahne der Emurks, die Shabo in den Sand gesteckt hatte, und rief seinen Freunden zu. »Seht, sie tragen unsere Farben!«

Es war ein einziges Durcheinander. Freudentänze wurden aufgeführt, Krulls in die Höhe gehoben, denen das offensichtlich nicht ganz geheuer war, einige Emurks waren ins Wasser gesprungen und schwammen auf die kleine Flotte zu.

»Kommt mit«, rief Nornak, der seine Sprache als Erster wiedergefunden hatte, seinen Freunden zu. Er saß bereits in einem der Boote. »Urtsuka, spring hinein, du solltest als Erster an Bord gehen!«

Ganz vorne im Bug des Ruderbootes saß kurz darauf der Nachfahre des großen Kapitäns der Emurks und schaute mit Tränen in den Augen unverwandt auf das erste Schiff – es war die Wandoo –, während Vonzel und Nornak sich mit einer solchen Kraft in die Riemen legten, dass man meinen konnte, diese müssten jeden Moment zerbrechen. Hoch hinauf schoss das Boot durch die Brandung und als sie hindurchgerudert waren, glitt das Boot schnell wie ein Delphin durch das Wasser. Geschickt erklommen sie die Strickleiter und betraten das

Schiff. Urtsuka fiel auf die Knie und jetzt konnte er seine Tränen nicht mehr zurückhalten.

»Entschuldigt, Freunde«, sagte er nach einer kleinen Weile, sah aber dann, als er sich umblickte, wie auch die beiden Gefährten sich verstohlen die Augen wischten.

»Dafür muss man sich wohl nicht schämen«, meinte er, »wir haben so lange auf diesen Moment gewartet. Was meint ihr? Wir sind die Generation, die die Erfüllung eines Traumes erleben darf, die daran teilhaben darf, wie die Visionen unserer Ahnen wahr werden.«

Er sah das freudige Glitzern in den Augen der Freunde, als er sich erhob und mit langsamen Schritten über die Planken, die frisch gestrichen im Sonnenlicht glänzten, damit begann, das Schiff in Augenschein zu nehmen. Nornak und Vonzel blieben stehen und ließen ihren Kapitän das Schiff genießen.

Dieser wusste gar nicht, wo er zuerst hinschauen sollte. Es gab so viel zu entdecken. Die vielen kleinen Verzierungen an der Reling und an der Tür zum Niedergang, die riesigen Segel, mit denen der Wind jetzt nur leicht spielte und die bei voller Fahrt wieder ihre ganze Größe und Pracht entfalten würden. Zum wiederholten Male fühlte sich Urtsuka wie der kleine Junge, der sich damals, als ein Abbild dieses Schiffes in den Bergen sein zweites Zuhause geworden war, in seiner Fantasie ausgemalt hatte, wie es wohl sein würde, auf dem Meer damit zu segeln. Damals hatte er begonnen, sich seine eigene Welt zu erschaffen, die nun tatsächlich und greifbar vor ihm lag. Unzählige Male hatte er sich auf seinem Schiff durch die Weiten der Meere segeln sehen – über ihm der klare Himmel und unter ihm das tiefe, weite blaue Meer. Er hatte in seinen Tagträumen gehört, wie er seiner Mannschaft zurief: *Segel setzen!*, und dabei hatte er sich selber im heftigen Sturm am Ruder stehen sehen.

Wie oft war er belächelt worden, ja, sogar gehänselt hatten ihn viele Kameraden wegen seines Schiffsspleens, wie sie es immer genannt hatten. Er hatte sich nie mit der rauen Bergwelt anfreunden können, obwohl er ja nie etwas anderes gesehen hatte. Und jetzt? Jetzt war er am Ziel und seine Beharrlichkeit und sein Lerneifer, den er in der Schule für Nautik stets an den Tag gelegt hatte, würden sich bezahlt machen.

Die Wandoo sah aus wie neu – die Krulls hatten wieder eines ihrer Wunder vollbracht – und er war sich sicher, dass der Rest der Flotte im gleichen guten Zustand war. Er ging die kleine Treppe hinauf, um ans Steuer zu gelangen. Es war aus robustem Holz mit Messing beschlagen, das nun in der Sonne prächtig schimmerte. Die Schiffbauer der Emurks bauten nicht nur für eine Fahrt. Sie bauten für die Ewigkeit.

»Hast du es dir so vorgestellt?«, fragte Vonzel, der ihm gefolgt war und jetzt staunend neben ihm stand.

»Nein, wirklich nicht. Dies ist ein so großes Geschenk ... ich werde alles dafür tun, dass sich unser Volk dessen würdig erweist, das verspreche ich, mein Freund.« Dabei streichelte der Kapitän das Steuer. Danach ging er den Niedergang hinab zu den Kajüten. Staunend blickte er sich immer wieder um.

Wenn einer sein Handwerk verstand, dann waren es die alten Baumeister der Emurks, dachte er stolz. Dann endlich öffnete er die schwere Tür zu dem Raum, der nun sein neues Zuhause auf unbestimmte Zeit sein würde ... und was noch wichtiger war ... hier hatte sein Urahn gelebt und gewirkt. Er nahm einen tiefen Atemzug ... er war angekommen. In der Mitte des Raumes stand ein massiver hölzerner Tisch, der mit dem Boden verschraubt war, ebenso wie die sechs Stühle, die um ihn herum standen. Auf einem weiteren Tisch an der rückwärtigen Seite der geräumigen Kajüte befanden sich neben einem Sextanten aus blank poliertem Messing ein Stapel sauber gezeichneter Seekarten, Stifte, ein Zirkel, ein Stundenglas sowie Ladelisten aller Schiffe der Flotte.

Urtsuka der Neunte griff in seine Tasche und entnahm ihr das Logbuch des Urahns. Feierlich legte er es zu den anderen Dingen und streichelte es mit einer liebevollen Geste. In aller Ruhe fuhr der Kapitän der Emurks schließlich fort, seine neue

Umgebung zu betrachten, und fand schon bald Gefallen an den kunstvollen Schränken und dem kleinen Balkon, auf dem er sich nachts die Sterne anschauen würde. Seine Koje war mit weißer Bettwäsche bezogen und als er sie sah, wurde ihm bewusst, wie müde er war. Aber er konnte und wollte es sich noch nicht leisten, auch nur einen Moment auszuruhen.

Vorher gab es noch eine Menge zu tun. Er wollte auf allen Schiffen Fracht und Ladung überprüfen. Nicht, dass er den Krulls nicht zugetraut hätte, auch diese Arbeit perfekt zu verrichten, er hatte sie ganz andere Dinge tun sehen, nein, es war seiner Meinung nach einfach die Pflicht des Anführers einer Flotte, sich persönlich davon zu überzeugen, dass alles seine Richtigkeit hatte. Außerdem würde es bei seinen Leuten einen guten Eindruck machen. So verließ er seine Kajüte mit den Listen in der Hand und begab sich zunächst in die Laderäume der Wandoo. Wie oft war er die Leitern in ihrem Schulschiff hinauf- und hinabgestiegen und hatte sich vorgestellt, wie es wohl wäre, wenn der Bauch des Schiffes gefüllt wäre mit all den Dingen, die man für eine Seereise benötigte. Jetzt brauchte er keine Fantasie mehr zu entwickeln ... hier war die Wirklichkeit.

Auch wenn er noch nie zur See gefahren war, so kannte er doch die Verantwortung, die mit einer solch langen Reise verbunden war. Er wusste, dass auch das winzigste Objekt, das durch Leichtsinn oder Gedankenlosigkeit vergessen wurde, alles würde gefährden können, zumal sie nicht sicher sein konnten, ob sie unterwegs Hilfe fänden. Wegen eines einzigen vergessenen Gegenstandes konnte ein Schiff unbrauchbar werden.

Die Mengen an Proviant, die die Krulls beschafft hatten, waren beachtlich. Die Grundlage der Ernährung der Seeleute aller Zeiten bildete der Schiffszwieback. Hiervon hatten die Gnome achtzehntausend Pfund auf die Schiffe gebracht oder von wem auch immer bringen lassen. Neben den Säcken mit Mehl, Bohnen, Linsen und Reis lagerten siebentausend Pfund eingepökeltes Schweinefleisch, hundertfünfzig Fässer Sardinen, neunhundert Laibe Käse, eintausendzweihundert Hartwürste, Knoblauch und Zwiebeln, zweitausend Pfund Rosinen und Mandeln, reichlich Zucker, fünfhundert Pfund Schokolade, Essig und Senf, tausend Pfund Honig sowie mehrere hundert Fässer voll Wein. An Deck eines jeden Schiffes befand sich ein Hühnerstall für die Versorgung mit frischen Eiern.

Für die Emurks war also bestens gesorgt. Nach den Berechnungen der Liste sollten die Vorräte für eine Reise von etwas mehr als einem Jahr reichen. Nur, was nutzte die gesamte Verpflegung, wenn die Schiffe, die wie lebendige Wesen sind, nicht mitmachen? Denn auch sie verbrauchen im Kampf mit den Elementen viel Kraft.

Das Seewasser schadet dem Holz, der Wind zerrt an Segeln und Tauen, das Eisen rostet und die Sonne brennt die Farben aus. Öl, Fackeln und Kerzen werden in der Dunkelheit verbraucht. Jeder Ausrüstungsgegenstand musste also mindestens zweimal vorrätig sein. Dazu Anker, Tauwerk, Eisen und Blei sowie Leinwand und große Mengen an Holz, damit jede Planke, jeder Mast repariert werden konnte, dazu Tonnen von Pech und Teer, um die Fugen zu dichten. Ebenso hatten die Krulls an Werkzeug jeder Art gedacht. Hämmer, Sägen, Zangen, Nieten und Nägel, aber auch Netze und Angelhaken für den Fischfang. Für die nautischen Dienste waren Ersatzkompasse, Stundengläser und Sextanten an Bord.

Als Urtsuka wieder an Deck der Wandoo war, stand seine Mannschaft längst bereit. Sie grüßten ihren Kapitän mit einem lauten und freudigen: »Alle an Bord, Kapitän!«

»Na, dann kann es ja losgehen ... Anker lichten!« Laut schallte sein Ruf über das Wasser und das Herz schlug wohl nicht nur ihm hoch in der Brust. Gleich darauf war das Geräusch der schweren Ankerkette zu hören. Ein Emurk erklomm behände den Bootsmannstuhl und ließ sich in diesem langsam am Hauptmast emporziehen. Es war derselbe Junge, dessen Mutter einst so energisch sein Spiel beendet hatte. Das hatte ihm den höhnischen Spott seiner Altersgenossen eingebracht. Andere aus der Mannschaft kletterten in die Takelage. Damals in den Bergen war das alles Spielerei gewesen, heute war es Ernst. Die Mannschaften aller Schiffe arbeiteten Hand in Hand.

Die Emurks hatten sich noch am Strand in die Besatzungen der einzelnen Schiffe aufgeteilt, nachdem Urtsuka der Neunte noch eine kurze Ansprache gehalten hatte. Er forderte, einstimmig als Kapitän der Flotte anerkannt zu werden, was ihm durch lautes Zurufen bestätigt wurde. Sodann bestimmte er die Führer der anderen Schiffe, es waren diejenigen, die als Beste in der Schule für Nautik ihr Patent erworben hatten, und erklärte die wichtigsten Regeln für die Reise. Disziplin an Bord war das oberste Gebot. Jeder hatte den Anordnungen des jeweiligen Schiffsführers bedingungslos zu folgen. Tat er das nicht, so musste er mit schmerzlichen Sanktionen rechnen, wenn nicht sogar, je nach Schwere des Vergehens, auch mit der Todesstrafe.

Nun war die gesamte Flotte von regem Treiben erfüllt. Falls doch jemand Angst vor der Reise auf diesem unbekannten Element verspürte, so ließ er sie sich jedenfalls nicht anmerken. Laute Rufe schallten über das Wasser, als die Kommandos hin und her gingen. Man hatte sie im Tal der Verbannung lange genug geübt.

Dann endlich wurden die schweren Anker gelichtet und mit lautem Rasseln an Bord geholt. Bedächtig blähten sich die Segel, als wenn sie einmal tief durchatmen müssten, um Leben zu spüren, und die Schiffe nahmen langsam ihre Fahrt auf.

Am Strand standen die Krulls und winkten zum Abschied. Sie hatten sich in einer Reihe aufgestellt und blieben so lange stehen, bis die Schiffe außer Sichtweite waren.

»Das war´s mit den Emurks, mögen ihre Götter mit ihnen sein«, sagte Shabo zu den Umstehenden, »dieser Vonzel wird mir allerdings fehlen, es war alles in allem doch lustig mit ihm.«

Mit einem Schulterzucken wandte er sich um und strebte, gefolgt von seinen Freunden, den Felsen zu, die sich wie Türme vor ihnen erhoben.

Kapitel 24

Es war wohl einer jener berühmten Zufälle, dem er es zu verdanken hatte, dass er die Höhle fand, in der Vincent seine letzte Nacht zugebracht hatte. Genauer gesagt, hatte Jesper sie gefunden. Sie befand sich nicht viel mehr als eine halbe Stunde von der Stelle entfernt, an der er die letzte Nacht mit diesem verwirrenden Traum verbracht hatte.

Es war einer jener Spätsommertage, an denen Jared unter anderen Umständen bester Laune gewesen wäre. Überall verfärbten sich die Blätter und warmes Gold sowie leuchtendes Rot zeigten sich an Sträuchern und Bäumen. Er konnte aus der Ferne einen Auerhahn hören und irgendwo in einem Wald weiter unten aus dem Tal rief ein Kuckuck, was für diese Jahreszeit allerdings eher ungewöhnlich war.

Schlawiner, dachte Jared, *du machst es dir leicht. Lässt dein Junges auf Kosten anderer großziehen ... hast dann allerdings auch keine Probleme mit der Erziehung*. Jared lächelte säuerlich. Das tiefe Brunftgeschrei zweier Hirsche, das kurz darauf zu hören war, ließ sein Jägerherz für einen Moment höher schlagen. *Wartet nur, wenn ich meinen Sohn gefunden habe, komme ich zurück*, hätte er am liebsten laut in das Tal hinabgerufen.

Jesper war auf einmal wie ein geölter Blitz ein steiles Geröllfeld hinaufgerannt und vor einem dichten Buschwerk aufgeregt bellend stehen geblieben.

Da wird sich wohl etwas verkrochen haben, vermutete Jared und blieb ebenfalls stehen. Er nahm einen der kurzen Bolzen aus dem Köcher, spannte seine Armbrust und sicherte sie. Die Entfernung schätzte er auf mehr als dreihundert Fuß, zu weit für einen sicheren Schuss. Aber der Hund war darauf abgerichtet, das Wild auf ihn zuzutreiben. Er brauchte also nur abzuwarten.

Als Schutz gegen die Sonne, die gerade über einen Felsgrat kam, hielt er die Hand über der Stirn und blickte angestrengt nach oben. Aber das, was sich dort verkrochen haben musste, kam einfach nicht heraus und Jesper hörte nicht auf zu bellen. Jared verspürte nicht die geringste Lust, den steilen Hang hinaufzuklettern.

Dann eben nicht, dachte er und rief nach seinem Hund.

»Jesper, komm her!« Er steckte Daumen und Zeigefinger zwischen die Lippen und ließ einen lauten Pfiff ertönen, dem der Hund sonst immer gehorchte ... diesmal allerdings nicht. Er stand wie festgewachsen vor dem Busch und bellte ohne Unterlass. Fast überschlugen sich die Laute. Abwechselnd blickte er auf das Gestrüpp und dann wieder zu seinem Herrn hinunter, als wolle er ihm bedeuten, dass sich der Weg gewiss lohnen würde.

»Mir bleibt auch nichts erspart«, sagte Jared zu sich, steckte den Bolzen in den Köcher zurück, schulterte die Armbrust, legte den Rest seines Gepäcks hinter einem Felsen ab und begann den Aufstieg. Als er ungefähr noch fünfzig Fuß von seinem Hund entfernt war, verschwand dieser plötzlich. Kurz darauf war das Bellen erneut zu hören und Jared begriff sofort, wo der Hund war.

»Er hat eine Höhle gefunden«, murmelte er, vom steilen Aufstieg etwas schwerer atmend. *Da kann man ja nur hoffen, dass der Bär noch nicht im Winterschlaf ist ... scheint wohl so zu sein*, beruhigte er sich gleich darauf selbst. *Aber irgendetwas hat der Hund gefunden ... verdammt ... die Lampe!*

Jared rief abermals nach seinem Hund und wartete einen Moment. Als Jesper immer noch keine Lust zu verspüren schien, ihm zu gehorchen – jetzt hatte sich auch noch sein Bellen verändert, ein freudiger Ton hatte sich eingemischt –, kehrte er schnell um. Unten kramte er die Lampe aus dem Rucksack und begann leise fluchend erneut den Anstieg über das unwegsame Geröllfeld. Aber schon nach ein paar Schritten kehrte er abermals um und nahm vorsichtshalber den Rest seiner Sachen an sich.

»Was man nicht im Kopf hat, muss man in den Beinen haben«, sagte er laut und fügte im Stillen hinzu: *Mein Lieber, wehe dir, wenn es sich nicht lohnt. Jagst mich ein zweites Mal diesen verfluchten Hang hoch*. Er übersah dabei, dass der Hund an dem zweiten Mal völlig unschuldig war.

Als Jared die Höhle, deren Eingang von dem Busch fast vollständig verdeckt wurde, vorsichtig betreten hatte, wusste er auch bald den Grund für Jespers Aufgeregtheit.

»Hätte ich mir auch gleich denken können, dass es dir ums Fressen ging«, sagte er laut. Neben einer Feuerstelle fand er im Licht seiner Lampe die Reste eines gegrillten Fisches ... Lachs, wie er feststellte.

»Den hast du gerochen, mein Guter«, murmelte Jared und tätschelte seinen Hund, der sich neben den Resten von Vincents Henkersmahlzeit niedergelassen hatte und seinen Herrn fragend anschaute.

»Bist halt gut erzogen, brav«, lobte er seinen Hund. »Ja, du darfst, dann war der Weg wenigstens für einen von uns nicht umsonst«, sagte er und sah zu, wie Jesper sich über die Fischreste hermachte.

Hier warst du also, dachte Jared. Es bestand für ihn kein Zweifel, dass er ein Nachtlager seines Sohnes gefunden hatte, die Freude im Bellen des Hundes hatte es ihm schon verraten. Es konnte nicht lange her sein, denn der Lachs zeigte noch keine Spuren von Verwesung. *Ist höchstens zwei, drei Nächte her, dass du hier warst*.

Jared leuchtete mit seiner kleinen Lampe, die eine für ihre Größe hervorragende Leuchtkraft besaß, die Höhle aus. Plötzlich hielt er inne, denn der Lichtstrahl hatte eine Stelle erreicht, die sofort seine ganze Aufmerksamkeit fesselte. Er ging ein paar Schritte, um besser sehen zu können, und stand vor einer Tafel aus glatt behauenem Stein. Sie maß sicherlich fünf mal sieben Fuß und zeigte eine sehr kunstvoll und aufwendig angefertigte Inschrift.

Staunend las er, was dort stand:

Wesenlos und abwesend tritt uns Menschen das Innere der Erde entgegen.
Kein Strahl erleuchtet die unterirdische Welt mit ihren labyrinthischen Gängen.
Tiefe Einsamkeit atmen Gestein und Mensch, wagen wir uns in die Untiefen der Agillen bis weit hinein nach Angkar-Wat und vor das Tor von Tench'alin.
Wo Großes wartet, erkannt zu werden, beschützt von starker Macht.
Was sich an diesem Ort erschließt und offenbart, bleibt geheimnisvoll und verborgen dem, der nicht versteht.
Tausende von Jahren haben hier ihr Werk getan die Krulls mit kundiger Hand.
Da ein Licht! Dort ein Schatten! Stimmen und Geflüster.
Hier ist Leben, alles ist belebt.
Der Fels atmet seinen kalten Atem im Rhythmus der Äonen.
Der Berg lebt und ist belebt in seinem Inneren.
Offenbart sich den Suchenden, die reinen Herzens sind,
denn große Macht wird erlangen, wer

Hier hörte der Text auf. Es sah so aus, als habe jemand den Rest des Geschriebenen mit einem scharfen Gegenstand abgekratzt. Jared stand wie angewurzelt da. Sein Atem ging schwer und, wie ihm auf einmal bewusst wurde, auch laut.

»Was um Himmels willen ist das?«, murmelte er und kratzte sich am Kopf.

Er leuchtete den Rest der Höhle aus, sah aber keine weiteren Tafeln. Mit zitternden Fingern fuhr er über die gemeißelten Buchstaben und dachte: *Ist das wieder so ein verdammter Traum?*

Einige Fuß neben der Tafel entdeckte er eine Vertiefung, deren Ende er nicht ausmachen konnte. Auch der Strahl der Lampe hatte irgendwann seine Grenze erreicht.

Hier wirst du sicher nicht hineingegangen sein. Er wollte gerade umkehren, als er einen schwachen Luftzug verspürte.

Abrupt hielt er inne. *Das ist ein verdammter Durchgang*, ging es ihm weiter durch den Kopf. *Ja, das muss ein Gang sein. Wenn das stimmt, kann er es eventuell doch hier versucht haben.*

Er sog die Luft ein, die aus der Öffnung kam, und schnupperte. Sie war kühl. Dann schulterte er seine Sachen und rief leise nach Jesper. Warum er leise rief, hätte er auch nicht sagen können, denn weit und breit war ja niemand zu sehen gewesen. Es war ein Impuls, dem er gefolgt war und den jeder Mensch verspürt, wenn er im Dunkeln redet. Jesper war inzwischen mit seiner Mahlzeit fertig und leckte sich das Fett von der Schnauze. Jared musste beim Betreten des Ganges den Kopf einziehen ... und nach kurzer Zeit konnte er nur noch in gebückter Haltung weitergehen.

»Auch das noch«, murmelte er vor sich hin. Die Bolzen klapperten leise im Köcher, wenn er sich leise fluchend an der Felswand anstieß. Matt glitzerte das Gestein im Schein der Lampe mal grünlich, mal in einem dunklen Blau. Hin und wieder blitzte es hell auf, wenn der Lichtstrahl auf einen Bergkristall traf. Nach einer Viertelstunde ging es leicht bergab, was das Gehen weniger anstrengend machte. Jesper blieb dicht hinter ihm bei Fuß. Nach ungefähr einer halben Stunde langsamen und vorsichtigen Weitertastens, Jared hatte das genaue Zeitgefühl verloren, weitete sich der Gang, sodass er aufrecht stehen konnte.

Na prima, dachte er bei sich, *wenigstens etwas ... bin ja ein richtiger Glückspilz.* Er lächelte gequält und drehte nun schon zum dritten Mal an der kleinen Kurbel der Lampe, weil deren Leuchtkraft wieder nachgelassen hatte.

Wie hast du dich hier bloß zurechtgefunden, Junge?, dachte er. *Wirst ein paar Fackeln aus einem der Boote mitgenommen haben.*

Dann, völlig unvermittelt, teilte sich der Gang und nach kurzem Zögern entschied er sich für den rechten Weg. Eigentlich hatte Jesper ihm die Entscheidung abgenommen, denn er war jetzt einfach vorangelaufen.

»Ganz wie du meinst, mein Guter«, sagte Jared laut, »ich vertraue deinem Instinkt.«

Jared entging nicht, dass die Luft jetzt frischer wurde und er besser atmen konnte. Nach weiteren zehn Minuten, in denen er in Erwartung des nahen Ausgangs an Tempo zugelegt hatte, brauchte er die Lampe nicht mehr, denn ein heller Lichtschein zeigte ihm den Ausgang aus dem Berg. Nach ein paar Schritten blieb er wie angewurzelt stehen und musste die Augen zusammenkneifen, bis er sich an das grelle Licht gewöhnt hatte. Alles hätte er erwartet, aber nicht dieses weite Tal, das sich nun zu seinen Füßen ausbreitete. Minutenlang verharrte er und ließ staunend seine Blicke schweifen. Es war genauso, wie Vrena es immer beschrieben hatte. Er setzte sich nieder und hielt seinen Hund fest.

»Donnerwetter, die Alte hatte recht«, stieß er atemlos hervor. »Woher wusste sie das, diese Hexe? Ich muss dir wohl Abbitte tun, Vrena.«

Er entdeckte eine Burgruine, die sich seitlich von ihm an den nackten Felsen anschmiegte und deren steinerne Mauern größtenteils mit Efeu und Geißblatt zugewachsen waren, wie ihm die gelb und purpurroten Blüten verrieten. Und dann konnte er nicht anders, als sich an der Farbenpracht dieses herbstlichen Tales zu ergötzen. Lilafarbener Lavendel, blaue Disteln, Silberdisteln, blauer Enzian, wilde Orchideen in Rosa und Weiß, hellblauer Salbei, wilder dunkelblauer Eisenhut, gelber Wolfseisenhut, weißer Kerbel, rosafarbene Alpenrosen, lila Herbstzeitlosen, rostfarbene Lärchen, Ebereschen mit ihren roten Beeren, die schwarzen Beeren des Holunders, wilde Heidelbeeren und gelber Klee. Dazu kamen Birn- und Apfelbäume, die voller Früchte hingen. Er sah Kirschbäume und Mandelbäume. Dazwischen machte er immer wieder die Überreste steinerner Häuser aus, sogar ein Glockenturm, der zu einer Kapelle gehört haben musste, stand noch fast unversehrt. Irgendwo dort unten glitzerte ein See, der allem Anschein nach von mehreren Wasserfällen gespeist wurde, die sich hie und da von den Felsen stürzten. Im Tal sah er eine grasende Schafherde, konnte allerdings weder einen Schäfer noch einen Hund entdecken, und an den Hängen kletterten Ziegen auf der Suche nach Kräutern. Irgendwo krähte ein Hahn.

»Donnerwetter«, murmelte Jared, als er seine Sprache wiedergefunden hatte, »wie im Märchen, hier kann man leben ... völlig autark. Es ist alles da, was man braucht. Sicher wird es auch Wild geben.«

Ein idealer Zufluchtsort für Vincent, dachte er dann.

Er hatte diesen Gedanken noch nicht zu Ende gedacht, als Jesper sich von ihm losriss und davonstürzte. »Jesper!«, rief er dem Hund hinterher und als dieser nicht auf ihn hörte, folgte er dem Hund, der nicht viel weiter entfernt stehen geblieben war und aufgeregt bellte.

»Was hat er denn jetzt schon wieder?«, murmelte Jared vor sich hin und plötzlich wurde er von einer Empfindung ergriffen, die er in einer solchen Heftigkeit nicht kannte. Seine Nackenhaare hatten sich aufgestellt und sein Atem ging schwer, kleine Schweißperlen bildeten sich auf seiner Stirn und ein eiserner Ring schien sich um sein Herz gelegt zu haben. *Ich werde jetzt hoffentlich keine Herzattacke bekommen, mir reicht es für heute.*

Einige Schritte weiter hörte er das Bellen seines Hundes wie aus weiter Ferne, weil ihm das Blut in den Kopf geschossen war. Dann, plötzlich, stand er vor einem leblosen Körper und obwohl der Kopf fehlte, wusste er sofort, vor wessen Leiche er stand. Der Torso seines einzigen Kindes lag da, achtlos weggeworfen ... wie Müll.

Mit einem schmerzerfüllten Aufschrei, dessen vielfaches Echo von den Felswänden zurückgeworfen wurde, sank er auf die Knie und barg sein Gesicht in den Händen. Der große Mann weinte hemmungslos. Jesper hatte sich leise winselnd niedergelegt, berührte winselnd mit seiner Schnauze immer wieder Vincents Körper, so als könne er ihn dadurch zum Leben erwecken, und schaute seinen Herrn aus traurigen Augen an.

Ich kann nicht mehr zurück, dachte dieser nach einer langen Weile, *nicht mit dieser Nachricht. Was soll ich jetzt tun? Vincent, was ist bloß passiert?* Eine Stunde lang kniete er so, immer stiller werdend, neben seinem Sohn. *Ich werde deinen Mörder finden, Vincent, und wenn das alles ist, was ich in diesem Leben noch tun werde. Das bin ich deiner Mutter schuldig.* Mit diesem Schwur erhob er sich und begann, nach etwas Geeignetem zu suchen, mit dem er an Ort und Stelle ein Grab ausheben konnte. Die Banshee, die ihn aus der Nähe beobachtete, konnte er nicht sehen.

***

Kapitel 25

›Mein lieber Freund‹, begann das Schreiben. Das schwere Papier zeigte das fürstliche Wappen der Schtolls und der Verfasser hatte mit dunkelblauer Tinte und einer breiten Feder geschrieben.

Effel hatte sich in die Nähe des Kamins gesetzt und damit begonnen, im Schein des Feuers zu lesen. Es war still im Raum, bis auf das Knistern der Flammen und das drängende Klopfen an den Fensterscheiben, wenn Nachtfalter verzweifelt versuchten, das Licht im Inneren zu erreichen, war nichts zu hören. Nikita war auf dem Sofa eingeschlafen.

›Es ist einige Zeit her, dass ich in eurem Dorf war und die schlimmen Nachrichten überbrachte. Seitdem ist viel geschehen, bei euch wie bei uns. Ich bin bald nach dem Besuch in deinem Dorf nach Hause zurückgekehrt und war ebenfalls nicht untätig. Ich habe mich gefreut, als ich erfuhr, dass sie dich ausgewählt hatten, und ich bin über vieles, was dir auf deiner Reise widerfahren ist, informiert. Ich weiß auch, dass sie für dich ein glückliches Ende gefunden hat, und wünsche euch für eure Zukunft nur das Beste.

Jetzt fragst du dich, woher ich so viel weiß. Ich sehe geradezu, wie du deine Stirn runzelst. Ich bin mir nicht sicher, ob ich dir von Madmut, unserem Seher, erzählt hatte. Er ist einer der ältesten Berater meines Vaters und bisher hat er sich meines Wissens noch nie geirrt. Madmut hat, wie Mindevol, den du bitte herzlich grüßt, Verbindungen, die weit über die Grenzen unseres Landes hinausreichen. Er hat die Fähigkeit, und das habe ich lange Zeit nicht für möglich gehalten, Astralreisen an jeden beliebigen Ort der Welt zu unternehmen. Wie ich inzwischen weiß, gibt es viele Wesen, die ebenfalls dazu in der Lage sind. Durch die Unterstützung Madmuts ist es meinem Vater gelungen, einen Pakt mit den Malmots zu schließen. Die Malmots leben normalerweise ohne jeden Kontakt zu Menschen, haben sich aber durch die jüngsten Ereignisse dazu bewegen lassen, ihre Prinzipien aufzugeben. Ihnen ist sehr daran gelegen, dass die Kräfte im Gleichgewicht bleiben, wie sie sagen. Ich bin gespannt, was der Hohe Rat in Angkar-Wat beschließt. Die Malmots sind bei der Versammlung in den Agillen und wollen uns davon berichten.

Aber lass mich zum eigentlichen Grund meines Schreibens kommen.

Ich hatte euch erzählt, dass man in der *Neuen Welt* seit Längerem wieder mit dem Wetter experimentiert und dass dies erheblichen Einfluss auf das Klima in unserem Land hatte. Die Ernten fielen immer schlechter aus und viele Existenzen waren und sind immer noch ernsthaft bedroht. Nun, als wenn dies nicht schon schlimm genug wäre, sind wir zu weitaus beängstigenderen Informationen gekommen.

Du wirst noch nichts davon gehört haben, aber frage mal deine Nikita, sie könnte es wissen. (Ja, ich weiß, dass sie Nikita heißt und sehr schön sein soll, du Glücklicher.)

Frage sie, ob ihr das sogenannte W.H.I.S.P.E.R.-Projekt etwas sagt. Falls nicht, lass es mich dir kurz mit meinen Worten erklären.

Dieses Projekt ist aus einem Programm hervorgegangen, das es schon vor einigen hundert Jahren gab. Darauf wirst du bestimmt stoßen, wenn du eure Bibliotheken durchstöberst. Es wurde HAARP genannt. Bei ihm handelte es sich um ein Forschungsprogramm für hochfrequente Strahlenforschung, das gemeinsam von der Luftwaffe der damaligen USA und irgendeinem geophysikalischen Institut durchgeführt wurde. Auch im früheren Norwegen, in der Antarktis und in der damaligen Sowjetunion wurde anscheinend damit herumexperimentiert.

HAARP war eine bodengestützte Anlage mit einem Netz von Antennen, die alle mit einem eigenen Sender ausgestattet waren. Damit konnten Teile der Ionosphäre mit starken Radiowellen erwärmt werden. Die Ionosphäre ist etwas, was uns alle betrifft und nicht zu begrenzen ist.

Die so erzeugte Energie heizt nicht nur bestimmte Teile der Ionosphäre auf, sondern kann sogar Löcher in sie reißen. Schon HAARP war für viele Zwecke einsetzbar und es ist sicher für uns unvorstellbar, was daraus geworden sein könnte. Auf jeden Fall lassen sich dadurch gewaltige Kräfte kontrollieren. Madmut sagt, dass diese Technik eine verheerende Waffe darstellt, weil durch sie jedes Gebiet auf der Welt mit millionenfach stärkerer Energie aufgeladen werden kann. Sogar auf bewegliche Ziele kann man HAARP richten.

Lange Rede, kurzer Sinn, wir sind der Ansicht, dass es nötiger denn je sein wird, Allianzen zu bilden und uns zu beraten, was zu tun ist. Madmut sieht einen Angriff auf unsere Welt in naher Zukunft voraus. Sagte ich schon, dass er sich noch nie getäuscht hat?

Ich lasse dich jetzt in Ruhe, mein Freund, sicher wirst du mit Nikita viel zu reden haben, nicht nur wegen meines Briefes.

Wir werden uns bald sehen:

In Freundschaft

Schtoll.‹

Effel schaute nachdenklich ins Feuer. Sam lag zusammengerollt zu seinen Füßen und schnarchte leise.

Sind die alten Dämonen wieder erwacht?, dachte er.

Nikita wachte auf und als sie Effel so dasitzen sah, erschrak sie.

»Was ist los«, fragte sie besorgt, »ist etwas passiert? Was steht in dem Brief oder beunruhigt dich etwas anderes?«

»Nein, es ist der Brief«, bestätigte Effel seufzend, »ich kann es gar nicht glauben, was da steht. Schtoll schreibt etwas von WHISPER, einem Programm, das man früher HAARP nannte. Sagt dir das etwas?«

»WHISPER?«, Nikita hatte sich aufgesetzt und strich sich eine Haarsträhne aus der Stirn. »Du meinst wirklich WHISPER?« Alles hätte sie erwartet, aber nicht solch eine Frage. Effel stand auf, setzte sich zu ihr aufs Sofa und gab ihr den Brief.

»Hier, lies selbst.«

Einige Minuten später sagte sie: »Er meint tatsächlich das WHISPER-Projekt. Es stimmt, dass es aus HAARP entstand. Ich kenne es, das heißt, kennen ist eigentlich übertrieben. Ich habe darüber viel gelesen. Es ist ja kein Geheimnis. Soviel ich weiß, wurde es früher eingesetzt, um eine bessere Kommunikation mit U-Booten und weit entfernten militärischen Stützpunkten zu ermöglichen. Eine weitere, viel wichtigere Nutzungsmöglichkeit, jedenfalls aus heutiger Sicht, sind die Röntgenaufnahmen. Man kann in die Erde bis zu einer Tiefe von mehreren Kilometern hineinschauen, um Öl- und Gasfelder aufzuspüren. Ganz unabhängig von diesen Rohstoffen sind wir ja immer noch nicht. Aus diesem Grund setzen wir ja solch große Hoffnungen in das Myon-Neutrino-Projekt.

Das frühere HAARP hatte sich, wie ich gelesen habe, in Alaska befunden, von den anderen Standorten, die Schtoll erwähnt, wusste ich bisher nichts. Die Antennenanlagen in Alaska waren damals zerstört worden und niemand hat je wirklich herausgefunden, durch wen oder was. Sie hatten umgeknickt dagelegen – wie zerbrochene Strohhalme. Es war schnell kolportiert worden, dass es sich um einen terroristischen Anschlag der Klimaschützer gehandelt hätte. Irgendwann war dann auch ein Bekennerschreiben aufgetaucht, in dem gestanden hatte, dass durch HAARP schwerwiegende Veränderungen der klimatischen Bedingungen ausgelöst worden seien. Weiter hatte es geheißen, eine schwerwiegende Folge von HAARP seien die Löcher in der Ionosphäre, die durch die nach oben gerichteten starken Wellen entstanden seien. Die Ionosphäre könne die Erde nicht mehr ausreichend vor einfallender kosmischer Strahlung schützen. Es waren damals wirklich große Löcher in der Ionosphäre nachgewiesen worden. Man habe damit das gesamte Ökosystem beeinträchtigt, insbesondere das der äußerst empfindlichen Antarktis. Man hatte ein Schmelzen der Polkappen prophezeit, was ja dann später auch weitgehend eintrat, aber das ist alles sehr lange her.

Ob die Naturkatastrophen, die sich vor allem in der Zeit zwischen dem einundzwanzigsten und dreiundzwanzigsten Jahrhundert ereigneten, von HAARP verursacht worden sind, bezweifle ich ... na ja, zumindest nicht ausschließlich von HAARP. Ich glaube, damals konnte sich jeder an die eigene Nase fassen. Manchmal begreife ich es wirklich nicht, wie naiv oder ignorant die Menschen damals gewesen sind, vielleicht waren sie beides.«

»Das ist auch das, was Mindevol immer schon gesagt hat. Dass jeder Einzelne die Verantwortung für das Gesamte hatte und immer noch hat. Aber glaubst du wirklich, dass die Menschen sich so verändert haben?«

Effel stand auf, ging zum Kamin und legte zwei Scheite von dem Buchenholz nach, die sogleich von den Flammen gierig umschlungen wurden. Dann setzte er sich wieder neben Nikita.

»WHISPER befindet sich, vielleicht auch aus Angst vor neuen Anschlägen, unterirdisch in einem Wüstengebiet in den Südstaaten und braucht natürlich nicht mehr so viele Antennen.«

»Woher weißt du das so genau?«, staunte Effel. »Ich bin ja schon vieles von dir gewohnt, aber ...«

Nikita lachte. »Du weißt doch, dass mein Vater im Senat sitzt und dort eine wichtige Rolle spielt, wenn es um die Vergabe von Geldern für Regierungsprojekte geht oder auch für die von nicht staatlichen Unternehmen. BOSST ist ja auch kein Regierungsbetrieb. Irgendwann, ich glaube es war noch vor meinem Studium, ging es um HAARP. Man wollte herausfinden, wie man es nutzen könne, ohne solch große Schäden anzurichten wie damals. Und allem Anschein nach hat man es ja auch herausgefunden. Die ständigen Messungen der Ionosphäre beweisen es. Na ja, und mein Vater sprach viel mit mir darüber, deswegen weiß ich das alles. Dem Argument der Rohstofffindung konnte wohl auch niemand etwas entgegensetzen und so wurden die Gelder bewilligt. Was Schtoll da jetzt schreibt, ist, wenn es stimmt, jedenfalls entsetzlich. Welche Absicht kann dahinterstecken?«

»Alles zu besitzen und alles zu manipulieren, es geht alleine um die Macht«, ertönte in diesem Moment eine bekannte Stimme vom Eingang her. Das Paar sprang wie auf Kommando vom Sofa auf und lief auf den Krull zu, der lachend zur Tür hereingekommen war.

»Perchafta«, riefen beide freudig, »wie schön, dich zu sehen!«

»Die Freude ist ganz auf meiner Seite«, erwiderte dieser und breitete seine Arme aus, »hier bin ich, wie versprochen, und ich habe euch schon eine Weile zugehört. Ihr wart so vertieft in eure Diskussion, dass ich nicht stören wollte.«

»Und Sam hat dich nicht angekündigt«, meinte Effel mit einem Kopfnicken in Richtung seines Hundes, der gerade gemächlich aufstand und sich gähnend streckte.

»Ich hatte ihn gebeten weiterzuschlafen«, lächelte der kleine Krull, »du weißt doch, dass er mich immer gleich umwirft, wenn er mich längere Zeit nicht gesehen hat. Du hast also den Brief schon erhalten«, stellte Perchafta mit einem kurzen Blick fest.

»Du weißt schon wieder alles«, meinte Effel und schüttelte den Kopf.

»Ja, aber auch das hat wieder nichts mit Hellseherei zu tun, sondern ich sprach mit Hadheril, der mir erzählt hat, dass der Fürstensohn sich an dich wenden wird. Sie wollen eine Allianz gründen ... oder haben es schon getan. Ich war ganz erstaunt, dass Hadheril einem Bündnisbeitritt der Malmots zugestimmt hat. Sie gelten nämlich nicht gerade als besonders menschenfreundlich ... vorsichtig ausgedrückt. Sag mal, gibt es in diesem

Haus auch etwas zu trinken für einen müden Wanderer?« Perchafta strahlte nun über das ganze Gesicht, er freute sich ganz offensichtlich, die beiden wiederzusehen.

Effel fasste sich an den Kopf. »Mein Gott, ich habe das glatt vergessen, Nikita, du musst ja am Verdursten sein. Der Tag war einfach zu viel für mich und jetzt kommst auch noch du, Perchafta. Was darf ich euch bringen? Den müden Wanderer nehme ich dir im Übrigen nicht ab.«

»Lass mal, ich mach das schon.« Nikita war bereits auf dem Weg zur Küche.

»Bring mir bitte ein Glas Wasser, aber ein kleines, ich habe nicht vor zu baden«, bat Perchafta.

Kurz darauf kam Nikita mit einer Karaffe zurück und füllte die Gläser. Nachdem alle getrunken hatten, lenkte Perchafta das Gespräch wieder auf den Brief.

»Es ist wahr, dass durch HAARP eine Manipulation der globalen Wetterverhältnisse geschehen ist und weiterhin geschieht. Aber es geht noch um viel mehr. In der Mitte des zwanzigsten Jahrhunderts wurden Atomexplosionen im Van-Allen-Gürtel durchgeführt, um zu erforschen, welche Auswirkungen der entstehende elektromagnetische Impuls in solch großer Höhe auf Funkverbindungen und die Wirkungsweise von Radaranlagen hat. Diese Explosionen hatten neue Magnetstrahlengürtel erzeugt, die fast um die gesamte Erde liefen. Die Elektronen hatten sich auf magnetischen Feldlinien bewegt und sogar ein künstliches Nordlicht über dem Nordpol produziert.«

»Van-Allen-Gürtel«, fragte Effel, »was ist das nun schon wieder?«

»James Alfred van Allen war ein bekannter Astrophysiker. Seine bekannteste Entdeckung war der Nachweis eines Strahlungsfeldes um die Erde, das hauptsächlich aus dem Sonnenwind und der kosmischen Strahlung besteht. Es wurde nach ihm benannt. Stelle dir diesen Gürtel als eine Art unsichtbaren Schwimmreif energiereicher, geladener Teilchen vor, die durch das magnetische Feld der Erde eingefangen werden. Diese Teilchen stammen überwiegend vom Sonnenwind und von der kosmischen Strahlung.«

»Es gibt eigentlich zwei davon«, fügte Nikita an, »einen inneren und einen äußeren. Der innere erstreckt sich in niedrigen geografischen Breiten in einem Bereich von etwa 700 bis 6.000 Meilen über der Erdoberfläche und besteht hauptsächlich aus hoch energetischen Protonen. Der äußere befindet sich in etwa 15.000 bis 25.000 Meilen Höhe und enthält vorwiegend Elektronen.«

Perchafta klatschte in die Hände. »Du hast ein hervorragendes Gedächtnis Nikita!«, rief er begeistert aus. »Deine Lehrer müssen stolz gewesen sein.«

»Also der Stolz hielt sich, glaube ich, in Grenzen«, schmunzelte Nikita und dachte dabei an einen ganz bestimmten Professor.

»Allerdings«, nahm Perchafta den Faden wieder auf, »bin ich mir sehr sicher, dass sie die anderen Nebenwirkungen der damaligen HAARP-Experimente nicht veröffentlicht hatten. Sie hatten immer nur das zugegeben, was offensichtlich geworden war. Und dann auch nur als eine Möglichkeit von vielen, auf die man keinen Einfluss haben konnte. Die Löcher in der Ionosphäre und die damit verbundene erhöhte Sonnenstrahlung waren nicht wegzudiskutieren, sie waren ja direkt spürbar geworden. Was unterirdisch durch all die Versuche passiert war, war allerdings verschwiegen worden und diese Nebenwirkungen wurden als reine Naturkatastrophen bezeichnet. Die meisten Menschen hatten das auch geglaubt, weil man ja seit Jahrhunderten in dem Glauben aufgewachsen war, dass die Natur etwas vom Menschen Getrenntes sei.

»Nebenwirkungen?«, fragten die beiden wie aus einem Munde.

»Gewaltige Erdbeben«, fuhr der Krull ungerührt fort, »waren dadurch fast zeitgleich und auf mehreren Kontinenten ausgelöst worden, alle mit unvorstellbaren Opferzahlen.

Alleine in Haiti und seiner Hauptstadt Port-au-Prince waren mehr als 200.000 Menschen ums Leben gekommen und über zwei Millionen hatten ihr Heim verloren. Für die Überlebenden stand nur noch ein Krankenhaus zur Verfügung, weil die anderen eingestürzt waren, aber auch die meisten Ärzte und Krankenschwestern waren bei diesem Beben umgekommen.

Kurz danach hatten sich ähnliche Szenarien in China und Südamerika abgespielt. Für die Militärs waren solche Ergebnisse höchst interessant. Stellt euch vor, du gibst jemandem die Mittel an die Hand, in einem Land solche Zerstörungen anzurichten, ohne auch nur eine Bombe abwerfen zu müssen oder das Leben eigener Soldaten zu opfern. Wer eine solche Waffe hatte, besaß die Weltherrschaft.

Zusammen mit nie dagewesenen Vulkanausbrüchen begann sich die Struktur der Erde dahingehend zu verändern, wie wir sie heute kennen. Dass die Erdplatten ständig in Bewegung waren, wusste man natürlich damals auch schon. Es gab sogar genaue Berechnungen über die Geschwindigkeiten der Erdplattenbewegungen, die zur damaligen Zeit ja auch stimmten. 0,3 Inches pro Jahr erscheinen zunächst einmal nicht wirklich schnell zu sein. Durch die erwähnten Experimente wurde das Tempo allerdings erheblich gesteigert. Es war sozusagen ein gewaltiger Tritt in den Hintern der Erde, wenn man so will.

Das alles waren noch Umstände, die alleine die Erde betrafen. Als dann vermehrt Atomversuche im Weltall durchgeführt wurden, trat der *Rat der Welten* auf den Plan. Jetzt musste man eingreifen, wenn man noch Schlimmeres verhindern wollte. HAARP und andere ähnliche Anlagen wurden zerstört. Für die Veränderungen auf der Erde war das allerdings zu spät. Ich erinnere mich noch genau an die damalige Versammlung. Natürlich hatte es Stimmen gegeben ... und ich selbst hatte mich ebenfalls dafür ausgesprochen ... die für ein früheres Eingreifen gewesen waren. Die Mehrheit aber hatte sich dafür ausgesprochen, diese starken Erdverschiebungen mit all ihren Auswirkungen in Kauf zu nehmen.

Es war nicht das erste Mal in der Entwicklungsgeschichte dieses Planeten gewesen, dass wir uns anpassen mussten. Viele Ratsmitglieder hatten dies mit der Hoffnung verbunden, einen Großteil der menschlichen Rasse loszuwerden, andere hingegen damit, dass die Menschen durch die massivsten Veränderungen in ihrer Geschichte zur Besinnung kommen und sich nicht mehr als Herren, sondern als Diener dieses Planeten verstehen würden. Letztlich hatten beide Lager der Versammlung ihr Ziel erreicht ... zumindest teilweise. Der Rest der Menschheit hat gelernt und Konsequenzen gezogen, die bekannt sind. In jedem Fall hatten beide Lager erkannt, dass man mit der Zerstörung der Erde aufhören musste, wollte man sich nicht weiterhin seiner Heimat berauben oder wiederum mächtige Gegner auf den Plan rufen. Wie dieser Teil der Erde damit umgeht, wisst ihr beide hinlänglich. Der andere Teil, den ihr hier die *Neue Welt* nennt, ist gar nicht so neu, denn sie machen im Grunde da weiter, wo sie aufgehört hatten, nur etwas anders. Im Grunde müsste dieser Teil der Welt, in dem wir uns gerade befinden, *Neue Welt* heißen.«

»Es gibt etwas, was weitaus gefährlicher ist als die Klimabeeinflussung oder dubiosen Waffensysteme«, fuhr Perchafta mit ernster Miene fort. »Was uns wirklich ernsthafte Sorgen bereitet, ist eine andere Verwendung von elektromagnetischen Wellen, nämlich die einer totalen Bewusstseinskontrolle bis hin zu einer möglichen Bewusstseinsspaltung. WHISPER sendet nämlich auf den gleichen Frequenzen, die auch das menschliche Gehirn verwendet, und kann für spezifische Anwendungen auf ganz bestimmte Volksgruppen abgestimmt werden. Ich bin mir sicher, dass diese oder eine weiterentwickelte Technologie dazu verwendet werden kann, ganz gezielt Worte und Bilder, also eine ganz bestimmte Art zu denken, direkt in das Bewusstsein der Menschen hineinzuprojizieren.«

»Wenn das geschieht ...«, sagte Effel leise.

»Und wenn sie auch noch einen Chip im Körper haben ...«, flüsterte Nikita entsetzt.

»Die Kontrolle des Bewusstseins geschieht sogar schon sehr lange«, fuhr Perchafta fort. »Man kann es als schwarzen Humor oder schlichtweg als Sarkasmus bezeichnen, dass sie es WHISPER nennen. Aber das scheint ebenfalls Programm zu sein. Sie hatten schon im zwanzigsten und mehr noch im einundzwanzigsten Jahrhundert und darauffolgend einige Fernsehformate, die verdeckt als WHISPER-Experimente liefen und in fast allen Ländern der damaligen Welt ausgestrahlt wurden. Dies kann man im Nachhinein als Vorbereitung auf Zeiten betrachten, die schon begonnen hatten und heute, in der *Neuen Welt*, inzwischen als normal angesehen werden.

Sie zeigten Menschen, die sich bei ihren täglichen Verrichtungen filmen ließen, und die Zuschauer konnten interaktiv in das Geschehen eingreifen. Diejenigen, die solche Experimente zu verantworten hatten, könnten heute noch sagen: ›Ihr hättet es wissen können, wir haben nichts verschwiegen.‹ Ich erinnere mich an eine andere Form der Bewusstseinskontrolle, die im Zusammenhang mit mehreren Selbstmordserien im damaligen England standen. Damals, zu Beginn des 21. Jahrhunderts, erhängten sich im Umkreis einer Stadt namens Bridgend im Süden von Wales innerhalb eines Jahres 17 Jugendliche. Die eingesetzten Ermittler hatten recht schnell einen Zusammenhang mit einer Internet-Kontaktseite vermutet und waren damit fast auf der richtigen Spur. Das jüngste Opfer war damals, zu Beginn der Ermittlungen, eine 17-Jährige aus dem Ort Blaengarw, einem kleinen Städtchen unweit von Bridgend. Die Serie hatte einige Monate zuvor begonnen, als der Leichnam eines 18-Jährigen in einem leerstehenden Haus gefunden worden war. Da die meisten Opfer einander kannten und das Mädchen mit ›Ruhe in Frieden, Clark‹ eine Botschaft an einen der früheren Selbstmörder hinterlassen hatte, hatte die Polizei den Computer der 17-Jährigen durchforstet. Ein paar Tage später verschwand der Computer aus den Räumen der Polizeidienststelle und der leitende Ermittler wurde mit seinem gesamten Team suspendiert. Was keine Erwähnung fand, war, dass alle diese jungen Leute drahtlos ins Netz gingen, also über eine Funkverbindung. Natürlich hatten auch alle ein Mobilfunktelefon und wie fast alle Jugendlichen telefonierten sie häufig.

Die furchtbare Serie hatte begonnen, als sich der bereits erwähnte 18-jährige Clark auf einem Jahrmarkt unweit seiner Heimatgemeinde Bridgend erhängt hatte. Einen Monat später fügte sich einer seiner Klassenkameraden dasselbe Schicksal zu. Ebenfalls im Februar desselben Jahres wurde die Leiche eines 20-Jährigen gefunden. Zwei Tage zuvor hatte er sich noch einen Anzug gekauft ... für die Beerdigung seines Freundes Clark. Die Selbstmordserie setzte sich mit einem 17-Jährigen fort, der ein Freund der beiden war. Ebenfalls im gleichen Jahr versuchten, laut einer Zeitungsmeldung, innerhalb von zwei Tagen noch zwei 15-jährige Mädchen, sich das Leben zu nehmen ... und so weiter und so weiter. Die Menschen in dieser Gegend befürchteten nun logischerweise weitere Selbstmorde. Danach hörten die Selbstmorde unter Jugendlichen aber abrupt auf. Ich glaube, das Experiment war beendet worden, denn man hatte ja gesehen, dass es funktioniert.«

»Sag mal, weißt du eigentlich alles, was jemals irgendwo auf der Welt passiert ist, Perchafta?«, fragte Effel leise in das Knistern der schwachen Glut hinein, nachdem der Krull geendet hatte.

»Alles ist niedergeschrieben im Buch Balgamon, aber ich behalte nur die wirklich wichtigen Dinge. Die, die für unser aller Leben relevant sind. In den Höhlen von *Tench'alin* allerdings dürftest du alles finden.« Während Effel scheinbar abwesend in den Kamin blickte und dabei Sams Nacken kraulte, hing Nikita förmlich an Perchaftas Lippen. Sie fühlte sich in einen Vorlesungssaal ihrer Universität versetzt. In Wirklichkeit war auch Effel hoch konzentriert, was Perchafta bemerkte und deshalb fortfuhr.

»Zu dieser Zeit waren parallel zunehmend gechannelte Berichte aufgetaucht ... also Durchsagen hoch entwickelter

Geistwesen, die sich immer eines menschlichen Mediums bedienten, denen zufolge dieser Hauptwert anstieg. Zu allen Zeiten gab es ja Menschen, die in der Lage waren, körperlose Wesen durch sich sprechen zu lassen. Je nach Kultur oder Religion nannte man sie Seher, Propheten, Weissager, Schamanen oder Medien. Oft waren sie blind, damit sie die unsichtbaren Dinge besser wahrnehmen konnten, wie beispielsweise im alten Griechenland der berühmte Teiresias von Theben oder der blinde Jüngling von Prag, der um 1350 Kaiser Karl IV die Zukunft Böhmens vorhersagte.

Bei solchen hellsichtigen oder medialen Personen gilt es zwei Arten zu unterscheiden. Einmal sind es Menschen, die über die Fähigkeit verfügen, zukünftige Ereignisse vorauszusehen, und das manchmal über Jahrhunderte, dann sind es Menschen, die sich mit körperlosen Wesen verbinden und nur als Sprachrohr fungieren. Da solche körperlosen Wesen oft, aber nicht immer, über ein tieferes Wissen verfügen als Menschen es üblicherweise haben, können sie brauchbare Informationen über Vergangenes und Zukünftiges vermitteln, aber auch einen tieferen Einblick in die Zusammenhänge des Seins geben. Es gab sogar eine Zeit, da war das Channeln eine richtige Modeerscheinung geworden ... na ja, soviel dazu.

Da sich der Abstand Erde-Ionosphäre nicht verändert hatte, wurde schon damals vermutet, dass hier das HAARP-Projekt durch seine Überlagerung die Schumann-Frequenzen verfälscht. Alle Channels der damaligen Zeit hatten das HAARP-Projekt verurteilt und auf dessen Gefahren hingewiesen, doch man hatte es von anderer Seite geschafft, die Menschen auch dahingehend zu beruhigen. Die Menschen ließen sich zu allen Zeiten gerne beruhigen. Die magnetische Achse der Erde hatte sich mehr und mehr gegenüber der geographischen Achse, der Rotationsachse, verschoben. Wir wussten, dass auch dies von Menschenhand ausgelöst worden war, denn es gab jede Menge unterirdischer Versuche mit Atombomben. Auch hier wurden Kritiker dahingehend beruhigt, dass es keine Auswirkungen haben würde.

Früher waren beide Achsen so nahe beieinander, dass das Erdmagnetfeld trotz der Erdrotation ein statisches Feld blieb, auch durch sogenannte Geomagnetfrequenzen. Wenn die magnetische Achse gegen die Rotationsachse der Erde geneigt ist, entsteht bei der Erdrotation ein periodisch schwankendes Magnetfeld mit der Grundfrequenz von einem Tag. Je mehr sich die magnetische Achse nun von der Rotationsachse entfernt, desto größer wird die Amplitude der magnetischen Schwingung. So wird der Schumann-Hauptwert von 7,8 Hz im Nervensystem Signale erzeugen, die eine größere Oberwellen-Amplitude aufweisen als das ursprüngliche Signal. Die Erhöhung der Schumann-Frequenz betrifft also nicht das ursprüngliche Signal, sondern seine Auswirkungen auf den Menschen und die Erdoberfläche. Und hier kann – und ich bin mir sehr sicher, dass man inzwischen soweit ist – mit entsprechender Technik und einem geeignetem Empfänger, wie zum Beispiel eurem Chip, Nikita, direkt in das menschliche Bewusstsein eingegriffen werden.«

»Mein Gott, Perchafta, unser Chip«, flüsterte sie, »was, wenn darüber wirklich etwas im Bewusstsein der Menschen verändert werden kann?« Und nach einer weiteren kurzen Pause des Überlegens fuhr sie fort: »Es könnte sogar ziemlich leicht möglich sein. Jeder denkt, der Chip sei ein Segen, weil er unsere Körperfunktionen überwacht und uns das Leben in vielen Bereichen erleichtert. Was, wenn er jetzt zu einem Fluch wird?«

Perchafta zuckte nur mit den Schultern: »Das, meine Liebe, wäre in der Tat nicht auszudenken. Den *Rat der Welten* würde dies allerdings nicht beschäftigen, wenn wir das als eine rein menschliche Angelegenheit betrachten würden. Um deinen Chip musst du dir allerdings keine Sorgen mehr machen, Nikita«, meinte Perchafta lächelnd, »seit deinem Besuch in unseren Höhlen funktioniert er nicht mehr.«

»Wie hast du das gemacht?«, fragte Nikita mit großen Augen und fasste sich an die Stelle an ihrem Kopf, wo sich der ICD befand.

»Ein paar Geheimnisse brauche ich schon noch für mich«, lächelte der Krull und fuhr fort: »Aber hier kommt das, was die *Siegel* bewachen, ins Spiel, das auf keinen Fall in die falschen Hände kommen darf, Nikita.«

»Sie wollen dieses Wissen«, sagte Nikita, »aber wenn sie so viel aufs Spiel setzen, muss es unendlich viel wertvoller sein als ... sie kennen die Bedeutung der *Siegel*. Irgendjemand aus meiner Welt hat davon Kenntnis, aber woher und von wem hat er die? Und dieser jemand muss entweder über viel Macht oder großen Einfluss verfügen«, sagte sie mehr zu sich selbst.

»Das heißt also ...«, Nikita dachte weiter angestrengt nach, »das heißt, in Verbindung mit dem Chip und wahrscheinlich auch ohne ihn, auf jeden Fall mit den eben beschriebenen Strahlungstechniken ... wäre das Wissen, das die *Siegel* verschließen ... von ungeheurem Wert ... mein Gott, mein Hirn schlägt gerade Purzelbäume, Perchafta, hilf mir mal, bitte.«

»Ich kann dir nur soviel sagen – und du bist ja auch schon selbst draufgekommen – es hat etwas mit dem zu tun, das bei einigen Menschen als die Blaupause Gottes bekannt ist.«

»Was? Du meinst, es hat etwas mit der menschlichen DNA zu tun, ich meine mit dieser sagenumwobenen erweiterten DNA? Dass man die DNA manipulieren kann, wissen wir ja schon längst, und es wird ja auch gemacht. Ist es dieses Wissen, das die *Siegel* bewachen? Du musst nicht antworten, Perchafta ... um diese Blaupause Gottes ranken sich ja unendlich viele Geschichten und Mythen. An eine erinnere ich mich gerade, an eine, die ich in einem früheren Leben gehört habe. Es heißt dort, dass Moses nicht nur die Tafeln mit den Zehn Geboten vom Berg mit herabgebracht hatte, sondern dass er von Gott den gesamten Bauplan des Menschen erhalten hätte und dass er das Volk Israel dazu angehalten hatte, diesen Plan in ihrer Bundeslade verschlossen zu halten.«

»Was für ein Unsinn«, sagte Effel, »wenn Gott wirklich solche Baupläne zur Verfügung gestellt hätte, dann sicher nicht nur einem Volk.«

»Eine andere Geschichte«, fuhr Nikita fort, »erzählt von Außerirdischen, die Teile dieses Bauplans des Menschen entfernt hätten, weil sie Angst hatten, dass die Menschen zu mächtig werden würden, wenn sie ihr gesamtes Potenzial zur Verfügung hätten ... aber das ist doch alles Unsinn.«

»Nun«, warf Effel ein, »wenn das aber alles Unsinn ist ... wer hat die *Siegel* erschaffen? Denn die gibt es ja offensichtlich.«

Es trat ein langer Moment der Stille ein, in der jeder mit seinen Gedanken beschäftigt war. Dann unterbrach Effel diese Stimmung: »Perchafta, du sagst, dass das Wissen von den *Siegeln* gut bewacht wird und dass es für einen Menschen unmöglich sein würde, auch nur in ihre Nähe zu gelangen. Ich erinnere mich genau, was du mir darüber erzählt hast.«

»Ja, und wir werden alles in unserer Macht Stehende tun, damit es auch so bleibt.«

»Ich habe Nikita von meinen Innenreisen erzählt, meinst du, wir können solche Reisen auch gemeinsam machen, ich meine, Nikita und ich, mit dir als Reisebegleiter? Nikita, hättest du Lust?«

»Ob ich Lust dazu hätte? Machst du Witze? Natürlich habe ich Lust dazu. Ich hätte Perchafta auch selbst darum gebeten, wenn du mir jetzt nicht zuvorgekommen wärst.«

»Wenn ihr wollt«, antwortete der Krull, »begleite ich euch gerne. Ich bin noch ein paar Tage in der Gegend, gebt mir einfach Bescheid, wenn ihr Zeit habt.«

Sam hatte sich inzwischen vor Perchafta auf den Boden gelegt. Er schaute den Krull ruhig an und man konnte den Eindruck gewinnen, als kommunizierten sie auf ihre ganz eigene Weise miteinander. Die Glut verbreitete nur noch ein schwaches Leuchten und die Morgendämmerung begann bereits, den Raum zu erhellen. Die ersten Rufe der Gartenrotschwänze waren zu hören. Nikita gähnte und seufzte:

»Es ist vier Uhr und ich bin müde. Ich werde zu Bett gehen,

was ist mit euch beiden? Ich freue mich auf unser nächstes Treffen und bin schon so gespannt, was ...«

Nikita hatte den Satz noch nicht beendet, als von draußen ein sehr lautes, pfeifendes Geräusch zu hören war, das Effel schon einmal auf seiner Reise vor jener Hütte vernommen hatte, in der er die Familie Perchaftas kennengelernt hatte. Alle drei blickten gebannt zum Fenster und Sam war mit wütendem Bellen aufgesprungen, seine Nackenhaare hatten sich gesträubt und es sah so aus, als wolle er durch das geschlossene Fenster springen.

»Eine Drohne ... sie suchen dich, Nikita«, sagte Perchafta trocken.

»Sie brauchen nicht zu suchen, sie wissen doch, wo ich bin, ich habe mit Professor Rhin gesprochen, um genau das zu verhindern, ich verstehe das nicht.«

»Und was hast du ihm gesagt?«, fragte der Krull. Er war zum Fenster gegangen und blickte nach draußen, konnte aber außer einem klaren Himmel nichts mehr erkennen. *Ideal für Aufklärungsflüge,* dachte er.

»Dass es eine Versammlung gibt, in der beschlossen werden soll, was mit den Plänen geschieht, und dass wir auf das Ergebnis warten«, gab Nikita zur Antwort.

»Dann kannst du ihm sagen, dass ihr sie bekommt, ich hatte es euch eigentlich sofort sagen wollen, aber dann war der Brief dazwischengekommen. Die Pläne sind sicherlich sehr wertvoll für deine Firma und sie werden euch großen Reichtum bringen, aber dabei muss man es auch bewenden lassen, das ist das Zugeständnis des *Rates der Welten*. Ich denke, dass dein Professor von den *Siegeln* gar nichts weiß, Nikita.«

»Da magst du recht haben, aber sag', Perchafta, wann bekommen wir die Pläne?« Nikita war aufgestanden und sah gar nicht mehr müde aus. »Sag bitte, wann?«

»Bald, innerhalb der nächsten Tage jedenfalls. Wenn die Verträge ausformuliert sind, die damit verbunden sind. Wo hast du deine Brille? Sie ist doch nicht etwa eingeschaltet?«

»Nein, natürlich nicht«, beantwortete Nikita die Frage, »ich aktiviere sie nur, wenn ich mit dem Professor spreche.«

»Na dann, worauf wartest du noch?«, zwinkerte der Krull ihr zu.

»Kannst du noch etwas zum Channeln sagen, Perchafta?«, fragte Effel jetzt, als Nikita schon auf dem Weg ins Schlafzimmer war, wo die Brille lag. »Ich meine mich jetzt doch zu erinnern, dass Brigit dieses Wort auch schon benutzt hat, wenn sie von ihren Durchsagen sprach.«

»Gerne, wir haben noch etwas Zeit, während Nikita mit ihrem Chef spricht. Für sie wird das nichts Neues sein, jetzt, wo sie sich an alles erinnern kann.« Perchafta lachte verschmitzt, als er Effels leichtes Stirnrunzeln bemerkte, und meinte: »Glaub mir, es ist nicht immer von Vorteil, ein *Walk In* zu sein.« Dann fuhr er fort: »Beim echten Channeln stellt ein sogenanntes Medium seinen Körper für ein körperloses Wesen zur Verfügung. Es gibt da viele unterschiedliche Formen. Es gibt Sprech-Medien und Schreib-Medien, einmal spricht das Medium nur, einmal schreibt das Medium etwas auf. Aber es gibt auch Mal-Medien, die Bilder malen, und es gibt Musik-Medien, die Musik spielen oder schreiben.

Viele Medien gehen dabei in eine Volltrance. Dann ist das Medium wie bewusstlos und bekommt nichts mit von dem, was es sagt. Manchmal ist es in Halbtrance, so wie du bei deinen Innenreisen, aber es geht auch bei vollem Bewusstsein. Das Medium stellt dem körperlosen Wesen entweder nur seine Stimme zur Verfügung, oft aber auch Teile seines Körpers, z. B. die Hand zum Schreiben, manchmal auch den ganzen Körper, sodass sich Gestik und Mimik des Mediums völlig verändern.

Das Übermitteln bei vollem Bewusstsein finden wir häufig bei Dichtern und Künstlern. Oft merken sie selber nicht einmal, dass sie Informationen aus der geistigen Welt übermitteln. Sie sprechen dann häufig von Intuition oder Inspiration. Mozart klagte einmal darüber, dass er mit dem Niederschreiben seiner Musik oft nicht nachkomme. Schon vor Jahrtausenden waren die Dichter der Meinung, dass ihnen ihre Werke eingegeben würden. Homer, der Dichter der Ilias, beginnt dieses Werk mit den Worten: ›Besinge, Göttin, den Groll des Peleussohnes Achilles‹ wobei die Göttin die Muse des Epos, die Kalliope ist.

Und ähnlich beginnt die etwas jüngere Odyssee mit den Worten: ›Erzähle mir, Muse, von dem listenreichen Mann, der gar sehr umhergeworfen wurde.‹ Aber daran erinnerst du dich sicher noch aus deinem Griechischkurs oder lernt man das heutzutage nicht mehr?«

»Oh doch, das lernt man durchaus noch«, antwortete Effel und sah augenblicklich seinen Lehrer für alte Sprachen vor sich, »wir hatten einen Lehrer, der sechzehn alte Sprachen mit ihren jeweiligen Dialekten fließend sprechen konnte.«

»Da kann man sicher von einer Nischenbegabung sprechen«, bemerkte der Krull und sprach weiter. »Die Vorstellung, dass einem Künstler seine Werke eingegeben werden, ist also uralt und in vielen Fällen stimmt das auch. Du kennst zum Beispiel die Musik von Georg Friedrich Händel, Petrov hat sie mit seinem Orchester in einem der letzten Konzerte in Onden gespielt ... ich habe es mir angehört ... wie sollte man sich die Entstehung eines seiner größten Werke, des Oratoriums ›Der Messias‹ anders vorstellen? Händel fühlte sich damals am Ende seiner Kräfte, da fiel ihm ein Libretto in die Hand, das er zunächst wütend in die Ecke warf. Dann begann er doch zu lesen und schon bald überfiel es ihn wie ein Fieber, er setzte sich hin und schrieb und schrieb – drei Tage lang. Er schlief und aß kaum und dann war dieses Meisterwerk vollendet. Das berühmte Halleluja zählt immer noch zu den am meisten aufgeführten Werken der Musik.«

***

Kapitel 26

Mit einem etwas mulmigen Gefühl in der Magengegend betrat Officer Bob Mayer nun schon zum zweiten Mal in dieser Woche das imposante Gebäude der NSPO. Ihm war überhaupt nicht klar, warum man ihn nochmals herbestellt hatte. Er hatte alles gesagt, was er wusste, auch, dass er an einen Fehler der Brille nicht glaubte. Er hatte sich von niemandem ausreden lassen, was er mit eigenen Augen durch die MFB gesehen hatte.

Was um alles in der Welt wollen sie noch von mir?, fragte er sich, als er den gläsernen Eingang durchschritt. Sein Kollege Richard Pease, der sich am Morgen gerade zu seinem Rundgang fertig gemacht hatte, hatte dazu nur gemeint:

»Sie werden dich noch mal in die Mangel nehmen, pass bloß auf, dass sie dich nicht gleich dabehalten wegen Unzurechnungsfähigkeit ... hey, war ein Scherz, Mann«, hatte er schnell hinzugefügt, als er Bobs ärgerlichen Gesichtsausdruck bemerkte. Dann strich er sich die Uniformjacke glatt und vergewisserte sich, dass sein Ohrstöpsel festsaß. Er würde auch auf seinem Streifengang keine Sportnachricht verpassen. Das war zwar verboten, aber die Play-offs waren in der spannendsten Phase angelangt.

»Bob, entspann dich mal, bleib cool, Mann. Guck dir lieber die Neue im Frozen noch mal an ... ach Quatsch, du bist ja schon vergeben ... also ich probier jedenfalls noch mal die eine oder andere Eissorte ...«

Er zwinkerte Bob grinsend zu und beim Hinausgehen klopfte er seinem Kollegen aufmunternd auf die Schulter. Dann begann er, ein Lied zu pfeifen – es war die Hymne der Bushtown-Tiger, seines Teams.

Der bärtige Wachmann am Empfangstresen der NSPO, war umgeben von sicherlich zwanzig Bildschirmen, die wie eine Festungsmauer wirkten. Er schaute nur kurz auf und brummte mürrisch: »Der siebte Fahrstuhl von links, 86ster.« Dann wandte er sich wieder seinem Rätselheft zu.

Seltsame Arbeitsauffassung, dachte Bob, *eine Uniform kann sich ja jeder anziehen. Der kann sich wahrscheinlich überhaupt nicht vorstellen, dass sich hier jemand unbefugt Zutritt verschafft. Wer begibt sich auch schon freiwillig in die Höhle des Löwen? Aber dann bräuchte er eigentlich auch gar nicht hier rumzuhocken. Da ist unser Dienst schon anstrengender mit den ständigen Streifengängen.* Natürlich wusste Bob, dass er auf anderem Wege längst gecheckt worden war und dass der Wachmann auf einem seiner Bildschirme die entsprechenden Informationen über jeden Besucher ablesen konnte.

Bob nickte dem Mann kurz zu und betrat den gläsernen Fahrstuhl. Er hasste diese schnellen Fahrten, die ihm immer das Gefühl gaben, lange vor seinem Magen am Ziel anzukommen.

Wie lange es wohl da oben dauern wird?, überlegte er. Er war nämlich am frühen Nachmittag mit Mia in der Stadt verabredet. Sie wollten zusammen ein wenig shoppen gehen und vielleicht am Abend in ein nettes Restaurant zum Essen. In den letzten Wochen hatte Mia für solche Dinge nur noch selten Zeit.

Er wurde ausnehmend freundlich von Mike Stunks in dessen Büro empfangen. So ganz anders als bei ihrer letzten Begegnung, bei der Bob die Verhöre als ziemlich rüde empfunden hatte.

»Bitte nehmen Sie doch Platz, Officer«, sagte Mike lächelnd und deutete auf eine bequeme graue Sitzgruppe in einer Ecke des geräumigen Büros, die von Grünpflanzen umrahmt war. Von hier aus hatte man durch die bodentiefen Fenster einen Blick über den Potomac mit seinen Lastfrachtern und die am jenseitigen Ufer liegenden vornehmeren Wohnviertel mit den Luxushotels, der Pferderennbahn und dem

Golfressort. Es war ein sonniger Vormittag und Bob wäre gerade lieber auf der anderen Seite des Flusses gewesen, auf die er jetzt sehnsüchtig schaute, als hier im Büro dieses Mike Stunks, der heute allerdings schon einen wesentlich sympathischeren Eindruck machte.

Bob nahm neugierig in einem der weichen Ledersessel Platz. Das hier hatte etwas von einem Freundschaftsbesuch – bis jetzt jedenfalls.

»Darf ich Ihnen einen Kaffee bringen lassen, Officer, oder etwas anderes?«

»Oh, vielen Dank, einen Kaffee nehme ich gerne, Sir, Mr. Stunks«, antwortete Bob. Er hatte einmal gelesen, dass es eine Form von Höflichkeit war, in solch einer Situation etwas Angebotenes auch anzunehmen.

»Milch und Zucker oder lieber Süßstoff?«, fragte Mike.

»Milch und Zucker bitte.«

Es dauerte keine zwei Minuten, als der Kaffee von einem jungen Mann hereingebracht wurde, der ihn interessiert musterte.

»Danke Andy«, sagte Mike und der Angesprochene verschwand wieder ins Nebenzimmer.

»Darf ich Sie fragen, warum ich hier bin, Mr. Stunks?«, fragte Bob, während er Milch und Zucker umrührte, und dabei blickte er Mike direkt in die Augen. »Wissen Sie, ich habe bereits alles gesagt, falls es wegen des Vorfalls im Delice ist.«

Mike saß mit übergeschlagenen Beinen auf einem gegenüberliegenden Sofa und hatte ebenfalls einen Kaffee vor sich.

»Selbstverständlich dürfen Sie das, Officer. Sie sind hier, weil ich mich noch einmal mit Ihnen genau darüber unterhalten möchte. Sie haben richtig geraten.«

Mike trank einen Schluck und beobachtete Bob genau.

»Ich glaube Ihnen nämlich. Neue Erkenntnisse haben mich von Ihrer Geschichte überzeugt. Wir haben bei Ermittlungen in einer anderen Sache Hinweise gefunden, die auf etwas – sagen wir mal – Fremdartiges hinweisen.«

»Auf etwas Fremdartiges, Sir? Das ist ja genau das, was ich sage. Dieses Ding war nicht von dieser Welt, da bin ich mir absolut sicher.« Bobs Pulsschlag erhöhte sich. Hier wurde er gerade rehabilitiert.

»Unsere Welt ist groß, Officer ...«

»Sie meinen, dass ...« Bob verstand augenblicklich, was Mike meinte, und wenn er nicht schon gesessen hätte, hätte er es jetzt tun müssen.

»Es könnte sein, warum nicht?«

»Aber die Verträge, Sir!« Bob konnte es nicht fassen. Da saß er im Büro eines der höchsten Beamten der Staatssicherheit und sie unterhielten sich über die *Andere Welt*. Hier in der NSPO war man offensichtlich der Meinung, oder zog es zumindest in Erwägung, dass sich ein Wesen aus der *Anderen Welt* bei ihnen zu schaffen machte.

»Damit ich Sie richtig verstehe, Sir, Mr. Stunks«, Bob beugte sich vor und sprach unwillkürlich leiser, »Sie halten es für möglich, dass jemand von drüben«, er bewegte seinen Kopf kurz in Richtung der Fensterfront, »hier bei uns eingedrungen ist – ich meine, einfach so an allen Sicherheitsvorkehrungen vorbei – und mitten unter uns spazieren geht? Meinen Sie das?«

»Genau diese Möglichkeit ziehe ich in Betracht, Officer. Wir müssen an die absurdesten Dinge denken bei unserer Arbeit, das muss ich Ihnen ja nicht erzählen. Einer der Punkte übrigens, warum wir so erfolgreich sind.«

»Hätte das nicht enorme Konsequenzen? Mein Gott«, rutschte es ihm heraus, »wenn ich das Richie und dem Chief erzähle ... Mann, die werden Augen machen. Die haben mich schon für verrückt erklärt.«

»Das werden Sie bitte niemandem erzählen, unter gar keinen Umständen, hören Sie Officer, das würde die laufenden Ermittlungen nur behindern.«

Mikes Ton war etwas scharf geworden, schärfer, als ihm lieb war, denn er wollte den Officer, seinen bisher einzigen brauchbaren Augenzeugen, nicht vergraulen. Deswegen fuhr er fort:

»Ich muss Sie wirklich bitten, diese Unterhaltung hier für sich zu behalten. Betrachten Sie sich ab jetzt als so etwas wie einen verdeckten Ermittler unserer Behörde. Und ist es nicht so, dass man es leichter hat, wenn man erst einmal für verrückt erklärt wurde?« Mike lächelte jovial und wartete ab, ob der Wachmann den Köder annehmen würde. Für einen Wachmann, der im Delice einen langweiligen Dienst schob, musste die NSPO ein sehr verlockender Arbeitgeber sein.

Bob öffnete den obersten Kragenknopf seines Uniformhemdes. Irgendwie war ihm in den letzten Minuten warm geworden und das kam nicht vom Kaffee. Er fand auch nicht, dass man es als Verrückter leichter hat, aber das behielt er für sich. Und auch, dass er nicht sonderlich erpicht darauf war, Ermittler der NSPO zu werden, verdeckt oder nicht.

»Aber«, fuhr Mike fort, »Sie sind offensichtlich der einzige Augenzeuge.«

»Augenzeuge ist wohl nicht ganz richtig, es war ja unsichtbar, ich hatte nur so etwas wie ein Wärmebild auf dem Schirm meiner MFB, und das bewegte sich. Als ich die Brille kurz abnahm, weil ich es nicht glauben konnte, war da gar nichts. Ich kann nur vermuten, dass es ziemlich groß war ... und verdammt schnell ... und ziemlich geschickt. Es dürfte nämlich gar nicht so einfach sein, durch das Delice zu rennen, ohne jemanden anzurempeln, außer ... Moment mal!«, hielt Bob für eine Sekunde inne. »Es hat jemanden angerempelt. Olga, Olga Wrenolowa, die Pfannkuchenfrau! Ja, ihren halben Stand hat dieses Etwas umgekippt. Sie kennen sie doch sicher. Wurde sie nicht von der Rauschgiftfahndung wegen angeblichen Drogenhandels verhaftet?«

»Nein, das waren wir, Officer, das heißt, es geschah auf unsere Veranlassung hin.« Mike Stunks zuckte mit den Schultern. »Wir mussten Frau Wrenolowa erst einmal, na sagen wir, aus dem Verkehr ziehen, um zu verhindern, dass sie jedem von ihrem Abenteuer erzählt. Bei der Menge an Menschen, die täglich an ihren Pfannkuchenstand kommen, und bei ihrer

Gesprächigkeit könnte man es auch gleich im Fernsehen auf allen Kanälen bringen.«

»Wusste ich es doch. Ich hab das ja gleich gesagt, dass diese herzensgute Frau nichts mit Drogen zu tun hat. Wo ist sie überhaupt? Ist sie hier bei Ihnen, äh ... untergebracht?«

»Ja, sie ist bei uns und es geht ihr gut. Es könnte ihr sogar besser gehen, wenn sie sich kooperativ verhalten würde. Sie könnte sogar längst wieder an ihrem Stand stehen und leckere Kuchen backen. Sie ist äußerst ... man könnte sagen selbstbewusst, sie lässt sich nicht gerne etwas sagen, womit wir jetzt bei dem zweiten Grund wären, aus dem ich Sie hergebeten habe, Officer Mayer.«

»Ich fürchte, ich verstehe nicht ganz, Sir ...«, Bobs Mimik war jetzt ein einziges Fragezeichen. Er trank den Rest seines inzwischen kalt gewordenen Kaffees aus und stellte die Tasse klappernd auf den Unterteller zurück. Ihm wurde noch etwas wärmer.

»Wir wissen, dass Sie mit ihr befreundet sind, Officer, und dass sie einen gewissen Einfluss auf sie haben, sofern jemand auf diese resolute Dame überhaupt Einfluss haben kann. Sie hält große Stücke auf Sie. Man könnte sogar sagen, sie schwärmt von Ihnen, Officer.«

Mike lächelte matt. Er hasste es, diplomatisch sein zu müssen. Er mochte es generell lieber, die Dinge beim Namen zu nennen, aber hier musste er vorsichtig zu Werke gehen. Hier musste er die Samthandschuhe anziehen.

Der Köder muss dem Fisch schmecken, nicht dem Angler, dachte er, bevor er fortfuhr.

»Ich möchte Sie bitten, mit ihr zu sprechen, sie davon zu überzeugen, dass es besser ist, Stillschweigen über die Vorgänge im Delice zu bewahren. Sagen Sie ihr von mir aus, dass es für Sie ganz persönlich von Belang wäre, ich glaube, darauf würde sie Rücksicht nehmen. Oder erfinden Sie irgendeine andere plausible Geschichte.«

»Und was ist mit ihrer Tochter? Es hieß, sie sei ebenfalls verhaftet worden?«

»Die Tochter haben wir ... überzeugen können, Officer, sie ist bereits wieder zu Hause und geht ihrer Arbeit nach, die sie sehr liebt und die sie nicht verlieren möchte. Mehr möchte ich dazu nicht sagen.«

»Wäre die Tochter kein ... Druckmittel gewesen?«, fragte Bob.

»Nun, wir glauben nicht, dass sich Olga Wrenolowa in irgendeiner Form ... sagen wir ... erpressen lassen würde«, war Mikes Antwort. Er war aufgestanden, stand jetzt am Fenster und schaute hinaus. Dann sprach er weiter, kehrte Bob aber weiterhin noch den Rücken zu: »Unsere Psychologen kamen daher auf die Idee, Sie ins Spiel zu bringen, Officer. Sie sind der Meinung, dass die Pfannkuchenfrau Ihnen bestimmt einen Freundschaftsdienst erweisen würde. Doch das war immer noch nicht alles, Officer, ich muss Sie um noch etwas bitten, was für uns fast noch wichtiger ist.«

Mike Stunks kehrte vom Fenster zurück und nahm wieder Platz.

»Ihre Frau, Mrs. Sandmann, ist die persönliche Referentin von Mal Fisher, dem Vorstandsvorsitzenden von BOSST.«

»Wir sind nicht verheiratet, Sir«, meinte Bob, der sich jetzt erstaunt in seinem Sessel zurücklehnte. Das Gespräch nahm jetzt eine Wende, die ihm gar nicht gefiel, und es wurde plötzlich wieder um einige Grad wärmer in dem Raum. Wenn es um Mia ging, reagierte er sehr empfindlich.

»Ich weiß, Officer, aber Sie leben zusammen, nicht wahr? Sie sehen sie fast jeden Tag. Also wäre es doch nichts Ungewöhnliches, wenn Sie Ihnen vielleicht erzählt hätte, was man bei BOSST von den Aufnahmen der eigenen Wunderbrille hält. Ich verlange ja nichts Schlimmes von Ihnen, Officer, nur, dass Sie diesbezüglich ein wenig die Ohren aufhalten ... mehr nicht.«

»Sie spricht kaum von ihrem Job, Sir, wir haben uns gleich zu Beginn unserer Beziehung vorgenommen, nicht über unsere Arbeit zu reden. Ich glaube daher nicht, dass ich Ihnen da eine große Hilfe sein kann. Aber warum fragen Sie nicht selbst in der Firma nach? Im Falle Olga Wrenolowa bin ich gerne bereit etwas zu versuchen, schon der armen Frau wegen.« Er war sehr erleichtert, dass er seiner alten Freundin aus der Patsche würde helfen können.

»Das haben wir selbstverständlich getan, Officer, wir haben mit den Leuten von BOSST gesprochen. Ich bin aber ein Freund der doppelten, wenn nicht sogar dreifachen Absicherung, ich traue nie nur einem Informanten, und schon gar nicht jemandem, der durch seine Aussage sich selber schaden könnte. In meinem Job müssen sie wirklich mit allem rechnen, glauben Sie mir. Ich bin sicher, dass die Leute von BOSST eigene Nachforschungen anstellen, und ich wäre sehr daran interessiert, an diesen irgendwie partizipieren zu können. Sie werden sich nie und nimmer nachsagen lassen, eines ihrer Produkte sei fehlerhaft.«

»Also, auch wenn ich mich wiederhole, fürchte ich, Mr. Stunks, dass ich da nicht viel machen kann. In keinem Fall kann ich Mia direkt danach fragen, wir hatten ja schon ein kurzes Gespräch deswegen, damals, als das alles passiert war im Delice.«

»Nun denn«, Mike stand auf, »nichts für ungut, behalten Sie es einfach im Hinterkopf, Officer. Und wegen Frau Wrenolowa ... lassen Sie sich vom Wachmann am Empfang unten einen Termin geben oder können Sie schon gleich mit ihr reden? Sie hätten es nicht weit.«

Bob war ebenfalls aufgestanden. An Mikes Tonfall hatte er erkannt, dass dieses Gespräch beendet war. Er konnte seinem Gegenüber allerdings nicht ansehen, ob dieser mit dem Verlauf zufrieden war oder nicht. Die beiden Männer gaben sich die Hand.

»Hmm, gleich wird wahrscheinlich nicht klappen, ich habe eine Verabredung in der Stadt.« Bob schaute auf seine Uhr.

»Nun, ich danke Ihnen jedenfalls, dass Sie gekommen sind, Officer. Den Inhalt unseres Gesprächs behandeln Sie bitte vertraulich.«

»Davon können Sie ausgehen, Sir, kein Problem.«

Bob verließ das Büro.

Sie hätten es nicht weit?, wiederholte Bob im Stillen Mikes Worte, als er wieder im Fahrstuhl nach unten glitt, *ob das heißt, dass sie hier in diesem Gebäude Leute festhalten? Arme Olga, ich muss das gleich erledigen, Mia wird das verstehen.*

Als Bob wieder am Empfangstresen angelangt war, erhob sich der Wachmann, um einige Nuancen freundlicher als noch vor einer Stunde.

»Wenn Sie jetzt zu unserem Gast möchten, kann ich Sie hinbringen, Officer.«

Er wusste also offensichtlich schon Bescheid.

»Ja, bringen wir es hinter uns«, meinte Bob gelassen und folgte dem Bärtigen, der sich etwas mühsam aus seiner kleinen Festung hervorbewegte. Wieder ging es zu einem Fahrstuhl, diesmal aber fuhren sie abwärts. Es war für Bob nicht zu erkennen, wie weit die Reise unter die Erde ging, da an keiner Stelle der Kabine, die nicht aus Glas war, Instrumente dies hätten anzeigen können.

»Hier entlang und dann dort die dritte Tür rechts«, wies der Wachmann mit einem Arm einen der Gänge entlang, die sich vor ihnen auftaten. »Ich hole sie wieder ab, wenn sie fertig sind.«

Bob ersparte sich die Frage, woher er denn wissen wolle, wann das sei. Die Tür des Fahrstuhls schloss sich geräuschlos hinter dem Bärtigen. Bob Mayer schaute sich neugierig um. Fünf breite Korridore, deren Ende er nicht sehen konnte, führten sternförmig weiter in die Erde hinein. In fast jedem der Gänge waren Personen zu sehen, die auf kleinen Elektrowagen geschäftig hin- und herfuhren. *Das ist ja eine kleine Stadt hier unten*, staunte Bob. Kurze Zeit später klopfte er an die besagte Tür.

»Ja?«, ertönte von innen eine klare Stimme, die er nur allzu gut kannte. »Kommen Sie ruhig rein, ich habe meine Meinung nicht geändert ... Bob Mayer!? Was zum Teufel ... machen Sie hier? Buchtet man Sie auch ein? Da brat mir doch einer 'nen Storch! Was haben Sie angestellt, Bob? Auch Drogen?«, rief Olga Wrenolowa voller Erstaunen, als sie ihren Freund erblickte. Dann lief sie lachend mit ausgebreiteten Armen auf den Officer zu. Der ließ die herzliche Umarmung geschehen und erwiderte dann luftholend:

»Olga, Olga, nein, sie buchten mich nicht ein, im Gegenteil, ich möchte Sie hier rausholen. Das heißt, wenn Sie das überhaupt möchten ... bei all dem Luxus hier«, er schaute sich um. »Ich vermisse mein Lieblingsessen, wissen Sie? Und ganz bestimmt spreche ich hier im Namen vieler Menschen. Ich kann Ihnen gar nicht sagen, wie überrascht wir waren, als Sie neulich so plötzlich verschwunden waren. Wie geht es Ihnen, Olga? Offensichtlich gar nicht so schlecht«, beantwortete er sich selbst die Frage. Bob betrachtete staunend den Raum. Das hatte er nicht erwartet.

»Wie es mir geht? Sehen Sie selbst, es ist wie im Urlaub.« Olga machte eine ausladende Geste. »Die haben wirklich an alles gedacht. Zu Hause habe ich das nicht. Das kann ich mir mit meinen Pfannkuchen nicht leisten«, lachte sie bitter. »Man könnte sich glatt daran gewöhnen, wenn man freiwillig hier wäre. Aber erpressen lasse ich mich nicht. Und wenn ich überhaupt mal in Urlaub fahren sollte, möchte ich schon selbst bestimmen, wohin es geht.«

Dann wurde Sie schlagartig ernst.

»Stellen Sie sich vor, die behaupten doch, ich hätte mit Drogen gehandelt, Bob. Ich und Drogen! Glauben Sie das? Hand aufs Herz, Bob! Das ruiniert meinen guten Ruf. Ich sage Ihnen, dieser Mr. Stunks ist ein ganz gerissener Hund, der ist mit allen Wassern gewaschen. Aber nicht mit mir, Bob, nicht mit der alten Olga! Da muss er früher aufstehen.

Hat es ja geschickt eingefädelt mit seinen Behauptungen, dem geht sicherlich so manch armer Tropf auf den Leim. Aber was ich gesehen habe, habe ich gesehen ... oder vielmehr ... gesehen habe ich es ja nicht, aber gespürt! Es war da! Meinen halben Stand hat dieses brutale Ding umgerissen«, dabei machte sie einen sehr verächtlichen Gesichtsausdruck, »und geklaut hat es auch was. Hat sich bestimmt seine Pfoten gehörig verbrannt. Nimmt sich den Kuchen direkt von der heißen Platte und verkrümelt sich! Nein, nein, Bob, die können eine alte Frau nicht für dumm verkaufen. Nein, das können sie gewiss nicht ... Mensch«, unterbrach sie sich, »ich bin vielleicht eine Gastgeberin. Möchten Sie etwas trinken, Bob? Es ist alles da.«

Sie zeigte auf eine Stelle in der Wand, an der Bob erst jetzt eine Schranktür erkannte, die sich in diesem Moment öffnete und einen Blick auf eine stattliche Batterie von Flaschen und Gläsern freigab.

»Nicht schlecht«, lächelte Bob.

»Hihi«, kicherte Olga, »ich brauche nur das Wort trinken auszusprechen und Simsalabim ... das ist aber noch lange nicht alles, das Bad sollten Sie erst sehen.«

»Unglaublich«, sagte Bob, »aber danke, ich hatte gerade einen Kaffee ... weiter oben«, wies er mit dem Kopf in Richtung der Raumdecke.

»Etwa mit ... ihm? Hat er Sie auch in der Mangel gehabt, Bob?«

»So kann man es eigentlich nicht nennen, nein diesmal hat er mir gesagt, dass ich recht gehabt hätte mit meinen Aussagen über das, was ich an jenem denkwürdigen Tag gesehen hatte. Sie wissen schon, das Ding.«

»Sie meinen ...?«

»Ja genau, das meine ich, Ihren Pfannkuchendieb, Olga.«

»Jetzt muss ich mich erst mal hinsetzen«, sagte Olga, steuerte auf die elegante Sitzgruppe zu und ließ sich ächzend hineinfallen. Dann zeigte sie auf den Platz neben sich.

»Kommen Sie Bob, setzen Sie sich und erzählen Sie, aber lassen Sie ja nichts aus, hören Sie? Sie haben es also gesehen? Etwa durch diese komische Brille, die Sie da neuerdings auf der Nase tragen? Das ist keine normale Brille, stimmt´s?«

»Nein, Olga, die Brille hilft uns, sie ist ein neuer Teil unserer Ausrüstung ... und ja, durch die Brille hatte ich etwas gesehen, aber eben nichts Genaues, nur ein Wärmebild.«

Allmählich sah Bob seinen geplanten Nachmittag mit Mia in weite Ferne entschwinden. Er folgte aber Olgas Einladung und nahm neben ihr Platz.

»Hören Sie, Olga«, wandte er sich ihr zu, »dieser ganze Vorfall scheint von sehr großem nationalen Interesse zu sein, deswegen dieser ganze Zirkus hier. Glauben Sie denn, dass die Ihnen das hier alles bieten würden, wenn sie Sie für eine Verbrecherin hielten? Das glauben Sie ja wohl selbst nicht, Olga. Ich habe schon andere Zellen gesehen, das können Sie mir glauben.«

»Kann schon sein, aber sie haben mich eine Drogenhändlerin genannt, Bob«, sagte Olga immer noch entrüstet.

»Ich weiß, ich weiß, Olga. Aber die NSPO brauchte doch einen Vorwand. Sicherlich war das schlimm für Sie, aber es war im Interesse der Sicherheit unseres Landes, Olga, es musste verhindert werden, dass etwas von dem, was wir beide wissen, an die Öffentlichkeit dringt. Das verstehen Sie doch? Können Sie sich auch nur annähernd die Panik vorstellen, die ausbrechen würde, wenn bekannt werden würde, dass etwas Unsichtbares mitten unter uns herumspaziert und sich nehmen kann, was es will?« Und nach einer kleinen Pause setzte er hinzu: »In der Albert Hall geben Sie nächste Woche Anatevka, kennen Sie das Musical?«

»Ob ich es kenne, fragen Sie? Es spielt in der Heimat meiner Ahnen, Bob! Die Geschichte kenne ich in- und auswendig, nur ... als Musical habe ich es noch nie gesehen, leider. Ich weiß nur, dass die Uraufführung am damaligen Broadway stattgefunden hat. Da wäre ich gerne dabei gewesen ...« Olga hatte große Augen bekommen.

»Und wenn ich für nächste Woche drei Karten hätte?«

Das stimmte zwar nicht – Mia würde all ihre Beziehungen spielen lassen müssen, aber diese Notlüge war es ihm wert.

Wenn Olga überhaupt durch irgendetwas aus diesem zugegebenermaßen vornehmen Verlies herausbrächte, dann die Aussicht auf ein Musical in der Albert Hall, was für Normalsterbliche praktisch unerreichbar war. Hier würde allerdings jetzt der Zweck die Mittel heiligen, dachte Bob.

* * *

Kapitel 27

»Was sie uns wohl heute beibringen wird?«, fragte Astrid mit vollem Mund, als die Mädchen am Frühstückstisch saßen, »Sie tat gestern irgendwie so geheimnisvoll.«

»Na ja«, gab Saskia zur Antwort, »da sie gestern über die Heilwirkung der Pflanzen gesprochen hat und neulich über deren Kommunikationswege, wird sie uns heute in die nächste Dimension der Pflanzenkunde führen. Wie hat sie gesagt? Pflanzen haben noch ganz andere Wirkungen? Du wirst hören und sehen, es wird spannend, wenn es das ist, was ich glaube, aber schluck erst mal runter«, lachte sie.

»Das hast du wohl auch von deiner Mira. Ich finde, du hast einen viel zu großen Vorsprung, was das betrifft. Manchmal habe ich den Eindruck, du weißt schon alles über Pflanzen«, Astrid zog einen Schmollmund, lachte aber gleich wieder.

»Ach ja, und was ist mit den alten Sprachen? Wer ist da allen anderen um Lichtjahre voraus?«, erwiderte Saskia schmunzelnd. »Heißt diejenige nicht Astrid oder so ähnlich? Cum tacent clamant indem sie schweigen rufen sie laut.«

»Ist doch nur Spaß, wenn hier am Tisch jemand von deinem Wissen profitieren kann, dann ich.«

Das waren die Momente, in denen Astrid sie an ihre beste Freundin erinnerte. Vielleicht hatte sie sie genau deshalb gleich in ihr Herz geschlossen. Für den Bruchteil einer Sekunde sah sie ihr Heimatdorf vor sich, Ihna und die anderen Menschen, die sie liebte, und sie spürte einen kleinen Anflug von Heimweh.

Eine halbe Stunde später saßen alle Schülerinnen sehr gespannt im kleinen Hörsaal. Es war eigentlich wie immer und dennoch herrschte an diesem Morgen eine besondere Atmosphäre konzentrierter Aufmerksamkeit. Niemand schwatzte mit der Nachbarin, wie es sonst vor dem Unterricht üblich war. Es war ruhig, als die Äbtissin den Raum betrat.

Adegunde hatte abermals einen Korb mit Pflanzen und Wurzeln mitgebracht.

»Das Wesen der Dinge hat die Angewohnheit, sich zu verbergen, meine Lieben«, begann Adegunde gut gelaunt ihre Vorlesung. »Heute möchte ich euch von einer anderen Welt der Pflanzen berichten, mehr von deren ... geistiger Welt oder der ... mystischen, wenn ihr so wollt.

Alles Leben in dieser Welt existiert und zeigt sich in unterschiedlichen energetischen Zuständen. So haben auch Pflanzen, genauso wie Menschen und Tiere, einen manifestierten materiellen Körper, einen Energiekörper, der noch einmal in verschiedene Stufen eingeteilt werden kann, und einen Ätherkörper oder – wie man auch sagen kann – einen spirituellen Körper. Der Letztgenannte ist der feinstofflichste Zustand. Und jeder dieser unterschiedlichen Körper wirkt wiederum auf seiner ihm zugehörigen Ebene.

Wann und wozu ihr welchen dieser Körper benutzt, hängt zum einen von der Wirkung ab, die ihr erzielen wollt, aber in noch viel stärkerem Maße von eurer eigenen Entwicklung sowie selbstverständlich auch von der eurer Patienten. Ein Mensch, der sehr im Materiellen verhaftet ist, wird auch nur diese Seite der Pflanze nutzen, sie zum Beispiel als Gewürz verwenden, indem er sie isst. Die Heilkraft einer Pflanze dagegen spielt sich dann im energetischen Bereich ab, das heißt, wenn sie durch den Verdauungsvorgang, der ja im Mund beginnt, transformiert worden ist.

Wie ihr ja schon gehört habt und sicherlich auch wisst, gibt es Wesen unter uns, die es vorziehen, gänzlich auf einen materiellen Körper zu verzichten und deshalb für die meisten Menschen unsichtbar bleiben. Sie können auch nur von den Menschen gesehen werden, die ihre Wahrnehmung für diesen Bereich geöffnet haben ... bewusst oder unbewusst, von Geburt an oder erst viel später durch intensive Übungen, wie ihr sie ja hier auch durchführt. Nicht wahr, Saskia? Ja, ich weiß, dass du sogar im Meditationsraum übernachtest. Aber du brauchst nicht rot zu werden, denn das spricht ja durchaus für dich.«

»Woher weiß sie das denn nun schon wieder?«, flüsterte Astrid Saskia zu, die in der Tat ein wenig rot geworden war, als sie so direkt angesprochen wurde. »Manchmal glaube ich, sie kann durch Wände sehen, sie wird mir immer unheimlicher.«

»Meist werden die Wesen einer anderen Welt zugeordnet«, nahm die Äbtissin den Faden wieder auf, »was aber falsch ist, da sie zu der gleichen Welt gehören wie wir und durch ihr Wirken sogar mehr oder weniger starken Einfluss nehmen können. Zu allen Zeiten wurden diese Geschöpfe, zu denen die Elfen, die Feen und die Kobolde, aber auch die höher entwickelten Engel und Seraphine gehören, um nur einige zu nennen, dem Bereich der Fantasie, der Religion, der Märchen oder Fabeln zugeordnet. Dies tat man, weil man so verhindern wollte, dass die Menschen eben genau diese Seite an sich weiterentwickeln und dadurch unabhängiger, freier und offener werden. Meist wurden Menschen, die erzählten, dass sie jene andere Welt sehen können, ja sogar mit ihr kommunizieren, als Verrückte oder Spinner abgestempelt. Ich glaube, dass das bei den *Anderen* heute noch genau so ist ... und vereinzelt wohl auch bei uns.« Zustimmendes Gemurmel bestätigte ihr diese Aussage. Adegunde griff in ihren Korb.

»Seht her, Mädchen. Vom roten Fingerhut ist bekannt, dass er dem Elfenvolk schon immer als Kopfbedeckung, Handschuhe oder, den größeren Erscheinungsformen dieses großen Volkes, eben auch als Fingerhut diente. Diese Pflanze enthält Digitalis, das bei falscher Dosierung einen derartigen Rauschzustand erzeugt, wie er nur von solchen Wesen kommen kann. Wenn man die genaue Dosis nicht kennt, in der es einem Menschen zum Beispiel bei Herzleiden aller Art ... auch bei Liebeskummer ... verabreicht werden muss, ist es äußerst giftig und es gibt kaum ein verlässliches Gegenmittel, wenn man einmal von der Alraune absieht, die man aber schwer findet. Bei dieser Pflanze mahne ich zu äußerster Vorsicht bei euren Experimenten, die ihr bitte immer nur zu zweit oder gar zu dritt durchführt.« Sie legte den Fingerhut behutsam in den Korb zurück und nahm eine andere Pflanze heraus.

»Seht ihr diese unscheinbare Blume hier ... ihr kennt sie alle, wahrscheinlich aus euren Gärten zu Hause. Es gibt sie in den vielfältigsten Farben.« Einige der Mädchen nickten zustimmend. »Primeln haben eine einzigartige und ganz besondere Eigenschaft: Sie machen Unsichtbares sichtbar. Wer weiße Primeln roh isst, kann die Geister Verstorbener sehen, die keine Ruhe finden, und wer einen Geisterfelsen mit der richtigen Anzahl von Primeln, nämlich dreizehn in einem kleinen Sträußchen, berührt, dem öffnet sich das Zauberland. Jede falsche Anzahl von Primeln aber öffnet die Tür ins Verderben ... ja bitte«, unterbrach Adegunde ihren Vortrag und wies mit einer Hand auf Rosalie, die sich gemeldet hatte.

»Sie sprachen von Geisterfelsen, Adegunde, wo finden wir diese?«

»Selten, höchst selten, einen soll es sogar nicht weit weg von hier in den Agillen geben. Eine unserer Schwestern, die sehr verehrte Samantha ... sie lebt schon lange nicht mehr unter uns ... berichtete davon. Sie hatte solch einen Felsen auf einer ihrer zahlreichen Expeditionen entdeckt. Sie fand ihn in einem versteckten Tal oben im Gebirge. Sie brachte viele seltene Kräuter mit, die sie wohl dort gefunden hatte. Leider konnte sie niemandem mehr den Weg zeigen, denn einige Tage später verstarb sie im Alter von 125 Jahren und hat das Geheimnis mit in die andere Welt genommen. So oft auch jemand der Unseren zu diesem Tal aufbrach ... gefunden wurde es nie. In der orientalischen Mythologie kommt solch ein Geisterfelsen übrigens in der Geschichte von Ali Baba und den vierzig Räubern vor. So hat man auch das den Menschen als Märchen verkauft.«

»Ein geheimes Tal in den Agillen?«, flüsterte Saskia an Astrid gewandt. »Seltsam, dass ich davon nie gehört habe.«

»Sonst wäre es ja auch nicht geheim«, flüsterte Astrid zurück.

»Stimmt auch wieder«, antwortete Saskia und wandte sich erneut dem Vortrag Adegundes zu.

»Kreuzkraut und Raigras dienen dem kleinsten Elfenvolk als Pferdeersatz. Mit den Worten: Horse ... Hattode ... es müssen genau drei Sekunden dazwischen liegen ... bringen sie die starken Stängel dieser Pflanzen zum Fliegen. Wenn ihr die Pflanzen getrocknet am Kopfende der Lagerstatt eines Sterbenden befestigt, findet seine Seele schneller ihren Weg.

Und hier ... ihr kennt dieses Kraut schon von gestern ... wilder Thymian. Die Bienen, die im Altertum als Boten der Götter galten, lieben seine Blüten ganz besonders. Der Honig, den sie aus Thymian herstellen, ist am besten geeignet, offene Wunden schnell zu verschließen. Und wer Gespenster sehen will, braucht sich nur einen Trank aus dieser Pflanze zu brauen, aber nur aus den Spitzen, die man wiederum in der Nähe eines häufig von Geistern besuchten Hügels pflücken soll. Der Trank muss aber auch Gras von einem Elfenthron enthalten. Was für alle beim Geistervolk beliebten Blumen gilt, gilt auch für den wilden Thymian: Es ist nicht ganz ungefährlich, ihn im Haus zu haben, weil man damit auch jene Geister anziehen kann, die einem nicht wohlgesonnen sind oder einfach nur Schabernack treiben wollen.

Die gelben Schlüsselblumen«, Adegunde lächelte, als sie die Pflanze aus ihrem Korb nahm, »haben zu allen Zeiten die Verbindung von Menschen zur geistigen Welt hergestellt. Sie werden vornehmlich von Elfen bewohnt, die lange tiefgelbe, an den Rändern blau gefärbte Flügel haben. Man sagt, dass diese Elfen Zugang zu den geheimen Goldschätzen der Zwerge haben. Sie erschließen sozusagen den Weg zu Glück und Reichtum ... allerdings nur, wenn die Zwerge ihren Schatz freiwillig hergeben ... was sie manchmal tun ... daher der Name Schlüsselblume.

Diese Stiefmütterchenart, die zur Zeit Elisabeths der Ersten in England allenthalben wuchs und die man auch hier ab und an wieder findet, nennt sich Viola tricolor. Die Feen brauen derweil daraus einen Liebestrank, wenn sie einen Menschen betören wollen. Wenn ein Mann davon trinkt, so heißt es, ist er sein ganzes Leben lang hörig.«

Adegunde räusperte sich und wandte sich um, um einen Schluck Wasser zu trinken.

»Na, das wäre doch was, was meint ihr? Her mit dieser Viola, wo findet man sie?«, fragte Ruth, die rechts von Saskia saß, leise hinter ihrem Rücken.

»Also, ich für meinen Teil möchte keinen Mann haben, der mir hörig ist«, antwortete Astrid über Saskia hinweg. »Muss doch stinklangweilig sein ... aber jetzt weiß ich, was unser Bürgermeister getrunken hat«, kicherte sie noch, als Adegunde ihren Unterricht schon wieder fortführte.

»Die rundblättrige Glockenblume ist ebenso schön wie gefährlich.« Die Äbtissin hielt eine Blume in zartem Lila in die Höhe. »Bei den Schotten hieß sie Totenglocke, was ich sehr treffend finde, denn wer sie läuten hört, hört sozusagen sein eigenes Grabgeläut. Die Bunshees, die Feen des Todes, wie sie auch genannt werden, tragen bei ihren Festen einen Kranz aus diesen Blumen im Haar. Sie ist die Blume mit der stärksten Zauberwirkung und ein Wald, in dem sie wächst, ist ein besonders unheilvoller Ort, durchwoben mit allerlei schädlichem Spuk und schlechtem Hexenzauber.

Das vierblättrige Kleeblatt hier«, Adegunde griff erneut in ihren Korb, »hilft gegen diesen Hexenspuk. Noch wirksamer ist allerdings das Jakobskraut, das zeige ich euch nachher im Garten. Es bietet regelrecht Schutz vor fast allen Geistern. Ihr müsst es in der Nacht vor Vollmond pflücken. Das Haus, vor dessen Eingang es wächst, ist gut behütet. Wie das Gänseblümchen ist Jakobskraut ein Sonnensymbol und spielte schon zu früheren Zeiten bei Mittsommernachtsfesten eine bedeutende Rolle. Es ist Schutz- und Heilpflanze zugleich.

Und jetzt, meine Lieben, komme ich zu der letzten Pflanze für den heutigen Tag. Diese liegt mir besonders am Herzen und deswegen zeige ich sie euch am Schluss meines Unterrichts, weil ihr sie dann wahrscheinlich am besten im Gedächtnis behalten werdet. Unseren Vorfahren erschien diese immergrüne Pflanze geheimnisvoll, da sie so hoch oben in den Bäumen wächst.«

Adegunde nahm einen Mistelzweig aus dem Korb, wie Saskia gleich erkannte. Mira hielt sehr viel von dieser Pflanze und benutzte sie oft gegen Bluthochdruck.

»Einige der frühen Druiden hatten erkannt, dass die Mistel über Zauberkräfte verfügt und dass sie auch vor Feuer schützen kann. Ihr findet sie auch häufig an Hauswänden bei Leuten, die wissen, dass sie böse Geister am Eintritt hindert. Ebenso wie vierblättrige Kleeblätter oder Hufeisen bringen Misteln Glück. Aber nur demjenigen, der sie geschenkt bekommt. Die gegabelte Form der Zweige eignet sich sehr gut als Wünschelrute. Probiert es aus.

Es existierten immer schon zahlreiche Legenden und Mythen um die Mistel. In der griechischen Mythologie wird die Mistel wegen ihrer narkotischen Eigenschaften erwähnt und ich nehme an, dass sie die goldene Zauberrute des Äneas gewesen ist, mit deren Hilfe es ihm gelungen war, in die Unterwelt einzudringen. In der altnordischen Edda-Sage heißt es, der Lichtgott Baldur habe Träume von seinem bald bevorstehenden Tod gehabt und deshalb habe die Göttermutter Freya allen Erdenwesen das Versprechen abgenommen, Baldur nicht zu verletzen. Nur ein Wesen, welches kein richtiges Erdenwesen war, wurde hierbei vergessen: die Mistel. Der Feind der Asen, Loki, bemerkte dieses Versehen. Er gab dem blinden Gott Hödur einen Mistelzweig in die Hand und wies ihm die Richtung Baldurs. Dieser stürzte, von Hödurs Mistelzweig tödlich getroffen, zu Boden.

Für die Druiden war die Mistel die heiligste aller Pflanzen. Sie sahen sie als ein Zeichen der Götter an, welches den

Menschen mitteilte, dass sie selbst im Baum anwesend seien. Die Druiden schnitten sie deshalb nur im Rahmen eines Gottesdienstes und nur mit einer goldenen Sichel ab, wobei darauf geachtet wurde, dass sie nicht zu Boden fiel, sondern in einem weißen Tuch aufgefangen werden konnte. Für sie war die Mistel eine unverzichtbare Zutat ihrer Zaubertränke.

Im Christentum schließlich soll sie der Baum gewesen sein, aus dessen Holz das Kreuz gemacht war, an dem Christus starb. Vor Schande soll der Baum eingetrocknet sein, um sich in eine Pflanze zu verwandeln, die als sogenannter Halbschmarotzer auf anderen Bäumen wächst und allen Gutes bringt, die unter ihr hindurchgehen. Als Symbol des Friedens versöhnten sich Feinde unter der Mistel und gaben sich den Friedenskuss.«

»Du hinkst, ändert sich das Wetter?«, fragte Saskia ihre Freundin, als sie nach der Vorlesung den Hörsaal verließen. Sie hatten einen freien Nachmittag, den sie nutzen wollten, um endlich einmal die Teile Haldergronds zu besichtigen, die ihnen immer noch fremd waren.

»Nein, die Wetterschmerzen sind anders«, Astrid schien betrübt. »Ich weiß auch nicht, warum das Bein wieder wehtut ... na ja ... ich werde mich wohl daran gewöhnen müssen.«

»Wer sagt das?« Saskia hatte einen starken Impuls und wollte dem jetzt folgen. »Du hast mich neulich gefragt, was mit mir passiert ist ... nach dieser Nacht, die ich alleine im Meditationsraum zugebracht hatte ... weißt du noch?«

»Ob ich das noch weiß? Du bist gut, ich platze immer noch vor Neugier, wollte aber nicht nachbohren. Ich dachte mir schon, dass du es mir erzählen wirst, wenn die Zeit gekommen ist, schieß los!«

»Nicht so schnell ... es ist auch weniger eine Sache des Erzählens, als vielmehr eine Erfahrung, die ich mit dir teilen möchte.«

»Du machst es ja spannend ...«

»Es ist spannend. Komm einfach mit ins Musikzimmer. Da heute freier Nachmittag ist, wird vielleicht niemand dort sein.«

»Jetzt bin ich aber aufgeregt«, meinte Astrid, hakte die Freundin unter und ging mit ihr zum Musiktrakt. Sie hinkte leicht.

Saskia hatte recht behalten, das große Musikzimmer war zwar besetzt ... von dort klang Kammermusik. Aber das kleine Musikzimmer war frei ... und es hatte ebenfalls einen Flügel.

»Versprich mir einfach, dich auf diese Erfahrung einzulassen. Stell jetzt bitte keine Fragen mehr und tue genau, was ich dir sage.«

»Versprochen, ich gelobe es feierlich«, Astrid hob die Finger der rechten Hand zum gespielten Schwur.

»Wenn du dich lustig darüber machst, wird es nichts«, mahnte Saskia lächelnd.

»Tut mir leid, ab jetzt bin ich ernst und begebe mich vertrauensvoll in deine Hände.«

»Gut so, dann ... Moment«, Saskia nahm eine Decke und ein Kissen und brachte beides zum Flügel. Sie klappte den großen Deckel zu und platzierte Decke und Kissen obenauf.

»So, meine Liebe, nun komm her und lege dich dorthin«, sie wies auf den Flügel.

»Du meinst ...?«

»Ja ich meine. Rauf mit dir. Nimm den Hocker, dann kannst du ganz leicht nach oben klettern. Komm, ich helfe dir.« Kurz darauf lag Astrid auf dem Instrument und blickte noch leicht verunsichert drein.

»Es ist alles in Ordnung«, sagte Saskia. »Schließe jetzt deine Augen und konzentriere dich ganz auf deinen Atem. Lass geschehen, was geschehen möchte.«

Astrid tat, wie ihr geheißen wurde, und schon nach wenigen Minuten, in denen Saskia still, mit geschlossenen Augen, neben ihr gestanden hatte, entspannte sie sich.

»Ich werde mich jetzt an den Flügel setzen und spielen«, flüsterte Saskia, »und du lässt einfach geschehen, was geschehen mag.«

Astrid wollte noch so etwas sagen, wie mach ich, brachte die Worte aber nicht mehr über ihre Lippen, so entspannt war sie bereits.

Und dann hörte sie den ersten Ton, aber es war viel mehr ein Spüren, ein intensives Fühlen, das sich mit jedem weiteren Ton von Saskias Melodie verstärkte. Sie hörte mit dem ganzen Körper. Sie fühlte, wie die Musik ihren Körper erfasste, wie sie ihn zu tragen schien ... sie fühlte sich leicht ... und dann bemerkte sie in ihrer verletzten Hüfte eine wohlige Wärme, die das Bein hinabströmte ... bis in ihre Zehen.

Dann sank sie tiefer in Trance und sah wunderschöne Bilder. Sie sah ihre Heimat, das Haus am See, wo ihre Mutter gerade Wäsche aufhängte ... so intensiv sah sie das, dass sie das Gefühl hatte, sie könnte ihr jetzt die Klammern anreichen, so wie sie es oft getan hatte. Dann wechselten die Bilder und sie sah eine galoppierende Pferdeherde, die ... ja, die von ihrem Robin angeführt wurde. Er war gesund und strotzte vor Kraft. Astrid lächelte glücklich.

Dreimal spielte Saskia ihr Lied, dann schloss sie leise den Deckel über den Tasten, legte die Hände in den Schoß und schloss die Augen.

Die Glocke von Haldergrond schlug fünf Mal, als die Freundinnen aus ihrer Trance zurückkehrten.

»Was war das denn«, flüsterte Astrid, »was hast du gemacht?«

»Ich habe mit dir meine Erfahrung geteilt, ein Geschenk, das ich in jener Nacht erhalten habe.«

»Es war ... fantastisch, Sas, so etwas habe ich noch nie erlebt ... in keiner Meditation ... solch intensive Bilder ... ich bin noch gar nicht richtig da. Und diese Wärme ... die Musik war überall ... von wem war das Stück, ich kenne es nicht?«

»Dieses Lied ist das Geschenk ... ich kann dir nicht sagen, von wem es ist ... aber das ist auch nicht wichtig. Komm gehen wir noch eine Weile in den Garten, es ist noch Zeit bis zum Abendessen.«

Und jetzt geschah etwas, das beide Frauen in ihrem Leben nicht mehr vergessen würden. Astrid hüpfte mit Leichtigkeit vom Flügel herunter ... und stand sicher auf beiden Beinen ... kein Schmerz. Sie blieb wie angewurzelt stehen.

»Sie ... sie sind weg, Sas, die Schmerzen sind weg ... Einfach weg!«, rief sie. Dann lief sie zu ihrer Freundin und umarmte sie.

* * *

Kapitel 28

Schon am nächsten Abend trafen sich Perchafta, Effel und Nikita in Effels Haus. Das Paar hatte den Tag fast ausschließlich im Garten verbracht. Nikita hatte ihr Faible für das Umgraben und Pflanzen entdeckt, die wundersamen Gärten in Seringat hatten sie regelrecht dazu animiert.

»Bis dein Garten aussieht wie der deiner Eltern, wirst du dich einige Jahre gedulden müssen, mein Lieber«, rief sie fröhlich durch einen Fliederstrauch, den sie gerade eingesetzt hatte.

»Viele Jahre sogar«, antwortete Effel, der mit einer Schubkarre frischer Erde auf die andere Seite des Gartens unterwegs war, wo die Kräuter gepflanzt werden sollten. »Meine Großeltern haben ihn angelegt, den größten Teil jedenfalls. Die alte Trauerweide hat meine Großmutter gesetzt, als sie achtzehn Jahre alt wurde und zu meinem Großvater zog. Das ist jetzt, warte mal, genau sechzig Jahre her.«

»Du solltest mal die Gärten bei uns sehen, ich glaube, die würden dir nicht gefallen, sie sind ziemlich steril gegen das hier«, sie zeigte mit einer ausladenden Geste über das Dorf und wischte sich mit dem Ärmel den Schweiß von der Stirn. »Da kommt jemand, Schatz, wir bekommen Besuch.«

Auch vom Garten aus hatte man einen Blick auf das Dorf und den Weg, der von dort heraufführte. Effel kam herbei und sagte nach einem Moment:

»Das ist Soko, unser Schmied, den kennst du noch nicht. Bei unserer Ankunft war er in einem der Nachbardörfer, die Pferde beschlagen. Er ist ein sehr guter Freund, du wirst ihn mögen.«

Der große Mann war angekommen und hatte, nachdem er seinen Werkzeugkasten abgestellt hatte, Effel herzlich umarmt und dann Nikita schüchtern die Hand gegeben. Es waren die größten Hände, die sie je gesehen und gefühlt hatte. Dabei waren sie trotz der Schwielen sanft und ihr Druck war weder zu leicht noch zu stark.

»Es freut mich, dich kennenzulernen Nikita, der ganze Ort spricht von dir. Leider war ich bei eurer Ankunft in einem der Nachbardörfer. Der Geselle des Schmieds dort ist krank und so habe ich ausgeholfen. Ich hoffe, es gefällt dir bei uns. Kommt mich doch mal besuchen, Susa, meine Mutter wird sich freuen. Leider kann sie den Weg nach hier oben immer noch nicht bewältigen – und sie ist so neugierig auf dich. Dann kann ich dir auch meine Tiere zeigen, Nikita. Effel hat dir bestimmt von meinem kleinen Hospital erzählt.« Dann wandte er sich Effel zu: »Ich wollte nach deinem Kaminabzug schauen, dein Bruder sagte mir, dass der klemmt.«

Effel lachte: »Soko, mein Freund, du bringst mich immer wieder ganz schnell ins Hier und Jetzt. Während wir ständig am Weltverbessern und Philosophieren sind, kommst du daher und sagst: ›Der Abzug klemmt.‹ Danke, mein Freund, das ist so richtig erfrischend. Komm rein, ich werde dir helfen. Wir hatten den Kamin die halbe Nacht an und es hat mit dem Rauchabzug gut funktioniert, nur ist die Klappe etwas schwer zu handhaben.«

»Sie ist hübsch, klug und nett, eine wirklich seltene Kombination«, meinte Soko, als die beiden Männer im Haus dabei waren, den Abzug des Kamins zu richten. »Du scheinst ein glückliches Händchen bei Frauen zu haben.« Dass er dabei auch auf Saskia anspielte, war klar. »Wieso passiert mir das nicht? Ich komme wahrlich auch genug durch die Welt«, fuhr er fort und sein Kopf verschwand dabei immer tiefer im Kamin.

»Reich mir mal das kleine Stemmeisen.«

»Vielleicht, weil du nur Augen für deine Arbeit und deine Tiere hast«, antwortete Effel, während er seinem Freund das gewünschte Werkzeug reichte. Er konnte sich nicht erinnern, jemals eine Frau an der Seite seines älteren Freundes gesehen zu haben. Auch war eine Beziehung im Leben des Schmieds nie

Thema ihrer Gespräche gewesen. Eine Zeit lang hieß es, er habe eine Freundin in einem der Nachbardörfer, weil er damals häufiger als gewöhnlich unterwegs war, aber Genaues wusste niemand.

»Mag sein«, erwiderte Soko, der auch schon wieder neben Effel stand und das Eisen scheppernd in den Werkzeugkoffer warf. Er wischte seine Hände an der Hose ab. »Vielleicht bräuchte ich einfach mehr Zeit. Genau genommen hätte eine Frau doch gar keinen Platz bei mir, jedenfalls nicht, solange Mutter noch lebt. Andererseits denke ich auch, wenn die Richtige kommt, wird der Platz da sein.«

»Vielleicht ist sie ja schon längst da«, schmunzelte Effel, der natürlich wusste, wer Susa zurzeit pflegte, »einige Leute sind jedenfalls der Meinung, dass du deine Aufmerksamkeit mal in eine bestimmte Richtung lenken solltest.« Effel musste das Gesicht seines Freundes, der jetzt etwas Unverständliches in den Kamin brummelte, nicht sehen, um zu ahnen, dass dieser jetzt leicht errötete.

»So, der Abzug funktioniert jetzt jedenfalls«, bemerkte Effel dann, »komm, lass uns wieder nach draußen gehen, es ist solch ein herrlicher Tag. Es wird nicht mehr viele davon geben, bevor der erste Schnee kommt.« Er wusste, dass er auf das Thema Agata nicht mehr eingehen musste, seine kleine Bemerkung hatte gewirkt.

Anschließend saßen sie zu dritt noch eine Weile auf der Gartenbank und Nikita erzählte von ihrer Welt, wobei Soko aus dem Staunen nicht mehr herauskam.

»Das würde ich mir gerne anschauen, Nikita, das muss ja aufregend sein. Schade, dass man nicht hin kann.«

»Ich glaube, wir würden uns sehr schnell zurücksehnen«, meinte Effel trocken und als er bemerkte, dass der Schmied aufbrechen wollte, sagte er: »Ich werde dich ins Dorf begleiten, Soko, ich möchte noch etwas zum Abendessen besorgen«, und zu Nikita gewandt, »ich bin gleich wieder zurück, gibt es etwas, das ich dir mitbringen soll?«

»Brot müsste noch genug da sein, aber von dem guten Bergkäse kannst du gerne etwas besorgen, da haben wir den letzten Rest heute beim Frühstück verputzt. Ich räume hier noch schnell zusammen und gehe mich dann duschen. Heute möchte ich früh zu Bett, die letzte Nacht steckt mir doch noch in den Knochen ... und die Gartenarbeit natürlich«, lachte sie.

Sie hatten ihr frühes Abendessen, das sie auf der Terrasse in den letzten warmen Strahlen der untergehenden Sonne eingenommen hatten, gerade beendet und waren eben dabei, das Geschirr ins Haus zu tragen, als Sam freudig bellend aufgesprungen war. An der Art, wie er sich aufführte, erkannte Effel sofort, wer da zu Besuch kam.

Nachdem er die beiden begrüßt hatte, sagte Perchafta: »Ich habe alles erledigen können, was ich hier in der Gegend zu tun hatte, und kehre morgen nach Angkar-Wat zurück, die Verträge müssten fertig sein, Nikita. Zuvor möchte ich aber mein Versprechen einlösen, das ich euch gegeben habe, das heißt, wenn ihr noch Lust dazu habt. Eigentlich brauchst du es nicht, Nikita, denn als *Walk In* erinnerst du dich an alles, wenn du willst. Dennoch ist es in einem tiefen, entspannten Zustand leichter, an Ereignisse vergangener Zeiten heranzukommen.«

Nikitas Müdigkeit war augenblicklich verflogen. Sie sprang auf. »Das ist sehr gut, Perchafta, lass uns gleich beginnen. Ich war zwar eben noch hundemüde und wollte mal früh schlafen gehen, aber dieses Angebot nehmen wir gerne an, nicht wahr, Schatz?«

»Je früher, desto besser, ich bin so neugierig, wie diese Reisen zu zweit funktionieren, ich hätte gar nicht gedacht, dass es so schnell möglich sein würde, Perchafta.«

»Nun«, sagte der Krull an Nikita gewandt, »es ist sogar durchaus von Vorteil, wenn du ein wenig müde bist, dann entspannst du schneller und wahrscheinlich auch tiefer.«

»Na, wenn es danach geht, werde ich sicherlich sehr tief entspannen«, meinte Nikita schmunzelnd.

»Lasst uns ins Haus gehen«, schlug Perchafta vor, »hier draußen ist es zu unruhig und es wird jetzt auch bald kühler. Es ist eben doch Herbst. Ich schlage vor, wir gehen in den gleichen Raum, in dem wir gestern waren. Wenn du ein paar Matten auf den Boden legst, Effel, könnt ihr es euch darauf bequem machen. Aber vorher interessiert mich noch, wie dein Professor reagiert hat, Nikita, als du ihm die Nachricht übermittelt hast, dass ihr die Pläne bekommt.«

»Wie er reagiert hat? Er war total aus dem Häuschen, ich hatte schon Angst, er bekommt einen Herzinfarkt ... obwohl das ja gar nicht mehr möglich ist ... aber man kann ja nie wissen«, schmunzelte sie und fuhr dann fort. »Er hat mir versprochen, am gleichen Tag noch meine Eltern zu informieren. Ich darf gar nicht daran denken, was mein Vater alles unternommen hat, um herauszubekommen, was mit mir los ist. Er wird sich große Sorgen gemacht haben. Meine Mutter ist anders, sie ist da sehr entspannt. Sie sagt immer, alles wird schon gut werden und alles hat seinen Sinn.«

»Eine kluge Frau, deine Mutter«, sagte Perchafta.

Nicht lange danach lag das junge Paar im Wohnraum auf dem Fußboden und hatte bereits die Augen geschlossen. Perchafta hatte sie gebeten, sich auf den Rücken zu legen und sie noch mit einer Decke zugedeckt. Jetzt saß er zwischen den beiden und forderte sie zunächst auf, auf ihren Atem zu achten, während sie einfach beobachten sollten, wie ihr Körper sich langsam entspannt. Schon nach kurzer Zeit bemerkte er an den flachen, ruhigen Atemzügen und den sich unter den Augenlidern hin und her bewegenden Augäpfeln, dass bei beiden die Innenreise begonnen hatte.

»Ihr könnt erzählen, was ihr seht und dennoch in dieser ruhigen Trance bleiben«, forderte der Krull beide auf. Dass Effel so schnell in die inneren Bilder einsteigen konnte, wunderte ihn nicht, immerhin hatte er auf der gemeinsamen Reise genügend Gelegenheit gehabt, mit ihm zu üben, und Nikita schien, was das anbetraf, ein Naturtalent zu sein.

»Ich sehe dich, Leila«, begann Effel leise, »ich sehe die gleiche Szene, die ich schon einmal sah, als wir in unserem Haus in Angkar-Wat lebten.«

»Und ich sehe unsere Tochter, wie sie im Garten spielt, Francis.«

Beide sprachen sich sofort mit ihren früheren Namen an. Nikita atmete schwerer, sie schien erregt zu sein.

»Ich sehe alles, Francis, ich erinnere mich genau. Ich habe gerade gesehen, wie wir in das Tal kamen. Wir waren viele, sicherlich an die hundert Menschen kann ich erkennen, Francis, die meisten von ihnen gute Freunde, die mit uns gemeinsam aus Frankreich flohen. Jetzt kann ich erkennen, wie wir durch den Felsenweg kommen und das Tal das erste Mal erblicken. Wir liegen uns alle in den Armen, es ist vorbei, die Flucht, die lange Reise, hier sind wir angekommen, das ahnen wir alle. Es ist wunderschön, alles blüht, niemand hat damit gerechnet, hier in den Bergen so etwas zu finden ... aber unser Seher hat in allem recht behalten.

Wir werden uns hier unsere neue Zukunft bauen. Fran wird hier zur Welt kommen ... unsere kleine Fran. Hier wirst du arbeiten und deine Pläne wird dir hier niemand stehlen können, Francis. Wie gut, dass wir sie gerettet haben. Die Arbeit eines halben Lebens, aber hier wirst du sie vollenden und ich werde dir helfen, so gut ich kann.«

»Unser schönes La Rochelle«, sprach Effel jetzt weiter, »das damals inzwischen zu unserer neuen Heimat geworden war, haben wir allerdings nie mehr wiedergesehen, es wäre unser sicherer Tod gewesen. Unter der Mitwirkung unserer Familien wurde der Hafen zum größten der Atlantikküste ausgebaut. Ich kann die Luft riechen, diesen ganz besonderen Geruch des Meeres. Wir hatten einst diesen Ort als unsere Heimat gewählt, weil wir wussten, dass der Herzog von Aquitanien die Stadt schon lange vorher zu einem freien Hafen gemacht hatte. Freiheit war uns doch so wichtig. Immer mussten wir fliehen, wenn wir die Machthaber darauf aufmerksam gemacht hatten, dass alle Menschen ein Recht auf Selbstbestimmung und Freiheit haben.

Wir hatten Eleonore von Aquitanien auf unserer Seite, sie war offen für unsere Vorschläge, sie hat unsere Versammlungen besucht. Ihr war es zu verdanken, dass La Rochelle das freie Stadtrecht verliehen bekam. Es sah so aus, als wenn blühende Zeiten angebrochen wären. Ich konnte frei arbeiten und hatte alle Unterstützung, die ich brauchte. Auch in die alte Heimat konnten wir nicht zurück. Wie oft sollten wir denn noch fliehen?«

»Deine Forschungen waren nicht wirklich gefährlich, Francis, es war die Art, wie wir dachten, die Art, wie wir lebten, das war gefährlich. Deine Arbeiten wurden als Vorwand benutzt«, sagte Nikita, die sich noch nicht bewegt hatte, »und der König hatte Angst vor dem Papst. All die Jahre hat er uns unterstützt und dann kam plötzlich sein Stimmungswandel wegen der angedrohten Exkommunikation. Vielleicht wäre der König aber auch zu mächtig geworden ... durch deine Arbeiten, Francis ... und davor musste die Kirche Angst haben. Von da an waren wir Verfolgte und viele unserer Freunde mussten auf dem Scheiterhaufen verbrennen.«

Nikita war in den letzten Sekunden in aller Konsequenz und Klarheit bewusst geworden, was es hieß, eine *Walk In* zu sein, denn sie erinnerte sich einfach, wenn sie es wollte. Sie hätte diese Art der Reise nicht gebraucht. Sie schlug die Augen auf und ihr Blick begegnete dem Perchaftas, der ihr nur leicht zunickte und sie anlächelte. Sie verstand sofort, dass sie so Effel helfen konnte, sich ebenfalls zu erinnern und schloss gleich wieder ihre Augen.

»Nur du konntest die Pläne finden«, ließ sich jetzt wieder Effel vernehmen, »denn du hast sie in Sicherheit gebracht, damals nach meinem Tod. Du hast sie in die Burg gebracht, niemand sonst hat davon gewusst. Jetzt sehe ich uns auf dem Schiff, das uns in die neue Heimat bringen würde. Nein es sind mehrere, eine kleine Flotte. Es war eine lange und beschwerliche Reise, weil wir uns immer vor der Macht des Königs in Acht nehmen mussten. Ohne die Hilfe der englischen Krone wären wir vielleicht gescheitert. Und wofür das alles, der ganze Ärger, der ganze Schmerz, so viel Unglück? War es das wert, Leila? Keines der Länder existiert noch in der alten Form, aber immer noch ist man an meinen Arbeiten interessiert. Sie dürfen nicht in die falschen Hände gelangen.«

»Ich sehe eine neue Szene«, Nikita sprach ganz leise und Effel hörte gespannt zu. »Ich sehe Fran ... und mich, wir haben das Tal verlassen, Francis, aber nur ein Teil von uns, die anderen sind geblieben.«

»Was ist aus ihnen geworden?« fragte Effel.

»Sie haben die Höhlen weiter ausgebaut, woher weiß ich das jetzt?« In diesem Moment tauchte Perchaftas Gesicht vor ihr auf und sie wusste.

»Seit Jahrtausenden lebten Menschen schon in Höhlen in und unter der Erde, oft zum Schutz vor oberirdischen Kriegen, aber auch vor Außerirdischen. In Mittel- und Südamerika haben sich Völker vor den europäischen Eroberern, hauptsächlich Spaniern und Portugiesen, zurückgezogen. Bei großen Katastrophen auf der Erde, wie dem Untergang von Atlantis, sind ganze Völkerschaften ins Erdinnere gegangen. Sie verfügen häufig über eine höhere Entwicklung ihres Bewusstseins und ihrer Technologie. Zu ihrem eigenen Schutz haben diese Völker bisher den Kontakt mit der Oberwelt vermieden. Beim Aufstieg der Erde werden sie an die Oberfläche kommen und sich mit uns vereinen. Doch schon jetzt ... machen sie nach und nach auf sich aufmerksam ... damit wir Menschen uns gedanklich auf ihr Auftauchen vorbereiten ...« Sie hielt inne, das war nicht sie, die da sprach – es sprach aus ihr, wurde ihr in diesem Moment bewusst. Sie öffnete die Augen und wieder lächelte Perchafta nur.

»Leila?« Effel war verunsichert, weil er eine Veränderung in Nikitas Stimme bemerkt hatte, war aber so tief entspannt, dass er die Augen nicht öffnen konnte, um nachzuschauen. »Was hast du da eben gesagt? Woher weißt du das? Du meinst die Höhlen von *Tench'alin*, stimmt das?«

»Ja«, hörte er jetzt Perchaftas Stimme, »sie meint die Höhlen, aber es gibt noch mehr, viel mehr, überall unter der Erde. Ich wollte es nur erwähnen, weil ihr nach euren Leuten gefragt habt, die zurückgeblieben waren, als du, Nikita, damals das Tal verlassen hast. Sie haben sich in das Innere des Gebirges zurückgezogen, sie haben eine richtige Stadt gebaut und viele hundert Jahre dort gelebt. Erst als sie nach den enormen Veränderungen auf der Erde sicher waren, dass ihnen keine Gefahr mehr droht, sind sie wieder an die Oberfläche gegangen und haben sich in alle Winde zerstreut. Die meisten von ihnen haben sich allerdings in dieser Gegend niedergelassen. Nicht lange danach kamen die Emurks. Könnt ihr in eurer Innenreise bleiben?«

»Ja, es ist alles in Ordnung, Francis, wir können weiterreisen ... ich sehe neue Bilder. Wir sind wieder auf einem Schiff, ich bin alt, Francis. Ich sehe Fran mit ihrem Sohn und ihrem Mann ...«, dann atmete Nikita tief durch und fuhr fort, »jetzt weiß ich, wer Fran heute ist, Francis, es ist CC, meine beste Freundin ...« Tränen liefen über Nikitas Wangen und sie schluchzte leise. »Es ist alles in Ordnung, ich bin nur so gerührt, Francis, unsere Tochter ist wieder bei uns.«

»Wohin reist ihr? Was siehst du, Leila?«, fragte Effel leise nach einer kurzen Pause.

»Moment«, sagte Nikita, »ich glaube ... nein ich weiß es jetzt ... was ich gerade sehe, ist ein anderes Leben, denn ich erkenne dich jetzt wieder ... ja, das bist du ... aber du siehst diesmal ganz anders aus, Francis ... genau wie ich auch. Ich habe lange, weiße Haare, sie wehen im Wind ... wir schauen uns an ... wir sind wieder Mann und Frau ... dein Name ist David, ja, David und ... schau mal ... Fran ist wieder unsere Tochter ... sie heißt Hannah ... oder so ähnlich ... ja, ihr Name ist Hannah.« Nikita hatte inzwischen Effels Hand genommen und beide atmeten jetzt im gleichen Rhythmus.

»Jetzt sehe ich es auch«, flüsterte Effel, »ich sehe dich, deine langen, weißen Haare ... ich spüre sogar den Wind ... du trägst ein blaues Kleid, Sarah, ja, du heißt Sarah, nicht wahr? ... und ... die Frau an der Reling muss unsere Hannah sein, sie hat einen Jungen an der Hand, der Junge trägt eine blaue Mütze, er ist ungefähr sieben Jahre alt ... er ist unser Enkel Jonah ... ein Mann steht neben ihnen, er ist groß ... sein Vater und Hannahs Mann, Kosta heißt er. Ihm und einem Engländer haben wir es zu verdanken, dass wir heil aus dem Land herauskommen. Wir haben die Papiere und trotzdem war es knapp. Er hat uns rechtzeitig gewarnt und uns auf dieses Schiff gebracht ... der Kapitän ist ein Freund von ihm ... es ist kein Segelschiff, auf dem wir fahren, es kommt Rauch aus einem Schornstein ... nein, ich sehe zwei Schornsteine. Jetzt höre ich das Schiffshorn, es ist laut. Es ist eines jener großen Dampfschiffe ...«

Nikita ergriff wieder das Wort: »Wir sind unterwegs nach Zypern, David ... wir kommen aus Athen ... und wieder sind wir auf der Flucht. Fliehen zu müssen, scheint lange unser Schicksal gewesen zu sein.«

»Dann schlage ich vor«, ließ sich Perchafta vernehmen, »dass wir für heute Schluss machen. Wenn ihr wollt, können wir diese Reise ein andermal fortsetzen, obwohl ihr mich dafür gar nicht mehr braucht. Die Pflicht ruft mich und ich muss bald aufbrechen.«

Die Zeitreisenden atmeten einige Male tief durch und öffneten die Augen. Sie hielten sich noch für einen Moment an den Händen, reckten sich dann und setzten sich auf. Effel war noch etwas benommen, während Nikita bereits munter war.

»Das war ... einfach ... fantastisch!«, sagte Nikita voller Begeisterung. »Es war fast so, als wenn man in einem Kino sitzt und sich einen Film anschaut ... nur ... dass ich hier eine der Hauptdarstellerinnen bin.«

»Stimmt«, sagte Effel, »und je öfter ich diese Reisen unternehme, desto plastischer ... farbiger ... werden die Bilder. Aber sag mal, Leila ... ich meine, Nikita, oder sollte ich jetzt

Sarah sagen ... ich komme noch ganz durcheinander ... musst du, so wie ich, erst in diesen besonderen Zustand der ... Entspannung gehen? Könntest du es nicht ... einfach so? Ich meine, könntest du dich nicht einfach im Wachzustand an all deine früheren Leben erinnern ... als *Walk In*?«

»Ja, das stimmt, mein Schatz, das weiß ich aber auch erst seit eben, das wurde mir während unserer Innenreise ganz klar bewusst. Mit dir aber werde ich weiterhin sehr gerne diese Innenreisen unternehmen. Es ist für mich so, als würde ich dann mit dir gemeinsam auf eine Insel der Erinnerungen reisen. Ich bin gespannt, wann wir ein Leben entdecken, in dem wir nicht Mann und Frau waren.«

»Woran erinnerst du dich außerdem noch, Nikita, ich meine, was unser damaliges Leben betrifft?«

»Weißt du was, ich werde uns einen Kaffee kochen, dann setzen wir uns vor den Kamin, wie gestern, und ich erzähle euch diesen Teil unserer Geschichte. Perchafta, kannst du noch bleiben?«

»Ich bleibe«, lächelte der Krull, »denn mich interessiert das ebenfalls und so eilig habe ich es auch wieder nicht. Ich werde Sam bitten, mich ein Stück zu bringen, dann geht es schneller.« Der große Hund, der die ganze Zeit still in seinem Korb gelegen hatte, kam herbei, setzte sich neben Perchafta und schaute diesen aus seinen großen Hundeaugen an.

»Er wird es tun«, sagte der Krull und alle drei lachten. Sam schaute der Reihe nach jeden an, so als wolle er sagen: *Was lacht ihr da, ist doch selbstverständlich.*

»Wir waren wieder einmal Verfolgte, Effel, diesmal als Juden. Wir hatten vorher in Athen gelebt. Da Jugoslawien einen Bündnispakt mit Deutschland abgelehnt hatte, wurde dieses auch besetzt, damit die Deutschen weiter nach Griechenland vorstoßen konnten. Die Armeen Jugoslawiens und Griechenlands hatten den kriegserprobten Deutschen nichts entgegenzusetzen und wurden überrannt, die Briten konnten sich gerade noch zurückziehen, bevor sie zu viele Verluste erlitten. Bald hatten Hitlers Truppen Griechenland besetzt und wir hatten große Angst vor der Auslieferung an die Gestapo. Man wusste damals schon von den Gräueltaten, die an Juden und anderen verübt wurden. Für uns kam ...«

»Mein Gott«, wurde sie von Effel aufgeregt unterbrochen, »jetzt weiß ich auch, warum mich gerade dieses Thema im Geschichtsunterricht immer so berührt hat ... ich war selbst dabei. Das ist wirklich eine plausible Erklärung ...«, dann traten Tränen in seine Augen.

»Geht es ... soll ich weitererzählen?«, fragte Nikita leise.

»Ja unbedingt, ich muss und will es hören«, antwortete Effel.

»Eine Ausreise nach Palästina kam für uns nicht in Frage«, fuhr sie leise fort. »Das galt auch für die Mehrheit der jüdischen Flüchtlinge in Athen. Man wollte entweder nicht erneut einen illegalen Status riskieren oder man wollte den europäischen Kulturkreis nicht aufgeben. Viele von uns, wie wir zum Beispiel, konnten dem orthodoxen Judentum und dem Zionismus nichts abgewinnen. Wir begannen sogleich, die Konsulate verschiedener Länder abzuklappern, um Erkundigungen über die jeweiligen Einwanderungsmöglichkeiten einzuholen. Dabei wurde uns mehr und mehr klar, dass jüdische Flüchtlinge nirgendwo willkommen waren. Dies galt jedenfalls für Menschen und Familien, die nicht viel Geld hatten und nichts anderes als ihre Arbeitskraft, um ihren Lebensunterhalt zu verdienen und zu überleben. Nach einigen Absagen zeichnete sich im Konsulat von Paraguay aber ein Ausweg ab. Der Konsul sagte zu, uns Visa zu beschaffen. Aber niemand von uns wusste damals, wo Paraguay lag. Wir sammelten alle verfügbaren Informationen über dieses südamerikanische Land und verkauften einen Teil unserer Möbel, um die Visagebühren bezahlen zu können und die Reisekosten aufzubringen.

Mit großen Hoffnungen gingen wir dann in das dafür zuständige Büro, um die Tickets für die Schiffspassage zu kaufen. Dort wurde uns aber gesagt, unsere Pässe müssten erst zum Generalkonsul von Paraguay, der damals in Italien saß. Der müsse unsere Visa unterschreiben, mit der Unterschrift des Konsuls in Athen allein seien die Visa nicht gültig. Wir waren natürlich ziemlich enttäuscht. Nur mit großen Schwierigkeiten und dem Verweis auf das Schicksal, das uns drohte, schafften wir es, wenigstens die Hälfte des schon gezahlten Geldbetrages zurückzubekommen.«

»So haben also viele unsere Not ausgenutzt«, unterbrach Effel.

»Die Not von Menschen, egal zu welchen Zeiten, wurde immer ausgenutzt«, schaltete Perchafta sich ein. »Damit war am leichtesten Geld zu machen.«

»Mittlerweile«, so erzählte Nikita weiter, »hatten wir nur noch sechs Wochen Zeit, um Griechenland zu verlassen. Die lokalen Behörden behielten uns strikt im Auge. Also setzten wir die Runde durch die ausländischen Vertretungen fort. Da kam uns zu Hilfe, dass mein verstorbener Vater Angehöriger einer Freimaurerloge gewesen war und dort kurz vor seinem Tod einen jungen Engländer kennengelernt hatte, der uns einige Male besucht hatte. Ich glaube, er hatte sich in Hannah verguckt. Er war Sekretär in der britischen Botschaft und verschaffte uns einen Termin bei dem Botschafter. Der Botschafter, ich glaube er hieß Sir Michael Palairet, schaltete daraufhin den britischen Geheimdienst ein, der uns eingehend befragte und Erkundigungen über uns einholte. Wir haben das nicht verstanden, es genügte offensichtlich nicht, dass wir Juden waren. Dabei war es allenthalben bekannt, was mit unserem Volk geschah.

Die Briten stuften uns dann als politische Flüchtlinge ein und erteilten uns die Erlaubnis, in alle britischen Hoheitsgebiete und Kolonien zu reisen. Da das nächstgelegene britische Hoheitsgebiet Zypern war und wir zu wenig Geld hatten, um weiter entfernte Länder anzusteuern, beantragten wir ein Visum für Zypern. Aber selbst das war teuer. Sie wollten 1.000

Pfund pro Person, stellt euch das vor. So viel hatten wir aber auch nicht.

Wir sprachen abermals mit dem Botschafter, der uns dann eine erhebliche Summe nachließ. So gelang es uns, das Geld für die Einreise nach Zypern aufzubringen. Es war auch höchste Zeit, denn die Aktivitäten der Gestapo – das war die Geheimpolizei der Nazis – hatten in den letzten Wochen stark zugenommen. Wir hatten schon lange auf unseren gepackten Koffern gesessen. Hannahs Mann war Grieche und hatte in seinem Bruder, der bei der Polizei war, einen guten Informanten. Dieser hatte von immer mehr Razzien und Deportationen erfahren. Die Lage wurde immer kritischer, wir trauten uns nicht mehr vor die Tür. Im Oktober 1942 war es dann endlich so weit, wir bestiegen endlich in Piräus ein Schiff nach Limassol. Ich erinnere mich jetzt, dass es sehr knapp war, sozusagen in letzter Sekunde ... wie in La Rochelle.«

»Wirklich bewegte Leben«, staunte Effel, »hatten wir auch mal ein ruhiges?«

»Na, du kannst wirklich nicht jammern, Schatz, wenn ich mich hier so umschaue ... hast du es doch gut getroffen«, lachte Nikita, »und wenn ich ehrlich bin, kann ich mich auch nicht beklagen, weder mit dem Leben jetzt hier bei dir noch mit meinem anderen. Ich habe tolle Eltern, gute Freunde, einen interessanten Beruf und jetzt habe ich auch noch dich und deine Familie gefunden ... und dich natürlich, Perchafta, niemanden möchte ich missen«, ergänzte Nikita strahlend.

»Da gebe ich dir in allen Punkten recht«, stellte Effel fest, »jedenfalls in den mir bekannten, aber ich meine früher ... war da nicht auch mal etwas Erfreuliches, etwas ohne Flucht?«

»Oh ja, sicher«, gab Nikita zur Antwort, »aber auch in dem Leben, von dem wir eben sprachen, war durchaus nicht alles unerfreulich gewesen. Nach dem Krieg hätten wir zurückkehren können, wir taten es aber nicht, weil wir uns ... und besonders Hannahs kleine Familie ... gut eingelebt hatten. Wir hatten auf Zypern im Großen und Ganzen ein gutes Leben, vor allem auch, weil wir uns aus den Konflikten dieser Insel heraushalten konnten. Die wirkliche Rückkehr in die Heimat, den inzwischen gegründeten Staat Israel haben wir beide nicht mehr erlebt.«

»Ist es wirklich richtig, ihnen die Pläne zu überlassen?«, fragte Effel Perchafta und brachte damit alle wieder in die Gegenwart zurück. Er hatte es dabei vermieden, Nikita anzuschauen und ›euch‹ zu sagen, obwohl es ihm auf der Zunge gelegen hatte. Jetzt und hier war Nikita ein Teil seiner Welt und je länger er mit ihr zusammen war, desto weniger wollte er, dass sie zurückging. Er hörte sehr wohl die Stimme tief aus seinem Inneren, die ihm sagte, dass Nikita gehen müsse, wenn sie erst einmal die Pläne, die ja irgendwie – und das kam für ihn erschwerend hinzu – seine Pläne waren, in der Hand hielte.

»Wenn der *Rat der Welten* es so beschlossen hat, wird es schon seine Richtigkeit haben. Ich verspreche dir, dass ich sehr gut aufpassen werde, auf alles, was damit passiert«, warf Nikita ein.

»Das heißt also ...« Effel konnte den Satz nicht beenden.

»Ja, das heißt, dass ich die Pläne in meine Welt bringen werde, sicher. Alle Menschen werden davon profitieren, es wird so vieles in unserem täglichen Leben dort erleichtern ... das heißt, wenn wir es schaffen, dieses Projekt zu beenden. Ich habe lange mit meinem Chef gesprochen, ihm auch gesagt, dass ich wieder zurückkommen möchte ... hierher zu dir und er hat mir versichert, dass ich jeden Wunsch erfüllt bekommen werde. Ich glaube ihm, er ist ein sehr ehrenwerter Mann. Ich freue mich sogar darauf, Kapitän Franch wiederzusehen, den sie bestimmt wieder herschicken werden. Er war so zuvorkommend auf der Reise, ein wirklich angenehmer Mann.«

Nikita konnte nicht wissen, dass der freundliche Kapitän nie wieder ein Schiff würde befehligen können.

»Glaubst du, dass die Fürsten des Südens und ihre Verbündeten, allen voran Schtolls Vater, sich ruhig verhalten werden?«, warf Effel ein. »Glaubst du, dass sie es erlauben, dass irgendjemand von den Anderen ... selbst, wenn du alleine kommen würdest, diesen Teil der Welt wieder betreten darf? Ich bin mir sicher, dass sie starke Allianzen gründen werden, die auch ihre Möglichkeiten haben, solch eine Wiederkehr abzuwenden. Du kennst doch Schtolls Brief.«

* * *

Kapitel 29

Jim Mendez hatte an diesem Abend die Spätschicht an der Rezeption des Vision Inn und er war ganz gespannt auf den Mann, dem er diesen ominösen schwarzen Umschlag geben sollte. Es kam nie vor, dass für jemanden ein Brief abgegeben wurde. Jeder Gast hatte auf seinem Zimmer einen Terminal, an dem er seine elektronische Post abrufen konnte, und die meisten Gäste – fast alles Geschäftsleute – hatten ihre kleinen Computer sowieso immer dabei. Ein Briefumschlag war so ungefähr das Vorsintflutlichste, was sich Jim vorstellen konnte, und er erinnerte sich nicht, jemals einen in der Hand gehabt zu haben.

Als Carl Weyman gegen 22:00 Uhr das Hotel betrat, war die Lobby weitgehend leer, wie er mit einem schnellen Blick feststellte. Nur ein junger Rezeptionist und zwei Paare, die an der Bar einen Drink zu sich nahmen, sowie der Barkeeper, der gelangweilt Gläser polierte, hauchten der weitläufigen Halle etwas Leben ein. Carl wollte gerade zum Fahrstuhl gehen, als er von Jim angesprochen wurde.

»Sir, Mr. Weyman?«

Carl drehte sich um und ging auf die Theke zu.

»Ja, was gibt's?«

»Das hier ist für Sie abgegeben worden, Sir«, sagte der junge Mann mit einem freundlichen Lächeln und reichte ihm einen schwarzen Umschlag. Carl wusste natürlich sofort, von wem die Nachricht war, und nahm den Umschlag entgegen.

»Danke«, sagte er und als er den jungen Mann genauer anblickte, hatte er das seltsame Gefühl, ihn zu kennen.

»Wie lange arbeiten Sie schon hier? Waren Sie bei meinem letzten Besuch auch schon da?«, fragte er ihn.

»Seit fast einem Jahr, Sir«, gab Jim stolz zur Antwort und nach einem kurzen Blick auf den Bildschirm seines Computers, »bei Ihrem letzten Besuch, Sir ... oh, das ist ja noch gar nicht so lange her ... war ich allerdings in der Küche eingeteilt. Ich durchlaufe hier alle Stationen. Für die nächsten Wochen bin ich an der Rezeption. Ich mache hier mein Hotelpraktikum, um mich zu orientieren, in welche Richtung es beruflich gehen soll, aber ich glaube, ich habe schon gefunden, wonach ich gesucht habe. Wenn ich den Ausbildungsplatz bekomme, bleibe ich.«

»Aha, na dann, schön für Sie.«

Als Carl im Fahrstuhl nach oben fuhr, dachte er bei sich: *Ich hätte schwören können, dass ich ihn hier schon einmal gesehen habe. Na, wenn nicht hier, dann war es eben woanders. Ist ja auch egal. Scheint ein netter Bursche zu sein, ein bisschen alt für einen Praktikanten, aber okay, ist ja seine Sache.*

An der Rezeption schickte diesmal Jim eine E-Mail an ms@nspo.sec. Mr. Haite hatte besonders eindringlich darauf hingewiesen, dass es außerordentlich wichtig sei, jedes Kommen und Gehen der Gäste unverzüglich an diese Adresse zu melden. Danach rief er seine Mutter an, um ihr zu sagen, dass er gleich losfahren wolle. Immer wenn er am nächsten Tag freihatte, und das war einmal pro Monat, übernachtete er zu Hause bei ihr. Er freute sich sehr, als er von Nikitas Rückkehr erfuhr, und war schon gespannt, mehr zu erfahren und vor allem, sie bald wiederzusehen.

Es dauerte ungefähr eine Viertelstunde, er hatte gerade seine Sachen zusammengepackt, als er abermals eine Mail schicken musste, denn der Gast Carl Weyman hatte soeben das Hotel mit einem kleinen Koffer verlassen. Es war 22:20 Uhr. Hätte er genauer hingeschaut, hätte er bemerkt, dass der Gast aus der Suite 4545 sich umgezogen hatte. Er trug jetzt komplett dunkle Kleidung. Jimmy beeilte sich, um die letzte Bahn noch zu bekommen.

Carl Weyman bog um eine Ecke des Hotels, bestieg einen kleinen Wagen und fuhr davon.

Mondäne Gegend, dachte er eine Weile später, als sein Gefährt den Vorort erreicht hatte, in dem Senator Ferrer lebte. *Scheinen gut zu verdienen, diese Politbonzen, können es sich leisten hier zu wohnen, während das gemeine Volk in den Wohnburgen zusammengepfercht ist. Na ja, muss ja niemand dort leben, sind selber schuld.* Geräuschlos glitt sein Wagen an prachtvollen Villen vorbei, die, je nach Geschmack des jeweiligen Besitzers, fast alle sehr unterschiedliche Baustile aufwiesen.

»Nicht so ein Einheitsbrei wie in der Stadt«, bemerkte Carl laut und befahl dem Auto, etwas langsamer zu fahren. Er strich mit einer fast liebevollen Geste über den kleinen Koffer, den er neben sich platziert hatte. Obwohl er gespannt war, was an der Wirkung dieser neuen Waffe so anders sein sollte, als bei der, die er sonst bevorzugte, wollte er diese kleine Sightseeingtour genießen. Er hatte es nicht eilig. Ein Motto von ihm war: *In der Ruhe liegt die Kraft*.

Ferrers hatten an diesem Abend spät gegessen, weil der Senator eine dieser ellenlangen Kongresssitzungen über sich hatte ergehen lassen müssen. Er hatte gegen 17 Uhr seine Frau angerufen und ihr mitgeteilt, dass es spät werden würde. Eva hatte sich sofort mit Manu wegen des späten Abendessens beraten und sie waren zu dem Schluss gekommen, etwas Leichtes zuzubereiten. Manu wollte lediglich eine Nachspeise auftischen, die sie erst vor Kurzem von ihrem Sohn gezeigt bekommen hatte. So war man erst gegen 22:00 Uhr mit dem Essen fertig und Manu war herübergekommen, um den Tisch abzudecken und das Geschirr in die Maschine zu räumen.

Senator Ferrer, der müde wirkte, strich sich zufrieden über seinen Bauch und meinte mit einem Lächeln an seine Haushälterin gewandt. »Manu, Manu, sehr oft kann ich mir solch ein Essen nicht leisten, es war einfach köstlich, besonders die Nachspeise. Wo haben Sie nur dieses Rezept her? Diese Variante kannte ich noch gar nicht. Ingwer mit Schokolade, aber da war noch etwas drin, stimmt's? Wird sicher an die 100.000 Kalorien gehabt haben.«

»Hab ich von meinem Jimmy«, antwortete die Haushälterin stolz, »er hat es selbst schon bei mir in meiner kleinen Küche zubereitet und ich habe ihm dabei assistiert. Er hat es drüben im Vision Inn gelernt. Er hat doch die Ausbildung in der Küche gerade hinter sich und ist jetzt an der Rezeption.

Na ja, eine richtige Ausbildung ist es natürlich nicht, sondern erst einmal ein Praktikum, in dem er herausfinden soll, was ihm wirklich liegt. Kochen scheint ihm jedenfalls sehr zu liegen – und was sonst noch drin war ... ich musste ihm hoch und heilig versprechen, das niemandem zu verraten, und die Kalorien können Sie sich doch allemal leisten, im Gegensatz zu mir«, lächelte Manu.

»Ich kann Ihnen gar nicht genug danken, dass Sie ihm zu dieser Stelle verholfen haben«, wandte sie sich an Eva Ferrer, »er kommt übrigens heute noch, da er morgen seinen freien Tag hat. Ich freue mich so, ihn zu sehen. Einmal im Monat ist doch sehr wenig. Das wird wieder ein langer Abend, denn er muss mir immer alles ganz genau erzählen, was er erlebt hat. Er blüht dort richtig auf, habe ich den Eindruck.«

»Das habe ich doch gerne getan, Manu. Du weißt, wie sehr ich Jimmy mag. Ich bin doch froh, dass er es so gut angetroffen hat. Und wie ich aus vertrauter Quelle weiß«, dabei zwinkerte sie ihrer Haushälterin zu, »ist man mit ihm ebenfalls sehr zufrieden.«

»Das freut mich zu hören, Frau Ferrer. Ich war schon ganz verzweifelt, als er so gar nichts zu finden schien, was ihm Freude bereitet. Er ist so ganz das Gegenteil von Nikita, Sie können wirklich stolz auf Ihre Tochter sein. Sie war immer so zielstrebig und hat schon so einen tollen Posten!« Dann bemerkte sie den schmerzhaften Ausdruck im Blick ihres Arbeitgebers und fügte schnell hinzu: »Herr Senator, ich habe das sichere Gefühl, dass sie lebt und dass es ihr gut geht, Sie werden sehen.«

Eva Ferrer nickte zustimmend.

»Ach ihr mit eurer weiblichen Intuition«, seufzte der Senator, »wenn ihr bloß mal recht hättet.« In diesem Moment läutete das Telefon.

Der Senator blickte auf die Uhr. »Was zum Teufel ist denn jetzt noch, um diese Zeit? Es ist fast elf. Haben die mich heute nicht schon genug vollgequatscht? Lassen Sie mal, Manu, ich gehe selbst ran. Kann nur jemand aus dem Büro sein.«

Paul Ferrer nahm den Hörer und fragte unwirsch: »Was gibt es, wer ist dort? ... Professor wer? ...« Dann hörte er eine Zeit lang nur zu und die beiden Frauen bemerkten einen Stimmungswandel bei dem Senator, wie sie ihn in dieser Geschwindigkeit noch nie erlebt hatten. Der Senator legte den Hörer schließlich auf und wandte sich um. Er hatte Tränen in den Augen und sein Gesicht war vor Aufregung gerötet.

»Das war Professor Rhin, Nikitas Chef. Unsere Tochter lebt, Eva, und sie wird bald zurück sein. Ihre Mission war wohl ein voller Erfolg. Er sprach von einer bahnbrechenden Erfindung, an der Nikita wohl mitgearbeitet hat. Deswegen war auch alles unter strengster Geheimhaltung gelaufen. Der Professor ist völlig aus dem Häuschen, er hat es heute erfahren ... von ihr selbst ... und wollte uns nicht länger im Ungewissen lassen. Ihr hattet recht mit eurer Intuition. Jetzt kann man nur noch hoffen, dass ihr Besuch dort drüben unbemerkt geblieben ist.« Er schloss seine Frau in die Arme und beide konnten nun ihre Tränen nicht mehr zurückhalten. Sämtliche Bedenken des Senators waren zunächst einmal zerstreut.

»Hat der Professor gesagt, wann sie wieder hier sein wird?«, fragte Eva unter Tränen.

»Nein, das hat er nicht, er sagte nur ›bald‹.«

Manu war leise in ihr Apartment zurückgekehrt. Sie wollte später noch einmal nach den beiden schauen, denn neugierig war sie auch. Jetzt sollten sie aber erst einmal ihr Glück für sich ganz alleine genießen. Und außerdem musste ihr Jimmy gleich da sein.

Kapitel 30

Als Scotty den Schmerzensschrei Jareds hörte, fuhr es ihm durch Mark und Bein. Er schaute sich nach allen Seiten um, konnte aber nichts entdecken. Weit und breit war niemand zu sehen und doch war er sich vollkommen sicher, einen langgezogenen, menschlichen Schrei gehört zu haben. Noch nie hatte er Schmerz in einer solchen Intensität gehört.

Sämtliche Haare schienen sich ihm aufzustellen und ein kalter Schauer lief ihm über den Rücken. Er nahm seinen Rucksack ab und verharrte auf der Stelle, um bei einer Wiederholung den Verursacher ausmachen zu können oder zumindest die Richtung zu erkennen, aus der der Schrei gekommen war. Aber dann hörte er den gleichen Schrei noch dreimal, mit jedem Mal etwas leiser, als er von einem Echo wiedergegeben wurde.

Nachdem er zunächst bei den Gumpen, einem seiner Lieblingsplätze an heißen Sommertagen, und den anderen bekannten Stellen gesucht und seinen Freund dort nicht gefunden hatte, war er immer höher ins Gebirge gestiegen und stets am Lauf des Indrock entlang. Es war merklich kühler geworden. Scotty knöpfte seine Jacke zu und zog die Mütze tiefer ins Gesicht. Wenn Vincent sich irgendwo aufhielt, dann bestimmt in der Nähe von Wasser und einem sicheren Unterschlupf, in dem er gefahrlos ein Feuer machen konnte, ohne gleich entdeckt zu werden. Dass dieser Teil des Gebirges, das hauptsächlich vulkanischen Ursprungs war, viele Höhlen aufzuweisen hatte, wusste jeder. Man erzählte sich, dass es in einem Teil sogar eine Stadt geben sollte, die vor ewigen Zeiten als Schutz vor Feinden in den Berg hineingebaut worden war, wobei der Eingang noch von niemandem entdeckt worden war.

Da auch die Leute des Suchtrupps aus Winsget und vielleicht auch Onden dies alles ebenfalls wussten, würden sie sicher nicht lange auf sich warten lassen. Schon aus diesem Grunde war Eile geboten.

Komme ich bereits zu spät?, fragte er sich. *War das Vincent, der da geschrien hat?* Scotty schickte ein Stoßgebet zum Himmel und schaute sich genauer um. Nichts – nur Felsen, der rauschende Wildbach und niederes Buschwerk. Sträucher in ihrer herbstlichen Färbung – zu jeder anderen Zeit für ihn ein wundervoller Anblick, an dem er sich nie sattsehen konnte, nicht aber jetzt, wo seine Sorge nur dem Freund galt, der womöglich in großer Gefahr war.

Scotty spürte, wie sein Puls schneller schlug. Jetzt bedauerte er, seinen Hund nicht mitgenommen zu haben, ja er schalt sich sogar innerlich deswegen. Wie konnte er bloß auf eine Suche gehen ohne seine zuverlässige Spürnase? Aber das machte ihm auch deutlich, wie kopflos er gewesen war. Wieder einmal hatte er sich von Vincent anstecken lassen, diesmal von dessen Panik.

Plötzlich wurde er einer Bewegung gewahr, zwar mehr aus dem Augenwinkel heraus, aber doch sehr deutlich. Er blickte nach oben und sah zwei stattliche Mufflons, die behende einen steilen Hang hinaufkletterten. *Aha, zwei Böcke auf der Suche nach Schafen, die Brunftzeit müsste schon begonnen haben,* dachte Scotty, als die beiden Tiere auch im nächsten Augenblick schon wieder verschwunden waren, ganz so, als hätten sie sich in Luft aufgelöst.

Nanu, dachte er, *wo sind sie hin? Da sie sich nicht aufgelöst haben werden, muss dort oben ein Durchgang oder eine Höhle sein, das muss ich mir anschauen.*

Eine halbe Stunde später stand er schwer atmend ungefähr an der Stelle, an der er zuvor die beiden Mufflons gesichtet hatte. Er wischte sich mit einem Tuch den Schweiß von der Stirn, setzte seine Mütze wieder auf und sah sich suchend um. Nichts, keine Höhle, nur nackter, glatter Felsen, der, wie es ihm schien, sich ihm höhnisch entgegenstreckte.

»Ich habe nicht geträumt«, sagte er laut zu sich, »und irgendwo seid ihr. Ich werde euch schon auf die Schliche kommen.« Er ahmte den pfeifenden Lockruf eines weiblichen Mufflons nach und wartete ab. Nichts. Er wiederholte den Ruf und auf einmal kam die Antwort in vollem Galopp. Zunächst hörte Scotty nur das Rollen von Steinen, dann Hufgetrappel und als er sich in die Richtung umschaute, aus der die Geräusche kamen, erblickte er dieselben prachtvollen Tiere, die zuvor wie von Zauberhand verschwunden gewesen waren.

Ihre mächtigen, eingedrehten Hörner schimmerten matt in der Sonne – ein wahrhaft majestätisches Bild, wie diese beiden wunderschönen Tiere witternd mit geblähten Nüstern vor der grauen Felswand standen. Die Böcke hatten ihn jetzt ebenfalls entdeckt und blieben wie versteinert stehen, so als ob sie sich darüber wunderten, nicht das erhoffte Weibchen anzutreffen. Dann, als sie ihren Irrtum erkannt hatten, machten sie kehrt und ergriffen die Flucht.

Diesmal sah Scotty aber, wohin sie verschwanden. Er lief so schnell er konnte, wobei er immer wieder auf dem lockeren Geröll ins Rutschen kam und sich manchmal mit den Händen abstützen musste. Dabei verfluchte er seinen Rucksack, der ständig verrutschte. Dann aber hatte er die Stelle erreicht, die er suchte. Ein schmaler Pfad, von unten unmöglich zu entdecken, führte zwischen zwei steil aufragenden Felsen hindurch.

Scotty erkannte sofort, dass dieser Weg ständig von Tieren benutzt wurde, denn dort wo Erde war, war er regelrecht ausgetrampelt. Neugierig folgte er den Spuren. Nach kurzer Zeit wurde es nahezu dunkel, weil das Licht jetzt nur von oben kam, wo die Felsen fast aneinanderstießen, sodass Scotty nur durch einen schmalen Spalt den Himmel sehen konnte. Als der Weg steiler wurde, entdeckte Scotty, dass es hier Stufen in dem felsigen Gestein gab. Und diese Stufen waren eindeutig von jemandem in den Felsen hineingehauen worden. Er war sicher eine weitere viertel Meile gelaufen, als es allmählich wieder heller wurde – und wärmer. Der Weg wurde breiter und führte nun sanfter bergab. Die Felswände waren hier zu beiden Seiten sehr glatt.

Als wenn auch die jemand bearbeitet hätte, dachte Scotty gerade, als er seine Vermutung schon bestätigt sah, denn er erkannte bei näherem Hinsehen fremdartige Zeichen. Staunend blieb er stehen und fuhr mit der Hand über die in den Felsen eingeritzten Markierungen. Ihm war sofort klar, dass es eine Schrift war, nur er verstand die Bedeutung nicht. Wer mochte dies hier geschrieben haben und vor allem wann? Näherte er sich hier vielleicht der Stadt, von der erzählt wurde, dieser geheimnisvollen Zufluchtsstätte, die es hier irgendwo geben sollte? Waren diese Worte Botschaften der früheren Bewohner? Waren es Nachrichten für den Rest der Welt? Sein Forschergeist war augenblicklich hellwach.

Er beschloss, Mindevol davon zu berichten, möglicherweise wusste er einen Rat, vielleicht konnte er sogar die Zeichen deuten. In jedem Fall würde er sehr bald wieder hierherkommen, um der Sache auf den Grund zu gehen. Doch nun hatte er Dringlicheres zu tun, er musste seinen Freund finden. Die Schrift würde auch später noch da sein.

Nach ein paar weiteren Schritten bot sich ihm ein Anblick, der ihm zum zweiten Mal innerhalb kurzer Zeit fast den Atem raubte. Vor ihm lag ein weites Tal, das er nicht in seiner Gänze überblicken konnte und das so unwirklich aussah, dass er sich spontan die Augen rieb. Aber das Tal blieb, wo es war, es war kein Trugbild. War er eben noch durch eine karge Bergwelt gewandert, bot sich ihm jetzt ein wahrhaft paradiesischer Anblick. Üppige Vegetation, die bis hoch in die Berghänge hinaufreichte, auf denen Ziegen herumturnten und die das Tal sanft umschlossen. Ein See, der offensichtlich von mehreren Wasserfällen gespeist wurde und auf dessen Oberfläche sich jetzt glitzernd die Sonne spiegelte. In seiner Nähe sah Scotty eine Schafherde. Überall im Tal verstreut standen Bäume, die man sonst nur in den fruchtbaren Ebenen finden konnte. Scotty erkannte zahlreiche Obstsorten wie Äpfel, Kirschen und

Birnen, ja, sogar Mandelbäume und Weinstöcke, die rechts und links von ihm noch ihr herbstliches Laub trugen. Die Trauben waren allerdings abgeerntet oder von Vögeln gefressen worden.

Das kann eigentlich nicht sein, dachte Scotty erstaunt, *das Klima ist zu rau hier oben in den Bergen, aber dennoch sind die Bäume und all das andere da. Ganz offensichtlich leben oder lebten Menschen hier*, fuhr es ihm weiter durch den Kopf, *aber wenn hier Menschen wären, hätten wir davon erfahren.*

Weit und breit war niemand zu sehen, noch nicht einmal eine Rauchfahne, die von menschlicher Anwesenheit hätte zeugen können. Auch nach einigen weiteren Minuten stillen Beobachtens konnte Scotty kein Anzeichen menschlichen Lebens dort unten erkennen. Er begann, den Weg hinabzugehen, und konnte sich dabei gar nicht sattsehen an der üppigen Vegetation. *Hat Vincent dieses Tal auch gefunden? Wenn ja, könnte er es hier sicher eine Zeit lang gut aushalten,* dachte Scotty.

Ein Stück weiter traf er auf die ersten Ruinen.

Häuser, durchfuhr es ihn, *richtige Häuser, massiv und aus Stein gebaut. Das war keine vorübergehende Bleibe, das war ein richtiges Dorf. Ich hatte recht, hier lebten Menschen und es muss vor sehr langer Zeit gewesen sein. Man kann sogar noch erkennen, dass sie Gärten angelegt haben, sie haben diesem Tal ihren Stempel aufgedrückt und jetzt holt die Natur sich alles zurück. Was mag sie hierher verschlagen haben und wo sind sie hin? Ich bin vielleicht der Erste, der es entdeckt, na ja wenn Vincent nicht schon hier ist.*

Scotty gelangte zu einem Haus, an dessen Eingang nur ein verrostetes Scharnier davon zeugte, dass hier einmal eine Tür gewesen war. Er blickte neugierig hinein und schaute direkt in den Keller, denn der Fußboden, der ebenfalls aus Holz gewesen sein musste, fehlte fast vollständig. Einige morsche Reste ragten dunkel und spitz an den Rändern der Mauer hervor. Er erblickte eine Feuerstelle, in der sich sogar noch etwas feuchte schwarze Asche befand, und darüber hing an einer verrosteten Kette ein Topf in noch schlimmerem Zustand.

Auch das Dach hatte den Kampf gegen die Natur aufgegeben. Lediglich ein paar verfaulte Dachbalken boten einigen Rankgewächsen Halt. Überall in dem Haus knisterte und raschelte es. *Sicher habe ich jetzt alle Untermieter aufgeschreckt*, dachte Scotty und sah seine Vermutung auch augenblicklich bestätigt, als er ein Kaninchen gerade noch durch eine Maueröffnung davonspringen sah.

Neugierig und staunend setzte er seine Erkundung fort. Das nächste Haus war in einem ähnlichen Zustand, nur hier war ein Teil des Fußbodens erhalten geblieben, auch einige Balken und die Kellertreppe, die aus Stein und fast vollständig mit Moos bedeckt war. Ein breiter Sonnenstrahl fiel durch das ehemalige Dach und erhellte eine Fläche im Keller. Hier standen oder lagen eine Reihe ehemaliger Fässer, die heute nichts mehr fassen konnten, denn die eisernen Reifen lagen größtenteils verrostet auf dem Boden herum, vermischt mit den faulen Überresten der Fassdauben.

Auch dort unten war reges Leben, wie Scotty an den raschelnden Geräuschen und dem Getrappel kleiner Füße hören konnte. Einen Heidenschreck bekam er, als einige Hühner laut gackernd an ihm vorbei ins Freie flohen. Drei Birken hatten sich in diesem Haus angesiedelt und ihre Kronen bereits weit aus dem Dach der Sonne entgegengestreckt.

Wie wunderbar und stark die Natur doch ist, dachte Scotty, als er weiterwanderte. Inzwischen war er sich vollkommen sicher, hier alleine zu sein. Seine Jacke hatte er sich über den Rucksack gehängt und strebte jetzt, ein Lied summend, dem See zu, um sich ein wenig zu erfrischen.

Plötzlich fühlte er kaltes Metall an seiner Kehle und hörte eine Stimme:

»Bleib stehen, Bürschchen, keinen Schritt weiter oder es war dein letzter, das garantiere ich dir!« Die Männerstimme ließ keinen Zweifel darüber aufkommen, dass es ihrem Besitzer ernst war.

Scotty musste nicht eine Sekunde überlegen, was ihm lieber war. Der Arm, der sich ihm zusätzlich um den Hals gelegt hatte, war muskulös und unterstrich schmerzhaft die Drohung der Messerklinge. Denn dass es sich um eine solche handelte, merkte er daran, dass sie sich gerade so weit in seine Haut eindrückte, dass sie ihn nicht verletzte, aber dennoch weit genug um dafür zu sorgen, dass er sich keinen Millimeter bewegte. Er saß wirklich in der Klemme, denn gerade das zeigte ihm, dass der Besitzer des Messers mit seiner Waffe umzugehen wusste.

»Was tust du hier?«, fragte der Mann hinter ihm. »Antworte gefälligst, meine Geduld ist heute nicht sehr groß!« Schlagartig erkannte Scotty, dass irgendetwas Bekanntes in der Stimme des Mannes lag, der sicher einen Kopf größer war als er selbst. Er klang fast wie Vincent, nur tiefer, kraftvoller – und Vincent war auch nicht so groß. Er musste es riskieren.

»Jared?«, brachte er mühsam leise krächzend hervor.

Sofort ließ der Druck des Arms und des Messers nach, ohne ihn jedoch gänzlich loszulassen, und Scotty konnte wieder etwas besser atmen. Er drehte seinen Kopf ein wenig und dann war er augenblicklich frei. Niemand hätte jetzt sagen können, wer von beiden erstaunter war.

»Scotty? Was um alles in der Welt machst du hier?«, fragte Jared, der als Erster seine Sprache wiedergefunden hatte. »Um ein Haar hätte ich dich getötet, Junge!«

»Ich glaube, ich bin aus dem gleichen Grund hier wie Sie, Jared«, antwortete Scotty, der sich wieder gefasst hatte, obwohl der Schreck ihm immer noch in den Gliedern saß. Er sah jetzt aus, als sei ihm gerade das Gewicht der Welt von seinen Schultern geglitten. Der große Mann aber sackte in sich zusammen. Seine Schultern hingen herab, was ihn elend aussehen ließ, als er leise flüsterte:

»Du kannst mit der Suche aufhören, mein Junge, Vincent ist tot. Er wurde umgebracht, erspar mir die Einzelheiten ... ich habe ihn bereits beerdigt. Dort oben.«

Er wies mit dem Arm auf einen Berghang hinter sich, ohne selbst hinzuschauen.

»Vincent wurde was?!« stieß Scotty hervor und dachte, er müsse sich verhört haben. Er erkannte aber die bittere Wahrheit, als er dem Vater seines Freundes ins Gesicht sah. Noch nie zuvor hatte er Jared weinen sehen, es musste also stimmen. Scotty erblickte eine niedrige, halb von Efeu überwucherte Steinbank in der Nähe.

»Kommen Sie, setzen wir uns dorthin.«

Der große Mann ließ sich von dem Freund seines Sohnes widerstandslos zu der Bank führen, auf die sie sich niedersetzten, nachdem Scotty mit der Hand einige lose Steinchen weggewischt hatte. Jared weinte immer noch leise und Scotty hatte einfach einen Arm um seine Schultern gelegt. So saßen sie ruhig eine Weile in der allmählich hinter den Gipfeln untergehenden Sonne. Schon ließ sich der Nachtvogel irgendwo aus dem Schatten der Berghänge mit seiner klagenden Weise vernehmen.

Wie überaus passend, dachte Scotty traurig.

Dann straffte sich Jareds Körper wieder etwas und er richtete sich auf.

»Mein Gott«, brachte er hervor, »ihn hätte ich fast vergessen.« Er ließ einen leisen Pfiff ertönen und einen Moment später sprang Jesper hinter einem niedrigen Busch hervor und kam freudig auf die beiden Männer zugelaufen. Er sprang an Scotty hoch und fuhr ihm mit der Zunge einmal quer über das Gesicht.

»Braver Hund«, sagte Scotty leise, »hast die ganze Zeit dort still gelegen, wie sich das für einen guten Jagdhund gehört, nicht wahr?« Dann tätschelte er den Hals des Hundes, der sich schon zu Füßen seines Herrn niedergelegt hatte und diesen erwartungsvoll anblickte.

»Was glauben Sie, warum das passiert ist?«, fragte er Jared.

»Vielleicht wurde er umgebracht, weil er dieses Tal entdeckt hat«, antwortete dieser, »aber ... das hieße ... mein Gott, das wird mir jetzt gerade klar ... dass wir ebenfalls in Gefahr sind. Scotty, wir sollten wachsam sein. Ich habe noch nie von diesem Tal gehört, du etwa?«

»Nein, und ich glaube, wenn es irgendjemand vor ...«, er wollte ›Vincent‹ sagen, »uns entdeckt hätte, hätten wir davon gehört.«

Gleich am nächsten Morgen, die Nacht hatten die Männer abwechselnd Wache gehalten und in ihren Zelten verbracht, machten sie sich auf, das Tal zu erkunden. Jared hoffte immer noch, irgendwelche Spuren zu entdecken, die auf den Mörder seines Sohnes hinwiesen.

Nach einem unruhigen und traumreichen Schlaf hatte er für sich und Scotty das Frühstück zubereitet, dann waren sie aufgebrochen. Wären sie nur einen Tag früher hier gewesen, hätten sie noch die Abreise der letzten Delegationen des *Rates der Welten* miterlebt, wenn sie an den Wachen vorbeigekommen wären.

Wer mag hier gelebt haben?, fragte Jared sich, nachdem er die Ruinen von Gisor verlassen hatte. *Sie haben sogar eine richtige Burg errichtet. Es muss viele Jahre gedauert haben, das alles zu erbauen.*

»Wir werden bestimmt nichts finden, alles ist überwuchert und morsch, hier lebt seit Langem niemand mehr, Jesper hat nicht eine einzige Spur gefunden, die uns einen Hinweis geben könnte, und wenn er nichts findet, ist hier auch nichts«, sagte er zu Scotty, nachdem sie sich an dem vereinbarten Treffpunkt unter einem mächtigen Baum niedergelassen hatten. Jared konnte nicht wissen, dass sein Hund eine kurze, aber intensive Begegnung mit Muchtna, dem Vetter Perchaftas gehabt hatte.

»Ich schlage deshalb vor, wir schauen noch dort drüben nach, da scheint es ein Seitental zu geben, und dann beraten wir, was wir weiter tun. Du solltest auf jeden Fall nach Hause zurückkehren, Scotty, deine Eltern werden sich Sorgen machen. Bitte schweige noch über all das hier. Ich möchte die Nachrichten selber überbringen. Mein Gefühl sagt mir, dass in diesem Tal ein Geheimnis liegt, vielleicht musste Vincent wirklich sterben, weil er es entdeckt hat. Ich werde nach Haldergrond gehen. Wenn jemand weiterhelfen kann, ist es Adegunde, die Äbtissin.«

»Ich komme gerne mit, Jared. Ich habe Zeit und meine Eltern wissen ja, dass ich auf der Suche nach Vincent bin.«

»Das ehrt dich, mein Junge, aber alleine bin ich unabhängiger und ich will mir von deinen Eltern keine Vorwürfe machen lassen, sollte dir etwas zustoßen. Das fehlte mir noch. Die ganze Geschichte hier ist doch inzwischen mehr als suspekt.«

Der Tonfall und die Art, wie Jared das sagte, zeigte Scotty, dass hier jeder Widerstand zwecklos war. Scotty staunte, wie schnell sich dieser Mann wieder im Griff hatte. Gestern noch hatte er seinen toten Sohn gefunden und hemmungslos geweint und heute trat er so bestimmt auf, wie man das von ihm gewohnt war.

Die beiden Männer hatten etwas später mehrere Minuten lang sprachlos staunend vor der Brigg und der Schule für Nautik gestanden. Scotty hatte sich ungläubig die Augen gerieben, weil er zunächst an ein Trugbild dachte. Er war als Erster um den Felsenvorsprung gekommen, der den Weg zu jenem Bereich von Angkar-Wat verdeckt hatte, in dem die Emurks so viele Jahre gelebt hatten.

»Jetzt wird es aber richtig komisch«, sagte Jared, der sich als Erster wieder gefasst hatte, sich am Kopf kratzte und dabei ein Gesicht machte, wie ein Schüler, der vor einer für ihn unlösbaren Rechenaufgabe steht. »Was um alles in der Welt hat das hier zu bedeuten? Kannst du dir einen Reim darauf machen?« Er erwartete von Scotty keine Antwort.

»Das hier ist nicht alt, sondern in tadellosem Zustand. Schau nur, die eiserne Ankerkette ... kein bisschen Rost ... im Gegenteil ... wie neu. Die Fender sind vollkommen intakt, die Fenderleinen ebenfalls wie gerade aus dem Geschäft. Sogar die Messingpoller sind poliert. Die Taue, das Tuch, die gesamte Takelage, einfach alles an diesem Segler ist wie neu. Wenn hier

Wasser wäre, könnte man mit ihm sofort in See stechen ... nur hier ist kein Meer und es wird hier auch nie eins sein, es sei denn, es gibt eine neue Sintflut, was ich für sehr unwahrscheinlich halte.«

»Und sehen Sie mal dort drüben, diese Holzhütten, die zu beiden Seiten des Tales hinauf bis zum Kamm reichen!«, rief Scotty staunend aus, als er die ehemaligen Behausungen der Emurks entdeckt hatte. »Die stammen allerdings mit Sicherheit aus einer anderen Zeit als die Steinruinen im Haupttal. Was ist das bloß für ein Ort und warum kennt ihn niemand? Wie kann es überhaupt sein, dass er uns so lange verborgen blieb?«

»Keine Ahnung, aber wenn uns das jemand erklären kann, dann Adegunde.«

»Adegunde, die Äbtissin von Haldergrond. Sie wissen, was man über sie erzählt?«, fragte Scotty.

»Was denn, meinst du den Unsinn mit ihrer Unsterblichkeit? Papperlapapp, glaubst du etwa auch an solch einen Mist?« Jared nahm einen tiefen Schluck aus seiner Wasserflasche und wischte sich mit dem Handrücken über das Kinn.

»Was ist nur mit euch Jungs los? Vincent hatte auch so eine Ader ... diesen merkwürdigen Hang zu mystischen Dingen. So ein Quatsch, wo schnappt ihr bloß diese Sachen auf? Was sagt denn dein Vater dazu? Haben wir in unserer Erziehung so versagt? Nein, Adegunde ist eine sehr gelehrte Frau, die sicherlich vielen Menschen zu einem längeren Leben verholfen hat und von ihren Heilkünsten bestimmt auch selbst profitiert, aber unsterblich? Nein, unsterblich ist sie nicht. Sie ist auch nur ein Mensch, Scotty. Aber sie kennt jede Menge Leute und ist außerordentlich belesen. Wer weiß? Einen Versuch ist es jedenfalls wert. Ich kann nicht unverrichteter Dinge einfach heim zu meiner Frau gehen und weitermachen, als sei nichts geschehen. Verstehst du das?«

»Ja, natürlich«, sagte Scotty leise und streichelte Jesper, der zwischen ihnen saß. Weitere Kommentare verkniff er sich. Er wollte den Farmer jetzt in keine Diskussion über dessen

Erziehungsmethoden verwickeln, zu denen er nämlich seine ganz eigene Meinung hatte. Das hätte jetzt hier in dieser Situation niemandem geholfen und es stand ihm außerdem nicht zu, wie er fand.

Er ließ seinen Blick durch das Tal schweifen, über die Berghänge zu den Gipfeln des Gebirges und versprach sich gerade, bald hierher zurückzukehren, als er etwas erblickte, das ihm abermals einen Schauer über den Rücken jagte. Aus dem Krater des mächtigen Grog, der sich gerade in seiner ganzen Pracht zeigte, ohne von Wolken verdeckt zu sein, stieg eine Rauchsäule in den blauen Himmel.

***

Kapitel 31

Neun Tage waren die Emurks bereits auf See. Anfangs waren sie strikt nach Süden gesegelt, aber hatten seit geraumer Zeit Kurs Süd-Ost genommen. Stets segelten sie bei gutem Wind und ohne größere Zwischenfälle. Jedem war inzwischen klar geworden, dass es erhebliche Unterschiede gab zwischen den Übungen im Tal Angkar-Wat, die viele nie ernst genommen hatten und das jetzt bedauerten, und der Realität auf hoher See. Auf jedem Schiff der Flotte gab es außerdem Seekranke und so mussten die anderen mehr arbeiten.

Die Kapitäne der Schiffe waren von Urtsuka noch vor der Abreise zu äußerster Sauberkeit und Einhaltung der Disziplin ermahnt worden und diese hielten ihre jeweiligen Mannschaften mit Putz- und Flickarbeiten auf Trab.

Urtsuka hatte beschlossen, außer Sichtweite der Küste zu segeln, denn man konnte ja nie wissen, wer dort lebte, und außerdem wusste er, dass der Wind weiter draußen meist günstiger war. Immer wieder zeigte es sich, wie gut es gewesen war, die Logbücher seines Urahns auswendig zu kennen. Am zweiten Tag wurden sie für mehrere Stunden von einer Delfinschule begleitet, die aus mehr als dreißig Tieren bestand. Das war für alle ein Erlebnis, das sie nie vergessen würden. Vor allem die Kinder sprachen seitdem fast nur noch davon.

Vonzel und Nornak, die auf der Wandoo unter Urtsuka dem Neunten segelten, hielten sich wacker. Um die Mittagsstunde stand Nornak am Ruder, als Urtsuka zu ihm kam und mit einem Blick auf eine sich schnell auf sie zu bewegende, dunkle Wolkenwand am westlichen Horizont eine Kursänderung befahl: »Steuermann, zwei Strich Südost. Was ist denn mit unserem Ausguck da oben, ist er etwa eingeschlafen?

Verdammt noch mal! Man sollte ihn runterschütteln!« Und dann rief er lauthals noch den Mast hinauf, indem er seine Hände trichterförmig vor dem Mund formte: »Gesst, bist du nicht der Mann, der so etwas voraussehen muss, um uns da herumzulotsen? Jetzt sieh zu, dass du da runterkommst, ich dachte wir hätten einen fähigen Ausguck.«

»Ich kann nichts dafür«, kam die Antwort von oben, »es ging alles zu schnell! Es war ganz plötzlich da ... wie aus dem Nichts!«

»Wir sollten jetzt doch vorsichtshalber in Sichtweite der Küste kommen«, wandte Urtsuka sich wieder an seinen Steuermann, »bei einem heftigen Unwetter finden wir vielleicht eine Bucht, in der wir Schutz suchen können. Wenn es nicht so schlimm wird, überstehen wir es auch hier draußen. Ich möchte aber nichts riskieren, wir haben ja keinen Zeitdruck. Auf ein Jahr mehr oder weniger kommt es jetzt auch nicht mehr an.« Er lachte laut über seinen Witz. »Aber wo bleibt der Wind? Er müsste längst an Stärke zugenommen haben bei der Geschwindigkeit, in der sich dieses Monstrum nähert.«

Seit der Abreise war Urtsuka wie ausgewechselt, gerade so als ob eine große Last von ihm abgefallen wäre. War er früher oft nachdenklich und in sich gekehrt gewesen, so war er an Bord ein Mann der Tat, gut gelaunt, mitreißend, ein Vorbild für seine Mannschaft. Er war offensichtlich ganz in seinem Element. Nie hätte Nornak gedacht, dass er sich jemals in seinem Leben von irgendjemandem etwas befehlen lassen würde, aber hier an Bord war das ganz normal für ihn, wie für jeden anderen auch. Es gab einen Kapitän und alle anderen hatten zu gehorchen. Wenn das der Preis der Freiheit war, der sie nun entgegensegelten, war er gerne bereit, diesen zu zahlen.

»Ja, das ist in der Tat sehr erstaunlich, Käpt´n«, antwortete Nornak kurz und schlug den angegebenen Kurs ein. Die anderen Schiffe wurden durch Flaggensignale von der Kursänderung sofort in Kenntnis gesetzt und man konnte sehen, dass sie augenblicklich folgten.

Nach einigen Minuten schon hatte sich die dunkle Wand der Wandoo erheblich genähert. Ein starkes Wolkenbett, beinahe so schwarz wie die Nacht, erhob sich nur einige hundert Fuß entfernt an ihrer Steuerbordseite. Würde man dort hineingeraten, könnte man sicherlich kaum die Hand vor Augen sehen, abgesehen davon, dass in solch einem Wetter sehr starke Winde toben könnten.

Plötzlich blitzte und donnerte es so gewaltig aus der mysteriösen Wolkenwand, dass die Mannschaft, die an Deck war, erschrak und ängstlich um sich blickte. Die bisher so angenehme Seefahrt schien hier zu enden. In den Bergen war man Gewitter gewohnt gewesen, auch heftige, aber hier auf See schienen die Elemente mit zehnfacher Kraft zu toben.

»Seht ihr den schwarzen Schatten in der Wolke ... dort an Steuerbord«, schrie plötzlich einer, »ist das ein Schiff oder ein Felsen? Nein, es bewegt sich. Die sind mittendrin in diesem Wetter! Es kann aber keines der unseren sein, es ist größer. Wo sind unsere Schiffe?«

»Um die kümmern wir uns später, bewahrt Ruhe, Männer, und bringt die Frauen und Kinder unter Deck. Sie sollen unten bleiben, bis ich etwas anderes befehle. Ich will außer der Mannschaft niemanden hier oben sehen und ihr wisst was zu tun ist, für alle Fälle, Männer!«, rief der Kapitän durch einen nun stärker aufkommenden Wind. Er lief über das Deck, um das, was da gesichtet worden war, selber in Augenschein zu nehmen. Erkennen konnte er allerdings nichts Genaues, so sehr er die Augen auch zusammenkniff.

»Knabe, dafür sollte man dich hängen. Ich hoffe, das weißt du«, sagte er zu dem Jungen, der wohl in seinem Korb eingenickt gewesen war und in diesem Moment mit eingezogenem Kopf an ihm vorbei zum Niedergang schlich. Urtsuka war jetzt doch nervöser, als er sich selber und vor allem der Mannschaft gegenüber eingestehen wollte.

Dann wandte er sich zu Vonzel: »Schnapp dir ein Fernrohr und sieh nach, was zur Hölle da aus der Schwärze angefahren kommt. Ich habe ein schlechtes Gefühl dabei.«

Vonzel eilte davon und riss einem jungen Emurk das Fernrohr aus der Hand:

»Das brauchst du jetzt nicht, Jungchen. Sorg dafür, dass die Ladung festsitzt. Jetzt!«

»Hey!«, rief der Junge beleidigt, verstummte aber sofort wieder, als er Vonzels Blick bemerkte.

Dieser nahm das Rohr und schaute hindurch. Es dauerte nicht lange, da konnte er das befremdliche Schiff sehen. Schnell rannte er zum Kapitän, denn was er dort schemenhaft in der Dunkelheit ausmachte, konnte er nicht glauben. Solch ein Schiff hatte er schon einmal gesehen, drüben in der *Neuen Welt*. Die Frau, diese Nikita Ferrer, die er suchen sollte und ja auch gefunden hatte, war in solch einem Gefährt mitgefahren.

»Schaut euch das an. Keine Seele ist zu sehen. Nicht einmal die Segel sind noch da«, rief Urtsuka völlig aufgeregt durch den Wind. »Es hat keine Segel, noch nicht einmal einen Mast ... oder er ist gebrochen. Das ist kein gutes Zeichen. Steuermann! Hart backbord, sofort! Bring uns auf der Stelle weg von diesem schwarzen Loch. Los! Wenn das da drüben ein normales Schiff ist, fress' ich den Klüver. Halte auf die Küste zu!«

Nornak, der extrem überrascht von diesem plötzlichen Befehl war, riss, nun auch von leichter Panik ergriffen, das Steuer herum. Doch das Schiff reagierte nicht.

»Käpt'n, das Schiff dreht nicht, ich kann es nicht steuern!«

»Lass´ mich ran!«, rief Urtsuka, der schon zum Steuerrad geeilt war. Auch er versuchte, das Rad zu drehen. Das Schiff machte jedoch keine Anstalten, die Richtung auch nur um einen Millimeter zu ändern.

»Los, los, los! Wir müssen irgendwie da vorbei! Ich brauche jemanden, der zum Ruder hinabtaucht, irgendetwas muss sich dort verfangen haben, schnell! Aber leint ihn an!«

Inzwischen war Vonzel beim Steuerrad angelangt.

»Urtsuka, du kannst dir den Klüver sparen, es ist kein normales Schiff, jedenfalls keines, wie wir es kennen. Ich habe so etwas schon gesehen, drüben«, er zeigte in Richtung des seltsamen Gefährts. »Sie können unter Wasser fahren und wer weiß, was noch alles. Ich bin mir sicher, das Gewitter ist gar keines, sie haben es ausgelöst, um uns Angst einzujagen oder sich zu tarnen. Was haben sie vor? Was haben sie in diesem Teil der Welt zu suchen?«

»Das ist mir erst einmal egal, ich muss mein Ruder frei bekommen, wir haben mit diesem Konflikt nichts zu tun!«, schrie der Kapitän zurück. »Sollen sie sich doch von mir aus die Köpfe einschlagen.«

Er brauchte allerdings nicht mehr zu schreien, denn der Wind hatte sich plötzlich wie von Geisterhand beruhigt. Das fremde Schiff war näher gekommen, es lag jetzt ungefähr 100 Fuß an der Steuerbordseite der Wandoo und die Dunkelheit begann nun auch Besitz von dem Segler zu ergreifen. Das dunkle Etwas hatte den Anschein eines Riesentieres, das lauernd seine Beute beobachtet. Ein dunkles, rhythmisches Wummern schien von ihm auszugehen, als es langsam wieder Fahrt aufnahm und sich von der Wandoo entfernte. Dann riss der Himmel auf und die Sonne ließ die Wasseroberfläche hell aufblitzen.

»Da sind unsere Leute!«, rief jemand und deutete nach steuerbord, wo man den Rest der Emurkschen Flotte sehen konnte.

»Ruder ist wieder frei!«, rief Nornak überrascht und drehte das Steuer hin und her.

»Dann wieder alten Kurs aufnehmen«, befahl Urtsuka der Neunte, der seine Fassung allmählich zurückgewann. Er ließ sich von Vonzel das Fernrohr reichen und blickte dem fremden Ungetüm nach. So konnte er gerade noch erkennen, wie es abtauchte, und einige Sekunden später war nur noch die blitzende Wasseroberfläche einer ruhigen See zu erkennen.

»Donnerwetter, wie machen die das«, murmelte Urtsuka vor sich hin, »keine Segel, niemand an Deck und jetzt auch noch tauchen? Ich werde später Vonzel fragen, vielleicht hat er eine Antwort.«

»Sir, was war das denn?«, fragte der Erste Offizier Fin Muller seinen Kapitän Dan Stenson, als sie wieder abgetaucht waren. »Haben Sie so etwas schon einmal gesehen, ich meine live und in Farbe?« Er erwartete selbstverständlich auf seine rhetorische Frage keine Antwort. Solche Schiffe kannte man von Bildern historischer Seefahrerromane, die er als Kind schon gerne gelesen hatte. Männer wie Ferdinand Magellan, Francis Drake und Vasco da Gama waren die ersten Helden seiner Kindheit gewesen. Trotzdem, er kannte den Befehl, in keinem Fall aufzutauchen und eine Entdeckung zu riskieren.

Bei der U57 handelte es sich um ein Boot der gleichen Klasse, in der Nikita in die *Alte Welt* gekommen war. Nur dieses hier war größer, obwohl es ebenfalls nur einen Passagier zu befördern hatte, der allerdings in seiner luxuriösen Kabine schlief und von dem Zwischenfall nichts mitbekommen hatte.

»Eine harmlose kleine Flotte«, bekam er von seinem Vorgesetzten zur Antwort, »hat sich doch gelohnt, sie in Augenschein zu nehmen. So etwas sieht man wahrlich nicht alle Tage. War doch eine willkommene Abwechslung auf dieser langweiligen Fahrt.

Sah auf dem Radar schon merkwürdig genug aus. Dass es so etwas überhaupt noch gibt. Segeln hier mit diesen altertümlichen Kähnen übers offene Meer. Na ja, soll wohl nicht das Einzige sein, was uns da drüben in Erstaunen versetzen würde«, dabei deutete er auf einen Bildschirm, auf dem eine Karte der *Alten Welt* zu sehen war. »Zoomen Sie mal das Zielgebiet ran, Muller. War übrigens eine gute Idee von Ihnen, deren Ruder zu blockieren. Sicher ist sicher und für den Fall, dass man uns Fragen stellen sollte, warum wir aufgetaucht sind, werden wir sagen, dass unser Gast Seeluft hätte schnuppern wollen. Und bis der zurückkommt, ist alles vergessen ... außerdem wird er andere Sorgen haben. Aha, da ist es ja«, sagte er, als die Küste Flaalands auf dem Bildschirm in allen Details sichtbar wurde.

»Hohe Kreidefelsen ... na ja, werden schon ein Fleckchen finden, wo wir unseren Gast absetzen können ... hier«, und er tippte auf einen Punkt an der Küste Flaalands, »ungefähr hier werden wir auch unseren neuen Passagier aufnehmen, das sieht doch gut aus, ein kleiner Strand. Sie sollten sich allerdings nicht begegnen.«

»Meinen Sie, dass unsere Tarnung ausgereicht hat, Sir?«

»Offensichtlich nicht, die müssen etwas bemerkt haben. Oder konnten Sie etwa jemanden an Deck dieser Schiffe entdecken? Ich nicht. Die werden sich aus Angst alle unter Deck verkrochen und uns dann durch eine ihrer Luken beobachtet haben. Hätte gerne ihre Gesichter gesehen, hatten bestimmt die Hosen voll«, grinste er.

»Das wäre aber fatal, Sir, wenn sie uns gesehen hätten.«

»Ach was, und wenn schon, dann haben sie eben irgendetwas gesehen. Um uns wirklich zu erkennen, müssten sie zumindest ein inneres Bild von Schiffen dieser Art haben, das haben sie aber sicher nicht. Was das Gehirn nicht kennt, kann es auch nicht erkennen, Muller. Außerdem ... Muller ... glauben Sie, die haben Funk an Bord?« Kapitän Stenson lachte laut. »Bis die uns irgendwo melden könnten, müssten sie hinsegeln, und dann wären wir schon dreimal hin und wieder zurück.«

Hätte Kapitän Stenson etwas von einem Emurk namens Vonzel gewusst, wäre er bestimmt nicht so entspannt gewesen, und hätte er ihn oder einen der Seinen gar gesehen, wäre ihm sein Grinsen auch vergangen. Er rief die Besatzung, die aus acht Mann bestand, zusammen.

»Kein Wort über diesen Zwischenfall, meine Herren, auch nicht unserem Passagier gegenüber. Das ist ein Befehl. Wenn irgendetwas davon bekannt werden würde, könnte das nicht nur unsere gesamte Mission, sondern auch das Leben unserer Gäste gefährden, und die müssen wir ja nicht noch zusätzlich belasten. Man kann nur hoffen, dass Frau Ferrer pünktlich zur Stelle ist. Ich habe keine große Lust, dort drüben noch eine Suchaktion zu starten.« Dabei deutete er auf einen anderen großen Bildschirm, auf dem jetzt einige Fotos von Nikita zu sehen waren.

»Ich komme mir schon wie ein Shuttleservice vor«, fügte der Kapitän hinzu, was von der Mannschaft mit lautem Lachen quittiert wurde.

Von alldem hatte Steve Sisko, der in seiner Kabine schlief, nichts mitbekommen.

In seiner Kajüte auf der Wandoo schlug Urtsuka der Neunte das Logbuch zu. Er hatte die Vorkommnisse der letzten Stunden peinlich genau niedergeschrieben. Dabei hatten ihn zwei Dinge am meisten beschäftigt. Wie konnte ein Schiff tauchen und wie war es ihnen gelungen, sein Ruder zu blockieren? Selbst Vonzel, der ja einige Zeit bei den *Anderen* verbracht hatte, hatte ihm diese Fragen nicht beantworten können.

»Ich weiß nicht, wie sie es machen«, hatte er gesagt, »ich weiß nur, dass sie es können, weil ich es mit eigenen Augen gesehen habe. Du kannst dir nicht vorstellen, wie froh ich war, nicht an Bord dieses Ungeheuers zu müssen ... damals. Ich hoffe nur, dass sie nicht wieder nach Flaaland fahren ... ach was soll's, kann uns diesmal wirklich egal sein.«

Der Rest des Tages verlief ruhig und man machte gute Fahrt. Zwei Nächte später saßen Vonzel und Nornak an Deck. Sie hatten Freiwache und konnten, wie die meisten anderen, nicht schlafen. Der Himmel war klar und das Licht des Mondes beleuchtete das Wasser. Im ganzen Schiff hatte es sich herumgesprochen, dass es nicht mehr lange dauern würde, bis man in der ersehnten Heimat ankommen würde.

»Hörst du auch, was ich höre?«, fragte Nornak gerade. »Singt da jemand? ... Ich meine da draußen ... nein, nicht dort, bei unseren Schiffen, die pennen sicher alle ... es kommt von da drüben.«

»Ich höre es auch ...«

Im gleichen Moment erscholl von einer anderen Stelle des Schiffes die gleiche Frage: »Hört ihr den Gesang, Leute?«

»Es sind Walgesänge«, rief Urtsuka der Neunte, der hinter dem Ruder stand, »wir werden die Tiere bald sehen und dann sind wir schon in heimischen Gewässern! Sie begrüßen uns!«

»Schau mal, Nornak, das Licht auf dem Wasser, es sieht aus wie ein Weg ... direkt nach Kögliien, meinst du nicht auch?«, sagte Vonzel kurz darauf. Der Gesang der Wale hatte seit einigen Minuten aufgehört.

»Bist wohl unter die Romantiker gegangen, Vonzel, ich habe mir gleich gedacht, dass dir der Umgang mit Menschen nicht gut bekommen würde«, gab Nornak grunzend zur Antwort und biss in ein großes Stück gepökelten Fleisches.

»Wird Zeit, dass wir ankommen, der Vorrat geht zu Ende«, bemerkte er nüchtern.

»Immerhin hat mein Umgang mit Menschen dir jetzt zu dem Stück Fleisch auf diesem Schiff verholfen, wenn ich dich daran erinnern darf, mein Freund ... und außerdem weiß ich nicht, ob deine Form des Umgangs unbedingt nötig gewesen wäre.«

»Wieso, jetzt mach aber mal halblang, ich hatte den Auftrag, das Tal zu bewachen ... und das hab ich gemacht. Sollte ich den Typen in Watte packen und ihn wieder heimschicken, damit er überall ausposaunen kann, was er gefunden hatte? Da wären die Krulls aber mächtig froh gewesen!«

»Ja, aber direkt den Kopf abreißen, ich weiß nicht ...«

»Na und, hat doch Spaß gemacht ... was ist denn bloß mit dir los? Kopf ab oder nicht ... tot ist tot. So kenne ich dich ja gar nicht ... so zart besaitet«. Nornak musste kichern.

»Ach lass mal, Schwamm drüber ... man kann sowieso nichts ändern, nicht wahr? Schau mal, es wird langsam hell.«

»Wale! Wale!«, schrie der Ausguck in diesem Moment und zeigte aufgeregt in Richtung Süden, »Dort, seht ihr sie? Sie blasen, sie sind riesig!«

Sofort waren alle auf den Beinen und rannten an die Reling. Angestrengt schauten sie über das Wasser. Nornak hielt noch den Rest seiner Mahlzeit in der Hand, als er ausrief: »Dort, jetzt sehe ich sie auch!« Dabei streckte er seinen Arm aus und als

Vonzel der Richtung folgte, erblickte auch er sie. Minutenlang standen sie still da und beobachteten eine Gruppe von sicherlich zwanzig Tieren, die ruhig ihren Weg durch die Fluten nahmen, inzwischen nur einige Schiffslängen entfernt.

»Hast du sie dir so groß vorgestellt?«, fragte Nornak kauend.

»Nein, wirklich nicht. Wenn die Alten von diesen Tieren erzählten, dachte ich immer, sie übertreiben«, gab Vonzel zur Antwort.

»Land! Land!«, tönte es kurz darauf wieder vom Mast herunter. »Viele kleine Inseln!«

Kurz darauf war ein freudiges Heulen von allen Schiffen der Flotte zu hören. Die Emurks tobten und tanzten über das Deck, ganz so, wie vor gar nicht langer Zeit, als sie das erste Mal am Meer gestanden waren. Jetzt waren sie zu Hause.

Urtsuka der Neunte saß still in seiner Kajüte und schrieb den letzten Eintrag in das Logbuch. Er hatte alle Kerzen angezündet und darum gebeten, nicht gestört zu werden. Dann trug er in seiner schönsten Schrift den Satz ein: ›Die Verbannung ist zu Ende, du wärest stolz auf uns.‹

Kurze Zeit später hörte er die laute Stimme eines Maats. »Fünf Faden ... jetzt vier Faden ...!«

Urtsuka stürmte an Deck. Die Landung durfte er auf keinen Fall verpassen. Alle Schiffe segelten jetzt dich hintereinander in den Naturhafen der Hauptinsel Dego Garna.

* * *

Kapitel 32

Nikita erwachte und wusste gleich, dass etwas Besonderes in der Luft lag. Sie konnte es fühlen. Effel war nach dem Mittagessen hinunter ins Dorf gegangen, um seinem Vater bei irgendeiner Arbeit zu helfen. Er wollte am frühen Abend zurück sein und etwas zum Abendbrot mitbringen. Nikita hatte sich am Nachmittag, nachdem sie im Garten gearbeitet hatte, in einen der Liegestühle gelegt, um die immer noch warme Sonne zu genießen, und war dann irgendwann eingeschlafen. Jetzt war es kühl geworden und bis zur Abenddämmerung würde es nicht mehr lange dauern.

Sie wandte ihren Kopf zur Seite und ihr Blick fiel auf den Tisch. Dort lag ein dickes Kuvert und sie musste nicht raten, was es enthielt. Sie hatte nicht bemerkt, dass es von jemandem dort hingebracht worden war. Sie war sofort hellwach, stand schnell auf und war in drei Schritten am Tisch. Sie ergriff den Umschlag und riss ihn mit zitternden Händen auf. Sie hielt die Luft an.

Endlich! Da lagen sie vor ihr, die Pläne des Myon-Neutrino-Projektes. Für diese eng beschriebenen Bögen Papier mit den zahlreichen Zeichnungen, die die Jahrhunderte erstaunlich gut überstanden hatten, war sie hergekommen. Dafür hatte man den *Ewigen Vertrag* gebrochen und wenn diese Papiere hielten, was man sich von ihnen versprach ... Nikita konnte den Gedanken nicht zu Ende denken, sie war viel zu aufgeregt. Ihre Hände zitterten immer noch und ihre Knie fühlten sich weich an, weil sie auch gleichzeitig erkannte, was das für sie jetzt bedeutete. Sie hätte jetzt gerne die Zeit anhalten wollen.

Neben den Plänen befand sich ein zweiter, versiegelter Umschlag in dem Kuvert. Er war adressiert an die Regierung der *Neuen Welt*. Zu gern hätte sie den Inhalt gelesen, hätte gerne gewusst, welche Auflagen mit dem Überlassen der Pläne verbunden waren.

Sicher, sie hatte sich auf diesen Moment vorbereitet, oft genug darüber nachgedacht. Aber jetzt war er da, dieser Augenblick, den sie einerseits herbeigesehnt, andererseits aber auch schon verflucht hatte. Sie nahm den Umschlag und ging ins Haus.

Nicht weit entfernt stand die Fee Sankiria unter einer Linde und beobachtete still die junge Frau. Sie lächelte. Dann drehte sie sich um und verschwand in dem nahe gelegenen Wald. Sie hatte den Umschlag gebracht und jetzt konnte sie sich sicher sein, dass er in den richtigen Händen war.

Oben im Schlafzimmer nahm Nikita ihre Brille aus dem Rucksack und es dauerte nicht lange, bis sich Professor Rhin meldete.

»Entschuldigen Sie, Herr Professor«, sagte Nikita, »ich weiß, dass es spät bei Ihnen ist, aber Sie sagten, ich könne Sie jederzeit stören, wenn es Neuigkeiten gibt.« Sie hatte die Pläne vor sich auf dem Bett ausgebreitet.

»Nikita! Sie haben die Pläne!«, rief Professor Rhin nur wenige Sekunden später am anderen Ende der Welt völlig aufgeregt. »Wie wunderbar! Ich gratuliere Ihnen! Ich wusste ja, dass Sie es schaffen! ... Was ist in dem anderen Umschlag?«

»Der ist an unsere Regierung gerichtet, ich nehme an, er enthält die Auflagen, die mit der Übergabe der Pläne verbunden sind.«

»Da bin ich aber gespannt, obwohl wir kaum erfahren werden, woraus sie bestehen ... nun, das geht uns auch nichts an, Hauptsache, wir können schnell an die Arbeit gehen.«

Der Professor hatte einen Knopf gedrückt und jetzt war auch eine Verbindung zu Mal Fisher hergestellt. Der saß in seinem unterirdischen Reich, lächelte und drückte seinerseits ein paar Knöpfe auf seinem kleinen Schaltpult. Dan Stenson, der Kapitän der U57 erhielt den Befehl, auf den er gewartet hatte.

»Ja, wir haben die Pläne«, sagte Nikita und ihr wollte es einfach nicht gelingen, den gleichen Enthusiasmus in ihre Stimme zu legen, den ihr Chef gezeigt hatte. Sie fühlte eine seltsame Leere. *Ist wirklich nur der Weg das Ziel*, dachte sie, *ist es der Weg, der uns glücklich macht?*

»Nikita«, wurde sie von ihrem Chef aus ihren Gedanken gerissen, »ist alles in Ordnung bei Ihnen? Sie scheinen sich nicht sehr zu freuen ... ist Ihnen bewusst, was Sie da geleistet haben? Die ganze Welt wird von Ihnen erfahren, Sie werden berühmt werden, Nikita! Kommen Sie nach Hause!«

Nach Hause? Ich bin hier auch zu Hause, dachte sie, dann sagte sie: »Ich komme mit den Plänen zurück, Herr Professor, doch, ja ... ich freue mich ... ich kann es noch gar nicht fassen. Es war alles ... ach, das erzähle ich Ihnen, wenn wir uns sehen.«

Ich bin mir nicht sicher, ob es gut ist, wenn die ganze Welt von mir erfährt.

»Sie werden an fast der gleichen Stelle abgeholt, an der Sie an Land gebracht wurden ... damals. Ein Stück weiter unterhalb haben wir eine flache Bucht entdeckt ... Da gibt es einen Strand. Man wird Sie dort erwarten, Nikita. Bitte sorgen Sie dafür, dass Ihnen niemand folgt. Wann können Sie dort sein?«

Wenn Effel mich mit der Kutsche hinbringt, in einem Tag, dachte sie. »Ich werde zwei Tage brauchen.«

»Gut, bitte tragen Sie Ihre Brille, wenn Sie unterwegs sind, dann wissen wir immer Bescheid. Ich gehe jetzt zu Bett ... obwohl ich nicht sicher bin, ob ich ohne Pille schlafen kann. Ich wünsche Ihnen eine gute Rückreise, Nikita. Wir werden hier alles vorbereiten, auch Ihre Eltern wissen bereits, dass Sie wohlauf sind und dass sie Sie bald in die Arme schließen können.«

Zum ersten Mal lächelte Nikita.

Sie verstaute die Brille in ihrem Gepäck, faltete die Pläne sorgfältig zusammen, steckte sie in das Kuvert zurück und legte es auf ihren Nachttisch. Durch das geöffnete Fenster hörte sie Sam, der gerade freudig bellend in den Garten stürmte. Sie blickte aus dem Fenster und sah Effel den schmalen Weg vom Dorf heraufkommen. Gleich würde auch er am Haus sein.

Effel musste nicht raten, was passiert war, als er Nikita kreidebleich im Eingang stehen sah. Der Wolfshund saß neben ihr, machte traurige Hundeaugen und hatte sich eng an sie geschmiegt. Sie kraulte ihn hinter den Ohren.

»Wir wussten ja, dass dieser Moment kommen wird«, sagte er leise zu Nikita, als sie Augenblicke später schluchzend in seinen Armen lag. Auch ihn hatte die Erkenntnis dieses Augenblicks wie ein Schlag getroffen, ein Schlag, von dem er zwar wusste, dass er kommen würde, doch dass er so heftig ausfallen würde, hatte er sich nicht vorstellen können. Die Papiertüte mit den Einkäufen hatte er so heftig abgestellt, dass die Flasche Rotwein, die er zum Abendessen mitgebracht hatte, zerbrochen war und ihr Inhalt sich nun allmählich auf den Steinfliesen wie eine große Blutlache ausbreitete.

»Ich gäbe alles dafür, die Zeit anhalten zu können, Effel. Sie holen mich ab«, flüsterte Nikita durch ihre Tränen, »sie sind bereits unterwegs ... aber ich komme wieder ... so bald wie möglich.«

So bald wie möglich ist ein sehr dehnbarer Begriff, dachte Effel.

»Wir wussten beide, dass du zurück musst, nicht wahr?« Es war eine rhetorische Frage, die er stellte.

Sie nickte nur.

In dieser Nacht lagen sie eng umschlungen und konnten sich gar nicht mehr loslassen. Sam lag das erste Mal seit der Rückkehr in seinem Schlafkorb eine Etage tiefer.

»Ich möchte kein Abschiedsfest, weil es kein Abschied ist«, sagte Nikita am nächsten Morgen am Frühstückstisch. Die traurige Stimmung des letzten Abends war verflogen. Sie hatten sich darauf geeinigt, die letzten Stunden einfach zu genießen.

»Es ist sowieso nicht zu ändern, das wissen wir beide, also lass uns das Beste draus machen«, hatte Nikita gesagt und damit Effels Gedanken ausgesprochen.

Effel hatte vorgeschlagen einige Freunde und seine Familie einzuladen, damit Nikita sich von allen verabschieden konnte.

»Ich hatte auch nicht vor, ein Fest zu feiern«, meinte er, »das Fest feiern wir, wenn du wiederkommst.«

»Ich werde deinen Eltern Auf Wiedersehen sagen und dann können wir fahren. Meinst du, dein Vater leiht uns seine Kutsche?«

»Natürlich leiht er uns seine Kutsche, aber warum willst du fahren«, grinste Effel, »hast du als Kind nicht reiten gelernt? Du hast mir das mal erzählt. Wir werden reiten, mein Schatz. Meine Pferde stehen im Stall meines Bruders, ich hatte noch keine Zeit, einen eigenen zu bauen, das kommt als Nächstes, wenn ich die Koppel eingezäunt habe. Was hältst du davon? Was man einmal gelernt hat, verlernt man nicht.«

»Oh, das ist so lange her, aber wenn du meinst ... ich werde es versuchen ... noch ein Abenteuer zum Schluss.«

»Du brauchst keine Angst zu haben, die Pferde sind gut eingeritten und sehr brav.«

»Ich bin schon überredet«, lachte Nikita.

Zum Mittagessen waren sie bei Effels Eltern. Vorher hatten sie sich bei Jobol die Pferde geholt. Effels Bruder hatte zu Nikita beim Abschied nur gesagt: »Wir sehen uns bald wieder, da bin ich mir sicher«, und hatte Effel zugezwinkert. Es war ihm deutlich anzumerken, dass er kein Freund von großen Abschiedsszenen war.

Nikita hatte wirklich nicht lange gebraucht, um sich wieder an das Gefühl im Sattel zu gewöhnen. Sie ritt einen Wallach, ein gutmütiges, fuchsbraunes Warmblut mit einer weißen Blesse auf der Stirn, während Effel auf seinem Rappen saß und eine sehr gute Figur machte, wie Nikita fand. Unterwegs hatten sie einen Abstecher auf ein nahe gelegenes Getreidefeld gemacht, das inzwischen abgeerntet war. Sie waren in allen Gangarten geritten und Nikita hatte sich in ihre Kindheit zurückversetzt gefühlt. Nach einer Stunde im Sattel hätte man bereits nicht mehr vermutet, dass sie so lange Zeit nicht geritten war.

»Ich wusste, dass du wieder zurückfährst, ich hatte es dir neulich schon gesagt ... und weißt du was? Ich verstehe es«, kommentierte Effels Mutter die Mitteilung und schloss Nikita in die Arme. Naron hatte einen Arm um seinen Sohn gelegt und ihn an sich gedrückt. In dieser stillen Geste lagen Anteilnahme und Trost.

»Tonja, du überraschst mich schon wieder«, staunte Nikita, als Tonja mit einer Platte Pfannkuchen aus der Küche kam, die mit Pilzen gefüllt waren und herrlich rochen. Und als sie Tonjas fragenden Blick wahrnahm, ergänzte sie: »Unterhalb meiner Wohnung befindet sich ein großes Einkaufszentrum. Dort backt eine Frau, sie heißt Olga, auch Pfannkuchen und die sind sehr beliebt bei uns.«

»Na, dann habe ich ja das richtige Abschiedsessen gemacht«, lachte Tonja, »lass es dir schmecken.«

»Ich danke euch so sehr für eure Gastfreundschaft«, sagte Nikita, als sie die beiden Menschen, die sie schon in ihr Herz geschlossen hatte, zum Abschied noch einmal umarmte. »Wie gerne würde ich euch meinen Eltern vorstellen, ich bin mir sicher, dass ihr euch gut verstehen würdet ... bei aller Unterschiedlichkeit.« Dabei hatte sie Tränen in den Augen.

Am nächsten Vormittag tauchte Angwat zur linken auf. Nikita zeigte auf die Bergstadt, an deren Hängen die kleinen bunten Häuser wie Schwalbennester zu kleben schienen.

»Dort war ich auf meiner Hinreise. Kurz vorher hatte ich den ersten Kontakt mit Menschen aus dieser Welt ... ist das wirklich erst vor Kurzem gewesen? Es kommt mir vor, als wenn ich Jahre hier gewesen wäre. Ich traf eine Mutter mit ihrem kleinen Sohn, die auf dem Weg zum Markt waren. Der Kleine hatte gleich einen Narren an mir gefressen ...«

»Was ich gut verstehen kann«, unterbrach sie Effel. Nikita lächelte.

»Ich war in der Stadt und hatte mir auf dem Markt etwas zum Essen gekauft. Kurz danach kamen die ersten Erinnerungen an mein früheres Leben und ich fand den Weg ins Tal ... und den Weg zu dir.«

»Welch ein Glück, dass du ihn gefunden hast. Und wenn du ihn einmal gefunden hast, wirst du ihn auch ein zweites Mal finden ... das würde ich mir so sehr wünschen.«

»Ich werde wiederkommen«, sagte Nikita bestimmt. Innerlich musste sie mit den Tränen kämpfen. Seit dem Abschied von Tonja und Naron hatte sie mehr als nur einmal mit dem Schicksal gehadert, dass ihr bestimmt hatte, in ihre Welt zurückzukehren, im nächsten Moment war sie dann wieder dankbar, hierher geführt worden zu sein. Zum Schluss überwog immer die Dankbarkeit. Darin waren sich beide auch nach der letzten gemeinsamen Nacht, die sie am Kaminfeuer verbracht hatten, einig gewesen.

Am Abend war Soko da gewesen, um sich von Nikita zu verabschieden. Er hatte eine Flasche Wein mitgebracht.

»Hier, Nikita«, hatte er gesagt, »nimm das mit und trinke diesen guten Tropfen mit deinen Eltern ... mit einem Gruß von Soko dem Schmied.« Dabei hatte sich der große Mann eine Träne aus dem Augenwinkel gewischt. Nikita war ihm um den Hals gefallen, sie war gerührt von dieser Geste.

»Ich hoffe, ihr nehmt es mir nicht übel, dass ich euch an eurem letzten Abend störe, ich bleibe auch nicht lange. Im Dorf hat es sich wie ein Lauffeuer herumgesprochen, dass du gehst, Nikita ... ich musste einfach kommen und mich persönlich verabschieden.«

»Links führt der Weg in die Agillen«, sagte Effel jetzt, »und wenn wir rechts reiten, erreichen wir bald das Meer. Ich fürchte, wir haben keine Zeit mehr, Angwat zu besuchen, wenn wir am Nachmittag an der Küste sein wollen.«

Nikita hatte beim letzten Gespräch mit ihrem Chef diesen Zeitpunkt ausgemacht.

»Es ist schon in Ordnung«, erwiderte sie, »wenn ich auch gerne noch einmal da gewesen wäre ... aber aufgeschoben ist ja nicht aufgehoben.«

Nach weiteren vier Stunden schnellen Ritts – das Meer hatten sie schon seit geraumer Zeit riechen können – kamen die Kreidefelsen der Küste in Sicht.

»Hier irgendwo bin ich an Land gegangen«, rief Nikita und tätschelte den Hals ihres Pferdes. Dann griff sie hinter sich in ihren Rucksack, nahm die MFB heraus und stieg ab. Als sie die Brille aufgesetzt hatte, richtete sie ihren Blick aufs Meer und betätigte einen in den Brillenbügel eingelassenen Knopf. Nach einem kurzen Moment erhielt sie die Antwort.

»Es ist ganz in der Nähe«, sagte sie zu Effel, der ebenfalls von seinem Rappen abgestiegen war und jetzt neben ihr stand. Die Brille hatte sie wieder abgenommen. Niemand ihrer Leute sollte den Mann sehen, den sie gleich hier zurücklassen würde.

»Kapitän, wir haben ein Signal von unserem neuen Gast«, meldete der erste Offizier Fin Muller an Dan Stenson.

»Das klappt ja wie am Schnürchen«, meinte dieser trocken. »Ist irgendjemand sonst dort oben zu sehen?«

»Nein, Sir, weit und breit nichts.«

»Lassen Sie auftauchen ... Und dann langsame Fahrt voraus, bringen wir es hinter uns.«

Kurz darauf wurde Steve Sisko in einem kleinen Beiboot an Land gebracht. Er hatte einen großen Rucksack dabei und obwohl dieser schwer war, schwang sich Steve Sisko leichtfüßig wie eine Raubkatze ans Ufer.

Dann lenkte der Matrose, dem der Fahrgast irgendwie unheimlich war, das kleine Boot westwärts ein Stück an der Küste entlang, bis er den bezeichneten Strand erreichte. Er ließ das Boot auf dem Sand auflaufen, stieg aus und vertrat sich ein wenig die Beine. Er atmete tief durch. *Verdammt gute Luft hier*, dachte er. Er schaute sich nach allen Seiten um und bemerkte, wie ihn ein merkwürdiges Gefühl beschlich. Er war auf verbotenem Land und niemand konnte wissen, welche Gefahren hier lauerten. Er musste zum Glück nicht lange warten, bis die neue Passagierin der U57 in sein Blickfeld trat. Er hatte sie nicht kommen gehört und erschrak, als Nikita so plötzlich hinter einer Felsennase erschien. Sie war ihm auf Anhieb sympathisch, vor allem, weil sie ihn sehr freundlich begrüßte.

»Sind Sie mein Taxi?«, rief sie ihm munter zu.

»Ich glaube, ja, Frau Ferrer«, rief er grinsend zurück.

»Dann lassen Sie uns keine Zeit verlieren.«

Als sie in dem kleinen Boot saß und der U57 entgegenfuhren, die wie ein mächtiger Wal langsam durch das Wasser pflügte, blickte sie zurück zu der Stelle, an der sie Effel zurückgelassen hatte. Sie hatten sich lange umarmt und konnten nicht verhindern, dass sie weinten. Dann hatte Effel wortlos die Zügel der Pferde genommen, sich umgedreht und war zum nahe gelegenen Waldrand gegangen.

»Ich möchte nicht riskieren, dass du gesehen wirst«, hatte Nikita gemeint.

Dann war sie zum Strand aufgebrochen. Ein letztes Mal hatte sie zu dem Mann zurückgeblickt, den sie liebte. Der hatte zwischen seinen Pferden gestanden und die Hand zum Gruß erhoben.

Es wollte ihr schier das Herz zerreißen.

»Ich komme wieder«, flüsterte sie, »pass auf dich auf.«

Genau in dem Moment, als Steve Sisko seinen Fuß auf Flaaland setzte, erwachte das erste *Siegel* im Tal von Angkar-Wat.

* * *

Klaus D. Biedermann

Steine brennen nicht
Romantrilogie - Band 1
ISBN 978-3-937883-08-3

Im Jahr 2166 beginnt die Welt sich neu zu ordnen. Grund dafür sind Katastrophen wirtschaftlicher, politischer und natürlicher Art. Die Welt teilt sich und besiegelt die Trennung mit einem *Ewigen Vertrag*. Der eine Teil lebt weiter mit dem Fortschritt der Technik und der Wissenschaften, der andere Teil besinnt sich auf natürliche Ressourcen, alte Werte und lebt in Einklang mit der Natur.

700 Jahre später begegnen sich beide Welten in Gestalt einer Frau und eines Mannes. Der Roman beschreibt die Heldenreise zweier Menschen, die unterschiedlicher nicht sein können.

Bei der Erfüllung ihrer Mission, in der sie Gegner sind, erhalten beide Hilfe. Und dennoch sind sie im entscheidenden Moment auf sich alleine gestellt.